U0110123

大華

（四）

林熙主編

半月刊

第卅三期

·本期要目·

大華

第三十三期

大華 半月刊 第卅三期

一九六七年七月十五日出版

（每月十五 三十日出版）

Cathay Review No. 33

Ta Wah Press.
36. Haven St., 5th fl.
HONG KONG.

出版者：大華出版社
地址：香港銅鑼灣希雲街36號6樓
電話：七六三七八六轉

督印人：高貞白

主編：林熙

印刷者：朗文印務公司
地址：香港北角渣華街一一〇號
電話：七〇七九二八

總代理：胡敏生記
地址：香港灣仔船街卅二號
電話：七二三四三七

慈禧太后的畫像

李蓉

一九六六年二月廿一日，台灣的「新生報」有一段關於淸代慈禧太后的畫像記事，現在摘錄如左：

國立歷史博物館館長包遵彭昨（廿）日說，美國史密森桑陵研究院所設的華盛頓國家美術文物典藏處決定把珍藏的一幅慈禧太后油畫像贈送給歷史博物館。昨天下午，包遵彭收到了華盛頓美術文物典藏處主席斯考特博士的一封正式同意信。歷史博物館決定在近期內把這幅油畫自美運臺。包遵彭說，這幅高十五呎、寬八呎的油畫，是十八世紀末期美畫家卡爾女士的傑作，她畫這幅畫的經過極爲有趣。光緒廿九年，卡爾女士由當時的美國駐華公使康格夫人，和海軍武官佐文絲夫人介紹，進謁慈禧，並說明想替太后畫像。可是慈禧認爲不妥，她認爲畫像是替死人做的事，活人而且堂堂皇皇的太后，怎能隨隨便便被一位「夷人」畫像？後來，還是經過德齡郡主的懇切解釋，老太后才答應卡爾女士畫像。卡爾女士這幅油畫，整整畫了一年，直到光緒卅年四月十九日才大功告成。這段經過，卡爾在一本「和慈禧太后相處」的書中有詳細的描述。直到現在，這書在歐洲仍很風行。

卡爾女士所作的慈禧太后畫像

德齡郡主的「淸宮二年記」中，也有長達六十頁的記載這事。在她的「瀛台泣血記」和「御香縹緲錄」兩本英文著作中，也曾提到這事。卡爾女士完成這幅油畫後，曾把它運回美國聖路易城，展覽過一段時間，曾經轟動一時。後來，這幅油畫和卡爾的那本書便一直由華盛頓國家美術文物典藏處珍藏迄今。去年九月十三日，包遵彭應邀赴美參加史密森桑陵研究院成立兩百週年紀念大會和國際博物館會議時，在和斯考特博士談到加強中美文物交流工作時，斯考特便同意把這幅油畫送給我國歷史博物館。最近，這項承諾才獲得該研究院董事會的通過。包遵彭說，史密森桑陵研究院是美國有關博物館的最具權威性的一個研究機構，它分設十餘處規模龐大的博物館。像美國國家畫廊和收藏中國文物最享盛名的福烈爾陳列館都是。包遵彭說，這幅油畫的市場價值，現在很難估價。重要的是這油畫本身的藝術價值，跟一段歷史性的繪成的經過。

卡爾並不是一個了不起的藝術家，倒是她畫了慈禧的「御容」，又寫了一部什麼「和慈禧相處」的書，名利雙收了。她所畫的慈禧畫像，已於一九六六年六月運抵台北。（台灣的「國立歷史博物館」館長包遵彭說上邊那番話倒沒有什麼毛病，獨有「新生報」文中說什麼德齡郡主云云，其實德齡只不過是滿洲人裕庚之女，並非郡主身份。德齡用英文寫的「清宮二年記」，自吹是「公主」，則居然抬高自己，說成是皇帝之女了。清制，只有皇帝之女才封公主、郡王，親、郡王之女尚無此封號也。德齡嫁一個美國人，十多年前在美國死去，她搬中國宮廷東西騙美金，比林語堂以「吾國吾民」、「蘇東坡」之類還要早二十年。德齡之妹容齡，嫁唐紹儀族姪寶潮，唐已於一九五八年死去，他是留法陸軍出身的，霞飛元帥游華時，北洋政府派他充招待員，亦以其懂陸軍也。容齡久居北京，任文史館館員，不知尚健存否，如尚在，今亦八十矣。）

頤和園有慈禧太后兩幅像，一幅在樂壽堂，是拍的照相，一懸排雲殿，是美國女畫家卡爾的油畫。當時卡爾為慈禧寫了兩幅像，一存清宮，其一送美國聖魯易士展覽會，即去年美國送給台灣那一幅。排雲殿那幅油畫像，慈禧望之如三十許人，與樂壽堂那幅攝相，相差三十歲。楊雲史的「江山萬里樓詩鈔」卷六，有詩二首記其事，題云：「排雲殿設孝欽皇后畫像，望之如四十許人，圖為美國克女士所繪，時后七十餘矣。」詩云：「蓬萊正殿對仙山，環珮歸來縹緲間。王母樓居三十載，至今魚鳥識天顏。」「寂寞金環掩碧峯，山鳥穿窗窺御容。玉階秋葉無人掃，殿前清露滴杉松。」作者在詩後又附以小注云：「侍郎裕庚之女德菱，法蘭西産也，孝欽愛之，常居宮中。德菱與克女謀后金，繪御容以獻，后喜愛之，索値十萬金，退之不可。后怒甚，竟與之，泣曰：『一像要用十萬金，天下謂我何？』自是不許德菱入宮。」此說頗有趣。雲史有「詩史」之稱，如所說屬實，則美國人敲了慈禧一大筆之後，今日又將這幅像送回中國「贖罪」了。抗日戰爭期間，張慧劍在重慶的「新民報」的隨筆，有一段說到卡爾敲竹槓事，他說：「當時盛傳此女師索畫價至三十萬美元，雖無可考，而國庫所担負於此女師者，僅飲食與馬兩項，日已須二百餘元，蓋裕氏全家俱就食於宮舍（裕兩子勳齡、馨齡，特開一席）……」可見當時卡爾敲竹槓之說甚盛。

裕容齡於一九五七年寫過一部「清宮瑣記」（北京出版社出版，第一版銷七萬五千冊），詳記卡爾入宮畫像前後，極可參考，今摘錄之。

農曆閏五月間，慶親王奏聞慈禧：美國公使康格說，有一位美國海軍司令伊文思同他的夫人來到北京，請求覲見。同時，康格公使夫人還介紹一位畫家柯姑娘給慈禧畫像。慈禧同意先接見海軍司令伊文思夫婦，……過兩天再接見康格夫人和柯姑娘。……過了幾天，外務部把慈禧召見康格夫人和柯姑娘的日期，通知美國公使館。柯姑娘是美國人，專門畫人像，當時年約四十歲上下，我們在法國的時候就認識她，並且在巴黎展覽會上見過她的畫。她的哥哥是烟台海關稅務司，能說很好的中國話，柯姑娘是初來中國，一句中國話也不說。

那天下午兩點多鐘，康格夫人和柯姑娘到了頤和園，慈禧在樂壽堂非正式地接見了她們，行禮畢就讓她們坐下。可是慈禧看見皇后還站在一旁，便馬上對她說：「你去休息吧。」（因為滿洲規矩，兒媳在婆婆面前不能坐）皇后便退了出去……關於請柯姑娘畫像的事情，慈禧說，等選定好日子後，再由外務通知她們。……

慈禧選定日子，便命外務部通知柯姑娘搬來。她們第一天來的時候，由康格夫人陪着，仍在樂壽堂接見的。

柯姑娘開始畫像，慈禧坐在樂壽堂的寶座上，柯姑娘把畫架子打開，手裏拿着調色板。慈禧說：「為什麼她畫像不拿顏色碟子，却拿塊木板做什麼？」我母親告訴她，畫油畫是在木板上調色的。柯姑娘先用炭筆勾模影，過了一會，慈禧說：「我先看看。」她一看勾得亂七八糟的樣子，就詫異地說：「我怎麼是這個樣子啊。」

慈禧讓柯姑娘住在頤和園附近的七爺園子裏（醇王府的花園），我們母女三人也暫且搬進去同她一塊住。從此以後，我們每天陪着柯姑娘進頤和園畫像。……慈禧派兩個太監服侍柯姑娘，這兩個太監總是隨着柯姑娘不離左右。……

柯姑娘每天給慈禧畫像時間一長，慈禧就有些不耐煩了，她便讓我們輪流穿上她的衣服坐在寶座上，畫臉的時候她才去坐一會，但有時逆畫臉的時候也要我們去代替，因而慈禧兩張像都顯得很年輕，慈禧認為很好，也很高興。……

柯姑娘在宮裏畫像約有一年之久，慈禧由頤和園搬回宮或中南海住的時候，柯姑娘也跟着搬進城裏，住在美國公使館康格夫人處，但她每天照舊進宮或到中南海畫像。她的一套畫像器具，也隨着搬動，一直到一九〇四年四月十九日才畫完。對於柯姑娘畫像的酬報，慈禧着外務部議奏上來，慈禧認為送她錢不大好，不如送她禮物。伍廷芳告訴慶王說，在外國畫像的就指靠畫像生活，送錢較好。商量了許多日子，最後決定送她一萬兩銀子，勛章一枚和衣料等物，當時由外務部送到美國公使館。

柯姑娘給慈禧畫了兩張像，一張留在宮裏，另一張送到美國聖路易參加展覽會。慈禧命運送畫像時，必須立着放，不准橫放或倒放。伍廷芳在背後說：「運到上海這一段可以這樣做，但從上海出口之後我們就沒有辦法了。」因而從頤和園把畫像一直抬到車站，有棚的火車放不下，只好放在敞車裏運到天津再運到上海。

柯姑娘的脾氣很不好，舉止粗鹵，因此她雖然在宮裏時間很長，大家對她並沒有什麼好感，慈禧也不大喜歡她，不過大家對她面子上還是很好的，在她有失禮的時候，我常在當時或事後，給她指出來，因而她對我很不滿意。康格夫人對於外交上的禮節，不很熟悉，她的態度很像一個傳教士。

這些記事，都是很有趣的。我們可以看出慈禧在庚子年闖了大禍之後，對洋人是怎樣的遷就，甚至由怕而生媚，一個外國的軍官要見她就見，一個公使夫人介紹個畫師給她畫像，她也不好意思推却，只好答應了。

事過六十年，美國的文化機關把慈禧的油畫像送回台灣，某些人以為是「文化交流」，表示親善，但有些人則以為美國人此舉是存心開玩笑，意在叫台灣學慈禧，萬事皆要聽話也。其然，豈其然乎？

江蝦「作手請鎗」

余好問

清末廣州有一個翰林江孔殷，別字少泉，南海人，日常舉止行動，有點古怪，渾身扭動，好象生蝦那樣跳，特別是碰到平時難得見面的朋友，便用右手按住左邊的膊頭，動得更厲害，兩隻手都搖起來，所以人們給他一個渾號，叫做阿蝦，又稱江蝦。到了他發達之後，尊之為江蝦公，他也直認不諱，自以「霞公」為別號，有雅人寫「霞」作「鰕」字，更像個蝦字哩。

江蝦的先代，係以做茶葉生理起家，廣州的人家替女孩兒洗澡的時候，時常唱一首歌謠，說：「洗白白，嫁茶客。」可以反映茶商的富有，到了江蝦年輕的時候已經中落了。不過他居住在廣州的河南敞其土豪惡霸，積得一些貲財，跟隨吳玉臣（道鎔）的大館讀過書，會寫得一手頗好的八股文，更擅長作七律詩，敲詩鐘，應書院課藝，屢列前茅，一時有「作手」之稱。光緒九年癸未（一八八三），應南海縣試，中了一名秀才，可是考鄉試幾次，都名落孫山，十分懊喪。到光緒十九年癸巳鄉試之期，他自己也失却信心，曾出重金，請得一位著名的鎗手，代替入場應試，雙方訂妥條件，江蝦便躲在家裏。

然而，江蝦平素以作手自居，靜極思動，忽然高興起來，又想入場舞文弄墨，於是又和一位老友接洽代替入場做鎗手，這樣，他自己也算入過場，如果做鎗替失手，又不算失掉面子。

這一年的秋闈榜發後，江蝦請人做鎗的，既獲中式，就是他替人做鎗的，也榜上有名。當天，江蝦自然生蝦一樣的跳，高興極時，命筆作一聯以自豪，云：

作手請鎗，要瞞人，並非好漢；

濶佬響砲，過得海，便是神仙。

關於「請鎗」，至今尚有人說及，「響砲」這一個名詞，似乎比較陌生。這是科舉時代替人入場應試而獲中式的術語，本來在習慣上是「作手響砲」，「濶佬請鎗」的如今江蝦反了常態，既係作手，又是濶佬，遂作了這副聯句，如果他不是自命「好漢」，那肯自己招供出來，恐怕有人會不相信這個故事啊。

這副聯語，對仗尙屬工整，全用廣州話寫成，興高采烈的情況，一副撈家的本色，活現紙上。至於前清的科舉考試，怎樣串同作弊，怎樣鎗替入場，張之洞在光緒十年十二月，有「爲科場滋弊請申明舊例量爲變通摺」，內有亟宜嚴防者六條，其一云：「一鎗替宜辦也，臣查同治九年議覆候補司業孫詒經條奏內稱：士子代倩傳遞諸弊，或賄囑書吏，預謀聯號現各省場規較寬，開號後，彼號士子走入此號，代倩尤便，宜認眞嚴查。又水伕雜項人役，不准與士子私相授受，號軍領供狀等事，必親身監察，部議通飭遵照在案，近日此等弊端，辦理不力，且間有揣題場外，倩人作文潛遞者，有鎗手充作號軍者，更間有替身入場，並敢僱人頂名覆試者，種種弊端，千[illegible]百態，幾於防不勝防，請旨申明舊章，通行順天各直省監臨，從嚴懲辦，則士知畏法矣。」可知它的大略。

「新生活運動歌」

一九三四年二月十九日，蔣介石在南昌發起一個很有趣而又曇花一現的「運動」，其名爲「新生活運動」。

這一運動的「教養」，以禮、義、廉、恥爲中心，以「教」、「養」、「衛」、三字完成新生活的訓練。所謂「教」，是以禮、義、廉、恥作爲復興民族的「武器」；所謂「養」，是衣、食、住、行，要合乎整齊、清潔、簡單、樸素；所謂「衛」，是「安內」，尤其要「嚴守紀律，服從命令」。嚴守誰的紀律，服從誰的命令呢？「教養」中當然沒說明，但誰都會想到是服從蔣委員長了。

蔣介石提倡這個運動之時，正是他當時得令，聲威最盛之日，只要他放個屁，馬上就有人反應，評以「香」或「臭」的。於是南京一班黨政要人，立即發動全國組織一個「新生活運動促進委員會」，主持人是朱家驊（國民黨組織部長）、邵元沖（中委），他們於三月十七日通電各省市，要民衆起來响應。

有此運動，有此組織，就要有首歌才可以給人家唱，唱熟了才能收效。於是就有人作了一首「新生活運動歌」，由「新生活運動促進會」批准，予以施行。這首歌詞是這樣的：

禮義廉恥，
　表示現在衣食住行，
這便是新生活運動之精神。
　整齊清潔，
　整綱維，正教化，
　復興民族新基礎。
未來種種，譬如今日生。

這首歌之不倫不類，讀之令人捧腹，而「黨國諸公」却不會毛骨悚然，眞麻木也！

新生活運動把戲，搞了幾個月，就此收場，徒供後人作笑料，倘當年無此笑話，則我今日哪裏會賺到「大華」幾文稿費呢。

·張幽·

南開的老家長張伯苓

希宋

一談起中國近百年來的高等教育，少不了若干學府的附帶描述。而不提南開大學則已，要不然的話，非先聯想到它的一位老家長張伯苓先生不可。說來這位大名鼎鼎的人物，是個一心一意辦學不倦的大學校長。

張先生生於一八七四年，病歿於一九五一年，享年七十有七，不失為壽翁之一，更不妨說是歷經清末，直至抗戰勝利之後的初期，興衰治亂，人海滄桑，本身又足為活見證的時代人物之一。他名叫壽春，河北天津人，原來是北洋水師學堂出身。畢業後，本其所學以致用，便在通濟船上練習駕駛與投放魚雷。光緒廿三年（一八九七），英國租借本被日軍侵佔的威海衛，該輪奉命前往，先辦接收，續辦移交的手續。短短兩天之內，國旗三易。親眼見及此種情形的他，深受刺激，遂有獻身教育，由樹人而救國的志願。（另一說則指張氏係於甲午之役，海軍敗於日方，目擊了國旗被迫降落的屈辱情景，始以革新教育為己任。）

胸懷大志的他，幸獲津沽名流嚴修的贊助，將其僅僅子弟五人的小小家塾，名曰嚴館者，改為私立中學堂。於是張氏由一家庭教師，成為學生未滿七十位的一校之長。創辦了四年，生數激增不已。捐到一塊名為南開的地皮，即遷入新址，即以地名為校名，便是南開中學，時為光緒卅年（一九〇四），亦即南開之始。

如果張氏未與嚴氏相處，說不定壯志未必即可得酬。因之，也該略述南開創辦人範孫先生的生平事略。曾任清廷學部侍郎，袁世凱奉命開缺回籍，滿朝達官皆避之若浼，只有他一人敢往送行。其後袁氏得志，他又再三婉拒高官厚祿的授予，品格之高，由是可知。這位翰林爺，好學敏求，名士而絕不風流。曾述及南開起初「校費奇絀，幾解散者數矣。」此中艱辛，當與張氏共知其詳。善與人交的他，嘗遊歐美，以故思想新穎，張氏一度隨之赴日考察。他愛收藏古籍，悉捐給南開的圖書館。若于宋元版本之外，兼有漁洋手抄詩集，袁子才親註書，陳眉公原稿等等，皆於抗戰期中，付諸一炬！工於詩文，黃海放舟詩三首之第三首是：「更須猛晉莫回頭，已到中流豈得休，海上風波行處有，緣何畏險卻乘舟？」謹錄如上，以見一斑。天性風雅，每以栽花植竹為樂。南開校中不少卉木，出於他的手種。不時開宴賞花，吟詠盡興。詩集定名「蕁芳百詠」，惜未印行。譽之者稱他是現代教育的功臣之一，可與長沙的張百熙，南皮的張之洞，共垂久遠，似無溢美之嫌。其「古近體詩存稿」，頗多風趣，雜以俳諧，正所謂「鎔鑄新理想以入舊風格者」也。

張氏辦了六年私塾，才搞中學，進展甚速。民國四年、五年，試辦英語專科與高等師範科各一班，均因故未能續開。他便在民六再度留美，入哥倫比亞師範學院，研究教育，並多多考察學府的新規模。一九一九年得徐世昌、黎元洪、李秀山諸氏的贊助，南開大學正式成立，距其中學的誕生，才十五年之久而已。到了一九二二年，大、中兩部學生已有一千八百人。此後陸續添設女中、小學、經濟研究所、以及化學研究所，共計三千多人。

南開既以篤實履踐，發憤圖強為施教的重心，張氏又曾於視察東北之後，特於校內設置東北研究會，並鼓勵校友還鄉服務，凡此種種，莫不引起了日人的嫉視。九一八事變發生後的一年（一九三二），天津舉行華北運動會。南開學生數百人以有色制服，在看台之上，排出「收復失地」四字。全場觀眾大為激動，同仇敵愾的情緒，油然而生。日本駐津總領事立即提出口頭抗議，張氏以「中國人有愛國的自由，外人安得干預」為言，日方一時無可奈何。積恨在心，難怪七七事變發生之後數天，該校所在地就變為日方蓄意摧毀的首先目標之一了。

早在一九三五年，北方情勢已日趨緊張。張氏遂入四川等省，籌設分校。翌年，南渝中學即於重慶招生開學。因而抗戰軍興，南開內遷，略比他校從容，勝利復員之際，也進行迅速得多，無非由於未雨綢繆罷了！

八里台的南開化為焦土之訊，傳入當時在南京的張氏耳中，自為卅餘年的心血毀於一旦，痛心入骨，仍慨然云：「敵人所能摧毀的只是南開的物質，南開精神却是絕對毀不了的！」同情他四十年心血累積，幾成泡影的當局，曾安慰之曰：「南開為中國而犧牲，有中國必有南開。」也正因此，私立的南大，能與國立的兩大學府，北大及清華，合組先在長沙的臨時大學，後遷昆明的國立西南聯大。張氏與蔣夢麟、梅貽琦三校長，同任聯大常委。

南渝中學（後來改名南開中學）在戰時陪都，堪稱首屈一指。設備的完善，尤為他校所難一比者。此外，另設了一家自流井中學，又是取名於所在之地。

一九四五年，日本招降，張氏已逾七十高年，仍對復校之事，壯心未已。翌年十月校慶日即於天津原址開學，但改為國立大學之一了。照樣担任校長的他，仍作豪語，誓為南開再努力十五年。

以畢生獻身教育為素志的他，曾先後兼任了中華教育文化基金委員會副董事長、太平洋問題調查委員會中國代表。又因奔走國事，眾望所歸，歷任華北政務委員，國民參政會副議長、以及考試院院長等職。担任院長之後兩年，溘然去世。

張氏體格魁偉高大，有個典型的「天津大肚子」。臉色紫黑，平頂的頭髮灰白。似乎永遠帶着墨色的眼鏡，有時攜了一根手杖。聲音洪亮，加上神采奕奕，因而他那深入淺出的演講，頗有吸引聽眾的魔力，尤其對於慕名而去聆聽的人們。

筆者是在抗戰前一年，於南京金陵大學，首次聽到他的演講。記得他在校長陳裕光博士（字景唐，南京人，又一說浙江人。生於一八九三年，出身東南大學。哥倫比亞博士。歷任北大、師大、東大教職員後，主持金大校務甚久。曾當選中國化學會會長、南京市議長等職。其長子文農與女兒，一度在馬尼剌執教，然後留美，業已多年。其妹夫即現任駐菲大使杭立武博士）介紹之後，侃侃而談，大有慷慨激昂的神情。所述內容並不深奧。激勵國人團結禦侮的一套話，照理近於老生常談。可是他巧妙地引用了「機不可失」的陳濟棠故事（即指陳氏一度抗命中央，乃因這四字的仙人啓示而下了決心。不料後來因粵機大批北飛，士氣動搖而失敗，始知「機」者，原來暗指飛機！）於是集中了聽眾的注意力，引人入勝。又以船夫們在渡

其夫人

巢燕

讀本刊第廿七期劉禺生遺著「世載堂雜憶續篇，」於其「多妻教與多妻制」一文中，述及「四十年前與余妻結婚於美國渥陽州，該州無禁止東方人與西女結婚條例」云云，我們固知禺生先生的夫人為美國人也，但其所以得妻的因緣，實由其一種義俠行為，而在當時留學界中傳為一種美談

原來禺生在美國某大學肄業的時候，與他的夫人本來是同學，因她秀外慧中，有校花之目，許多男學生都追求她，劉禺生也是其中的一人。但他何能與美國大學生競爭？一則，他是個中國人，雖說那地方不禁止與東方人通婚，但以種族歧異，可還瞧不起東方人呢。二則劉禺哥那時已滿面痘痕，容貌不大俊秀，美國小姐也未必中意他呢。

可是有一天機會來了，這位美國小姐，父親早已故世，只有她和母親，住在一家公寓的五層樓上。有一天，她母親出外購物去了，那家公寓忽然失起火來，這火是從三層樓上燒起來的。那時在美國電梯尚未盛行，她正想從樓梯上跑下去，却被樓下的烟捲上，氣為之喘，眼睛也不能張開，急得在樓窗口呼救。消防局路遠，救火車尚未來，公寓離學校近，學生中也有三三兩兩，到火場來的，她的母親也來了，跳脚道：「誰救我的女兒呀？」同學正猶夷間，只見劉禺生一個虎跳，飛身火中，直奔五樓，輕輕巧巧的把她抱下來了。以後的事，不言可

過長江三峽之險時，非同時由一批人沿岸拖拉前駛不可的例證，比喻國難當頭，大家非同心協力的重要性，甚能感動當時有心報效國家的青年學生們。

從此以後，我更為注意報刊之上，有關他的一切記載，並與多少曉得其人其事的南開畢業生，每每暢談一番。據稱：張氏一生之於南開，有如慈母的保育愛子，也不愧為人人一致敬愛的老家長。每逢十月十七日的校慶，他幾乎千篇一律地，愛從甲午以來的國難刺激了南開的前身的孕育與成長，以至於大學各部門健全發展後，又遭遇到日軍炮火的洗煉說起。往往越講越起勁，越說越生動，令人百「聞」不厭。其他校內集會，他也總在可能範圍之內，親自致辭。往往像是家常話，而動輒含有發人深省的力量。有一次他上了台，一語不發，先將一支細長木條迅速折斷。然後盡力試折一束，無法稍微使之彎曲。這時他才開口問台下的人們：「大家明白嗎？」聽衆答稱：「這表示團結的力量啊！」於是他接着作怒吼：「不錯，只有精誠團結，萬衆一心，才能抵禦强敵，復興中華民族，誰都不能忘記這種意義啊！」其義正詞嚴，聲色俱厲之情，何止晨鐘暮鼓，當頭棒喝！

有時老人家喜作有關立身處世的修養談，嘗以望遠鏡與顯微鏡比喻，做人須眼光遠大，大處落墨。治學則當力求透徹，着眼細處。如二者態度相反，便有吹毛求疵，苛人自擾，或大而無當，好高騖遠之嫌了。

偶而他也現身說法，大談舊式婚姻之下的結合，不一定差。談戀愛的，未必盡成佳偶。例如他和太太王淑貞女士，雖係父母之命的一對，却有模範夫妻的好評。據說：他倆從來沒有吵過架，他喊那位不識字的太座，叫聲「喂！」兩人親熱無比，數十年如一日。一九三五年，南開校友們曾為其結婚四十週年紀念，隆重舉行慶祝。因離「金婚」還差十年，興高彩烈的他，自稱之為「鍍金婚」焉。

他的父親是天津的一位清寒書生，工於琵琶，號稱「琵琶張」。他的弟弟彭春，或許受到這一方面較多的遺傳，成為提倡話劇的一位大師。生於一八九二年的小張，字仲述。哥倫比亞博士。曾在清華、芝加哥等校執教，並歷任駐土耳其、智利等國公使，以及聯合國經濟社會理事會中國代表等等。

家教甚嚴的張氏最愛的是幼子，老四錫祜，身高七尺，為全國馳名的長人與排球國手。一九三二年，為筧橋空軍官校第三期轟炸飛行高材生。不幸抗戰期中，在粵海上空為國犧牲。張氏在參加漢口校友歡迎大會，由一校友報告其子英勇殉國的經過。會後羣趨其前慰問，他含淚微笑曰：「我本人出身水師，今老矣，每以不能殺敵報國為恨。而今我的孩子為國捐軀，可無遺憾了！」大義凜然，聽衆莫不肅然起敬。

老家長的門下桃李，簡直滿天下。可是他的强記本領超人，往往在校友集會中

劉禺生及

喻，感恩知己，便嫁了這位勇救嬌娃的中國留學生了。

劉禺生先生在青年時代，雄健有力，前在哥老會中，充白紙扇，他並不自諱，即在「世載堂雜憶」中，亦會透露。辛亥革命，南北議和，他充南方代表，亦虎虎有生氣，當時有人呼之為劉大炮者。北伐以後，組織南京政府，于鬍子拉他為監察院首席監察委員，不免漸呈暮氣，當時他說：監察院「不打老虎，只拍蒼蠅，」雖然以幽默的語調出之，但遇事頗小心謹慎也。且精神亦不及前。國民政府每遇星期一，做紀念週，讀孫中山遺囑，然後此臨時主席演說一番，各屬員則環而恭聽，皆鵠立無坐位也。監察院亦如之，一次，于院長方操其陝西官話，作冗長的演說，忽聞鼾聲起於羣列，視之，則劉麻哥也。幸有立於其傍者推之，曰：「站着亦能打鼾嗎？」他低聲道：「此種話聽之令人昏昏欲睡耳。」

那個時候，他已不常與夫人同居一處，他居南京時，夫人則住漢口，他在漢口有住宅，並有花園。有一次，夫人來南京，他往下關恭迎，我亦在下關，介紹一見，則頭髮已白，完全是一位外國老太太了。不久，夫人回美國，謂不再到中國來，與之離緣。麻哥此時更覺得枯寂無歡。楊千里為之介紹一臨時夫人，麻哥大樂，語其友人曰：「我今而後方知中國女子之美也。」一九四九年，禺生未隨蔣往台灣，越數年，逝世於漢口，年七十八。

多能直呼其名。滿臉春風，一團和氣。甚或噓寒問暖，不啻慈母之晤愛子。他不見得善於交際詞令 可是語出至誠，感人至深。

在校之日，常常清晨散步，爲改進校務而運思。嘗云：「南開的特長是長，長，老在長大中。」平心而論，該校校風有「牛津味」與「清華風」，又很活潑進取。自由教育，富於創造性，無怪其然。訓練方針上，始終注意以下數點：一爲重視體育活動，養成了不少運動健將。二乃大力倡導科學研究。三係輔導學生團體有方。四卽嚴禁違反道德的惡習，諸如賭博、冶遊、早婚等等。情節稍重，立卽予以退學處分。校門置鏡其側，另有鏡箴，務使出入師生，多多自我檢點，立己立人。五則多方培養救國力量，救亡圖存。

戰後南開除於天津復校，並保持渝校之外，擬於長春、北平、南京等地分設中學。原來張氏認爲大學旣改國立，不妨側重私立中等教育的發展。無奈環境變化，他本人精力也漸告不濟，無法如願以償矣。

或謂：他早在某次參政會大會中，曾誤呼一位馬姓參政員爲牛參政員，指馬爲牛，一字之差，聽衆爲之鬨堂。因而當時就有人以爲他春秋已高，難免疏忽了。

南開建有範孫樓，紀念上述創辦人嚴氏。爲其銅像舉行揭幕禮之一年，校友們也爲張氏慶祝了六十歲的誕辰與辦學卅年的紀念會。而今張氏也做了古人，南開似未再存在，但散佈海內外的成名校友甚多，張氏之功不可沒，諒文教界中人士咸能同感也。

說到校友知名之士，若是包括歷年著名師長的話，眞是人材衆多，不勝枚擧。由於張氏担任過全國運動會的總裁判與出席遠運總裁判，所以南開是個籃球冠軍與足球健將來源的所在。不但南開的運動員，在老家長親自督戰之際，特別賣力，有如生龍活虎，而且全國代表隊之類，在外型儼然，望之生畏的他率領之下，也能加强了作戰的意志。文學家方面，有老舍、靳以、曹禺（萬家寶）、趙景深諸氏。教育家方面，有梅貽琦、張彭春（見前）、鄭通和諸氏。史學家方面，有執教起家的蔣廷黻、谷霽光諸氏。數學家方面，有陳省身。外交家方面，有徐謨、張平羣。經濟學家有主持研究所，名揚國際的何廉、方顯廷、與張茲闓。此外，周恩來也是世所周知的一位政治家。

歷任甘肅教育廳長、上海中學校長，近十年來在古晉一帶服務華文中學的鄭通和曾云：一生最欽佩的老師，便是張氏。戰前省立上海中學幾乎是全國規模最大的中學，可是張氏有一次故意在該校座談會中，說它還比不上南開中學。有些人很不服氣，當塲請他解釋。他回答得亦莊亦諧：「你們讀書的精神比得上鄭校長嗎？試問他是什麼學校培養出來的？我說起這些話，完全爲了鼓勵你們。學校辦得好不好，不在乎校舍大不大，設備多不多，要看畢業生們對國家社會的貢獻，究竟如何？」

又一次，他在該校演講，以簡而又單的拔河比賽爲例，比喻勝負與力氣合分的連帶關係，聽者亦爲之動容。

似乎嫉惡如仇的他，在團結對外之秋，最不拘泥於政黨之分，或政見之異的典型人物。所以蓋棺論定，他不愧爲中國士大夫或社會賢達之流中的模範角色。

爲資料上補充完全計，以下依據張氏的年譜與唐際淸所撰「國立南開大學」一文之中數點，摘錄附誌：

一、張氏係患腦溢血逝世。

二、嚴範孫的大名似須寫爲範「蓀」

三、張氏係親歷甲午戰敗後，國旗從劉公島一艘軍艦被迫降落，以及後來在威海衛於通濟輪上的遭遇，先後「一兩次」的屈辱。終於使他脫去軍服，悄然歸津，向嚴氏商陳教育救國的懷抱。嚴氏喜於不謀而合，乃慨然助成其宏願。

四、「嚴館」學生五人，三年後另有「王館」六人。又三年，嚴張二氏東渡日本，知彼邦富强，教育振興爲主因，益信欲救中國必須從教育着手。而中學爲培植幹部的重要階段，所以決定先辦中學。

五、校名初稱「私立中學堂」，後易名「敬業」，又再改爲「私立第一」。四年後得邑紳鄭菊如捐南開地皮十畝爲新校址，才取名南開。

六、添辦專科的兩次失敗，由於經費困難，教授缺乏。張氏仍再接再厲，於民國七年與嚴氏返國，一志籌辦大學。

七、大學部先設文理商三科，又增設礦科。十一年得八里台地七百餘畝。翌年還

[illegible]完備的三院。

八、南開精神代表踐履篤實的校風。張氏生平不尚空談，說到做到。他發揮了明儒顏習齋以實學教導弟子的學風，南開的教育方針，也正是發揚了學以致用，身體力行的精神。

九、他在南開三十週年紀念日，曾宣佈「公」與「能」為校訓。勝利後，鼓勵校友與社會人士多多參加政治。在津創立「公能學會」與胡適在北平發起的「市民治促進會」互為聲援。

十、校友總會曾於一九四一年發起「伯苓四七獎助基金」運動，為先生壽。共集六百萬元，嘉惠清寒優秀學生不少。

十一、學校財政完全公開，當用則用，絕不浪費一文。教職員生活清苦，張氏個人更為節儉。因此管理科學化，工作效率化，與生活家庭化，有口皆碑。所謂三育並重，也名副其實。

十二、關於張氏的遺囑眞偽，涉及現實政治，從略。

憶香港的小說晚報

篁　齋

大華半月刊第二十七期載「七十年來之香港報業」一文，據說，「晚報以民國五年之小說晚報為始」。我是該報之常客，因略知該報一些情形，爰為憶述，聊作補充。

創辦動機

香港「小說晚」報創辦之動機有二：一、民國四年（一九一五）冬間。雲南宣告討袁後，廣東人心震動，紛起響應，尤其是中華革命黨人，羣集香港，計議討龍，但各自為政，尚無總體組織，其中有以報館為主持討龍機構者，若當時周詠康之「時報」，朱卓文之「現象報」是也。同盟會會員黃禪俠、陳俊朋、鄧警亞等，亦創辦香港「小說晚報」，以策應討龍之進行。二、香港世界語學會會員，亦多為中華革命黨人，與香港「小說晚報」幹部人員，志同道合，乃共同商定合作辦法，即是世界語學會以人才協助「小說晚報」，「小說晚報」，則以營業收益，補助世界語學會經費。因此，「小說晚報」辦事處，乃設在世界語學會內，其地址與周詠康之「時報」望衡對宇。

幹部人員

「小說晚報」幹部人員，督印黃禪俠，總編輯鄧警亞、撰述陳俊朋、鄺嘯菴、黃一志、黃若瑤等。資金由陳俊朋、鄺嘯菴與某西藥行之陳君，共同担任。該等人員，黃禪俠是二次革命時香港「眞報」之要員，「眞報」抨擊袁世凱激烈被封。鄧警亞筆名香草，是辛亥革命時期廣州「平民報」之總主筆，陳俊朋是辛亥革命時期廣州「眞相畫報」主筆，鄺相嘯菴是廣州天主教「大公報」記者，黃一志是世界語學會附設之世界語學校校長、黃若瑤是世界語學校教師，彼等年齡，迄今均在七十以上，聞健在者，祗鄺嘯菴而已。

內容材料

「小說晚報」，每日下午五時出版，每份為八開，釘裝成冊。內容：一、新聞，對於討袁討龍消息之報導，最為重視；二、副刊，該報雖以小說為名，但小說僅是長短篇各一，並非連篇累牘皆小說也。此外，則收集上海出版之「消閒錄」、「繁華報」、「飛艇報」等，精選轉載，因民初時期，廣州、香港各報章之副刊，轉載上海各報稿件，幾成風氣，不以為異。

曇花一現

小說晚報之經理人陳君，因忙於商務，未能專責計畫該報之發展，又因缺之經營報業經驗，其他幹部人員，一則戮力於討袁、討龍革命事業；一則專心於世界語學校校務，加以該報營業部並不健全發行部份，委託承印之公司代辦，廣告部份，則無專人招徠，故出版約三月，便以資金枯渴而停刊，誠曇花一現也。

林權助筆下的張勳復辟

楊 凡譯
鄧念茲校

編者按：本篇節譯自林權助的回憶錄「七十年談往」（第三〇四——三四三頁），對其中一些生活瑣事略有刪節。本文主要記述他在日本駐華公使任內（一九一六——一九一八年）所親歷的張勳復辟及徐世昌的復辟陰謀、日本對復辟的態度和對皖系軍閥段祺瑞的支持等問題。除極力掩飾日本帝國主義對華政策的侵略實質外，對所涉及的問題在不同程度上也透露了一些事實眞相。

決心推翻大隈的對華政策

當我還在羅馬的時候，大隈曾懇切地向我提出這樣的要求：「無論如何，希能排除萬難再去一趟中國吧！」因此，我才決定再度出使中國。

赴任當時的情況，簡要說來，大致是這樣的：當時日本正在對中國採取些什麼步驟，在我由羅馬歸國之前，已從各種情報中得知一二。根據這些情報來看，總覺得當時大隈的對華政策不無可疑之處。在大隈本人看來，也許認為我對他的政策已表同意，或者最低限度將來也會同意，因此他才叫我再一次到中國去。

但我對此却佯作不知，反而含糊其詞地對他說：「好的，知道了。」

我之所以接受了第三次出使中國的任務，是從這樣一種心情出發的：如果大隈的對華政策和我所想像的一樣，對於日本的未來將是非常不利的，那就必須一一徹底粉碎。我就是抱着這樣的目的前往中國的。

從當時大隈的對華政策看來，也許是因為他從思想上討厭袁世凱的所作所為，但他的作法也未免太缺乏定見了。他一方面煽動南方的革命派反對袁世凱，並間接予以援助，使其反抗北京政府；另一方面又在暗中對北方的所謂宗社黨即企圖恢復清朝的一派，給與各種支援，使其不斷地跟北京政府搗亂。在我即將前往北京赴任的時候，正是大隈的這種對華政策日益露骨的時期。

大隈所採取的兩面手法，不僅很不明智；而且一旦被各國識破，甚至會使日本陷於進退維谷之境，將使日本近三十年來的對華政策遇到最大的災難。我一想到這裏，就不禁十分痛心！

同時，萬一大隈指使南北兩方（按即國民黨和宗社黨）把袁世凱政府搞垮，以後究竟要制造出一個什麼樣的政府呢？關於這一點，大隈既沒有任何定見，也未曾認眞考慮過。

假如北京發生革命騷亂，國民黨和宗社黨一起動手，而且兩者之間本來就沒有任何聯系，也沒有任何妥協的餘地，勢必形成水火不能相容的正面衝突。倘若他們各自以本身的力量堅持自己的主張，那時日本又將怎樣收拾呢？大隈的這種矛盾的做法，無論從那方面考慮，都是極不明智的。

不久，我便從英國動身，經由西伯利亞鐵路返國，剛到達哈爾濱的時候，恰好收到袁世凱去世的電報。袁氏的結局雖然堪悲；但大隈的一個眼中釘總算拔除了。於是我想務須乘此時機廹使日本政府改變這種莫名其妙的對華政策。

這時，寺內（按：寺內正毅，時任「朝鮮總督」，大隈內閣倒台後，出任內閣總理大臣）從朝鮮打電報給我說：「你在回國途中能否來敝處一談？」本來我也打算在途經京城（即今之漢城）的時候和寺內見一面，因此馬上復電說：「當即拜訪。」

甫抵京城，卽往訪寺內。一開始我就坦率地對他說出自己心裏的意見：「我認爲今天日本的對華政策非常拙劣，因此我打算徹底予以粉碎。」寺內回答說：「我也認爲大隈的做法很糟糕。恰好袁世凱已死，給我們帶來糾正的機會。」

田中義一的坦率和段祺瑞的衷情

同寺內會晤以後，我便回東京。在東京關於這種重大的國策問題，人們一向是絕對保守秘密的；儘管如此，我總期望着有誰會主動地向我談談事實的眞象和日本對華政策的演變過程。因爲我不久就要前往中國。不料事與願違，有關當局及其負責人從來沒有人向我做過足以令人滿意的明確的說明。在這種情況下，主動地到我這裏來淸楚地說出自己的主張、並對形勢做了分析的，是當時的參謀次長田中義一。經過這次談話，我才認識到田中的爲人，我覺得他是一個非常坦率、正直、不拘小節、明朗爽快的漢子。田中一點也不隱諱，他不等待我一一提問，而是主動地把從前大大小小的政策演變過程向我做了詳細的說明。

這樣，我才開始知道過去日本對華政策的內容，也知道了日本政府這次由於袁世凱死去，而正在考慮改變過去的對華政策。於是，我感到自己又遇到另外一個困難。這就是：日本現在要改變其對華政策，固然是適宜的；然而日本所支持的革命派，現在已經發展到山東，並在該地進行各種活動。日本當地的駐軍曾爲他們提供了種種援助。現在要改變政策，又怎樣處理這些問題呢，這是一件很棘手的事情。

不久我便出國赴任，一到北京，中國政府已由段祺瑞出任國務總理。段祺瑞對我發牢騷說：「山東的情況實在麻煩，費盡心思，怎麽也不如意。」

段的這番話，是在暗中指責日本的山東駐軍唆使和援助革命派的活動，給他造成了許多困難。我當時也覺得這種現狀必須採取措施，予以改變。因此回答說：「且由我來設法糾正一番。」

接着我又帶點說教的口氣對他說：「若從一國的政治方面觀察，所謂革命，在我看來就是要推翻過去維持國家或地方治安的政府。從這個意義上來看，今天中國可說已因革命派的活動，而連山東地區的治安也被破壞了；也可以說是山東地區的治安，根本沒有維持得住。你置身於革命對象——中央政府之內，究應怎樣處理革命，那是另一個問題；你旣謂維持地方治安，就必須對那些支持或援助革命的人施加壓力；否則你將處於毫無辦法的境地。」我這話一半是揣測段氏的心情，一半是爲了將他一軍而說的。

段祺瑞連連點頭說：「閣下所言，完全正確。」我又說：「那麽過些日子，我讓駐防山東的日本陸軍長官前來北京一趟。」當天的談話就這樣結束了。

不久，我就和山東駐軍採取聯系，當時駐軍司令果然從山東來到北京。我把情況向他作了詳細說明，並希望他今後改變做法。

他回答說：「本人已充分了解了，當按尊意執行。」其後中國方面再也沒有前來訴說山東方面不愉快的事情。（下略）

派遣密使訪日的眞象

我在北京任職期間，唯一的一件值得注意的事件，就是淸朝復辟問題：

據說曹汝霖接受了北京某最高權要的密令，要帶某種特殊任務往訪日本政府。爲了執行這個特殊任務，如不借口公務，那是有困難的。所以這次到東京，表面上是以向日皇「贈勳」的名義，作爲特派使節派出的。

某日，曹汝霖秘密來訪，他親自說出了此次「贈勳」的一切內幕：「實際上，我是帶着非常秘密的使命前往日本的。這就是爲了策動復辟，命我私下探聽日當局對復辟的意見。」我問他：「不管你的使命如何，關於這件事，我必須問一下，你表面上的名義恐怕要帶着國務總理段祺瑞的命令吧。」「正是這樣。」

「那麽，國務總理對你這個秘密使命，是否知道呢？」他回答說：「此事段祺瑞一無所知。」「這眞奇怪！你旣奉國務總理之命前往日本，而總理却不知道你的全部行動，豈非荒唐已極？」

（上）

鄭孝胥的丁巳復辟日記

鄭孝胥遺作

初五　吉甫函催劉幼雲赴徐州，大七又往德領署晤顧德恩，約明日往談。

初六　大七與吉甫同訪顧錫恩。顧云：德人已收束一切，專備宣戰，不能助力。

初七　與吉甫同至拋球場買雜物，遂至別有天共飯。賦秋、怡泉、大七、小七、小乙皆來。吉甫與小七引滿各數巨觥，呼爲小友，食畢往丹桂第一台聽戲。汪笑儂演哭祖廟，爲北地王殉國之狀。觀者皆感動。俄有巨响震於樓左，濃烟瀰漫，乃炸彈也。戲止，衆皆奔散，此革命黨仇視忠義之說，故作此惡劇耳。余與諸兒翼吉甫出，至大馬路賃小車歸，已十二點矣。

初九　夜宴升吉甫及日人龜井、篠崎、佐原、宗方、西本、波多等。龜井卽北京「順天時報」之主任也。

初十　昨報言黎元洪舉李經羲爲內閣總理，衆議院、參議院皆通過。李狂佻頗可笑，必覆此席，可立而待矣。章炳麟以書詆李經羲，又以電切責國會。姚賦秋來言，聞倪嗣冲、張懷芝、張作霖皆以電詰黎元洪，勢甚洶洶。波多及大西齋、平川清澄來訪，云已得電，倪宣言與中央絕，張作霖應之。津浦鐵路已不通。王叔用、章一山來。波多在樓前爲吉甫、賦秋與余攝影數張。吉甫欲趁山陽丸明日歸青島。余謂：各省已有變，黎與國會必敗，宜留滬觀之。

十一日　各報均紀五省獨立爲奉、豫、魯、皖、浙，發電宣佈與政府絕。倪嗣冲扣留火車機器車一二〇輛，囚蚌埠站長，津浦路斷。「大陸報」言：張懷芝、張勳、倪嗣冲合兵北上，將據德州。又云：直隸、湖北、福建皆稱獨立。馮國璋似中立。陳介庵來。高繼宗來（卽旗人繼宗。自稱受業，辛亥以後爲青浦縣縣知事者）。王叔用、姚賦秋來。愛蒼、貽書來。喻志韶來。過吉益里訪羅叔蘊，遇王國維于座。過孟蒓孫不遇。

十二日　旭莊來。與吉甫同過子培，遇旭莊、章一山皆在座。鑑泉來，取一百五十兩，云明日歸南京。旭莊來。賦秋、叔用來。

十三日　顧錫恩來答訪吉甫與大七，意謂可設法助力。日人林出來，賦秋爲之介紹於吉甫。余爲吉甫畫策歸青島約閣馨興同至大連，使閣先通於張作霖，勸其易建龍旗，吉甫乃至奉天與張約協力復辟，乃收馮麟閣、湯玉麟、川島、巴布扎布諸部，自編二師，鼓行入京。叔用來。金仲連來。

十四日　唐元素來。旭莊來。宗子戴來。司格禮來，余與吉甫、賦秋同見之。司出約字一紙，其文曰：「承認帝國新政府，新政府成立後，首宜開復中某國交，仍嚴守中立。」用文由司某代達克某轉致某政府商允後，卽速回文承認新政府。得稚辛初八日書。王叔用來。陳劍蒼來

十五日　至虹橋路。賦秋、叔用來。報言天津已立新政府，徐世昌大元帥，王士珍爲總理等語。張勳猶未到京。司格禮來云：昨語已告克領事（按：德國駐上海領事克尼賓〔Knipping〕），日內當令書記奢門君來報命。

十六日　旭莊來，携饌數品共吉甫午飯。賦秋來。吉甫囑代致張勳書：「紹軒軍門左右：彭城良覿，相見以誠，我輩哀懷，天日可指。事變亟矣！而中外人士於足下舉措猶不能無疑者何哉？則調停之說爲之害也。自試辦共和以來，官邪民賊，毒痛四海，共見共聞，無可諱隱。今賊黨內亂方劇，以足下宗旨素定，正宜立建龍旗，宣言復辟，使薄海遠近，望風興起，忠義奮發，必將天旋地轉，旦夕遂定。今乃按兵猶豫，坐令邪說日盛，搖惑人心，將士懷疑，天下解體，機會一失，身敗名裂，必隨其後，悔之何及！伏望足下電佈誓師復辟，將共和政體一概剗除，此乃斬斷亂絲之策，非得毅力主張，決不足以收民心、定衆志。被曹奪氣，自然潰敗，何慮之有。若猶以調停爲事，則較之亂黨相去幾

[illegible]自取其人，非所望於賢者也。專肅馳佈，鵠候答覆。升允拜啓。四月十六日。」

十七日　劉幼雲、章一山皆來書，邀升公赴津。司格禮來，言已作書催克君。又云：頃得電，天津新政府遣曹汝霖詢各公使承認新政府與否，各使皆言須候其政府之命。

十八日　姚賦秋來，聞宗方言：李烈鈞等已赴粤。穉辛往覓陳舜卿之委員任祖安，未遇。日人簡道治持林出賢次郎刺來求見，筆談久之；求爲作字二紙。

十九日　穉辛邀任祖安同來，任號仲文，余爲言復辟之大勢；作書與陳舜卿，贈墨二盒，託任面交。與吉甫同過子培見幼雲書，子培欲與吉甫及余三人由火車赴津，參預復辟之議，遇陳仁先兄弟二人於座。仁先云：明日過海藏樓。幼雲書中欲邀仁先北行。與吉甫同至都益處飯，邀旭莊、貽書、姚賦秋、王叔用來。

二十日　與吉甫同過賦秋、適宗方來，託爲致電於陳炳焜，由日本海軍無線電轉遞。遂同過子培，同往天津之議作罷。又訪羅叔蘊不遇。吉甫約郭錫五，明日快車赴津。叔用、王聘三、賦秋、羅叔蘊來。日本海軍少佐津田及大西齋、波多同來。司格禮來。

廿一日　六點半送吉甫至滬寧車站，附七點五十分特別快車赴天津。來送者：賦秋、叔用、宗方、波多。叔用遣其長子送至天津，買二等車票二，三等車票一，共七十五元。

廿三日　劉立夫來。劉錫之來。孟蒓蓀來。愛蒼、貽書來。司格禮來。

廿五日　報言：黎元洪解散國會後，伍廷芳辭職，乃以江朝宗代爲副署。兩院議員多來滬，於法租界愷自爾路惟善里設兩院議員通訊處。

廿六日　報言：張勳已入京；陳炳焜通電各省，言廣東戒嚴。陝西亂，陳樹藩敗走，或言李根源被殺。

廿七日　報復言：陝西兵亂不確，李根源未死，但被監禁。

五　月

初一　報言：張勳覲見皇帝，奏稱恐危及皇室，故未敢力主復辟之議，王佶子正來（即叔用之子），言廿一日與吉甫同行，廿二日至天津，寓日本旅館。廿三日晤章一山、陳貽重，知張勳宗旨忽變，乃託劉幼雲詰責張勳。幼雲留一日，至廿五日赴濟南訪閻肇興，廿六日歸青島。

初五　賦秋來，言海軍與革黨合，將攻廣東。即電告陳舜卿，仍託宗方由日本海軍轉致。

初六　致陳舜卿電曰：海軍叛，來攻粵，日本願出助公，請速與日本海軍聯合抵禦；省城內應，必須嚴辦。又作書與舜卿託仲文轉交。李審言來。郭詩輝來。過姚賦秋，遇高洲于座，丁衡甫來。

初八　西本、波多、大西齋來。

初九　大七以日本文論共和之惡狀寄與日本，所謂主張共和者，今皆化爲官僚土匪矣。

十三日　夜得賦秋來簡，云培老偕康（按：沈曾植與康有爲）入京，促定武立即復辟。頃得北京電，今早四時宣統復辟，梁鼎芬廹黎退，黎以死自誓，未有結果；現已通電各省，即有上諭。司格禮來，云亦得電，宣統復辟，特來賀。月明。

十四日　大七出買各報看之，各報皆反對，惟「國是報」爲康氏之機關報，「申報」亦作旁觀之論。王叔用來。賦秋來。波多、大西齋來。西本、平川來。日人皆稱快道賀。

十七日　賦秋來，言將往青島。賦秋來，言李季高已電奏請收回成命，甚怒，曰：吾不能受劉廷琛支配。張勳來催季高速入京，且曰：吾無人助，劉幼雲大引其黨，我勢益孤耳。

愛蒼來，衡甫、紫東、魯山、文珊皆來；惟陳容民未至。

十八日　報言：段祺瑞至馬廠，以李長泰之兵將攻北京，張勳以兵拒之。曹錕亦遣兵自保定來。張勳兵據德州兵工廠。

李梅庵來，神色甚惡，謂余曰，北京消息甚惡，君爲我決出處。余曰：君已授官，宜速赴。然京津間有戰事，且至津觀戰；況余可求宗方爲予介紹於天津日本司令、領事官，事急，可與升吉甫同求日本禁止兩方交戰，以候調停。如事無可爲，則奉幼主避之大連灣可耳。飯畢，同詣宗方。宗方許諾，乃送梅庵至清雲里寓中。

夜，賦秋言：德人言目下可以借欵。

（中）

中國事變回憶

日本侵華戰爭中的誘和工作

日本 今井武夫著
張如冰譯

CC系也想插手「和談」

昭和十四年（一九三九年）一月，中支那派遣軍司令部部附小野寺信（中佐）在上海同國民黨上海市黨部委員姜豪聯系上了，企圖通過國民黨組織部副部長吳開光，和CC（系陳立夫、朱家驊搭上關係，開闢一條日華和談路線。

五月間，姜豪被上海的日本憲兵隊逮捕，經關係方面保釋後，姜即赴重慶。

七月底，姜由重慶來香港，據稱，他在重慶和吳開先曾與陳杲夫、陳立夫、朱家驊等CC系首腦數次商談，並得蔣介石許可，希望九月間同日方開始會談。

這個時候，正是影佐在上海設立梅機關極力支援汪建立「政府」的時節，從而梅機關和小野寺機關形成尖銳的對立，小野寺終於被排斥調走，他的工作也就隨着停頓下來。

十月，支那派遣軍總司令部在南京成立，我到任後，查悉新任總部囑託的吉田東祐就是在小野寺手下担任同姜豪聯絡的人，因於十一月派他到澳門去同姜繼續會談。之後，吉田回來報告了重慶政府的對日和平條件，姜也回重慶去報告他和吉田會談的內容。十二月，姜又來到香港。

翌年二月，汪派的機關雜志「史筆」把小野寺機關工作的內容揭露了，吉田東祐的行動更需要特別保持秘密，就不能一再派他到澳門去。同時，我也想同姜豪面談，直接了解這條路線的價值，因而邀姜到上海來，但姜不肯。

我曾經託香港的鈴木和姜談過兩次，姜每次都說接到重慶的指示，最後鈴木要求姜請重慶政府派一個持有身分證書的人來港會談，姜答應回重慶去向負責者建議。

吉田也趕到香港去等待姜的消息，恰巧碰到高宗武、陶希聖出走的事，隨着南京汪政權的成立，姜的消息也就聽不到了。

王揖唐的好友吳忠信

「華北政務委員會」第二任「委員長」王揖唐，也有這樣一段「和平工作」的故事。

王揖唐認爲他的好友吳忠信是蔣介石的親信，同我商量之後，在昭和十四年（一九三九年）十月下旬，曾經派一個名叫羅抱一的人到香港去和吳忠信的代表吳叔仁談過「和平路線」問題，但是，吳忠信始終沒有確實答覆。

這個工作另一個關係人是何亞農，周佛海也預聞其事。

王克敏與司徒雷登

王克敏從昭和十五年（一九四〇年）二月起，就同燕京大學校長司徒雷登在暗中聯絡，想另闢一條「和平路線」。

司徒雷登是美國總統羅斯福的大學同學，也有着相當的友誼，在中國，是深得蔣介石主席夫婦信賴的美國朋友。事變以後，他以第三國人的身分，有着在北京、重慶和其他地區自由行動的特權。因此，他自認是溝通中日和平最適當的人物。

幫助司徒搞和平運動的，除燕京大學教授傅涇波外，還有日本人田川大吉郎，田川是日本國會議員。

王克敏策動司徒這一運動時，同日本方面的北支軍司令官多田駿和興亞院華北連絡部長官喜多誠一郎都有密切的聯絡，同時，支那派遣軍司令部的板垣總參謀長也熱心支持，後來汪兆銘、陳公博同司徒也見了面。

[illegible]在（一九四〇年）三月司徒同重慶方面接洽的情形，蔣介石是絕對反對同汪兆銘合流，倒是希望王克敏居中斡旋和日本方面交涉的。因此，日方疑心這是重慶阻止成立汪政權的策略，對這條和平路線頗費躊躇。

汪政權成立不久，司徒偕同傅涇波到重慶旅行，王克敏和北支軍司令官多田對司徒此行寄以厚望。

但是，司徒去後遲遲不歸，幾個月後，所得到蔣介石的表示也是不着邊際的。顯然這是因為汪政權的成立，重慶政府對「和談」不太感到興趣了。

司徒雷登的「和平」旅行，一來往就是幾個月，但是，時機稍縱即逝，這就可以想像他的和平工作是不會有什麼成就的。加之，當時日本政府反對第三國特別是英美介入和談，所以對羅斯福總統的好友司徒的和平運動是不會放心的。

昭和十六年（一九四一年）二月，司徒到重慶旅行的時候，曾來和我談過，也算是我們最後的一次見面，因為不久我就離開了支那派遣軍總司令部。這年十二月，日本對英美宣戰，司徒以敵國人的關係，被北支軍拘留了。

松岡洋右的和平方案

昭和十五年（一九四〇年）九月，支那派遣軍總司令部對重慶直接和平的桐工作結束後，當時的日本外務大臣松岡洋右探納了西義顯的獻策，通過中間人錢永銘和周作民的關係，開始進行對重慶政府新的直接和平交涉。

西義顯在南京任滿鐵出張所所長時，和當時國民政府鐵道部的司長張競立交上了朋友，一九三九年十二月，張邀請西去香港，介紹西和他的外甥盛沛東見面，盛的背景是重慶國民政府立法委員沈恒，西向盛打聽了重慶方面對和平的空氣。

第二次近衛內閣成立，前滿鐵總裁松岡洋右出任外相，張競立和西義顯都是松岡的熟人，二人九月經過南京、上海同汪兆銘、周佛海聯系之後，到了東京，向松岡建議同重慶政府開始直接和平交涉。

松岡派田尻愛義總領事主持其事，並派前總領事船津辰一郎和西義顯為之協助。田尻赴香的途中，先到南京徵求汪的同意，同時與日本軍方取得聯絡。

當時，支那派遣軍總司令部都認為，剛剛在桐工作無結果而散之後，對重慶政府直接和平交涉決難實現。但在我個人看來，只要日本方面條件大讓步，並不是完全沒有實現性的。

但是，日方的條件還是那一套，同時正式承認汪政權已成既定方針，這就使這次交涉注定了要失敗。

果然，田尻一行在十月中旬到達香港時，錢永銘表示，由於兩個月間情勢的變化，對重慶國民政府的動向已失去自信，極力迴避作為和平交涉的中間人。

田尻他們強請錢派人到重慶傳達松岡的和平提案。這個和平提案的內容，不外是日華事變由日華兩軍停戰而告終結，將來日軍完全撤退後，實行締結兩國永久友好親善，互惠平等的經濟合作和防衛同盟等新條約……

重慶政府對此不但沒有答覆，而且在一星期後，宣佈凡是中國人而談中日和平的，一律以漢奸論。

但同時又傳來一個內幕消息，說是重慶密派張季鸞到了香港，打聽日方是否確實保證日本全面撤兵和不承認汪政權。日方曾經答應張可以確實保證，同時要求重慶政府派遣正式代表。因此，忽然將預定承認汪政權的日期推遲了一天，把汪政權弄得莫名其妙。

另一個迹象是，「滿洲國」特使臧式毅是到南京來參加「日滿華共同宣言」簽字儀式的，十一月二十六日在奉天飛機場突然中止南飛，也沒有說出什麼理由。

儘管如此，日本政府為了顧全國內外威信，終於不得不取銷了這個和平交涉計畫。

到了十一月三十日，日本政府和「汪政府」正式簽訂條約，就在二十九日還得到一個情報，說是重慶政府有意派許世英和張競立充當和平交涉代表。

小磯內閣病急亂投醫

太平洋戰事爆發後，日本軍的主戰場當然由中國大陸移至對英美戰爭，那時同盟和聯合兩陣線都禁止單獨講和，日華和平工作也就沒有人談起了。

但是，到了太平洋戰爭的後半期，日本的敗象已露，因此更急於結束對中國的戰爭，千方百計地尋求和談的路線，可是主客之勢已易，和平交涉的主導權已經轉移到中國方面，日本只有等待中國提示。

昭和十九年（一九四四年）夏天，塞班島日軍全滅，東條內閣再也戀棧不下去，換上了小磯國昭內閣。

一九四五年一月，美軍在菲律賓登陸，三月，硫黃島日軍守備隊覆滅，美軍不斷空襲日本本土，四月一日，美軍攻陷冲繩，日本只有挨揍的份了。

儘管那時日本軍在中國大陸南方還是進行順利，但也只限於地面部隊，在空戰方面，日空軍已受制於中美聯合空軍，形勢日劣。

小磯內閣一登場就深刻地認識了日華和平工作的重要性，在最高戰爭指導會議上決定積極設法和重慶政府進行和平交涉。他希望宇垣一成入閣担當這項工作，但宇垣只允個人作側面活動，因藉視察爲名，偕同坡西利八郎（中將）於昭和十九年（一九四四年）九月到滿洲、華北、華中旅行了一次，毫無所得而歸。小磯於失望之餘，竟搭上了繆斌這條重慶路線。

同年十月，我被任爲支那派遣軍總參謀副長，這是第三次到南京服務了。我一到任，繆斌就接連兩三次來找我，說是爲了努力進行中日和平工作，希望日本憲兵隊把封存的無線電台啓封，以便同重慶方面聯絡，託爲設法。我雖然對繆向無好感，同時也不相信他有此能耐，但當時日本情勢迫切需要對華和平，也就姑予一試。可是電台啓封之後，日方用電波探知機監視的結果，繆只同戰線附近的電信所交換過幾次物資買賣的情報，並沒有發見他對重慶作過什麼重要通訊。當南京的「日本大使館」和日本軍事機關聽到小磯（總理大臣）和緒方竹虎（情報局總裁）決定採取繆斌路線來進行日華和平的消息時，都感到意外，大家認爲繆斌是不夠資格和不可靠的。恰好谷正之（大使）因事回東京，「大使館」的陸海軍武官同行，他們在十二月七日一下飛機，就去訪問重光（外務大臣），打聽繆斌工作的事是否確實。重光透露他已經勸過小磯中止此項工作，小磯不聽，他希望這兩位陸海軍武官直接去見小磯，把南京的情形告訴他。十二月十日他們隨着谷正之去見小磯，談了兩小時，小磯態度異常堅決，表示繆斌工作事在必行。

蔣介石爲什麼急於槍斃繆斌？

翌年一月，「朝日新聞」記者池田源治因事到南京來，我把對繆的看法告訴他，託他轉告緒方竹虎，緒方强調，繆斌工作不能中止。

三月，我們接到陸軍大臣的命令，派飛機送繆斌到東京去，事到如今，也只好聽其自然推移了。繆十六日到東京，即向日方出示他的中日全面和平實行方案。方案的先決條件是：取消「南京國民政府」，組織一個留守機構，它的任務是一面籌備重慶政府還都，一面請求日本停戰和撤兵。顯然繆斌的用意是由他來掌握這個留守機構的。三月三十一日，小磯把這個方案向最高戰爭指導會議提出的時候，陸、海、外務各大臣和統帥部全體反對，理由是：第一、繆斌的身份、資格以及他和重慶政府的關係都不足取信於人；第二、日本單方面停戰撤兵，危險性太大；第三、違反以前最高戰爭指導會議對重慶工作須通過「南京國民政府」進行的決定。這樣，小磯的提案就流產了。四月三日，陸、海、外務三大臣和小磯內閣總理先後晉謁日皇，日皇曾向小磯問到關於繆斌問題的事件，四月五日，小磯內閣不得已提出總辭職。小磯內閣垮了台，繆斌也就被迫還出了迎賓館，日本人還算客氣，准許他在東京看了櫻花再回國。繆斌回到上海，恬不知恥地把他在東京和東久邇宮等人合照的相片炫示於人，一時傳爲笑柄。八月，日本宣佈投降，繆斌是首先被捕的漢奸。一九四六年四月三日，繆在蘇州高等法院受審時，大談其奉令在東京進行和平交涉的功勞，法官斥爲荒唐無稽，四月八日判處死刑。五月二十一日，繆斌也就成爲第一個執行死刑的漢奸。另方面，當時極力慫恿小磯推動繆斌工作的緒方竹虎，戰後却成爲日本政界的紅人。

釧影樓回憶錄

天笑

但是我的英文程度是不能譯書的，我的日文程度還可以勉强，可是那種和文及土語太多的，我也不能了解。所以不喜歡日本人自著的小說，而專選取他們譯自西洋的書。他們有一位老作家森田思軒，漢文極好，譯筆通暢，我最愛讀他的書，都是從法文中譯出來的。還有一位黑岩淚香，所譯的西文小說也不少。可是很少由美國出版的書，實在美國那時沒有什麼文學家，寒傖得很，日本文人，也不向那裏去搜求了。

到了民國初年，上海的虹口，已經開了不少日本書店，我每次到虹口去，總要光顧那些日本書店，選取他們翻譯西文的小說。不過那時候，日本的翻譯小說，不像以前的容易翻譯，因為他們的漢文都差了。最可厭的，有一種翻譯小說，他把裏面的人名，地名、制度、風俗等等，都改了日本式的，當然，連他們的對話、道白、也成為日本風了。所以往往購買了五六本的日文翻譯小說，也只有一二種可以重譯，甚至全盤不可着筆的。

至於像上文所說森田思軒、黑岩淚香所譯的書，早已絕版多年，於是託留學日本的朋友，到舊書店裏去搜求，倒還可以搜求到不少。他們有時並且給我向圖書館去搜求，那些絕版的書，圖書館裏倒還存留着，覓到以後，他們就做了一個「久假而不歸。」我說：「這怎麼可以呢？」他們說：「無大關係，至多罰去保證金而已，況且這種破爛的舊書，他們已視同廢紙了。」

所以我之對於小說，說不上什麼文才，也不成其為作家，因為那時候，寫小說的人還少，而時代需求則甚殷。到了上海以後，應各方的要求，最初只是翻譯，後來也有創作了。創作先之以短篇，後來便也學寫長篇。但那時候的風氣，白話小說，不甚為讀者所歡迎，還是以文言為貴，這不免受了林譯小說的薰染。我起初原不過見獵心喜，便率爾操觚，誰知後來竟成了一種副業，以之補助生活，比了在人家做一教書先生，自由而寫意得多了。

蘇滬往來

自從東來書莊開設，他們舉我為經理以後，我常常到上海去，因為有許多日本的圖書，不必從蘇州向日本去郵寄，上海虹口，已有日本書店，我們可以自去選擇。我認識了兩家，要什麼圖書，可以託他們到東京去定，郵寄也很方便。還有日本出品的文具，紙品，虹口也有批發出售。再有的、上海近來新出的書籍雜誌也不少，出版、發行的地方、各各不同，他們也有的委託東來書莊為蘇州代銷處，大概以七折或八折歸帳，都是賣出還錢，不須墊本的，那種生意，大可做得，所以也須到上海招攬與接洽。

那時蘇州與上海，火車還未通，但小輪船已經有了。小輪船蘇滬往來，也不過十五六個小時，每天下午三四點鐘開船，到明天早晨七八點鐘，便可到了。小輪船後面有拖船，小輪不載客，後面的拖船載客，有散艙、有烟篷、還有叫做「大菜間」

的，房艙比散艙寬舒，一個房艙，可睡四人，所謂大菜間者，並無大菜可吃，只不過比較更寬敞一點而已。烟篷只是在拖船的頂上，頭也抬不起來的，得一席之地。當然，價錢也分等級，你要舒服，便不能不多出一些錢。不過在船上只有一夜天，吃完夜飯，即行睡覺，一到天明，便到碼頭，比了從前蘇滬往來，坐船要三天兩夜，那就便利得多了。

可是從前旅行，比了現在，還是麻煩得多。第一、就是行李的累贅，像我們出門旅行，至少要有四件行李，一是鋪蓋、二是皮箱、三是網籃、四是便桶。現代的青年人，恐怕都不知道了，不嫌詞費，我且瑣述如下：

先說鋪蓋：鋪蓋就是臥具，從前的所謂客棧、旅館，都是不備臥具的，客人要自帶鋪蓋。不要說住客店了，在一家商店做店員，也要自帶鋪蓋，所以停歇生意，名之曰「捲鋪蓋」，南方人稱之曰「炒魷魚」，即由此而來。此風由來已古，文詞中所云「襆被而行」，亦即此意。這個鋪蓋可大可小，要是在嚴冬，或是年老怕冷的人，還非有重衾厚褥不可呢。

次言皮箱：皮箱即衣箱，以前沒有人穿西服，長袍馬褂，皮的棉的，就是一大箱。你如果不帶了，天氣忽寒忽暖，怎麼辦呢？而且這衣箱，都是笨重非凡，不似近來的新式的皮箱，可以舉重若輕的。直到如今，凡是旅行者，無論到什麼文明的地方，一隻旅行的皮箱，總不可少的呀。

再講網籃：這是一種竹製的籃，籃面上張了一個網，旅行家稱之為「百寶箱。」所有面盆、手巾、雨鞋、紙傘、一切雜用之物，都安置其中。有些先生們，凡家常用慣的東西，一切都要帶了走，茶壺、飯碗，亦在其列，至於讀書人，那書籍，文具，也是不可須臾離的。到上海來，總要買些東西，沒有網籃，就不可能安放了。

最後談到那個便桶了，便桶就是馬桶，莊子所云：「道在屎溺」，蘇州人不能似北方人那樣上廁所、登野坑，而必須要一個馬桶。但旅館裏不備此物，務須貴客自理（那時抽水馬桶，尚未出世），於是行李中不能不有此一物了。不但有馬桶，有些常常出門旅行的老先生，還要帶著夜壺箱。蘇州出品的夜壺箱，做得很為考究，方方的像一只小書箱，中置青花瓷的夜壺，上有一抽斗，可放筆墨信牋之類。箱門上還刻了字，有一位老先生的夜壺箱上，刻了一句古人詩曰：「詩清都為飲茶多，」我問：「何解？」老先生笑道：「詩字不與『尿』字同音嗎？」

這四件行李，剛成一担。蘇州那時沒有人力車，只有雇一個脚夫挑出去。那時蘇州的小火輪，還是日本人創辦的，喚作「大東公司，」輪船碼頭，在盤門外的青暘地日本租界，從城裏出去多們遠啊。後來中國人自己也辦了一家小輪公司了，喚作「戴生昌」，旋在閶門外分設了一個碼頭，那就便利得多了。至於上海的小輪碼頭，全在蘇州河一帶，這些小輪船，都開往蘇州，杭州各處。

到了上海，便住旅館，那時還沒有旅館的名稱，只喚做客棧。船抵碼頭，便有客棧裏派出招攬之人，此種人名曰「接客。」對於接客，有一種好處，便是可以把行李交給了他，自已雇了人力車，到所住旅館裏去，不然，你與這些碼頭小工，搞不清楚，正添不少麻煩呢。我到上海，常常住在寶善街（即五馬路）一家客棧，叫做鼎陞棧，這家客棧，也未必有什麼特別，只不過比較熟一點，茶房與接客熟了，那就方便得多了。

那時的上海，還沒有新式旅館，普通的客棧，每天每人只要二百八十文，食宿在內（二百八十文，等於銀圓二角八分）。不過那是以榻位計的，大的房間有四五榻，最小的房間亦有二榻，儘管不相識的人，可以住在一房。否則你除非包房間，以榻位計值也是可以的。每日晝夜兩餐，也是照榻位開的，房間若干人，取共食制度，不能分餐。另有一種客寓，專招待官員來住居的，氣魄大一點，價錢不免也貴一點。

上海有一種家庭旅館，那是最舒服而最安適的了。我本來也不認識這家旅館，那一天，我要到上海去，有一位祝心淵先生也要到上海去（祝亦曾隨着江建霞到湖南做學幕看文章，現在蘇州開一個私家小學校，是最早的，有名的「唐家巷小學」）。旅行有伴，那是最好的事了。在船中書籍而眼，他家中有不少書，尤其有許多明末淸初的禁書，收藏不少，現在漸漸出籠了，此番到上海，大概與書賈有所接洽。

我問他到了上海，住在那一家旅館裏？他說：「住在雅仙居。」我覺得雅仙居這個名字很別致，上海客寓，總是什麽平安、高陞等名字，因問：「雅仙居是何型式，有何特別之處？」他笑道：「一個小客寓耳，不過是蘇州人開的，於我們蘇州人很相宜，店主還是一個女老板，我到上海，住在那裏，貪其可以吃蘇州菜，價錢也和別的旅館一樣，不過小賬我們多給一些。你倘然沒有一定的旅館，也住到雅仙居來，我們可以談談。」我聞言欣然，因為心淵先生比我年長一倍，也是個才識開明之士，可以隨時請教。並且雅仙居是蘇州人開的，也可以一嘗家鄉風味。

原來這個雅仙居的女主人，是一位年近四十的蘇州女人，她嫁了一位湖州絲商（從前經營生絲出口的，很多湖州人）。他們本來住居在上海的（有人說是黑市太太，那也不去管它了），後來那位絲商故世了，遺下了她，還有一個女兒，這女兒名字喚作「金鈴」，現在也十八九歲了，生得很為美麗，也在私塾裏讀過幾年書。絲商故世後。無以為生，母女二人，便開設了這家雅仙居。

雅仙居開在近福州路的市區，是上海所謂弄堂房子、石庫門三樓三底．他們把這房子隔成不少間數，便做成一家客寓。這是一家小客寓，但特別是家庭式的，不用什麽男茶房，男的只有一個打雜的，女傭人倒有兩人。關於客人的飯食，女主人親自下廚房；女兒略知文墨，便做了簡單的賬房。最使人賞識的，就是開飯開在客堂裏，店主東的母女和客人共同進食，而蘇州菜的合乎旅客口味，尤其是女主人的拿手。

住在雅仙居的都是熟客，陌生的難於問津。它那裏有兩幫客人，一幫就是做絲生意的，也許是與女店主已逝世的丈夫是同業，他們住得很久，常是包月的。一幫便是蘇州客人，也是老客人，深知底細，愛吃蘇州菜的。那不過到上海來有點業務上的關係，或者游玩一次，至多不過一星期，那是短期的客人。

生長在上海的女孩兒，當然比在內地的要活潑伶俐一點，何況她是一位俏麗的女郎。吃了蘇州菜，還想一餐秀色，但她的母親管束甚嚴。我友吳和士，從日本留學回來，和我同住在雅仙居，他是一位翩翩佳公子，對於金鈴頗為傾慕，捉空兒便與金鈴作絮語。可是其母從不許金鈴踏進客人的房間。和士乃與金鈴隔着窗子談話，一在窗外，一在窗內，但一聞母喚，如驚鴻之一瞥去矣。我調以詩曰：「西窗玉立自亭亭，絮呆蘭因話不停。安得護花年少客，敢將十萬繫金鈴。」和士歎曰：「在日本，房東家女兒，雖共相調笑，了不足怪，中國婦女，總是那樣閉關自守呀。」

但我難得住雅仙居，因為它碼頭上沒有接客，許多不便，除非在蘇州有伴，同來上海，他們是住慣雅仙居的。我最初來上海，好像是為了到南洋公學（即現今交通大學的前身）來考師範生的，雖然在七八歲的時候，為了父親的病，來過上海一次，以後一直沒有來過，隔離了十餘年，當然大不相同了。這個時期很早，以還在戊戌政變之前，中國正提倡興學。興學應當是小學、中學、大學，層層向上，但中國興學，却自上而下，這是什麽原因呢？因為開學校必先有師資，而中國師資沒有，教那班從事八股八韵先生們去當教師是不行的，只有遣派一班高材生，到國外去學習師範，然後可以回來當教師呢。

我到南洋公學去考師範，是和馬仰禹一同去的，那時主持南洋公學的是胡二梅，也是一位兩榜先生。他出了一個題目，總之是經史上的，很古奧的，現在我已完全不記得了，我胡亂做了一篇，自己也不滿意，明知是不能取中的。及至揭曉，我與馬仰禹俱名落孫山。因為這個師範生，考取以後，不但不要學費，而且還有津貼，並且有資送出洋希望，因此大家趨之若鶩。但在未考之前，便有一種謠言，說所取的名額少，而報考的人數多，非有關節囑託不可，這也是一個無從證實的謠言。這次錄取的記得有劉厚生（垣）諸君，後在上海，亦為老友。

（卅二）

柳西草堂日記

張謇遺著

四月

初一日。作「社倉記」，作「世麟橋記」。

二日。有「垞興」十首。

三日。啓行至滬。

四日。至上海。

五日。定由滬買花之局。

六日。與莘丈訊。

七日。校課卷。

八日。內子還海門。

九日。與莘丈訊。

十日。爲仁祖就婚購衣。

十二日。爲仁祖喜事備首飾。

十三日。子培至滬。

十六日。仁祖與恕堂及僕吳升來自貴谿，遂寓裏毛家衖、通海沙布公所。仲弢來，寓虹口義昌成樊時薰處。

十七日。爲仁祖納幣於顧氏。

十八日。至虹口晤仲弢，晚與子培同車，送登大通

二十二日。欵媒。上海婚嫁開支繁費，十倍於海門。

二十三日。仁祖入贅顧氏，酉刻拜堂。

二十四日。欵顧氏甸安茂才（光圻）。

二十五日。赴顧氏之約。

二十六日。定仁祖五月初九日挈眷去貴谿啓行之期。

二十七日。與叔兄訊。合計仁祖婚費川資九百餘番，貴谿來者不與。

二十八日。莘丈至滬，與蘭孫同會於一品香。

二十九日。與登叔偕旋，戌初登舟。（按：四月初一日至十六日眉頁上，謇有「垞興十首」，今錄於此：「桐樹三年長，賴能新看出屋梢，支夕照，誰企鳳來巢。」「爛漫海棠嬌，一月見首尾，栽汝試花時，草堂猶障葦。」「紅葉竹欄扶，新苞暗自舒，辛勤耐風雨，祇是殿春餘。」「種藤被柳枯，理藤解柳縛，調停復調停，柳在藤有託。」「廢宅離離柿，疑年衆樹尊，不見洪亭九，安與青璅門。」「羣馬日夕至，新篁更闢闤，由來非寂處，不厭四時喧。」「向晚觀魚會，憑橋唖不聲，沈沈人影落，細細水紋生。」「雉起忽驚人，由東入西薄，水邊一鷺影，忘機自拳脚。」「惡獺苦相逼，年來闌鴨稀，不愁逢驛使，那得彈丸飛。」「携稚日林下，看花摘果嬉，無訛詩所惜，幼小不會知。」此十詩與「張季子九錄」所載者字句畧有異。）

五月

一日。寅初行，辰初泊吳淞候風，辰正復開，申初抵青龍港。

二日。與叔兄訊。

三日。爲人作書。

五日。家廟行禮。寫「世麟橋記」。

七日。往廠，吳姬以沈夫人病歸省，挈之俱行。

八日。卯初至廠。戒敬夫相北方匪警，緩急爲操縱。

十一日。仁祖以是日挈婦附江孚西上。

十三日。連七八日皆東南風，亢旱望雨。

十九日。自廠啓行，附瑞安之省。

二十日。至省方卯正也，飭長班投出口花捐咨呈。

二十一日。聞張劉合電請剿團匪、匪大恣肆，黃巾白波再見矣。

二十二日。投小輪咨呈，見新寧，知大沽口失。陳招撫徐老虎策。

二十三日。新寧招撫徐老虎。

二十四日。上新寧書，論招撫
宜開誠布公，昭示威信，不可使疑，不可使玩。
撫徐之說，荷賜施行，內患苟弭，可專意外應矣。此輩如亂柴，徐則約柴之繩也。引繩太緊，繩將不堪，太鬆且枝梧，宜得有大度而小心之統將處之，俾不猜而生嫌，不輕而生玩，若予編伍，鑲額宜撤統將發原封，令徐自給，但給銜不可踰守備以上，不可便單紮，且令一善言語有計畧之道員，前往宣示誠信，以開諭之，令專鎮緝沿江諸匪，若請來謁，宜卽聽許；不請，勿遽强。此人聞頗以胆決重於其黨，控馭得宜，安知不有異日之効，宮保歷軍事久，必有勝算，惟須有識時局心公心者，神明節度，念此爲難耳。抑有請者，剋饟缺額，近二十餘軍營之通病（按：「餘」字下似漏「年」字），兵疾其將，奚能用命？願宮保嚴敕諸將痛湔積習，戮力時艱，較量二弊，則剋饟之患，尤甚於缺額也。一得之愚，陳備采擇。惶恐惶恐。京師日內慮已有變，如何如何！

二十五日。生日。選文正課藝。北訊益警。

二十六日。有贈日本西村子儁（時彥）詩，贈陳伯嚴吏部（三立）詩。「舊知進一（竹添進一，一名光鴻，前朝鮮使）與岡千（岡千仞亦濂亭師門下），子復新詩手自編。游學遠徵唐史傳；觀風來識禹山川。輔車終古存虞鑑；縞紵從今愛札賢。倚劍中宵同不寐，長安三輔正烽烟。」（贈西村）「西江健者陳公子，流輩論才未或先。人海無端千刼過；京塵相惜十年前。崎嶇吳楚頻移舍；唐突燕雲正控弦。長歎新亭都寂寞，强開淚眼對山川。」（贈伯嚴）

二十九日。藹蒼來議保衛東南事，屬理卿致此意。

三十日。與伯嚴議易西而南事（江以杜雲秋兪爲營務處，鄂以鄭蘇龕爲營務處）北上。

六月

一日。莘丈來，爲常州團事。蟄先來深談。

二日。蟄先謁新寧，新寧以甫聞德使被戕，京師焦爛，終夜不寐。與伯嚴定蟄先追謁李帥，定安危至計。

三日。與蟄先、莘丈同行。候蟄先故失船，莘丈先行，與蟄先同寓下關江岸。以所請林明敦槍附澄波寄。

四日。附益利行，至鎮江，見禹九，知北警益甚。（孔馴能槍。）

五日。至滬，晚與蟄先別，誦無幾相見之詩。

六日。聞各使均被害。聞有宮禁非常之謠。

七日。聞合肥行次香港，非公推此老入衞兩宮，殆無可下手。與梅生，小山談。藹蒼邀談於一品香，飯罷卽附輪旋通。

八日。至廠。與新寧說帖，申公推合肥統兵亟北，內衞外。

九日。聞合肥北上之說不確。

十日。旋長樂，汪道海門，與王同知議練團丁。

十二日。聞有停解洋債，移充軍餉之旨，此則東南亦不靖矣。

十三日。知梅生去寧，移餉事已綏宕。

十四日。恕堂自山東回，言本初黑瘦，意徘徊南附，擁兵自衞。

十五日。恕堂去江西貴谿。與王同知訊，說各典不可止當。

十七日。與莘丈訊，施理卿、劉聚卿訊。

十八日。作徐積餘「許齋叢書序」。

十九日。作江愼修先生「弄丸圖」詩。

（卅一）

洪憲紀事詩本事簿注

劉成禺遺著

白衣王子鬥歌喉，師友尚書作俳優。轉眼詼談成劇本，兒家朱孔是傳頭。

自民四張勳入京，集都下名角於江西會館，演戲三日。克文亦粉墨登場，彩串千忠戮崑曲一闋。名士詩人，揣摩風氣，咸代梅蘭芳等譜曲，被之管弦，著於歌詠，定北海爲教壇，奉克文、克良爲傳頭，袍笏演奏，殆無虛日。此金臺崑曲最盛時代也。李合肥開府北洋，通州老名宿朱銘盤曼君，張謇季直，范氏兄弟軾、當世均羅致幕下。季直參吳壯武公長慶軍事，駐朝鮮。世凱亦以隨員從壯武，令世凱師事季直，故世凱稱季直爲張老夫子，或季直師。及世凱爲大總統，函電均罷除師號，改稱季直先生，或張老先生。籌安議起，任季直爲農商總長。又易季直先生爲季直兄。大典成立，特聘李直爲「嵩山四友」，則降師爲友，見諸明令矣。嚴範孫一日戲謂季直云：「公眞君不得而臣帝不得而師。嚴子陵爲天子之友，釣於水。公將爲天子之友，隱於山矣。」季直被任農商總長，不到任。一日入京，與項城宴談曰：「大典成立，將舉大總統爲皇帝，尊意如何？」項城曰：「如以傳統一系，又如羅馬教皇制度爲言，則中國皇帝應屬孔子之後：衍聖公孔令貽最宜。否則孔混成旅長繁錦亦好。如以革命排滿論，則中國皇帝應屬大明朱家之後：內務總長朱啓鈐、直隸巡按使朱家寶，浙江都督朱瑞，皆有作皇帝資格。」季直曰：「還有朱郞友芬，朱優素雲也好。」項城大笑不止。後津滬串爲新戲譜曰：「天子師友樂，」謂與故人張季直諧話，無異嚴子陵加足帝腹也。（後孫公園雜錄）

唐先生紹儀曰：「項城初來天津，最喜二黃，唱不絕口。故洪憲故事，無異傀儡登場。朱桂莘着祭天冠笏，眞優孟衣冠也。」沈琪老衛世丈曰：「民國四年，予列名禮制館，總裁徐世昌、副總裁楊士琦、錢能訓。總編纂江瀚、提調郭則澐。則澐、予門下士也。郊天祀孔、祀關岳，袁崇煥配享關岳廟，凡衣冠品級制度，均由禮制館議。一日，議禮制館全體人員加入大典籌備處，事前杏城幹臣兩同年邀予竹戰。叔海陰召全體開會，予則未接通知書，因予好爲譃語之故。適予竹本缺之，來館支薪，見後堂開會，叔海據高座言，加入大典籌備處之必要。見予至，即言議決散會。予向曉樓云：聞前日大典籌備禮成，項城大得意，退朝還宮，口中大唱其戲，究竟所唱何戲，其『孤王酒醉桃花宮』乎？」曉樓曰：「此開會之所以不知會老師也。」

趙竹老鳳昌世丈曰：「項城在高麗駐商務局，派人招烟台戲班來韓演戲三日，點曹操戲者七次。在韓華商皆謂項城終日想做曹操，此駐韓文案皖人

[illegible]爲予言之[illegible]袁英告予，一日項城在新華宮外散步，予父乃寬及予等皆從。項城口中哼戲『我薛平貴也有今日天』一語，聲最高朗，始知項城善唱大登殿一曲也。」

休言麟定說公孫，魯語能污帝闕尊。蠟淚滿前君莫笑，沛公如廁在鴻門。

民國八年，章太炎先生寓滬上也是廬，予「洪憲記事詩」成，呈稿請序。先生謂有故事一則，屬予撰詩，佳則序之，不佳則無有也。先生曰：「予由龍泉寺轉禁徐醫生寓廬。徐，袁氏延醫御牙者。一日，魯人賈某來談。賈，克定尊爲風水大師，帝城營造，皆其手定。賈曰：『予觀帝王旺氣，萃前門，儲公以定命名，定無坐位，難以坐鎭；前門皇運咸備，門內左右對建高洋廁屋兩楹，俾儲公制定坐位，河山帶礪，穩如泰山，安如磐石矣。』蓋魯語定聲同音，以聲爲定也。予曰：『毛詩，麟之定，振振公姓，定生頭上，如何位置尻後？』徐曰：『此堪輿家微言，先生所不知也。明代建小關帝廟於前門，先生當會通之。』」詩成，走呈先生，先生曰：「毛廁詩甚佳！坐片刻，爲子序之。」疾書一小時，成本詩詩序。今春，在吳會祝先生壽，先生尙曰：「毛廁詩甚好！」天人大師，楠棺一叩，正學喪墜，舉國悽然。民國二十五年七月成禺敬記。

故璫歸命不成侯，夾領金輿警衛頭。曾說天家通北寺，新廷竟免大長秋。

中華民國四年十二月二十三日，政事堂奉申令：歷代宮禁，沿用閹人，因供內廷使令，俾千百無辜之民，自處以久廢之宮刑，永絕嗣續，揆諸尊重人道主義，豈忍出此？所有從前太監等名目，着即永遠革除，懸爲厲禁。內廷供役，酌量改用女官，用如何規定之處，着政事堂審議以聞。此令。滿西后垂簾時，項城刻意交通太監李蓮英，故戊戌政變，岑春煊革職，蓮英皆與項城密謀行之。後又交通小德張。辛亥事變，小德張日環跪隆裕前，泣報革命軍近逼北京，求保生命。隆裕震慴，下詔讓國，約袁保全滿室，實趙秉鈞爲畫此策，重賄小德張云。帝制議起，小德張姪以贊王有功。屢上呈摺，求充洪憲宮中領班太監。項城曰：「以刑餘之人與聞國政，滿代嚴禁，領示祖訓，末世閹禍，仍難避免，文明各國視爲笑談。予豈能捨强歐良制而從印度，波斯，回教諸弱國之虐政乎？」遂下詔罷除太監，改用女官，選頭等警衛槓扈蹕鞏云。

陳少白先生曰：「岑春煊督粵，捕鉅紳黎培質、楊西巖等二十餘人，有籍其家者。粵人懸賞十萬金，謀能逐岑者酬之。少白手揭紅標，知春煊與項城有隙，西后西幸，寵岑在袁上也。乃由粵人蔡乃煌謀於袁，又知西后痛恨康梁，乃賂照相師，將岑春煊、康有爲、梁啓超、麥孟華，四像合製一片，廣售京津，由蔡輦鉅金呈袁，轉李蓮英密上西后。西后閱之大怒，遂有調岑離粵之命。乃煌得上海道，少白獲售，以鉅金辦省港輪船公司，珠江碼頭劃歸陳有，其家今尙食之。出此奇計，少白得有陳平之目，其美則如冠玉矣。春煊知爲像片所紿，自輦鉅金求計於蓮英，蓮英又以西后扮觀音，自扮韋陀同坐一龕，上像片於西后曰：『老佛爺何嘗命奴才同照此像？足見民間僞造藉觀朝綱。從前岑春煊康有爲等照片，想亦類此。』西后對岑意解。後聞岑春煊函龍濟光殺蔡乃煌，或曰：所以報東門之役也。」（卅一）

・更正・

本刊第三十期洪憲紀事詩第二欄第十一行，第七字「協」字，係「燮」字之誤。協和乃李烈鈞的別字。李燮和乃湖南失意軍人，入京依楊度爲活，碰上時機，乃亦爲六君子之一。劉君原文誤寫，編者亦一時失察，爲更正如上。

梅蘭芳的戲劇生活

周志輔

在服裝扮相方面，與嫦娥奔月裏大同小異，其不同之點，可以說是更加繁複而趨於美觀，在服裝上除了上穿短襖，下繫長裙，外加絲帶，兩旁玉佩而外，腰裏加了一條短的圍裙；在頭上是正面梳三個髻，上下疊成「品」字形。同時也是在台上加佈景，打電光，這在當時認爲是新鮮玩藝，可以吸引觀衆的，後來在許多戲院裏演唱，雖然缺乏佈景，也是一樣的受人歡迎，而對全劇的精彩，並沒有減色。在這齣戲裏，葬花的一幕，是手持花鋤，邊唱邊做身段，是一種慢的歌舞，與「嫦娥奔月」裏面的花鐮舞，又有不同，因爲黛玉是一個弱女子，身體要顯出點病態，而且黛玉是善於感傷身世的，正因爲有所悵觸，才作此葬花的舉動，所以更要形容出她的愁思，舉動必須要緩慢一點，方能符合戲中人的身分。他演來，正能恰到好處，這是他的藝術所以能出人頭地的地方，在演每一齣戲，必須要對於戲中人的性格和環境，十分瞭解得清楚，然後設身處地的演來，自能維妙維肖，把喜樂悲歡，全部呈現在觀衆的眼前，而使得觀衆受到了暗示，忘記了他是在做戲，不自主地隨着戲中人一顰一笑，這才做到戲劇動人的境地，所以有好的脚本，還要有好的演員，方能成功。這齣「黛玉葬花」，只有六幕，依京戲的組織說，眞是極其簡單的，但是編的情節夠細緻，而他的演技，也足以傳神，這次又是他的一番成功，越發鼓勵他的勇氣，引起了許多齣古裝和紅樓新戲，使得他在這方面獲有輝煌的成果。

庚　千金一笑

梅蘭芳的「嫦娥奔月」，是爲中秋應景編成的戲，他在「黛玉葬花」演過以後，更從「紅樓夢」小說裏邊，找出一個可以作爲端節應景戲的題材，就是「晴雯撕扇」。當時的觀衆，因爲看了「黛玉葬花」覺得題材很是新穎，引起了對於紅樓戲的興趣，都希望他再繼續排紅樓新戲。有這二種原因湊在一起，他就決定了選擇原書第三十一回的「撕扇子作千金一笑」來編一齣新戲，因爲書上這件事正巧是發生在端陽節那一天的，並且就用原書的「千金一笑」，做了演出時戲名。

這齣戲裏的服裝，當然仍是離不了裙子襖，但是因爲晴雯的身份是個丫鬟，所以暗中因襲着京戲服裝的例子，給他加上一件坎肩，穿在外面，也是繫在裙子裏面。頭上梳的是一個「編髻」，也戴着珠翠花。全戲衹有四場，較「黛玉葬花」又爲簡單，但是在第四場撕扇之前，晴雯拿着扇子，輕撲流螢，這些身段，也可以叫做撲螢舞，這當然又是他個人創作的。因爲撲螢與撲蝶不同，蝶飛得高，所以撲的姿式，可以變化得多，螢飛得低，只能低撲，那就全靠運用腰腿肘腕的工夫。而且螢是比蝶小得許多的動物，不能做出運用强大力量的形式，衹能用柔軟的動作來表示，而又要眼與手連貫，在流螢若隱若現的時候，一經發覺，馬上用扇去撲，這是說明眼神與手的動作，若合符節，切不可手到而眼不到，便成了瞎撲一氣，是絕不會好看的。這都是他在創造撲螢舞時候揣摩出來的心得，一舉一動，都合乎情理。

以上三齣古裝新戲，全都是以歌舞並重為目的，也就是說所編的新戲，多半拿這種場子作為骨幹，這是他的作風。據他的經驗告訴人們，凡是古典歌舞劇，是建築在歌舞上面的，而且一切動作和歌唱，都要配合場面上的節奏來形成它自己的一種規律。許多前輩老藝人，創造出各種優美的舞蹈，都是根據現實生活中的動作，把它洗煉出來，再鋪張着構成的歌舞藝術。所以在表演這種古典歌舞劇的時候，演員自身要負着兩重任務，除了很切合劇情地扮演那個劇中人之外，還要把優美的舞蹈加以體現的重要責任。他的這種議論，完全是積數十年的經驗，體會得來，但是在他早年編製新戲的時候，就有了這種目光，按照自闢的途徑，來尋求其中的眞理。

五、崑曲

梅蘭芳編排新戲，注重歌舞，同時他想起了崑曲，具有中國戲曲的優良傳統，尤其是歌舞並重，值得採取的地方很多。不過那時北京城裏，崑曲衰落到不可想像，許多會崑曲的藝人，全都老了，他們也是英雄無用武之地，各戲班裏，經常不演崑腔的戲，使得這種優美的藝術，將要失傳，實在是戲劇界的一種極大損失。他有鑑於此，就趕緊向擅長崑曲的老先生們請教，從那時起，前後學會了好幾十齣崑曲，在這一年半裏，也露過不少，台下觀眾，與歡迎他的古裝戲一樣熱烈。

他在這一時期，最先學的是孽海記中的「思凡」，這齣戲不能算是道地的崑曲，因為它的作曲和填譜，都不完全符合崑曲的規律，所以「納書楹曲譜」裏，把它與「醉楊妃」都收在外集的「時劇」類內，不承認它是崑曲的正宗。不過這齣「思凡」裏的身段，相當繁重，是邊唱邊做，有時在念白的時候，還要隨念隨走，他把這齣戲學會了，更有益於他的做工不少。他在所編的古裝新戲裏，沒有一齣沒有歌舞，把一切動作的姿態，都直接放在唱腔裏邊，使得種種美的身段，唱腔，表情，音節，全部調和融洽起來，當然是由崑曲裏脫胎出來的。又加之「思凡」的尼姑，手持拂塵，許多身段，都離不開它，與其他的新戲裏，所拿的花鐮，花鋤、扇子各種道具、運用時非常靈活，使觀眾感覺到美妙，不是同樣的顯出工夫嗎。

他依次學會了「佳期拷紅」，是西廂記裏的，「春香鬧學」，是牡丹亭裏的，「前親後親」，是風箏誤裏的，都一一上演，他從多方面吸收來藝術的精萃，儘量地發揮，用在他所編的新戲裏，再配合了他自己的工夫和經驗，循序進展，使他從此覓得了一條改良藝術的康莊大道。

六、三次去上海

梅蘭芳前二次去上海，可以說是跟着王鳳卿去的，因為王鳳卿唱的大軸，他經常是唱在倒第二齣。這次南下，可不同了，雖然也與王鳳卿同行，但是換了他的大軸，而且因為他有許多個人獨有的新戲，必須帶着自己的配角，所以演員方面，加入姜妙香，姚玉芙二人，那是在民國五年的秋天，他年二十三歲。這次改在天蟾舞台上演，這個戲院，院內樓上下可以容納三千多個觀眾，比較前二次所用的丹桂第一台大上許多。

這次他在上海，唱了四十五天，又到杭州演了一個短的時期，然後回到北京去過舊歷年。他第一次到上海，演了刀馬旦戲，受到上海人的歡迎。第二次除了刀馬旦戲而外，又帶了一齣「醉酒」去，與上海觀眾初次會面，使得觀眾耳目一新。這一次就更顯得分外煊赫了，他以唱大軸的身份，舊地重遊，帶了許多古裝，時裝新戲，還有新排的京戲，再加上崑曲，於是戲院裏，每天滿座，而他的聲價從此更蒸蒸日上，不僅震動了整個上海，而且創出了旦角唱大軸的局面，成為戲劇界裏「天之驕子」。

他第一天的打泡戲，還是「彩樓配」，唱過七天的老戲，就把他在十八個月裏邊所排的新戲，陸續貼演，全部受到觀眾的歡迎。

（十二）

世載堂雜憶續篇

劉禺生遺著
雋君注釋

徐榮，字鐵孫，廣州駐防漢軍正黃旗人（粵諺旗下），道光丙申進士，官浙江多年。太平軍攻徽州，徐榮率兵抵抗，被殺而死。儀克中，字協一，號墨農，番禺人，道光壬辰舉人。任廣東巡撫祁𡎴幕友，建議修濤濬洲渠，以疏水患。修省志時，采訪金石頗勤，補前人所未及。繆艮，字兼山，號蓮仙子，浙江錢塘人，生於乾隆三十一年，出身秀才。奔走南北，以賣文教書爲生。所作「客途秋恨」南音，百餘年來，傳誦嶺南。

左宗棠因聯逢知己

左宗棠以舉人赴京會試，不第，歸湖南，道出洞庭湖君山，謁君山龍女廟，製廟聯云：「迢遙旅路三千，我原過客；管理洞庭八百，汝亦書生。」意指柳毅下第過洞庭，爲人寄書，締婚龍女事，以下第自況也。林則徐遊君山，見此聯，大奇之，見聯末署欵左宗棠，問左爲誰何。廟祝以下第湘陰舉人對。則徐誌之。一日，與陶澍談及湘中人物曰：湖南有湘陰左宗棠者，君同鄉也，識之乎？曰：未也。林曰：予觀其下第過君山題龍女廟楹聯，筆端有奇氣，極具懷抱，他日必成大事，予亦未識其人。陶澍素重則徐，聆其言，謹記之。

後陶澍還鄉，泊舟野渚，聞鄰舟有官人，訓戒僮僕，聲音雄異，使人探之，曰湘陰左舉人宗棠舟也。陶澍先持恩弟名帖，即具衣冠，過鄰舟拜謁，備致景慕，一見如故，縱談天下事，無不令陶澍傾倒。二人遂訂交，後且結爲親家。有人謂陶與左年歲輩行官階大小不相若，陶曰：予與季高（左宗棠字）結姻親，所以重其他日功名事業，豈若輩所能喻。世知陶澍識左宗棠，而不知使陶能識左者，林則徐也。

雋君注：柳毅，唐代人。世傳柳考試下第將歸，湖濱見有婦女，牧羊於路旁，曰：妾洞庭龍君小女也，有一信託交。毅按址送去。明日辭歸，洞庭君贈其珍寶，奇異尋常。因適廣陵，娶於盧氏，偶話舊事，即洞庭君之女也。後居南海四十年，狀容不衰，開元中歸洞庭，莫知所終。陶澍，字子進，號雲汀，湖南安化人，嘉慶七年進士，散館授編修，官至兩江總督，有「印心石屋文集」等遺著。

李鴻章幕中壞員

北洋大臣幕府，接近京師，在京朝士，往來如織，觀李越縵日記，以郎中親往天津，受李鴻章及津海關道之聘，任問津各書院山長，是以朝士而依北洋爲生活也。徐世昌以翰林編修，委調北洋大臣幕，並奏陳照翰林院俸給，留資、不扣，爲例所限，不准。徐乃離北洋，回京供職。皖人崔國因，爲李鴻章姻親，延爲西席，專奏以翰林院編修，調往北洋辦理洋務，並奏派駐美、日、秘國欽差大臣，旋以穢聞撤職。會大考翰詹，鴻章奏陳崔國因，曾三任京堂，出使大臣，免考，亦未得請，結果列大考四等末尾，降級。來津哭愬於李。李曰：「先生此後作外官，不作京官可也。」

鴻章在北洋，承曾國藩之後，網羅屬

員，辦洋務者有：羅豐祿、馬建忠、伍廷芳、陳李同諸人；僚屬有李士周、朱銘盤及淮軍舊人。而鴻章以翰林出身，席曾國藩之餘蔭，朝士有嚴修、于式枚、張佩綸諸人，科第未達者有張謇、范當世諸人。其他朝官，皆往來奔競於李門，藉以獵得一官半職。鴻章既學曾國藩作風，而張之洞又學鴻章作風。所不同者，張之洞標榜學術詩文，而鴻章則一本以做官為事，出乎張之洞拘於翰林之中也。（林熙按：張謇未嘗依附鴻章，劉若誤。）

崔國因以李鴻章鄉親，入幕任教讀，鴻章奏荐崔出使美國。一日。赴白宮參加茶會，有婦人因崔為中國駐美大臣，刻意周旋。婦人有鑽石手串一掛，珍品也，把玩示人，遺置桌上。崔竟袖歸，還其妾曰：此貴婦人所贈也。嗣當地又舉行盛大茶舞會，延中國使臣夫人參加，崔妾乃飾鑽石手串於腕上，為前次失物之婦人所見，即曰：此予物也，每鑽石金托，均鐫有本人名字為證，竟奪而懷之。崔妾愕然，不知是其夫所竊取者。翌日，新聞傳布華盛頓。美政府乃設詞聲明，藉保華使體面，此一事也。

使館國旗，升降以索，崔妾以纏脚長布繫繩上曝之，儼如掛白。美國當局以為中國喪禮尚白，覩此大駭，即派員到使署詢問。既知其情，舉城傳為笑柄，此又一事也。

最可怪者，使署隔鄰，為一大化學器材堆棧，小徑相通。崔國因竟擇其中貴品，日携數件，積累頗多，苦於無法移運，乃詭言有侍女死去，携棺歸國，藉掩耳目。而美京報刊，已傳播其事。此屬清代外交官之污點，亦見李鴻章幕中人員如何矣。

籌君注：崔國因，字惠人，號篤生，安徽太平人。同治十年辛未科進士，散館授編修，歷官侍讀。光緒十五年，賞二品頂戴，出駐美國兼日、秘大臣，十八年回國，著有「美日秘國日記。」按西班牙，在清史稿與其他官書，均作日斯巴尼亞的音譯，簡稱日國，與日本完全不同。

（九）

崔國因趣事

竹坡

崔國因是光緒十五年（一八八九年）三月簡任駐美等國公使的，劉禺生記其在美任內纏脚布事，或係采自王湍霖「一日一談」記馬相伯所說的故事。張若谷的「馬相伯先生年譜」，錄「一日一談」云：「當我(相伯自稱)到美國去的時候，美國大都市都轟傳一種笑話：中國出使美國的欽差大臣的公館裏面，常常在樓房簷下，飄曳出許多白布長條子……後來打聽打聽，才曉得是中國欽差大臣太太小姐們的裹脚布……」

年譜以此事繫於光緒十二年（一八八六年）欄內，若以此事屬於崔國因，則似乎太過冤枉。若湘伯老人於一八八六年到美國聽到的，則屬於崔的前任張蔭桓，與崔無涉。（一八八六年後，馬相伯就沒有出國，安能聽到崔國因此笑話？）可見馬相伯口述時，亦信口開河，不過他沒有指明是崔國因罷了。

崔國因在美國為了節省開銷，衣服都不交洗衣店洗滌，家人洗後，就在公使館窗前曬乾，當地報紙，傳為笑話。光緒十六年四月初九日，李鴻章復國因一函云：「……近聞於此數內，又復統減二成，更有節省到任禮及攤派炭敬等陋規，並縱容家人勒索門包，皆向來使館所無之事。各員去家萬里……所得既非寬裕，若更加之操切，自不能無怨謗，遂不能無傳聞過當之詞。此外如澣衣，小車等瑣事，亦並見之新報，此等末節，若在中國大吏，雖屬儉不中禮，總不失為清德，外洋則從來未見之事，遂不免為譏笑之端。漢官威儀，所損實大。前次復緘，述東坡語以車服不宜過於寒陋，蓋深知天性儉約，未能遽移，何意斯言，不久即驗。省錢亦自有得體處：即如使者自詣銀行，亦從來所未有，此後望于此等處力加裁酌，庶不至貽口實。……執事起家清華，特蒙簡任，適遇例差，歲俸萬金，不虞不給……」

函中指出國因趣事，如洗衣，親往銀行取款等，皆非公使所應為，年中有俸萬金，不宜過於鄙吝。可見自洗衣服是確有其事了。

英使謁見乾隆記實

馬戛爾尼 原著
秦仲龢 譯寫

此項貢單稱使臣為欽差，自係該國通事或雇覓指引海道人等，見中國所派出差大臣，俱稱欽差，因而仿效稱謂，此時原不值與之計較。但流傳日久，幾以英吉利與天朝均敵，於體制殊有關係，徵瑞等不可不知也。將此傳諭徵瑞、梁肯堂一體遵照，欽此……」徵瑞怎樣復奏，「掌故叢編」中無可稽查，斯當東所記，可資參考。乾隆帝不許英國使節團於禮單譯文有「欽差」字樣，直是把英吉利作陪臣看待，但五十年後，中國的門戶為英吉利炮艦轟開，英人要求以敵體相待，他派駐中國的公使，也仿效「天朝」的排場，自稱「欽差」，且見於公文中矣。滿廷亦無如之何，此亦可以覘國勢也。——譯注）

九月十六日，星期一。

我到熱河後，已經見過皇帝兩次，依照在北京時中國官員對我說，覲見之後，就是沒有得到中國官員的允許，也可以出出門自由游玩，但我生怕偶然不慎，做出一些與中國習慣違背之事，則對於我們此行的任務大有影響，因此寧可杜門不出，省些閒事。但斯當東勳爵今日則和幾個隨員一同出門，行至鄉村裏游覽。據他說，他們在路上雖然沒有人限制其行動，也沒有人指示他們路徑，可是在他們後邊仍然有幾個中國官員和軍士尾隨在後，相離很近，我們的一舉一動，都不能逃出中國人視線之外。

由這件事看來，可知我們雖然極力表示對中國政府好感，希望他們對我們沒有什麼疑忌，信任我們，然而中國人對我們英國人之不信任，同一向所疑忌的其他歐洲人絕無二致。也許是中國官員因為我們的服裝、語言，與中國人不相同，容易與地方上人士發生誤會，不免有爭吵之事發生，而按諸中國法例，在中國境內的外國人，不得與中國人爭吵，如果有這樣的事發生，卽唯地方官是問，所以地方官不得不對我們嚴加監視，以省麻煩。

今早和中堂派人來請使節團的醫生吉蘭大夫往看病，因為和中堂身體不適。吉蘭大夫往診視後，對和中堂解釋病源及其治療之法。他的病是風濕症。吉蘭大夫已開好一脈案，詳述治療之法，他答應給我一個副本。（按：本書第二七九頁附錄，有馬戛爾尼的「吉蘭大夫對中國醫藥，醫術的觀察」一文，對和珅的病源講得很詳細，因為文長而且太過專門性，不譯。——譯注。）

九月十七日，星期二。

今日是乾隆皇帝生辰，我們在清晨三點鐘卽動身前往行宮，仍由王、喬兩位大人引導，隨員如前，到宮門後，我們步行入內，到朝房小憩，朝房在門內左右兩廂，專供各大臣上朝前休憩之用。這時候，朝房中已滿滿坐着許多大員，他們一見我們到，紛紛起立為禮，請我們坐下，立卽就有人送上茶點水果和熱牛乳，我們一面點心，一面和各大員談天，很是高興。大約過了兩個鐘頭，執事官來報，壽筵已準備好了，請各位大人到園中向皇帝祝壽。於是我們立卽循階而下，步入萬樹園，到了皇帝的御幄前，則中國一班王公大臣早齊集御幄之前，他們穿好朝服，向着御幄恭立。但乾隆皇帝並沒有露面，我們望進御幄裏，皇帝似乎是坐在簾後，我猜只有他見到我們，我們沒法子見到他的御容，這是他不想使我們有所拘束之故。中國各大員雖然不能斷定皇帝是否坐在簾後的寶座上，亦一律正其瞻視，注意力集在簾中，屏息不動，好像簾後的寶座上坐着皇帝陛下，不管是否皇帝在座，他們也要對着寶座敬謹行跪拜之禮，不敢少有怠慢。這時候柔和而莊嚴的音樂徐作，有金屬製成鼓，以爲之節拍，遠遠又有清脆的編鐘之聲相間着。一會後，樂聲盡歇，全場寂然。但稍停，樂聲復起，編鐘又再響了，但不久又即停止。如是者停了又起，起了又止，此時即有數人往來進退於御幄之前，好像傀儡演劇時進退之狀。

忽然樂聲大作，金石齊鳴，所有中國的大小官員都一律抬起頭來，向上注視，好像是面對着尼布加尼薩王。（Nebuch-[illegible]是公元前五百六十二年間巴比倫的一位國王，見於「聖經」中。——譯注）「他坐在瑞雲繚繞着的神龕裏面，停留片時。」（按：馬戛爾尼引密爾頓的「失樂園」詩句。——譯注）所奏的音樂大概是一種皇帝生辰之樂章，或是國歌，而歌的疊句則是「普天下臣民，齊向偉大的乾隆皇帝叩首。」於是除了我及使節團各隨員依往例屈膝爲禮外，其他大小官員，齊向皇帝行叩首之禮。叩首之遲速，以樂節爲準，樂聲一起，則見無數紅頂子，一齊橫地，樂聲一舒，則又同時而起。凡三跪九叩而禮畢。我有生以來見過的各種宗教上的禮拜，不可謂不多了，有些是古舊的，有些是新式的，這些宗教的信徒，他們拜其教主或教王，其儀式之隆重，萬萬不能與中國臣民之拜乾隆皇帝相比。

「中國旅行記」記云：乾隆皇帝生辰那一天，我正在北京圓明園安裝各種禮物，見到園中王公大臣齊集正殿，舉行祝釐大禮，儀式也是三跪九叩，而御座之前，則設一個三脚架，架上放着三個小杯，一杯裝茶，一裝油，一裝米。我不懂這是什麼意思，爲了好奇，就問中國官員。他說，茶米油是中國主要產品，乾隆皇帝爲天下之主，列此三物於寶座之前，正是不忘國本之意。過了兩天的一個早晨，忽見園裏大大小小官員，以至大小太監等人，皆現驚異之色，麕集殿中，紛紛耳語，好像有什麼大禍事似的。有一個老太監更是緊張萬分，瞪目結舌，不能作聲。我恐怕他們這種舉動，與我們的使節團有關，就問他們到底何事，但他們都不肯說，只是皺起眉頭，搖首示意「不可說，不可說」，蓋亦示意我不可多事也。不久後，有個意大利傳教士來見我，他的面色慘淡，滿臉愁容，他說：「剛從熱河傳來消息，貴國的特使馬戛爾尼忽然失蹤。又一消息說，他已被中國人所害。我恐怕你們在這裏以後不能安枕了。」我也覺得駭異，對他說：「特使以聯絡兩國交誼而來，怎會被害？而且中國人又不是野蠻民族，那會有這樣的事，我不信！」那個傳教士說：「這件事雖然不能信以爲眞，但也並非空穴來風的，據中國官員說，貴國特使到熱河後，決意不肯行三跪九叩之禮，但中國官員卻竭力强迫他實行。貴特使說，英國並非中國的附庸國，它派來的使節，與中國邊陲小國的貢使不同，如果中國必定要强人所難，就應該派一個職位相同的官員，先向英國帝后御像行三跪九叩首之禮，以爲交換。中國官員聽後，沒法作出決定，即上奏乾隆皇帝。皇帝是個自大而極頑固的人，他自以爲他統治全國，四海之大，無一不是他的臣民，既是率土之民，就要向他叩首。現在英國貢使不知天朝體制，居然要改變天朝祖宗相傳下來的禮節。貴國荒謬已極，可見英國必是野蠻未開化的國家。他們既以野蠻之禮而來，天朝亦必以治蠻夷之法治之。於是貴國特使遂遇害。」我聽後，還不敢深信。

但自這一天起，中國官員送來的飲食，由豐盛的肴饌，一變而爲草草的普通食品，以前諸位皇子皇孫，每日必來和我們談天，現在絕跡不到，就是那個老太監，平時笑逐顏開的對我誇讚英國人有能耐的，現在也不見了。到了這個境地，我們不能不信以爲眞，只有慘然相對，不知如何是好。不久後，熱河傳來消息，我們才知道特使在未覲見之前，因禮節上之爭執，中國官員曾企圖以斷絕飲食爲威脅，北京與熱河交通不便，以訛傳訛，就產生了特使遇害的謠言了。

（廿五）

花隨人聖盦摭憶

補篇

（卅一）

黃秋岳遺著

於是橫風打斷，言他事，忽論及桐城古文，姚視方何如，答以：姚雖言攷據義理詞章三者缺一不可，然方根柢遠過於姚，人皆謂姚勝方，衍謂方勝姚，即惲子居亦勝姚，惟佞佛無謂耳。廣雅頗以爲然。又談及蘇堪詩，甚爲稱許，惟言所見不多，答以趙甌北評元遺山詩，學不甚博，才不甚大，惟以精思健筆戛戛獨造，蘇堪似之。後遂談「求是雜誌」事，可以棄彼就此，此間亦擬出一雜誌，因此言及陳季同之爲人，答以季同不修邊幅，濫用錢，有之，然未嘗媚外，薛叔耘忌之，其言不可信也，餘瑣屑不能盡記。廣雅服御樸儉，外褂貂皮將禿，坑墊紅呢破，稻草見焉。次日家君上七言律二首，是夕廣雅招飲，大圓卓白木無漆，罩以舊白布而已，同席者，節庵外，有王雪澄觀察（秉恩），華陽人，癸酉舉人，熟目錄之學，王捍鄭主政（仁俊）字幹臣，吳縣人，甲午（熙按：應作壬辰）進士改庶吉士，散館改吏部，著作甚富，皆廣雅門下士。朱強甫茂才（克柔）嘉興人。命雪澄騰出紡紗局官屋三進，爲家君卸裝地。坐間廣雅言，中國自大創於日，朝廷厲行新政，然起行必由於坐言，擬梢集留心時務者，研究政學，庶有裨於萬一。次日來答拜，使節庵道達誠意，請本年起，留鄂辦理一切新政筆墨，暫任官報局總編纂，鄂中度支不足，月先致薪水百金，勿棄菲薄，諾之，乃函辭滬館。廣雅遂檄雪澄觀察爲官報局提調，派捍鄭、強甫幫同辦理筆墨，捍鄭薪水七十金，強甫五十金，時節庵爲兩湖書院山長，調兩省高材生分科教授，實具學堂性質，經史輿地外，兼有測量體操各門功課。又次日，節庵招飲兩湖書院，院正座居兩小湖中，一名壕子湖，一忘其名，大門內兩邊長廊抱湖，向北進，學舍書庫在焉，正座一大講堂，堂上大樓，兩旁分教各員室，正座後兩長廊抱湖，亦如之。是日識楊惺吾、馬季立、鄒沅颿、陳善餘、陳仁先諸人。節庵向能豪飲，以方三寸深二寸小斗，飲盡八九斗，夜深散，仍回節庵寓。節庵精治饌，最嗜魚翅，家君即用其廚宴節庵，拼酒大醉，其表弟龍伯鸞秀才鳳鑣，順德人，刻「知服齋叢書」數十冊，雕板頗精，贈家君兩部，是日在坐。數日，移居紡紗局，王雪澄觀察招飲於織布局。初廣雅在文昌門外江邊規設紡紗織布繅絲製麻四廠，皆雪澄爲總辦，絲麻二廠未開工，先開紗布局，其辦公處設於布局，故紗局屋空也。數日，廣雅令擬開設官報序言一篇，又撰時務論說二篇，廣雅甚稱許。二月廣雅忽使節庵促入都會試，登第後早來，辭以無意科名，不悅，謂尚未中年，豈宜過於自廢，不得已遂請假，廣雅節庵雪澄排日飲餞，有再至內湖書院視節庵詩。廣雅平日出言極斟酌，偶有未當，已隔數句矣，將前言重提起，謂頃間所說，不是如彼，乃是如此。家君嘗謂廣雅不但文字有添註塗改，言語亦有添註塗改，然可見其爲人不苟矣。獨餞家君畢，送出，乃云，此去狀元及第，好爲文山，期許之重，不覺其失言矣。三月，入都，寓爛麪胡同蓮花寺，大世父以選人至同住，時海內言變法者蜂起，公車集輦轂下，尤人人晁賈蘇王矣。康長素、梁卓如外，若宋伯魯、楊深秀、譚嗣同、唐才常、陳虬、宋恕之倫，遽數不能終。林暾谷先以援例爲內閣中書，到衙門，京師強學會興，日奔走其間，與張鐵君等興閩學會，與王書衡、張菊生等興通藝學堂。長素寓上斜街，有所謂萬木草堂者，梁卓如、麥孺博諸人，日夜論議，方上萬言書，開保國會，暾谷聳於其說，又日至家君處談藝，談國事，家君語以予向習詞章，經濟非所長，時局會有變，盍姑少俟，既下第，強使出都，同遊杭州。廣雅與湖南巡撫陳右銘寶箴皆欲致之，而中朝方令京外大員薦舉人才，翰林學士王錫蕃薦之，召見，特命與楊銳、劉光第、譚嗣同以四品卿銜充軍機章京參與新政，繁然有所更張，十日，而四章京之難作矣。方家君之在都也，朝命廣雅入覲，將使入閣，廣雅聞召即行，至滬，朝命止其來，則常熟翁叔平師傅同龢沮之，時景皇方親政，常熟方在樞廷也。家君出都至滬，船上謁廣雅，廣雅言還鎮亦好，予可逐來。閏三月，家君以寓滬八年，未同先母至杭州，今將他適，遂同往，有三至西湖同道安二律，時琴南、嘯桐、鄭稚辛諸丈，與暾谷、拔可相繼亦至。六月，大世父往正陽關愛蒼丈處，丈早調該關榷鹽也。聲暨挈眷赴武昌，移居豹頭堤，堤在督署旁，屋頗高敞，花廳有花木，外有空園。武昌夏暵本至酷，以臨江一帶，自漢陽門、平湖門、文昌門、至望山門，城皆西向，江水一曲抱城，陽燄自朝至暮，曬成千萬斛沸湯，此氣熏蒸至夜未退也。是夏尤甚，家君至畏熱，夜張大床空園中，鋪竹簟露宿，如是者月餘。武昌城內多小湖，皆種白蓮花，一文錢一朵，日中買數十朵插瓶，夜半聞香，則盡開矣。黃鶴樓亦向西，不宜夏，冬又西風淒緊，賴有西日。漢陽晴川閣龜山，皆無足觀，桃花夫人廟亦不存，鸚鵡洲徧地竹木廠，惟伯牙琴臺高臨郎官湖，環以萬荷，稍有涼意，有沈乙盦招遊月湖夜話達曙詩，乙盦丈名曾植，字子培，嘉興人，嘉道間鼎甫侍郎維鐈之孫，侍郎曾督學福建，林文忠公則徐、郭遠堂中丞柏蔭，皆出門下，屢持文衡，廣雅父爲其分校會試所得士。乙盦丈庚辰進士刑部郎中，總理衙門章京，博極羣書，尤長史地，與順德李若農侍郎文田，桐廬袁爽秋太常昶論學最相契，工詩，近澀體，蘇堪丈亟稱之，嘗自謂吾詩學深，詩功淺，深者謂閱詩多，淺者謂作詩少也。因丁內艱，廣雅聘爲兩湖書院史學分教，至亦往紗局西院，始相見，乙盦丈諦視家君名刺，曰吾走琉璃廠，以朱提一流，市君「元詩紀事」者，今日始相見，自是多聚夜談，至三四鼓，索其舊作，則棄斥不存片楮矣，家君因謂君就史地，吾喜攷據，其實皆無與己事，詩文却是自己性情語言，且時足以發明哲理。乙盦丈言吾夙喜張文昌樂府山谷精華錄，而不輕詆前後七子，家君進以宛陵，乃借宛陵集，亟讀之。武昌既酷熱，廣雅又喜夜談，每約家君及乙盦、節庵、雪澄、捍鄭諸人，集織布局廣臺上露坐，夜深乃散。集必有酒肴，當時物力尚廉，一席以四餅金爲度，廣雅不多食葷饌，多食水果，酒黃白俱備，終席食飯一小盌，粥一小盌，或饅頭一二。一夜指白酒問坐客，燒酒始於何時，家君曰今燒酒始金元人所謂汗酒，廣雅曰，不然，晉已有之，陶淵明傳云，五十畝種秫，五十畝種稻，稻以造黃酒，秫以造燒酒也。家君曰，若然，則大酋之秫稻必齊，月令早言之矣，廣雅稱秫稻必齊者再，曰吾奈何忘之，其虛己不護前如此。八月，北京政變，言變法者多獲罪，先是那拉后雖歸政景帝，自居頤和園，而用榮祿爲北洋大臣，某爲步軍統領，袁世凱練兵小站，兵權皆在握也。而景帝珍妃、瑾嬪，皆編修文廷式女弟子，珍妃最得寵。既從與景帝大考翰詹，預知賦題，爲水火金木穀，漏泄於其師，使宿構，考取第一，並代妃兄某捉刀，列高等。既而與那拉后爭諧價鬻官，先鬻廣州織造於玉銘，又鬻江海關道於魯伯陽，諭旨下，兩江總督劉坤一不識魯伯陽爲何許人，電奏詰問，爲那拉后所知，坐內殿召珍妃訊而撻之，而幽之，母子間，嫌隙深矣。於是帝黨謀矯旨召兵，縶后於頤和園，召世凱，世凱以告榮祿，那拉后半夜回內廷，嚴訊景帝，懼而吐實，於是楊銳、譚嗣同、劉光第、林旭、楊深秀、康廣仁六人就逮，數日未具獄詞，遽斬西市，廣仁以康有爲弟而誅，深秀以常言得三千桿毛瑟搶圍頤和園有餘也，康有爲梁啓超跳於英使館而免。各省惟湖南行新政最認眞得罪最甚，巡撫陳寶箴，學政江標，巡警道黃遵憲皆革職，寶箴子三立與焉。自是啓超避地日本，既作淸言報醜詆那拉后，復作維新報，痛詆專制倡言革命，章炳麟「訄書」、「革命軍」各印本出，人人皆有革命思想矣。時廣雅雖主變法，而所言一切變法與諸新進者，議頗不同，乃著「勸學篇」，由門生侍講學士黃紹箕進呈之，紹箕字仲弢，號鮮庵，瑞安人，前通政使黃漱蘭先生體芳子，庚辰進士，博雅工詞賦。九月，廣雅因新政一切停頓，官報亦停，令家君入參幕府。初、廣雅以新政既停，乃奏請設商務報，改爲研究實業，月出三冊，實雜誌體，廣雅自定凡例，自作序，署本年八月，而籌備一切至次年始開辦也。初識周彥昇明經家祿，與乙盦丈同住節署，劇談多至夜深，有哀晚翠，憶高昌舊居花木，冬夜感懷季新亡弟詩。新識湖北紳士吳星階侍御兆泰，爲經心書院山長，翰林院編修周少樸樹模。」此一大段包涵甚廣，述初見南皮一席談，極有趣，一可見南皮見解，一可見爾時風氣。其秫稻必齊一事，先生別有文記之，已錄於前。與沈子培相見一段，乃采先生海日樓詩序，隱括生平論詩宗旨，其叙時事政局，則公荊據所聞於先生者直書之，後來可爲史料。其中大世父，乃指先生伯兄木庵先生，名嘗，字伯初，先生所從學者，長於先生二十餘歲。予幼而離鄉，覯先生廼在舉經濟特科時，予家於宣南，去畏廬先生居一牛鳴路，而吳翊庭師（曾祺）亦舉特科，寓予家，旦夕，三數公皆來就先公與吳師談。讌飲恆竟日。記石遺先生來，與畏廬先生每談必力爭，輒至面紅耳赤，斷斷然，翊庭師撚鬚微哂而已。至具衣冠登小秀野草堂學爲詩，則已稍後。今春相見秣陵，譚及公荊葬事，先生奮然曰，送葬詩，多作感語，苦送大兒葬，乃曰：「此路他年我必由，一棺扛入萬松楸」，可謂迎面一棒矣，言已大笑，初未信奄忽易簣也。先生軼事不可勝記，暑汗中聊掇拾其一二，以實吾札。衆異詩中之愓園，爲陳庚煥，長樂經學家，以與左海及先生皆姓陳，皆鄉之名儒，故咏及之。

幽燕烽燧，北望驚心，事勢之亟，四五年前已然，遷揗至今，不能免於相搏，亦意中事。此後併力制勝，在於當前。委蛇時日以修戰備之功，則究在疇曩。異時飲至論功，當有公言，唯此浩刧，爲可嗟閔。昔元人諭日本書云：「和好之外，無餘善焉，

國文教學
國文學習
參考用書

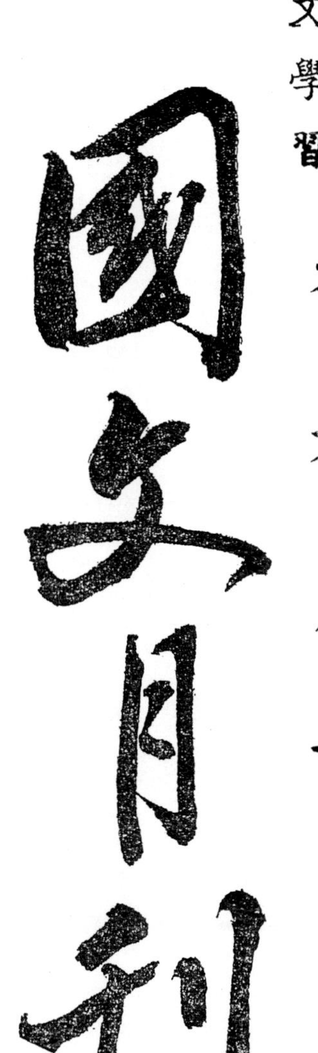

國文月刊爲抗戰期間西南聯合大學師範學院國文系主編，爲討論國文
刊物。先後由朱自清、郭紹虞、呂叔湘、周予同、黎錦熙、夏丏尊、
一）文字、聲韻及訓詁學；（二）文法學；（三）修辭學；（四）經
文教學；（七）文辭疏解；（八）新書評介；（九）紀念逝世之國
時碩彥。凡所討論，俱屬切要問題。同時關於大專方面之國文教
教學之須要，先將抗戰復員後出版之國文月刊，由四十一期至八
册，利便庋藏。又編有總目分類索引，以便檢索。至於抗戰期
紙印成，不便影印，刻在整理排印中，以饜海內外讀者雅望。
茲爲便利讀者採用起見，特輯有「國文月刊總目分類索引
郵票肆角，寄英皇道一六三號二樓龍門書店，當即寄奉。

原書原樣

龍門書店謹啓

林熙主編

華

半月刊

第三十四期

·本期要目·

大華 第三十四期

大華 半月刊 第三十四期

一九六七年七月三十日出版

（每月十五 三十日出版）

Cathay Review No. 33

Ta Wah Press.
36. Haven St., 5th fl.
HONG KONG.

出版者：大華出版社
地址：香港銅鑼灣希雲街36號6樓
電話：七六三七八六轉

督印人：高貞白

主編：林熙

印刷者：朗文印務公司
地址：香港北角渣華街一一〇號
電話：七〇七九二八

總代理：胡敏生記
地址：香港灣仔船街卅二號
電話：七二三四三七

香港一部藝術雜誌——「南金」

高貞白

抗日戰爭結束後，佔領香港的日軍退出了，香港復員，在所謂「重光」後還不到兩周年，香港的文化界中忽然出現了一朵「奇葩」——一部藝術雜志，名叫「南金」，這朵「奇葩」也像曇花一現，只出了一期就神龍見首不見尾那樣，以後永不見了，——雖然第二期的稿件大部分已經編好。

這部雜志雖僅僅出了一期，但因爲它的內容很豐富，圖文並茂，而且編輯人志在「玩票」，不取報酬，甚至還樂意賠了些小錢來辦公，所以一切都很認眞，只出一期，實在很可惜，但也沒有辦法，條件所限，誠無可如何矣。「南金」出版之年是一九四七年十月，而孕育時期則在六月，七八九三個月爲編輯及印刷時期，到今年恰爲二十周年，遂成香港藝壇與出版界「掌故」，故頗可一述。

首先，讓我一述「南金」的來歷。一九四七年六月一個下午，老友王季友先生來我的寓所談天，他說打算出版一種藝術雜志，請我和他合作。我說我沒有錢，只要無須我拿錢出來，出力我是可以的。他說錢是有的，他有個朋友肯盡力支持；所以金錢方面絕無問題。我向來不問人家的經濟來源的，到底誰出錢，我不便問，少開口，多做事。那時候我還未到四十，年紀雖輕，但閱世已多，在社會上做事也有十五六年的經驗了，深知辦雜志是賠大錢的玩意，尤其是藝術性的雜志，銷路窄，印刷費多，一期賠三五千元是閒事。季友那個所謂「盡力支持」的朋友，可信的程度如何，尚未可知，但「盡力支持」的往往會變爲「盡力拆台」的，就算在「律師樓」簽了約，也會橫生枝節，食言而肥，世上這等人多如牛毛呢，我和季友雖然是多年朋友，但兩人的性格却不相同，他是詩人，酷嗜詞章，詩酒風流，翩翩自喜，我是喜歡歷史和掌故的，事事都要講實際，不尙虛言與幻想。因此我對季友說：「我可以無條件的幫助你，但只負責一部分編輯事務，對於金錢方面我不過問，也不經手。」季友同意了。我們吃晚飯時，一邊吃，一邊談「南金」的內容。首先要求得香港一些收藏家借出他們的精品書畫來攝影製版，至於約朋友寫稿，我的辦法多了，除了在香港一小部分朋友之外，在北京上海能寫這一類文章的朋友，多如過江之鯽，只要我寫信去約，他們馬上就有文章寄來的。

第二天，季友來找我，和我一起到莊士敦道八十四號二樓，他說這個地方是一位朋友借出來做南金學會的通信辦公地方，我們每日下午在這裏碰頭，借來的書畫也在這裏攝影。

第一期的稿件在七月中旬已齊集，經我手發給啓明印刷公司排印的文章七篇，而季友也發去了兩篇。我們約定誰經手的稿誰負校對之責。有一次我在啓明見季友所校的兩篇，一篇筆名忽庵，題目是「現代國畫趨向」，季友安排這篇做創刊號的第一篇文章，還算「鎭」得住（藏書家有「鎭庫書」，假借「鎭」字一用），第二篇「唐宋繪畫考」，題目大，亦能驚人，作者任眞漢，也是相識七八年的朋友。他所寫的評畫文字還不十分離譜，可以放心。等到校對完事，要付印了，我比較淸閑，就拿起任先生那篇繪畫史細心一讀。哎喲！原來香港有個收藏家藏有閻立德、立本兄弟，尉遲乙僧、吳道子的作品五六幅那麽多！眞是聞所未聞，見所未見，海上龐萊臣等人黯然失色矣！不知這些「國寶」會不會是那一位楊先生之物。（因爲一九四七年四月，任眞漢無事不登三寶殿，竟從來沒有過的光臨寒舍，他說有個朋友珍藏吳道子、閻立德等畫件頗多，約我今晚往其家宴會，可以一飽眼福。我說世間那裏有這許多吳閻作品，不去也罷。他說：「十步之內，必有芳草，不可如此武斷。」某君所藏吳閻之畫，件件皆眞，不看就失去眼福了。」再三勉强，我答應了。那一晚我去赴席，任君已先在座，季友也在座，接着周鼎先生也來了。最後是一對外國夫婦。主人搬出他的吳道子請欣賞，並請我解釋給那對外國人聽。二十年前我還能講洋話，相當純熟，一九四八年大病二月，完全忘記，講不出口了，不知何故。）

我連忙去找季友，問他究竟，他說：「此是楊先生之物，已製好鋅版付印了。」我說：「那些垃圾也可以充當『國寶』嗎？」季友笑道：「是他出錢支持南金的，不登他的『國寶』，說不過罷。不過任眞漢文中沒有說這些東西都是眞品，似乎捧得還有些分寸。」既然是出錢人的東西，我沒話好說。何况版早已製成，已印好在銅版紙上了，既成事實，我也無從反對。我向季友要求，將來「南金」封底裏頁那一欄「編輯者」切不可用我的名字。但季友說那一版也印好了，編輯者是高貞白、王季友，是我的小名領先，季友的大名「跟尾」。我反對，我說：「既然你堅持要我出名，也無所謂，但不要我先行，我們的名並列吧。」季友答應往改正，可惜他忘記了，終於印成了我領先，季友隨之，不便再改了。（五年後，有一次同饒宗頤談到「南金」，他說：「當時你不出名，或出名而不領先，那就更好了。」）

創刊號的一篇發刊辭是季友署名寫的，寫得很是典麗矞皇，可稱佳作，第三段中有云：

向嘗擬輯中國古代美術季刊……擴大對中國古代藝術之研究。議未定而國變突作，流離播遷，十載於是，卽今一身幸存，而向所網羅，則已淨盡。復念兵燹之餘，人間法物散落如雲，更復棄置，後此將無存者。因謀於高君貞白，就目前所見所聞，輒先行編爲本刊，更得鄧君爾雅、潘君𤋮春、簡君琴齋、任君眞漢、張君谷雛，南方藏家畫人等數十人贊襄其事，遂睹厥成。以所見所聞，多在五嶺之南，因名之曰南金，蓋不徒取東箭南金之義，而欲比之南金高韻，以喻吾書之旨在化成，而非玩物喪志之謂也。……

創刊號的內容，第一部分是圖片，包括有金石書畫陶瓷五十九件。第二部分是著述：（一）忽菴「現代國畫趨向」，（二）簡琴齋「書法漫談」，（三）任眞漢「唐宋繪畫考」，（四）鄧爾雅「隋尉富娘墓志跋」，（五）鄧爾雅「印學源流及廣東印人」，（六）米齋「黃石齋論書」，（七）目天「烟雲回憶」，（八）貞白「蕫廬談薈」，（九）「藝壇報道」。忽菴、米齋、目天是任眞漢、高貞白、鄧元翊的筆名。（鄧君是鄧承修的長子，久居上海，適避難來香港，居友人陳子昭商行中，時年七十六。）藝壇報道一欄是我執筆的。第三部分是印譜，刊載「黃穆甫印存續補」及「古今印選」。穆甫印補有鄧爾雅一篇序文介紹。

本坡

描寫淸朝官場著名的小說「官場現形記」、「二十年目睹之怪現狀」，時時提到「手本」。據「五石瓠」說：「官司移會用六扣白柬，謂之手本，萬曆間，士大夫刺亦用六扣，然稱名帖，後以靑殼黏前後葉而綿紙六扣稱手本，爲下官見上官所投。其門生初見座師，則用紅綾殼爲手本，亦始萬歷初年。」這是明代之制。淸朝官場，下官對於上官，亦用手本，分紅白兩種，亦稱「紅稟」「白稟」。紅手本是紅紙疊成的，約二三寸寬，七八寸長，在翻開一頁上靠右邊畧低，小字寫官職姓名。下官謁上官，投進手本，由傳達人拿手本引導進去，見過面後，仍將手本退還。假如這個上官對下官有故交關大門來的「國寶」外，尚稱如人意，現代書畫家作品有：溥心畬、張大千、謝稚柳、陳半丁、胡佩衡、吳湖帆、趙少昂、高貞白的作品，書法有：簡琴齋、章一山、梁鼎芬、錢南園、朱九江、王秋湄、香翰屏的作品。

封面「南金」二字是簡琴齋寫的。廣告拉到了十一段，我經手拉來的有其時洋行的美度游水表一段（因該部分經理人談君是老友）；西南實業公司一段（經理張勇保亦老友）；大陸商業罐頭公司一段（經理沈梓庭同鄉老友）。這三段廣告也有五百元左右。我約略的計一下，連同那八段，全部大約有二三千元吧，不過能否收到十足，還是問題。

十月十六日，我往一新印務公司取裝釘好的「南金」十五本，算是這天出版了，但拿不到。季友對我說，因為欠啓明印刷公司三百元，該處經理程萬揚（原係「新生晚報」總編輯，二月前辭職）不肯將印成的文字部分交一新裝釘，請我立刻收些廣告費應急，否則無法出版。第二天我即去收了經手的一部分三百元，交給程君（程君於一九四〇年和我是「中國晚報」同事）。

一千本「南金」已裝釘好了，我等季友交二三十冊來，以便分寄各處，但等了兩日，毫無消息。一問之下，季友說，一新的老板陳先生不肯出貨，非付清各費不可。季友叫我去和陳君講講人情。但我和陳君只是初交，不同程君。不過為了顧全大局，也得硬着頭皮去做說客。我對陳先生說，由我擔保，先交一百冊，拿到了後，才可以憑書向廣告定戶收帳，收到後，便可以清還餘數了。陳君首肯。交書一百冊。這一百冊，有一部分我寄去北京、上海和日本託朋友代銷，又有一部分交香港各書店寄售。「南金」出版後，流在市面的僅僅這一百本，尚餘九百，則因為沒有錢出貨，印刷所扣留着，大有一手交錢一手交貨之勢。我問季友為什麼會這樣，他說，「國寶主人」當時一口答應盡力支持，先交一千元做各種費用。但製版、攝影、排版、印刷、紙張等等都很貴，全部要三四千元才可以開支，主人一聽到這個數字，立刻氣餒，曰：「嘩！原來要這許多的，罷休，罷休！」所謂「盡力支持」，如是如是！

鄧爾雅先生為「南金」寫了七八千字，千字十元計，也得送他七八十元，但「南金」已無人負責，他老先生就「唯我是問」。當時我在廣州、上海所做的生意都賠本，經濟很困難，家庭開銷又很大，一時無法負起責任，到兩年後才清還鄧先生一部分稿費。當時他還給我一篇「記韶州之游及宋代木刻」，打算在第二期發表的，「南金」既停，我交還給他，他說暫存我處，如有別的地方可發表，就給他們發表。到一九四九年三月，我在思豪酒店開畫展，頗有所獲，才替「南金」將兩位鄧先生的稿費還清。至於那篇「韶州之游」，爾雅先生說如果沒有人要，就不賣錢也好，橫豎他只要滿足發表慾，不計較潤筆了。但我自一九四八年十月，已不再在報館工作，自已也以賣稿為活，沿街托缽，求乞多門，怎有力量可以給他發表呢。鄧先生此文放在我書篋中，一放就二十年，現在始有機會給他登出來，也算是「發潛德之幽光」了，可惜鄧先生謝世已十餘年，看不見了，燈下書此，不禁憮然。

一九六七年七月七日，深夜。

手

竹

係，或者彼此位份已相差無幾，為表示不敢當，就要退回手本，請下官改用個名帖。名帖與手本不同的地方是：在翻開一頁靠右邊的下方大字寫某人頓首拜字樣。某人之上加以稱謂，如愚弟、世愚弟之類。這是用於通常交際的。至於刻印的名片，用途較廣泛，但拜見上官則不適用。「白稟」是普通敘事所用，是黑殼的。

下官對上官的通訊中，也要附有手本，如果不是頂頭上司，或者下官的官階已不低，上官回信的時候，必須將手本退回，還要在信末注上「敬璧芳版」字樣，以示不敢當之意。有些人誤以手本是手版，那並不是，手版是笏，俗稱朝版，古代官員上朝皆執笏，到清朝才廢止

記韶州之遊及宋木刻

鄧爾雅遺著

戊午己未（按：一九一八、一九一九——編者）間，滇軍駐韶州，軍長李印泉將軍（根源）兼鎮守南韶連道，余適在軍中記室，時時往來廣韶二州之途，便道輒遊曹山。曹山者，六朝時，魏武帝之苗裔，聚族居此山下，故茲山與水，並以曹名。厥後禪宗支派有稱曹洞宗者，亦由於此。傳燈錄云，梁天監元年智藥三藏法師，泛舶至韶，於曹溪水口，聞其香，嘗其味，曰：此水上流，必有勝地，遂開山立寺，名曰寶林。又云，去此百七十年，當有無上法寶，在此演法，至唐初果有禪宗六祖慧能大師居此，大興佛法，時地與人，一一符驗。禪宗者，佛教之一派，禪宗之名，始於李唐，溯其起源，世傳釋尊，嘗於靈山會上，拈花示衆，惟摩訶迦葉，破顏微笑，釋尊曰，吾有正法眼藏，涅槃妙心，今付屬與汝。自迦葉以下，二十八傳而至達摩，具名菩提達摩。意譯爲覺法或道法，天竺香至王第三子，梁大通元年，或云普通元年，泛海至廣州（廣州華林寺，有西來初地牌坊，因此），武帝遣使，迎至建業，語不契，遂渡江之魏，止嵩山少林寺，終日面壁，凡九年，後付法及衣鉢於慧可。未幾入寂，時梁大同元年，或云大通二年，葬熊耳山定林寺，梁武帝聞之，撰碑文刻石於鍾山，唐代宗時謚曰圓覺，是爲東土之初祖。印度禪宗既東漸（此字平聲，按當從走旁，借用從水字耳），西土遂無此派矣。達摩傳慧可爲二祖，僧璨爲三祖，道信爲四祖，宏忍爲五祖，慧能爲六祖，皆以衣鉢相傳（前此代傳一人，宏忍以爲機緣至此已熟，宗風可以大盛，屬六祖以後衣鉢止不復傳）。此宗直指人心，見性成佛，不立文字，號爲頓門或頓宗（謂頓悟也，非頓者曰漸，則漸進之義，猶密宗以外統稱顯宗，此則頓宗以外統稱漸宗，例正相同），又名心宗，弘忍下有慧能神秀二派，自是禪分南北，稱南能北秀。六祖之嗣法者甚多，其法統傳於後世者，爲南岳懷讓，青原行思兩系，南岳末流，爲潙仰臨濟兩派，青原末流，有曹洞雲門法眼三派，此五派又稱禪門五宗。至宋代臨濟下又有楊岐黃龍二支，成五家七宗之分派，降至元明，禪風漸衰，多兼宏禪淨兩宗，融會合一矣（淨土宗以念佛往生彌陀淨土爲旨。在印度，龍樹世親兩菩薩，並有論頌，大暢厥旨，中國晉有遠公，結蓮社於廬山，是爲淨土初祖，亦名蓮宗）。六祖既得衣鉢，先隱於深山獵戶者數年，後至廣州，削髮受戒在光孝寺，故寺有風旛堂遺蹟。又六榕寺（本名淨慧，因東坡題六榕兩大字改名，今石刻尚存）有六祖銅造象，南華即寶林寺改名，則六祖演說佛法之地，六祖於開元元年示寂，元和十年賜謚大鑒，此其大畧也。

余曾再四信宿曹溪南華寺之蘇程菴，蘇東坡及其表弟程垓（字正伯）先後居此，東坡有偈記之。水則名卓錫泉，智藥之遺跡也。遊者自粵漢鐵道之馬壩車站至山中，不過十二三里，昔嘗徒步登臨，纔一小時可達。沿途風景，令人忘倦，山徑曲折，絕非崎嶇，水聲喧騰，轉益幽靜，如讀畫圖巨幀長卷，十步之內，輒九回頭，其前賢所謂山陰道上，應接不暇者耶？曹溪之水，尤勝於山，智藥卓錫，全視此泉，蓋於眼耳口鼻身意，六者咸宜，爲他山所未有也。印泉將軍於畫人最重亡友南海潘致中（和），偶約致中往遊，命余與偕行，致中於毫墨而外，不携畫具，但坐車箱中，面窻擬稿，先將鉛筆，鈎勒輪廓，次加簡註，識記瑣屑，山水遠近，峯巒起伏，雲煙供養，丘壑在胸，乃至喬木灌叢，都不放過。下榻於蘇程菴，鎮日多暇，惟談六法，觀瀑聽泉，品茶洗硯之餘（蘇東坡遊此泉詩，借師錫端泉，洗我綺語硯，曾寫作楹聯，懸泉亭間）。商量布置，經營意匠，煞費苦心，興亦不淺。歸廣州後，旋成湞江山水冊，神品也。余學畫不成，值此仙都，遊目騁懷，心閒神王，亦試寫小幀，塗雅扇冊，有自題絕句四首，詩云：「信宿南華再四三，蘇程猶屬舊時菴。嘗茶洗硯因緣足，親試曹溪一勺甘。」「風旛有例物皆非，底事相干缽又衣。眼自聽香山自答，轉於泉次得歸依。」「松喬亭子畫中行，却喜同遊有舊盟。曾見湞江山水冊，胸羅丘壑似縱橫。」「徹宵椎拓響登登，慶歷題名像可徵，不立語言何有字，畫成我欲問南能。」

余每從李將軍、楊晉卿道尹（名晉亦湞人）、盧湞生秘書長（名鑄贛人）及同僚共事，小住菴中，隨喜泉次，相與徘徊，瞻眺久之，每覺今寺面積，僅等於都會尋常舊剎之較大者。山門制度，非甚崇閎，丈室禪房，亦欠深廣，聞之老輩言，在唐代佛教盛時，此間僧舍，可容一二萬衆，為南天最大叢林，似與今所見不符。夕陽既下，皓月初升，偶散步寺外，則東堵曠地，殘瓦碎磚，頹基敗礎，尚彷彿可踏勘得之，縱橫各有約一二百丈之遙，且有洪鑪巨鑊，破缺銅鐵，廢棄荒煙蔓草間，决為前此故址，而非村落民居，可無疑也。其時住寺中者，只老僧二三，及傭工七八而已。惟每值六祖誕辰，各地僧尼居士，市媪村翁，咸來瞻拜，結隊進香。而小負販則售賣李實菰菌，油炸方尺之豆腐片，沿路陳列，頗為稠密，諸物品名，皆冠以南華二字，實非本山所產也。此外則入跡罕至，無事不登矣。相傳六祖當時，擬擴大建築，增益莊嚴，而寺外餘地，皆屬鄰近富翁陳氏所有，六祖親往訪謁，乞請捨地，用起精舍。陳素佞佛，信受奉行，慷慨允諾，並詢需地幾許，六祖指袈裟云，但能容此袈裟四堵所掩足矣。陳初不省語有雙關，答以便可指示處所，畫界以獻。旋借行至寺旁小立，及陳再問時，六祖即舉袈裟圍繞陳首，面目盡蔽，遮蓋無外，且云，只要如此大，陳乃頓悟，心大敬服，因謂某既發願，佛所印可，大師辯才，某無以難，惟先人墳墓，在此區內，請留一角餘地可乎？六祖合十謝曰，檀越布施非常，功德無量，居士先德，即是菩薩，供養當與佛同，至於永遠。陳曰，如此則陳氏祖宗，香火不絕，咸出佛賜矣。欣喜而去，故陳氏祖墓，今尚在寺中，完好如新，有碑記焉。蒲松齡聊齋志異書中，有「紅毛氈」一節，即由此故事衍成者也。將軍屢至梵宮，惜其荒廢，旋出私財，畧事葺補，並立碑記其事，然殿宇失修，零落已久，距上次重修，記得似在嘉道間，經過百年，今茲所費雖巨，仍僅能補苴罅漏而已。

韶州城市名勝最古者，有九成臺，為帝舜南巡韶舞處，韶州得名，蓋由於此。九成取書經簫韶九成之語，余有九成臺絕句二首云：「蒼梧野死成疑案（竹書紀年，有堯幽囚舜野死之句，李太白古詩曾引用之，孔子尊堯舜，稱揖讓，疑借此誘導後進耳），干羽格苗如有神。革夏翦商皆至聖，漢高那得笑嬴秦。」「韶之不作二千年，入耳宜忘肉味羶。齊國庶幾今好樂，鬼神能享必由天。」次為風度風采二樓，紀念唐張文獻公（九齡）、宋余襄公（靖）者也。將軍讀郡志，考歷史，得麥武烈公（鐵杖）傳，謂宜崇祀，當與張余二公並垂不朽，商之於晉卿湞生，及曲江令陸，云有官地，恰是樓居，舊祠魁星，塑像久毀，科舉既廢，觚棱尚存，少塗丹雘，適可移用，既省工力，且不費財，事半功倍，僉以為然。葺治既成，乃位麥公木主，而以其子及部將一人配享，亦遠征戰死同時殉難者。時湞人趙石禪丈，官交通部長，題曰風烈樓。稱三風焉，與風度風采相鼎立矣。余有七律一首紀之云：「中古聞韶帝力忘，先賢猶記麥余張。三風合美神如在，千劫經過運敢當。非但南枝恒早發，只今右姓各蕃昌。層樓一再登臨所，可見山高水亦長。」將軍又搜得張文獻公兄弟夫婦諸墓跡，各為增樹碑碣，用垂久遠，凡書丹篆額工程鐫刻之事，皆以蘇程菴為辦事所，餘如佛殿泉亭，並有木刻聯額之屬焉。又南華存有帝王敕書四幀，皆裝潢作長卷。一唐武后敕，僅存副本，聞是明人重鈔者。二元帝蒙古文，三蕃僧所譯，四則明敕也。相傳尚有歷代賜經，已不可考，余於殿內東隅，見巨櫝無鎖，信手啟視，僅殘經斷片，大半木刻本，疑此即賜經之一部。或清初物，間有青紙金字之寫本，然只得十餘張，皆破裂不成片段，無完整可讀者，因篇幅摺疊狀如梵夾，而非用線裝釘成册，故益易零亂散失，瑣碎堆積，不可收拾。至六祖所傳衣缽，疑非原物，缽取椰實堅殼爲之，內部鑲以紋銀薄片，形近似盂，而口微向內卷，容量特大，比常椰可七八倍。衣如今市上習見外國遊客氈末端組成粗縫，質類佳棉，色彩花紋，陳舊晦暗，然不敢定爲達摩初祖時物。大抵後人仿造添補，聊作紀念品耳。復有六祖舂米時所用以墜腰之石，刻龍朔年號，當亦贗鼎。又巨履一兩，長至盈尺有奇，更不足信，或且謂塔中舊藏舍利金剛之寶，尤爲謠傳。朝代屢易，山村地僻，即非兵燹，亦不免盜劫，經卷且難，無論珠寶矣（舍利不皆眞屬佛骨，有以金剛鑽石代之者）。將軍偶求得舊南華山志一部。記似淸中葉刻本，載有寺產田畝，年月契據，記錄甚詳，喜出望外，遂屬曲江令陸，按圖而索，蓋久爲鄰近豪强，屢世霸占，幸泰半在邑境內，尚易爲力，不及一年，竟已追回十之八九，雖頗費神，功實不小，於是供養既足，僧衆復聚，制度漸備，仍舊莊嚴，迨滇軍他駐，後事未能知矣，護法信不易哉。

余於曹溪之遊，自幸眼福者，除山水外有二事，一爲六祖及明丹田憨山兩大師，肉身尚在；二爲發見羅漢造象題名，宋慶歷年間木刻也。高僧坐化，中國各省諸山寺中多有之，六祖則以禪宗開派而著（按吾粵高僧肉身尚存者，南華三軀外，尚有七八人）。六祖生平歷史，如舂米欠篩之喻，菩提無樹之偈，衣缽止此之傳，風旛非動之答，佛書非佛書，多有載記，可不贅述（神秀之偈，時時拂拭，是執有也，六祖之偈，本無一物，是執無也，故五祖以應無所住一語，破其執耳）。六祖爲吾粵新興農家子，目不識丁，言下頓悟，非尋常漸進者所能及也。

余有謁六祖絕句二首云：「生平信佛豈因僧，直指人心最上乘。我是嶺南村學究，欠篩那不拜南能。」「銅範陶模目喜神（六祖像有銅鑄或陶瓦質者），本無一物見眞身。微聞五岳非常貌，却是南天第一人。」憨山，全椒蔡氏子，年十二，祝髮金陵長干寺，長入五臺，旋遠遁東海之牢山，明神宗再徵不應，後住曹溪演法，一日浴罷，危坐遷化。嘗有採珠開礦使入粵，道出韶州，因過曹溪，憨山與言利害，由是遂請罷其役，粵人咸誦其德（粵省古時採珠之地有兩處，一在合浦，一在東莞，皆名媚川都，蓋取山有玉而輝，川有珠而媚之義，屬莞之地，明末改入新安，即今寶安，宋以前則香港亦屬東莞也，其地在新界大埔附近海灣，有小島三，如品字狀，土人稱三杯酒者，是其處矣）。丹田亦明高僧，其事跡前所知者，今已忘記，行篋書少，姑闕之。肉身三軀，皆裸而加漆外，被以衣，六祖體壯健而貌莊嚴，五岳朝天，如孔子像，丹田憨山，則乾瘦而慈祥。吾莞城中資福寺南漢時邑人邵廷琄將軍捨宅爲寺，宋僧祖堂大師肉身在焉，則連衣並漆，雖經千歲，尚如新者。蘇東坡有資福寺及羅漢閣記，再生柏贊。祖堂先往惠州，乞東坡爲文，東坡諾之。而未即作，一夕祖堂夢見靈蛇吐珠於壁，喜曰，公文必成矣，已而果然，元文載東坡全集中。（廣州大通煙雨，有六朝僧肉身，篋中無郡志，今忘其名，亦是連衣並漆，惟重修多次，面貌已不可辨，昔又聞江西龍虎山，張天師肉身，則全不用漆。髮與指甲，猶能生長，子孫時爲剪之，每值請祖師降壇，則焚此指甲以代香，名曰信香云。余疑此肉身，或是宋元時後代天師，非漢之張道陵，蓋道陵初本非在龍虎山，記得似在蜀中也。此天師肉身，不在觀中，而別築小石室於山顚可棲止處，人跡所罕至。十餘年前，匪擾江西，焚此石室，完全羽化矣，聞羅浮道士士，肉身坐化，倘經火後，即復降生入世，擔當宇宙，整頓乾坤，或再作明時之將相，四五十年後，必有奇才異能者出，科學發明抑或戰功特著，可無疑也。）

木刻在南華之五百羅漢樓中，實數不及四百尊，約有小半是宋時故物，餘爲後來增補者，新舊至不一律，皆立像，全部高可二尺，座高三寸許，雕刻工殊粗劣，字在座之前面，以屢次增漆，重重遮被，初不覺有題識，觀賞摩挲久之，始發見一二處，像欠精美，尤易疏忽，既而以水洗刷，且刮去表層，細審詳察，乃有慶歷二字，始決定是宋代所製，爲之驚喜，隨身無利器可用，只各有西洋懷中小刀一柄，因割取座前木片，良久方得其一。余與致中，先後共取其八，半贈與人，意在抱殘宇闕研究骨董，固不肯不取，亦未肯多取，至後來代薪爨飯，無能計及矣。木味微香，似檀而減，色深近赤，質欠細緻，疑非檀也。其文只有某州某湘某邑某都某人，造像一區等語，皆大同小異，亦不定紀年代，但中有慶歷某年字，知爲趙宋時耳。其稍新者，直無隻字，益無從辨，然比之南越冡木刻甫七，甫十字者，則相差千餘年矣。此宋刻今在致中令子庶春（熙）尊古齋中，尚存其三，余所有一片亦移贈之，合之爲四矣。金石之外，有文字者，只陶瓷耳，木質易朽，是以難得，此品歷劫不壞，且有年號，信可寶貴也，附致中兄弟小傳後後。

潘南卿，以字行，南海之西樵山人，先世歷代業書賈，咸同間廣州四大書店之一也。南卿能書畫，精鑒賞，始業書畫骨董兼裝潢，卽今之濤秘閣也。同業咸推爲巨擘，五羊士大夫家喜收藏者，所得眞跡神妙之品，泰半經南卿眼手，又能摹仿漢印，純樸如黎二樵，然不多爲人刻，知之者少。（子芝孫今在濤秘閣世其業。）

潘六如，以字行，南卿弟，書畫鑒賞而外，旁及篆刻，尤精辨吉金，凡鐘鼎竟幣，商周秦漢，於其制度圖象義例目錄，如數家珍，敗銅零綠，半貨斷刀，光怪陸離，兼收並蓄，值彝器有殘闕破損者，補葺完好，無跡可尋，尤爲絕藝。又於五羊城北郊外，馮眺懷古，拾得有篆文殘瓦百數十片，當是南越遺物，趙佗築呼鑾道，郡志於此，未詳考其址何在，疑其處卽是也。

潘和，字致中，號抱殘，南卿、六如之弟，東塾再傳弟子，以畫著名於時，山水於石溪之醇樸，廉州之渾厚，特兼其長，卽作莽蒼焦頑之筆，亦含秀潤野逸之氣，蓋不食人間煙火者矣。印宗東塾家法，圓朱滿白，濤潤如其人，詩文詞曲，旁及粵謳皆工，書法不專一家，宋元明清名人，篆分楷草，規仿補葺，可亂楮葉，尤精眼學，自版本書畫金石璽印竟幣陶甓瓷玉竹木，乃至硯材印材，凡骨董之屬，考據鑒別，無不內行，因之畫盟聲黨，晤談無虛日，斗室方丈，坐客常滿，所論多精到語，其上下古今，解衣旁薄之態，令人永久不忘也。（長子名棪，字秋實，工摹印，畫山水能爲巨幀，得自家學，弱冠夭折，三十年前，葉氏再續印人傳，兼收見存印人，有致中傳，子棪附焉，上文所云庶春名熙者，致中之次子也。）

致中以己巳（一九二九。——編者）正月歸道山，余嘗爲寫心經，並題絕句二首云：「潘郎濤潤少人知，儒行高風我所思。非止婚姻及遊舊，卽論文采亦吾師。」「每過閒居意未安，本來用筆寫情難。心經一分資冥福，所願雲仍盟不寒。」拉雜潦草，信手記此，追懷舊遊，撫事感慨，口占絕句六首。並錄此卷後：「舊遊古蹟事尋常，後此思惟不敢忘。廿世年來如昨夢，登山却比作官忙（東坡與人書，遊山之忙忙於作官）。」「同到南華謁六祖，敢云前哲比蘇程。福余眼學容消受，每事商量問畫盟。」「棨戟襜帷雅望隆，將軍賓客美南東。狂搜打稿吾能說，請洒潘江便不同（濤湘有印文曰，搜盡奇峯打草稿，王勃滕王閣宴集序末句，請洒潘江，各傾陸海云爾，四六法海有，他書多誤刪）。」「距離南越又千西（廣州城北發見南越冡木刻，木長盈丈，每塊有甫七、甫十等字，隸法在繆篆八分之間，而無波磔，蓋最初之隸如此，甫當是鋪之古文，謂平鋪之次第也，其七字與十字相似，但七之豎書短，而十之豎畫長。又甲文、金文之甲字，則橫豎相等，千萬二字，皆從人而加一小畫，小學家於七十甲千萬五字之分別，得鐵證焉，附記於此。漢有千西萬歲印，西者秋也），審定人名慶歷題。親手燈前相對拓，未須點石印頗黎（玻璃初譯，亦或作黎）。」「能兼圓潤與焦頑（文與可詩，焦頑圓潤），意在廉州二石間。旁薄解衣眞畫者，從頭收拾舊河山。」「相看皓月嶺南天（陳東塾先生，學者稱嶺南之皓月，致中與余師何鄒厓夫子，並東塾再傳弟子），東塾吾慚再三傳，人謂阿潘畫神品，若論學行乃儒先。」

輓鄧爾雅聯

鄧爾雅是一九五四年九月六日逝世的，享年七十三歲，遺命火化，揚灰於海。陳荆鴻有聯輓之云：「舊物有綠綺臺琴，德者本也；考終次素王年壽，大哉死乎。」綠綺琴是鄺湛露遺物，鄧君以廉值得之。

·碧里·

「後鴛湖曲」與徐志摩夫婦

温大雅

一九三三年三月六日，十九路軍主將蔣光鼐宣布遵照國際聯盟命令，中日雙方停戰，抵抗了一個多月的十九路軍，放棄淞滬。（蔣將軍已於今年六月八日在北京謝世，年七十九歲）數日後，北平燕京大學教授鄧之誠，以「五石」的筆名，寫了一首「後鴛湖曲」的舊體詩，載於北平「新晨報」（三月十二日）。這首詩在此時刊出，大有譏刺王賡失地圖而致使日寇盡得我軍機密，十九路軍不得不被迫後退。但抗日戰爭與王賡失地圖，與嘉興的鴛鴦湖有什麽關係呢？詩人誤會以爲徐志摩、陸小曼夫婦都是浙江嘉興縣人，故此以鴛湖名其曲。其實徐志摩是浙江硤石鎭（屬海寧縣）人，陸小曼是上海縣人，與嘉興毫無關係，而王賡又是江蘇無錫人，亦與鴛湖無涉。淞滬停戰後，報紙轟傳王賡因約陸小曼在白渡橋的禮査飯店幽會，被日寇劫去地圖。這也是報紙造謠的，王是否有失地圖，事關機密，我們無從得知，而陸小曼在淞滬抗戰時，正與翁瑞午同居四明村，沉溺於雅片，從未出門一步。今者，徐志摩、王賡、陸小曼皆作古人，鄧之誠亦於一九六〇年逝世（死於北京，年八十六），我們不妨一讀這首「後鴛湖曲」。曲云：

煙雨樓頭好賦詩，兒家生小住湖西，
湖上鴛鴦同性命，湖邊楊柳鬥腰肢。
從來湖水比聰明，水面桃花更有情，
莫把夭桃比人面，妝成一面便傾城。
年年巧笑春風裏，誰家小妹嬌羅綺，
春去不知別離悲，春來但覺顏色美。
不道扁舟一往還，海上風光絕可憐，
莫遣鶯兒空問訊，拚教月子妬嬋娟。
丁香結就英先落，安排霧鬢住香閣，
歡娛苦短夢苦多，說是眞仙厭離索。
殷勤不必盼青鳥，花貌參差意繚繞，
同里應曾識姓名，雙飛便欲忘昏曉。
莫恨相逢已嫁時，郎君家有最嬌枝，
嬌枝遣後迎桃葉，海燕歸來夢荼蘼。
漪瀾堂畔又良辰，對對鴛鴦羨璧人，
爲問湖光如舊否，祇憐往事已成塵。
世事輪他翻覆手，行雲行雨盡佳偶，
今年歡笑異明年，汝自負人人汝負。
蹀躞溝水西復東，郎是罡風妾斷紅，
風便自登王屋頂，花飛還墮綺懷中。
一旦御風作游戲，風翻倏見人落地，
拚生又往締新盟，垂死未聞揮別淚。
舊人已是綰赤符，嬌面輕啼淚模胡，
欲慰柔情須蘊藉，忍將愁抱易歡娛。
是時海上烽烟起，入寇倭奴比狼兕，
壯士衝鋒不願生，男兒報國惟同死。
縱橫決盜聞殺聲，畏死倭奴心暗驚，
一月拒倭方雪恥，忽然退走東南傾。
退兵祇爲輿圖失，虛實安能教敵悉，
卻向香巢訪玉人，未防鷹隼攫來疾。
纔知女寵原禍水，破國亡家皆由此，
痛哭連城人盡俘，心傷千里室如毀。

詩是寫得很好的，其本意在教人愛國，鼓勵同胞以後要時時準備抵抗日寇，不要再使中國有「連城人盡俘」「千里室如毀亡」，故借徐、陸、王之事來抒寫，不必計徐陸是否嘉興人了。

按詩中的「莫恨相逢已嫁時」四句，指徐志摩陸小曼二人在北京相遇時，一個是使君有婦，一個是羅敷有夫了。「漪瀾堂畔又良辰」四句，言一九二六年十月三日，徐、陸二人在北京的北海公園結婚，梁啓超爲證婚。十月四日，啓超寫給他在海外的兒女一信有云：

我昨天做了一件極不願意做的事，去替徐志摩證婚。他的新夫人是王受慶夫人，與志摩戀愛上，才和受慶離婚，實在是不道德之極。我屢次告戒志摩而無效，胡適之、張彭春苦苦爲他說情，到底以姑息志摩之故，卒徇其請。我在禮堂演說一篇訓詞，大大教訓一番，新人及滿堂賓客，無一不失色，此恐是中外古今所未聞之婚禮矣。今把訓詞稿子寄給你們一看，青年爲情感衝動，不能節制，任意決破禮防的羅網，其實乃是自投苦惱的羅網，眞是可痛，眞是可憐。徐志摩這個人實聰明，我愛他，不過此次看着他陷於滅頂，還想救他出來，我也有一番苦心。老朋友們對於他這番舉動無不深惡痛絕，我想他若從此見擯於社會，固然自作自受，無可怨恨，但覺得這個人太可惜了，或者竟弄到自殺。我又看着他找得這樣一個人做伴侶，怕他將來苦痛更無限，所以想對於那個人當頭一棒，盼望他能有覺悟（原注：但恐甚難），免得將來把志摩弄死，但恐不過是我極癡的婆心便了。聞張歆海近來也很墮落，日日只想做官，此外還有許多招物議之處，我也不願多講了。（林熙按：張歆海後來果如願以償，一九二八年入外交部爲參事，一九三一年任歐美司長，一九三二年爲駐葡國公使，後又爲駐波蘭公使，鬧過不少笑話。）品性上不會經過嚴格的訓練，眞是可怕，我因昨日的感觸，專寫這一封信給思成、徽音、思忠們看看。

梁啓超這封家信，除了他所認爲離婚是不道德之外，眞可以說是給年青人一個教訓。徐志摩和陸小曼結婚後，同住在上海，陸小曼是挺會花錢的，徐志摩沒有家庭的經濟接濟，僅憑教幾家大學的書是不足以供給太太揮霍的，同時，又有一個健美的俞珊，時時接近徐志摩，於是志摩夫婦常因此反目。（俞珊是俞確士之女，余上沅的學生，後來與趙太侔結婚的。余、趙皆志摩的好友）加以陸小曼又和翁瑞午

福建才子郭嘯麓

•西鳳•

舊日北京有個福建才子郭嘯麓名則澐，眞有七步成詩之才。他做詩作文都很快，不止快，而且還做得好這就難得了。

郭嘯麓號蟄園，侯官人，禮部侍郎郭曾炘之子，光緒二十九年癸卯進士，官至國務院秘書長，北洋政府垮台後，他也跟着退出政海，在北京做寓公了。他是名父之子，才華贍富，且熟於北京故事，四十以後，沉溺於鴉片，終日一榻橫陳，但他却有一特色，和一般隱君子不同。大抵吸鴉片的人多懶，什麽事都不肯做，獨有他異乎烟客，每天讀書，作文作詩，至少要寫四五千字，此外每日還要記日記，所記的不是一兩行五六十字了事，而是六七百字起馬的。他一天不作詩，就覺得枯燥無味，他更喜歡作擊鉢吟的游戲（即限題限韻限時刻作詩），除自己所作最先交卷外，還可以替人捉刀，豪不費力，才高八斗，今果見之。

詩文之外，郭嘯麓還寫小說，用龍顧山人筆名寫「紅樓眞夢」，長五十餘萬言，親自精楷書寫，並用五色筆自評自點，精裝若干本後，閒時拿出來與朋友欣賞取樂，這部小說，只登載在「中和月刊」，但沒有登完，更說不到單行本了。

一九三九年他寫「庚子詩鑑」用龍顧山人筆名發表於「中和月刊」，每首所附的注語長者數百字，短亦百餘，皆爲人所喜讀，這些詩都是他坐在烟榻上一揮而就的。可惜他很短命，六十多歲就死了。

很要好，小曼有病，非瑞午按摩不能愈。這樣問題就複雜了。梁啓超信裏所說的話一句都沒有錯。梁實秋「談徐志摩」（台北遠東圖書公司出版）說：「浪漫的夢經不起現實的打擊。志摩是一個絕頂聰明的人，並且不是一個沒有胆量認錯的人，所以他很快的承認了他的失敗。……志摩臨死前幾年的生活確實是瀕臨腐爛的邊緣，不是一個敏感的詩人所能忍受的，所以他毅然決然離開上海跑到北平。……」

徐志摩如果不和陸小曼結婚，就不必爲了負担太重，在北平、上海兩地爲生活版，而奔走，也許就不會拿到了一張長期免費的飛機票，而致死在濟南附近的山下了。梁啓超說：「盼望他能有覺悟，免得將來把志摩弄死」，似乎事前已怪陸小曼了，但梁啓超還存着「女人禍水」的成見，對陸小曼太不公平了。

社會賢達王「百搭」

吳達之

王百搭在台北有「社會賢達」之稱，怎樣是「賢」？怎樣是「達」？下文有事實的解答。

以前，他是上海商務印書館的總經理，以科學化管理馳名。如有人說，他曾在「商務」營私舞弊，雖至今日，恐仍信者不多。然而事實上他確曾玩過一手，這便是科學管理之妙。

「商務」每天出新書一種，有版權的多有他的份兒，尤其是用四角號碼編成的各類字典，版權所有更屬於他的專利。按說，著作人按實銷數抽版稅是合法的，無可非議。殊不知他的版稅却抽得特別，實印多少他便要多少，且須在出版的一天一次抽足。不待說，這筆錢是商務墊付的，書如暢銷，尚可歸原，書如滯銷，便要負担雙重損失，而他却早袋袋平安了。以「商務」出版量之鉅，此項版稅，自極可觀。又因出版書籍，交由各地分館經售，或存或銷，難於數計，會計師亦不易加以覆核，因此箇中秘密，始終沒有漏洞，科學管理之妙有如此者！

一九四九年後，香港東區有一爿書店是他的後台。其時某國新聞處所印反共書籍，因震於他的大名，統交該書店承印經銷。他明瞭米國佬以大少爺而兼寃大頭，又與「文化黃牛」勾結，所開印價比一般印刷商貴三倍。這是他的鴻運，吃心雖重，而事屬營業，不便深責。最不道德的如新聞處訂印十萬本，實際他只印五萬本，其餘僅印封面，不印本文。事因他深諳這類書籍，風頭稍過，銷路便少；米國佬又不認眞辦事，樂得先印半數，滾他一下。萬一米國佬深究的話，儘可藉口滯銷，無地堆置，書已銷燬，而將封面繳去，以資搪塞。如此取巧，他確發了一筆解放財。先先後後，他正應上書中自有黃金屋的古話。及後米國派來一個副領事，專管出版，人極精明，他才斂手，並將書店收歇了

抗戰初期，國共分裂尚未顯著，他在某次參政會中已昌言反共，老蔣適亦在座，一語投機，因獲賞識。事後杜月笙笑對王曉籟說：「二哥，你也是參政員，也會講話，怎麽你不說，倒給王百搭搶去說，太可惜了。你等着瞧，王百搭還有一番大市面好做呢。」所謂社會賢達者，其「賢」殆在此乎！

王百搭有兩位太太，是一對姊妹花。呷醋爲女人天性，姊妹花並不例外。他却能置身局外，不管這筆臭帳，也許這就是「達」吧。又抗戰初期，他的千金熱戀一個油頭粉臉的青年，因被家庭拆散，在上海滄洲飯店自殺，而爲新聞報所揭載。其時鄒韜奮在香港辦生活報，轉載其事，王百搭大興問罪之師。韜奮面對他說：「事如不實，可以更正，事如確實，你有臉皮跑來說話麽？」經此教訓，羞慚而去，這又不免過於不「達」了。

林權助筆下的張勳復辟

楊　凡譯
鄒念茲校

「閣下所言甚是，但其中是有很曲折的內幕的。如閣下所知，段祺瑞是迫使清帝退位的發動者之一。關於清帝退位，袁世凱究竟是眞從內心高興還是不得已而爲的，這不了解，但淸帝終於退位了。那時段祺瑞也許有這樣的企圖，在全國改爲共和政體之後，將來自己好當總統。因此，他絕對不可能贊成復辟，所以此事讓他知道，而他也實在不知道。」

「那麼你究竟是奉了誰的密令呢？」

「實際是……」他嚥了一口唾沫。接着又說：「是徐世昌和張勳。」（徐世昌後來做了大總統）我說：「是嗎？」對這些話我暫先姑妄聽之。

其後，關於這個所謂使節的人選問題，在國會裏展開了激烈的討論。國會認爲把向日皇「贈勳」這樣重大的任務付託給曹汝霖這樣職位不高的人是不合適的。同時從曹汝霖的經歷來看，他在袁世凱時代，曾經援助過袁世凱稱帝，從而堅決反對派這種人到日本去，總之，議論紛紛，鬧得國會一時哄動起來。因此，要派他到日本去，無論怎麼也不可能實現了。然而向日皇「贈勳」一節，早已做了準備，並已徵得日本宮廷的同意，中國方面已不能自食其言，因此只得另派汪大燮（這個人後來出任駐日公使）爲特使，專爲「贈勳」前往日本。當然他與徵詢復辟運動的意向毫無關係，就這樣「贈勳」問題便很順利地結束了。

和本野兩人阻止復辟運動

但是一部分中國要人，仍在不斷策畫復辟活動。自從上次派遣特使到日本去以後，又經過了一段相當長的時間這次又換了一個陸宗輿到我的住所來，他陳述了曹汝霖上次說過的同一問題。我爲了愼重起見，仍用從前的方法，向他了解了內情，陸的所談和上次曹談的一樣：「這是張勳和徐世昌的命令。因此，我打算極秘密地到日本去。爲了掩人耳目，這次公開的使命是創設中、日合辦的銀行。銀行已經正式備案，此次赴日打算很快地把它成立起來。」話說到這裏，陸便走了。

恰好這時我因其他公務囘東京進行商談，當然和外務大臣見了面。談完公事之後，想起陸的談話，順便對外相說：「陸宗輿決定到日本來，按預定的日期看來，現在已該達東京了，你還沒有同他見面嗎？」「昨天晚上來了。」外務大臣說。因此，我對大臣大致說了事情的經過：「他表面上以創辦銀行爲名，實際上還帶有極秘密的使命。他是爲了探聽日本當局對於淸朝復辟的意而來的，這才是他來日的眞實目的！」

當時的外務大臣是本野，他感到十分意外倉卒間表現出一副茫然不知所措的姿態。於是我便毫不隱諱地把自己的意見說出來，供他參考。

「復辟絕不可行。若盲目行動，一定失敗。陸宗輿既然要提出這個問題來刺探日本當局的意向，總有一天會到寺內那裏去探聽。屆時寺內會怎樣囘答他呢？寺內的答復如果不是斬釘截鐵，就會發生意想不到的後果！」經我這一提醒後，本野也耽起憂來。

我接着說：「因此無論怎樣，你一定要堅決地答復他。只要寺內的答復畧爲含糊一點，中國方面便會認爲暗地裏已經得到日本政府的同意。因而他們一旦發動起來，日本十分憤恨，到那時日本將無法剖辯。」

「聽來你說的很有道理。」本野彷彿明白過來了。

因此我又進一步叮囑說：「這事可絕

對幹不得。」本野接受了我的意見。

因為本野尚未與特使見面，所以我和本野商定：把該人（指特使——譯者）引至外相官邸，本野說：「今天就把他請到我家進餐，希望你也來，如果你能領他來更妙。總之，為了整個中國的和平，這是件好事情。」我們按照預定的計劃，在當天的宴會中，清楚地和密使說明此時並非復辟的時機。對方看來有所領悟，以後再沒有聽說他向日本當局探聽復辟的意見，遂即返回了北京。

說服田中義一打消支持復辟的念頭

我從東京回到北京不久，田中也在巡遊華南之後到了北京。當田中還在旅途上，我曾和他聯系：「到北京請到我家住宿。」

因此，他一到北京，即刻如約來到我家。晚上隨便聊天，我問田中：「你見了張勳吧？關於復辟問題他一定說了些什麼，你恐怕隨聲附和了吧？」

田中含糊其詞地說：「也不是沒談過。但是……」他說得非常曖昧。因此，我進一步追問說：「的確，在兩人之間，話是無可不談的。但從你的口氣聽來，對方一定認為事先已經得到你的同意和諒解。」

田中是一個很爽快的人。他立刻說：「如果這樣，就堅決予以制止吧！」我記得他立即派人到張勳那裏去，澄清了自己對張的回答，使無發生懷疑的餘地。田中這個人，在發現自己有不恰當時，一點也不拘束，立即加以糾正，他是個明朗坦率的人。

當天晚上，關於張勳的復辟運動，我向田中說出了自己如下的看法：「我還沒有直接和張勳見過面，但我可斷定張勳一派的活動，即使我們要制止也是制止不住的。因此，如果按照日本方式作模稜兩可的回答，這一派人就會做出適合於他們自己的解釋，認為我們已經同意了他們的計畫。這樣一來，會給日本帶來很大的麻煩。因此，日本必須明確說明：現在絕對不能同意他們的計畫。」田中當然接受了我的意見。

張勳要當中國的獨裁者

以後不久，傳說張勳要到北京來。我即往見總統黎元洪，對他說：「聽說閣下已叫張勳前來北京。閣下叫他來究竟有何打算？」總統坦率的向我說出了真實的情況：「正如閣下所知，歐戰的影响已經波及全世界。因此，中國方面，關於應不應該參戰，北京政府內部意見發生了分歧，因而陷於分裂狀態。為了加以調停，我才叫他來。」

我因為了解張勳平常的陰謀，覺得選這樣的人來進行調停是非常危險的。現在雖已無法挽回，但須立即提起黎的注意，於是便說出了自己如下的看法，「冒昧得很，我認為閣下的想法錯了。張勳如果到北京來，他一定抓住這個時機，使自己成為獨裁者。我是這樣觀察的，不知閣下以為然否？」黎元洪看來具有非常不同的見解。他讓為我的耽心是多餘的，他以很堅定的口吻說：「不，不會發生這樣情況。為此我曾和張勳書信往來，進行了充分的商量，所以不需如此多慮。謝謝你提起注意，此點我已有充分的信心。」我仍放心不下，又繼續反復地說：「閣下既然確有把握，我就不便多說了，但我確信他此次來京，一定要當獨裁者。這話僅供閣下參考。」和黎元洪的談話就此結束了。

張勳終於帶着軍隊來到了北京。果然不出所料，他剛到北京，就獨斷專行，立即宣佈復辟，這種行動大約維持了十天或十二三天，短期間便為段祺瑞所擊潰。

段祺瑞借八萬圓收買叛軍

此事前後始末是這樣的：張勳入京之時，恰好段祺瑞已回天津不在北京。張勳也許認為這是一個絕好時機，才斷然舉事，不論怎樣，段的離京確給張勳提供了一個可乘之機。段祺瑞一聽說張勳發動復辟，馬上到離天津十多里的馬廠，去找他的舊部，對駐防該地的渠軍團長說：「請把你的部隊立即借我一用。」他親自率領部隊一直開向北京，盤據在北京郊區的部隊都看風使舵，見段氏西上，都想加入段祺瑞的部隊，一同撈一把，因此，當段進抵北京的時候，已經形成了一個大兵團。

張勳的隊伍雖然素稱強悍，但是衆寡懸殊，加以在操縱北洋軍隊方面，張勳遠非段的對手。因此很快就被擊潰了。

當兩軍在北京交戰期中，曾發生過這樣事情：段祺瑞派其部下某軍官到北京找日本公使館的武官，秘密傳達了段的如下意圖：「請轉煩林公使，立即代籌八萬圓。」武官把段的上述請求轉告我，並說：「據說借欵是爲了撥發給張勳部隊。如果是這樣，便可避免巷戰。公使以爲如何？」他站在我的旁邊，並等待着我回答。

當時我還不大相信這件事，但也不甚懷疑。因爲我覺得如果能以這一點錢解決戰事，那是再好沒有的了。因此，馬上通知正金銀行的小田切（小田切萬壽之助，一八九七——一九〇五年間曾任日本駐上海總領事，時任正金銀行董事。）請他到公使館來一趟。小田切匆匆地來到了公使館

我說：「這筆欵你能否爲我籌措？」小田切回答說：「據我個人看來，怎麽也不成。但是如果馬上就要，並有日本政府的命令，也能夠馬上拿出來，也必須拿出來。」我說：「是嗎？好吧！那麽我就以全權公使的資格，代表日本政府命令正金銀行：現在卽刻拿出八萬圓交給公使使用。」

小田切立刻送來了這筆欵。我隨卽原封不動地交給了段祺瑞。該欵出了公使館大門大約二小時左右，戰火就停熄了。

當天下午，各國公使召開會議，我在席上這樣說：「只要戰火停止，北京便可保住安全，所以我答應了段祺瑞的請求，代他籌措了一筆欵項。這樣做沒有錯吧？」因爲戰火像烟一樣消散了。所以大家都非常高興地說：「多謝閣下高明。」（完）

薛福成兄弟

陳庶嘉

大華三十二期「談台灣的中華特典」一文，作者吳先生指出薛福成並沒有爲同治帝醫病，他的哥哥福辰，却是儒醫。那位李景武「博士」精通歷史，「博」不可當，被台灣的文化機關聘爲什麽教授，而竟寫成一部烏烟瘴氣，荒謬絕倫的「北平風土志」，亦可見台灣文化界之烏烟瘴氣一斑矣！

光緒六年庚辰（一八八〇年），慈禧太后大病，命各省介紹名醫入宮診脈，直隸總督李鴻章、湖廣總督李瀚章、湖北巡撫彭祖賢介紹前山東泰武臨道薛福辰。下一年六月，慈禧病體大愈，升這一班醫生的官，福辰得督糧道，但仍留京，繼續醫治。光緒八年，慈禧病愈，又再加恩各醫士，福辰加頭品頂帶，補直隸通永道。福辰從未爲同治醫病，爲同治醫病無功，而被革職當差的是太醫院判李「博士」的本家李德立。

薛福辰字撫屛，號時齋，無錫人，咸豐五年中順天鄉試第二名舉人，所謂「南元」也。其弟福成所撰福辰家傳有云：「……（福辰）供奉內廷三年，每製一方，覃思孤往，湊極淵微，或與同值諸醫官斷斷爭辯，必得當乃已。……以光緒十五年七月二日卒於無錫里第，年五十有八。……」

「辰」「成」二字音相近，讀起來有時會相渾不淸的，但寫出來，則兩字之形各異。「博士」不能以音誤自解，應自責對同治醫疾一事，知之不多，一個潛心研究史學的人，不應治學不謹嚴至此！或曰：「博士本非博士，亦不必深究矣。」

薛福成於同治四年乙丑（一八六五年）入曾國藩幕府辦事。後來福成有一篇文字，訂正曾國藩「辰」「成」之誤，此或可爲「博士」解嘲，曰：「文正公都有誤，何況我武歪公博士乎？」福成於光緒十七年九月，自跋其上曾國藩書函稿，有云：「按求闕齋乙丑五月日記云：『故友薛曉帆之子福成，遞條陳，約萬餘言，閱畢嘉賞無已。』余在幕府嘗見文正手稿，近閱湖南刋本，歸入品藻一類，而訛爲伯兄撫屛之名，想由校者之誤。恐後世考據家或生疑義，故並及之。」福成在此辨明上條陳者乃福成，他亦嘗見國藩手書無誤，乃校對者誤成爲辰，故鄭重爲之訂正。但宣統元年（一九〇九年）影印的「曾文正公手書日記」，則所書者實爲：「閱薛曉帆之子薛福辰所遞條陳，約萬餘言，閱畢嘉賞無已。」（見乙丑閏五月初六日日記），則「求闕齋日記」的校對者實無誤，國藩一時筆誤耳，福成謂在文正幕府見文正手稿云云，不能令人無疑。福成死後十餘年，國藩手書日記始出版，福成不知有此一「招」也。（福成死於光緒二十年，五十七，曾任駐英公使。）

鄭孝胥的丁巳復辟日記

鄭孝胥遺作

十九日　得升吉甫書，滙來日金二五零元。愛蒼、崑三來。

報登上諭：鄭孝胥、秦炳直等著迅速來京，預備召見。

愛蒼攜棨來宴。客到者衡甫、魯山、鄭棨東、金文瑚。棨東亦奉上諭爲弼德院顧問大臣。

二十日　與李高聯名電奏曰：竊聞畿輔諸將與議政大臣張勳意見不洽，已有搆兵之舉。北方將士皆朝廷所倚賴，一旦鬩牆啓衅，反使革命黨人乘機取利，殊爲可危。以張勳孤忠亮節，而不爲衆人所諒者，以秉握大政故也。然觀張勳志安社稷，不以危險遺之君父。昔周公居東，流言自息。誠宜暫出督師，以弭謗讟。請旨速召徐世昌來京，委以全權，令依君主制度，設立責任內閣，則諸將無所疑忌，必可同心輔政矣。愚昧之見，請代奏。過李高，晤鑑泉及劉建之、晦之于座。

廿一日　李高、鑑泉、劉建之來，云皇帝已于十九日退位。西本、平川、大西齋來。德文電云：上諭令張勳解除議政大臣，率部離京赴津。王士珍出任調停。過鑑泉不遇，遂過賦秋，逢司格禮。

報言：段祺瑞已入京，復辟之舉遂敗。前後才七日耳。張勳之無謀，劉廷琛之躁妄，皆足取敗；辱我幼主，羞當世之士，哀哉！

廿二日　楊子勤來。愛蒼、汪甘卿來。鑑泉、劉建之來。

廿四日　許魯山來。得其弟天津來信云：日本調停屬確。

廿五日　「字林報」云：本報特別訪員昨晚（謂十一號，今日爲十三號）往晤張勳於其私宅，張色懽愉且有禮致，惟決計力戰至死，刻正布置一切。雖知大局無望，然尚鎮定。張曰：予之來京，意在爲國民及淸室謀福利也。各督軍在徐州時，無一不請予爲復辟領袖，誓與贊助，即段祺瑞亦知我輩之意，特來與我成約耳。至於淸室，並未預聞，猝然被推，實完全出於意料之外。蓋復辟而成，則爲淸室之利，若其失敗，則由予一人負責。是故，爵秩非予所欲，已嘗兩次力辭王位。今日之事，若帝國確立，予願退隱；否則決不讓出。各督軍昔以全權予我，今仍棄我如遺，我有兵三千，當與羣軍五萬相抗，至其責任，當由彼等負之。彼等幷未正式提議調停，僅間接要求繳械，我敢誓於我皇上、同僚及所部軍隊之前，我必不降。蓋降必自覺有負皇太妃、皇上等之付託也。我將犧牲一切，但必保持榮譽忠信。我最後之一言，惟有二字，非帝國則戰爭而已。臨別復曰：我人當不復會面，我事業已絕望，然須知張勳乃一忠直而非怯懦之人也。張勳又謂：多數督軍均主張復辟，未斷行復辟以前，均有函電往返；擬不日將此種文牘發表於日本新聞紙上，以明曲直。

張勳何忽睿智若此，吾謂必日本人爲之主胆故也。彼名譽驟好，一死甚值，且不必遽死也。

廿六日　報言：十二日（即廿四日）段逆攻天壇、南池子。戰終日，段逆所部死傷甚多，縱兵萬餘合攻；張勳以汽車衝出，入荷蘭使館。初，西山有德俘數十人，張勳縱之；是戰，張陣發砲極準，疑有德人指揮。及張勳出走，車中有一西人翼之。丁衡甫言：陳允民赴天津視張小帆，日來猶無信，可慮。張敗之信似確；皇帝甚危，將奈何。必爲段逆所監禁矣！

廿九日　赴商務館董事會。章行嚴舉爲董事，是日亦到會，謂余曰：眷口在津，已將往日本。

六 月

初二　賦秋來示：恭邸欲約余往青島。余以張勳新敗，北京事無可爲，且靜觀其變。

初六　過姚賦秋，明日將赴青島。

初七　姚賦秋來，以致恭王一函，託其轉交。

十一日　陳仁先今日由津浦到滬，咨

說北方情形，毫無計劃，妄舉大事，使人憤恨。此事由青島與上海諸君合謀之，而猶避我，知其必敗矣。

十二日　晨過陳仁先談，又視女景。丁衡甫來。元會東來，談姚賦秋欲贊助恭王，謬言季皋及余皆黨于恭王。余告之曰：宣統吾君也，余未會見恭王，何爲黨乎。

十三日　元會東來，言宣戰事已亟，未知陸榮廷、陳炳焜能出反對否。予允爲作書與文虎，使以吾書示陳，未知有效否。

十四日　元會東來，詢能發電至粵否？告以無密電本，乃止。

十六日　有唐其盛者，以宗方名刺介紹來見，自言自旅順來，出肅邸名刺，曰肅邸使來候余。又出東亞同文書院教頭日人森茂名刺曰：森茂亦肅邸所託在滬辦事者，今將出訪康有爲，邀赴旅順。肅邸之意，欲招復辟失敗諸人，皆往旅順。唐明日移居同文書院。康願赴旅順，則使森茂伴行。唐將赴東京訪川島。夜，元會東來。

廿一日　報言：萬繩栻編「復辟記」已脫稿，凡十四章：

一、復辟之由來；二、宗社黨；三、宗社黨與張勳；四、康有爲與張勳之關係；五、三次革命增兵計畫與復辟；六、徐州會議與復辟之動機；七、軍人與國會挑衅之意義；八、督軍團再會於徐州；九、贊成復辟之函電；十、帶兵入都之預料；十一、復辟時各方之態度；十二、意外之反噬；十三、君主優於民主；十四、結論

現寄至日本印刷。西人以先睹爲快，託求萬氏另繕一分，譯爲西文，書約十萬言。劉廷琛、李盛鐸皆經過目。

几士言：宣統有出洋之議，欲以李季高及余隨扈。

廿二日　姚賦秋來，得恭邸復書及詩三首。

廿四日　過姚賦秋，見青島公信，爲升吉甫捐欵。

廿六日　德文報言：明日爲八月十四號，北京對德宣戰之令當下。

廿七日　北京果下令對德、奧同時宣戰。

七　月

廿五日　貽書言：馮國璋有復辟之說，愛蒼、岑雲階與聞此事。

廿九日　訪馮夢華，于仁濟堂門外遇

劉瑞芬一家

·何　琪·

吳沃堯的「二十年目睹之怪現狀」第十八回說：現任蘇州撫台的譚中丞，原先做蘇州府時，官階要比上海道台劉芝田低，但譚中丞的官運亨通，連升上去，劉芝田依然故我，上司降爲下屬了。

所說的譚中丞即譚嗣同之父繼洵，芝田名瑞芬，安徽貴池人，其實他的官運並不壞，以秀才從軍，追隨李鴻章在上海辦洋務，運輸西洋武器，供給李鴻章軍隊對太平軍作戰，因此有功，累保至道員，督辦淞滬厘捐。光緒三年署理上海道。吳沃堯爲什麼對他這樣注意，大概他是接馮焌光的遺缺的，因爲馮是上海道主持上海製造局，吳沃堯會在製造局辦事，而馮又是南海人，吳的鄉先輩。劉瑞芬後來升江西臬司、藩司、護理巡撫，光緒十一年以三品京堂出任英法義比四國大臣，繼曾紀澤也。任滿，簡派廣東巡撫，光緒十八年逝世，年六十六年。

劉瑞芬有三子，最有名的一個名世珩，字聚卿，辛亥後在上海是一個很頑固的遺老，一九二六年逝世時，遺命子孫不得做民國的官，一定要留起辮子，否則不許承受遺產。因此他的兒子劉公魯在上海胡鬧時，背後就垂有一辮。（日寇攻入蘇州，强進劉宅，公魯嚇到躲在床下，日寇拖出，將對他不利，但見他有一條辮，認爲是「滿洲國」人民，饒他一命。日寇退出，公魯已嚇到半死，不久即逝世。）

聚卿是光緒二十年甲午舉人，累官至道台，在湖北、江蘇兩省做事。後來升任度支部參議，加三品卿銜。聚卿生平好古物，所藏金石書畫書籍極富，著名的雙忽雷（藏北京歷史博物館）就是他的精品。

同治光緒間，安徽劉姓出過不少「猛人」，劉瑞芬外，有合肥人劉銘傳，官至台灣巡撫，廬江人劉秉璋官至四川總督，劉建之、晦之皆其子。

之，方偕魏梅孫出乘馬車。遂訪王聘三，談久之。左子異亦來。聘三語意以復辟之敗，各人心之壞。余終以為謀之不臧也。

八　月

十二日　「大陸報」言：馮國璋、徐世昌、趙爾巽已密商復辟事，將強逼段祺瑞，段不從，則除之。江朝宗保護北京，曹錕將以兵助之，改稱中華帝國，五色旗之角加一黃龍。

十　月

初四　姚賦秋得京信，段之辭職，馮之逼也。北京或有亂事。盛宮保今日出殯，用銀三十萬，舉喪者數萬人，大馬路、四馬路市面悉為人租去，觀者數十萬人。上海工部局例：出殯者祇能限午前橫過南京路。今盛殯自午後一點至四點餘乃過，工部局得捐款數萬，乃許之。

十三日　姚賦秋來，攜日本雜誌二冊，中有佃信夫所作，敘論張勳復辟始末，痛斥日使林權助陰助段祺瑞之謬。使大七譯以華文。

廿七日　以御筆所賜「貞風淩俗」四字匾額裝入鏡框，懸樓上東屋。陸榮廷過滬時，餽余四千元及金錶、香雲紗各件，余不受。陸入京求謁皇上，得蒙召見，因報效萬元，為陵工種樹之用。因弁稱中有四千元為鄭孝胥託令代呈，陸遂獲珍物福字等件。上又特賜孝胥此匾，命榮廷交。陸託江朝宗在京裝裱寄至廣東，復由陸轉寄來滬。自辛亥以來，海藏樓抗立國中，幸免天傾地陷之刼，今乃得御書以旌之，足以為臣下之勸矣。

廿八日　又過姚賦秋，見升吉甫書云：欠季高房租三月，已移居慈善醫院。

十一月

初四　升吉甫、姚賦秋同來，言將有遠行，攜闕、郭二子及日本人二人同行。余知其所往，不復問之。飯畢乃去。吉甫居萬歲館，今夕即行，約來信可寄至商務印書館

初五　賦秋來字約往飯，吉甫改今夜行。董事會為吉甫託換日幣一千四百元，僅得銀元九百六十九元。夜餞吉甫於都益處，在座者：賦秋、叔用、大七、小七。以馬車送吉甫登舟。同行二日人，曰工藤、齋藤。船乃襄陽丸也。

二十日　朱曉南前日來訪，不遇。今日復來，談時局，謂張勳事敗，由於無人助之。余謂不可久暇，宜為籌畫再舉之策。胡琴初忠實，惜才智不足。彼欲訪君，宜與細談。余曰：陳仁先常為余言，余極願見琴初。朱云：請明日至彼宅午飯，當約琴初共談，余諾之。

廿一日　赴朱曉南之約，與胡琴初說五月復辟事。胡言：非張、陸合，不能再舉。張有營弁肅某至桂見陸，陸附還三條：一、復辟二字勿遽提出；二、張、陸會師於武漢；三、陸軍入鄂由張接濟兵餉。張有覆書，為其姪遏阻未達。陸復詢前信到否，今當設法使張、陸通氣。余曰：二十日後試籌此事。張即能脫身至徐，至將弁有異志，則事敗矣。今宜使閻提督私往營中與下級兵官軍士接洽，如能盡忠於張，則一二反側者，易之可也。

廿七日　得升吉甫自宜昌來書。

廿八日　過陳介庵、姚賦秋。姚云：李純與張懷芝已將戰，蘇州（常）鎮守使朱（按：蘇常鎮守使朱熙）助之。徐樹錚自滬赴寧，說李純以復辟，馮已願之，仍以段領銜，但發數電，大局可定，以免戰禍。李許之。徐又至杭說楊善德。楊亦聽命。徐尚欲說諸將，俟皆樂從，乃訪上海諸老、季高及余，求純潔守節者，當與馮、徐、段共為之此舉，庶得國人之信用。

十二月

初一　胡琴初來談，張勳托溫毅夫侍御為代表，為之達意於陸榮廷，日內即遣顧君康（勇）赴粵，與之俱行。顧、溫皆常識陸。顧為梁星海表弟，辛亥在焦山砲台，幾為革命黨所殺，六年來宗旨不變，然與鈕惕生甚熟，或疑其潛通革黨，特未常為賊所用。琴初以為可信，將使來見余。琴初又請余作書與大七，使毅夫致之。余即作一紙與之。訪李梅庵不遇。遂至太安棧訪鄭殿書，談良久，出梅庵介紹信，云鄭忠義士。鄭示余廖宇春致鈕永建一書，亦為鄭介於鈕者。鄭言：已謁荷蘭公使救張勳，故張勳免流海島；又說定武軍使在湖南攻第八師。且言江西籌餉千萬兩非難，余能為之等語。稍疑其誇。

十五日　陳仁先來言，將入京見張勳。又言：張文生之友曰史文甫者，其人可談

十六日　元會東來。姚賦秋來。波多、大西齋及日本海軍委員白木豐來訪。（下）

釧影樓回憶錄

天笑

我最初到上海去，住旅館是「滿天飛」，總想找一家潔淨些，安靜些的，可是住來住去，都是一樣。而且我又不慣與那些陌生人同房，倘然自己包一個房間，又未免費用太大。那時我在上海朋友很少，只有楊紫驎，我到上海，必定去訪他，他還在中西書院讀書，難得同他吃一次番菜。這時上海戲館已經很多（都是老式的），我一個人也沒有這個興致去看戲。至於什麼女書場、夜茶館、更不敢踏進去了。那個時候，蘇州人家，不讓青年子弟到上海去的，他們說：上海不是一個地方，好似一只黑色大染缸，墮落進去便洗不淸了。

烟篷的故事

公元一九〇〇年（光緒廿六年）歲次庚子，那一次我也到了上海。前章所述，我到上海，不是常住在寶善街鼎陞棧嗎？到了那裏，恰巧樓上有個小亭子間，是佔兩榻地位的，我便把它包了。所謂包也者，就是一個人出兩個人的錢，本來每客二百八十文一天的，現在出到五百六十文一天。如此則不容有個陌生人來同居，而飯菜也可以豐富些。有一盞電燈，夜裏不出門，也可以看書寫字，沒有人來打擾，好在住居的時候不多，所費也還有限。

本來預備住四五天，至多一星期，因爲那時候，北方正在鬧義和團，風聲鶴唳，時常有種種謠言。正想把所辦的事，料理淸楚了，即行回去，有一位老友龐棟材（別號病紅，常熟人）來訪我，他辦一個詩鐘社，出了題目，教人做兩句對聯，然後評定甲乙，予以贈獎，這也是文人無聊之事，而當時洋場才子所樂爲。可是其中是有廣告性質的，有似後來的塡字游戲一般。龐棟材所辦的詩鐘社，便是那種性質，而詩鐘的評定與發表，每日却附錄於「蘇報」的後尾，當時的報紙，亦沒有副刊之類。

龐君的意思，要我爲他代理一星期，因爲他急欲回常熟一次，當然不是白當差，也自有報酬的。我那時也喜歡弄筆，什麼做詩鐘，撰對聯，很有興趣，正是投我所好。尤其每天必要到蘇報館一次，我還不知報館是如何排場，說如何權威，正要瞻仰。趁此我且把蘇報館說一說。

「蘇報館」最初是由胡鐵梅創辦的，其時爲一八九六年（淸光緒廿二年），用他的日本籍老婆生駒悅名義，向上海的日本領事館登記（上海那時的報館，掛外商牌子的很多，以此爲護符也）。但這個報館不發達，便移轉給陳夢坡（號蛻庵）接辦。陳夢坡是湖南人，曾做過知縣的，因案詿誤革職，便攜眷住到上海來，大概宦囊有幾個錢，便出資盤受了這家蘇報。

那時的蘇報是怎樣的呢？說來眞是寒傖得很，開設在英租界棋盤街一家樓下，統共只有一大間，用玻璃窗分隔成前後兩間。前半間有兩張大寫字枱，陳夢坡與他的公子對面而坐，他自己寫寫論說，他的公子則發新聞，有時他的女公子也來報館，在這寫字枱打橫而坐，她是一位女詩家，在報上編些詩詞小品之類，所以他們是合家歡，不另請什麼編輯記者的。

再說那後半間呢，一邊是排字房，排列幾架烏黑的字架；一邊是一部手搖的平板印報機（什麽捲筒輪轉機，上海最大的申、新兩報也沒有呢）。這排字房與機器房，同在一房，眞有點擠了。前半間沿街是兩扇玻璃門，玻璃門每扇上有蘇報館三個紅字。推門進去，有一小櫃，櫃上有一塊小牌，寫着「廣告處，」這位專管廣告的先生，和氣極了，見了人總是含笑拱手，惜我已忘其名，後數年蘇報案發，這位先生也陪着吃官司呢。

我每晚到蘇報館一次，便在這個廣告櫃上一具紙製的信箱內，收取詩鐘投稿。對於陳夢坡，我見他老氣橫秋的坐在那裏，不敢與他招呼。那個地方，也沒有一隻可以安坐寫字的桌子，只得回到棧房裏去了。可是這個鼎陞棧的小亭子間，白天倒還清靜，一到夜裏，便喧鬧起來。原來推出窻去，有一個小月台，月台對面，正是一家妓院（上海稱爲長三堂子），因爲樓下恰是一條堂子弄堂，每到了上燈時候，酒綠燈紅，哀絲豪竹，全是他們的世界。

那條弄堂很狹，我房間外面的月台，和對面那家妓院裏的月台，不但可以互相講話，伸出手去，竟可以授受東西。我爲了避囂，時常把窻門關了，但是房間既小，關了窻很悶，開了窻的時候，對面房間裏的人，時來窺探，年輕的少女，從十四五歲到十七八歲有三四人之多。我這時雖然已經二十歲出頭的人了，還是非常面嫩，見了年輕的女人，便要臉紅。她們見我如此，便故作揶揄，尤其那班十四五歲的女孩子，吵得厲害，有時呼我「書踱頭」（吳語，卽書獃子之意），有時裝出我近視眼看書的狀態，這種頑皮的女孩子怎麽辦呢？我只好不去理睬她們。

有一天，龐棟材到鼎陞棧來訪我，他走到我窻外的月台上，向對面一望，他說：「噯呀！這是金湘娥的房間，我曾經到那裏吃過花酒的呀。」他又指着對面一位年紀較長，約有十八九歲，斜倚在月台欄干上的說道：「這個喚作阿金的，也算上海北里中的名葉（當時上海妓院中，稱姑娘們爲花，稱侍女們爲葉），你住在這裏，眞可以稱得『流鶯比鄰』了，我來給你們介紹一下。」那時我想阻止他，却已經來不及了。

「阿金姐！」龐棟材踏出月台，便喚着她。又給我介紹道：「這位你們朝夕相見的二少，也是蘇州人，是你們的同鄉呀。」又向我道：「這位是鼎鼎大名的金湘娥家的阿金姐。」那個阿金也打着蘇白道：「龐大少，倷同子二少，一淘過來白相噓！」我怪棟材，鬧什麽玩意兒，又是硬派我做二少。棟材道：「不是你有一位令姊嗎，你在上海，不要做一個迂夫子呀。」原來龐棟材算是一個「老上海」了，他和小報館裏的李伯元等，長在一起，於花叢中人，頗多馴熟，所以認識了她們。李伯元便是別號南亭亭長，寫「中國官場現形記」的這個人。

從此以後，那班女孩子們，不再對我揶揄了。有時在對面月台上見到阿金，也對我點點頭，報以微笑，我覺得阿金很美而且很大方，但我那時從未涉足靑樓，也覺得十分矜持。這時候，正是八國聯軍攻進北京城的當兒，而上海酣嬉如舊，爲了有三督聯保東南之約（三督者，粵督李鴻章，江督劉坤一、鄂督張之洞也），不過北方鬧得厲害，難免不擾及南方。有一天，不知從那裏來了一個謠言，說是洋兵要佔領上海，軍艦已開進吳淞口了。中國人那時是最容易相信謠言的，這個謠言不翼而飛，便到處宣傳，人心紛亂了。

不但是上海，這個謠言便立刻飛到蘇州，還加添了許多枝葉，說上海如何如何。我祖母因我在上海，老不放心，竟打了一個電報來，教我卽日回蘇。那時候，蘇滬間還沒有鐵路，只有小輪船可通。我接到了電報，立刻到蘇州河一帶內河輪船碼頭去一問，各小輪船公司的船票，盡已賣光了。那種往來於蘇滬之間的小輪船，本來拖了好幾條船的，這次拖得更多，竟拖了六七條之多。

每一條拖船上，都是擁擠非凡，而且船價沒有一定，隨便討價。多帶行李，還要加價，一只箱子，就要加兩塊錢，以前是沒有這個規矩的。我想：今天不走了吧？但祖母急想我回去，母親亦在懸盼，說不定明天還要擁擠，還要漲價。有一家戴生昌小輪公司，我有一個熟人，和他情商，他說：「除非在烟篷上，或者可以想法，但是你先生怎可以趁烟篷呢？」我說：「不管了！只要能搭上去，就可以了。」

一張烟篷票，賣了我四塊錢，在平時

只要兩角五分，那也不去管它了。不過他還關照我，買了票就到船上去，烟篷上也是擠得很的。我回到客棧裏，拿了舖蓋便到船上去，果然，烟篷上已經擠滿了不少人了。所謂烟篷者，在拖船頂上，布篷之下，身體也不能站直，只好蛇行而入，向來所謂上等人，從沒有趁烟篷的。

我鑽進了烟篷後，便打開了舖蓋，因爲打開舖蓋，就可以佔據了一個地盤。當我正在滿頭大汗攤開舘蓋的當兒，忽聽人堆裏有人喚道：「二少！你怎麼也來了呀？」我回頭看時，却正是我寓樓對面金湘娥家的阿金。我那時也顧不得羞慚了，便道：「買不到票子，沒有辦法，只好趁烟篷了。」她笑道：「人家說：『大少爺拉東洋車』（按，此爲上海一句俗語，指少年落魄之意），現在時世，大少爺趁起烟篷來了。」她便爬過來，幫我攤被頭。」又低低的說道：「和你掉一個位置好嗎？」原來她的貼鄰，是一個不三不四，像馬車夫一樣的人，她有些怕他。我明白她的意思，便給她掉了一個擋，做了他們之間一個緩衝。

船一開行，就吃夜飯了。飯是船上供給的，但只有白飯，沒有菜肴，僅有一碗公共的鹹菜湯。我臨行匆促，沒有買得路菜，誰知阿金倒帶得不少，她說都是小姊妹送的，醬鴨、油雞、燻魚，硬把頂好的塞在我飯碗裏，說道：「吃嚧！吃嚧！吃完算數！」我很覺難爲情，但又不能不吃。吃完夜飯，船就漸漸開得快了，天也漸漸黑了，烟篷上只掛着一盞朦朧略有微光的煤油燈，漸漸的鼾聲四起了。我是睡不着，但睡在我隔鄰的阿金，微闔雙目，我不知道她是睡着了沒有。

到了十二點鐘以後，我還是睡不着，而且還有些刺促不寧，原來我的小便急了。和阿金調換位置以後，我睡在裏擋，而阿金睡在外擋，如果我要到船邊，拉開布篷去小解，必然要爬過阿金身上，我只得且忍耐住了。但越是要忍耐，越是忍耐不住，更是睡不着，已經忍耐過一個鐘頭多了。阿金也已有所覺察，張開眼睛來，微笑道：「二少！阿是睡不着？」我沒有法子，只得告訴她要小解，她道：「怎麼不早說呢？好！我讓你爬過去。」

於是她就蜷縮了身體，讓我從她的被頭面上爬過去，可是一揭開了布篷，外面的一陣寒風吹進來，令人發抖。原來那時候，已是舊曆九月的天氣了，我連忙退縮了進來。這時江深月黑，船因開得快，重載以後，顛蕩傾側，站在船舷上，又無欄干，危險殊甚。阿金見我縮進來了，便問：「怎麼樣？」我說：「站立不住，危險得很。」她說：「那末，不小便了，這是要熬出『尿梗病』來的呀！」

那時她便想出一個辦法來，解下了她的一條白湖縐紗的褲帶來，把我攔腰一縛，教我站到船舷上去，她在後面緊緊拉住。果然，這方法很靈，而我也膽大了不少。小解過後，我也就此舒服了，得以安眠。她嘲笑我說：「吃這樣的苦頭，眞正作孽。」她這時又問：「討了少奶奶沒有？」我搖搖頭，表示沒有。她笑說：「快點討少奶吧！可以服侍你。」她又問我道：「爲什麼急急要回去，眞怕洋鬼子打到上海來嗎？」我告訴她：「祖老太太打電報來，一定要教我回去。」我回問她道：「你呢？你爲什麼急急要回去呢？」她說：「鄉下有信來，要教我回去。」我問：「爲什麼要回去呢？」她有點含糊其詞了。

天微明的時候，大家都起身了，因爲那船很快，七點鐘就可以到蘇州。起來時，一陣忙亂，大家都是打舖蓋，把臥具捲去。這時，她幫我打舖蓋，我亦幫她打舖蓋，但我於此道是外行，有點尖手尖脚，一樣的幫忙，還是她幫我的忙幫得多。雖然我當時已經二十以外的人了，她還不過十八九歲，身軀比我小，氣力好像比我大。她這時便對鏡梳掠，我坐在她傍邊，她問我：「還要到上海去吧？」我說：「是的。」「還住那客棧嗎？」我說：「是的。」因回問道：「你也仍在金湘娥那裏嗎？」她笑了一笑，也說：「是的。」

回家去了兩個月，時局平靜，北方雖是聯軍進城，兩宮出走，而上海酣嬉如舊。不知如何，我雖與那個青樓侍兒，僅有同舟一夕之緣，却是不能去懷，我覺得她是一個又溫柔，又豪爽的女孩子。我這次到上海，竟然坐大菜間了，價值僅及上次烟篷的四分之一，船過金雞湖，口占一絕曰：「短篷俯瞰碧波春，一夢溫馨豈是眞？兩岸青山看不盡，眉痕一路想斯人。」癡態可掬如此。（卅三）

梅蘭芳的戲劇生活

周志輔

尤其是「嫦娥奔月」和「黛玉葬花」這齣戲的叫座力更大，在四十五天裏，「奔月」演過七次，「葬花」演了五次，佔演期全部的四份之一，而且每次都賣滿堂。當然在杭州所演的時期裏，這些戲也是最受歡迎的。

梅蘭芳從前到上海，受到了各種的暗示，使得他想起了編排新戲，改良服裝。這次又竄紅起來，創造了藝術界新的局面，從此更負起了改良戲劇的重大使命，這是值得紀念的三次演期。所以不憚煩瑣的叙述一下，也叫後來人們知道他的成功，是曾經過一番努力奮鬥，而不是僥倖偶然得來的。

七、耆宿同台

梅蘭芳第三次從上海回到北方過舊歷新年，正好朱幼芬和劉硯芳組成了一個桐馨社，已經約定的角色有楊小樓、錢金福、范福泰、范寶亭、遲月亭、許德義、王長林、許蔭棠、賈洪林、高慶奎、郝壽臣、董俊峯、九陣風、路三寶、張文斌、德珺如等，這個陣容在當時已經算是相當堅强，朱幼芬又約他去參加，因爲他與朱家是至親，又是從小的同學，當然接受了朱的邀請，就連王鳳卿，姜妙香，姚玉芙，李壽山等也都答應參加進去。在民國六年，梅蘭芳年二十四歲，他就在桐馨社裏唱了半年，到下半年他又轉回俞振庭的雙慶社裏去演唱。

他在桐馨社裏，短時期的參加，對於他有三點是值得提出的：

（一）過去他在北京唱的地方，如廣和樓，吉祥園，文明園，天樂園等等，都是舊式的戲園子，這次在第一舞台演出，是北京城最早建築的一個新型戲院。這個園子是民國三年蓋的，地點在前門外柳樹井大街。裏邊的一切建築，燈光，完全模仿上海的戲院形式，裝有轉台的機關，樓上下可容納觀衆二千四五百人，在民初的北京，算是手屈一指最新式的一個戲院，後來雖然有眞光，開明，新明三家新型戲院，但是都不能超過第一舞台的容積。

（二）過去他在北京唱營業戲，都是白天出台的，從這次起，他才開始也在晚上演出了。

（三）他從前所搭的戲班，裏面的角色，老生方面，如孟小如，王鳳卿，都比他的年紀大不了許多，而且在翊文社的武生是田雨農，在雙慶社的武生是王毓樓，差不多都是他同一輩的人物。這次同台演出的，多半是老一輩的人物，就拿武生而論，楊小樓是看他從小長大的，在桐馨社裏，算是「挑大樑」，其他的配角，也各自不凡，他在那時候演出上有着觀摩的機會，自然感到無限的愉快。在戲劇界裏，素來是最注重資歷的，他有這一次與老角兒同台演出，無形中又增加了一重資格，而况他還是唱在倒第二，祇不過楊小樓唱在他的後面，他這時的地位，已經將要達到了巔峯。同時楊小樓不僅要他陪着在大軸裏唱長坂坡，回荆州這一類的戲，而且還陪他在新排的春秋配裏，唱那個戲裏的武生，又把春秋配排在大軸來唱，這樣是何等的榮譽。

他的新戲「木蘭從軍」，也是那年在第一舞台夜戲裏演出的，他排演的動機，當然是崇拜她的尚武精神，和愛國心理，想利用這個故事，來對當時的社會，起一點刺激的作用。這個故事的根據，就是古樂府裏的一首「木蘭詞」，但是她的籍貫與時代，都無從查考，傳說紛紜，莫衷一是，他編劇的時候，因爲民間習慣上叫她花木蘭，所以給冠上花姓，就算是陝西的延安人，在北魏時代發生的故事。劇情的內容，是由於突厥作亂，入寇中原，魏主派賀廷玉爲帥，四路徵兵，準備抵抗。陝西延安府的尚義村，有位老者名叫花弧，本來在軍籍有名，後來年老，就務農爲生。娶妻皮氏，生下一男二女，第二個女兒就是木蘭。正當花弧大病初愈，忽然奉到徵兵的命令，木蘭想到父親不能再入行伍，就表示願意代父從軍。於是改易男裝，仍用父親的名字，投奔賀廷玉的大營，恰逢賀廷玉與敵將交戰，跌下馬來，木蘭一馬趕到，救回了主帥。兩方對壘，相持了十二年，木蘭已授職爲將軍，有一天突厥王前來偷營刦寨，爲木蘭巡營的時候，發現敵方陰謀，報告元帥，設下伏兵，殺得番兵大敗而歸。賀元帥班師回朝，論功行賞，木蘭一定要回家侍奉雙親，不受官爵，歸來與家裏的人團聚。賀元帥奉旨前來慰問花將軍，此時木蘭已脫去戰袍，恢復原來的女裝，賀廷玉看來大吃一驚，問明原委，才揭穿了十二年來改裝從戎的秘密。這齣戲是完全按照「木蘭詞」編的，中間唱詞，凡是可以利用原句的地方，就儘量加以利用，即使有自撰的詞句，也還要尊重原作的精神，不輕易脫離木蘭詞的範圍。全劇共有二十九場，分頭二本，二天演完，頭本是十五場，二本是十四場，比較他以往所編的新戲，內容複雜得多，他在戲裏，有反串小生的表演。總之這齣戲裏的木蘭，唱做極端繁重，論唱工，是青衣，小生都有整段的唱腔，還包含一種崑曲的牌子，論做工，是文武並重，還包含着開打的場面；並且要換六次服裝，還包含着紮靠在內。

他在桐馨社裏，另外排演一齣春秋配，這是梆子戲裏「撿柴」、「砸澗」的合本，情節比較木蘭從軍簡單得多，不過這是老戲新排，不能算是他的創作。

梅蘭芳在桐馨社搭班，同時有二次在俞振庭的春合社裏，跟譚鑫培在一起唱，每次至多不過十天，都是白天在吉祥園演出的。春合社的同台演員，也是老角兒居多數，除了老譚而外，有青衣陳德林，小生德珺如，張寶昆等等。那時老譚已經是七十一歲，也是他一生最末兩期的演出，梅蘭芳還趕得及與這樣一位有高度表演藝術的前輩老藝人同台演出，就無怪他至今還認爲幸運呢。

六、中年時期

一　自組戲班

梅蘭芳在桐馨社唱了幾個月，又搭回俞五的雙慶社，此後更繼續努力於編排新戲，而且每次都唱在大軸，俞振亭向來是會捧角的，他自己總是在中軸演唱，把大軸讓給所約來的角兒。

到民國七年，他二十五歲，朱幼芬退出桐馨社的後台老板，自組裕羣社，是專爲拉攏梅蘭芳的，梅蘭芳就在俞五與朱三兩人競爭之下，來回在他們的班裏演唱。梅蘭芳的小名叫做「羣兒」，朱幼芬起這個「裕羣社」的班名，是有用意的，梅蘭芳這次更是情不可却，當然由雙慶社轉過來，頭關開鑼是在三慶園唱的，那天戲碼是，劉鳳林、郭春山合演的荷珠配，張如庭，麻木子合演的黃金台，楊韻芳，孫觀亭合演的岳家莊，許德義，王三黑合演的收關勝，白牡丹，程繼仙合演的穆柯寨，王鳳卿，高慶奎，姚玉芙合演的硃砂痣，梅蘭芳，張彩林合演的醉酒，周瑞安，李順亭，朱桂芳，王長林合演的青石山。那時的白牡丹，就是後來四大名旦裏的荀慧生，現在才初出茅廬，也是一度搭過桐馨社又轉到裕羣社來的。

洪憲紀事詩本事簿注

劉成禺遺著

授易囚師消息眞，牛金星後有斯人。自言郭璞終皇極，講見天心待殺身。

老友荻樓海序「學易筆談」曰：海寧先生之於易，得異人傳授，一日問辛齋。辛齋曰：「吾師知爲何許人，但不自言姓氏，嘗爲白狼軍師，人皆以異人稱之。洪憲謀帝，予被捕三元店，琅璫入軍政執法處。異人起迎獄中，曰：『傳人至矣』。指壁間舊書小字數行，令予觀之曰：『抗辛齋某年月日被捕於三元店。入獄日某年月日。袁氏死敗，出獄日，某年日月。己身被戮在獄中，忍死一月，傳易於杭辛齋。』辛齋覽畢，跪而師事之，禮也。就獄中畫地爲卦變象證爻溯河圖洛書之源，寓悲天憫人之願，講見天地之心，明述性命之旨，博彩諸家，解澈大義，興衰治亂，簡易發明曰：『此內聖外王之學，作易者其有憂患乎！卜蓍占驗，盡餘事耳。』大旨見予述怙微言，載予筆談，皆一月中領受於吾師者。時屈一月，吾師曰：『後三日予就戮於某時，汝善傳此絕學，儒家尚數數，不可逃也。邵康節皇極經世最明是義。昔郭璞知某日誅死，其予之身世歟！』又曰：『袁氏敗亡，中國黃運告終，將來紅運與白運青運混雜，離合共入黑運，所謂聖人不作，則漫漫如長夜，元遺山詩——血肉正膺皇極數，衣冠不及廣明年。——不啻爲黑運寫照。』吾師宋元諸家詩多能背誦。執法處長陸建章曾質吾師，問袁休咎，吾師曰：『袁氏命終何日，予命終何日，尚何帝制之可言』云云。」梅九與辛齋同出獄，書事最實，辛齋易楔傳學極贍。（成禺記於廣州照霞樓。）

書杭辛齋獄中受易事

河東景定成撰

袁氏仇視異己，反對帝制提非議者，均在羅織傾陷之列，袁氏小站練兵時，曾納辛齋爲幕賓。一日漫爲戲言，辛齋笑曰：「慰亭，汝將來必爲皇帝。」袁亦笑曰：「我若爲皇帝，必先殺汝。」及洪憲僭號之初，辛齋方謀南行，未果即被捕於三元店，械送軍警執法處。剛入囚攏坐定，同囚即有數人對之發笑。辛齋嗔問笑由。一人指同囚某告云：「君未入獄前三日，此位神仙已暗記於牆角上矣。」辛齋視牆角果有小字一行云：「杭某於某月某日被捕於三元店。」初疑爲某即席所爲，而某則正色告曰：「此定數也，某爲白狼軍師，被捕入獄，數當於某日死，尚有一月期限，合傳易經微旨於君。」辛齋乃驚服，獄中無紙筆，某乃以指畫地爲八卦，告以要竅，並曰：「出獄後應多購古人易著，加以整頓。」辛齋受命惟謹，奉之爲師，稱爲異人。逾月，異人果於所預知日期被戕。辛齋則於袁氏死後，與予同時出獄，告予以此段奇遇，託代爲搜求易著。民六入粵，渠已購得三百餘種，內有予代購數種。同人以虞翻曾講易南海，邀辛齋步虞氏後塵。於時成「學易筆談」三集，又擬成「易藏」期與「道藏」「佛藏」相埒，惜志未竟而卒。（梅九畧誌）

附錄杭辛齋學易筆談述恉序言

易道至大，易理至邃，辛齋之愚，何敢妄談？顧念我師忍死犴狴，剋期以待，密傳心法，冀綿絕學，又曷敢自棄？丙辰出獄，爰搜集古今說易之書，惟日孳孳，寢饋舟車，未嘗或輟。丁巳以後，國會蒙塵，播越嶺嶠，議席多暇，兩院同人合組研幾學社於廣州之迴龍社，謬推都講，計日分程，商兌講習，雖兵戎擾攘，而課約罔閑，講義纂輯，得書若干，名曰「易楔」。而晨昏餘晷，切磋問難，隨時筆錄者，又積稿盈尺。同人艱於傳寫，乃謀刊印，釐爲四卷，顏曰「筆談」，蓋紀實焉。己未庚申，由粵而滬，同志之友，聞聲畢集，風雨一廬，不廢討論，以續前稿，又得四卷，別爲二集。借閱傳鈔，恐多遺失，適前印之書，久已告罄。同人請合兩集與「易楔」「易數偶得」「讀易雜記」諸稿，均以聚珍板印行。始於壬戌八月至十月抄「筆談」八卷工竣，爰紀顛末，並述恉如左。述恉條例繁多未錄。

附錄侯官嚴復序學易筆談二集

辛齋老友別三十年矣，在光緒丙申丁酉間，創國聞報於天津，實爲華人獨立新聞事業之初祖。余與夏君穗卿主旬刊，而王菀生太史與君任日報。顧余足跡未履館門，相晤恆於菀生之寓廬。時袁項城甫練兵於小站，値來復之先一日必至津，至必詣菀生爲長夜談。斗室縱橫，放言狂論，靡所羈約。時君謂項城他日必做皇帝。項城言「我做皇帝必首殺你」，相與鼓掌笑樂。不料易世而後預言之盡成實錄也。次年國聞夭殂，政變迭興，遂相契濶去。夏偶於友人案頭，獲睹「學易筆談」，云爲君之新著。展卷如遇故人，携之而歸，未暇讀也。冬寒多病，擁爐攤書，閱未終卷，恍理饜心，神爲之旺。而友人又致君意，謂二集亦已脫稿，乞爲序言。自維素未學易，而君之所言，乃與吾嚮所學者靡不忻合。憶當年余譯斯賓塞爾「勸學編」，暨「原富」諸書，皆發表於國聞旬刊，修辭屬稿，時相商兌，得君評論，益我良多。今我顧何益於君之書，言之奚爲？然聲應氣求，又烏得無言？嗚呼！予懷渺渺，慨朋舊之多疎；千古茫茫，欣絕學之有託。述陳跡，證夙聞，亦聊況於雪泥鴻爪云爾。

庚申冬日幾道嚴復　（卅二）

輓王壬秋聯

洪憲皇帝垮台後不久，湘綺老人也死了，他的弟子楊度輓以聯云：

絕代聖賢才，能以逍遙通世法；
平生帝王學，祇今顛沛愧師承。

楊度生平喜歡談覇才和帝王之學，所以竭力捧袁世凱上寶座，意欲爲開國功臣及制禮的叔孫通，怎知事不成，爲政府通緝，日在逃亡中，作此聯時，正在偸偸摸摸過着活。

湘綺的鄉後輩吳熙（字劭芝，湘潭人），工聯語，尤工輓聯。湘綺既逝，吳熙輓之云：

文章不能與氣數相爭，時際末流，大名高壽皆爲累；
人物總看輕宋唐以下，學成別派，覇才雄筆固無倫。

湘綺生平自詡覇才，人以此稱之則大喜，吳熙以此輓之，當亦點頭地下也。

·洛生·

柳西草堂日記

張謇遺著

二十日。作「題金鞏伯印譜」「江生謙，奉摹其族祖愼修先生弄丸圖遺象請題，因爲生勗」：「聖淸聖祖眞聖人，囊括六藝恢天均，廟堂大官半儒者，絕域異教來稱臣。黃山白嶽會雲雨，中有眞儒起巖戶，仰闚漢宋抉障翳，佹挈戴金張（知亮切）旗鼓。康乾鴻博屢徵賢，獨抱遺經謝珪組，同時不見畫盌傭，身後寧知秦文恭，日日弄丸深山中，亞細亞洲蠓蠛雄（先生自題詩「亞細亞洲一蠓蠛」），胡床野服白羽扇，七十猶是鄉里翁。作圖偶然付畫手，即非架足亦不工，況經流傳蛻兵燹，重摹綴面觀河同。裔孫曰謙重祖德，奉圖示我三歎息，便要知生世際休明，以腐儒終亦得。我今散髮棲蓬蒿，期於謙也心甚勞（按：「張季子九錄」作「心忉忉」），正須學問濟時變（按：「張季子九錄」作「但通家學亦英絕」），先生遺書連屋高。」歸安金鞏伯城印譜辭：「嬴秦變古文，八體有摹印，漢律試學童，令史以最進。新莽頗改作，繆篆用實近。其時丞相侯，將軍亭縣郡，下及私家章，一一出工刃。鍾傳自鐫碑，要不試方寸。元始茁新法，吾邱列舉論，文何樹兩幟，蒼堅儷秀儁。海陽嬌流失，一意騖端峻。爭長自薛滕，代興迭齊晉，俗工詡妃合，驂御並駑駿。或乃湊蛇足，而與截鶴脛。破碎固不堪，楂枒尤可恨。平情去愛憎，一節校疵病，小者儻容媚，大者寧取鈍。邇來趙撝叔，樸茂見高韵，斯人痛不作，徒使金石釁。戔戔藝事微，生才天豈靳。駢明枝於仁，膠擾翁世運。金生淸妙才，篆刻蓄天分，辨體向平直，運鋒量遲迅。窺覷古人處，不許俗情趁。爲我治五石，漢白與兼示當所應。元朱，佼佼各自勝。騣足得夷途，安心究歸命。博奕未云賢，鼎鐘且當奮。稽留與龍泓，漫然足茅勁。（金鞏伯爲治名印，以所作印譜屬題）」（按：金城字鞏伯，號北樓，浙江歸安人，工畫，尤善臨摹，一九二六年卒，年四十九。）

二十一日。與劉澂如訊，說不可止當。得梅生訊，知近日寄諭，明旨兩岐。

二十二日。與肯堂、聚卿、王同知、書箴訊。寄題金印譜詩。

二十三日。早起，作鳩巢詩：「鵲巢高柳巔，鳩巢梅中間，鳩巢似帽仰而塌，鵲巢團團門戶完。開門向西北，今年南風朝復朝，夕復夕，養子四五毛未燥，不能自覓食，雌呼其雄鼓兩翼，一鳩無偶毛悅澤，飽便歸坐飢一出。飢亦幾何，所需無多，拙者安拙，巧者愛自磨，不見鳩鵲相代移其家。」啄木：「種柳四十霜，高及八九丈，圍可抱兩人，蔭周一畝廣。露餘足晨淸，風始延夕爽，擇枝任巢鵲，欲下下上上，未堪服被夷，元氣受天枉，何物啄木鳥，利嘴剟醜黨，雄者黝碧襟，雌者且赤頳，恃能畫符籙，呪蝨出就吭。朝朝復暮暮，洞穴至三兩，儼然據窟宅，歲月子孫長，咋咋屢探頭，拏拏欲試掌。似爾孳育繁，肘腋奸獮養。僮奴奮猱升，捉禁不剸刻，縣籠厲羣翔，罰焉云示榜。罰薄詎足懲，枝條悴搶攘。

二十四日。作李子衡祖母挽聯：「世言婦女常壽，或未必然，於休阿漊，體坤貞終大耋；福至孫曾衍蕃已不易得，況有賢者，礪節行爲雅儒。」（按：李子衡名國楨。）

二十六日。得梅生訊，知天津不守，聶士成陣亡，聶未可亡也。

二十七日。彥升來，知槃碩已挈眷赴濟南。

二十八日。招少若來談。

二十九日。彥升去。蝗自北來。與王同知訊，說出示捕蝗，並長樂社倉，以麥一升易蝗一斗。

七月

一日。蝗於申刻至，不甚多，不一時盡去。與積餘、聚卿、穆少若訊。

二日。寫三兄訊、廠訊。作「述遺錄」。

三日。作「述遺錄」。改書箴「勸捕蝗鼓兒詞」。

四日。作「憎鳥」詩：「昔汝來巢以爲祥，東南西北巢相望，主人鹿鳴歌於鄉，遂不汝厭任羣翔，攫雛竊肉朝夕啞啞囂且狂。主人坨中樹成行，鵲鳩鸜鴿百舌燕雀咸搶搶，與汝上下搶榆枋，就中鳩也尤馴良，卑枝託巢深蔽藏。巡邏時立高枝旁，何嫌何怨丁汝殃，鼓翅撲樹風雨磅，巢不待覆已蹎蹠，卵已噏目猶怒張，鳩自引避寧敢當。由來弱肉命懸强，世上亦無眞鳳皇，汝族自大連太陽。鳩上訴帝迷天閶，主人睨側滋旁徨，便須操弓挾彈誅彊梁，鵲鳩鸜鴿百舌燕雀安知不被飛彈傷，烏可憎，非尋常。」

五日。家祭。鄉人以蝗入境不爲灾，四方皆擾擾而長樂獨完，請祭劉猛將軍，並賽會蜡祭，正祀也，循鄉儺之義，允之。

六日。寄丁恒齋江陰。右臂患風微攣，讀蘇堪寄丁恒齋詩，意甚解脫，因和其韵，寄恒齋：「莊周昔論道，特重支離疏，其於形德間，往往解天拘。丁生求名實，用意介墨儒，搖精而勞思，一病歸江湖，右體痺不舉，左與提而扶。勞生以養生，未脫文字竅。鄭生妙語言，神識超頑軀，謂生有不病，病乃生所逋，其旨一萬物，其言不枝梧。別來僅一歲，生病忽到余，漸能掣擎物，差未妨作書，舉室物醫藥，慮臂成枯株，而我一笑示，用右恒左舒，勞逸代進退，寧當秦越殊。不揖蛻冠帶，不札辭人奴，儘有尊者存，遺士眞區區，嚮言中風濕，試問鯈然乎，雞彈委造物，首脊安生無，儻能卽相視，鑑井招犂輿。」作祭劉猛將軍祝文：「惟神忠義猶新，聽靈永赫，雖正史或遺其列傳，至昭代遂奉以明禋，祀典攸崇，侯方咸肅。茲者飛蝗不入，覩蜚無灾，合廿八墟而胥瞻，實百十年所未有。自天得幸，曰神是庥，合備禮儀，虔申報饗。嗚呼！豈有慶州傍不肯（傍不肯，虫名，能養害稼之虫，見沈括「夢溪筆談」）彌彭陰驅陽佑之功；比於伊益將毌同（百虫將軍，姓伊名益，見酈道元「水經注」），曷勝風馬雲車之戀。」

（卅二）

世載堂雜憶續篇

劉禺生遺著
雋君注釋

滄桑歷劫紀南園

葉遐翁住廣州東山東園，養病不下樓，然關於廣東文獻，指導保存，發揚刋布，不遺餘力。如與陸丹林、黃雨亭、簡馭繁編印「廣東叢書」，一至三編，多爲百年來未見之本，洵魯殿靈光也。暇日往談，述及南園舊址，今改爲圖書館，而圖書館經費，月只法幣十五萬。主任徐信符，年七十，守圖書館不去，謀收藏版本，考訂專家，爲南北推重。但於今年（民國卅七年）逝世，老輩彫零，遐翁又少一助手矣。回憶南園前事，頗多感慨。亡友王薳「南園墨痕」，殘稿在篋，所述多志乘所未及，乃參攷民國以來事，成「南園今昔」一篇，以酬遐翁俯仰之意。

南園故址，在廣州文德路中，舊爲廣雅書局，今易名圖書館。過之者已莫詳其曩年情況矣。番禺志稱南園在府城南二里，中有抗風軒，明初，孫蕢、黃哲、王佐、趙德、李介輩，結詩社於此。後廢爲總鎮府花園。嘉靖間改爲大忠祠，自洪武初「南園五先生」開粵中一代風流，其後有歐禎伯、梁公實、李少階、黎維敬、吳蘭皐諸人，結詩社於南園，稱「後五先生」。康熙癸亥，番禺令李文浩，就大忠祠東偏，改建抗風軒，置前五先生而祀。乾隆癸未，以後五先生附祀，顏曰：「南園前後五先生祠」，是爲南園遞嬗之經過，南園之名遂著。其間在明末崇禎癸酉時，陳子壯以禮部侍郎，抗疏修南園詩社，與區懷端，曾道唯、謝長文、黎遂球、黃聖年、黎邦域、蘇典裔、梁佑逵、區懷年、陳子升、高賚明等十二人，吟嘯契盟，重賡風雅，迴光似曾返照。至清末宣統辛亥，梁鼎芬罷官歸里，又於抗風軒約李湘文、姚筠等八人，續南園詩社。附庸風雅，借古自重，已成尾聲，不數月，武漢起義，而清廷傾覆。南園遂成志乘上一名詞矣。

南園距府學甚近，卽昔日文明門外之東南隅，地頗幽迥，廣十數畝。十先生祠左，卽三忠祠，舊稱「大忠」，紀念宋代文天祥、陸秀夫、張世傑。自明嘉靖，匡門還建，碑記甚詳。迄於清光緒中葉，張之洞督粵，拓其地，創廣雅書局，校刋典籍。而紅橋錦樹，花木扶疏，營構雅麗，是遊燕勝處。及推行新政，改爲教育機關二十餘年，近年改爲圖書館。「廣雅」二字隨南園而去。廣州南園酒家，雖然亭榭雅麗，花草宜人，但與當年前後五子游讌之地，渺不相涉。談羊城掌故者，應所知焉。

雋君注：葉遐翁卽葉恭綽，番禺人，字裕甫，譽虎、玉父。歷官南北三十餘年，政治經濟文化詩詞藝術，無不精研。收藏豐富，著作十餘種，多已刋行。陸丹林，字自在，號楓園，三水人。黃雨亭卽黃蔭普，番禺人，簡馭繁卽簡又文，筆名大華烈士，新會人。（黃、簡兩君今在香港）徐信符卽徐紹棨，番禺人，藏書豐富。王薳，卽王君演，字秋湄，番禺人。工詩，精章草。

曾國藩瑣事

曾國藩，原名子城，並不字滌生，以子城名近小就，乃易名國藩。舉人赴會試，仍榜名子城。少在家，行爲不檢。後奉唐鏡海學說，改易其字曰滌生。滌者本四書朱注，滌其舊染之汚而自新也。

王闓運著「湘軍志」，最爲曾國藩所惡，其重要處，指曾據鮑超之功爲國荃之功，私於其弟，而眞實有功將領，反遭埋沒。故曾家延東湖王定安作「湘軍記」以駁之。私者，不公，不公者，不實誠。勒方錡曾曰：「滌生最懼人評其不誠，如攻擊其學問文章、功業、措置，皆可坦然自引爲咎，謂其不誠，則懷怨不忘，唯王壬秋深知其病。」國藩一生作僞，被王壬秋揭穿，隱恨難言，壬秋亦因此而坐廢矣。

雋君注：唐鑑，字翁澤，號鏡海、栗生，湖南善化人，嘉慶十四年己巳科進士，散館授編修，官至太常寺卿。鴉片戰爭時，劾琦善、耆英等。治學反對王守仁，不爲調停兩可之說，著有學案小識，表示宗旨，及畿輔水利書。曾國荃，字沅甫。鮑超，字春霆，奉節人，官至提督，封子爵。勒方錡，字悟九，新建人。道光舉人，官至河東河道總督，工書能文。（林熙按：「湘軍志」始作於光緒三年五月，其時曾國藩死已六年，安能見其書。劉君所記，大誤。）（全文完）

讀者·作者·編者

△六月中旬，紐約一位讀者翁郎忠先生來信，問大華合訂本第一冊定價多少，他說，這個刋物很好，他想買幾冊分贈朋友。我立即復他一信說，如果定幾冊，可以給他八折優待。七月六日，收到翁先生寄來一紙支票，計美金三十八元，購買合訂本第一二集各四冊。他的來信這樣說：「弟旅美廿餘年，在紐做衣館，乃一苦力胼手胝足之工人而已。貴刋名曰大華，前些時，弟並不注意此刋，滿以爲紐約所出版之大華。此處之大華，裏頭充滿桃色新聞，乃一低級黃色讀物，出版了十七八年，已於七八年前停刋了。今在友人處借讀貴刋，始知另有一大華，而貴刋之大華，正中下懷，篇篇皆是有趣文字，弟將花甲之年，所經歷之事物，多多少少對以前都有一些印象，今日舊夢重溫，回憶往事，可留戀之處頗多，如商團事變，刺殺廖仲凱等等，其時弟正在廣州求學。自知貴刋爲一有趣讀物，不想自己一人享受，弟現訂購第一集第二集各四冊，此八冊中，請代寄第一二集去馬來西亞老同學甄斗南，另一位老同學陳永枝（陳永吉之弟）則在美國砵蘭市。最好請在冊內題詞如：『一卷在手，樂以忘憂』，或『舊夢重溫』等字樣，下欵署弟名敬贈。茲附上三十八元通天仄一紙，爲購書之賫，倘有不足，請來信示知，當即補寄。先生乃一文化戰鬥勇士，敬奉美幣五元，聊表歆遲之意，倘亦昔人冰敬炭敬之義，望勿却也。」來書字蹟，與大華封面二字相近，亦大手筆耶？……」翁先生盛意可感，我已經復他一信了。他很客氣的說是個「胼手胝足的工人」，但來信文采斐然，未免太謙了。他猜大華廿八期以前的封面字是我寫的，其實是林千石先生的大手筆，我怎能望其項背，不過我們的筆蹟有時也頗相近，所以翁先生就以爲是我寫的。翁先生又很熱心的介紹紐約幾家賣中文書的書店，叫我寫信去商洽代售大華，以期大華能在旅美華僑中一紙風行云。

△本刋自出版以來，收到不相識的作者投來很多好文章，可惜篇幅有限，未能立刻全部刋出，很是抱歉，現在編輯室中存稿還有三百多篇，都是預備登刋的，請作者等待一下，如果認爲等得太久，不妨寫信來索還。十日前收到筆名「長白山人」者一文，補充「國民政府向日求和秘記」（見三十一期），所述者爲蕭振瀛與日本人和知勾結的始末，甚有趣味，但作者既沒有眞姓名，又沒有通信地址，似乎不肯負此文撰寫的責任。編者遇到投來的好文章，往往欲和作者面談一下，除識荆之外，還想討論文章裏頭一些問題，可惜長白山人沒有留下地址，無從通信。請示知地址，如何？（七月十五日又收到他一文，述七七事變前一祕史，極精采，可惜亦無地址，無從聯絡。）

英使謁見乾隆記實

馬戛爾尼　原著
秦仲龢　譯寫

（按：「掌故叢編」輯錄軍機處檔案，內有「英使馬戛爾尼來聘案」載乾隆五十八年八月初六日，軍機大臣和珅字寄留京王大臣箚子云：「八月初六日奉上諭：此次英吉利使臣到京，原欲照乾隆十八年之例，令其瞻仰景勝，觀看伎劇，並因其航海來朝，道路較遠，欲比上次更加恩視。今該使臣到熱河後，遷延裝病觀望，許多不知禮節。昨令軍機大臣傳見來使，該正使揑病不到，上令副使前來，並呈出一紙，語涉無知，當經和珅等面加駁斥，詞嚴義正，深得大臣之體。現令演習儀節，尚在托病遷延，似此妄自驕矜，朕意深爲不愜，已令減其供給，所有格外賞賜，此間不復頒給，京中伎劇，亦不預備，俟照例筵宴萬壽節過後，即令該使臣等回京。伊等到京後，著留京王大臣在中左門之東值房，收拾三間傳見，王大臣應照行在軍機大臣傳見之禮，按次正坐，使臣進見時，亦不必起立，止須預備杌凳，令其旁坐，所有該國貢物，業經裝好安設，自可毋庸移動，其發去應賞該國王物件，即於是日陳設午門外，王大臣當面傳旨賞給，令其下人並差人送至伊等寓所，仍着徵瑞照看。其正使臣求進貢件，已諭知徵瑞不必代接代奏。俟其在寓收拾一二日，妥爲照料，齎發起身。該使臣等仍令徵瑞伴送至山東，交代接替，亦不必令在京伺候回鑾接駕。朕於外夷入覲，如果誠心恭順，必加以恩待，用示懷柔，若稍涉驕矜，則是伊無福承受恩典，亦即減其接待之禮，以示體制。此駕馭外藩之道宜然，阿桂素有識見，其意以爲何如也。將此諭令知之，欽此，遵旨寄信前來。」這一諭旨，是乾隆帝因爲馬戛爾尼到熱河後，裝病不往見軍機大臣和珅，只派副使斯當東往見。後來叫使臣練習儀節，又假託有病，遷延時日，所以乾隆帝大不高興，減少使節團的供應，不再額外賞賜，一過萬壽節後，即令使節團回北京，留京王大臣等端坐傳見正副特使，見時不必起立。特使私人進貢的禮物，徵瑞也不必代接代奏，亦不必令他們接駕，二三日後，即將他們打發出京。這是因爲馬戛爾尼太過驕矜，所以降此種種有禮貌的責罰。但下一天八月初七日的廷寄，又說：「大學士伯和，字寄留京王大臣：……八月初七日奉上諭，昨因英吉利國使臣不諳禮節，是以擬於萬壽節後，即令回京，所有應賞物件，諭令留京王大臣於傳見後，在午門外頒賞。今該使臣等經軍機大臣傳諭訓戒，頗知悔懼，本日正副使前來先行謁見軍機大臣，禮節極爲恭順，伊等航海遠來，因初到天朝，未諳體制，不得不稍加裁抑，今既誠心效順，一遵天朝法度，自應仍加恩視，以遂其遠道瞻覲之誠。該使臣祝慶還京時，王大臣等毋庸傳見，仍令在館舍住宿，所有京中各處，前擬令其瞻仰處所及筵宴賞賚事宜，俱俟回鑾後再行降旨遵行。……」馬戛爾尼日記，九月八日記他到熱河後，不先往見和珅，當天下午，和珅說要見副使，其後又討論到叩頭問題，結果雙方協議，覲見時行英國之禮，乾隆帝就減少他的一切恩禮，後來馬戛爾尼悔懼，「誠心效順，一遵天朝法度」，所以清廷又「自應仍加恩視」了。這樣看來，似乎馬戛爾尼覲見時行叩頭之禮，但他的日記與副使斯當東日記，皆言沒有行叩頭禮，恐係掩飾之詞。如果他們不行叩頭禮，乾隆帝就要依八月初六日的諭旨所列種種責罰他們了。中國官書，沒有明言馬戛爾尼等行叩頭禮，只言他們「一遵天朝法度」，頗有含渾之嫌，而馬、斯二人所記，則力言不肯叩頭，各執一詞，但乾隆年間的管世銘「韞山堂詩集」，說馬戛爾尼跪地叩頭，詩有：「一到殿庭齊膝地，天威能使萬心降」之句。（管世銘，武進人，乾隆進士，官御史，深於經術，尤精詩古文詞）到底有沒有叩頭，也不便在這裏考證了。——譯注。）

我們今日沒有和皇帝相見，就是王公大臣們也沒和他見面，因為他們和我們一樣，同時進內行祝賀禮，宴罷也和我們一同退出。和相國與福長安、福康安兄弟及松筠等，二日前曾陪我們游過萬樹園東部，現在他們說，願陪我們一游西部的風景。他們說，東部地方，富於皮藏寶物，西部則富於天然景色。我當然接受他們的好意，向他們道謝後，立即游園了。

這個萬樹園可說是世界上最美的森林之一，荒野而多樹木，羣山四繞，岩石叢出，而園中各處皆養有各種麋鹿，其數多至不可勝計，至於其他不傷人的野獸，也隨時隨地出游，並不怕人。有很多處地方都滿植樹木，大都是松樹、栗樹和橡樹，有不少是生長在斜坡上，老根深入土中，盤糾如龍，氣象雄偉。我們向遠處望去，看見很多美麗的宮殿和寺廟（可是沒有和尚在裏面的），我們朝着這個方向走，所經的路徑都建築得很好，沒有一些兒崎嶇不良於行之弊，我們一行皆騎在馬背上，因為路徑平坦，馬兒的蹄不用釘鐵，而牠們走起路來並不見辛苦。可知這些路是如何坦蕩平穩。我們走了幾個鐘頭，最後到了一個亭子。亭子建築在高山之上，從上望下來，數十里內的景物，盡收眼簾，好像一幅地圖攤在我面前，宮殿哩，塔哩，廟寺哩，城鎮哩，鄉村哩，農家哩，流水環繞的平原與山谷哩，草原哩，家畜哩，一切都如在我脚底下，只要我脚踏一步便可以到了它們跟前一般。

今日之游，也和前次一樣，執事官進點心、水果、糖食等物，此外又有牛乳、冰水等物，皆極可口。點心已畢，將要起行，忽見有一隊人抬着黃色的盒子數隻，自路旁行過。那些盒子是扁形的，沒有上蓋，裏面裝着綢緞、瓷器等物。中國官員對我們說，這是皇帝送給我們的禮物，我們回到使節團，禮物就會送到了。我們一面向官員們道謝，一面等扛盒子的人打從我們跟前經過時，向他們鞠躬為禮，以示尊敬皇帝之意。

我們走到一處，見一大廳裏正在演中國傀儡戲，其形式和演法，與英國的大同小異，只是衣服不同而已。劇中情節是敘述一個公主，不幸被奸人將她囚禁在古堡中，後來有一個武士知道了，代為不平，不惜冒生命之險與獅子，飛龍戰鬥，結果將這些猛獸殺死了，救公主出險。公主感他救命之恩，和武士結婚。結婚時，大排盛筵，助以馬技、比武等場面。此外還有一齣西洋喜劇，其中主要角色，是笨拙與其妻（Punch譯音為笨拙。笨拙為英國傀儡戲中一彎鼻曲背之木偶，其妻名朱廸，時時相吵。——譯注），及彭廸米亞，史卡拉毛治（Bandimeer Scaramouch，皆喜劇中造型人物。史卡拉毛治又為古代意大利喜劇中愛虛張聲勢的懦夫）。據中國官員對我們說，這種傀儡戲，本是專在內宮做給宮眷們看的，皇帝因為我們遠來，特頒恩典，派這班戲到宮外上演。其中有一場表演得很是精采，陪我們游園的衆位官員都齊聲喝采，從他們那種神情看來，可知這種傀儡戲，皇帝和內廷各宮眷必定很喜歡它的了。

今日游園時，和中堂興高采烈，精神特別愉快，他滔滔不絕地和我談論萬樹園的景物，指東畫西，娓娓不絕，我好幾次要找個機會同他一談正事，我要說日前中堂答應我准我遞一備忘錄，現在此件已預備好了，打算明天送到相府，請俯賜一閱，然而和中堂議論風生，口若懸河，始終不使我有插口的機會。我等了許久，不能再忍耐了，覷他語氣畧作停頓時，立即抓緊時機，對他說了。和中堂聽後，顧左右而言他，沒有作肯定之語，他說：「現在已經三點鐘了，我還有些要事，不能久陪了，貴特使如果有什麽賜教，反正將來在圓明園可以詳細談談。」又說：「布達拉廟一帶風景極佳，兄弟失陪，現在請松大人陪各位前往一游。」說後，福長安、福康安兄弟，同和中堂一起走了。（按：布達拉廟正名為普陀宗乘之廟，建於避暑山莊後獅子溝北峯，最為壯大，由乾隆三十二年二月開始建造，至三十六年八月完工，以慶祝六十萬壽。此廟是按照西藏拉薩布達拉都綱的法式建造普陀宗乘之廟。

（廿六）

花隨人聖盦摭憶

補篇（卅二）

黃秋岳遺著

戰爭之外，無餘惡焉。」言簡意賅，三復詞令之妙，重為愾歎。元師征日時，日本已利用間諜，木宮泰彥「中日交通史」云：「當時兩國關係，雖極險惡，而日本商船之赴元者，仍不絕，日本利用此種商船，使弘安之役，被俘之宋人，潛作間諜，往探元之動靜，故得知一切情形。竹林院左府記弘安六年七月一日條云，異國之事，近日其聞候今年秋可襲來之由」，讀此可知彼邦早慣於勾買無恥施技刺探，卽世人所謂奸細也。案奸細，又可作姦細，沈欒城詩「一朝姦細竟南奔」，此指秦檜。攷「宋元通鑑」：翟汝文雖為檜所薦，然性剛不為檜屈，至對案相詬，目檜為金人姦細，是沈詩所援。覽此可知吾國與外族戰爭，恆為姦細敗事。今日當先為炯鑒。又案秦檜之為奸細，乃由金派歸，撻懶攻楚州，檜與妻王氏，自軍中趨漣水軍，自言殺金監己者，奪舟而來，欲赴行在，遂航海至越州，帝命先見宰執，檜首言，欲天下無事，須是南自南，北自北，朝士多疑其與何㮚、孫傅等同被拘執，而檜獨還，又自燕至楚二千八百里，踰河越海，豈無譏訶之者，安得殺監而南？又考「金國南遷」錄，亦言秦檜始終言南自南北自北，可見此姦細乃金特以遺宋者，病在高宗賞而用之耳。又「晉書」：「獎羣賢忠義之心，抑奸細不逞之計」，此却用奸字，案姦多作姧，因與奸通，書，寇賊姦宄，注，刼人曰寇，殺人曰賊，在外曰姦，在內曰宄，故奸細作姦細，義較長。

匡廬近為逭暑奧區，自吳靄林廬山兩志以來，昔人吟題記述，攟摭殆盡。然面面看山各不同，仁智所見，朝夕所遭，載筆之倫，仍無盡也。石遺文集中，游記甚多，獨無廬山遊記，而先生於光緒中實嘗游廬，今乃於年譜中檢得之，其記廬山論瀑布，頗有別解，可補吳志。「石遺先生年譜甲辰四十九歲，六月，同王俶田我臧遊南昌，止乙盦丈官齋，數日，夏暵，飽啖撫州枕瓜，甘潤遠出上海種上。乙盦巨木構露臺，高出樹杪，夜間用納涼其上，故家君別乙盦丈詩，有「豫章青白桐，離立時往參，露臺出其杪，下見江影涵」云云也。將遊廬山，丈贈四十餅金為遊資，命大官舫送至南康，南康城下為匡廬之麓，前臨鄱湖，澗百道迸集，湖湍峻急，小舟不能停泊，非大舫莫至也。南康郡守葉至川，寧波人，同治癸酉舉人，寶竹坡侍郎門下士，與家君為同門友，乙丈先馳書告之，聞家君至，命僕帶肩輿出迎，家君方携一小竹床，科頭赤膊，臥於鄱陽門下，僕至，愕眙久之，乃述主人云，星子縣（南康首邑）人夫只廿四名，知縣帶往鄰封相驗，須明日方回，請先到郡署暫住，遂往。城中空曠，大半無人居，郡署自大門至二門，路約里許，殆南康軍舊址也。官齋高爽，葉郡守善飲，治饌甚精，言地方凋苦，若連雨十日，則城中米罄，須入鄉採買，畧談山中名勝，次日輿夫回，共用十五名，每名一日官價只二百銅錢，飯食在外。先至開先，漱玉亭，亭已就圮，開先有二瀑，晴時一瀑乾，惟存溜痕，一瀑，舟行鄱湖中已見之，瀑廣僅二三尺，長僅兩三丈，徒以山界江湖間，高而易顯耳。太白詩云，海風吹不斷，江月照還空，人稱其工，不知此正言其瀑之不甚廣，若廣至尋丈，則吹之自不斷，照之亦不空矣。時時與俶田漱沐濯足其下，未幾山雨驟至甚急，則二瀑並下，廣狹如一，東坡詩所謂劈開青玉峽，飛出雙白龍者矣。若譬以銀河落九天，則大言而已。至寺坐觀許久，雨未止，乘輿至歸宗寺，阻雨三日不得出遊，日徙倚於山門，想望栗里。雨晴，澗水泙漫，冒險渡澗，至栖賢橋，暢觀三峽澗，澗中水石千狀萬態，坡公兄弟之激賞，有以也。是夜宿栖賢寺，五老峯在寺旁，仰止久之。次日至白鹿洞下山，復宿郡齋。此行有滕王閣，百花洲，南昌別乙菴太守，歸宗寺阻雨兩宿，雨後重過開先觀二瀑布，三峽澗五言四十韻，至白鹿書院，下匡廬，宿南康郡齋，視葉至川太守，兼寄乙菴太守各詩。而葉郡守又命官舫送至九江湖中，遇風，遇大雨，至湖口停泊，有雨中登石鐘山詩。石鐘山，周遭樓觀，頗似北固，而山界江湖交流處，巖石玲瓏，則勝之。」此段寫沈子培於南昌署以露臺避暑，及由南康取道上山，南康情狀，與夫官價等瑣事，他日皆可供掌故。其箋太白詩絕妙，先生最長說詩，如此類正不可悉記。又七十五後，成要籍解題一書，開甫畢經部，凡經學有用之書，皆反覆箋解命名，論其長短，誠有裨後學之作，前誤記爲羣書舉要，附識於此，以告求師門遺著者。

曾文正致胡文忠書牘中，稱歎汪梅村者，有一手槁，今藏叔章處，此書已收入書札卷二十，今觀原底，乃是第百五十六號，蓋曾致胡書之號碼，可見通札之勤。書末云：「梅村境遇可憫，俠烈可敬，學問可畏，其二女事，侍當設法表章，梅兄前一信欲侍出一惻怛告示，茲將示稿抄呈，其第一條，即旌表忠義，蓋仿公初克武昌時立局辦法也。其章程求錄示，並求將此稿寄梅村兄一閱可用否？」觀此可見曾胡二公對於梅村建議採納之速，虛心下士，以成大功。予於此所感者，曾胡二公，身爲統帥，削平大難，而對於窮老書生，乃推誠納善，一至於此。梅村爲文忠門下士，於理宜召之揮斥訓話，而文忠之撝謙，形於筆墨，形於詞色，又如此，此皆今人所未嘗夢見也。其次，洪楊之役，可謂伏尸百萬，流血千里矣，而文正制勝之方，乃由及於愷切告示、旌表忠義等等文字學問迂闊之細事，雖梅村所陳常有關於政治社會之大本，不盡皆此等迂疏瑣屑，而終可見軍事之求勝，實背繫於政治之大原，而一介窮書生，又未必不能洞其根本，即迂疏瑣屑，亦未必無用處。此又非尋常政客予智自雄者所能解耳。

唐佛塵致歐陽節吾書，謂時局如此破壞，雖武鄉復生，無可下手處，此言可見爾時志士憂國之切，其時淸政雖不綱，局面猶未全碎，其如此言者，蓋已知本實先撥，全局終必糜爛也。佛塵此書，又曰：「俄人西扼于地中海，改而東趨，其勢非盡得新疆及東三省不止，今日本又崛起東方，蠶食朝鮮琉球臺灣，及我奉天之半，駸駸有席捲燕雲之勢，推原所以强盛之本，亦非漫然而致者，如俄之彼得羅，身游英法荷蘭諸國，習其技藝而歸，遂開諸武備學堂，化杯榛爲禮義，易貧瘠而富强，由是舉欽察阿速之邦，積受淩侮於韃靼者，一旦而雄視五洲。日本一島國耳，維新以來，力矯其數千年相沿之弊政，一掃而空之，故其地則祇中國二十五分之一，其民亦祇中國十二分一，而事事求其精實，人人予以執業，稅重而民不怨，事煩而下樂趨，行之二十餘年，遂爲東方首發難之國，而愕眙莫敢誰何，此其明效大驗可立覩，不待智者而知之矣。前此丁日昌謂其陰而有謀，固屬可慮，其窮而無賴，則更可憂，老成先見，有如龜卜。」此一段眞有如龜卜矣。乃歎國非無人，病在有遠識有志量能說老實話者，往往不見容於世，佛塵父子皆殉國，吾昔每過有壬所居，觀壁上節吾先生書，未嘗不慨歎終朝也。

石遺先生年譜：「庚子，四十五歲，八月，以唐才常之亂，先母挈全家歸里，家君後歸，唐才常本兩湖書院高才生，後歸長沙，辦「湘學報」，學問優長，筆墨精警，戊戌政變後，實行革命，義和團起，富有票徧長江上下，才常爲其首領，潛蹤於漢口某處，被獲，僅有徒侶十數人，繡澀洋槍數枝而已，械送武昌，嚴鞫於營務處，終日，夜二鼓，斬於水陸街，十一人皆健步就死，才常最後出，則兩人挾而拖，殆已服毒就斃矣，體貌甚偉，而頭尖甚。」此段所述，足參考者，爲十一人健步就死，見聞最確。佛塵先生就義事，馮自由「開國前革命史」云：「二十七日，漢口泉陸巷某剃髮匠，偵知同街唐姓形跡可疑，遽向都司陳士恒告變，陳跟蹤拿獲黨人四名，始悉黨人有大舉動，張之洞聞報，即照會租界各國領事，於二十八日清晨，派兵圍搜英租界李順德堂，及寶順里自立軍機關部與輪船碼頭等處，先後逮捕唐林及李炳寰、田邦璿、瞿河淸、向聯陞、王夫曙、傅慈祥、黎科、黃自福、鄭葆晟、蔡丞煜、李虎生及日本人甲裴請等二十餘人，同時圍搜某俄國商店，擬捕其買辦容星橋，容喬裝工人而逃，戢元丞則避匿劉成禺家，賴姚錫光父子設法得以出。唐等被擒後，司道府縣在營務處會訊，唐供辭謂因中國時事日壞，故效日本覆幕舉動，以保皇上復權，今既敗露，有死而已。餘人羣呼速殺。二十八夜二更，乃押至大朝街瀏陽湖畔加害，一時延頸就戮者，共十一人。尚有日本甲裴則移交駐漢口日領事訊辦，自是張之洞乃大興黨獄，湖北殺人殆無虛日。」持與石遺年譜較，大致固相合也。

（林熙按：秋岳文中的佛塵、節吾、瓣薑，是唐才常，歐陽中鵠的別字、別號。唐才常烈士的事蹟，知道的人比較多，可不贅。歐陽中鵠是湖南瀏陽人，生平服膺明末淸初的卓越思想家王夫之（字而農，號薑齋，一號船山，瀏陽人），黃宗羲（號梨洲，浙江餘姚人），劉繼莊（字獻廷，河北大興人），尤其傾倒於王夫之，因以瓣薑爲號。他又精研數學，從事於自然科學的探討，是一個跳出封建藩籬，要求個性發展的高級知識分子。同治十二年癸酉，中鵠中舉人，後來官至廣西按察使。唐才常、譚嗣同都是從小時候就跟他讀書的。中鵠三個得意門生都被淸政府殺了，第一個是譚嗣同，第二個是唐才常，第三個是王孟南。戲劇家歐陽予倩是中鵠之孫，而唐才常又是歐陽予倩的蒙師。唐有壬是唐才常之子，歐陽予倩之妹是唐有壬夫人，唐家與歐陽的關係如是。秋岳說在有壬家中見佛塵上節吾先生書，此家是指有壬在上海舊法租界甘世東路的寓所，有壬於一九三五年十二月廿五日在此屋門前遇刺斃命，時任交通部次長。唐才常有一子唐蟒，一九五五年一月病死香港，又有一子今亦在香港，年七十二矣。）

國文教學
國文學習　參考用書

國文月刊爲抗戰期間西南聯合大學師範學院國文系主編，爲討論國文教學刊物，先後由朱自清、郭紹虞、呂叔湘、周予同、黎錦熙、夏丏尊、葉聖陶、……（一）文字、聲韻及訓詁學；（二）文法學；（三）修辭學；（四）經學、文教學；（七）文辭疏解；（八）新書評介；（九）紀念逝世之國文時碩彥。凡所討論，俱屬切要問題。同時關於大專方面之國文教學、教學之須要，先將抗戰復員後出版之國文月刊，由四十一期至八十冊，利便庋藏。又編有總目分類索引，以便檢索。至於抗戰期間紙印成，不便影印，刻在整理排印中，以饜海內外讀者雅望。

茲爲便利讀者採用起見，特輯有「國文月刊總目分類索引郵票肆角，寄英皇道一六三號二樓龍門書店，當即寄奉。

原書原樣

龍門書店　謹啓

林熙主編

大華

半月刊

第三十五期

·本期要目·

盛宣懷的兒女
官塲中的英文信
梁王朱溫宴客記
一份戰犯名單
通緝北洋政府十元凶
蔣介石「趕走」史廸威

大華

第三十五期

大華 半月刊 第三十五期

一九六七年八月十五日出版

（每月十五 三十日出版）

Cathay Review No. 35

Ta Wah Press,
36, Haven St., 5th fl.
HONG KONG.

出版者：大華出版社
地址：香港銅鑼灣希雲街36號6樓
電話：七六三七八六轉

督印人：高貞白

主編：林熙

印刷者：朗文印務公司
地址：香港北角渣華街一一〇號
電話：七〇七九二八

總代理：胡敏生記
地址：香港灣仔船街卅二號
電話：七二三四三七

盛宣懷的兒女

巢甫

八子八女兩妻五妾

盛宣懷是民國五年丙辰（一九一六年）陰曆三月廿五日死去的，比他的死對頭袁世凱早兩個月。盛死時七十三，袁只五十八，兩人都是妻妾多人，所以兒女也衆多，此乃其相同之處。袁的兒子，本刊已有人談過，現在我且一談盛宣懷的兒子吧。盛死後遺下的財產比袁的多好幾倍，所以盛的兒子所謂盛老四，盛老七等，在舊日上海租界裏，以揮霍著。自經三反五反後，盛氏家產完了。老四等人個個都窮困而死。

盛宣懷有二妻五妾，元配姓董，繼配姓莊，都是武進人，側室刁氏、秦氏、劉氏、柳氏、蕭氏。長子昌頤、次子和頤、三子同頤，是正室董氏所生，長次兩子皆先宣懷死。四子恩頤，六子泰頤(早死)是繼室莊氏所生。五子重頤側室劉氏生，七子升頤、八子鈞頤(早死)，側室柳氏生。

長子死於縱慾

宣懷的長子昌頤於宣統元年（一九〇九年）七月死在上海，那時候宣懷已六十六歲。當時上海人都說，昌頤之死，死於霍亂，但馬叙倫先生聞諸宣懷的一個親信帳房，則昌頤之死，乃死於縱慾，其說頗有趣，馬先生記此事於所著之「石屋餘瀋」中（但沒有說明聞諸帳房，這是我問他根據來源，他對我這樣說的），今錄如次：

盛夔卿爲郵尙宣懷長子，仕至湖北德安府知府，如夫人者十人，復有外婦，別營墅院居之。然夫人頗妒悍，日監視之，或使其女伴父行止，故諸妾曠不得御，有逃逸者，則復置，足其數，謂之十美。嘗築宅上海池濱橫側，諸妾所居，並以玻璃間隔，不用木材，十室相照，舉止共見，而己室居其中，意以監制，恐有外遇也。有一新寵，亦不能近。一日，夫人方迎客，伺間而往，正當歡會，其女突入，夔卿羞憤，即起駕車出門。車中連飲勃蘭地（外國酒名，夔卿車中素備此酒），興致勃然，復往別墅續歡。俄而有促請赴宴者，則是夕方置宴妓家，己爲東道也。至則爲客勸酒，復進勃蘭地數盞，卒然疾壅，不省人事。妓家大懼，納之車中，送之別墅，別墅向隱於夫人者也，至是惶懼無策，馳告夫人。夫人至，則呵斥外婦，自抱夔卿，復納車中，馳歸邸第。而夔卿氣如游絲，乃延德意志國醫生視之，用鍼術納藥水，少瘥。戒夫人曰：「七日不宜進飲食，否則復病不能救矣。」至六日末，夫人憂其久餓體弱，進芺蕖實兩盞，疾即復作。愧此醫生，不敢復召，則集中外名醫，並爲束手。不得已，復呼前醫，再納藥水而病卒不起。死未七日，十美殆去其七。

公子哥兒的荒唐生活如此，當然是沒有好結果的。夔卿大概是盛昌頤的別字，他們兄弟的別字，皆以丞字殿後，如澤丞、蘋丞，「卿」、「丞」、「臣」皆音相近，此夔卿當係昌頤無疑，但馬先生行文何必如此客氣，不敢稱其名而呼其字以示敬。（舊日的人，多稱人之字表示尊敬，但像盛氏兄弟這班花花公子，生無益於時，又何必敬之？）

盛昌頤是同治二年癸亥（一八六三年）出生的，二十九歲時中光緒十七年辛卯科順天鄉試舉人。姑無論是他自己中的或請槍手代中，總算是正途出身了。他的官做到湖北候補道，並非單是知府。（德安府知府是他的實官，候補道只是虛銜，尚未有道員的實缺）光緒三十年甲辰，盛宣懷生了一場大病，昌頤辭德安府回家侍疾，也可說是孝子了。他死時四十七歲。他的太太是浙江溫處道宗源瀚（江蘇上元縣人）之女。「十美殆去其七」，則所餘者僅三人。今考知其妾有陳氏、錢氏、其詳不知。大抵陳、錢二人是正式「入宮」的，「十美」則全是「黑市」。

盛老四對四字着迷

盛宣懷的第四子是繼室莊氏所生僅存之子（莊氏死於一九二七年），這個花花公子在洋場上可稱得是第一號「濶人」。但他並不是什麽實業家，也不是什麽大官僚，只不過在北洋政府時代，馮國璋任代理大總統時，獎以二等大綬嘉禾章，又是北洋政府的簡任職存記，國務院顧問、督辦參戰處諮議，以前在北京工業學校讀過書，又留學過英美，做過漢冶萍公司總理，中國通商銀行經理等職，此其所以爲「濶」耶？他雖然不是大官，大實業家，但他的行徑，比之和他同時的大官僚、大財閥更要招搖。因此上海人無不知有盛老四這個哥兒的，他的名叫恩頤，字澤丞反而不大爲人知道。

恩頤排行第四，所以他對這個「四」字大感興趣，他買了汽車之後，千方百計託人向上海租界當局拿汽車牌照，要四個四字的，即四千四百四十四號。他坐在這輛汽車上，除他一人外，還要裝多四個白俄保鏢，保護老四不被綁票。（盛老四自己排行第四，故對四字特別感興趣。因記一事，元朝的鮮于樞「困學齋雜錄」記云，有個轉運使名田時秀，字彥實，他住的地方叫半十里，他排行第五，以五月五日生，小字五兒，二十五歲應鄉、府、省、御四試，皆中第五名，年五十五歲，死於八月十五日。最妙者是他住在半十里，在廿五歲那一年中秀才、舉人、進士，皆第五名，亦與五字有緣。如果盛老四知有這樣的一位古人，亦可引爲同志而自豪了。）

上海花花公子，無不從小就吃花酒，吃花酒就夜夜向四馬路的會樂里走動，盛老四既愛「四」字，一提到「四馬路」就眉飛色舞。他到會樂里擺酒時，不愛人家叫他做大少或盛先生、盛經理、總理，只要人家叫他四先生，或乾脆叫老四。他娶的小老婆，多出身於四馬路，他玩膩了一個又一個，從沒有和他白頭斷守的，但他也不要，發多少贍養費，把不要的揮諸門外，又另娶一個新的進來。可是羣妾之中，獨有一個「承恩」二十年不衰的，却是因爲她的名叫四貞，有個「四」字，所以老四對她有特別愛好。

正月初四盛老四死

老四是個不治生產，又無一技之長的花花公子，早在二十年前，因爲揮霍無度，坐吃山崩，已經一貧如洗了。當他富有之時，高朋滿座，一班淸客，誰不趕着他叫老四，等到他「落難」住在一個灶披間裏，孤家寡人，親戚朋友，沒有一個去看他，當年巴結他的那班淸客，更不消說了。上海雖改革了，但地方政府也沒有追究他以往那種荒唐的歷史，老四遂回蘇州，住在留園（舊日是盛宣懷之父買下的）附近一所小屋裏，那時候他已近七十，年老多病，在一九六〇年陰曆除夕死去。

盛老四死後不久，蘇州人傳到上海一個消息，當老四病重的時候，自知不起，便作「劉伯溫預言」，在一張紙頭上寫道：「盛老四於年初四早晨四點鐘病故蘇州」。寫好後，他就把紙頭放在身邊。原來他怕咽氣的時候沒有人知道他的死期，故此將正月初四的日子告知收斂他的人。然而死者的「預言」並不靈驗，他的生命留不到年初四，却在陰曆除夕死去了。最有趣的是他一生與「四」有緣，臨死時還念念不忘那個四字，必要擇定初四日早晨四點鐘才歸西。

盛老七一夕賭輸七十萬

老四之弟老五名重頤，前淸時捐過一個二品銜候選道，上海改革後跑到香港，不久死去。老七名升頤，在上海以豪賭著稱，一九二四年奉軍張宗昌、吳光新到上海終日賭牌九爲樂，某夕，張宗昌與盛老

盛宣懷的家產

汪大士

盛宣懷是舊日上海租界裏一個大富翁，他死後剩下一筆龐大的遺產，子孫享用不盡。但他的財產總數有多少，却一向未見有公布。遠在淸光緒末年，國人已喧傳他有財產千萬元以上，此說還不算怎樣誇大，因爲他搞輪船、鐵路、煤礦、郵電這都是有入息的，積資千萬，也可說是「淸廉」了。

盛宣懷的子孫承受了一筆大遺產，他們當然是盡情揮霍，他的第七女兒也得到遺產百餘萬元，在上海爲著名的富婆。盛宣懷生八子八女，當一九一六年逝世時，生存的兒子只剩四人，女則八人齊全。如果家產平均分配，十六人分一千多萬，大概每人可得一百萬吧。

宣懷死前數年，已將家產大畧分配一下，他組織一個愚齋義莊（他別號叫愚齋），規定以家產十分之四撥充善舉（即今日某些慈善家的口頭禪「取之社會，用之社會」，甚爲難得），十分之六分給子孫，以後添置產業，也照此四六分配，子母相連，家產與義莊永不分離。盛宣懷倒也替子孫打算得很周到，他以爲這樣就永遠不會破產了。

到底盛宣懷的遺產共多少呢？我們局外人不得而知，但根據一九二九年盛家的報告，雖不是完全可靠，却也可窺一二，然而這「一二」已夠令人可驚了。現在摘錄其大意如左：

盛宣懷的繼室夫人莊畹玉的「頤養費」，母金七十萬兩，其孳息漲價及藏書樓全部圖書尚不計在內。（按：盛之髮妻董氏爲武進董似穀翰林的第三女，莊氏亦同邑莊毓瑩的長女。莊氏一九二七年在上海逝世）常州城內周線巷內住宅一所，深十五進，房屋二百四十餘間。拙園義莊田產三千餘畝。蘇杭兩處地產及嘉定、常熟當鋪資本及財政部捲烟庫券七十萬元。招商局老股一萬一千股，即新股二萬二千股，每股銀二百兩（共四百四十萬兩）。漢冶萍股份二萬零二百六十七股，每股洋五十元（共一百餘萬元）。上海租界內地皮產業約值一千萬兩。此外尚有積餘公司股份一萬七千股，仁濟和股份四千八百股，每股時值多少，未見宣布。從盛家的報告來估計一下，已經一千多萬了，那麽，盛宣懷的全部財產值數千萬，諒也不足爲奇。

這些民膏民脂，盛宣懷本人死後未到二十年，已被他的四個兒子花得七七八八了。盛七小姐後來嫁一個姓莊的人，名鑄九，同居上海善鐘路一所精美的大洋房。一九六二年十月，鑄九以中風逝世，七小姐今尚存。

七推牌九，老七輸七十二萬元，面不改容，某小報刋胡寄塵的「東南劫灰續錄」詩云：「呼盧喝雉趁豪情，沙石黃金價値平。最是盛家公子濶，一揮七十萬元輕。」老七於上海改革後來香港，今在日本。老四的兒子毓郵、毓度、毓綬，毓度今在日本東京，經營一家中國菜館，聽說是日本八幡株式會社支持他的。八幡以製鋼鐵著名，大概當年與漢冶萍有關係，所以招呼老四的兒子。

民國成立後，政府曾沒收盛宣懷的家產，但在上海的却無法動其分毫，過了不久，又將沒收的產業發還，馮國璋做總統時，經熊希齡、孫寶琦等（孫與盛爲兒女親家，老四是他的女壻）向政府疏通，於民國七年（一九一八年）五月，以二等大綬嘉禾章賞給盛同頤、盛恩頤；又以二等嘉禾章賞給盛升頤，無非是要他們兄弟拿出一大筆來做慈善事，給以獎章，就等於洗滌他們一家賣國的臭名了。同時，他們兄弟又運動溥儀的小朝廷，撤銷以前對盛宣懷的一切處分，開復原官。（盛宣懷有一姪名文頤，字幼盦，不知因何事爲北洋政府通緝，亦捐巨欵請馮國璋特赦，馮不肯。日寇佔上海時代，盛文頤謀得鴉片專賣，發了一大筆橫財。）一九二七年國民革命軍以「革命」姿態出現於上海，老四吃了一驚，忙逃往大連，因爲當時的上海人以爲蔣介石是「左派」，避之則吉也。後來經過疏通，老四仍回上海納福。（當時的國民政府倒也有「朝氣」，通緝北洋政府一班大官僚，有所謂「十元兇」之目，顧維鈞、曹汝霖、梁士詒皆在十兇之內，但不到一年，又撤銷通緝令了）。

盛宣懷有女八人，長女嫁姚賡韶，二女嫁馮學幹，三女嫁林志偉。這三個女兒都是元配董氏生的。四女嫁邵恒，五女嫁林熊徵，六女嫁劉承榮（此三女乃側室刁、劉、柳所生），第七女爲莊氏所生，名愛頤，嫁莊鑄九，第八女未詳。盛七小姐因分家產事，曾與其兄打官司，後來分得一白萬元，她現時住在上海。四十年前，宋子文曾與七小姐有過議婚一事，爲莊夫人反對，後來宋子文顯貴，莊夫人又後悔不迭了。這件事上海人知之甚詳。

梁王朱温宴客記

湘山

二十年前，日本軍閥侵畧中國，在華北、華東皆成立僞組織，華北的僞組織當時稱爲「北平政務委員會」，南京的僞組織稱「維新政府」。北平那個委員會，當「委員長」的是王克敏，朱深副之，南京的「維新政府」以梁鴻志爲「行政院長」，温宗堯爲「立法院長」。梁鴻志是老牌親日政客，他是福建長樂縣人，段祺瑞的心腹，又爲安福系的主要人物，自一九二六年段失敗後，他銷聲匿跡多年了。日本軍閥利用他，他也官癮大發，袍笏登場。王克敏是杭州人，北洋政府時代的財政總長，朱深字博淵，河北永淸縣人，日本東京帝國大學法學系畢業，做過北洋政府的內務、司法總長，國務總理等職，也是一九二六年下台，轉入實業界活動的政客。温宗堯字欽甫，廣東台山人，早期留美學生，辛亥革命前後他也是一個「偉人」，做過廣東軍政府的外交部長、軍政府總裁，一九二一年後下台，在上海隱居。這四個活寶都是下台政客，個人的功名富貴思想，無日不在腦際縈廻着的。若論資格，則推朱深、温宗堯爲首，王克敏次之，梁居末座，以其年齡，官位尚小，充其量不過秘書長之類的官職而已。

他們做了僞官，倒也興高采烈，有一次，王克敏和朱深因公到南京，自然是有應酬，首先是梁鴻志請王、朱二人吃飯，温宗堯作陪，此外還有日本方面的要人十餘參加。第二天，南京的報紙照例要登載捧場的新聞，還要將宴會時的「佳賓」嘴臉登在報上。各報中以南京的「新報」登得最詳細，報紙的編輯根據漢奸的官職高低順序排列，稱之爲「梁王朱温宴會」，大字紅標題印在報紙第一頁，吸引讀者注意，這本是「新報」巴結「梁行政院長」的表現，推梁坐第一把交椅也。

梁鴻志看見後，勃然大怒，一疊連聲叫左右打電話召「新報」社長往見。見面後，梁劈頭就問：「你讀過歷史沒有？」社長給他一問，呆住了，「院長」爲了何事這樣問呢，倒使他莫名其妙，只好不做聲。梁鴻志又問：「你知道梁王朱温是什麽樣的人嗎？」社長見院長怒氣沖沖，嚇到面無人色，楞住了。梁鴻志這才指着桌上的「新報」問道：「你的報紙爲什麽有『梁王朱温宴會』的標題？是不是你們故意和我們開玩笑？你知道梁王朱温是什麽人吧？」該報的社長這才明白是什麽一回事，連忙道歉，並說回去立刻革去總編輯、記者、編輯之職，只求「院長」息怒。

這件事後來傳爲笑話，南京上海的人大都知道的。（按：朱温初從黃巢爲盜，後降唐，賜名全忠，封梁王，後來弑昭宗、哀帝，自立爲天子，國號梁，是爲梁太祖，在位六年，爲其子友珪所殺。）

官場中的英文信

文梓遜

兩個洋部長

蔣介石開府金陵時，有兩個妻舅都貴為部長，握財政、實業大權，其家貲比之盛宣懷多十倍。盛宣懷雖然貪財，但還不失為中國最先為國家辦實業的一個先鋒，他不過在國家的實業中分潤多少而已。但那兩個「國戚」可不同了，大批美金存在外洋，過的洋富翁生活，甚至其人除了面黃似中國人外，其文化思想，生活習慣，全部皆美化，稱之為美利堅人，倒也名符其實。最奇怪的是這兩個寶貝不大通中文，此則更遠不如盛宣懷矣。當他們做部長時，有些公文要譯成英文他們才能明白其中精微之意，以中國官看中國公文要看英譯本才懂，不怪那才怪事呢。因為這兩個人都崇拜洋人，官場中的八行書如果用中文寫的，十封有九封不見下文，如果用英文寫的，並且介紹人又是洋人，那麽這個求職人大都如願以償，有時還會得到好缺。因此有些善於鑽營的人就走洋人門路，求到一封洋文的八行書拿去見「國舅」，包管得意。

因「國舅」而拉扯到盛宣懷，就不免想起盛宣懷的親家翁馮光元靠一封洋文信而升官發達、發財的趣事。馮光元是江蘇陽湖縣人（與武進同屬常州府，民國後併入武進縣），字叔惠，光緒二年丙子科舉人，光緒三十二年已經做到河南省的河北道道員了。河北道轄彰（德）、衛（輝）、懷（慶）三府河務，并管兵備，全銜稱為「分守河北，轄彰衛懷三府河務兵備道」，是個赫赫四品道台之官。光元的兒子學榦，是盛宣懷第二女之壻，所以他們是兒女親。

盛宣懷親家馮光元

馮光元是正途出身，做了幾十年官，升為道台，到河南省候補，因為一省中的道缺只有幾個，而道台又多，要輪着來補授，故稱候補道。有手腕和後台的人，候一年半載就補上了，沒有手腕和後台的人，有時一世也輪不到，只好做黑道台。紅的候補道在未得缺之前，以道台資格充任什麽洋務局、釐金局、銀元局、商務局等等總辦，支薪水過活。有些紅道台身兼數局總辦，濶不可當。馮光元在河南候補，辦理洋務局，洋務局專管一切洋務及外僑事宜，頗類民國時代一省的交涉使。

遞解洋人因禍得福

光緒廿六年庚子（一九零零年）四五月間，各省有排斥外國傳教士運動，清廷亦暗中予以鼓勵，後來演為義和團事件，有幾個省份還殺了很多洋人，當時做河南巡撫的是滿洲人裕長（字壽泉，正白旗人，監生出身），為人十分圓滑，他奉命仇外，但又不願意開罪洋人。在開封的洋人大概有數十人，裕長就想出一個勸他們「自由離境」的辦法，但又怕洋人不肯離去，不得不派大員名為「護送」，實乃解押的變相辦法。這時候義和團運動已如火如荼，河南人民响應運動者頗不少，洋人大懼，請求裕長派人保護，安全撤往漢口。裕長當然答應，但派哪一位大員押解才妥當呢？這個差使當然要派個官職比較大的才可以鎮壓，最理想的無如派洋務局老總馮光元了。馮老總辦的是外交，和洋人接觸多，懂得洋人的脾氣和規矩，於是下個手令，派馮光元護送。在平時，馮是求之不得的，不過，在此時此地仇洋行動瀰漫天下，誰敢担保義和團不把巴結洋人的官員幹掉？送洋人出境就是巴結討好洋人啊。馮光元接到上司的命令，不得不執行，只好分付後事，硬着頭皮把那幾十個外國人押出境。一路上戰戰兢兢，幸喜沒事發生，送洋人到了安全地帶。洋人感激馮大人沿途招持之勤，由三五個有體面的領銜寫了一封信向馮大人道謝，無非稱讚他辦事周到。

馮光元回到開封復命，其時義和團運動已達到最高潮，他們聽說馮光元是護送洋人出境的人就大罵馮是二毛子，要揪他出來拜大師兄，嚇得光元躲在家中，一連半個月不敢出門。不久後，八國聯運攻入北京，義和團被撲滅，西太后下詔認錯，由仇外而媚外，這時候，馮光元就腦筋一動，洋人給他那封給，不是最好的證明書，證明他善於敦睦邦交嗎？恰好此時裕長調爲湖北巡撫，河南巡撫由于蔭霖接任。（英國公使向全權議和大臣慶親王奕劻，直隸總督李鴻章示意，裕長保護外人不力，不應仍令其主持河南大政。於是李鴻章等於光緒廿六年九月十三日電西安軍機處云：「英使照稱：豫撫裕長調補鄂撫，該撫在豫，有極恨泰西人之心，自應另予處分。今兩國事務轇轕，奉本國訓囑，力爲辯駁，以免轇轕益甚。請將此事設法奏罷，並凡有交涉之缺，不得將其補放。現當欲復舊好之秋，甚有窒礙，等因。查現議和約，事甚艱窘，不能不委曲求全。裕撫調鄂，英使既有違言，似宜酌量調簡。可否由尊處設法，將裕長酌補不理交涉之將軍，以免外人口實，亦可保我主權。」裕長本是閏八月十七日調爲湖北巡撫的，西安軍機處接此電後，知英國不願裕長出任有外交地方的長官，而李鴻章等則建議將他授不管民政的將軍，淸廷遂於九月廿六日將裕長罷免。裕長這一氣非同小可，大罵洋人搗他的蛋，自此即因氣成病，不到數月就死了。）

英文信爲證馮光元升官

新任巡撫上台，最要緊辦理的就是教案，馮光元能辦洋務，是一人材，恰值河北道岑春榮（春煊之兄）辦理教案不善，將他撤職，馮光元馬上拿出洋人給他那封信給于撫台一看，證明他能辦洋務，得洋人歡心，于撫台大悅，即以此爲理由，河北道一缺，由馮光元補授，西太后聽說是洋人都稱讚馮光元會辦事，當然不反對，便對一班軍機大臣說：「想不到河南省有這樣懂得洋務的人，你們要記着啊！」馮光元靠洋人一封信，居然「簡在帝心」，若非他早死，光緒卅二年後，大有機會入政府主持外交了。

馮光元做了實缺道台後，教案已辦妥，又以辦理黃河工程完善，新任河南巡撫錫良於光緒廿七年九月奏請淸廷，請將馮光元賞加二品頂戴。（即二品官，可以戴紅頂了。道台本四品官，藍頂子）終錫良在河南巡撫任內，馮光元皆甚得意，但錫良只做了幾個月，便調任熱河都統，接任的是張人駿，一年後，又換陳夔龍，陳在光緒廿九年一直做到三十二年，馮光元仍安然做他的河北道，着實撈了不少，陳去後，張人駿又來再做巡撫，光緒三十三年，張升兩廣總督，林紹年來接任，馮光元已經面團團，覺得宦海風波太險，又因有病，就辭職不幹，不久即逝世。

文廷式宮詞

文廷式「擬古宮詞」有一首云：「金屋當年未築成，影娥池畔月華生。玉淸追著緣何事？親攬羅衣問小名。」

這一首是寫光緒帝小時一段故事。隆裕后是慈禧太后的姪女，八九歲時，入宮游玩，往往數日不出，當時光緒帝也是這樣大的年紀。一日，隆裕爲光緒所見，追趕及之，拉着她的衣襟，問她叫什麽名字，她說叫娥兒，慈禧太后以爲光緒帝喜歡她，後來決意完成這一段婚事，豈知光緒帝是對她不屬意的，正如廣州俗語所謂「搭錯線」了。

近人譯裕德齡寫的「光緒秘記」，說隆裕后名叫晉灃，不知何據。

又一首云：「九重高會集仙桃，玉女眞妃慶內朝。末坐誰陪王母席，延年女弟最嬌嬈。」

按：李蓮英有妹，具姿色，慈禧太后很喜歡她，本欲爲光緒帝立她爲妃嬪，但光緒帝討厭李蓮英，借詞推却了，慈禧太后也不勉强。

文延式江西萍鄉人，以詩詞名天下，少年時代在廣州從陳蘭甫先生讀書，相傳他和珍妃姊妹相識就是在廣州將軍衙門，甚至有人說他是珍妃的老師，其實不是。

·文如·

一份戰犯名單

蕭梁

在一九四九年國共內戰進至決定性階段，是年春夏之際，人民解放軍渡江的前後，中共曾經發表過一份戰犯名單，臚列了很多人的姓名，聲稱他們都是應負內戰罪責的主要人物，必須受到懲處。在此以前，即一九四九年開歲之時，中共的新華社會發表一篇社論，題名「將革命進行到底」，副題爲「一九四九年新年獻詞」，文中有一段，可說是中共方面的一份非正式而不完全的「戰犯」名單。該段文曰：

> 中國人民今天所反對的敵人是些什麽敵人呢？大家知道不是別人，正是以蔣介石、李宗仁、陳誠、白崇禧、何應欽、顧祝同、陳果夫、陳立夫、孔祥熙、宋子文、張羣、翁文灝、孫科、吳鐵城、王雲五、戴傳賢、吳鼎昌、熊式輝、張厲生、朱家驊、王世杰、顧維鈞、宋美齡、吳國楨、劉峙、程潛、薛岳、衛立煌、余漢謀、胡宗南、傅作義、閻錫山、周至柔、王仲銘、桂永淸、杜聿明、湯恩伯、孫立人、馬鴻逵、馬步芳、陶希聖、曾琦、張君勱等爲首的反動派。這些人都是頭等戰爭罪犯，中國人民的公敵。

因爲這並非以中共或軍領導人具名正式發布的名單，而僅是新華社社論中所提及的一批人名，故我謂之爲「非正式的戰犯名單」（當然其權威性是無可懷疑的）；又因爲在稍後所正式發布的名單中，人名與此畧有出入（增多了若干人，但也因時局變化而刪除了少數幾個人—例如傅作義—），故我又謂之爲「不完全的戰犯名單」。

單就這一名單（其實乃新華社社論文中一段）而言，我們今日重讀，是有好多點可以特別提出一談的。

文中提及的人，都是中華民國政府（那時業已行憲，不能再稱「國民政府」）的黨、政、軍的一等要人和知名之士，幾乎網羅殆盡。但今日在台灣的若干名地位崇高權勢顯赫的人物，却未見於此名單中。例如今日台灣名義上的第二號人物，副元首兼行政首長的嚴家淦，即屬其一。這點倒是不難理解的。因爲這位嚴副總統兼行政院長（最近且應約翰遜總統之邀，代表蔣介石去美國訪問），在一九四八、四九年時，還只是國民黨中的第三四流角色，僅是首政府屬下的一個主管長官，任地方政府的廳處長之職，還不夠資格被列入「頭等戰爭罪犯」的名單中。（按：名單中有陶希聖之名，若論陶當年的官位，似亦不夠資格。因爲此公那時最高的官職也只不過做到國民黨的中央宣傳部副部長。但陶的情形與嚴不同。陶在抗戰初期，曾投敵從僞，雖然不久就反正，但從此就一直被中共及其同路人駡爲漢奸。而陶自離汪復投蔣後，便一直成爲蔣的侍從室要員，參預機密，爲蔣捉刀，那本名爲蔣著的「中國的命運」一書，即出自陶的手筆，該書又是備受中共攻擊的一本書。故陶的單上有名，不是以官位高低而論的。）又如目前墓木已拱的俞鴻鈞，自蔣退居台灣後，曾兩繼當年第二號人物陳誠之後，出任其所遺之缺—一爲台灣省政府主席，一爲行政院長—，較他在大陸時的政治地位，更有進焉，而亦單上無名。俞和嚴也不同，即使當年俞尚未出任首主席和行政院長，也是足有資格掛名金榜的。因爲俞以上海市政府秘書長而代理市長，而眞除後，在政壇上始終未賦閒過，而且日益趨紅。自抗戰後期起，便迭任財政部長和中央銀行總裁，儼然財政金融方面的最高負責人。他又是孔祥熙所提拔和支持的人，對蔣又一向以忠順著稱。他的大名不見於單上，多少是有些「冷門」的。（上海中央銀行存金秘密運台，俞有力焉。）

俞鴻鈞榜上無名，或尚不足過異，最異的是今日有「儲皇」之稱的蔣經國之名，也未列入。誠然，一九四八、四九年時的蔣經國，其官位、權勢等與今日在台灣時的不能相提並論。但他的具有特殊身分，是自來已久的事，固不以名義上的官職階位的高低而論；且他當年的名氣已經足夠大而响亮，已是青年團一類組織的實際最高負責人；況當「淮海戰役」結束後，他已暗中積極力助乃翁負責遷台的各項準備工作（例如將原存於上海的金銀珠寶等，不顧李代總統的命令，而秘密運去台灣），老實講，中共只要單就金圓券發行後，經國在上海做經濟督導專員一段時期內的所作所為而論，就足可置他於名單之內了。

中共是絕對反對當時國民政府的法統和體制的。以是，戰犯名單上，照說就不該遺漏南京政府名位上最高一級官員的五院院長之名。可是，當時現任—而且已任職多年的司法院長居正和監察院長于右任，却也單上無名。居、于二人不單身居院長高位，而且還與中共最痛詆的行憲和選舉總統之事有關係。居正曾奉命陪選，與蔣「競選」總統（蔣當選後，人們曾以「蔣中正居正」為上聯，徵求下聯。或以「周恩來徐來」應之。以周與曾有「標準美人」之稱的過氣電影明星並列，似令人有不倫不類之感。但此下聯在當時却係觸時忌者，因當時國共已決定分裂而不可合，周亦已回去延安，謂「周恩來徐來」，不啻謂共產黨將以勝利者身分而來）。于髯亦曾競選副總統，而志在必得。這都是新華社這篇文章發表前不久的事，時日甚近，記憶猶新。居、于之名未被提及，我想或許因為這二老雖名位甚崇，但實同冷曹，且又非蔣的親信，亦非眞正當權派，自不能與那班高級將領以及戴傳賢、宋子文、孔祥熙輩等量齊觀；橫豎這是非正式而不完全的名單，所以，可不須特提就不提了。還有，當時中共對於于髯，似尚印象不惡，頗有意爭取。例如和談之議興後，中共對於南京上海方面的官方或半官方的北上求和代表之人選，頗加挑剔，曾拒絕過某些人前往，但對於于的有意北上，却

通緝北洋政府十元凶

胡雪

國民革命軍北伐成功後，國民政府的力量於一九二八年七月伸展到北京，北洋政府垮台，在名義上，全國又告統一了。（其實軍閥割據，中央政府命令僅達數省，張學良的東北及雲南、四川、新疆、甘肅軍閥，皆陽奉陰違，不理國民政府也）國民政府當時頗有朝氣，為了一新人民耳目，於七月十一日下令通緝王揖唐、吳光新、曹汝霖、陸宗輿、章宗祥、湯漪、湯薌銘、姚震、章士釗、曾毓雋等十人，其罪狀為劣蹟昭著。此人十中，十之九為皖系政客，依附段祺瑞的，而曹、陸、章三人更是著名的賣國賊。

不久後，梁士詒、顧維鈞也被通緝了，梁避居香港，顧則逃往威海衛，怕到要死，終於設法逃往加拿大，最後逃往瀋陽求張學良保護，東北易幟後，張學良向蔣介石講情，將梁、顧二人赦免。張對蔣說：「顧維鈞確未曾賣國，他辦外交時，先認清楚三個大前提。第一。與中國有利還是有害？凡與中國有害無利的事，他一定不做的，國不可不愛。第二，與外國有利還是有害？若與外國有害無利的事，他也是一定不做的，外國朋友千萬不可不聯絡。第三，與自己有利還是有害？但凡與他自己有小小不利的事，他也是絕對不做的。自身利益，不可不顧。」

老蔣是否眞的聽了張學良這番話，才撤銷通緝威靈吞顧，不得而知，但當時蔣猛拉張的交情，這點面子總要給「少帥」的吧。

後來王揖唐等十人都先後經南京撤銷通緝了，大抵是託「猛人」講情之故。國家命，可以講人情，倒也有趣！

表[illegible]迴地說：「我們很希望國民黨中像于右任先生一類的人，到解放區來看看。」又當時已繼孫科而爲立法院長的童冠賢，亦未蒙提及。這是因爲童的資望尚淺，國人能知其名的不多，尚不夠資架稱爲「頭等戰爭罪犯」；再說，童那時是以主張和談，反對蔣及蔣所支持的行政院長孫科之政治姿態而出現的。

若準居、于的名位雖崇，實同冷曹，既非當權派，又非蔣的親信嫡系之例，則曾琦、張君勱二人，似亦不必特別標名單上。但壞就壞在二公在各種身分的戰犯中，具有代表性。因爲他們是青年黨，民社黨的黨魁，而民、青兩黨是被中共斥爲「妾侍黨」的。民、青兩黨不隨民主同盟之後，而反與蔣和國民黨合作，使蔣得以組織所謂聯合政府，而有民主之名，又使蔣得以召開國大，訂頒憲法，選舉總統，此固爲中共所痛心疾首者也。曾、張二君，分爲兩個所謂「反動黨派」的黨魁，有十足的代表性，自然難以逃免了。

準曾琦和張君勱之例，胡適亦當單上有名。胡博士的大名，中外俱知，比之曾、張，更爲烜赫。他雖非政黨黨魁，但他確是擁有很多數目的信從者（不管那人是眞心地信奉他，抑或意存利用而追隨和捧戴他），隱然爲一無形組織之黨派的領袖。且他又是所謂「無黨無派的代表」—或稱「社會賢達」—，與國民黨及蔣介石合作，也是一個具有極大代表性的人物。他是一向非共乃至反共的，與被中共視爲「第一號敵人」的美國，有極深的關係，是個美國的謳歌者。他在所謂立憲國大和行憲國大中，風頭最健，賣力最大，且曾有出任行政院長和總統之議。數十年來，中共對於胡適之的學術思想和政治立場，痛詆不遺餘力。大陸改革後，中共曾全力大

官場巧事

林天齡在同治朝曾在弘德殿教同治皇帝讀書。他是福建長樂縣人，咸豐十年庚申科翰林，官至侍讀學士，死後溥儀追諡「文恭」。

同治十三年三月，弘德殿行走左庶子林天齡忽然被簡放江蘇學政。江蘇學政爲學政中的優差，京官得此，無異登仙，但以帝師得之，則由親而疏，面子甚爲難看了。爲什麼有這一着呢？原來其中也有一內幕的。同治帝自親政後，對於書房功課，很不用心，只顧游玩。某日兩宮太后召見師傅，問及功課，天齡於奏對時，偶然說恭親王奕訢之子載澂引誘皇帝，所以功課生疏。師傅退出後，召見軍機大臣，太后大概對恭親王有所詰責。恭親王見天齡時就說：「載澂有不對的地方爲什麼不同我說，犯不着對上頭說啊！」恭王這番話表面上雖不是埋怨，而實際甚不高興，因此就想設法將天齡放出京外做官。恰巧江西九江道出缺，恭王議以天齡補授。李鴻藻（時爲弘德殿總師傅，兼任軍機大臣）認爲這不是體制，凡翰林官至庶子，就是京堂了，京堂例不外放道府。而且以師傅而外放，尤非體制所宜。但恭王亦有一番大道理，他說林天齡在京做官缺分苦，生活不易，現在調劑一下，九江道兼管九江關，缺分頗優。李鴻藻說：「如果王爺想調劑他，將他外放，學政還可以，道員實在太不相宜了。」因此罷議。

不久，李鴻藻以會試副考官入闈，天齡乃簡放江蘇學政，李亦無法爲他爭了。五年任滿後回京，即升任侍講學士，轉侍讀學士，以後卽不復更晉一階，光緒四年逝世，卹典頗優，本來內定追贈內閣學士的，但降諭時忽然不見有，不知是否恭親王作梗。

林天齡出弘德殿後，到年尾同治帝卽逝世，光緒帝入承大統。光緒帝入毓慶宮讀書，李鴻藻、翁同龢、夏同善等爲師傅。光緒四年十一月，夏同善忽又以師傅之尊，外放江蘇學政，聞其中亦有內幕，不知是否亦爲恭親王所弄的玄虛。光緒六年，夏同善繼林天齡之後，卒於江蘇學政任上。林天齡上一任的學政馬恩溥死後，放天齡繼其任，林死放夏，乃三人皆死於任所，故時人有「爰喪其馬，於林之下」之讖語。（夏同善浙江仁和人，咸豐六年翰林，官至吏部右侍郎，追諡文莊。馬恩溥雲南太和人，咸豐三年翰林，官至內閣學士。）

·竹坡·

規模地清算胡適思想，事且由最高一人領導和指示。今名單上居然不見胡適之名，確屬不可解。相信或許並無他故，只不過撰文者一時疏忽忘記耳。

統觀被提及者之名，其中有幾個人的所以特別被提及，純緣於當時他們所担任的職務特殊，或因他們在時局變化中適居於特受重視的地位之故，不然，他們或許不會被特別提名而視為「頭等戰犯」。例如顧維鈞，適因當時任駐美大使，而被提及。又如馬鴻逵和馬步芳，當時正是西北方面的軍政重要人物，而那時的西北局勢又正是受特別重視之時。當然，二馬本是足夠資格被列名於單上的，但如他們被列入，則另外一些與他們相類，甚或比他們更大更有名的地方軍閥，也應名列單上，今只提二馬，不及其他，可見是與當時的局勢情況大有關係的。

該文發表於一九四九年一月一日，迄今已十八年，人事變幻之劇，也頗可一談。

文中提及其名的共有四十三人，今日已化作鬼物的，共有十三人，約佔全數的三分之一。他們是：陳誠、白崇禧、陳果夫、吳鐵城、戴傳賢、吳鼎昌、朱家驊、衞立煌、胡宗南、閻錫山、桂永清、湯恩伯、曾琦。

這四十三個所謂「頭等戰爭罪犯和中國人民的公敵」，其中有好幾個，後來身分改變，而不再具此「頭銜」了。他們陸續轉向，成了中共的友人，成了「人民自己的人」。就在該文發表後不久，在北京的傳作義，首先轉向；迨是年秋冬之際，湖南的程潛，也以起義聞了。傅和程非但不再被視為「戰犯」，而且都在人民政府中膺有崇高的名銜和職位。曾任行政院長的翁文灝，改革後數年，即從海外回國，且以其所學—地質學—，為新中國服務。其後在「愛國不分先後」的號召下，單上有名的人，曾有兩位，先後由海外回歸大陸，備受優遇。先是衞立煌，後是李宗仁。衞立煌當年在江西，是一名迭建戰功的「剿共」大將，蔣且以金家寨改設縣治而名曰「立煌縣」，以榮獎之；大陸改革前夕，且又曾在關外和人民解放軍大交過手。至於李宗仁，更是名單上的第二號人物。他們都與中共化敵為友了。還有一位杜聿明，原為中共的俘虜，經過了約十年的囚禁改造後，終蒙特赦，不單獲釋而恢復自由，而且還得到了一份公職。（杜有一個了不起的女婿，即現已入美國籍，曾榮獲諾貝爾獎金的物理學家楊振道。）

四十三人中除了上述的傳作義、程潛、翁文灝、衞立煌、李宗仁和杜聿明數人外，其餘都未轉向中共，對於草山老人來說，他們可稱得是十足的「忠貞人士」。但這班「忠貞分子」，今日的榮枯却大大不一，而十八年來與蔣之間的關係，也各複雜有異。他們之中有些人，與蔣未必是友。

那些人中，有些一直為蔣所倚任重用，宦途得意（當然其間的一些小風波小曲折是難免的），例如已故的陳誠、桂永清、湯恩伯等；現存的張羣、王雲五、張厲生、宋美齡、周至柔、王仲銘、陶希聖等；有些雖在遷至台灣後，未再蒙蔣委以高位實職，但蔣對他們仍寵信有加，例如胡宗南（已故）、孔祥熙輩是。薛岳以與陳誠的關係之深，比起某些其他人來，仍可說得是尚得意的。有些已全屬過氣人物，雖在台灣仍各擁有頗不錯的虛銜，但只不過受羈縻待終天年而已，何應欽、顧祝同、劉峙、熊式輝等都是；不久前病逝的白崇禧，雖亦勉可歸入此類，但生前却是備遭疑忌和監視的。

有些是既反共又反蔣，而棲遲海外的。例如張君勱即是。吳國楨則與蔣由恩成讎，終告反目，已決以美國為終老之所。宋子文雖不反蔣，但也決以美國為家，足跡始終不肯履台灣國門一步。孫科和陳立夫，也和蔣長期不歡，投老去國，棲遲海外多年，但現今已和蔣取得諒解，先後回到台灣了。孫且得攷試院長以娛老，陳立夫的出處則尚有待。

有些在台灣，曾一度獲重用，但旋即被囚，終身廢棄，例如孫立人即是。王世杰曾任總統府秘書長，一時頗炙手可熱，但終因某事觸蔣忌怒，而遭冷落，年來雖漸獲寬待，但一蹶之後，總難復舊日聲勢和主寵了。

總之，世事之變幻，令人有目迷五色之感，而不能不歎杜詩「白雲蒼狗」狀物之工也！

抗日戰爭時的中美秘史

蔣介石「趕走」史迪威

薩章松

本刊第三十一期，刊蕭梁喬先生所作有關抗戰時美駐華大使赫爾利向羅斯福秘密報告中國國情一文，一九六七年六月廿五日，美政府又發表「美國外交關係，一九四四年，第六卷，中國部分」的白皮書，透露當時的國民政府主席蔣介石要求美國將史迪威召回一事。這是抗戰時期中美的一段外交秘密，今將該文畧介紹如次。

一九四四年的秋天，美國官方認爲中國戰局愈來愈危急，日本侵畧軍大有吞併整個華東地區之勢。

羅斯福總統爲了挽救危局，曾促請當時蔣介石將軍動用所有中國軍隊，包括在延安的毛澤東軍隊以阻止日軍的進勢。

羅斯福也請蔣介石將軍權交給當時中緬印地區美軍總司令史迪威中將。蔣介石反對容共，但起初似很贊成將軍隊交給史迪威指揮，後來却又翻悔。他告訴羅斯福，他對史迪威將軍的的判斷無信心，要求把他召回華盛頓。

有關這一件事的官方來往函件以前是被當作秘密的文件保存的，現在已收在於最近（六月廿五日）發表的「美國外交關係，一九四四年，第六卷，中國部份」的白皮書中，此書厚一千零六頁。

雖然日軍在亞洲其他戰線上的情勢越來越不妙，可是在一九四四年的九月，當時中國第十四空軍司令陳納德少將却致電羅斯福總統，報告中國情勢已極度吃緊，中國的非共軍事政權已面臨崩潰。

陳納德在一九四四年九月廿一日他那封預言式的信裏告訴羅斯福：「中國顯然有發生內戰的嚴重危險。」

陳納德說：「如果中國發生內戰，延安政權不管有或沒有蘇聯的幫助，都有勝利的良好機會。」

這位飛虎隊司令促美國當局「促成重慶的政治徹底改組，接着再促成重慶與延安的眞正統一。」陳納德說：「只有這樣，才能有一個强大的統一的與獨立的中國，一如我們在太平洋的利益所要求者。」

早在一個月前，羅斯福總統致電蔣介石，促他將軍權移交史迪威將軍，以趁還來得及時「阻止一場軍事慘禍的發生，此慘禍對中國以及對我們早日打敗日本的聯合計畫都是極不利者。」羅斯福在信上說：「我不以爲交給史迪威將軍指揮的軍隊應受限制，凡是能保衛中國打擊日軍的軍隊都應包括在內。在敵軍步步廹近之際，拒絕別人協助打退日軍似爲不智。」

九月七日，在重慶的美國總統特使赫爾利少將致電華盛頓報告，他從與蔣介石的談話中，看出蔣介石「對在中國的共產黨軍隊耿耿於懷。委員長（指蔣介石）今早告訴史迪威將軍，今日下午又對我說，他準備將在中國戰地上所有軍隊的實際指揮權交給史迪威將軍，同時他也完全信任史迪威將軍。」

但在九月廿五日，蔣介石告訴羅斯福他已決定取消對史迪威的委任，並要求將他召回。

十月十日，蔣介石交給赫爾利一封致羅斯福的信函，附上一份備忘錄，說他對史迪威再無信心，對「他的軍事判斷」也大有疑問。

十月廿八日，白宮宣佈史迪威將軍被解除在遠東的職務。中緬印戰區分而爲二。威迪梅耶少將被委任爲中國戰區新司令，蘇丹中將被委任爲緬印戰區的司令。

十二月，甚得蔣介石歡心的赫爾利將軍被委任爲美駐重慶新大使。

張勳與佃信夫

鄒念慈譯

本篇譯自日本黑龍會編「東亞先覺志士記傳」中卷。其內容是記述黑龍會分子佃信夫(號斗南)全力支持張勳復辟的經過情形；同時對徐世昌在復辟前與張勳的勾結、復辟發動後與張勳的分裂，均有詳細的敘述，爲其他史料所少見，可與本刊最近二期有關各篇互爲印證。其中關於當時日本首相寺內正毅對復辟的態度一節，與上期刊出的「林權助筆下的張勳復辟」一文對照來看，更反映出日本帝國主義者在支持、利用中國各派勢力和加緊侵畧中國的方式、步驟上，所采取的不同策畧手段。這對於研究當時日本帝國主義的侵華政策和中外反動派的勾結活動，提供了一些有用的線索。但本文出自日本黑龍會分子手筆，不但對日本帝國主義侵華政策極盡粉飾渲染之能事，把積極策動侵華的日本軍國主義分子說成是什麽「志士」，把日本政府在侵華策畧上采用另一種手法說成是什麽反對袁世凱帝制；還把張勳本人寫成「好漢」，把復辟活動寫成「壯舉」；在字裏行間並對中國人民恣意誣蔑。凡此種種，都是日本軍國主義分子眞實面目的反映，無足奇怪。本文爲存眞起見，一律按原文譯出，未加改動，只將個別繁文瑣語、無史料價值之處，畧加刪節。

當袁世凱要在中國的廣大土地上稱帝的野心剛剛發動的時候，他爲了使帝制的施行成爲合理化，曾指使當時由北京政府聘任的外國顧問們唱出中國不適於共和政治的論調，先由憲法顧問美國人古特諾首倡，他說：「對於中國來說，君主制勝於民主制，中國不應廢除君主制。」接着，莫里遜、莊士敦以及同在北京政府任顧問的日本人有賀長雄等也都隨聲附和，他們都說立憲君主制是最適於中的政體。本來，過去爲中國問題曾經盡過心力的日本有志之士，自辛亥革命以後看到中國的實際情況，認爲共和政體不可能使中國走上新生之路，從而對於帝制的實行表示贊同；但當他們得知所謂帝制就是把袁世凱抬出來做皇帝，便不禁轉而產生了強烈的反感。在他們看來，如果袁世凱果眞認識到共和政治在中國大不可爲，就應該根據淸帝遜位的約言實行復辟，仍擁宣統爲帝，自己以攝政的身份，襄理國政。他如果這樣做，尚不失爲名正言順；然而今天，他却視宣統遜帝如敝屣，竟想自己爬上皇帝的寶座。這一行動，已經赤裸裸地暴露出他從前之所以勸告隆裕太后和宣統幼帝交出政權，只不過是利用國難來實現自己的野心，欺騙了對他全部信賴的君主——孤兒寡婦而已。在日本人看來，這種事體乃亂臣賊子之所爲，是東方道德所絕對不能容許的。日本人基於這種大義名分的觀點，對袁氏稱帝表示反對者居多。以日本人的道義標准來衡量，足利尊氏（足利尊氏（一三〇五——一三五八年），日本南北朝時代（亦稱吉野朝時代）的權臣及軍事攬權者，曾自封爲征夷將軍，擁豐仁親王爲光明天皇，幽禁後醍醐天皇於華山院，在日本歷史上構成了南北兩朝對立的局面）已經是無可容赦的逆賊了；而今中國的袁世凱竟然想自己僭據帝位，較之於足利尊氏有過之而無不及。雖說這是隣邦的事情，但日本人基於自己的道義觀念，也不能不感到極大的憤慨。特別是袁世凱如果眞的做了皇帝、對中國實行全面的統治、並把他的反日政策肆無忌憚地推行起來，將使日中兩國的關係更加惡化，將使東方的大局陷於混亂。日本人從這種現實的理由出發，認爲袁氏稱帝，是無論如何也必須加以排擊的。於是，以內田良平、田鍋安之助等人爲骨幹的「對支聯合會」便構成核心力量在國民外交同盟會內展開活動；同時，以大竹貫一、五百木良三等人爲首的「國民義會」等組織，也多方活躍起來。他們或召開大會或舉辦演說會，進行大力宣傳，想喚起輿論，推動政府，終於迫使日本政府向袁世凱發出「勸告」，希望他取消帝制。這一勸告，不但使袁氏的野心受到重大的打擊；同時，還表明了日本政府反對袁氏稱帝的態度。在中國國內，也發動了風起雲湧的反袁運動：從蔡鍔在雲南起義開始，廣東方面有孫逸仙、陸榮廷等人發出聲討，山東方面有居正等人起來反對。反袁勢力的聲威頓時壯大起來。恰值日本志士中西正樹、萱野長知、工藤鐵三郎（文中所列內田良平、五百木良三、中西正樹、萱野長知、工藤鐵三郎及下文提到的川島浪速等人，都是日本大陸政策的積極策劃者與推動者，並曾親來中國進行過種種活動。日本帝國主義把他們稱爲「志士」。後文所說的「同志」，其涵義亦與此相同。）等人在山東的討袁軍中出謀獻策、積極參與反袁活動的時候，新出場了一個人物，就是復辟論者佃信夫。

佃信夫，看到辛亥革命以後的中國形勢，深信共和政治不可能把中國從混亂的局面中挽救出來，又鑑於日本的對華政策搖擺不定，缺乏明確的方針，甚至有人唱出什麼「北守南進」的論調，因而內心深爲不快。佃信夫認爲若想拯救中國，必須實行復辟。在他看來，英國便是一個絕好的例證：英國著名的克倫威爾（Oliver Cromwell，一五九九——一六五八年）把查理皇帝處死後，雖曾一度施行共和政治，但國政不能順利推行，徒具共和之名，實際上却在進行着空前未有的血腥鎮壓，國內政治混亂不堪，結果不到十年便把查理二世迎接回來，恢復了立憲君主制度，以後才發展成爲如今這樣一個穩固的國家。今天的中國也是因爲實行共和制度才鬧得支離破碎，這不但是中國國民的不幸，同時還爲外國提供了可乘之機，成爲亞洲和平的一大憂患。對於此種現狀，鄰邦日本不能袖手旁觀，必須設法予以救助。救助之道，只有援助復辟，實行君主立憲制度；並利用這種援助之機，把滿蒙地區收歸日本的勢力範圍。佃信夫就是抱着這樣一種信念在「對支聯合會」中不斷活動，希圖伺機實現自己的志願。他是大陸經營（應讀作侵略——譯者）的急先鋒，曾爲天佑俠（甲午戰爭以前，日本擴張主義分子潛入朝鮮，進行偵察、煽動等活動，其中較著名的，有大崎正吉、吉倉汪聖、武田范之、本間久介、大原義剛、千葉久之助、白水健吉、鈴木天眼、大久保肇等人，他們自美其名曰「天佑俠」）的同志們做過掩護工作，他另外還組織過多數同志，扮成工人模樣，搭乘陸軍專用船只潛入朝鮮，企圖策應天佑俠一伙的活動；此外還同鈴木天眼、川崎紫山等人共同刊行「活世界」雜誌，在東亞問題上起過先驅的作用。他的智謀和胆略，在同志之中堪稱爲錚錚者。他之所以遠去山東，其目的是想和中西正樹、萱野長知、工藤鐵三郎等人一道，共同把山東的反袁軍整頓起來，向直隸長驅直入，一舉推倒袁世凱。但當他登上山東的土地時，袁世凱已經空抱滿懷的野心名登鬼錄了。佃信夫根據大義名分的道義觀念，把袁世凱看成眼前最大的敵人；而袁氏的死亡，就使他喪失了活動的目標，從而大感沮氣。恰值此時，日本政府的對華方針也隨着袁世凱的死亡而同時發生了一大變化，出現了這樣一種新的局面：黎元洪出任總統，外交事務委之於唐紹儀，由黎元洪、段祺瑞組成聯合內閣，以整頓時局。爲此，日本決定對北京政府給與援助。根據日本政府的這一意圖，青木宣純担任了北京總統府的顧問一職，負責日中兩國之間的聯絡事宜。先是，川島浪速（川島浪速是日本黑龍會分子，在辛亥革命後，曾勾結肅親王善耆組織宗社黨，並在日本軍部操縱和支持下，在東三省搞所謂「滿蒙獨立運動」，企圖把我國東北變成日本的殖民地）和五百木良三等人，曾與蟄居旅順的肅親王共同謀劃，要唆使蒙古的巴布札布出兵進佔東三省，使東三省先行獨立，然後在全國實行復辟。這一計劃，是佃信夫早已知道的。因此，當他看到日本政府的政策發生轉變的時候，便內心暗自焦灼起來，深怕這一改變會使川島浪速等人在東北的活動遭致阻撓，不但會置川島本人於進退維谷之境，而且還會給復辟計劃帶來嚴重的打擊。因此，便同中西正樹急速趕往大連，企圖設法轉圜。

佃信夫和中西正樹到大連一看，形勢果然發生了變化。川島等人的計劃已經爲日本政府所制止，毫無挽回的餘地；而巴布札布已率精兵三千進至郭家店，卽將遭到張作霖部隊的邀擊，情況十分危險。幸賴當時充張作霖顧問的日本軍人和川島等人多方活動，得以避免了正面的衝突，然而巴布札布的勤王之志却付諸流水，不得不率兵退還蒙古老巢。佃和中西兩人曾親赴郭家店表示慰問，巴氏亦深受感動，說出了這樣的心境：「本人謬承復辟先鋒之重任，整軍備武，期其有成；乃壯志未伸，功虧一簣，大事不成，遺恨千載。」相互嗟嘆良久。佃信夫在送別巴布札布之後，爲了策劃新的活動，又遄赴北京，縈繞在他心頭的，惟有復辟一事而已。

當時的北京政府，已由黎元洪出任大總統，段祺瑞任國務總理，唐紹儀爲外交總長。他們在內部達成了這樣的諒解：凡一切外交事務，統由唐紹儀全權處理，不受段的指揮。這是因爲唐紹儀的背後有日本政府的支持，段對之亦無可如何；然而盤踞在江蘇徐州的典型舊式武人張勳，則由於民國二年的南京事件（一九一三年贛寧之役，張勳所部攻入南京，在城內肆意搶掠燒殺，傷及三名日人，日本駐華公使就此事向袁世凱政府提出嚴重抗議，此卽所謂「南京事件」），受到日本的猛烈攻擊，因此被罷免了江蘇督軍的職務，轉任長江巡閱使，由此便與日本結怨頗深，這次看到唐紹儀以日本爲靠山出任外交總長，而且不受總理的節制，心想日本不知又要利用唐紹儀搞些什麽把戲，從而更加憤憤不平。於是，在唐紹儀由上海赴北京就任之前，特派人去上海面見唐紹儀，向他提出了這樣的要求：「今聞閣下以某種條件出長外交，想赴任之途必經徐州，務請下車一談，藉聆雅教。故派特使前往迎接。」云云。張勳本是一個典型的武人，是一個血性漢子，在袁世凱未死之前，他就敢於毫無忌憚地高唱復辟，曾兩度召開徐州會議，跟一些有實力的督軍共同商討復辟計劃。特別是他跟日本之間的芥蒂，外間亦有所聞。因此，唐紹儀在接見他的特使時感到不寒而慄，遂委婉地推托說：「本人身體欠佳，陸行不便，擬由海路北上，故不能在徐州停留。有負雅意，深以爲歉。」等等，遂由上海搭輪逕赴天津。張勳得到這一消息後，立卽派其參謀長萬繩栻急往天津，散發宣傳小冊子，對唐大肆攻擊，反對唐就任外長，致使輿論一時爲之鼎沸。唐抵津後，從往迎者的口中得知張已在津發動了對自己的攻擊，因而警戒起來，在船中躲藏了兩三天，等到輿論稍稍平靜以後才登陸前往北京。唐抵京後，對張勳的反對仍然心懷恐懼，未便立卽接篆視事。佃信夫由東北進入北京的當時，正是這些消息風傳最盛的時期。

張勳想要復辟，是佃信夫早已深感興趣的；加以佃在北京的期間發生了上述事件，就更使佃對張勳這個人物注意起來。於是，佃便開始對張勳的爲人、品行、思想、實力等等進行了仔細的調查，結果確知張爲定武、安武兩軍的總帥，擁有精兵五萬，實力頗爲堅强。當時，中國的督軍們大致擁有軍隊兩萬左右，但這只是表面上的數字，實際兵員不過只有一萬左右。餘下的空額都塡入了督軍的私囊。只有張勳這五萬兵力是不折不扣的，而且都是非常精銳的部隊。他的部隊都留辮子，原封未動地保持着淸朝的遺風。因此，人們紛稱張的部隊爲「辮子軍」，而張氏本人也有「辮子將軍」的綽號，人們對他本人和他的部隊都懷有畏懼的心理。佃信夫了解到這些情況以後，就對張勳抱有更大的期望，從而下定援張復辟的決心。佃曾爲此而一度返回日本，進行謀劃，這正是大正五年（一九一六年）的事，當時日本正是大隈內閣垮台、寺內內閣當政的時期。（一九一六年十月寺內正毅繼大隈重信組閣）

當時的內閣首相寺內正毅，同樣認爲共和政治不能挽救中國。但他並不積極主張復辟，只是認爲君主制度對中國較爲適宜，因而對於袁氏稱帝甚至一度表示過贊成的態度。這一點，同佃信夫的大義名分之論雖有不能相容之處；但在實行帝制這一點上，兩人的意見却是一致的。基於這個原因，當佃信夫回國訪晤寺內，向他詳細說明中國的形勢並表明必須復辟的主張以後，寺內首相立卽表示同意，並且透露出這樣的看法：「如果有强有力的人物堅決實行復辟，也是和我們理想相符的。」

（一一）

兵役署長程澤潤之死

王仁山

抗日戰爭期間，兵役制度辦得不大好，流弊滋生，其中最爲人詬病的：是有些補充團隊在行軍途中，把新兵四個一列用繩索綑綁着，形同囚犯；又有，新兵病重，被棄置路旁，死活不管；再有，對於新兵的被服、飲食、醫藥等等照顧得不夠周到，甚至還有虐待情事。雖然這些都是個別現象，并非全面如此，但已引起輿論的抨擊，民意機構的責難，攻擊箭頭，就指向軍政部兵役署署長程澤潤身上。一九四四年十月程以「違法瀆職」罪名伏法聞，大家却說，這可能是因他辦理兵役不善所致，其實內幕情形，并不如此簡單。

程澤潤是四川成都人，當時的年齡也不過五十歲，他早年的經歷我們不大淸楚，只知道他的人事關係是在財政部部長孔祥熙方面，因此自詡爲「孔門弟子」。早在一九三六年，全國試辦兵役開始，軍政部增設兵役司，這是個冷衙門，別人對之也不大熱衷，於是就被他鑽營了去；七七事變後，兵役行政擴大了，兵役司由「司」擴充爲「署」，仍是由他承其乏，這樣一直到他伏法爲止。算來他在兵役司和署，足足作了八年的官；說到官階，是陸軍中將。

這個人有四川人那種健談的特長，與朋友共座，口沫四濺，光聽他的；對衣着飲食都非常攷究，講排場，論派頭，襯以他那圓圓的面龐，胖胖的身軀，倒眞是個不折不扣的「典型官僚」。軍政部是何應欽從草創時代一直幹下來的，屬下各衙門，班底子都是自己人，但程却認爲他是「孔門弟子」，對他不大買帳，也許何不計較這些，但別人却不免爲之側目。他的問題最後所以鬧到無轉圜餘地，也與這種情形多少有點關係。

若說兵役情形辦理得不好，就歸咎於他，那是寃枉的，他只是高高在上辦理兵役行政而已。至於那些師、團管區司令以及各補充團隊長，不但人事任免與他無關，就是各種經費核發他也無權過問，那些問題，是由軍政部長和各有關部隊長官直接負責的。

然而他所以橫遭意外，却是陳誠首先向他射了一箭。

原來陳誠在一九四三年從昆明遠征軍司令長官職務上鎩羽歸來後，一直在重慶郊區歌樂山養病，次年夏天，聽到報告說，程澤潤在歌樂山購地建新居，爲了節省開支，竟使用兵役署補充團的新兵來充當挑泥担水的小工，結果，竟有兩名新兵從高處跌下來摔死了。陳一向對軍政部懷有成見的，聽到報告後，便踱出來看，一看果然是事實，那兩個被摔死的新兵還僵臥路旁未曾抬埋呢！於是陳即吩咐，這兩個屍首用蘆席蓋上不准抬走，回來之後，便打電話報告蔣。

蔣的官邸是在重慶嘉陵江東岸，歌樂山在西岸。據侍從室的朋友事後談起，平時蔣外出，都是事先關照侍從人員有所準備的，但這次却例外，等他携着手杖出來登車，而且車子馳出官邸了，侍從人員才發覺，於是啣尾直追。車子先到歌樂山，蔣下車後，看到現場情形與陳誠所報完全一樣，於是又驅車直赴軍政部兵役署。那時正是辦公時間，各級職員均在工作崗位上，程澤潤當然也在座，蔣走上來，輪起手杖朝着程兜頭便打，打得程茫然不知所措，隨後，蔣就命令把程扣押，聽候法辦。

由於蔣的地位日益崇隆，他已經動不動就動手打人了，但盛怒之下，有時也揮動手杖發洩一下胸中憤氣。尤其對於左近侍從人員，認爲親如子弟，打兩下也無所謂。但一定夠條件，不夠條件也不敢隨便亂打，據說，曾任侍衛長的王世和，手杖挨的最多，準此，程澤潤挨上幾下子，也就幷不奇怪了。

蔣對於兵役情形辦理得不善，當然早有所聞，他也以爲這一切責任應該屬於程，平時對程的不滿存之已久，碰上這次事件當然更火上澆油，然而尚不致置程於死。在程的方面，他被羈押在重慶上橋陸軍監獄裏，當然四出托人代爲緩頰，希望關上幾個月，就能釋放出獄。

這樣羈押了數月之久，由夏及秋，轉瞬進入十月，程的「華誕」將臨，於是程寫個報告給蔣，自稱因病請求保釋外出就醫。程是蔣口頭命令寄押到監獄裏去的，雖以何應欽參謀總長之尊，也不敢對程的報告加以批示，於是原件轉到侍從室，聽候蔣親自裁決，然而就在這個時候，對程更不利的事件從而觸發，因而使他的問題更形惡化。

原來程的太太平素生活也是糜爛慣了的，雖然丈夫身繫囹圄，吉凶莫卜，她的私生活却依然不改故態，經常約集些男女賭友，大賭特賭，這次藉着爲丈夫慶祝五十大壽爲名，更是設筵開觴，遙爲慶祝，叉蔴雀之外，還要打撲克。那時抗戰末期，法幣關金已經不很值錢，她們聚賭的現欵却是黃金美鈔。不知是別人通風報信，抑還是有人故意落井下石，結果，蔣長子經國帶着憲兵突然掩至，便把全部賭具和賭欵一骨腦兒拿去呈給蔣，蔣看了之後，當然怒不可遏，這樣一來，程那因病請求保釋外出就醫的報告，就成爲他的送命符了。

隨後，行政院副院長孔祥熙離國去美；何應欽辭去軍政部長由陳誠接替；兵役署脫離軍政部擴大爲兵役部，由鹿鍾麟任部長，凡此，都說明程澤潤這次事件影響所及都還算不小哩！

（蔣介石貴後，脾氣極壞，往往隨手給人一個巴掌，甚至以三字經「娘希皮」罵人，受罵者甚爲高興，因爲要夠得上資格才受罵也。李鴻章生平亦喜以「賊乃娘」罵下屬，凡給他罵過「乃娘」的，無不升官。但李鴻章有一下屬不知這句合肥土話「賊乃娘」是什麽，居然回敬一句，李無如之何，若有人敢回敬蔣一句，恐怕有槍斃之虞了。）

記南匯衙役詩人及其遺作

·海隅遯叟·

詩人姓張，名野樓，何時人已不能確定，但知其爲淸乾隆、嘉慶間南滙縣衙的「賤役」。一日，隨縣官乘舟下鄉巡視，在頭艙中出詩集一卷排悶。官聞吟哦聲，喚之入官艙曰：「你也喜吟詩，與我有同好。」便擺手讓坐，一同商討詩學，不禁大加讚賞；回衙後，把他拔昇優差。

余於淸宣統三年，任南滙公學敎職；聞張墓在本城西門外倪家橋碑亭之側，便往憑弔，猶見黃土一坏，偃臥於荒烟蔓草中。惜其行世之詩集，已經失傳，僅能聞諸文化前輩口述的詩二首，特憶錄之，以饗好此道者。其詩如左：

立夏日觀稱人

每年當立夏，習俗不能移，巨秤懸高棟，一人按其錘，白叟至黃童，丈夫逺深閨，全家如市集，戶戶更依稀，如挽秋千架，身忽向地離。又類魚上鈎，卻被釣竿提，泰山與鴻毛，旁觀論是非。

仲夏夜有感

繞屋多稻畦，歲旱易愁涸，桔槔戽水忙，聲響整宵作，泉從脚底翻，汗向胸前落，恆見農夫苦，誰說田家樂？

立夏稱人，於近數十年，已尠見舉行；而余於青少年時（約在七十多年前）亦嘗參加是舉。今讀前詩而回憶前塵，覺其刻畫細膩，形容盡致，猶不禁爲之擊節也。後詩描繪農人的辛勤，頗有悲天憫人之槪，具見詩人忠厚的本色，殊不類出於衙役的手筆也。

林則徐與張謇的籤詩

洛　生

舊時代的中國人，越是知識分子就越加迷信，他們信命運，信天象，甚至信無知婦女所信的籤詩。林則徐是大官，張謇以狀元第做實業家，後來也是大官，很奇怪的，他們也求籤詩，卜自己的命運。

林則徐於嘉慶十五年辛未（一八一一年）中進士，時年廿七歲，入庶常館讀書，學習滿洲文（進士朝考，得庶吉士，即入庶常館讀書三年，畢業時，經散館考試，成績好的，授以官職，至此翰林資格始完成）。但不久就請假回鄉謁祖。到下一年十月回北京時，十一月廿三日過仙霞嶺，是日日記有云：

辰刻行，午刻過仙霞嶺，謁關聖廟求籤，籤語云：「曩時敗北又圖南，筋力雖衰尚一堪。欲識生前君大數，前三三與後三三。」申刻至峽口宿。（見「林則徐集」日記部分，一九六二年上海中華書局出版。）

據說，舊時南北的關帝廟都有這一首籤詩，詩意不可解。但林則徐此時已是半個翰林（即尚未散館），前程無可限量，正少年得志之秋，其求籤詩，當不是問科名而是問將來的前程了。現在試為解之。（求籤詩的人，多請廟祝為解，送以茶錢，香港每逢新年，迷信男女羣趨黃大仙求籤詩，沿途「詳籤」（即解籤詩的人）的攤位櫛比，生意甚為興隆也）但也只能解最後那一句「前三三與後三三」而已。這一句似很「靈驗」，林則徐死於道光三十年（一八五〇年）十月十九日，年六十六歲，三三之言竟驗，因為前三三與後三三，合之為六十六也。

林則徐中舉人時二十歲，也算早達，中後入福建巡撫張師誠幕，未算得志。到三十歲散館，授職翰林院編修，是個七品的小官兒（他廿八歲從故鄉回京，經仙霞嶺求籤詩時，只是翰林院庶吉士，庶吉士不是官），可說是有些好處了。到三十三歲，以記名御史用，三十六歲補江南道監察御史，到此時升為五品官，時為嘉慶廿五年二月。四月，外放浙江、杭、嘉、湖道，是個四品的大員了。如果根據「關聖」的籤詩為他算命，前三三只能如此這般傅會一番，以其三十三歲起才是真正做起大官也。

如果有人認為這樣還不夠癮，我不妨再來傅會一下。籤詩說「曩時敗北又圖南」，可說是林則徐因鴉片戰爭吃了洋人之虧。道光廿一年（一八四一年。是年香港被割），道光帝將林則徐充軍伊犁，時年五十七歲，可說是「敗北」。但敗北之後，并不是說他永不翻身，到道光三十年正月，道光帝逝世，咸豐帝繼位（下一年才改元），五月，大學士潘世恩，尚書杜受田等，應求賢之詔，薦則徐於朝，咸豐帝命則徐迅速入京，聽候簡用，其時太平軍已在廣西起義，清廷以廣西巡撫鄭祖琛工於粉飾，予以革職，命則徐以欽差大臣暫署廣西巡撫，督同向榮等盡力鎮壓革命，這可說是「圖南」和「尚一堪」了。

張謇是光緒二十年甲午科的狀元，但他早年的科舉考試很不順利，比起林則徐二十歲中舉就差得遠了。他考舉人五次，到三十三歲那一年才往順天應鄉試，居然被他中了「南元」（鄉試第一名稱解元，但順天在直隸省，各省的隨宦子弟及監生皆可往應試，第一名必留給直隸人，其他各省人如中了第二名，則稱南元，亦甚「名貴」云），他中舉後，據說曾往前門外關廟求得此籤，不解其意。過了九年，張謇四十二歲了，才點狀元，到此時他明白了，不斷稱讚此籤靈驗非常。據他自解，他三十三歲中南元，精力未衰，尚堪一試，果然到四十二歲中狀元，「前三三」之言已驗。「後三三」則到民國十五年（一九二六年）以七十五歲逝世，上距其中狀元之年，恰三十三年，合之為七十五歲，至此時亦驗。這件事未見於張謇日記中，未知確有其事否，但張是一個迷信八字、風水的人，亦向人津津樂道的，故此事的可信程度尚應保留。

「蘇加諾自傳」讀後

柯南

知人論世，最難確實。遠代的人物，事件，固然孜據困難；就是眼前的人，事，又何嘗易有眞知灼見？印尼開國元首，革命英雄的蘇加諾總統，在所謂「自由」國家中，竟然被塗抹成一個色胆包天的浪子，白鼻子的小丑，就是一個例證。假使蘇氏眞的是個浪子，是個小丑，他能鼓舞起被荷蘭人稱爲蚯蚓、青蛙的懦弱，柔順的八千萬印尼人，推翻三百五十年來的鐵腕統治的荷蘭殖民政府，統一三千多個島嶼，創立了東南亞最偉大的印尼共和國嗎？他一生坐獄，放逐前後達十三年，備受艱辛，幾殆者屢，始終不爲威武所屈，這又豈是浪子與小丑能忍受的？前年右派政變以來，蘇氏屢次面臨嚴重局面，受到地方野心份子，陸軍軍閥的威脅，以他在印尼的威望，以及海軍全體官兵，陸、空、警三軍至少一半以上的擁戴，隨時可以命令進軍椰加達，澈底消滅右派份子。可是，可是，蘇氏不忍兄弟鬩牆，發生內戰，寧願交出政權，忍受卡米·卡比等各種誣蔑。這種公忠愛國，豁達大度，只有我們的孫中山先生可以比擬，又豈是浪子，小丑的作爲？世人又傳蘇氏貪好財貨，椰加達右派出版的華文報上，甚至每天刊載了蘇氏以往所簽各種收據，來證明蘇氏的貪污浪費，連載了幾個月。其實，蘇加諾先生如果肯接受西半球帝國主義的特務機構賄賂的話，億萬美元唾手可得，並且大可戀棧，繼續執政。只是蘇氏不肯低頭作帝國主義走狗，出賣良心，出賣國家而已！

蘇氏的被誤會爲貪財好貨，浪子野心，是他與西半球國家交惡以後，西方通訊社利用他們龐大的宣傳機器，有意地惡毒卑鄙揑造，謠傳，斷章取義，「自由」作爲塗抹出來的。偏偏世人多以耳爲目，以人家的唾餘，作自己的心血的「自由」報人，推波助瀾，遂使這位當代的東方偉人，變成了西門慶，嚴世蕃一類人物。

印尼與中國唇齒相依，又居留着三百萬華僑，不容我們不關心。蘇氏更是華僑的萬家生佛。我們爲了增加對印尼的了解，關切華僑的安危，應對蘇氏有一正確的認識。蘇氏有一自傳，於一九六五年口授美國女記者辛蒂·亞丹姆斯，以英文同年出版，去年，由印尼亞貢山書局譯成印尼文出版。其他，中文、阿拉伯文、法文版等或已譯就，或在翻譯中。中文版已在港排印，可能年內出版，有洋裝與紙面本兩種，約三百頁，廿七萬字。

這本自傳的坦白與風趣，爲同類書籍中第一流作品。一般不是流傳着蘇氏好色嗎？請看他的自白：「對蘇加諾的最簡單的素描就是：一個偉大的愛人。他愛他的祖國，愛他的人民，愛女人，愛藝術，但更重要的是，他熱愛他自己。」

『我喜歡我的辦公室周圍有年輕的婦女。有時，來賓談到我那些綺年玉貌的女副官，我就對他們開玩笑說：「一個女人猶如一棵橡膠樹，三十歲後就毫無是處了。」可以這樣說：我對婦女印象較好，他們具有更多理解，更富於同情心。我感到她們可以使人心神愉快。對我來說，女人是有這種優點的。我的意思不僅是指肉體。我常受溫柔的眼波和漂亮的相貌的吸引。作爲藝術家，我自然而然的受一切悅目的對象的吸引。

下午，我往往很疲倦。我時常疲倦得一動都不想動。假使這時有位魁梧禿頂，面目可憎的男秘書帶着一大堆文件要我簽署，那麼我一定會咆哮地趕走他。我的吼聲一定會使他心驚肉顫。我會向他大發雷霆。我會痛加斥責。可是，如果來的是一位苗條的衣着整齊的，香噴噴的女秘書，笑咪咪地輕聲向我說：「伯，請……」。你瞧怎麼咋？不管我如何急躁，我會平靜下來的。我一定會說：「好的」。』（自

傳第一章）

在中國有英雄好色，名士風流的話。在法國，近代最偉大的文學家、小說家法郎氏說：「偉大的藝術家與作家，莫不好色，好色越甚，天才越高。」對於一個童年因家庭貧困，從來沒有買過一件玩具，青年時代開始，又一直爲民族革命而奔走、拘捕、坐監、流放，在四十五歲前，簡直沒有時間與心緒，稍稍享受一下人生的革命家，在革命初步成功以後，畧爲風流一些，固然不必諛爲好事；但過分宣揚，痛加斥責，未免小題大做。除了別有用心，如美國許多負有政治任務的記者外，只有傻瓜們才會隨聲附和。

蘇加諾在印尼做了二十年總統，有些什麽成就呢？讓我們看看他自己的回顧：

「一天到晚，我仍在思索將來的問題。但每晚入眠以前，由於我的年齒漸衰，會常常回顧過去的一切。我想到我們取得的成就。我親切地馳心於各種令人滿意的事情，例如印尼人民今日可以預期的生活等。現在印尼人平均壽命爲五十五歲，爲荷蘭時代爲三十五歲。今日我們有五千位醫生，五百多位藥劑師，四千個母嬰衞生中心。以前這些是一個都沒有的。現在有七千萬人已擺脫了瘧疾的患害，而過去每年有三千萬人患這種病。我們目前的金雞納霜產量占世界百分之九十，比一九五〇年提高了百分之二十。水泥、椰油、肥料、橡膠和石油產品的產量，獨立以來都有所提高。食品產量增加了一倍，我們毋需再輸入魚類了。木材和林產的輸出也不斷地增加。……

「……在教育事業方面我們進步最快。以中學爲例，當初我們只有三十二所，現在我們有了兩千所。這等於提高了六十多倍。……此外，當印度爲民族統一語言的問題發生糾紛，中國還沒有一個總統的語言時，我國散佈在一萬個島嶼上的平民都能說印尼語，我對此事實，深感自豪，難道不應該嗎？」（自傳第卅三章）

蘇氏在國內常因投資五百萬美元建築現代化的印尼酒店，被政敵指責爲浪費。但，這個印尼最豪華的酒店，落成以後，每年爲印尼賺了二百多萬美元。在椰加達有許多超過椰京今日水準的大建設，例如超級公路，崇麗的紀念碑，新興國家運動場等，也常爲半瓶醋的批評家責爲蘇氏的浪費。其實，開國英雄胸中的遠大藍圖，爲印尼奠定百年建設的基礎，豈是斗筲之人所能想像？何況，印尼久淪爲荷蘭屬土，人民喪失了自信，蘇氏自傳中處處爲了鼓舞印尼民族精神，恢復民族信心，用盡苦心。自傳中到處流露這種心理。他在公衆場合，大都穿上剪裁良好的元帥服，早期并佩金劍，就是爲了印尼人民喜歡看見自己民族中，也有像從前荷蘭主子那樣神氣的人物。那些宏偉建設，正是蘇氏提高人民自信的工具。

讀了蘇氏自傳，不禁使我感覺他是我們亞洲當代的最偉大人物，正如我國孫中山先生一般。今天，他已喪失了一切政權，但國內外他的一切敵人，都絕對無法削弱他在歷史上的地位的！印尼民族存在一天，蘇加諾的大名就一天不會從印尼人民心中抹去。歷史是公正的！

小蹄子與小妮子

「紅樓夢」小說，常見有個罵人的詞兒——「小蹄子」，有人以爲是用野獸的名稱來駡人，這也有一部分是對的。小蹄子一詞，在宋元的戲曲中未曾見過。這個小蹄子是「小弟子」的語訛。原來宋元小說戲劇中，稱嫖客爲「子弟」，稱妓女爲「弟子」。這個「弟」字，係「蹄」的借用；蹄子是髒臭的東西，故借喩爲妓女。例如「酷寒亭」劇一折，「混江龍」曲云：「戀着那送舊迎新潑弟子，全不想生男育女舊嬌娃。」其它的例尚多。「紅樓夢」用「蹄」字，正是它的原來意義。

舊小說中常見對小女子稱爲「小妮子」，例如「醒世恒言」十二：「趁他今日有調戲孝娘之意，若得與這小妮子上得手時，便是出家不了」。「二刻拍案驚奇」二：「莫不這小妮子負了心？有煩媽媽往彼處探一探消息。」

妮子本是婢女的稱呼「六書考」云：「今人呼婢曰妮」。「五代史」晉家人傳：「吾有梳頭妮子，竊藥一囊，以奔於晉」，淸人翟灝的「通俗編」說得更淸楚，他說：「今山左目婢曰小妮子。」·大年·

梅蘭芳的戲劇生活

周志輔

朱㓜芬起的這個裕羣社，主意打的不錯，用梅蘭芳挑大樑，上座是不會錯的，必賺無疑，祇是他開頭些日子，戲碼挑的有一個大錯誤，就是用武生周瑞安唱大軸子。當初俞潤仙是以武生唱大軸的，後來也祇有楊小樓如此，周瑞安那裏能夠担此重任，而况梅蘭芳這時正在竄紅，如日初昇，他出了桐馨社，改到雙慶社裏，就每演必在大軸，如今要用周瑞安唱在他的後頭，如何能壓的住座兒。朱㓜芬這時頭腦還不夠靈活，用舊時的觀念來派戲，以為末一出，必定要武戲，楞把周瑞安放在大軸，可是聽的主兒不理這一套，先是「拔籤」，後來就「開閘」了。朱三也祇好隨機應變，取銷了周瑞安，祇留下許德義，朱桂芳諸人，在中軸唱一出武戲，而把梅蘭芳的戲碼排在大軸。

這樣唱到了七年的秋天，裕羣社又加入了老生余叔岩，是為的可以陪着梅蘭芳唱譚派的生旦對兒戲。在民國八年，（公元一九一九）裕羣社改組為喜羣社，梅蘭芳的管事人姚玉芙參加了後台的組織，可是梅蘭芳依然是搭班的性質，頭天在前門外香厰，新明大戲院演唱，那天的戲碼是：李小山的柳林會，陳文啓的別宮，余叔岩，何佩亭的青石山，白牡丹，程繼仙的馬上緣，姚玉芙，姜妙香，高慶奎的白門樓，王毓樓，遲月亭，朱桂芳的金錢豹，王鳳卿，陳德霖，李壽山的寶蓮燈，梅蘭芳，張彩林，李敬山的醉酒。

民國十年（一九二一），喜羣社報散，梅蘭芳搭入楊小樓的崇林社，兩人互演大軸，這樣到了民國十一年，北京東安門外大街路南，有一家電影院，名叫粵光劇場，修建的很是美觀，是中國人自己辦的，裏面附帶食堂，打算兼演京戲，與梅蘭芳商議，每次祇限正戲四五出，不演開台零碎戲，在大軸前，休息五分鐘，本來梨園行是不準場上停鑼的，他們這個提議，經過了討論以後，梅蘭芳毅然接受，自己組了「承華社」戲班，是因為他的號叫「浣華」，所以起這個班名，在眞光劇場演出，由八月五日開始，那天的四出戲碼是：朱素雲，諸如香的胭脂虎，郝壽臣的取洛陽，王鳳卿、姚玉芙的硃砂痣，梅蘭芳的醉酒。梅蘭芳能接受這樣新穎的辦法，是由於他曾在前兩年去過日本演唱，看到了許多事物，有些是不可以墨守舊規的，所以他成此創舉，也是他識解與魄力過人之處。這個「承華社」，是他自己當老板，私人所起的班子，一直用了幾十年，也沒有再更換過，不過只有在眞光劇場唱了一年多，是每次不唱零碎戲，若是在其他的園子裏，仍是照老規矩，開鑼有幾出戲，這樣也是為的班子裏可以養衆。

二 出京演戲

梅蘭芳自從三次去滬以後，就時常的

走外碼頭，在喜羣社的時期，曾兩度出外，一次在民國八年（公元一九一九）的冬天，先去漢口，在大舞台演一個月，所用的老生，前半個月是王鳳卿，後半個月是余叔岩，唱完了轉去南通，然後回京過年。回來仍舊搭入喜羣社，祇是余叔岩因爲梅蘭芳轉去南通以後，正值楊小樓由上海唱完，被約到漢，兩人合演了一個時期，回京就脫離了喜羣社，搭入楊小樓的中興社。梅蘭芳民國年（一九二〇）二月六日，就是舊歷的十二月十七日，在新明戲院作回京的初次露演，戲碼是與王鳳卿合唱的探母四令。不久過了舊歷年，又應許少卿之約，到上海演唱，這一次也順便去了南通，回來還是搭喜羣社，在九月十七日，頭天露演於新明戲院，戲碼是貴妃醉酒。

民國十一年（一九二二）他正搭楊小樓的崇林社，兩人同時被上海邀往演戲，地點是天蟾舞台，此次雙方各帶配角多人，陣容極盛，從舊歷端節前唱起，差不多兩個月，回來就自己組成了承華社，從此不再寄人籬下。

民國十二年（一九二三）冬天再去上海，回來在民國十三年一月三十一日，就是舊歷癸亥年的臘月二十六日，於開明戲院作回京頭天的露演，戲碼是玉堂春，也算是封箱戲。

民國十五年（一九二六）冬天，又去了一次上海，回來在民國十六年一月二十一日，就是舊歷丙寅年的臘月十八日，於開明戲院頭天演出，戲碼是三本太眞外傳。

民國二十年（一九三一）夏天，他先去上海，隨後南下，到了廣州和香港，演畢回京，在八月十四日，於開明戲院，頭天露演，戲碼是與王鳳卿合演的汾河灣。

民國二十一年（一九三二）他是三十九歲，那年冬天十一月十九日，他在開明戲院演了一次夜戲，是與程繼仙，姜妙香合唱的奇雙會，唱完了就去上海，在那兒一住就是四年，沒有回來。

三　出國演戲

梅蘭芳的一生，有四次出國演唱的經過，兩次是去日本，一次是在美國，另一次則是去蘇聯。

第一次去日本，是在民國八年（一九一九），也是在喜羣社的時期，於四月二十一日起程，到了東京，在帝國劇場出演，所演的戲，舊劇爲御碑亭，遊園驚夢，思凡等出，新戲則爲天女散花，那時此戲編出來不久，正受歡迎，已經爲日人所熟知，所以要求列入排演的戲目上。演畢於五月三十日由日回京，七月二日在新明戲院白天，作回京頭天的演出，戲碼是宇宙鋒帶金殿。

第二次去日本，是在民國十三年（一九二四），那時已竟是承華社的時期，於十月八日起程，原來是因爲日本鉅商大倉喜八郎的八十八歲生日，日本人最重此數，稱爲「米壽」，特約梅氏前往演戲，以爲慶祝，順便公開露演幾次，於十一月二十九日回京，在民國十四年一月一日，開明戲院夜戲，作頭天演出，戲碼是與王鳳卿，郝壽臣合唱的寶蓮燈。

他有了這兩次出國的經驗，於是在得到去美國出演的機會，就積極籌備，盡力使其實現，於民國十八年冬季，組織戲團，於十二月二十八日離平赴美，其團員人名爲：

梅蘭芳、齊如山、黃子美、鄧建中、龔作霖、李斐叔、姚玉芙、徐蘭元，王少亭、朱桂芳、馬寶明、韓文祥、孫惠亭、霍文元、馬寶柱、劉連榮、何增福、羅文田、唐錫光、李德順、雷俊。

在美出演的地點，先是在紐約的兩家戲院，共演五個星期，後在芝加哥，舊金山、洛杉磯、檀香山，沿途演唱，約在一個月以上。

梅本人所演的戲，是汾河灣，刺虎，醉酒，鬧學，別姬，打漁殺家，天女散花，其團員所演的祇有青石山，蘆花蕩兩齣，作爲中間的墊戲，而且一直就這幾齣，反復演了若干次，這是爲的符合西洋人的習慣。在未登程之前，先在開明戲院演了一次臨別紀念夜戲，梅蘭芳演雙齣，先唱春香鬧學，後演轅門射戟，反串小生。

民國十九年（一九三〇），梅蘭芳劇團，由美返國，於八月五日抵平，在九月十九日，開明戲院夜戲，作回國頭天的露演，戲碼仍是與王鳳卿合唱的汾河灣。

（十四）

洪憲紀事詩本事簿注

劉成禺遺著

百官門外捧天章，東廠樓頭易夕陽。宋帖唐經消受盡，先生辛未長降王。

籌安會起，羣臣語項城曰：「中華議改帝國；副總統黎元洪，近駐瀛台，觀感有礙，何以處之？」遂有移居東廠胡同之事，楊杏城策也。項城購東廠宅惠黎，附送宅券。宅爲淸中堂榮祿故第，而明太監魏忠賢之遺園。園中石木臺榭，多明舊物。葡萄亭一座，亭內懸綴紫綠乳顆，垂垂如貫珠，叢實煉以玻璃，籐葉鑲金類蟠之。電弩一觸，萬燈齊發，黑夜欵客，光彩豔目，云屬西洋某公使贈榮仲華者。黎有密語，多到此亭。當時元洪左右，武昌起義舊人，劃分二派。反對帝制者，副秘書長瞿瀛爲首、秘書郭泰祺、將軍鄧玉、高尙志、議員張伯烈、張大昕、時功玖、舊秘書黎澍等附之。贊成帝制者，秘書長饒漢祥，平政院長夏壽康爲首，將軍孫石、蔡唐等附之。黎辭參政院長，參謀總長，皆瞿主動，謀避請願列名。漢祥奔走帝業，無暇與黎事也。策封武義親王，梁燕孫先持策令底稿謁黎，陳述項城德意。黎召集左右，定受不受之議。饒夏主張非受不可，否則身危。蔡唐拔劍斫地，謂從汝起義，乃有今日。誰言不受，則對待誰。黎屬瞿起稿。瞿曰：「我只會作辭呈，不能草謝表。祈副總統另請擅長摺奏者爲之。」此時受與不受，黎意尙未決絕。中華民國四年十二月十五日大總統策令云：「光復華夏，肇始武昌，追溯締造之基，實賴山林之啓。所有辛亥首事立功人員，勳業偉大，及令稱彰，凡夙昔酬庸之典，允宜加隆。上將黎元洪，建節上游，號召東南，拱護中央，堅苦卓絕，力保大局，百折不回。癸丑贛寧之亂，督師防剿，厥功尤偉。照法第二十七條，特沛榮施，以昭勳烈。黎元洪著冊封武義親王，帶礪河山，與同休感，嘉名茂典，王其敬承，此令。」令下，翌日國務卿統屬各部官吏，齊集東廠胡同，捧龍檀方匣，內貯策令封詔，鵠立門首禮備宣讀。黎辭不見，乃遞策令於黎副官唐中寅，轉呈敬王座，禮退出。時平政院長周樹模辭職出京，見黎告別。樹模位高望重，元洪所師，鄂人皆敬憚之。黎乃邀周小飲葡萄亭，論冊封武義親王事。周曰：「願副總統爲鄂起義，稍留體面。模前淸曾任封疆，尙棄官出走。副總統將來，尙有大總統之望。一受冊封，則身名俱廢。袁氏所爲，恐喪無日。」黎乃決辭。故黎常語人曰：「周少樸前淸做過翰林、御史、撫台、尙且出走。我豈能受王封乎？」卽屬瞿草辭王位函，有「武昌起義，全國風從。志士暴骨，兆民塗腦。盡天下命，締造共和。元洪一人，受此王位，內無以對先烈，上無以誓明神。願爲編氓，終此餘歲，」等語，並冊封原匣返之。袁乃召饒夏密謀，賜巨參十二，慰漢祥病。饒夏曰：「歃再冊之，當能受也。」中華民國四年十二月十九日政事堂奉申令曰：「前以武義親王黎元洪盛懷昭章，策勳封爵，式符名實，政論翕然。乃王猶懷謙抑，懇切辭封，旣見冲襟，益思往績。王當辛亥多事之秋，坐鎭鄂疆，功在全局。凡所建議，悉出眞誠，謀國之忠，苦心無比。功懋懋賞，豈惟予一人之私，王其祇承前命，毋許固辭，此令。」袁方派大禮官，齎詔封申令，九門提督江朝宗隨行，直入黎宅大廳。朝宗長跪堂中，手捧詔令，大呼請王爺受封。黎在內大怒，罵逐出之。黎方派人與袁方禮官，又將詔令，退回新華宮。此案告一段落。自本日起，新華宮所致黎函，封面皆署黎先生，不復有黎副總統或武義親王等字樣。洪憲紀元八十三日，黎杜門不出，唐經宋帖，誦寫永日，笑語人曰：「項城作皇帝，我到書法成家，從此可點翰林矣。」（旌德汪彭年、巴東鄧玉麟、廣濟郭泰祺同證事記錄）。周少樸樹模世丈曰：「予辭平政院長，急離京。幹卿（瞿瀛）來云：『黃陂決辭武義王位，但左右多勸駕，勞長者一行，用堅其志。』予行李先發，便赴黎宅辭行。黎延入葡萄亭，二人密談，用午飯。予知黎重前清官階科名也，乃現身說法曰：『開副總統決辭武義親王，信乎？』黎曰：『吾決不受。』予曰：『是爲鄂人顧全武昌起義一大臉面也。前清變民國，予等皆淸室舊臣。民國無君，以人民爲君。予等無事二姓之嫌，皆可廁身作官。今袁氏稱帝，予等事之，棄舊君而事叛臣，何以自解？予在前清，由翰林、御史、而巡撫，尚走避之。副總統在前淸，不過一混成協協統，入民國則位居二人。若遇事故，即有一人之望。願副總統爲民國計，爲鄂人計，爲本身計，堅決勿受此王封。』黎曰：『得樸老言，吾計決矣。』」民國九年樸丈邀飲京寓南軒，屬予筆錄。（成禺記）

食客爭投上殿霓，使君難走武關西。中天高舉黃樓鶴，夜半空啼紫陌雞。

川滇黔反帝起兵，岳德旌、汪彭年、巴東鄧玉麟、安慶何雯等，內結黎秘書蘄水瞿瀛、廣濟郭泰祺，外連日本東方通信社駐京社長井上一葉，以南橫街汪宅爲秘會地，謀移黎出京之策，值日本公使小幡將歸國，彭年、泰祺、一葉先與密談。小幡曰：『絲毫消息。不得讓英人知，否則事敗。予先與美使館商之。』翌日小幡約彭年、泰祺、一葉、往談云：「已商之美公使，極贊此舉。照庚子條約，美駐京護使館兵三百人，下星期換防歸國。約備專車，隨時開行。予住正金銀行樓上，候一禮拜，親陪副總統同車出京。布置已定，美使亦屬不使英人知何等消息。」小幡又云：「東廠至交民巷，由汝等辦理。交民巷至天津上船，予負其責。出京以夜半爲佳，少人見也。」南橫街開密會時，東廠巡邏甚疏，袁未疑黎。黎以日美贊成，亦願出京。事前通消息滇桂，將代行大總統職權於南中也。與黎暗商，僅瞿郭二人任之，餘皆不往，恐露破綻。出走議定，商決進行程序。黎副官劉鍾秀宅，隔黎後園一壁，僻巷也。一葉定計：出走之夕，洞穿連牆，黎易服入鍾秀宅；一葉駕同仁醫院病車，謂鍾秀有急症，載入醫院，疾馳交民巷，會合美兵日使上車；餘人同時赴日美兩使館。策定，黎首肯，鍾秀亦準備遣散家人。泰祺、彭年、一葉走報日美兩使，定星期日夜半二時執行。星期六下午六時，泰祺倉皇來南橫街，只余（成禺）一人守屋，拉余入僻室曰：「壞了壞了！不得了不得了！快走快走！」予曰：「何事？」泰祺曰：「幹卿屬我，急告諸位，袁克定送兩萬元珍珠與黎本危，此事已洩漏。東廠胡同軍警滿布，聞胡朝棟向楊杏城告密矣。」（卅三）

柳西草堂日記

張謇遺著

七日。有聞李磐碩挈家自京師至濟南感賦十六韻：「念子丁時難，書來五月中，其初見妖眚，猶未逞剸攻。北極雲頹黑，南城癹掣虹，四旬音不嗣，百險道難通。一穴金隄腐，連兵列國雄，坐挑秦使釁，誰殛舜廷凶。塗炭胥三輔，冰霜廹兩宮，和爭紛傕濟，乞免屢溫嵩。翦卓都無允，論袁豈有融。徙家闖九陌，走壁窘諸公。豆粥俱奇貴，柴車憫獨窮，何緣辭闕下，遂許達山東。沸沸漕河浪，炎炎暑路風，妻孥同命鳥，身世可憐虫。得訊愁成誑，求徵悟非聾，祇虞荆棘裏，駝色已銷銅。」

八日。專人詣磐碩家問訊，與恒齋訊。

九日。梅生、子培訊約詣滬。

十二日。理書。太白經天，聞江寧人言自此日始（補記）。

十三日。書篋來。

十四日。與烟丈詣書篋，丈述蘭孫言，阻去滬。

十五日。大早去墟角港附舟，甚熱，沿江蝗害約四五十分之一。

十六日。逆風，丑刻開行，酉初至滬，顚頓殊甚。約梅生來談。

十七日。與梅生詣子培、愛蒼談竟日，晤嚴又陵（復）。

十八日。梅生、子培同在一品香，聞王相孫由京至滬，述京事可痛。

十九日。愛蒼約至張園見趙善夫（即宋子東），勸愛蒼、彥復入都。（按：此句邊注云：「隨合肥行」。）

二十一日。夜附瑞和回通。

二十一日。午初至廠，約磐碩、彥叔、延卿、肯堂，並寄家訊。

二十二日。與劉督部訊：「比上一牋，乞公與南中疆帥公推合肥總統各路勤王之師入衞兩宮，其時德使雖被匪戕，聶提督一軍無恙，私心竊計，以張魏公戡定苗劉之功望之合肥也。（按：此處眉注云：「張魏公戡定苗劉事，實爲今日定亂之圭臬，惜內無朱勝非，外無呂頤浩、韓世忠、劉光世諸人耳。」）事會蹉跎，聶公死敵，殲我良將，諸軍奪氣。合肥駐節滬上，聞命徘徊，若以朝局、兵機、敵情、賊勢合參統計，未遂無辭，然君父懸刀俎之上，生靈蹈湯火之中，惟是逭暑避囂，散服容與，雖充國之持重，亦高克之逍遙，以云忠愛，未敢深信。今者洋兵剽悍，行薄都城，九廟震驚，宮庭喋血，皆意中事。剛、徐、李、鹿决策西狩，嚴裝待發，遠近流傳，聞傳北事者言，北倉楊村之戰，日兵率先驅犯陳，進至蔡村，日兵無一在者。以謇度之，殆已卷甲疾馳，扼居庸、保定，斷塞西路，萬一金墉不守，萬乘播遷，車駕趦趄於田中，兵鋒交午於輦側，南中聞警，伏莽騰謠，揭竿之徒，在所可慮。東南爲朝廷他日興復之資，誠不可不爲之早計也。行臺承制，晉代有之（通鑑晉永嘉五年，又後梁開平二年），蓋申朝命以繫人心，保疆士以盡臣節，非獨反經合道之權宜，實亦扶危定傾之至計也。公忠勛著於王室，信義孚於列强，伏願堅持初計，慨然自任，以待不測之變，堅明約束以固東南之疆寓，呂忠穆、于忠肅去人不遠也。合肥倘旦夕北上，公亦宜具安摺，專差一道員隨行，卽昨與各國訂保護長江之約，湖北派陶，江南派沈，今可踵行。沈固名臣之後，亦藉與陶見都人士陳說保護訂約之本末也。若獲入覲上陳，尤可消弭讒慝。謇跧伏海澨，北望觚棱，憂來如焚，髫（按：原字如此，應作「髫」方是，「張季子九錄」政聞錄卷一「爲拳亂致劉督部函」，已爲更正）毛漸白，不能旦夕府庭申竅竅之愚，奉牋再瀆，用備采聽。氣候殊熱，千萬爲國保護，不宣。通海年歲豐稔，蝗災不足爲害，知念附聞。」與磐碩訊，家訊，延卿、肯堂訊。

二十三日。與惲丈訊，說備購花歘。太白經天，至此不見。

二十四日。答書箴訊，說麥易蟓子事。

二十五日。有家訊，貴谿訊。夜半大風雨。恒齋寄扇，有詩。恒齋寄所畫扇，題曰山水虛深，玆竟足吾兩人徜徉否？詩以答之：「恒公畫意如冰雪，寄我霜紈秋尚熱，對之獨坐迴生涼，山水虛深存此說。滄江日夜流潺潺，君山狼山疑可攀，中間或有避秦處，曷棹孤篷相往還。」

二十六日。彥升來，肯堂繼至

二十七日。得梅孫訊，西兵以二十一日入京（由東直東便門入），兩宮以二十日西狩，或云由房山易州至五台，或云由保定。嗚呼，乘輿播蕩，大臣僇辱，生靈塗炭，誰實爲之，眞可痛恨！彥升、肯堂去，晚磐碩來，與談北事至四鼓。

二十八日。與新寧書，請參政府速平亂匪爲退敵迴鑾計。

二十九日。磐碩去，延卿來。梅孫壻劉厚生來。

三十日。延卿去。湖南唐才常，謀以會匪之爲，行復辟之事，事泄，伏法於武昌。抵書鄂友曰：光武、魏武軍中焚書，使反側子安也

八月

一日。夜分，小山、積餘、聚卿、禮卿、炎之公電約赴寧。

二日。電答繆、蒯諸君函復。以函付局寄。

三日。回長樂，劉厚生同行。雨，晤延卿、肯堂、磐碩於江太守處。宿江西會館。

四日。至西亭，與厚生看周莊屋二處及宋宅。宿金餘鎮東。

五日。抵家。

六日。王丞與俞大令（世球，字德琈）來。

七日。新寧電速赴寧。與敬夫訊。

八日。啓行，由川港至城西門分銷所，宿。彥升亦以爲舍退敵剿匪，請兩宮回鑾議約無他策。謇謂宜先退在京之寇，迎還兩宮，徐議除匪定約事，久則變生，投鼠者忌器也。

九日。至港附輪。

十日。抵省，晤徐、陳、繆、蒯、劉諸君，見七月廿六日詔，似罪己非罪己

（卅三）

·代郵· FM君：函悉，督印人龍君上歐洲避暑，例應易人。兩月後龍君歸來，還是他做督印人的。來函無地址，所以在這裏通訊。

——編輯室謹復。

「普陀宗乘」的意思，就是布達拉的漢文繙譯，因此人們就叫此廟爲布達拉。——譯注。）

英使謁見乾隆記實

馬戛爾尼　原著
秦仲龢　譯寫

「出使中國記」記云：前次陪同特使游御花園的一位松大人，欣然表示願再陪往逛廟。這位韃靼大人最近才升至閣老，或又名中堂的地位。（仲龢按：中堂，閣老，卽宰輔的別稱，淸代無宰相，大學士與宰相名位相等，但沒有相權。松筠在乾隆朝並沒有拜相，他在嘉慶十六年以兩廣總督協辦大學士，十八年授東閣大學士，十九年改武英殿大學士，三十二年革大學士。他拜相至早還在嘉慶十六年，此時而言其「最近升至閣老」，似言之過早，或傳譯時有誤會耶？松筠於道光十四以都統銜休致，道光十五年五月死，年八十四，謚文淸）全朝閣老不過六人。他過去曾被派往俄國邊境，同俄國交涉。他說在恰克圖同一位俄國將軍會商，那位將軍制服上也有一紅色徽帶和一個寶星，同特使身上所帶的相似。他還說，這位俄國將軍辦事痛快，不多時卽交涉辦妥云云。當他聽到特使曾出使俄都數年，他詳細問及俄國的經濟、兵力和政治情況。他也回答了特使關於若于中國情況的問題。這些問題是有興趣的而且在一定程度上帶機密性的。這位大人很聰敏周到，特使從此和他建立了友誼。他以後曾對大使有很大幫助。

他們游覽了幾個大廟，有的建在平地，有的建在半山，有的建在高山頂，須要爬許多層石階才上得去。其中一個廟有五百座裝金的羅漢，每個比人的身材還更大一些。這些像代表着死去著名的高僧。有些羅漢像體現出一種强制和不自然的神情表明他們生前的特別修行，誓願永遠保持這種狀態。最典型的廟名叫布達拉。該廟包含一個主要建築和幾個次要建築。主要建築像一座方形大寺院，每邊約二百呎長。它的構造不同於其它的中國建築，外形有些近似歐洲建築。建築甚高，共十一層，每層都有窗戶。建築正面很漂亮，不過顯得有些太樸素單調。方形寺院之中央有一小禮拜堂，從外表看上該堂的建築材料中可能有很多金子，故名爲金禮拜堂。寺院每層之間上下均有走廊相通。禮拜堂的中央有一周圍安置欄杆的高台，上面有三座神龕，供奉着三個巨大佛像，一個是佛，一個是佛妻，一個是佛子（原譯者注：佛妻、佛子，均按原文意譯。佛而有妻子是一個可笑的提法，不知當時中國翻譯是怎樣向作者解釋的）。神龕後面一個暗壁龕，當中有一個神祕的帳幕，前面懸掛一盞燈，光亮非常黯淡，好像故意作出一些宗教恐怖氣氛。我們未近龕時，帳幕微啓，等我們走近，司幕僧遽將帳幕扯閉，不令我們看到神像。我們於是走上禮拜堂頂，參觀屋頂及屋頂突出部分的板鎧以及神龕上的佛像，據說都是純金製的。據說皇帝陛下在其他方面並不嗜好奢靡，但從這個廟的建築來看，他却極盡鋪張浪費之能事。廟內有八百多喇嘛。我們參觀時候，許多喇嘛盤腿坐在禮拜堂地上低聲誦經。經係用韃靼文寫在紙上。有些喇嘛是從小出家的。所有廟裏面的喇嘛除了在廟內修行而外，還經常到廟外去替老百姓做佛事。這些喇嘛的知識水平和生活限制使他們無法在羣衆中獲得威信而導致擾亂社會秩序的危險。皇帝如此篤信佛教的原因，據接近他的人說，是因爲在他卽位之後，國事日益興隆，本人享有這樣高齡，他自信係有一佛附其體。自古以來誠然有許多出類拔萃的天才是醉心於宗教的。不管這個偉大的君主的幻想是多麽無稽，無論如何，他把畢生精力用來領導國政，把這樣一個大帝國各部分集中統一於他一人的絕對領導之下，最後又向西把經度上占四十度的地方置於自己版圖之內，這個地方在地面上，雖然不是在人口和財富上是同中國差不多大小的。（原譯注：此處他指的是西藏，但西藏在經度上並不占四十度。）

皇帝晚年喜歡經常召集各省大吏、領兵將軍和屬國代表齊集首都，一方面聽取他們的奏稟，一方面對他們顯示自己的威嚴。這有它的政治意義而不僅是爲滿足個人虛榮。在這樣集會上，他要論功行賞，對一些人加官晉爵，藉使所有參加的人回到自己崗位之後，對他既畏懼又感恩。皇帝萬壽慶祝的第一天有一個閱兵禮。據巴瑞施上尉的統計，參加的有八萬軍隊，一萬二千官員。

布達拉廟係一座很大的建築，中央爲寶塔及佛殿，四周建有房屋很多。熱河的寺廟極多，而布達拉廟爲其中的大廟，它的建築極大，並且有很多辦公的地方，單是這些地方（不小過二十至二十五英畝）就大過倫敦的聖保羅大教堂。（按：作者以大教堂稱布達拉廟，故上文譯爲大廟，他這樣說，是襯托言布達拉廟的一部分辦公地方就大過聖保羅大教堂也。——譯注。）廟中有一寶塔，塔中供養布達拉，布達拉乃係佛之化身；佛者，亦如印度最高的神祇婆羅賀摩（Brahma，一切衆生之父。——譯注），它不常居住在天上，但常降臨下界，附於人類或一切衆生的身體中，以觀察世態。因此塔中廣建佛菩薩之化身像，有獨身的，有騎龍，騎犀牛，騎大象，騎驢，騎騾，騎狗，騎鼠，騎貓，騎鱷魚，及騎一切奇禽怪獸者，總計其數，不下數千。其中有相貌獰惡的妖魔像千多個，更是醜惡萬分爲人世間所不見，即在天堂地府，恐怕也沒有這種生物。至於普通的佛像和女神像，則尤多至不可勝數。因爲韃靼人篤信喇嘛教，所以喇嘛就按照他們經典所載，命韃靼人不惜財力，造成此等神佛之像，而乾隆皇帝又是誠心奉信佛教的，他常說自己是一位什麽佛祖化身，因此登極之後，就國運興隆，年臻大耄。此說雖然荒誕無稽，不近情理，但乾隆帝却深信不疑，所以他晚年前後所造的佛像及一切皈依佛教及蓄養喇嘛的費用可不少。（按：乾隆帝晚年佞佛，係事實，但他却有一首詩答復一個御史請他淘汰僧道，他在詩中主張不必理他們，由得他們自生自滅好了。記得詩是這樣的：「頹風日下豈能迴，二氏於今亦可哀，何必闢邪獨泥古，留資畫景與詩材。」則似乎他又不信佛，而獨篤信他的孔子周公了。——譯注。）

我們跑上布達拉廟的最高一層，以便細心觀察一下這建築的屋頂是什麽材料造成的，因爲導游的人說是用純金打成像瓦片來鋪砌的。這也許是的，以東方的好大喜功而又篤信佛教的雄主，富有四海，又久享昇平，自然有此財力了。我們今天一早離開寓所，以至回去休息，足足游了十四個鐘頭。

九月十八日，星期三。我們今早仍進皇宮，參加盛會，因爲先一陣有中國官員來通知，說是今日宮中還有戲劇和各種娛樂節目，爲皇帝祝壽。戲劇由早上八時開演，一直到正午停止。演時，乾隆帝坐在戲台前的寶座上，戲塲較地面畧低，其兩旁則爲廂坐，但既無坐位，也沒有格開。廂坐之上是婦女的席次，座前裝有紗簾，裏面的人可以看見戲台上表演的戲劇，而外面的人却看不見簾後的人。我們入座不久，皇帝就派人來叫我和斯當東爵士去見他。皇帝很和藹地的，對我們說：「我八十多歲了，還到園子裏聽戲，你們見了不要覺得奇怪。我平時是很少到這裏聽戲的，因爲國家的版圖太大，政務紛繁，一天到晚處理國政還分不開身，那有閒暇心情娛樂，除非有什麽國家重大慶典像今天那樣的，我才有機會來玩玩。」我答道：「貴國地方廣大，人民衆多，四海安寧，纔有這種昇平氣象。敝使航海東來，躬逢其盛，眞是三生有幸。」皇帝聽我這番話之後，面有喜色，我便趁這個絕好機會，引導他聽我陳說關於英國派遣一個大使駐在北京的事情，但他好像不感興趣，以賞賜物件來打斷我的話頭。

（廿七）

花隨人聖盦摭憶

補篇 （卅三）

黃秋岳遺著

石遺稱佛塵筆墨精警，固無虛譽。佛塵自作正氣會序文，開端云：「四郊多壘，卿士之羞；天下興亡，匹夫有責。憂宗周之隕，爲將及焉；興四方之瞻，蹙靡騁矣。昔者，魯連下士，蹈海而擯强秦；包胥纍臣，哭庭而存弱楚，蕞爾小國，尙挺英豪，詎以諸夏之大，人民之衆，神明之胄，禮樂之邦，文酣武嬉，蚩蚩無覩，，方領矩步，奄奄欲絕，低首腥羶，自甘奴隸，將非江表王氣，終於三百年乎？」此雖隨筆爲偶文，亦見忠義悱發。案唐上瓣薑書，正在中日甲午戰後，今再檢其書，有云：「今日之事，卽能僥幸一勝，亦不過長其虛憍之氣，如人病癆瘠，外雖中乾，遇事尙能傲很相競，迨血枯氣絕，始委頓以死，方今中國之世，何以異是，而况幷不能一戰以幸勝，其究又將如何耶？」又云：「竊嘗靜觀朝政，穢濁之氣，充塞天地，和議諸款，亘古未聞，現在南北紛紛撤散，而倭人添兵不已，朝旨云倭人未必卽有他意，殊不可解，臺北已失，唐中丞微服內渡，虎頭蛇尾，特恐吳中丞之無偶耳，可嘆，可恨。現在臺事日益危急，雖以劉永福宿將鎭之，將奈之何，天下事不問可知，而各督撫中亦無竇融、錢鏐其人者，將毋尙在草澤市井間乎？」此兩節，其評爾時局面，曰虛憍，曰傲很，曰穢濁之氣，皆切中情弊。蓋政治不改革，幸勝固無用，故其終希望於草澤市井，是其時心中已安排革命之實行，昔日烈士謀國之忠，慮患之周，赴義之勇若此，初不曾爲高論也。

梁節庵上廣雅一箋，藏戴亮吉處，凡四紙，筆意飛迅，予久疑爲節庵力勸南皮殺唐佛塵者。但佛塵先生就義，爲庚子七月廿九日，此書月日草書似作四月，故久未能決。以叩於竹君先生，亦莫能定，欲携以問石遺老人，師欻又下世，今錄此函如下，附疏吾見。「鼎芬閒坐江上，忙花院中，竟能手辦一大賊，報國愚誠，可以少慰。惟一賊甫獲，羣賊蠭起，勢極洶洶，禍將不測，看此舉動，明係合夥同謀，妄思欺奪君權，破裂孔教。鼎芬定計辦理此股賊匪，心力堅果，本可不必商量。敬念我公淸望冠時，素以天下爲己任，殺賊報國，肅淸海宇，功有專屬，責有專歸，此等大事，當語仁公，首先料理。但恐執事顧忌游移，心慈手軟，但切隱憂於私室，不能昌論於公廷，徘徊一月，纏緜千語，計尙未定，賊已渡河，此時縱有百部守約書，百處正學報，百間武備學堂，於事已恐無濟。今特專誠奉懇，公必能奮然興起，昌言討賊，任事剛決，發議正直，鼎芬伏處瓜牛，自聞風鼓舞，心悅誠服。如仍居寬厚之名，爲博大之事（如特科薦梁賊啓超之事），未能同志，無可屬望，鼎芬卽還我故山，合天下志士，誓滅此賊，不復告公。禍在眉睫，要辦卽辦，乞公一言，請卽定志，明晰示我。若同坐抱冰堂，千懷萬語，散時仍無着落，則此日可惜，此賊難辦，鼎芬剛腸直性，未能久羈，日內告辭，囘山辦賊，區區愚誠，上愛吾君，下愛吾友，國危至此，賊勢猖獗又至此，眞不勝痛憤憂迫之至，皇天后士，實聞此言。謹上尙書足下，鼎芬頓首，四月三十日。」又附箋云：「羣賊起事，是廿五日，大賊誅除，是廿七日，此事仍是大賊所爲，又辦旨有督撫送部引見字樣，督字請公細閱，萬萬勿以薦特科辦法（如薦梁賊啓超、薊匪光典之事）致使天下志士灰心。」案此箋，必是戊戌後所作，似尙未至庚子拳亂，箋中之四月，非己亥，卽庚子，己亥湖北無事，故必是庚子四月，大賊必指南海，以有破裂孔教字樣也。佛塵先生未被逮前，頗運動南皮合作，南皮亦頗爲所動，馮自由革命史述之甚詳，故節庵以危言怵南皮，懼其與佛塵合作，所謂請卽定志明晰示我也。故此書雖未必爲搜捕佛塵，而實卽一事。今考是年三月二十一日，梁任公有一書論羅伯堂、唐瓊昌眷屬被捕事，以意揣之，湖北或已有逮捕何人，或參革何人之事，而節庵張皇以爲己功耳。節庵是時似又新自焦山來，故有瓜牛之語，前錄節庵薦康長素、蒯禮卿於南皮一箋，所云：「康蒯二子，深相契合，兩賓相對，可以釋憂」者，今則一指爲賊，一詈爲匪，前後矛盾，姑不具論，而戊戌朝局一變，紛紛以君權孔教相標榜，號呼載途，羅網踵後，抑亦何可笑耶？

佛塵先生之失敗，固由於與南皮不能合作，而其間尙有一重要關鍵。孫仲璵（寶瑄）「日益齋日記」戊戌八月十七日云：「十七日，祖荔軒蔭庭談及漢口之役，相與太息，謂新黨卽欲舉事，宜俟東南腹地土匪徧起，官軍不暇兼顧，乃借團練爲名，掃除一片土，漸擴充其權力，如是或能保衛一隅，立自主之國，未可知也。今者南部大吏，方與外聯和同之約，鎭衛長江一帶，而土民又無蠢動者，新黨竟先爲禍首，亂太平之局，故英領事有公文致鄂督云，南方有所謂大刀會、哥老會、維新黨諸種，皆與北方團匪相彷彿，有爲亂者，卽速擒捕，敝國決不保護。」此亦是事實。當時佛塵與狄平子，共任長江方面起義，佛塵之字爲伯忠，任公書中言忠者，皆指佛塵。平子先生比日老病頹唐，去年一覯於兆豐花園，亦未能談往事矣。

譚復生致歐陽節吾書，去年精衛先生與佛塵致節吾書，合裝一冊，以紀念有壬。復生此書，中間以談禪說理，似與佛塵之務實者，微有不同。中有一節云：「大劫將至矣，亦人心製造而成也，西人以在外之機器，製造貨物，中國以在心之機器，製造大劫，今之人莫不尙機心，其根皆由於疑忌，乍見一人，其目灼灼然，其口緘，其舌矯矯欲鼓，其體能極卑屈，而其擘將欲翔而搏擊伺人之間隙而時發焉，吁，可畏也！談人之惡，則大樂，聞人之善，則厭而怒，以罵人爲高節，爲奇士，其始漸失其好惡，終則胥天下而無是非，故今之論人者鮮不失眞焉。京朝官日以攻擊爲事，初尙分君子小人之黨，旋並君子小人而兩攻之。黨之中又有黨，黨之黨又自相攻，苟非勢力絕大，亦卒不能有黨，如火中蝦蟹，囂然以鬨，火益烈，水益熱，而鬨益甚，故知大劫不遠矣。」復生之言，殆有所觸而發，而所見固洞垣一方。所謂「其始漸失其好惡，終則胥天下而無是非，」嗚呼斯言，可謂淚盡繼之以血，顧今日能領此語者，又有幾人，則所謂大劫豈非卽建於人人之心域耶？又案復生所謂幷君子小人而兩攻之，必指當時淸流內鬨之事。又復生書謂，紱丞（按卽佛塵）上上等根器之再來人，然不道佛學，云云。故佛塵專言政治，不言大劫。

（全書完）

釧影樓回憶錄

天笑

到了上海，當然仍住在鼎陞棧，幸喜這個小亭子間仍空着。第一、要看看對面金湘娥家的阿金來了沒有？可是推窗走到月台上一望，不免大失所望。原來金湘娥已經掉到別處去，而換了一家陌生人家。問旅館裏的茶房，他們也不知道。當夜我到一家春番菜館進西餐，我知道番菜館的侍者（上海呼爲西崽），他們都熟悉各妓院的近狀，向他們查詢。他們說：「現有三個名叫金湘娥的，不知先生要那一位？」我對此茫然，不得已，把三個金湘娥都叫了來，沒有一個家裏有阿金的。有位小姑娘說道：「上海堂子裏名叫阿金姐的，少說也有十幾位，你眞是沙裏淘『金』了。」這有什麼辦法呢？悵然而已。

過了兩天，我又遇到龐棟材了，告訴他與阿金同船回蘇州去的事，並且託他訪問阿金。他道：「嗳呀！我在中秋節前，好像聽得說阿金過了節，就要回到鄉下去嫁人了。因爲她從小就配了親，男家已經催過好幾次了。阿金雖然在堂子裏，人極規矩，有許多客人要轉她的念頭，却轉不到，嫁了人，也不會再出來了。說到那裏，他又笑道：「老兄還自命爲道學派，只同船了一次，已經把你風魔了，無怪崔護當年，有人面桃花之感了。」

我爲什麼瑣瑣寫此一節，這是我未成熟的初戀，也是可嗤笑的單戀，此種事往往到老未能忘懷的。後來我曾經寫過一個短篇，題名爲，「烟篷」，在小說月報上刊出的，便是這個故事。

名與號

中國所謂上中階級的人，一向都是有名有號的，除了名號之外，還有許多別號以及小名等等，如果一個文人，更有許多的筆名。我的最初的名字，喚作淸柱，這個名字，是姻伯姚鳳生先生給題的。原來我父親的名字是應壎，號韻竹；我祖父的名字是瑞瑛，號朗甫；而我曾祖的這一輩，是「大」字輩。大概是我父親請鳳生先生爲我題名時，說出了輩行，鳳生先生便擬定了二十個字，成了四句五言詩道：「大瑞應淸時，嵩生嶽有期，……」當我小時候，還能很淸楚的背出這四句詩，現在却記得上面十個字了。

爲了這個排行，在我一代，應得是用「淸」字輩份了。至於那個「柱」字，大概我的八字裏缺木的緣故，因此在名字中要選一個木字偏傍字了。但是這個「淸」字，是當時的國號（大淸國），底下不可亂加什麼字的，於是題了「淸柱」兩字。我們這位姻伯，是不是祝頌我將來成爲皇家棟樑的意思，總之是出於他的好意是無可疑的。所以我自從上學起一直到進學止，一直用了這個名字，從來沒有更易。

到了二十二三歲的時候，我看看新書，漸漸有了一點新思想，又發生了一種民族意識，感覺得現在統治我們的一個異族，而種族革命的呼聲，又在呼喚我們的青年。我那時就感到我這「淸柱」兩字的名字不妥當，朋友們問起這兩字有何意義，是否眞要做皇家棟梁？令我慚愧，於是我便毅然決然的自改名了。

在從前，已入學的人，要改換他的學

名，由各縣小吏領，而在學署裏也要花些手續費，這是爲了鄉試會試起見。我可不管這一套，便自行主張改了。我讀「論語，」有兩句道：「士不可以不宏毅，任重而道遠，」我覺得這「毅」字可用。因爲我自己覺得對於求學處事，都缺少毅力，用這個毅字爲自己警惕之意。起初我想改成單名，大家說不好，因爲我上有一姊，排行第二，而蘇州人的土音，二與毅聲音相同，例同張三李四之類。於是又想改爲「君毅」兩字，但君字用於號者多，用於名者少，覺得君字不及公字大方，而且我們祖先有位包孝肅，是婦孺皆知，大家都稱之爲包公的，因此也就用了這個「公」字，定名爲公毅。

當時的名片，並不流行那種外國式的、雪白的、像雲片糕似的小名片，而是大紅紙的大名片。因爲那時，紅是吉祥的顏色、白色是忌諱的。那種名片上的字，常常請名人名書家寫的。我改名以後，就請我的譜弟戴夢鶴，寫了一個是魏碑的，到後來，也曾經由幾位名人寫過，記得請張季直寫過一個，請章太炎寫過一個，木刻都精工。最後還請狄平子寫了一個，他做了鋅版送我，那時已經不大流行老式名片了。後來老式名片漸行廢棄，我這些名片木戳，都不知丟往那裏去了。

談起名片，頗有許多趣事可述：我在十三、四歲的時候，曾有集藏名人名片之癖。中於科舉的思想，先集狀元的名片，現代人如洪鈞、陸潤庠、翁同龢等，我都有了，先代的也覓得兩三張（張謇那時尚未中狀元），至於榜眼，探花，蘇州就可抓一把（我還有張之洞的名片），翰林更不必說了，總共也收集到近百張呢。這個東西，後來我遷居上海，一古腦兒送給一位朋友了。

再說：當時的風氣，凡是一位新進士、新翰林，初中式時，出來拜客的名片特別大，本來七寸的名片，放大至近尺。而名片上的名字，則亦頂天立地，賁念慈這個「賁」字，足有兩寸多。到後來，漫漫縮小，到授職編檢，已縮小許多，至出任疆吏，就和尋常一樣了。但有一可笑的事，蘇州的妓女，也用大名片，竟與此輩太史公看齊。我們坐花船，吃花酒，召妓侑觴。她們照例送來名片一張，請爺們到她那裏坐地。這個風氣，最先也曾傳到上海，我曾得到林黛玉的大名片一張，簡直與那班新翰林者無二。

最壞者藉名片爲招搖、需求、欺騙、威脅之用。就小事而言，蘇州有各處私家花園，雖然開放，亦收門票，但只要某紳士一張名片，可以通行無阻。或介紹一個傭僕，或爲親友說情等等，這名片亦有用。大之則所謂不肖子弟，仗其父兄的勢力，用彼父兄的名片，招搖撞騙，向人欺詐。那些結交官場的惡地主，動不動說：「拿我片子，送官究辦」，以威嚇鄉下人，這名片的爲害烈矣。

我的話不免又支蔓了，我將叙入正文：有名必有號，自古以來，中國上、中階級的通例。至於下也者，不但無號，抑且無名，就以阿大阿二、阿三阿四叫下去了。我在十五歲以前，是並沒有號的，還有，一個人題他的號時，總與他的名有關聯，古今人都是如此。但我若題號時，必與原來的社字上着想，又是什麽棟臣、樑臣之類。可是我的號，並未與名有關聯，這個號，倒是我祖母提出的。其時中國有一種風氣，往往在他號中，有他祖父號中的一字，而加以一「孫」字。譬如他的祖父的號是雲伯、雲甫之顧，他的孫子，便可以取號爲雲孫。爲了我的題號，祖母笑着說：「他的祖父號朗甫，就取號爲朗孫吧。」祖母不過因爲懷念祖父，隨便說說，並不是要決定如此。但後來沒有另取一個號，我就把祖母所說的朗孫二字，隨便用用，不知不覺，便成爲我固定的號了。

中國人的命名，於他們的宗族，是大有關係的，如用名字排輩行，不容紊亂。兄弟間則以伯仲叔季爲次序，古來就是如此，傳至於今，仍復如此。除以承繼其祖取號者，亦有承繼其父取號，譬如父號雲伯、雲甫者，其子號少雲、小雲、幼雲者，不計其數。這是宗法社會，不獨中國，外國亦有此風，不過他們的姓名，很多魯蘇，不及我們的簡捷耳。

我的小名叫德寶，現在已經無人知道了，這也是祖母所題的名字。當時我祖母及父親，母親並其他尊長，都呼我以此名。平輩中長於我的呼德弟，寶弟，幼於我者呼德哥、寶哥，傭人們呼我爲德寶官（

蘇俗：對兒童的尊稱，不論男女，都呼曰官），稍長，卽呼為德少爺，寶少爺，但寶少爺三字較順口，在我十二三歲時，凡我的女性的長輩，都以此寶少爺三字呼我。我記得讀「易經」時，有兩句道：「天地之大『德』曰生，聖人之大『寶』曰位，」我便寫下來，做了我小名的嵌字聯。

這個「天笑」兩字的成為筆名，也是出於隨意的，到了後來，竟有許多朋友，不知我的原來名號，只知道是天笑了。最先用這個名字時，還是在譯「迦因小傳」時，用了這個筆名叫做「吳門天笑生，」在那時的觀念，以為寫小說是不宜用正名的，以前中國人寫小說，也是用筆名的多，甚而大家不知道他的眞姓名是誰，要探索好久，方才知道的（其時同譯的楊紫驎，他的筆名是蟠溪子）。

有人問我：這「天笑」兩字，有何意義？」實在說：並沒有什麼意義？不過隨便取了這兩個字罷了。我當時還有很多筆名，不過這只是許多筆名中之一而已。只記得子書上有一句「電為天笑，」那是好像一句非科學的哲人的話，而詩人又常常引用它。要是從前人的詩句上，我也可以找得出這兩字可以聯合的，最先如杜工部的詩中，有兩句道：「每蒙天一笑，復似物皆春。」近人如龔定庵詩句中，有「屋瓦自驚天自笑」的句子，譚嗣同也有「我自橫刀向天笑」的句子。我只是腹儉，倘眞要檢尋，古人詩中，關於此兩字的，恐怕還多。但這也不過牽連附會而已，實在說來，都與我這筆名無何關係。

我最初用的是：「吳門天笑生，」共有五個字，後來簡筆一些了，只用「天笑生」署名，僅有三個字。再到了後來，便只署「天笑」二字，及至後來到了上海的時報館，常常與陳冷血兩人寫極短的時評，他署一個「冷」字，我署一個「笑」字，這是從「吳門天笑生」的五個字，縮而成為只署「笑」的一個字了。

當時我有不少的筆名，後來都放棄，這也是文人積習，自古已然。我還記得我有一個別號，喚做「包山，」我自己姓包，而又叫做包山，這不成為包包山了嗎？但古人早有其例，如大家所知道的文文山等，我也算是做古。以包山為號的，古人中有位陸包山，他是著名的畫家，但不姓包。包山並不是沒有這個山的，屬於蘇州的太湖中洞庭東西兩山，那個西山，就是名為包山的，因為它是包於太湖中間的意思。我用包山兩字作別號，在結婚那年為最多，因為我這位新婚夫人，她雖然原籍是溧陽，但是生長的地址則在洞庭山。有一位畫家任君，還為我畫了一幅「包山雙隱圖，」而我的譜弟，為我寫了一個木刻封面，「包山書簡，」是北魏體的。

我的筆名之多，連自己也記不起來了，什麼軒館樓閣之名，恐怕也都用到。只有兩個，到老還是用着，一個叫做「秋星閣」，一個叫做「釧影樓」。有時寫點筆記之類，常是寫着「秋星閣筆記」，或是「釧影樓筆記」，有時我高興寫日記起來，也是寫着「釧影樓日記」的。

釧影樓

秋星閣與釧影樓，兩個筆名，我是常用的。秋星閣這個名兒，我曾經用了在上海開過小書店，現在且不必去說它。至於釧影樓這個名兒，我用得最多，有好幾方圖章，都是刻着釧影樓的。人家覺得這釧影樓三字，好像是個脂粉氣，好像是個應該屬於女性所使用的。又懷疑着這釧影樓三字，好像是個香艷的名詞，有沒有我的什麼羅曼史在裏面？其實這釧影樓的名詞，我不過紀念我母親一段盛德的事實罷了

在我五六歲的時候，那一天，是舊曆的大除夕了，那時我父親從事商業，境況比較地還好。我們是習慣地在大除夕夜裏吃年夜飯的。那時的吃年夜飯，並不像現時所流行的邀集親朋，來往酬酢，因為各人自己也要回到家裏吃年夜飯，只是家人團聚，成了一個合家歡。像蘇州那些大家庭、大家族，到那一天，婦女孩子聚在一起、常常有數十人、百餘人，不為奇。但我家吃年夜飯，只有六個人，便是祖母、父親、母親、我們姊弟二人，以及長住在我家裏的那位顧氏表姊。

吃年夜飯已經在夜裏十點多鐘了，為的是在吃年夜飯之前，先要祀先，這便是陸放翁所謂家祭（蘇州人家，對於家祭極隆重，一年有六次，如清明、端午、中元、下元、冬至、除夕，而除夕更重）。（卅四）

國文教學
國文學習 參考用書

國文月刊爲抗戰期間西南聯合大學師範學院國文系主[illegible] 寫作能力權威
刊物。先後由朱自清、郭紹虞、呂叔湘、周予同、黎錦[illegible] 包括十類：（
一）文字、聲韻及訓詁學；（二）文法學；（三）修辭 [illegible] 評；）六）國
文教學；（七）文辭疏解；（八）新書評介；（九） [illegible] 撰稿者皆爲一
時碩彥。凡所討論，俱屬切要問題。同時關於大專 [illegible] 前國文學習與
教學之須要，先將抗戰復員後出版之國文月刊， [illegible] 售；另合訂成
册，利便庋藏。又編有總目分類索引，以便檢[illegible] 十期，係用土
紙印成，不便影印，刻在整理排印中，以饜海[illegible]

茲爲便利讀者採用起見，特輯有「國文月刊總目分類索引」單行本，[illegible]郵票採購，付郵票肆角，寄英皇道一六三號二樓龍門書店，當即寄奉。

原書原樣

龍門書店謹啓

•定價每冊港幣八毫•

大華 1966年合訂本 1——20期

現已出版

本刊於1966年3月15日創刊，至十二月，共出二十期，今合訂爲一册，以便讀者收藏。此二十册中，共收文章三百餘篇，合訂本附有題目分類索引，最便檢查。玆將各期要目列下：

1 袁克文的洹上私乘。
2 徐志摩夫婦與小報打官司。
3 大同共和國王劉大同。
4 胎死腹中的香港市政府。
5 申報與洪憲紀元。
6 李準輸誠革命軍內幕。
7 西北軍奮鬥史。
8 清朝的內務府。
9 王孫畫家。
10 日本空軍諜炸南京僞組織秘記。
11 丙午談往。
12 談聶雲台。
13 銀行外史。
14 皇二子袁克文。
15 跛脚主席張靜江。
16 南北兩張園。
17 上海的超社逸社。
18 當代藝壇三畫人。
19 胡漢民被囚始末。
20 我所見的張永福。
21 溥心畬的騎馬像。
22 史量才與陳景韓。
23 淸宮的秀女和宮女。
24 洪憲太子袁克定。
25 釧影樓囘憶錄。
26 張謇日記。
27 洪憲記事詩本事簿注。
28 英使謁見乾隆記實。
29 花隨人聖盦摭憶補篇。
30 穿黃褂的英國將軍戈登。
31 梁啓超萬生園雅集圖。
32 日治時代的上海三老。

香港讀者，請向本社訂購；海外讀者，請向香港英皇道163號二樓龍門書店總代理處接洽。

香 港 各 大 書 店 均 有 代 售

精裝本港幣二十六元 US$4.60　　平裝本港幣十八元 US$3.20

林熙主編

·本期要目·

半月刊

第三十六期

大華

第三十六期

大華 半月刊 第三十六期

一九六七年八月三十日出版

（每月十五、三十日出版）

Cathay Review No. 36

出版者：大華出版社

地址：香港銅鑼灣希雲街36號6樓

電話：七六三七八六轉

Ta Wah Press.

36. Haven St., 5th fl.

HONG KONG.

督印人：龍繩勳

主編：林熙

印刷者：朗文印務公司

地址：香港北角渣華街一一〇號

電話：七〇七九二八

總代理：胡敏生記

地址：香港灣仔船街卅二號

電話：七二三四三七

上海停戰協定的一段祕聞

蒙穗生

日寇於九・一八（一九三一年），明目張胆的開始侵畧我國，因爲南京採取不抵抗政策，招致了東北的淪亡，人民憤慨，世界震驚。過了四個多月，上海突然爆發一・二八（一九三二年）的抗日戰爭。由於上海和全國人民抗日的高潮，給予十九路軍以很大的影响，使到日寇遭受鉅大的創傷，幾次調換統帥，氣燄頗挫。終因南京當軸的出賣，不予十九路軍、第五軍的英勇抗日部隊的支援，雖然烈的反擊日軍一個多月，也因內外的壓廹關係而失敗而撤退，終且簽訂停戰協定。其中經過，內幕秘聞，值得探討。

一個國際「買賣」

舊日的上海，是國際性的畸形都市，這次戰事爆發，接觸了開埠以來第一次眞正的威脅。我國卽向國聯行政院控訴日本侵畧的行動。國聯行政院根據我國的申請，提議在上海召集會議，由中日兩國及英美德法意等國代表，共同商談上海戰事的結束。開會地點，是在英領事館。除了外交代表進行和談之外，另設一個軍事小組、討論撤兵程序和如何約束等問題。我國出席代表是黃强（十九路軍參謀長）、郭德華（外交部代表）。可是這時人人憤慨，舉國同仇，社會上掀起了抗日的怒潮，誰也不敢公然怎樣的主張中途停戰。

日寇目空一切，傲謾驕狂，在滬挑釁，發生戰事。初意夢想可像瀋陽一樣，只要亂發幾响炮彈，四小時內，便可以攫取閘北區域的了。怎知碰着民族意識覺悟高硬梆梆「廣東精神」的十九路軍，馬上起而反擊。弄得日寇的龐大海陸空軍，死傷枕藉，軍事侵畧頭子換了幾個，這是使「皇軍無敵」的誇大狂變了肥皂泡。

我國當時在上海主持外交對日工作的有三個人，一是南京政府（名義上國府主席是林森，實際黨政軍的大權是由蔣中正一手操縱把持）的外交部次長郭泰祺（部長是羅文幹），主要任務是聯系英美；唐有壬（中央政治會議秘書長），殷汝耕（上海特別市政府參事），主要工作負責對日。

郭泰祺被學生打傷

三月二日，我軍因戰畧關係，退守崑山，從新部署。在英領事館的停戰談判中，郭泰祺鑒於人民民族思想的高漲，一致主戰，不敢再正面接觸和談，託病躲入醫院。有一天，大隊的青年學生，前往醫院請願，要求中止賣國外交。儘管郭泰祺力盡聲嘶的一再聲辯，也激動了學生們的公憤詰責。其中有人怒冲冲地指斥對日妥協，就是賣國賊，跟着從衣袋裏掏出幾十個銅幣，向郭的面部拋擲。郭的眼鏡，立被打破，頭面流血，掙扎呼痛。直到租界巡捕房的警員赶到勸解，學生們才歡唱救亡歌散去。郭借此機會，不再參加和談，實際工作，便由唐有壬、殷汝耕兩人去搞了。

日寇付出了重大的代價，死傷了幾千軍民，佔領了吳淞、江灣，閘北一帶區域。便於四月廿九日，日本天長節，在虹口公園，張牙舞爪的舉行什麼慶祝會及閱兵。正在吱吱喳喳唱國歌的時候，朝鮮義士尹奉吉忽從羣衆中出現（他是領有新聞記者證，帶着攝影機入場），邁步上前，向台上投擲炸彈。霹靂一聲，全場秩序混亂，日酋侵華軍司令官白川義則大將（九．一八前是關東軍司令官），上海日本居留民會長河端，當場炸成肉團；日使重光葵炸斷一腿，海軍司令野村炸盲一眼，第九師團長植田謙吉中將、村井總領事等，均受重傷，其他校尉級軍官軍佐死傷的也有數十人。尹奉吉在四面倭寇呼痛呻吟聲籠罩下，被倭兵逮捕而壯烈犧牲。

尹奉吉炸死日本大將

當天的晚上，上海中外各報館都接到朝鮮愛國反日志士金九的來信。金九坦白承認他是虹口公園謀殺日寇案子的策動人。信內並附尹奉吉烈士事前舉行宣誓的照片。從照片看，尹奉吉是一個三十歲左右的青年，身穿黑呢西服，精神奕奕，左手拿着炸彈高舉，胸部掛有寫着誓詞牌一塊，雙眼閃閃，發出對敵人刻骨的仇恨。（金九公開身份後，在上海隱藏了一個時期，等到中國開始全面抗戰，他再公開作抗日的活動。）

朝鮮尹奉吉烈士殺敵的一顆炸彈，勝於博浪的一錐，震驚日本朝野。退守崑山的我軍，早已準備向敵反攻。日寇因為將亡會散，忽而轉變態度，和談形勢，急轉直下，於是有五月五日，中日上海停戰協定的簽訂。

停戰協定內容

上海戰事行為，在三月中旬，暫行停止。中日代表及英美德法意參與調解的代表，議定停戰條欵是：

雙方協定停戰，盡力將軍隊在上海周圍停止一切敵對行為。中國軍隊留駐於現在地位，日軍撤退至公共租界暨虹口方面之越界築路。本協定生效後一星期內日軍開始向駐地方撤退，四星期內撤完。

上述停戰條欵，雖經議妥，由於日寇反覆無常，不願完全撤退。因為虹口公園案子發生，於是延擱一個多月，至五月五日，才在英領事館簽訂。那天我方代表郭泰祺因面部傷痕未愈，是由職員把協定送到醫院的病床前簽字的。協定用英文，作為標準，另有中日文譯本。按照當時公開發布的協定，內容好像沒有什麼喪權辱國條件，但是事情是不是如此簡單的呢？眞是天曉得。

關於上海停戰，特由中日兩國代表和英美德法意五國代表，組織「共同委員會」，監視日軍履行協定。我國代表俞鴻鈞（上海市政府秘書長），日方是岡崎和原田（原田熊吉是日使館武官，這個傢伙後來策動殷汝耕在冀東獨立，又是梁鴻志偽維新政府最高顧問）。南京行政院派郭德華（這時郭泰祺已外放為駐英全權公使）、殷汝耕（上海市政府參事）、溫應星（滬市公安局長）、李明揚、韓德勤（江蘇省政府委員、保安處長）五人，為上海撤兵區域接管委員會委員。可是各委員因各有專職，且多不諳對日交涉，便公推殷汝耕為主任委員。殷汝耕因此自吹自擂，以這次因奔走和談，促成停戰的大功，便得意忘形，獨行獨斷，擺布一切。他擅自加添機要秘書，又僱用了八個私人做傳譯，後來且把傳譯改為特派員，與縣長、區長等出發公幹，傳譯居然做了指揮者，恃着懂得幾句矮仔鬼話，趾高氣揚，神氣十足。說穿了，本質只是一個臨時的「露天通事」，說深刻一點，是准漢奸而已。

殷汝耕上了日本人的當

日軍第一批滾蛋離滬，接管工作正在順利進行中。殷汝耕恬不知恥的，竟在福州路福致里的幾家妓院，極力鋪張，宴請中日兩方有關的人員，嫖、賭、飲、吹、唱等恣意胡調，鬧了一夜，丟盡了國家的體面。有幾個初時不知內幕的公職人員，到了現場，見到這樣的烏烟瘴氣，敵我不分，人鬼混雜的情景，立即轉步退出。據說殷爲討好「友邦」，叫局條子，只限於華妓。有人想尋開心找日妓侑酒，也給殷橫眉斥責，極盡媚敵的能事。

停戰協定，是由殷汝耕起草，公佈後社會上沒有什麼反應，可是事實上另有把戲。有一次會議，紀錄上載明日本提出劃上海周圍二十公里爲非軍事區域，不許中國駐兵。日方又提出「皇軍」撤退時，不許由上海市保安警察隊接管，指定要由北平市保安隊担任。當時我方代表，懾於民意，不予同意。由於滬市保警隊伍，曾對日軍作戰，日方懷恨，企圖洩憤，存心干涉中國內政主權。而日方提出這樣的條件，非答覆不可。當時殷汝耕爲了討好日寇，而又妄圖急於完成任務，感到困難，會議幾成僵局。而在那時，殷的一位日籍朋友，從旁授殷的錦囊妙計，不碍國際視聽，不惹起國人的反抗，刹那間，便圓滿解決。原來這所謂妙計，是徹頭徹尾的賣國陰謀，就是殷的歹友所施展的毒計，是在協定簽訂之後，附件換文裏，加了一紙中國表示承認載在軍事會議紀錄中的某一天某一次會議的第幾項，日方所提出要求，誠意接受履行。像這樣不露痕迹，不說中國人不曉得，自然連外國人也蒙在鼓裏，誰人知道個中的鬼計呢？只有殷汝耕與日方代表秘密談妥，互相默契辦理。這就是殷汝耕經辦上海停戰協定的喪權辱國內幕之一。所謂「日本通」的對日外交有辦法，就是如此這般的來完成任務。「日本通」實在是「通日本」的同義詞。

附件內容如此如此

這一件秘密附件，直到一年以後，南京政府有軍隊要從滬寧、滬杭鐵路開赴浙江福建。日方即提出嚴重抗議，責備我方違背停戰協定附件、不允許軍隊通過上海。這協定內幕，在社會上才洩露了一鱗半爪。南京爲了打內戰，運輸軍隊，只好於倉卒間修築了一條蘇（州）嘉（興）鐵路支線，避免通過上海，這是受了秘密換文中的限制。（這條鐵路，在江浙淪陷時期，已被日軍拆毀了。）現在談談這次對日外交的幾個人物的下場。

外交部次長郭泰祺，字復初，湖北廣濟人。自從被上海學生憤擊之後，態度消極，躲在醫院，不再出面活動。停戰協定簽訂後，便出國去當駐英國公使。

唐有壬是湖南瀏陽唐才常烈士的次子

廖樹蘅頤和園詞

·永和·

王壬秋圓明園詞，膾炙人口，其友廖樹蘅有頤和園詞，頗爲王氏贊許，則知之者不多。廖氏頤和園詞云：「頤和園中萃森爽，虬松老桂參差長，亭臺高下紺牆圍，複道行空備宸賞。園門瑰麗塗靑紅，鐵色狻猊琢鏤工，想見千官隨仗入，旌旗劍珮聲摩空。循廊一片湖波白，天地蕭寒忽異色，漢家昆明何足云，江南莫愁遜淸絕。垂虹下屬湖心亭，萬頃玻璃入沓冥，縵沈窣深莫測，濤瀾潏蕩風烟靑。玉泉衍近丹棱沜，倉卒眞原尋未見，賸有淸流浩蕩來，人間已覺恩波徧。佛香亭占山之顚，百尺陂陀不易緣，鬅鬙驪山石甕寺，東西繡嶺相鉤連。古松抱閣日光碧，謖謖寒聲盪空隙，舉目蕭條郊野荒，皇情定軫流亡室。東下遙連樂壽堂，椒房阿監直東廂，宮車晏駕行遊息，綠苔生閣樹塵芳。當年行樂回天眷，歌鐘設在雲和院，水調新翻菊部頭，蕭絃透入排雲殿。此中宜夏亦宜秋，瑟瑟紅衣鐘裏稠，四面涼風鏗玉玦，一簾花雨控瓊鉤。園居逭暑寖成例，聖聖相承七皇帝，一自圓明化刼灰，重來此地嚴周衛。剳取蓬萊左股來，依然平地起樓臺，規模雖比上林小，將作微傷少有財。宮官前後懷忠悃，姓氏依稀文與永，大臣容默小臣言，志節與園同不泯。沖皇臨御遊幸稀，銅龍晝靜寒鳥啼，長楊五柞盛皇漢，昭宣以降停驂騑。我來剛值園扉啓，中官守護嚴綱紀，鳳鑰長將寢殿扃，龍舟遠向蘆碕檥。此後應難再步塵，聊將歌詠紀前因，連昌詞與津陽什，一樣傷心感後人。」此詩爲其己酉（宣統元年）十月遊京作。圓明園之被燬，管園大臣文豐殉難，己酉六月，頤和園八品苑副永輝上書監國攝政王，痛陳明事，先絕粒而卒，以爲尸諫。詩中所云文與永也。

。才常於光緒庚子年間，組織自立軍，在湖北與林圭等起義反淸，被湖廣總督張之洞殺害後，家屬亡命日本。有壬畢業慶應大學，回國後，在北京中國銀行辦事，有時寫些文稿，在報刊發表。汪兆銘當了行政院長兼外交部長，把他調用，辦的是對日外交。殷汝耕由滬市參事轉投到華北政務委員會黃郛部下，是由唐所介紹。而唐因爲鋒鋩太露，數年後在上海寓所門前突遭兩人狙擊，當塲斃命。這時殷汝耕已經投敵了。

殷汝耕的下塲

殷汝耕，字亦農，浙江平陽人。生於日本東京，畢業早稻田大學政治科，娶了一個日本子爵的女兒爲妻。家庭生活，完全日本化。歸國後，幹過一些小差事。一九二五年，郭松齡討伐張作霖，他任外交處長，專與日人聯系。郭失敗後，躲在新民屯日領事館半年多。革命軍北伐，在上海幹些地下工作，一度當了短時期的政治部副主任。上海一．二八戰事發生前，上海市長吳鐵城派他當市府參事，負責對日交涉。上海停戰協定，自恃有功，恣意揮霍，生活腐化，到處借貸，一二十元，也不歸還。黃郛當了政整會委員長，由唐有壬推荐他去當參議，暗中加入了日本人搞的「大東亞同盟」（陰謀中日併爲一國）。一九三三年五月底的塘沽協定，就是他做出席會議代表。冀東二十二縣劃爲非軍區域，永不駐兵，南京派他爲冀察督察行政專員，另一個灤榆專員是陶尚銘。一九三五年冬，殷公開投日，赶走了陶尚銘，組織冀東防共自治政府，通電脫離南京政府，自製法令，成爲第二的東北，自封爲主席，一切均唯日寇命令是聽。詎料不久，通州發生內鬨，保安隊突然把通州城的日本軍民數百人，全部殺光。殷汝耕倉卒間在混亂中逃逸，保安隊也星散了。等到日軍再度佔據通州，冀東僞府秘書長池宗墨做了主席。殷汝耕在通州逃脫後，過了一個時期，在南京汪僞組織，又搞了治淮委員會，因爲過於招搖，狗咬狗骨，卽被撤銷。殷又跑回北平去，到處煽風點火，幹那馬路政客勾當。等到日寇投降，他被逮捕，審訊之後，押赴天橋鎗斃，了此一生醜史。（筆者附誌：金九，原名金昌洙，到中國後，改名金九。是朝鮮獨立運動的右翼領袖，朝鮮國民黨負責人，民族主義者。他從事反日，二度被捕，一度出家。一九三九年，在中國組織過韓國臨時政府。日本投降後，返國當過南朝鮮議會副議長。一九四八年四月，潛赴朝鮮北部，參加平壤會議，加入朝鮮祖國民主，義統一戰線。南返後，於一九四九年，慘被反對派的特務殺害，時年快到八十歲了。）

劉大使的胆量

一九三四年十月十七日中國駐意大利使節升格，劉文島升爲大使（中國設大使，以此爲第一個，劉文島可以「自豪」了。劉已於今年六月死於台北，七十多歲了）。有一天，劉文島穿了墨索里尼裝，脚踏馬靴，手執短鞭，很神氣的入外交部。恰巧黃秋岳跟汪精衞到外交部辦公（汪時兼外長），劉、汪的汽車同時泊在大門外，兩人同時下車，守門衞兵擧槍喝口號致敬。劉一心一意在注意汪，沒有留意喝口號，這一喝，出於不意，劉大使幾乎仆在石階級上，還算秋岳眼明手快，一手把他扶住，始不失儀。

汪精衞入部長室後，秋岳來到我的辦公室聊天，他說：「像劉文島這樣的人，被衞兵一喝就要倒地，怎有胆量辦外交？」數日後，劉文島徇外交部電報科科長劉明劍之請，將其弟劉潛調爲隨員。劉潛身不滿五尺，面有白斑，形容極猥瑣。一日，秋岳又隨汪來外部，我特地借故帶秋岳往看隨員劉潛。秋岳一見大驚曰：「劉大使眞夠胆量，帶個侏儒去見墨索里尼！」劉明劍湖北人，與劉文島同鄉，大使不得不招呼同鄉也。

·伍勝·

三十年前轟動上海的

美豐銀行破產案內幕

凌憶寒

與屈原無關的聯想

今年的端午，在動盪的香港度過；雖動盪，心境是沒有不安與煩亂的。然而，三十二年前的端午，却因爲上海美國銀行之一的美豐銀行的倏然倒閉，使人們在節前陷於不但不安，甚而是徬徨無着的境地之中。以下，是三十年代，發生在上海市的小故事。——也許，是大故事吧？

從芝加哥到上海

一九三五年，英國暴發戶沙遜在他上海的寓所，舉行一次盛大的舞會的時候，來賓中，一位銀行業鉅子向蹺着脚走來的主人沙遜碰杯道謝後說：「看來，美豐銀行的董事長，今晚是不會來了。」沙遜表示同意地點了點頭，但，當他的眼光向一個親熱招呼聲中的來人投過去時，他不禁拍一記銀行鉅子的肩頭，指着穿一身燕尾服的來者說：「看！這不是美豐銀行的老板雷文先生麽！」

是的，他就是弗蘭克．于．雷文。他沒有預料到，自己是以這樣「不知身份」的身份來參加沙遜的舞會的。

原來，芝加哥是雷文出身之地。芝加哥這地方，要生、要死，都是容易的；然而，對於一個游手好閑的人來說，要混下去却難了；要混得光光鮮鮮的指望就更微。雷文聽說中國有些人嚷着「外國月亮比中國的圓」，比較之下，他便張羅了一點旅費，坐了一艘外洋輪船到了吳淞口。當他從艙裏鑽出來的時候，正是一九〇四年的一個上海的早晨。

甫一上岸，雷文便深深地吸了一口氣。他笑了，因爲他嗅到了銀元的氣味。

起初，他的發了蹟的美籍同胞們是看不起他的。他只有在虹口一帶蹓躂。不久，他應徵了公共租界工部局工務處的差事，成功了，他當了工頭。

有飯可食，有威可施的工頭，對雷文來說，只算得是在陌生的上海地頭，找到了一方「立足之地」吧了，他目的是要擠身在他底同胞大亨的行列之中；而他必需找一張梯子。

他沒有遺蹋他那靈敏的嗅覺：他找到了他理想中的梯子——教會。

早在一八四一年，法國當局通過巴黎耶穌會與羅馬教廷的關係，壟斷了天主教在上海的佈道權。一八四三年，上海被迫開埠，三星期後，美國和英國便紛紛從本土運來大批傳教士，另起爐灶，名之曰基督教，與天主教分庭抗禮。他們在上海站穩了脚跟之後，便向華中、華東、華北各地，做打救世人的工作了。

義和團的運動對象，包括了在華的教會。義和團失敗之後，「損失慘重」的聲浪叫得最响的是美國，於是因爲賠償而撈得最肥的也是美國教會。於是，教堂林立；教會享有「傳教」以外的特權。

雷文的鼻子嗅到了教會富有「特權」的氣息，於是他口裏念念有詞，手指在胸前劃個十字，喝一聲「變！」便成了一個「虔誠的基督徒」。他做禮拜，他正襟危坐，他撤了芝加哥街頭的俗俚小調，唱起聖詩來了；他吹牛，他拍馬，他當狗腿，他娶了女教友做老婆；……兩三年間，他成了教會的紅人。——他穩踞了一把平步青雲的梯子。

「信徒」與「鴻圖」

一九一四年的第一次世界大戰，影响了歐洲各國，上海的撤僑和以英、德國首的商業業務的癱瘓狀態，很幫了美國的忙。美國商人看準了機會乘隙而入，一年之間，上海公共租界的美僑激增，由三十二家美資商行組成的美國商會也建立了，與他們的老家華盛頓、紐約保持密切的聯系。

雷文呢？十年來，憑看他那套看家本領，已非吳下阿蒙了。那把洒了「聖水」的梯子，幫助雷文順利地擠身「外國紳士」的行列。也就在這時，南京路與四川路轉角處的一座大厦的寫字間外，由雷文掛出了一塊空頭招牌；牌上寫着：「普益銀公司」。

大戰三年，德奧節節失利，以英法爲首的協約國方面雖然漸露優勢，但雙方均已打得筋疲力盡；美國看準時機，一九一七年四月六日加入協約國，對德宣戰。這樣一來，美商在上海的聲勢凌駕了一切。雷文藉「普益」總經理的名義，做了上海地皮掮客的脚色，很撈了一把；此刻順風駛帆，在普益所在的樓下大肆裝修，並向美國達拉威州註冊，於是人們以爲上海多了一間資力雄厚的美國銀行，它的中文名稱是——「美豐銀行」。

美豐銀行成立不久，雷文便使出了他的第一度板斧：發行美豐鈔票。在上海混了十多年的雷文，很捉摸了一些人的崇外心理，他特地把美豐鈔票印得長長窄窄，模仿了美鈔的式樣來抬高美豐鈔票的身價，果然，美豐鈔票的流通額十萬、百萬地增加，七年之後，竟超過二百萬元！雷文的腰包，便隨着印鈔票機器的運轉而隆然膨脹了。——然而，誰又會知道，美豐銀行的身家性命，只得五萬塊錢呢！

「空心老官」的美豐，只有雷文自個兒明白。他使出第一度板斧大有斬獲之後，緊接着便劈出第二度板斧：吸收存款。由於雷文早已是教會裏的紅人，「美豐」開設之後，自然兜攬了不少中國教友的存款。另方面，憑着他多年來在教會裏主子們的面前賣力，此番更大肆如簧之舌，極力請求各教會在美豐開來往戶，聲明不必多存款，而且，它們對外的應收帳款，數目瑣碎到幾分幾毫，都可以簽發支票，照理如儀；每到月底，他便把核數淸單送上教會核對，之後，便把該月份付訖的支票全部發還出票人，使教會可作爲收款人收到帳款的凭證。教會方面認爲這種辦法對他們既有利又方便，這樣一來，大小教會都紛紛向美豐開戶往來，一時之間，人們都MCC地以爲美豐是教會銀行了。

這兩招認眞絕，不過，在第一、二招中，雷文又「變」出一招來，可稱之爲「第三度板斧」。原來，當時外國銀行大都開設在外灘一帶，統稱爲「外灘銀行」，它們有洋商銀行公會的組織，票款出入可以相互劃撥，美豐外表上雖然「顯赫」，但骨子裏只得「五萬」，那有資格加入洋商銀行公會？所以，教會發出的「美豐支票」，握在以中國中小商店爲主的收款人手裏，到其他銀行去兌換時，到處碰釘，如此一來，持票人只好親自到美豐去。美豐的職員拿了支票左看右看，說這裏有問題，說那點很可疑；最後一招殺出，說：「存入銀行轉帳吧，這樣可以隨時支用，便沒有麻煩了。」這樣子存是不存？——存了。雷文於是一一如一，一二如二地凭空添進了不少中小商店的存款。

一樹連理

鈔票是花花綠綠的，雷文嘗到甜頭之後，便想向上海以外的地方伸展他的經濟手腕了。他通過教會的關係，結識了四川一些想開新銀行的商人。他提出了合作的條件：股本美國人佔百分之五十二；董事名額美國人佔五分之三；重要職位由美國人充任。這種條件對中國人來說，顯然佔了下風；但是，當時處在軍閥割據下，戰來戰去，銀行成了軍閥們借款和籌餉的良好對象，想靠「銀行」吃飯的人，非「洋」字當頭是不可的。於是，雷文從美豐移挪了十三萬元，四川商人繳足十二萬元，合共二十五萬元向美國康涅狄格州註冊，

[illegible]董事長兼總經理，他的老搭檔郝爾德任董事兼經理，白東茂任董事，「美商四川美豐銀行」即於一九二二年四月成立。開張後，依舊是那「三度板斧」，官府、軍閥誰也不敢碰它一碰，於是銀紙如自來水，「滾滾而來」。

一九二二年九月，雷文又通過老婆和福州教會的淵源，「美商福建美豐銀行」宣佈開檔；接着，在厦門的分行也開檔；一九二三年，「上海美豐銀行天津分行」亦開幕，並發行「銀元券」和「行化銀券」兩種鈔票（行化銀券是當時天津的記帳銀兩本位）。至此，雷文彈荷包而歌曰：「嘻嘿，不盡銀元滾滾來！嘻嘿，……銀元……！」

「『圖利』村」及其他

然而，中國內陸洶湧的政朝澎湃而來，漢口和九江的英租界被相繼收回。雷文看風轉舵，先後將四川和福建的兩處銀行股份出讓；再者，「五四」和「五卅」運動影响了外國紙幣的流通額。雷文在這種情況下，不得不在三度板斧以外別出花招：於是他將一百元改爲五十元開戶，除了可以領用支票之外，還提高了利率；同其他「外灘銀行」一樣，僱用了一個姓張的錢庄老板做買辦；把美豐遷往原址斜對面的一座大厦營業，標榜得氣派更「大」。因而，人們又有了錯覺：「美豐」不是縮小了，而是擴大了。

三十年代之初，美國從打開了的中國門戶處，傾進了大量剩餘的農產品，砸碎了中國的農村經濟，內地的資金向外流，上海便成了游資充斥；地產企業便成了「大熱門」。雷文除了美豐銀行和普益銀公司之外，先後在美豐舊址開設的「美東銀公司」和「普益地產公司」，便在這種時勢下，在「衆業公所」（上海產業證券市場）將普益地產股票上市買賣，以公司的名義發售年息七厘的「普益生利券」——僅據一九三二年年底統計，他已撈去三百五十五萬銀元；另外，他又發行公司債票，在他手腕的轉動之下，又撈去了三百七十萬兩銀子。

與此同時，雷文又在滬西虹橋路以賤價購去了好多地皮，說是要興建「普益模範村」，然而，他却把地皮分成了好多塊高價出售，登廣告保證「地皮漲價」，否則到時將按「漲價標準」收購。這種把戲居然騙上了三十年代的中國仕紳，好大的一筆錢，又告舒服了雷文的荷囊。

雷文利用美東銀公司大做股票買賣；利用美豐銀行大做外滙；利用普益地產公司大做地產，眞是「得心應手」，「左右逢源」，僅據一九三二年年底普益地產公司的報告，所置地產總値就有銀元二千二百三十九萬元之巨。憑着他一往無前的經歷，他等待着「善價而沽」美夢的實現。……

誰是破了產

然而，雷文的鼻子因爲銀元味的充塞而失去了它的敏銳。一九三四年的世界性經濟危機，影响了上海市面的蕭條，抬價購銀政策使存銀大量外售，以致本市現銀枯竭，通貨緊縮，利率昂貴。金融業爲求自保，廹緊催贖地產押款，地產市價因而一落千丈，以致求受無門。

普益地產公司所有全部地產，除了部份用發行債券和「生利券」得來的錢購置外，其餘都是挪用美豐銀行的。一九三五年的百業蕭條，倒風遍吹，在各行庄存款人的紛紛提存下，美豐的空虛便被一招之間揭穿了底。

就這樣，雷文以五萬元起家的美豐銀行，就在距今三十二年前的端午節前，在上海、天津兩地同時宣佈「停業清理」。……那八千存戶的八百多萬銀元的「現時儲蓄，老來享福」的夢，在血和淚的瀅瀅閃光中，破了……！

雷文申請了「破產」；雷文把普益地產公司盤給了福特汽車公司的上海代理美通汽車公司的大班培爾，吞沒了全部盤價；雷文被控；雷文從一九三六年一月二十八日起被拖延着受審；雷文被送往美國麥克耐爾島，去執行他被判決了的「五年徒刑」；……。

臨走時，雷文丟下了一句他在中國發跡了三十二年後所得的名言：「一個人的財產，不是你有多少，而是你能借到多少。」之後，他便去過他的「徒刑」生活去了。

『秋瑾史迹』辨異

——「黃帝紀元大事表」是誰編寫的？

·張靜廬·

「秋瑾史迹」（一九五八年中華書局出版）第五頁載有「黃帝紀元大事表」一稿。這篇文稿是淸廷所謂「起獲秋瑾親筆各項字據」之一①，原件現藏上海市文物管理委員會。從文稿內容看，它是根據「黃帝魂」（一九〇四年一月出版）首篇「黃帝紀元說」一文的末一段改寫而成的，只是文句畧有增刪；「大事表」也是依據「黃帝紀元大事畧表」加以改編的。「黃帝紀元說」一文的最後署有「黃帝降生四千六百一十四年閏五月十七日書」等字樣；在這篇經過改寫的「黃帝紀元大事表」文稿的最後則署有「黃帝降生四千六百一十五年甲辰季秋黃帝子孫之嫡派許則華謹識」等字樣，這是二者很大的不同點。

由於這篇文稿是夾在所謂「起獲秋瑾親筆各項字據」之中。同時，在檔案「秋瑾口供」中又有這樣一段話：「論說稿是婦人做的，日記手摺也是婦人的，婦人已經認了底稿，革命黨的事就不必多問了，……。」而且，當時捕殺秋瑾的劊子手——貴福，也據此以定讞。因此，它很容易就被人認爲是秋瑾的遺著和手稿。實際上，這是大大値得懷疑的。

一九二九年秋瑾之女王燦芝編輯「秋俠遺集」時，就不敢肯定這是她母親的遺作，只好把這篇文稿最後所署的名號刪而存之。「秋瑾史迹」的編者也對這一點提出了疑問：「『黃帝紀元大事表』專紀歷代遭受外族侵畧的大事，也是爲喚醒人民促成民族解放鬥爭而作的。前面有許則華漢（按「漢」系謹字之誤認）的題識，似非秋瑾烈士手筆。」一九六〇年中華書局編輯的『秋瑾集』出版時，編者把這篇文稿移作附錄，並加按語說：細審原迹，可知非秋瑾手筆。且按此表原名「黃帝紀元說」，爲劉光漢所作（見「左盦文集」卷十四）。最近章士釗先生在「疏黃帝魂」（「辛亥革命回憶錄」第一輯）一文中又進一步證實「黃帝紀元說」一文確爲劉光漢所作。他又說「『黃帝紀元說』此劉申叔執筆爲之，書在「國民日報」來文欄內發表，署名無畏。查秋瑾檔案中，即有此類似之一表，自署編者許則華。其爲眞實姓名與否，無待深考。」

但是，上面這些說法，只說明了「黃帝紀元說」是劉光漢所作，經過改編的「黃帝紀元大事表」不是秋瑾所作。而此中一個比較關鍵的問題，卽：這篇自署「黃帝子孫之嫡派許則華」的文稿，究竟是誰編寫的？許則華究竟有無其人？他與秋瑾又是怎樣的關係？却仍然沒有得到解決。下面試就我所接觸到的材料，提出若干線索，備供研究這段「文字公案」的人的參考。

（一）許則華就是許嘯天。一九一四年出版的「眉語」雜志第一卷第一號載有李叔同先生所訂「高劍華女士書例」說：「女士西子湖畔産，前夏自北京師範校歸，適婿許君則華，因築儷華館，相與鳴琴拈韻於其中。……」該刊卷首印有他們結婚照片，題許嘯天、高劍華兩人姓名。由此可見許則華就是許嘯天。

（二）許則華，浙江紹興人，與秋瑾是同鄉，也是光復會會員。一九四八年嘯天在「東南二馬·馬君武在廣西」（載「子曰叢刊」第五輯）一文中說：「作者在十八歲時，因參與浙江光復會地下工作，君武先生在上海主持龍門師範學校，培植革命種子；又編印革命小冊子，……與光復會互通聲氣。」就在這年冬天，許氏因車禍在上海逝世，年六十餘歲。由此上溯

[illegible]○七年，當時他正是一位二十歲左右的青年。一九○七年秋瑾被捕以前，他正與秋瑾在紹興大通體育學堂一起進行革命工作②。關於這一點，他在題「秋瑾女俠遺容及就義圖」中說得很清楚：「嗚呼！女士別僅五日，便成永訣！（當時嘯天與女俠同校任教務，値暑假，嘯天於五月三十日赴杭，臨行時女士猶殷殷送別也。）徒於罪案中附驥尾之姓名（嘯天名列當時之所謂罪案中）③。……」因此，秋瑾被捕，他所編寫的「黃帝紀元大事表」也就同時被清吏搜去。由於秋瑾不願牽累革命同志，所以她在供詞中「認了底稿」，而不說許則華就是某某人。

（三）許氏喜歡寫小說和戲曲，清末民初經常在同盟會機關報「民呼報」「民立報」和「天鐸報」上寫稿，筆名叫嘯天生④。又擅書法，筆者曾將「黃帝紀元大事表」的墨迹與「眉語」各期許氏題字相對照，雖時隔十年，點畫間架仍多相同之處，其中個別字體如「華」、「許」等，尤覺肖似。

以上諸點，僅就個人接觸到的一些材料進行初步分析和推斷，還嫌不夠全面。今年七月十五日（丁未六月初六日）是秋瑾烈士就義五十五周年紀念，如果能將這段五十多年來一直沒有搞淸楚的「文字公案」弄個水落石出，倒是一件有意義的工作。

①『辛亥革命』第三冊『浙江辦理秋瑾革命全案』第五目。②『秋俠遺集』卷首載許嘯天「讀秋女俠遺集的感想」說：「想起我們在少年時代幹的革命工作，那種拔劍裂眥，不可一世的氣概，我於秋女俠殉難以後，有點懊悔了」。③見『秋俠遺集』卷首插圖『許嘯天附志』。④見『眉語』第一卷第五號『許嘯天啓事』。又，許氏在『我與話劇的關係』一文中說：「待到我參加秋瑾先烈革命工作失敗潛逃來上海以後，第一個見到于右任。于右任正辦『民呼報』，向我索稿，開始寫第一個劇本『多情的皇帝』，于稱賞之。……」

（本文選錄一九六二年五月廿六日「史學周刊」）

故宮人昀珠

劉郎

一九二五年一月，上海的小型三日刋「晶報」，載有袁寒雲的「泣珠詞」三首，又附其妻劉梅眞，媳方初觀和作。詞前小序云：「淸故宮人昀珠感逐宮之厄，作紀事三章，其詞哀婉，可以諷歎，爰爲和之，並屬內子梅眞，子婦初觀同作。」其詞云：

對景空揮淚，倉黃夜不春，隔江應有恨，誰與弔沖人。

玉骨冰肌在，臨池唱舊歌，東坡爲按譜，應是謫嫦娥。

金角驚飛騎，銀屏泣墜香，一從歌別怨，無復夢昭陽。

前題次均　梅眞

絳幘雲裘冷，阿房感舊春，淒涼終一炬，千載泣宮人。

目斷蒙塵裏，銜悲獨放歌，一番辭故闕，緘恨訴姮娥。

潘女蓮生步，楊妃襪有香，空懷亡國恨，揮淚出昭陽。

前題次均　初觀

幼入深宮裏，恩承雨露春，忽逢亡國日，怕說昔年人。

月色迷濛夜，朝元閣上歌，自思無所憶，含淚有宮娥。

永巷行吟地，何年拾墜香，深愁無說處，冷落舊斜陽。

讀者·作者·編者

△本刊第三十二期，載有兩篇有關于蘆溝橋事變的文章，承舊金山讀者李景先生來信，提供了一些材料。他說，現任新加坡南洋大學史學系教授吳相湘先生，他的「近代史事論叢第一集」中，有「蘆溝橋頭第一槍」一文。據吳君在文中說，一九六〇年他在日本與今井武夫同進午餐，今井出示齊燮元手書蘆溝橋事件解決案，即所謂「現地協定」，今井說．「這可說明蘆溝橋事變是共產黨份子挑起來的」。但吳君閱其全文計三條，其中涉及共產黨的只有第三條，文曰：「本事件認爲胚胎于所謂藍衣社、共產黨及其他排日系各團體之指導，今後應即採取締之對策」。吳君謂：「筆者即鄭重向今井指出：即就這一條文字與精神而言，絲毫不能證明所謂放第一槍是共產份子。」吳君認爲今井這樣說，「他（指今井）顯有對中日戰爭導火線嫁禍之舉。因之，筆者當時向他指出：這第一槍問題是支節問題，日軍當時在河北省各地的橫行無忌才是觸發戰爭的眞正原因。」吳君文末又說：「由是以觀：日本朝野對于中日「戰爭的史實」是如何積極地在顚倒是非歪曲事實！這實在是中國歷史學人應該特別注意的。」李景先生給編者的信說：「閣下喜研究近代史料及掌故，不惜破財發刊大華，弟極爲欽佩。只恨弟乃傭工之人，無力相助，只好抄一段史料，以供參考。」李先生厚愛本刊，令人感激，吳相湘先生這部書，我未見過，今將李先生來信錄其大意于此，使大華的讀者亦得參考。

△無巧不巧，舊金山李先生來信收後第二天，香港有位某先生寫來數千字材料，與七七事變前後及高宗武、陶希聖在香港大公報揭發「日汪密約」等問題有關。某君所說的，多爲前人所未發，值得參考。他給編者的信說，因年紀太大，手顫不能作字，又不能下樓造訪，所以祇能拉雜寫成，請我利用這些材料，替他安個筆名寫爲文章，分別在大華發表，或留爲私人參考。函末更說：「請念在愛護貴刊及閣下創業之忱，萬分鑒諒數次煩瀆，有損淸神。」某君厚愛，更爲可感，他老先生大概是舊日北方耆彥，交游廣泛，多聞故實的人，晚年隱居香江，不欲以姓氏示人，甚至不想使人從行文中測出爲誰氏之筆，故鄭重委託。編者感其盛意，代草成文二篇，將于三十七、三十八期以「王孫」的筆名發表。至于他的眞姓名編者要負責保密的。

△新加坡讀者何非先生來函問「柳西草堂日記」、「世載堂雜憶續篇」、「梅蘭芳的戲劇生活」、「英使謁見乾隆記實」這四篇連載，是否有印單行本的準備。除第四種外，前三種未作此打算。但「花隨人聖盦摭憶補篇」，已於上期刊完，兩個月後可出單行本了。

附昀珠原詩

奉帚朝元殿，長門十二春，不應宮草綠，翻妬繡衣人。

絳幘驚宵起，都憐子夜歌，未敎辭廟淚，偸灑向宮娥。

鸞文空結襪，蜨袖亦銷香，零亂東皇意，飛花出上陽。

原作本來已不算好，和作更是不足觀，以其毫無情感，只是爲做詩而做詩，隨便寫一通而已。所謂「故宮人昀珠」，是指溥儀小朝廷的「宮人」，當時袁寒雲很同情溥儀被逐出故宮，見「故宮人昀珠」此詞，就和作一番。豈知所謂「故宮人昀珠」並無其人，乃一化名「偶園」的男子漢所作。據鄧之誠「骨董瑣記」卷七「舊宮人昀珠」一條云：「甲子十一月十四日（一九二四年十二月廿九日）報章載紀事詩三首，署名舊宮人昀珠」云云。可知詩乃好事者所爲，並無「昀珠」其人也。馮玉祥、黃郛等人驅逐溥儀出宮，爲國家淸除作怪的妖孽，凡屬中國人民，皆拍掌贊成，只有一小撮遺老遺少，洋奴（如胡適之流，胡當時極反對也）買辦才認爲破壞「盟約」耳。袁寒雲雖是竊國大盜袁世凱之子，但具有極深厚遺老思想，故同情「故宮人」，豈知根本就沒有這個「故宮人」題詩之事，寒雲不知，而感歎一番亦可謂無聊了。

名人書簡

小雅

日昨訪某君，見其案頭有名人書札一束，中有寶廷、許景澄致張之洞函各一通，讀一過後大喜，掌故好材料也，因此不敢自秘，向某君借回鈔錄如次，寄給林熙先生刋諸「大華」，藉供談掌故者之參考，並試作若干注釋，以便閱讀，想不爲大雅所譏也。許景澄一函，尤有價值，此函寫後他卽被難，恐係絕筆矣。

寶廷（註一）致張之洞書

前後書並呈拙作，當已登記室，至今未承指示，公事多無暇耶？小兒幸附門下，愚妄不自量，每欲爲有用之學，不屑攻時文，尤不喜學時下花樣（注二），侍以爲將終身落拓矣，不意今科竟幸中二名舉人（註三），慚愧之至，足見春風一坐，朽木亦發榮，不必日親函丈，乃有進益也。知關垂念，特此奉聞。路遠不能趨叩，令其將闈中詩文，謹錄一通紺寄，恭呈鈞誨。此次經策，世兄必能分外出色，高捷預卜。小兒得作同年，亦難得巧值也。聞梁星海主講廣雅書院（註四），向但欽其氣節，不知竟學問亦如此難得，難得此君出京時（註五），曾惠書索詩，侍閉門謝客，不與外事，因其臨行諸名流賦詩送行至數十人，未敢紺驥，至申江又寄書催索，終未敢遵命，欲作報書婉達（欲稍規之又以夙未晤面交淺難以言深）鄙意苦無妥人未便輕付洪喬，至今耿耿。梁君不知區區苦衷，必以簡傲見怪，侍從不輕慢君子，詩夙喜作，不怯獻醜，皆老前輩稔知，此番實因餞行時聲勢過大，已招不喜人眈視，再加侍在內，恐更無益於梁君，區區之心，晤時乞爲婉達。再聞其年未老已長髯三尺，刻有若干歲罷官圖章，似皆不宜，既愛而重之，何不勸之？老前輩齒德學問，梁君當必佩服，言想無不從也，但不必言出鄙意耳。前寄拙作，得暇尚乞斧削，不妨隨評隨寄，以便刪改另鈔。痰泄二病至今總未大愈，諸藥無效，恐非善症，及此餘生能訂妥幾紙著作，留待後人攻駁，亦不枉閒居數年，非敢促迫。近來萬念俱灰，惟名心猶未盡，故願爲遼東豕，老前輩得毋笑其陋憐其迂乎？因老尚書日月輾轉，披閱海國圖志、格致啓蒙，忽有所觸作南極新地，三辨天地動靜，日月五星數辨，容徐抄出寄正以博一哂，乃知誠哉書難盡信。魏默深，徐松龕地理，西洋天文，皆未可爲據，細考皆有舛錯也。秋氣漸寒，諸惟爲國自重。壺公（註六）老前輩老夫子大人（註七）侍廷頓首　兒輩隨叩

廿六日三更（註八）

（註一）寶廷字竹坡，清宗室，鄭親王濟爾哈朗八世孫，同治七年翰林（與陳寶琛許景澄同年）。光緒八年（一八八二）典福建鄉試取中陳衍、林紓、鄭孝胥等。任滿以納妾自劾罷，旋又賞復三品秩。寶廷與張之洞、張佩綸、黃體芳稱爲翰林四諫，又與二張，黃及陳寶琛等稱清流。卒於光緒十六年。

（註二）清史稿列傳二百五十五謂寶廷子壽富「旁逮外國史通算術」，「赴日本考察政治著日本風土志」，又「性故矜貴不通刺朝列」。庚子（一九〇〇）京城陷與弟富壽（清史稿作右翼宗室副管壽蕃）等投環死。絕命詞有「國破家亡萬無生理之」句。

（註三）壽富（字伯茀）光緒十四年（一八八八）戊子舉人，廿四年翰林（清史稿誤作十四年）。

（註四）光緒十年張之洞任兩廣總督，任內曾一再兼署巡撫。光緒十三年延梁鼎芬主講端溪書院，是年閏四月創建廣雅書院，十四年六月初八日行廣雅書院開館禮。清史稿梁鼎芬傳「

張之洞督粵，聘主廣稚書院講席」。

（註五）清史稿卷二百五十九梁鼎芬傳「法越事亟（梁）疏劾北洋大臣李鴻章，不報，旋又追論妄劾，交部嚴議降五級調用」。降級後出京。

（註六）張之洞一號壺公。

（註七）張之洞同治二年翰林，爲寶廷前輩，壽富附于張門下，故以老夫子稱之，自稱「侍」。

（註八）是書年月不詳，以文內各節證之，應斷爲光緒十四年戊子，且必在秋闈（八月）榜發之後。

許景澄（註一）致張之洞書

夫子大人函丈（註二），接誦賜書，並卦電，敬悉。恭維勛履增康爲祝。溯自拳民蔓布畿甸，自涞水而涿州，四月杪，遂毀保定鐵路，五月毀及京津之路，榮相（註三）頗主兵剿，適以足疾在假，雲門（註四）力贊之，而其時邸藩及諸大老積憤洋人教民凌侮之太甚，羣快爲義，日張文告禁止，而日益横行都市，自五月望日，遂有焚殺京城教堂之變，至二十日，榮相得江蘇糧道羅家杰密稱（註五），聞洋人將要求四事，此函遽以進呈，於是撫團攻洋之議遂決。是日派澄偕侍郎那桐迎前商阻續調進京之洋兵，次日行至豐台，爲團衆所攔阻折回（幾罹凶刃）（註六）。二十三日（註七）軍機王貝勒等入對，澄隨在後，上特呼名令前，執外褂袖令實對。澄言如要挾太甚，不得不決戰，各使必實力保護至津。然上意惡戰，仍執袖不釋，垂淚謂中國百萬生靈塗炭。當此情景，甚懷自危，以後即不敢再言時事。雲門知有攻使館之舉，挈眷遂行（在五月廿三四日），爽秋已兩次修啓，由總署夾板馳達，近來情形想經詳陳。昨日奉明諭，又補發三國二電（註八），似有轉機，但保全各使，不過留和之後路，至如何和法，恐非易辦，而邸及諸老（註九），當挾乾嘉前事以例今茲，終憂隔膜決裂耳。各直省軍情吃緊，舍姪鼎鈞，習曉洋操，究未慣歷戎行，深恐貽誤，且寒族丁單，可否恩賜開去帶兵，給後差事，尤所感跂。各使除德使出行被擊外，似當安全（然亦無確耗），赫德存否，亦未能知。前日得津門敗耗，朝意令董開隊，託言京城無人塡紮難往，殆亦有畏難之情耶？方寸憂困，不克縷啓，統求矜鑒。爽秋另有詳函至世兄，已由差弁遞請覆音，另與爽秋繕呈覆電，但聞保定電線亦阻，不知能早達否？恭請鈞安，受業名心印　六月廿三日（註十）

（註一）許景澄字竹篔，同治七年翰林，據清史稿列傳二百五十三，光緒六年詔（許）使日本，父憂未行。十年出使法德意和奧五國，兼攝比，隨以母憂歸。十六年出使俄德奧和四國，二十三年充德國使臣，復以疾歸國，授總理各國事務大臣兼禮部侍郎，調吏部，並充大學堂總教習。

（註二）據張文襄公年譜同治六年充浙江鄉試副考官，取許景澄，袁昶等樸學之士。

（註三）指榮祿

（註四）樊增祥字雲門時官記名道府

（註五）袁昶「亂中日記殘稿」「推原禍本，蘇糧道羅嘉杰密稟榮祿，所稱夷人要挾四條多悖逆語……（四條：一、指明地點爲皇帝居住；二、代收各省錢糧；三、代掌天下兵權；四、勒令皇太后歸政）羅語妄誕不根，荒唐無據，輕率密稟，實爲禍魁。」

（註六）「亂中日記殘稿」二十二日記那桐許景澄往豐台阻洋兵入城事甚詳，以焚符紙，灰飛起獲生還。

（註七）「亂中日記殘稿」作二十四日。

（註八）「亂中日記殘稿」「六月初八日晤許竹篔，篔聞之稚夔云，昨發俄日本英三國之電，措詞尚懇到，仁和（王文韶）筆也。」

（註九）「亂中日記殘稿」五月二十一日召對諸王貝勒及崇綺等二十餘人（當指載漪、載勛、載濂、載瀾、剛毅、徐桐、崇綺、啓秀、趙舒翹、徐承煜、長萃、溥良等）合詞面奏，云非戰不可，皆主張端邸之說。」

（註十）六月廿七日許與袁昶（字爽秋）會奏嚴劾大臣崇信邪說請旨懲辦。七月初三日清廷逮許景澄袁昶，初四日詔數其辦理洋務各存私心，莠言亂政，語多離間，大不敬，斬西市。

上海二月記

林熙

民國廿六年（一九三七）七七事變一個多月後而有八月十三日淞滬日寇挑釁事件，遂展開中國人民抗拒日本帝國主義的侵畧戰爭。我適於六月底到上海，應同學某君之約，在他的私人商業機構裏做類似秘書的工作。到全面抗戰發生，某君將隨他服務的大機構遷往漢口，並沒有表示要我同去，當時北平已告淪陷，我斷不會再往北平自投虎口。我本來就不喜歡住在上海的租界的，不如往香港暫住一年半載，再作打算。怎知一住就三十年，比我在故鄉所住的時間還要長久，這是我想不到的事。今年又是抗日戰爭三十周年了，爲了紀念這一場中國人民偉大的抗拒帝國主義的戰爭，畧把我個人在上海那兩個月的日記摘錄於此，以當紀念文字。我是一九三七年六月廿一日從汕頭乘海輪動身往上海的，今從六月廿一日鈔起。

六月廿一日（陰曆丁丑年五月十三日），星期一。下午親往電報局發電報一通。回家後，正在看「老殘游記」，譚維漢（按：譚君今在香港教育界服務）、朱學洵（朱君爲商務印書館會計主任）二君同來。四時十分，譚朱二君與曼君及弟姪等七八人，送我上「瓊州」輪。叫了茶點，在餐廳裏與諸君茗話，談笑甚歡。六時衆人上岸同去，七時十分開船。

六月廿四日（五月十大日），星期四。陰雨竟日。十時許已駛入吳淞口，和船上一位美國搭客談天，大餐間只有我和他兩人，船主很少來同吃，所以吃飯時，我和他閒談較多。船泊碼頭，L來接船，今早方從南京來，暫住新亞酒店。於是我們也搬去新亞。

六月廿六日（五月十八日）星期六。先要找好住屋，安定下來，打算七月一日始往辦公。同往卡德路找房子，在四十一弄八十二號有一所白俄開設的公寓，地方極幽靜，二樓有一房間，相連一個浴室，浴室旁又一小室，可安放行李，但可容一人設床而睡，因向南有一小陽台。月租六十元，以五十五元成交，明日搬進。

六月廿七日（五月十九日）星期日。算淸旅館的帳，叫了一輛汽車，裝行李九件往卡德路，畧爲安頓一下，同往靜安寺路的沙利文分店吃午餐，吃後，獨自一人往河南路西泠印社買印譜數種，又往永安公司買廚房所用的器具，晚餐可以在家吃了。浴房地方很大，以火水爐燒飯，飯後同出門散步，一直行往海格路大勝胡同三十八號，看一九三三年故居。歸後在燈下刻印一方，仿吳讓之白文「心不貪榮身不辱」。

六月廿八日（五月二十日）星期一。六點鐘就起床，已有十天左右不弄筆墨，先寫畫，後臨書譜，吃完早點，八時十五分出門趁公共汽車，十五分鐘即到漢口路。某君已先到，即爲我在其辦公室中安排椅桌，坐在他對面。披閱文件二十餘。某君邀往四川路東亞銀行大廈一俱樂部同午餐，我不大喜歡吃廣東人那種硬如鐵粒的絲苗飯，告以不往。遂往南京路新雅吃點心。溜往四馬路逛書店。在大公報門市部得「閨艷秦聲」一部，封面標「未刻珍本叢傳」，寄售之物也。上月「晶報」曾介紹過。

六月三十日（五月廿二日）星期三。七點起床，即將昨晚所寫的小手卷染色。坐辦公廳中無聊，刻印一方。夜同往大上海

戲院看一場電影，片名Night Key，不好

七月三日（五月廿五日）星期六。

五時半起床，據案作畫。至六時許，已寫成大半，不得不放下，要往辦公也。某君昨日從濟南歸，携回合同草稿等文件甚多，忙個不了。午後往邑廟，買得新青田石大小五十方，只三元四角。晚膳後出門散步，順便入卡德路口的Denis Apartments一觀。這座大廈聽說是程霖生的產業，程失敗，今已賣與中國銀行。我上八樓看看出租的房間，一小室附一浴室，只五十元，下月擬遷此。

七月七日（五月廿九日）星期三。

天氣極熱。五點即起床，大暑中作雪景畫一幀，題曰「瓊樓積雪」，聊爲消暑之意。今早公事淸閒，某君說，這一科不久後恐怕會撤銷，因爲有很多大力者皆不主將設立，怨前任總理經多事。自有此科之後，各地分支行皆不能自由大興土木，凡有興建，皆要呈總處核准，甜頭頓失。於是大造謠言，誣某君作弊云云。幸喜某君近年的事業頗發達，在上海已能立足，不必依傍某機構了。

七月八日（六月初一日）星期四。

下午散值歸家，在路上買英文「大美晚報」一份，日軍炮轟盧溝橋附近之大宛縣城。日人蓄意挑衅已久，這次又藉口事件要侵略中國了。

七月九日（六月二日）星期五。 午間同往同興樓小吃北京菜。遂至西泠印社買丁敬身印譜，價十二元。下午無事，看容庚「金文續編」。五時半下値歸，買晚報，盧溝橋事，雙方撤兵談判。燈下刻印

七月十二日（六月五日）星期一。

修改合同一件。某君邀往午膳，並與吳君同行，至南京路哈同大樓三樓之建明公司小坐，一行八人往冠生園，某君設宴款待兵工署之張處長。下値後，至別發書店閱書，無當意者。

七月十四日（六月七日）星期三。

在辦公廳聽官方消息。某君云：南京中央軍六師已由鄭州北上，又撥飛機二百助戰。又說，中國銀行青島分行今日下午租一專輪，將所存白銀運來上海保存。夜九時同往大光明戲院看「柏林血案」，消夜後回家已近一點了。（後來證實，所說六師與飛機二百北上，皆謠傳也。）

七月十五日（六月八日）星期四。

涼，有風雨，六時起，寫畫後始往辦事。午間在Jimmy's吃牛扒一客，行往大新公司看吳一峯蜀游山水畫展，寫生甚佳，可惜筆力稚弱。在虞洽卿路集古齋買花壽山石一對，八元，小田黃一方，甚佳，二十元。至寧波同鄉會看張子嘉畫展，不佳。二時半回辦公處。爲某君作藏書印一方。

七月十七日（六月十日）星期六。

午後下班，往八仙橋之大吉樓，以雲麾碑付裝潢，付裱工十元。步行至呂班路，始乘電車至國泰戲院，看「全家福」。盧季卿小姐坐正我前一排，爲省事，不與招呼。四年前，她常來我家吃飯，有一次還請求每月納火食費搭食，我婉却了。三四年不見，不知老多少。她是吳君的太太譚女士的朋友，似乎是在國際貿易局辦事的。

七月十九日（六月十二日）星期一。

晴朗，酷熱。 五詩即起，作畫，臨草書。早餐畢，匆匆出門往辦公。不坐辦公廳年餘，今日如籠中鳥，石濤題畫詩有：「雉澤樊中神不王，白鷗波上夢相親。一鞭斜日歸來晚，只有青山小慰人」。去年曾寫其意，豈知今年我亦「神不王」耶？喜得我行動極自由，並沒有辦公詩間拘束。得伯昂姪十七日航空信，言「晶報」啓事一則，有北平圖書館影印明刊本金瓶梅出售，原價五十，今廉讓十二元，囑代買。派信差持十二元往威海衛路太和村五號購取，但主人拒而不收。某君明日赴南昌，爲總處布置一切，恐上海有戰事也。他說今晚開夜工，淸理各文件。即打電話回家，不必等吃夜飯。某君邀往大三元吃飯後，回到辦事處，辦公到十點。

七月廿五日(六月十八日)星期日。

晴朗，熱。早起作畫，臨漢碑額數白字後，進早餐。午間如在蒸籠，椅桌皆熱。下竹簾，並將白葉窗關閉，房中頓成陰翳世界，閱新出版之「逸經」。夜同往光陸戲院看「流氓與皇帝」。頗可觀，歸家已十一詩許

七月廿六日（六月十九日）星期一。

某君往南昌，無公事，遂亦不往辦公。難得一日淸閒，就趁機會寫復信數封，致南京郁海觀；北平徐北汀、岳君彥、周金鑑及心畬先生；廣州張競生。往商務印書館閱出版新書，在榮寶齋買「湖社月刊」

四本，趁洋車回家。太陽下山後，天氣稍涼，出門往南京路甜虹廬晚膳，穿白綢長衫，晚風吹袂，頗有飄飄欲仙之致。北平日軍今日又挑戰，炸廊房。

七月廿八日（六月廿一日）星期三。

午間同往南京路沙利文吃西菜，至榮寶齋，以童大年所刻之田黃印一方製錦盒。入商務印書館，見四馬路一帶的商店皆懸國旗，放炮仗，不知何事，問商務夥計，據說我軍克復豐台，日寇大敗，這一喜訊，當然值得大放特放了。到辦事處，仍聞爆竹之聲，某君云，已證實日寇大敗。又說，總處得到消息，上海日軍，限令上海我軍於今晚六詩前全部退出，中國官廳正與租界當局交涉，擬假道租界四小詩，將日軍驅出海云云。此項消息，不知可靠否？下班詩買晚報回家，報載日軍果大敗，我克復通州、廊房、豐台、並追逐日寇過盧溝橋。

七月廿九日（六月廿二日）星期四。

八點多鐘報紙才送到，北平情形大變，宋哲元走保定，以張自忠代其職，石友三的一部分保安隊附敵。晚報載天津有大戰。南京當局只是想把北平事件局限於地方性，能談和平最好，大抵仍不出一九三三年那些老辦法也。

七月三十日（六月廿三日）星期五。

十點到辦公廳。昨日天津形勢大變，警察四千，亦被日寇繳械，天津已不爲我所有矣。南京爲什麽不派大軍北上助戰，平津一旦盡落敵手，將來就難於收復了。可歎，可歎！

八月二日（六月廿六日）星期一。

晴朗，大風。午間在沙利文吃。遂行往公益坊南强書局訪王鼎新先生。他說杜國庠先生確已自由，現居南京，秋涼來滬。五時許下班，某君言總處已命準備應變，必要時先將一部分重要職員遷往南昌。遂與某君將重要文件，裝入汽車中，搬往建明公司。某君家人，亦將於明日乘輪往香港

八月三日（六月廿七日）星期二。

陰雨，颶風。出門往辦公廳，大風從東吹來，阻人不能舉步，幾欲仆地。天文台消息，颶風將於午間正面襲擊上海。

八月四日（六月廿八日）星期三。

雨。下午放晴，風仍大作。午後十二詩許，往四川路海軍青年會吃西餐，吃畢，步行至河南路榮寶齋取錦盒，製得很精緻，出北平名手也。颶風已過，但還有風尾。這次上海損失不輕。

八月八日（七月三日）星期日。　　晴、熱。起床較遲。七點卽坐畫案前寫畫，臨草書三百，拓印，拓邊款。午後往南京路，上公共汽車後卽遇大雨，在江西路口下車，至商務閱書。往榮寶齋，交印三方製錦盒，計吳昌碩一方，鄧爾雅二方。折回南京路，入沙利文吃點心。又搭車至中國書店，買延光室影印的「四朝畫苑」十一本，「玉谿生詩集」、「建炎以來繫年要錄」、「水雲樓詞」各一部，晚餐後，至愛文義路一帶散步，見興文小學貼有簡琴齋書法速成班海報，就進去拿一份章程。

八月十日（七月五日）星期二。　　晴，大風。昨日有日本軍二人，闖入虹橋飛機場，開槍射殺保安隊一名，保安隊爲了自衞亦還擊，日兵死二名。日寇蓄心挑衅，令人髮指，國家積弱，一任帝國主義在境內横行，執政者可謂全無血性！夜同往卡爾登看話劇「原野」，曹禺作品。看後回家近十二點，吃雞翼熬冬菇消夜。

八月十一日（七月六日）星期三。

時局緊張，有很多住華界的人似乎極有經驗，紛紛搬入租界。刻亞形印一方。燈下拓邊款。發北平溥心畬先生、楊千里、壽石工、全紹周、唐嗣堯函。

（上）

老爺，「拜老爺」

從前的老百姓稱官府爲老爺，此種尊稱，大概從宋朝已經有了。宋人徐夢莘「三朝北盟會編」就有記魚磨山寨兵變，王林、孟振等殺其統領官馬老爺。

該書又記武陵縣人鍾相，以神術騙人，自號「老爺」，又稱「通天大聖」，一班無知小民，爭相膜拜，向他供獻金錢糧食，見鍾相出門，就拜在地下，謂之拜爺。

前的老爺是官，後的老爺是神。

潮州人拜神，不論是什麽神佛仙道，一律叫做「拜老爺」，與其他地方不同，不知是否仍宋人之舊。

·維敬·

才高命蹇的文廷式

余萬方

鄉賢文廷式，字芸閣，號道希，又自號純常子和羅霄山人，是光緒十六年（一八九〇年）庚寅恩科榜眼。敝邑文風雖盛，但在有清一代的科舉中，未出過狀元，祇有芸閣的考試成績最佳，名列鼎甲第二，也算爲當時縣儒吐了一點怨氣。（編者按：清代江西出過三個狀元，計：乾隆四十三年的戴衢亨；道光十三年的汪鳴相，十五年的劉繹，至於榜眼，探花則更多，計有十四五人，不遑列舉矣。）芸閣自小生長在廣東，嘗謂「他日誰修輿地志，嶺南即是吾鄉」，他對廣東的熱愛，眞是情見乎詞。芸閣祖居，在萍鄉縣城的花廟前。一九二〇年或作者的朋友黃君在文家，見過他的遺像，濃眉大腹，原是一個人不如文的肥人。一九二四年，黃君在北京又見過他的哲嗣公達，和堂姪公直諸兄，那時他們都近三十來歲。公達中等身材，儀表英俊，祇上庭部份，畧傳父風。反而公直濃眉鳳眼，又高又胖，酷肖芸閣。公達以後迄未謀面，不知所終。公直在北伐時期，任上海申報編輯，不幸踏上芸閣覆轍，也是中風而死。

芸閣天資卓犖，博聞强記，才氣不可一世。作者的朋友在少時，祇聞萍鄉對於雞的烹製，學會了廣東的滾燙白切吃法，是由他首先介紹。至於他的學識如何，到了中學，從一位國文教師口中的講述，始對他一生，有了輪廓的認識。後來我的朋友在故鄉和南京，會晤了不少學者詞家詩人，尤其是胡漢民先生，都以芸閣的遺著相詢，使他驚服他在學術方面，影响力的深廣。

芸閣的遺著，計有「純常子枝語」、「聞塵偶記」、「雲起軒詞」，和「文學士遺詩」四種。「純常子枝語」凡四十卷，是他生平博覽羣書的札記。書中繼承了清代考據家和校讎家遺風，對諸子百家，或作註釋校勘，或作綜核研究，均有獨到見解。同時對於世界史地，歐洲政體，科學技術，以及清末國內政治新聞、農民抗清運動，也作扼要叙述，眞不愧一位思想前進的人物。一九四三年，汪精衛在南京組織僞政府時期，曾將「純常子枝語」刋行，並作序介紹，惜流傳不廣。

「聞塵偶記」，是丙申（光緒二十二年一八九六年）以前寫的。原書僅三十二頁，現藏北京大學圖書館。書中雜記光緒時代的朝章瑣事，間談學問，也叙述了一些北京風俗和掌故。尤其對甲午中日戰爭，清廷事前的應付無能，事後的荒淫無恥，作了無情抨擊。書首有一篇自序，寫得很好。

芸閣生於咸豐六年（一八五八年），歿於光緒三十年（一九〇四年），享年祇四十九歲。他是三十二歲中舉人，三十五歲點榜眼的。自三十五歲到四十歲，行了一生中僅有的六年「官運」。所任官職，最初爲翰林院七品編修，後超擢四品侍讀學士。一個區區的四品，相等於今日的簡任，實在算不了甚麽顯要。可是他却得到光緒帝的信任。

芸閣的思想，向來前進。他在會榜朝殿後的團拜中，竟敎㗘同榜狀元吳魯、探花吳蔭培諸人，對是科總裁和考官，祇用長揖及地，廢除跪拜，曾引起物議。同時在服官期內，又不滿清廷的腐敗統治，提倡維新，主張變法；立議會、辦鐵路、設銀行、廢科舉、興學校、重科學。這與當時康有爲、梁啓超的見解，有其相同之處，故此一向被人誤爲康梁黨徒。甲午中日戰爭，他屬於主戰派。看到李鴻章的屈辱求和，竟不顧彼此友誼，疏章彈劾，因而又招致李鴻章的怨懟。在各方政敵同謀下，受意御史楊崇伊反劾，並涉及他與某夫人私黨之事。光緒二十二年，也是他進入四十一歲的時候，被革職驅逐回鄉。從此過着在野生活，依然鼓吹維新。可是他祇是一個改良主義者，並非具有反淸大志的革命家。

戊戌政變是光緒帝和慈禧太后間的一場宮闈權利鬥爭，結果光緒帝失敗被囚。慈禧太后三度臨政，指芸閣爲帝黨，且爲戊戌政變的幕後主犯，革除他的榜眼功名，還密旨捕拿就地正法。當時芸閣正在湖南巡撫陳寶箴（陳三立父）衙內作客。湖廣總督張之洞首接密旨，知芸閣尚留長沙，給陳撫打了一個「天之將喪斯『文』也」的密電，暗示芸閣速去。陳撫接電，除助芸閣逃滬轉往日本避難外，並密覆張督一電：「『文』不在茲乎。」意思是說芸閣已離開了湖南。他在生死危急關頭，淸廷封疆大吏，都不顧自身前途，同予關照庇護，也可見他的才名感人之深了。

到了庚子，保皇黨康有爲，早已懂得「槍桿子裏出政權」的眞理，密派唐才常到漢口組勤王軍，對慈禧太后發動武裝反抗，想以軍事壓力，救出被囚的光緒帝臨朝復政。芸閣亦從日本秘密回國，以友軍姿態，襄與其事。不幸失敗，芸閣又浪跡江湖，到處亡命。事後保皇黨對漢口勤王受挫，諉過於芸閣向張之洞告密。近人章士釗，在所作「疏黃帝魂」一文中，力斥其誣，並舉一强而有力之反證作例：「如沈藎區區一人之獄，而假借告密復官進級者，無慮四五人，如李盛鐸、蔡金台、吳式釗、慶寬之類是。漢口勤王大舉，倘眞是文某舉發，張之洞豈有不抗章明保，文因得恢復原職之理？」

光緒三十年，芸閣潛回萍鄉，匿居北路煬溪山峯庵中讀書，並整理著術。在寫完「山居雜詩」三首後，忽然中風暴卒，即葬於煬溪山陽。家人懼慈禧太后降旨鞭屍，另在上栗市淸溪，故佈疑塚。幸好當時淸廷已臨日暮西山，自身難保的境地，並無閒情來處理這宗懸案了。

唐土名勝圖會

丁未

北京自遼升爲南京，爲政治學術之中心者且千載，人文之盛，非羣邑所可比隆。第景狀異觀，非文獻所能備擧，遺物之外，厥賴乎圖畫，傳神阿堵，足資徵考。遠者不論，近如日人所刻之唐土名勝圖會，其較著焉者。

是書標題「故蒹葭堂木世肅先生遺意編述」。法橋岡田、玉山尙友、岡熊岳、文暉、大原、東野民聲同畫。前有皆川愿、橫塘有則、奥田元繼三序。序署享和文化年號。則當吾國嘉慶六年至廿二年前後，公曆一八〇一——一八一七年也。

其卷帙次第，首大內，次皇城，次外城，次園囿郊坰，而終之以直隸各府。其編制，先之以總圖，而後及乎典章文物風景名勝。系之以說明，而參引名人之題句。其於大內也，則若帝后御冬夏朝服之圖，午門朝參之圖，午門內九重門之圖，太和殿大朝會之圖，除日保和殿宴外藩蒙古之圖，乾淸宮千叟宴之圖，重華宮小宴圖。尤以宴外藩及千叟宴二圖，其外藩之衣飾，耆老倚杖携童升降參差之狀，與夫特制之綵棚帷帳等，殆皆本諸目覩，非後之人所能懸擬者。其於皇城也，若天安門頒詔之圖，元夕奉芍藥牡丹之圖，冰嬉之圖，紫光閣試武進士之圖，皇帝躬耕、皇后躬桑之圖，皆太平之世，聲名文物之盛，卽會典諸書所不克備見者也。若東西安門之圖，四牌樓之圖，正陽門正陽橋之圖，可見昔日京師城闉廛市之蹟。餘如大淸門前之棋盤街，百貨雜陳，門內有千步廊，門上有樓櫓，今皆無有也。有關社會風俗者，如妓館則有東西青樓之圖，是在今燈市之東一帶，妓皆服長袍盛妝，彈箏侑酒，綉簾紅燭，迥非今世所見。又如正陽門外之查樓，卽今廣和戲院舊址，戲臺與今廣和者畧同，惟觀客皆露立，婦女始居席棚，其旁市肆喧闐，無異今狀，有牌樓署廣和查樓四字，此爲舊日戲院稱茶樓之濫觴。至如各衙署寺院壇囿苑籞，或其名僅存，或其地已泯，覽其圖繪，皆宛然而見，數百年來經營締構之功，猶得長存於吾人之想像，斯誠圖籍之瓌寶也。

張勳與佃信夫

鄒念慈譯

這種情況，原是佃信夫事先已經預料到的。如今既已證實寺內首相和自己的意見相同，就更加確信將來在發動復辟的時候會得到首相的支持。於是便下定決心再度前往中國。

大正五年十二月三十一日，五百木良三、松平康國和佃信夫三人聯袂由東京出發，前往伊勢大神宮（日本皇室供祀祖先的廟宇，位於三重縣）參拜。大正六年（一九一七年）元旦，他們三人早早來到皇祖的神位之前頂禮膜拜。一是祈禱國運隆昌與皇祚無窮，一是祝告懷抱遠大計劃前往中國的佃信夫一帆風順，馬到成功。元旦的瑞靄瀰漫着整個的神域。三人叩拜之後即在山田（原名宇治山田市，伊勢神宮所在地。今改稱伊勢市）分手，佃信夫即時奔往中國，其餘二人則返歸東京。

佃信夫到達上海後，立即分別訪問了姚文藻、鄭孝胥，李經邁介紹和升允等人，就復辟問題交換了意見。又由李經邁介紹，隻身前往徐州，訪晤張勳。

佃至徐州訪張時，適張因南京的國旗事件遭到日本政府的抗議，被革除了督軍的職務，餘恨未消，態度頗為冷淡，並未及時予以接見。只將佃引至迎賓館之一室，暫時下榻。無論官員僚屬或外來的賓客，俱對佃投以奇異的目光。佃至此時，已深切感到中國文章中常有的「白眼相加」或「側目相視」等詞句，恰好就是自己此刻處境的寫照。當時張的部屬中有一個名叫蔡國器的人物，曾在日本的學習院讀過書，對日本的情況有些了解，也能說日語。此人在東京留學時期曾聞知佃信夫這個名字，也曾與佃有過一面之雅。他看到佃信夫困居在迎賓館內，便把佃的情況告知張勳。從此以後，佃、張兩人便自然地打開了相互了解的門徑。

某日，同住在迎賓館內的某翰林（當時迎賓館內住着六個翰林），偕翻譯一名走進了佃的住室，先作種種閑談，問問佃的年齡，然後說了些莫名其妙的話。如「張大帥是定武、安武兩軍的總帥，在徐州的地位是神聖不可侵犯的；且較先生年長二十歲」等等。看來語調和神情都很倨傲。翻譯比較客氣，未將他的原話一一照譯，只說「此人見先生與張大帥談話時意氣軒昂，因此希望先生能像中國人那樣再稍稍客氣一些。此人平日總是愛管閑事，他明天就要還鄉了。」看來翻譯很想把當時的場面圓轉過去。佃聞此言，立即把面孔嚴肅起來，答道：「本人乃日本人士，世界上沒有比日本更為重視長幼之序的國家。本人對張氏毫無虧於長幼之禮。君何以出斯言？若論道義，談古今，則張為主我為賓，彼此之間自當毫無芥蒂。」當翻譯將這番話說給他聽的時候，言猶未了，該翰林即匆匆告辭退去。佃為此事深感不快。少頃，忽有所思，即足踏牀上以掌大的文字在室內的白壁上寫下了如下一段文章：

> 先儒有言曰：以龍逢比干之心，行蘇秦張儀之術，是謂之大丈夫之士焉。然則蘇秦張儀之未足稱大丈夫之士也久矣。秦歲僅三十左右，已佩六國相印，余歲已五十又二，才為長江巡閱使紹軒張君幕賓，是誠可愧也。然秦呼六國侯伯以大王，侯伯呼秦以君，與臣僚無少異也。在余則不然，紹軒呼余以君，則余亦以君應之；呼以先生，則復以先生答之。應酬爾，少無芥蒂，是稍足可慰矣。即名吾室曰可愧可慰齋，以為記云爾。大正六年二月。大日本處士佃信夫識。

第二天，該翰林還鄉之前，佃信夫又將其引至室內觀看壁上文章。翰林默然，只連「說好，好」，便匆匆退去。這件事立即成為話柄傳播出去。其後，許多人都對佃改變了態度，現出了親近的姿態；而張勳本人也逐漸表現出好漢的本色，同佃信夫開誠交談了。佃遂忠告張說：「如以敵視日本的態度進行復辟，那是非常錯誤的。必須事事接受日本誘導和扶持，復辟方能成功。」張經過充分的考慮以後，對佃信夫說：「關於復辟之舉，本人並無向日本求援之意。只是段祺瑞從前曾帶頭勸告宣統皇帝退位，故對復辟之舉絕無贊成之理，此點已十分清楚。本人前此舉行徐州會議之時，各省督軍都表贊成。段祺瑞亦派徐樹錚爲代表前來參加，徐亦表示贊同。但其眞意如何？一時尚難逆料。因此，將來發動復辟之時，勢將與段難免一戰。如果與段交戰，則北京宣統皇帝的身邊可能發生不測，這是本人所深爲憂慮的。若在宣統皇帝的身邊發生危險之時，日本公使館如能予以接引，並力加保護，則本人可以毫無顧慮地與段祺瑞一決雌雄。願煩先生盡力者，僅此而已。不知意下如何？」張勳接着又說：「大約兩個月前，駐天津的日軍某將軍，經本人之同志直隸省長朱家寶介紹，前來徐州會晤。彼時本人亦曾提出此事，請助一臂之力。該將軍答稱：『此事本人不能擅做主張，當將尊意轉達日本政府，然後根據政府的意見，再做明確答復。』不意該將軍一去，迄無消息。看來日本政府的意向，還是要援助段祺瑞繼續實行共和政府」云云。張一面要求日本保證宣統皇帝之安全，一面表示對日本政府的眞實意圖惴惴不安。於是，佃信夫便對張勳詳細述說了寺內首相的爲人以及去年年底與佃會晤時所表示的態度。並說「寺內首相當會滿足閣下的希望，贊成復辟，並盡力保護宣統皇帝之安全。但從程序上來看，大帥應該先向日本政府表明：復辟是全國輿論之歸趨，然後再請求予以諒解。幸而大帥已召開兩次徐州會議，立有誓約，可否將該誓約提示寺內首相。徐州會議，雖南方五省督軍未曾出席，但其餘十三省督軍全部參加，並均對復辟表示贊成，故該誓約亦可視爲輿論的代表。如能將該誓約持往日本，不但寺內首相可以諒解，即其他有心之人亦將一致同情。如有適當的人持誓約前往日本，本人願做引介，與寺內首相會見。」張勳聽後，立表同意，答稱：「如是，就勞升允老人走一趟吧！」遂派特使急往上海，請升允速去日本。

佃信夫故意較升允後走一步，乘下一條船返回了日本。兩人抵日之後，經過佃的斡旋，終於促成了寺內首相與升允的會見。當時寺內正患感冒在家休養，爲了迎接這位遠來的稀客，特更衣整容予以接待。首相在仔細聽完介紹人佃信夫的介紹之後，接過升允交出的裝在木函裏的徐州會議誓約，以庄重嚴肅的儀容啓函閱讀，然後以溫和的語調說道：「張勳氏的希望，本人業已詳知。當命駐北京日本公使注意保護宣統帝的安全，盡可放心。諸君既已根據十三省督軍連名宣誓的精神圖謀復辟，日本沒有理由加以反對，請勿顧慮，盡可按計劃行事。張氏既已聲稱不要求日本給與任何援助，本人也但願如此。然而此等事體是需要多方准備的，故請轉達張勳，如有何需要援助之處，盡可提出。」寺內又轉向升允本人說道：「聽說先生寄寓青島，歸國之後，可能遇到某些不便之處，屆時盡可與日本駐軍司令官大谷商量，不必客氣。本人亦將致函大谷說明此意。」寺內的談話十分懇切，富於感情。升允聽罷，在感激之餘不禁啜泣起來，老淚橫流，不能自禁；連連稱謝，竟至語不成聲。寺內也被這一爲清朝矢忠守節的孤老遺臣的容態所感動，亦不覺滴下淚來，在座的人無不爲之動容。就這樣演出了一幕動人的悲喜劇。

升允同寺內會見之後，內心十分歡喜，感到周身有了氣力，翌日即辭別東京，歸國復命。佃信夫也在數日之後歸返徐州。

佃信夫到達徐州時，張勳已聽取了升允的報告，他和部下將士們都在等待着佃信夫的歸來。在佃歸來的第二天，張勳便召開了參謀會議。會上提出了種種意見，最後一致認爲：「日本既已表明態度，宣統皇帝的安全亦勿須担憂。既如此，何不及早舉兵，發動復辟？」佃對此提出不同意見說：「諸君急欲行事，其情固可理解；惟此次復辟，不宜做爲張氏個人的單獨行動，只有由十三省督軍聯合舉事，才能算是代表全國的意志。爲此，必須有足夠的時間，使每人都能做好充分的准備。如在四月末至五月中旬之間，約定同日同時一齊起事，方不失爲萬全之策。是否應該如此，尚請各位仔細考慮。」佃信夫從客觀的同意，他首先發言：「這是寶貴的忠告，必須依計而行。」隨後又徵詢大家的意見，無不表示贊成。於是，遂決定按此方針進行復辟。

不料在大約十天以後，情況發生了突然的變化：升允忽由青島派密使前來謁佃，並送來一封意外的通知。升允的來信中裝着陸軍大臣大島健一於三月二十六日發給青島日本駐軍大谷司令官的一道訓令。其內容如下：

關於復辟之舉，貴官與升允會談時應注意下列原則立場：

日本政府，對於中國的內政問題本無干涉之意；但在此時發動復辟，造成混亂，不但對中國不利，即對宗社黨的前途亦頗不利。故望貴官無論在任何情況之下，都應力勸升允：發動復辟，目下尚非其時。

升允在來信中曾經提到：日前與大谷司令官見面時，大谷曾表示非常的關切，並說「如有某種不便之處，望能隨時見告」等等。其所以發生如此突然的變化，乃是因爲接到本省（陸軍省）的訓令，致使大谷左右爲難。他在進退維谷的情況下，爲了說明原委，遂將陸軍大臣的訓令原封交給了升允，希能以此取得諒解。大谷的苦衷是可以看出來的。這樣一來，升允的失望，固然不難想象；而佃信夫本人，也弄得非常狼狽，不知所措。另一方面，升允之所以不將此事直接報告張勳而秘密告知佃信夫，是不願挫傷張的銳氣。升允的用心也是看得出來的。那麽此時此地的佃信夫究竟應該採取什麽措施呢？是原原本本地告訴張勳呢還是暫時保守秘密一任張勳進行復辟准備呢？究應如何處理，一時躊躇難決，致使佃信夫輾轉反側，竟夜未能成眠。他在焦思苦慮之後，認爲秘而不宣，不符合日本武士道的精神，無論結果如何，都應該實事求是，明確相告，然後考慮妥善辦法。他得到這一結論後，即時將陸軍大臣發來的訓令譯成漢文，坐待天明，呈示張勳，並促其立即召開參謀會議，商討對策。

在會議上，佃信夫就陸軍大臣的「訓令」宣明了自己的看法。他說：「本人深信陸軍大臣之所以發出這道訓令，其背後必定隱藏着非同尋常的原因。寺內首相本是一個幾乎近於固執的堅定人物，堪稱爲日本武士道的典範。他從前既然許下那樣的諾言，如今又叫陸相發出這樣的訓令，其背後必然有着萬不得已的隱衷。因此，本人願赴濟南，由該地發出電報，並以詳細的書翰，詢明寺內首相的眞實意圖，以明個中原委。願假以十天至半月的時間前往濟南，希予諒解。」張勳表示同意說：「佃先生之言，本人亦深有同感。本人前在北洋第一師長任中，曾在奉天同寺內大將見過面。覺其人物、骨相，確堪稱日本武人之典型。此次這樣反覆無常，定必有其不得已的原因，我們必須設法弄清眞象。故願煩佃先生一返東京，面見寺內首相，詳細探明其中原委。」佃信夫仍堅待去濟南聯繫，不願遽返東京。他說：「大帥所言，頗有道理。但本人也有自己的信念和主張。本人既與諸君共事至今，突然發生這樣的反復，本人只有獻出一己之身命與諸君共其始終，以體現日本武士道之精神。基此意圖，本人仍願先由濟南函責寺內，候其復書到來，再定行止，或返東京，直接面談，或置寺內的意見於不顧，與諸君一道決行復辟，死生自當置諸度外，二者必擇行其一。」張聞此言後說：「佃先生言既出此，當不失信，即請依計進行。」遂派定武軍少將張杰及警衛人員一名，隨佃信夫當夜赶赴濟南。臨行時並諄諄叮囑：「寺內首相之復書到來，當需若干時日，可就近去泰山一遊，聊作排遣。一切可由張杰接引陪伴」等等，表示了非常的親切與關懷。

佃至濟南，立即發一長電與寺內首相，考慮到寺內首相也許碍難直接回答，遂另致函內閣書記長官兒玉秀雄，說明各種情況，請其代爲執筆。一切辦理停當之後，專待回音，不料魚沉雁杳，消息緲無；又再發兩電催促，依然毫無反响。荏苒之間，三週已過，某日忽接自家同志長島隆二的一封長信。全文如下（本稿只節譯要點）

（二）

梨園名聯錄

·惠齋·

北京廣和樓是一家很古老的戲院，也是舊日的查樓，開設在前門外，曾經是富連成科班的演出根據地，戲台兩側有對聯，傳爲道光後所製，上聯是：「學君臣，學父子，學夫婦，學朋友，彙千古忠孝節義，重重演出，漫道逢場作戲。」下聯是「或富貴，或貧賤，或喜怒，或哀樂，將一時離合悲歡，細細看來，管教拍案驚奇。」

民國八年上巳，梅蘭芳爲其祖母陳氏稱觴祝八十壽，陳氏即梅巧玲之妻，林宗孟壽以一聯云：「曲譜春歸，先獻王母；家傳綵舞，致歡重親。」民國十二年九月，梅蘭芳三十初度，周樹模集唐詩代壽聯：「此曲祇應天上有，勸君惜取少年時。」渾成自然，傳誦一時。

民國十九年（一九三〇年）梅蘭芳組劇團赴美國演出，這是戲劇界的創舉，特別裝設中式舞台，台側對聯，出自黃秋岳手筆：「四方王會夙具威儀，五千年文物雍容，茂啓元音輝此日；三世伶官早揚俊采，九萬里舟軺歷聘，全憑雅樂暢宗風。」對仗工整，氣魄浩大。梅氏自巧玲，竹芬以至蘭芳恰爲三世，其時葆玖尚未出生。

同年被伶界尊稱爲老夫子之陳德霖逝世，李釋堪輓以一聯：「素車白馬，看范巨卿號哭而來，交道久無聞，鞠部猶堪求禮義；法曲淸歌，任桓子野奈何頻喚，舊人今安在，渭城誰與唱殷勤。」跋曰：「漱雲（德霖字）聲家之喪，其友侯俊山（藝名十三旦）遠自塞外，白衣奔哭，衰年犯暑，哀動路人！張范交期，求諸鞠部，嗟夫！故都蕭寂，法曲飄零，白髮梨園，銷聲黃土，撫時感事，孰省予悲。」侯俊山比陳德霖大七八歲！以秦腔花衫，任內廷供奉，可以算得是異數，因爲當時的供奉，多數是徽班京角。羅癭公有詩曰：「瓊樹朝朝禁曲新，秦徽領袖說侯陳，當年南府傳歌夜，定有宮牆擫笛人。」當時侯陳，並稱梨園大老，雖然年高德劭，仍登台不輟。

名畫家愛好京戲的，不祇張大千，還有吳湖帆，偏嗜蓋叫天之武戲。吳曾有一副對聯，送給蓋五，蓋五曾經把這副對聯懸掛在舞台兩側，上聯是：「英名蓋代三义口，」下聯是「傑作擎天十字坡。」蓋叫天姓張名英傑，這副對嵌入英傑的名字，和張的兩齣拿手的短打武生戲「三义口」和「十字坡」，湖帆曾說：「蓋字也有了，天字也有了，可惜這個「叫」字，說什麽也嵌不進去！」

蓋叫天曾在杭州西湖武松墓畔，自營生壙，請李釋堪題華表曰：「生慕武松風，葬傍武松塚；是蓋叫天志，亦具叫天才。」榜曰：「武行者徒」。蓋墓今已移去。（編者按：武松墓是假的，傍其塚，有些那個。且歷史上是否有松武其人，尚不可知，舊日伶官，限於環境，多未知學，只知崇拜小說上的英雄人物，固無足怪也）

一九五八年三月九日，程硯秋在北京逝世。他在四大名旦之中，年齡最小，最先死去。名小生俞振飛之拜師下海，都由程硯秋一手造成，他們之間的友誼是不平常的，俞輓程聯曰：「三十年無愧相知，風風雨雨，暮暮朝朝，共幾番把激憤情懷，將豪竹哀絲，滔滔盡化荒山淚；千萬喚有誰承應，海海江江，騰騰沸沸，都一般以英雄姿態，浩浩新翻薤露歌。」

民國七年（一九一八年），名伶汪笑儂去世，袁寒雲輓以一聯曰：「國破家亡，幾見人來哭祖廟；時衰世亂，且看君去罵閻羅。」汪號伶隱，「哭祖廟」、「罵閻羅」是汪的兩齣拿手好戲，此聯妙在以寒雲的身份輓汪，這是畫家張大千告訴我的。大千記憶力過人，於畫固是大手筆，但對於看戲，也是一位標準戲迷，他曾有一聯嘲老鄉親孫菊仙：「別有狂言謝時望；常撞大呂應黃鐘。」孫的唱工實大聲宏，值得大千一贊。

民國十三年，羅癭公謝世。羅生平最捧程硯秋，當程硯秋倒嗓時期，其師榮蝶仙要帶程去上海演出，這樣將使嗓子更壞下去，羅乃與友好集貲七百元將程自榮家贖出，並加以栽培，延師教學，助程成名。程輓羅一聯曰：「當年孤子飄零，囑實生成，豈惟末藝微名，胥公所賜；從此長城失恃，自傷孺弱，每念篝燈製曲，無淚可揮。」羅爲程編新戲甚多，最後一劇爲「青霜劍」。程對羅墓春秋祭掃，遠行必告，談者美之。

梅蘭芳的戲劇生活

周志輔

後來又去過一次蘇聯，當然其目的也與前幾次相彷，爲的是介紹本國優美的藝術到國外去，雖然爲日無多，總算是能使得東西洋各國的人士，多少認識些中國固有的戲曲文藝。

四　編排新戲

甲　天女散花

梅蘭芳在中年所排的新戲，最初是同到雙慶社時期的天女散花，取材於維摩詰經，是維摩居士示疾，如來使文殊師剎菩薩，偕同諸長老前往問疾，並着天女在室中散花，梅氏飾天女，手持花籃，載歌載舞，場面極爲偉大，此戲在民國六年十二月一日，前次演於吉祥園的白天。

乙　童女斬蛇

這出童女斬蛇，也是在雙慶社的時期排出來的，其內容是山西將樂縣有一位河道姑，素來用妖言惑衆，藉以詐財，指一長蛇爲金龍大王，勸地方富戶，爲蓋廟宇祀蛇，她身爲廟主，獲廟產無算。後又造謠以八月初一日爲大王生日，須以童女爲祭，可以保佑一方，於是富戶人家，紛紛以金錢賄免，而由地保向貧苦人家購童女餵蛇，每次給以五十吊錢，如是者已九次。某年又逢大王誕辰，適選定李姓女童奇蛾，其父李誕悲慟無比，但奇蛾毅然願往，自思神若有靈，萬無傷人之理，乃投身入廟，與河道姑之徒慕貞交談，得悉河道姑詐欺斂財，慕貞亦不直其所爲，二人乃定計，誘長蛇出洞，奇蛾用力刺殺蛇，慕貞放火焚廟，兩人相偕逃抵縣署自首，縣令拘捕河道姑，訊以傷人性命之罪，殺之以作抵償，並將廟産斷歸奇蛾，以酬其爲民除害之功，慕貞則與奇蛾結爲異姓姊妹。這戲是在民國七年二月二日白天首演於吉祥園。

丙　麻姑獻壽

梅蘭芳自民國七年（公元一九一八）改搭幼幼芬的裕羣社，仍努力於編排新戲，在此一年中，排出新戲兩齣，先爲麻姑獻壽，屬於神話的戲，當時堂會多爲慶壽之舉，編些戲以應景，實爲別開生面，在六月三日白天首演於吉祥園，後來堂會中也常點唱，但亦祇限於喜慶性質的場合而已。

丁　紅線盜盒

梅氏在裕羣社所編的新戲第二出爲紅線盜盒，此爲唐人小說紅線傳的故事，明梁辰魚有紅線女雜劇，是說唐朝潞州節度使薛嵩，與魏博節度使田承嗣爲兒女親家，田承嗣將以兵奪潞州，薛嵩聞知，憂形於色，其使女紅線，願爲解愁，乃乘夜潛行入潞州，在承嗣臥室中，竊得枕前所置金盒而歸，來去猶未天明「蓋紅線實兼擅武功，嵩乃以金盒送歸承嗣，承嗣亦驚懼不敢妄動，此戲首演於民國七年（公元一九一八）十二月二十二日吉祥園白天。

戊　上元夫人

民國八年，裕羣社改組爲喜羣社，梅氏在此時期中，僅編排上元夫人一戲，爲正月十五日上元節應節之戲，其故事爲漢武帝與董仲舒東方朔在承華殿談及神仙古迹，欲誠心相求，忽有仙女出現，武帝乃於別殿齋戒拜禱，西王母鑒其誠懇，遂命郭密香，阮凌華，董雙成，許飛瓊曰仙女伴上元夫人下凡，上元夫人爲上界金仙，掌長生神籙，乃與四仙女相偕歌舞，然後乘雲凌空而去，此戲首演於民國九年三月五日，即舊歷庚申年正月十五日新明戲院夜戲，由梅蘭芳飾上元夫人，陳德霖飾西王母，王鳳卿飾漢武帝，姜妙香飾東方朔，榮蝶香飾郭密香，朱桂芳飾阮凌華，姚玉芙飾董雙成，程艷秋飾許飛瓊。

巳　前後本西施

越王勾踐，賴西施而復國，千古傳於佳話，梅蘭芳在自組承華社時，首先編出此戲，根據崑曲浣紗記的情節，分成前後兩本，自飾西施，首演於眞光劇場，於民國十二年九月八日演出前本，九月九日演出後本。

庚　洛神

梅氏在承華社的時期，繼西施而後，不久又編出洛神一戲，根據洛神賦的情節，明人汪道昆有洛水悲雜劇，淸人黃憲淸亦有淩波影雜劇，均爲曹植遇洛神故事，梅氏所編，重在歌舞，首演於民國十二年十一月二十一日開明戲院夜戲，自飾宓妃，而以姜妙香飾曹子建。

辛　廉錦楓

此戲根據鏡花緣小說第十三回，美人入海遭羅網，的情節編成，係述孝女廉錦楓，爲母病中需養海參，乃習泅術，入海捕參，不愼爲漁人網去，幸遇唐敖及林之洋救出之，乃再入海，刺殺蚌精，取其巨珠，以贈唐林，報其恩德，首演於民國十二年十一月二十九日眞光劇場夜戲。

壬　四本太眞外傳

梅蘭芳在民國十二年連排了三出新戲，使得承華社的生意，蒸蒸日上，但是在民國十三年爲着籌備出國赴日的演出，未再編排新戲，一方面因爲他的新戲已有多出，足夠應用，而且身價益高，不得不小心謹愼，對於新戲，力求完善，以維持其令譽。在民國十四、十五、十六三個年頭，編成四本太眞外傳，完全依據長生殿傳奇，而益求其合於現代化的舞台藝術，所有場子穿插，唱念做工，無不仔細推敲，盡善盡美，頭本包括：入道，冊封，窺浴，賜盒，定情諸情節，首演於民國十四年八月二十九日開明戲院夜場。二本包括：賞花醉寫，覓梅搜寫，拈釵偸笛，出宮獻髮，回宮遊月諸情節，首演於民國十四年開明戲院夜場。三本包括：七夕舞盤，鵲橋密誓諸情節，首演於民國十五年二月七日開明戲院夜場。四本包括：小宴，驚變，馬嵬驛，玉眞居諸情節，首演於民國十六年開明戲院夜場。

癸　俊襲人

梅蘭芳在早年編過紅樓夢的戲，於今已十易寒暑，又從原書第二十一回，俊襲人嬌嗔箴寶玉，的情節中編出新戲即取名俊襲人，首演於民國十六年（公元一九二七）中和園夜場。

五　改編舊劇

甲　宇宙鋒

梅蘭芳編排新戲的工作，至此畧爲停頓，而改爲致力於重以整編舊戲，如宇宙鋒爲他個人得意的名戲，本來只有「趙高修本」「金殿裝瘋」兩場，現在他得着此戲的全部本子，首尾完全，於是他照加上去，前頭從匡趙兩家說親開始，後面到匡扶與趙女團圓爲止，中間的細目，如金殿裝瘋之後，趙女逃亡，武陵王潘宴平反大審，趙高與康建業對質等等情節，演全了足足要四個鐘頭，若是祇加前半截，而至裝瘋爲止，亦得要兩個半鐘點，他首次是演的全本，在民國十七年二月十七日中和園的夜場。

（十五）

洪憲紀事詩本事簿注

劉成禺遺著

予曰：「此事分途辦理。汝急往詢黎，切實詰問曾語吾等密計否？語同謀諸人姓名否？予則分途尋諸人歸，候信。」郭往黎府見黎曰：「副總統向二太太及胡朝棟曾說出走計劃否？說了我們的姓名否？如若說過，讓我們快走，否則都要狗頭落地。請發天良，勿說一字假話。」黎曰：「我可對天地父母發誓，未說過出走計劃，亦未提爾等一人名字，只言願意離京耳。包你們狗頭不會落地！我是副總統，叫我易服鑽洞，豈不失了體統？你若害怕，變隻黃鶴，飛囘武昌黃鶴樓可也。」郭返南橫街，已漏二下。一葉泰祺彭年當夜實告小幡。小幡曰：「此後再不與中國人共事。」翌日各自離京。項城死，元洪繼位。予等偶談此段公案。黎曰：「幸虧我拿定主義，安然繼位。照你們辦法，不知多少周折。」予等笑答曰：「大總統洪福齊天。」（旌德汪彭年、巴東鄧玉麟、廣濟郭泰祺、武昌劉成禺、日本井上一葉同證事記錄）

當夜有食雲南火腿一趣事。彭年皖人，與江朝宗、雷震春、陸建章、吳炳湘、楊士琦、皆通聲氣，細探東廠加兵之由，因黎有「自願離北京」一語，衆謂今夜可安睡。何雯有火腿二肩送來烹食何久不至，衆訴其齐。彭年泰祺玉麟及予，共臥一榻，尙有豔者。漏四下，搥門如雷，繼以狂呼。泰祺縮身被中曰：「來捉人矣。快躲被內！」玉麟提被擲地曰：「被中能藏乎？」啓門則何雯家人因雯犯新聞嫌疑，捉入法處，來求救也。衆笑曰：「是眞黃胖過河，自身難保。尙替他人醫病！何宇塵一人眞食雲南火腿矣。」彭年翌日爲具保緩訊（成禺記）

明珠一斛報薇娘，環珮一聲泣洞房。
密語夫君行不得，寄書公子毋相忘。

黎妾黎本危，與鄂交涉員胡朝棟之妻，手帕姊妹也。胡寅緣楊杏城，得接克定。克定知胡妻恆食宿黎府，重賂之，使持二萬金珍珠，陰贈本危，採黎動靜。覺黎意無他，遂疎其防範。出走議動，黎告本危，謂將有他適。本危苦詰何往，黎未明答，但曰將來派人迎汝而已。本危大哭，願以身殉，極種種悲慘不忍離別之狀。黎意軟，有悔意。本危暗告朝棟。朝棟急呈杏城。當日午後，步軍統領派兵五百，警察數如之，周衛東廠胡同前後一帶，幸黎具天良，未言原委，否則南橫街諸人，皆爲善化饒智元矣。本危原漢口黑牌妓。黎大婦長齋不出，本危得操縱內外，結寵藏豔。近歲挾遺資，住青島，與綢緞商結婚，易名黎文繡云。（旌德汪彭年記事）

定策銘盤智貯囊，飲鴆壺亦漢鴛鴦。
金縢未發出山誓，雷電先誅大道王。

項城巡撫山東，時趙智菴秉鈞爲撫院文巡捕。項城奇其才，謂有宰相風格，故易名趙秉鈞。淸末特保授民政部尚書。辛亥，項城出山，與段祺瑞、趙秉鈞三人在洹上密謀定策，內事交趙秉鈞，外事交段祺瑞。袁爲第一任大總統，段爲第二任，趙爲第三任。銘盤設誓，乃入北京。故項城帝制，祺瑞秉鈞二人反對最强，一罷一死，毁盟約也。項城常曰：「盤中有寶有智囊，何事不成？」趙有智囊之目，實先杏城。項城組閣議和，赦汪精衞，死良弼，刺吳祿貞，用梁啓超，賂小德張環泣於隆裕，激姜桂題廹叫於宮門，派唐紹儀議和，遣袁克定渡江，段祺瑞領銜請退位，張勳勒兵讓固鎭，廢攝政當國，罷親貴領兵，梁士詒袖退位詔避濤洵所，切參政院，承認約法，定南北統一，凡屬奇謀異畧，咸經秉鈞手訂。詬者謂欺人孤兒寡婦，識者則稱其有功民國。唐紹儀罷閣，秉鈞攝之，先圖組閣，獲有政望，爲後日總統張本。佯與宋教仁交善，日對烟床，縱談國是。教仁新進識淺，大發組閣之夢，侈談策劃，正觸趙忌，此車站遇刺所由來。宋案出，秉鈞退處直隸都督。當時南方要人來京者，沈秉堃、林述慶，皆讌後暴死，獨王芝祥每公食自具杯筷，非他人先食，决不下筷，得免。蘄州王季剛（侃）時爲趙秘書長。趙宴客，李剛必在座。酒貯鴛鴦壺，一鴆一酒，秉鈞美爲漢器。季剛曰：「予每宴心震，恐鴛鴦壺之錯酌誤傷也。」籌安議起，秉鈞勸袁不聽。克定使楊度等說趙，使不絕途，秉鈞再後曰：「予與極峯定策建國，未發金滕之誓，祈轉告雲台公子，勿貽老父憂。」洪憲諸臣恨趙刺骨。京兆尹王治馨，秉鈞替身也。藉五百金贓案，嗾肅政史彈劾，明令鎗決，以威赫秉鈞，秉鈞不動。遂有四年十二月前直隸都督趙秉鈞暴死出缺之耗。黃季剛曰：智菴每夜邀予大談國事。自云：「不知予命終於何日。」當晚尙言項城帝制之非，漏三下，以暴疾薨。內外咸知裝烟小侍得八千金者之所爲，重置安眠藥於燕窩湯內，融化進飲，無敢言者。是亦鴛鴦壺之變像歟！中華民國四年十二月二十三日，政事堂奉策令：「前直隸都督上卿趙秉鈞，智畧過人，才堪應變。京津創辦警察，賴其經營，成績昭然，模範全國。改革以後，在內務總長任內，當興廢之際，因應咸宜，深知大體，尤爲時論所稱。嗣任國務總理，直隸都督，躬經艱困，神智不撓，排難安邦，軍民翕服。舊勳回念，實愴予懷。趙秉鈞著加恩追封一等忠襄公，以彰良弼，宣示來茲。此令。」秉鈞賜葬西陵，鄰梁節菴（鼎芬）生壙，經梁格莊，傍山築石，祭堂園囿牌樓翁仲，遠勝崇陵，寒雲集杜詩爲饗殿楹聯云：「將軍勇概誰與敵；丞相祠堂何處尋。」署欵皇二子袁克文。

薦奏西淸唱步虛，洞霄提舉道家書。國師終讓天師算，龍虎山光指故居。

張勳屯兵徐兗，篤好道術，每歲遣使往龍虎山，迎張天師移駕軍府，建醮設壇，作驅使風雷神鬼之法。勳、贛人，尊鄉誼，尤表敬張天師。阮斗瞻齋表命，跑徐州，月必一至。勳大宴天師，語斗瞻曰：「現在項城，籌備大典。六君子自稱帝師。西藏蒙古呼圖克圖各活佛，皆號國師。皇帝奉天承運，應天順人，有天師在此，而不迎入北京，是逆天也。逆天者不祥！我曾讀過千家詩：『綠章夜奏通明殿，一朶紅雲捧玉皇。』天師威風，何等排場！」阮拍急電，勳特薦達。項城遂有宣召六十二代天師張元旭來京之命。天師入覲，北省道綱司、陰陽司、各道觀主教，郊迎者萬人。天師坐綠呢八人大轎，靈官乘馬前行，四法師兩傍扶轎。頭牌揭承襲封號，二牌示「龍王免朝，諸神免參」，牌黃色。轎前護法童子二人，法衣金綉，一捧令牌，一捧法水。天師冠五岳朝天冠，服黃緞淸賜法衣，履高底蘇綉法鞋，手挽靈訣，由前門入。（卅四）

柳西草堂日記

張謇遺著

十一日。見新寧，藩司在坐，絮絮說時事，未便抒陳己意，新寧亦無一言申明電約之意（電云有要事），精爽不如前見時。知合肥奏加榮、慶、劉、張爲全權，又引各國語，直訐端、剛，請上定主裁。禮卿論團練事，欲興畝捐、房捐，新寧、藩司皆不可，時未至，誠未見其可也。

十二日。與敬夫、梅生、彥升及家訊，又貴谿訊，恕堂訊。見七月廿八日詔，求直言。

十三日。寫方安慶、姚懷寧、章海州訊。

十五日。再謁新寧，請奏請罷劾端、剛，以謝天下。

十六日。新寧以請罷端，剛電商合肥、南皮聯銜。

十九日。啓行至上海。

二十日。至上海，蟄先一晤即別歸山陰。

二十一日。合肥北上，法人爲之保護，請罷端、剛疏具而未發，聞須至京相機電上，此眞所謂揖讓救焚也。

二十二日。聞德人將分兵犯江海，與新寧訊，請治海州防，請罷政府。

二十三日。再與新寧訊，用蟄先說，請令端、剛自求罷斥，另電勸端剛自屈，以全大計。與莘丈訊。

二十四日。回廠。連三日大風雨。與三兄訊。上船時被雨。

二十五日。晴。未刻抵廠，壽平請爲其太夫人題主。

二十六日。不適，惡寒，服薹茶。答壽平電。與兩江咨呈，催小輪

二十八日。由廠回，定閏月朔開夜工。

二十九日。到家。

三十日。聞端仍總理軍機。前後朝旨時有矛盾，禍未已也。

閏八月

初二日。寫袁俶儻壽序。

初三日。聞李、劉、張、袁四銜劾端、剛誤國，請予罷斥。得旨解端差使，剛、趙交部議處，此初二事，似有轉機，然聞鹿傳霖亦入軍機，是又一剛也，可危可危！

初四日。曬書。

初九日。彥升來，旋去。廠事復轉，銷紗大暢。

初十日。聞初八日朝旨仍遷陝西，西遷之計，雖曰甚失，獨不宜於此日耳，然非獨鹿主此說（鹿於十年前已置産於陝西），張亦主之，此則半誤於妄信讖語（黃蘖禪師之詩），半誤於不識敵情，遂令和局延緩，而瑣瑣爲小羣小，且以長安爲小朝廷，可以偏安，保其前局，可哀也已！

十七日。與三兄及莘丈訊。

十九日。弔磐石夫人之喪，去呂四，由海界河入北通沙河，宿九靈鎮。

二十日。早至豎河鎮，僱車至呂四。挽磐碩夫人聯：「觀黃門悼亡，而知素故縑新，豈有絲縅薇蓇蒯；泯綠衣傷己之詠，梅邊棘下，如聞烏鳥報鳲鳩」。磐石子庶出，夫人特愛之，故於夫人之喪，哀毀盡禮，而磐石向者脫輻之聲，亦出於好惡之口可知也。見草堂丈於彭宅。

二十一日。與磐碩、彭閬書、宋聲揚同由呂四牛橋進塗二補三補至海境之卑長春各蕩，巡歷一周，抵張如峯處（東興鎮）。通海海濱可墾之地千頃（合二千五百萬步），可興之

工商則油廠、糖廠；農則畜牧利尤溥。樹宜栖，宜蘆粟

二十二日。五更由東興鎮乘淺水二十餘里，經富安二滧聚星鎮北入通沙河，宿鳳皇橋東。

二十三日。抵家。

二十四日。與敬夫、翔林訊。編書目。

二十五日。寫虞山、莘老、季申、叔明訊，雁老靜夫訊。寫字。

九月

一日。得叔兄訊。

二日。澤和因事來，留住齋中。孔駉往虞陽。

十日。得虞陽訊。知開議和和欵，西人力持今上回京簽字之說。

十三日。與叔兄訊。

十五日。寄課題：「地方自里而可以王至出以事其長上」，「遷都利害說」，「防護運道議」。

十七日。先府君忌日，設祭。

十八日。寅刻，內子挈怡兒病歸，內子病劇。

二十五日。江知源（岷）、章靜軒（亮元）、江雋卿（杰）來，為測量海灘。

二十六日。得磐碩訊，以其尊人病須速歸。

二十七日。與磐碩訊，如峯訊，託照料知源等測畫輿圖。

二十八日。知源等三人去呂四。

二十九日。知朝廷已嚴治禍首之罪，而無回鑾之期，和無日也。

三十日。叔兄生日，五十初度，回憶兒時之歡如目前，而父母皆不待養也，痛哉！詣王同知議借河工存款疏濬青龍港。

十月

一日。與叔兄訊，彥升訊。

二日。梅汀諸人來議河事。

三日。王同知答訊，許劉宋河款永為青龍港工用。

四日。得草堂年丈赴，以九月二十九日病卒。磐碩方戒行為赴行在計，在滬候船，聞丈病歸，歸數日病諱。因亂而南，寄妾於北，甫喪其婦，又遘父憂，可謂至痛，然得侍疾數晝夜，親視含殮，視甲午九月戮民之慟，差為幸矣。枕上成挽李丈聯：「方赴君於難，而妻亡而父又喪，天胡降此鞠凶，嗟乎令子；惟有生之勞，以死為息，吾知免夫今後，大哉遺言！」丈卒之前，自挽聯云：「而今而後吾知免；若子若孫其慎諸。」與愛蒼、梅孫訊。

十八日。啓行至省。

十九日。晨至省。

二十日。校九月課卷。

二十一日。課題：「使先覺覺後覺」，「船山亭林棃洲學術同異論。」

二十四日。校九月課卷畢。

二十八日。校十月課卷畢。聞西人有「再不回鑾，當立明裔」之電

十一月

初一日。冬至。寫叔兄訊，袁子良訊。

初二日。得子培訊，有擬東南士民與政府書（意行新政）。

初四日。與次遠丈訊，說南菁主講事。

初五日。聞和約十二條已定。

初六日。候莘丈訊不至。

初七日。啓行至滬，附江裕，曉珊同行，遇王一齋。

初八日。抵滬，知莘丈初六日西上，電未達寧，遂又相左。即與函說相左之故，並勸退。晤梅生、蟄先。

初九日。與曉山、子封、蟄先、叔韞同照相。

十一日。與叔兄訊。

十二日。詣盛宗丞。與莘丈訊

十三日。仍與曉珊同附江永旋通。

十四日。未初至盧涇港，風浪甚大，下船人五十餘。申刻抵廠。

十五日。校東海荒地圖。

（卅四）

英使謁見乾隆記實

馬戞爾尼　原著
秦仲龢　譯寫

他隨手在御座旁邊將一個髹漆的木匠拿起來給我，他說：「裏面裝的寶物，是我家的祖宗傳下來的，到現在已八百年了。你好好的帶回國，代我送給你們的君主。」我打開蓋子一看，是一些瑪瑙和幾塊寶石，這都是中國人和韃靼人視爲至寶的。匣子上面又有一本小頁冊，中有皇帝親筆寫的書畫。同時，皇帝又拿出一本御筆書畫小冊頁和幾個檳榔荷包賜給我，斯當東爵士也得一荷包，和我的同一式樣。至於使節團各員皆蒙小件禮物之賞賜。我們退下後，皇帝卽以絲綢數匹及瓷器若干件，分賜滿蒙王公及各大臣，在我看來，這些賜品，似乎不甚值錢，但受賜的人向皇帝謝恩時那種卑搗感激之狀，我一支筆實難形容其萬一。（按：安德生「隨使中國記」云：「乾隆皇帝以禮物親手交給特使時說，你將這禮物好好的親手交給你們的國王，並對他說，這點點東西雖然算不了什麼，但却是所能送的和我們中國所能供給的禮物之中要算這匣寶物最貴重的了。因爲這寶物是我們祖宗傳下來的，到現在已有八百年之久。我本來並沒有送人之意，只打算仍舊將它遺傳給子孫，使子孫見了可以追念先人的功德，光大祖宗的基業。現在因爲你們的國王傾心內嚮，我心裏很歡喜，所以格外加恩，將這件重寶送給他，你該向他說明這個緣故，叫他切莫輕視。」此記較馬戞爾尼所記者稍詳。）

戲場中所演的戲劇，時時變更，演完一齣又一齣，有喜劇，有悲劇，雖然是連接演下去不停，但情節並不連串，所演的戲，有屬於歷史的，有屬於神怪的，技術上則有歌有舞，配以音樂，亦有不用歌舞，而純用表情科白的，劇中情節無非演男女的愛情，或兩國戰爭，以及陰謀暗殺等，皆爲通常戲劇中常見的故事。

最後的一齣壓軸戲可偉大了，是一齣神怪熱鬧的戲，它不僅情節詼諧，引人入勝，卽就理想而論，亦堪稱出人意表。據我所能了解，演的是大地和海洋結婚的故事，開塲時，乾宅與坤宅各誇耀其豪富，先由大地盡出她所藏的寶物示衆，其中有龍，有象，有虎，有鷹，有鴕鳥；這都是動物；植物方面則有橡樹，松樹，以及其它奇花異草。海洋方面，也不甘示弱，盡出其富藏，以與周旋，除常見的岩石，介殼、珊瑚等常見之物外，則有鯨魚、海豚、海狗及海中巨型動物，都是優伶扮演，舉動神情，皆極酷肖。

雙方的寶物，盡顯露在戲台上，他們在左右兩面各自繞塲三次，然後混而爲一，接着就金鼓大作，雙方所有的寶物，混合在一起，同至戲台之前，盤旋了好一會，又再分爲兩部分，中間現出一空隙，使鯨魚上塲站在中央做個司令官，由它代表向乾隆皇帝行禮。行禮時，鯨魚口中噴水，約有數噸之多，水一直趨戲塲地板，但地板並不因此而積水，那是建造得法，水一到地，立卽由板隙流下去了。這時候，觀衆大樂，和我座位相近的幾個大官兒，好像生怕我不懂得劇情之妙，故意提高喉嚨，大叫道：「好呀，很好呀！」

演戲時，我們所坐的廂位，作通長之式，可以彼此往來，絕不受阻的，因此我們可以自由談話，其中有幾位韃靼大官員時時走到我的座前和我們懇談。和我談得最款洽的兩人，雖然穿着中國服裝，但他們的面貌却不像中國人，又不像韃靼人。他們和我一見面就問我懂得波斯語或阿剌伯語否。他們似乎是喀爾麥克的回教徒，又是彼族的酋長。喀爾麥克（K:: ac）在不久之前，因爲和俄羅斯交鬨或是誤會，就從中亞細亞裏海之濱移徙至中國邊境，傾心內嚮，願受皇帝陛下之保護而爲民，派他們兩人爲貢使到熱河祝壽，皇帝大悅，各賞以藍頂藍翎。（按：這兩個使臣是土爾扈特派來的。土爾扈特是喀爾麥克之一族。在十七世紀初期，土爾扈特移民入駐俄羅斯的伏爾加區，漸漸受俄人統治。後來與俄人失和，土爾扈特人進至新疆的伊犁。一七七一年（乾隆三十六年）六月，他們到達伊犁後，僅餘人口七萬餘，伊犁將軍嚴兵備邊，派人問他們的意向。土爾扈特的領袖渥巴錫與其族人商量數日後，派人對將軍說：「他們原本住在俄羅斯，但因爲宗教風俗不同，不能安居，現在願居中國興黃教之地，以安部衆。」並以其祖受明永樂八年漢篆勅封玉印及玉器等物爲獻。乾隆帝決准其歸降，派烏什參贊大臣往經理其事，並召其酋長入覲熱河，封渥巴錫爲卓里克圖汗，給以牛羊馬十四萬頭，官茶二萬餘封，米麥四萬餘石，羊裘五萬餘件，布六萬餘匹，棉六萬餘斤，氈廬四百餘架，共耗帑金二十餘萬。馬戛爾尼在戲園內所見的那兩個土爾扈特人，也許其中有一個是封爲卓里克圖汗的渥巴錫了。——譯注）

將近到下午一點鐘時，戲已演完，我們退出休息，到四點，我們又去出席晚間的遊藝會。晚會地點在一廣場之上，這個地方就在我們初次謁見皇帝那一座大幄之前。我們到後不久，皇帝御駕即到，他坐上寶座後，舉手一揮，作出一個開始表演的記號，於是廣場上就百戲雜陳，有摔跤、舞蹈、走繩以及種種有趣的武藝，陸續獻技。表演的技師都穿起中國寬大的衣服，又穿着一雙寸多高的厚底大靴，而演技時仍純熟活潑，絕不受衣履的阻碍，眞不能不令人歎賞了。

表演的百戲中，有一種是很有趣的。一個小童爬上一支三十英尺至四十尺高的竹竿，表演各種姿勢，另一人又爬上去，這個小童仰臥，將一對脚承着這個人的背，這個人雙脚朝天，他的一對鞋踭上放着一個大罏子，高約四英尺，口徑約二英尺半至三英尺之間。這個人做好姿勢，使雙脚及身體平衡後雙脚就把罏子轉動，越轉越快，忽見一人將一個小孩子放進罏裏，小孩子半個身體伸出來，做出種種逗人笑的姿勢，然後又走出來坐在罏口上，忽而站起身來，忽然又仰臥下去。如是表演良久，突然跳下來，完結了這一幕。

韃靼人精於騎射，據說能站在馬背上射箭，但在這次的盛會中，不見有表演，誠爲憾事，武技完畢，最後的一項節目是放烟花。這種烟花，光怪陸離，變幻莫測，我到中國後所見的各種娛樂中，自以此爲第一，以前我在巴達維亞所見的雖是火力雄大，變化多端，較勝於此，但以趣味而言，則今日所見實遠較巴達維亞的爲勝。又有一幕烟花最爲我所激賞的，就是顏色的千變萬化，令人拍案叫絕。只見一個靑色的木箱，約長五方尺，以滑輪懸於半空，離地面約五六十英尺，箱底依次忽然傾陷，瀉出二三十條繩子，每一條繩子降下，爆出一個很美麗的燈籠。最後這些燈籠合攏起來，爲數約五百之多，每一燈籠裏面自動地燃着蠟燭，射出悅目的光彩。這些依次降下來的燈籠（據我看來，這些物體是薄紗或紙張製成的）作打觔斗狀翻復騰躍，而每一跳躍則轉換一顏色及形狀。在各燈籠旁邊懸有一小盒子，其大小與燈籠相等，當燈籠在翻騰之時，它也打開了盒蓋，瀉出一個很大的烟花網，漸而變成各種形狀，有三角形的，六角形的，八角形的，菱形的，不一而足，既而爆裂，射出各種美麗的顏色火燄，悅人心目。中國人對於製造彩色烟花，眞有特殊技能，可說是他們的光榮了。最後一場烟花，也和在巴達維亞所見的一樣，是一塲絕大火景，有火山的爆裂形，有太陽與星辰之相撞，有爆火箭，有開花炮，連環炮等等。一時火光燭天，爆裂聲隆隆震耳，直到光消聲歇，餘烟繚繞於園中的樹木間凡一小時多才散盡。當我們看烟花之時，皇帝使人送到他御用的點心多種，雖然是極精美之品，但我們因爲吃過晚飯不久，腹中尙飽，實在吃不下去，然按諸中國禮節，皇帝賜食，不能不食，只好略嘗少許盡禮。

中國宮廷禮節之嚴肅，也值得一說。今晚之會，皇帝高坐於御座之上，所有王公大臣，及執事官員都穿起朝服，分在兩旁伺候，有些站着，有些坐着，有些跪着，而站在衆人後面的侍衛與執旗持節之人爲數之多，難以計算。人數雖然有這麼多，但自始至終沒有一些兒聲音，甚至咳嗽聲也沒有，至於談笑聲則更不會有了。

（廿八）

釧影樓回憶錄

天笑

而且也要必須等父親從店裏回來以後，然後設祭。大除夕這一天，無論那一家商號，都是最忙的一天。及至我父親結好了帳，從店裏回來，已經要九十點鐘了。吃年夜飯，照例要吃暖鍋，裝得滿滿的，還有許多冷盆，喝着一點兒酒，大家說說笑笑，吃完的時候，已經將近十二點鐘了。雖然大除夕的夜裏，人家有通宵不睡的，但是我們小孩子是要磕睡了。

母親在大除夕的夜裏，每年常是不睡的，到深夜以後，還有什麽封井（蘇州人家每個宅子裏都有井，除夕要封井，至初五方開）、接灶（送了灶君上天後，要於除夕夜裏接他回來）、掛喜神（祖先的遺容，新年裏要懸掛起來，有人來拜年，還要拜喜容）。裝果盤（自己房裏點守歲燭，供果盤，還用以待客）等等的事。除此以外，還要端正我們兩個小孩明天元旦穿新衣服。父親也還沒有睡，他在算算家庭和個人的私帳，一年到底用多少錢。

其時已經元旦的凌晨兩點鐘了，忽聽得叩門聲甚急，是什麽人來呀？本來大除夕的一夜，討帳的人在路上絡繹不絕，甚而至於天已大明了，只要討帳的人手提一隻燈籠，依舊可以向你追索，一到認明是元旦，只可說恭喜了。但是我們家裏的帳，早數天都已還淸，並不欠人家的帳呀！

開門看時，原來是我父親的一位舊友孫寶楚先生，形色倉黃，精神慘沮，好像很急的樣子。問其所以，他搖頭太息，說是活不下去了。因爲他虧空了店裏一筆款子，大約有四五百元。這四五百元，在從前是一筆不小的款子呢，這位孫先生，又不是一個高級職員，他一年的薪水，至多也不過百餘元而已。這種錢莊上的規矩，夥友們支空了款子，到了年底，都要歸淸，如果不能歸淸，明年就停歇生意了。

但是大除夕，是一年最後的一天了，孫君還不能歸還這筆款子。即使借貸典質，也僅能籌措到百餘元。假如明年停歇了生意，一家老小，靠什麽生活，況且還有七十多歲的老母，還有三個未成年的孩子呢。而且蘇州的錢莊是通幫的，你爲了用空了錢而停歇出來的，還有那一家再肯用你呢？那末到此地步，只有死路一條了。

他這一次來，當然是求助於我父親了。不過，他怎樣的會拉下這許多虧空的呢？全都是「做露水」（錢業中的賣空買空投機事業）蝕去了的。因爲他是個中等職員，薪水微薄，不夠贍家，於是想弄點外快。不想這「做露水」的事，就像賭博一樣，贏了再想贏，輸了想翻本，就不免愈陷愈深了。

本來那種跡近賭博而輸去了錢的人，有人目爲那是他自作自受，不大肯加以援助。但父親和他是老友，且一向知道他爲人誠實，可是到此也愛莫能助呢。父親當時向他說道：「你若早兩天來，還有法子可想，怎麽直到這個時候才來呢？」原來父親已經結好了帳，只不過留着幾十塊錢，以供新年之用。在新年裏，所有金融機關都停滯，一直要過元宵節（俗名燈節）方可以調動款子呢。

那末，即使我家中所留存的數十塊錢，都給了他，也無濟於事，而我們新年裏沒有錢用，倒也不去管它。如果立即拒絕了孫君吧？人家正在危難之中，不加援手，也覺得於心不忍。父親正在爲難之間，母親却招了父親到房裏來，說道：「我看這位孫先生的面容不對，如果今夜這個年關不能過去，恐有性命之憂，他不是說過只有死路一條嗎？」

「那又有什麽辦法呢？」父親皺着眉頭道：「我現在手頭沒有四五百元，可以接濟他呀！假如他早兩天來，甚而至於在大除夕的白天來，我還可以給他在朋友中想辦法，現在已是大年夜的半夜裏了，教我到那裏去給他借錢呢？」母親躊躇道：「你問問孫先生，如果不是現欵，也可以的嗎？」父親道：「不是現欵是什麽呢？難道半夜三更，還可以拿房契田單，尋人去抵押嗎？」母親道：「何必要房契田單呢？況且我們也沒有這種東西呢。」父親道：「那末你說是什麽呢？」母親道：「難道金飾也不可以嗎？」

父親熟視母親道：「你的意思，願意把你的金飾，救助孫某嗎？」母親道：「救人之急，我很願意的，你快去問孫君吧！」父親道：「明天是個元旦呀，大家都要穿戴，而你却沒有，這如何使得？」母親笑道：「這有什麽關係？即使我有了，不戴出來，也由得我呀！況且那副絞絲鐲頭沉甸甸的，我眞懶的戴它呢。至於老太太問起來，我會告訴她，她也是慈善而明白的人，她决不會責備我的。」

父親很高興，擁着母親道：「你眞是好人！你眞是好人！」他便奔出去，告訴了孫寶楚，孫感激得眼淚只管流下。及至我母親走出去時，孫君便要向母親磕頭，母親急急避去。母親所有的金飾，份量最重者，便是那一對金絞絲手鐲，每隻差不多有二兩重，此外還有一隻名爲「一根葱」較小的，此外還有金戒指，此外還有我們孩子們的金鎖片，小手鐲等等。母親向父親道：「救人須救徹，請孫君盡量取去就是了。」

據估計當時的金價，除了最重的一對絞絲鐲之外，再加幾件零件，還有孫君自己借貸典質的錢，也可以張羅過去了。那時中國還沒有鈔票，要是拿三、四百塊現洋錢，却是非常笨重的。此刻雖是金飾，丟出去就是錢，這時黃金是非常吃香的，最硬的東西，總而言之，孫君明年的飯碗是保牢了。

孫君臨行時，向我母親說道：「大嫂！你是救了我一條性命。」他說時，在衣袋裏取出了一只圓型牛角盒子來。裏面是什麽呢？却是滿貯了生鴉片烟膏。他說：「我到此地來，是最後一個希望了，如果這裏沒有希望，我覺得無顏見人，借此三錢生鴉片烟畢命了。」因爲孫君平素是不吸鴉片烟的人，他藏了這生鴉片烟在身邊，眞是有企圖自殺的意思呀。

到了年初三，孫君到我們家裏來拜年，他神氣很高興，因爲生意到底連下去了。趁着拜年，他眞的向我母親叩一個頭，母親便忙不迭的還禮。我們還請他吃飯，父親陪他喝一點酒，在席間，母親便勸他：「孫先生？這些近於賭博的露水做不得了。」孫君說：「吃了這一次苦頭，幾乎把性命丟掉，幸而有大嫂相救，假如再要做那種賣空買空的勾當，不要說對不起大嫂，也對不起自己呀。」

關於這金釧的事，孫君後來漸漸把這筆欵子拔還，也需要一年多光景。母親除了兌還孩子們的金飾外，從新去兌了一對比較輕的手鐲。到了後來，我們的家況日落，父親沒有職業的時候，她還是把它兌去了，以濟家用，以供我讀書之需。我想起了這個故事，我並不心痛，我只讚禮我母親慷慨好義，慈善救人，是一個尋常女人所不肯的。她是不會讀過書的，識字也有限，而却有這仁厚博大的心腸，我們如何不紀念她。

這便是我題這釧影樓的典故。

結婚

我是在二十五歲結婚的，我妻與我同庚，也是二十五歲。我是在二月初二日生的，她是四月初一日生的（俱是舊曆），我比她長了兩個月。中國人每多早婚，尤其是在江南，二十五歲結婚，在當時已算是遲的了。就我們的親戚中說：大半是在二十歲以內，十八九歲爲最多。若是女孩子，一過了十六歲，便可以出嫁了。至於鄉下地方的婚嫁，好多是畸形的，不必去說它了。

主張我即行結婚的，第一是祖母。父親故世了，我的三位姑母全故世了，連她所喜愛而領在我家的顧氏表姊也已出嫁了，我姊也出閣了。老太太們喜歡小孩子，她的晚景，將寄託於抱曾孫了。至於母親，也未嘗不希望我結婚，因為我已成年，而她的身體日就衰弱，很望有一勤健的兒媳，來幫她的忙。就只家中貧苦，人家嬌養的女兒，不知能否食苦為慮。

我對於結婚的事，很有點猶夷。第一、我是為了家計，我幸有母親的操勞支持，勉强可以過度。娶了親後，家中既添一個食口，而人家一位青年姑娘，到我家來做媳婦，似不能過於艱苦。並且結婚以後，不能不生育，小孩子一個一個添出來，這個負擔，也就不輕呀。還有一個意思，全出於自私之念，我覺得未結婚的人，自由得多，結了婚的人，便不免生出多少牽罣來了。

但是我的家庭，已使我不能不結婚了。原來我的祖母已成了癱瘓之症，不能步履行動了。她那時已是七十多歲，而軀體豐肥，起牀也須有人扶持。起牀以後也只能坐在一張藤椅子裏，瞑坐念佛而已。還有半夜起來溲溺，也須有人扶掖，這都是我母親的責任。如果是別人呢？譬如女傭之類，她們不能半夜警醒，而且粗手粗脚，未能熨貼，這是使母親不能放心的。

所以自從祖母得了這半身不遂之病後，母親便不睡在自己房裏，一直睡在祖母房裏了。有一天，祖母半夜裏起來小解，她因為知道我母親夜裏做女紅，睡得很遲，不想驚動她，便輕輕悄悄起來。誰知沒有站穩，一轉側間，跌倒在牀前地下。母親睡得異常警醒，聽得了聲響，急忙揭開帳子一看，吃了大驚，因為老年人是不能傾跌的，何況祖母又是身軀肥重呢。

從此以後，母親在夜裏更為警醒，祖母牀上一有响聲，她便立刻起來。到了冬天，衣不解帶，只是和衣而睡。後來祖母病了，常常不能起牀，有時連溲溺都在牀上，一切鋪墊、洗溺等事，都由母親任之。祖母捧着母親的手涕泣道：「求求菩薩！但願你的兒媳婦，也這樣的孝順你。」我聽了，心中也很是難過。因為我們一家只有三人，——祖母、母親和我——我是一個男子，飢驅奔走，我又不能代母親之勞。而且母親的身體也不健全，日就衰弱，每天吃得非常之少。她是有肺病的，帶病延年，現在已是五十多歲的人了，人家以為即此也不容易。希望我結婚以後，有個媳婦幫助她，總歸是好的。

我的結婚日子，是在那年四月二十五日（都是舊曆，以下做此），那個時候，所謂新式結婚（俗稱「文明結婚」）還沒有流行呢。新郎新娘，以前從未見過面，現在稱之為「盲婚，」這兩字甚為切當。一切儀式，都為老派，從辛亥革命以後生出的諸位先生們，恐怕有莫名其妙的。但中國歷代傳統以來，對於婚姻制度非常隆重，即使要寫一些近代婚姻風俗史，也非成一巨帙不為功，我今就我的結婚，畧述一二：

首先說迎娶；依照古禮，新郎要親自到女宅去迎親的。直到如今，在中國別省猶有此風，但東南各省，已無此風了，只是用全副儀仗，敲鑼打傘去迎接她。其中最有別者，新娘要坐一頂花轎，這頂花轎，不僅屬於虛榮，抑且恃於權勢，婦人對於嫡庶之爭，往往說：「我是從花轎抬進來的，」好比淸朝的皇后，說：「我是從大淸門進來的」一般。蘇州的花轎，却是特別考究，明燈繡幰，須以八人抬之。但我們沒有用花轎，僅有用一藍呢四人轎，以花轎多所糜費也。惟儀仗一切則如例。

次言拜堂，當新娘未出轎前，新郎已迎候於堂前，新娘出轎後，即同行拜堂禮。先拜天，後拜地，然後新夫婦行交拜禮，這是中國舊婚禮中最隆重的一個節目。當拜堂時，新郎則下跪叩頭，新娘却只跪而不叩頭。問其所以，則云新娘的鳳冠上附其有神祇云云，其實她滿頭插戴珠翠，且罩以方巾，不能使其更一俯首也。所有禮節中之跪拜，都受命於一贊禮（蘇州呼之曰「掌禮」），此人穿方頭靴，皂袍皂帽，插金花，披紅巾，全是明朝服飾，此古典當是滿淸入關時始也。

（卅五）

國文教學
國文學習
參考用書

國文月刊爲抗戰期間西南聯合大學師範學院國文系主編，爲討論國 威
刊物。先後由朱自清、郭紹虞、呂叔湘、周予同、黎錦熙、夏丏尊、 （
一）文字、聲韻及訓詁學；（二）文法學；（三）修辭學；（四） 國
文教學；（七）文辭疏解；（八）新書評介；（九）紀念逝世之 一
時碩彥。凡所討論，俱屬切要問題。同時關於大專方面之國文教 與
教學之須要，先將抗戰復員後出版之國文月刊，由四十一期至 成
册，利便庋藏。又編有總目分類索引，以便檢索。至於抗戰、 土
紙印成，不便影印，刻在整理排印中，以饜海內外讀者雅望

茲爲便利讀者採用起見，特輯有「國文月刊總目分類索引 付

郵票肆角，寄英皇道一六三號二樓龍門書店，當即寄奉。

書樣 原原

龍門書店謹啓

已價每冊港幣八毫。

林熙主編

・本期要目・

大華

半月刊

第三十七期

大華 第三十七期

大華 半月刊 第三十七期

（[illegible]）

Chinese Review [illegible]

出版者：大華出版社

督印人：[illegible]龍繩勳

主編：林熙

印刷者：朗文印務公司

總代理：胡敬生記

卷頭語

林　熙

△「大華」出版到三十六期，已經出了一年半了。在此一年半中，它和讀者見面了三十五次（因爲七、八期是合刊本），至低限度，可以說是和若干讀者已成老友。這羣老友中，有很多對「大華」眞是愛護備至，他們寫文章來支持「大華」，聲明不收稿費，亦有來函稱贊，鼓勵我們努力，却不可爲了一時的挫折或時局影响半途而廢，更有遠方的讀者來函，譽爲中國文化的柱石，種種揄揚，很令人感奮。但我們檢討一下，「大華」的缺點仍然很多，逐一予以改進，也非一時就可以辦到。因爲個人的智力和精神有限（大華是三個朋友合股經營的，兩位股東不負擔編輯工作，只我一人唱獨腳戲），而且我又不是匏瓜，安能繫而不食？一支筆不能不掉向別處賣些錢來養家，此中情況，實不足爲外人道，所以有時不盡如讀者之意，或文章中偶出現錯字及不通字句，或校對錯誤等，尚希讀者原諒。

△我說過有很多讀者稱贊「大華」，但也許有人會問：「難道就沒有人駡大華嗎？」我可以答道：「有。這一年半中，只有一封信來駡過大華。」這封「信」不寫在信紙上，而寫在第廿五期大華的封面和封底。那一期是今年三月十五日出版的，三月十七日卽收到那封「信」。信裏說：「你們在文章中，時時追述舊日中國的官場劣跡，令人們忘記眼前的暴政，試問中國在滿清軍閥僞權及國民黨時代，曾有過像今日大鬧紅衞兵的惡作劇嗎？你們既然要談中國文化，爲什麽不對中國此種暴政口誅筆伐？可見你們是大陸政權的走狗，甚至可以說你們是它的外圍組織。……」這個讀者當然不會署眞名的，我們也無須查究他是什麽人，只覺得他似乎戴上了一種眼鏡看錯了「大華」了。「大華」以不批評現實政治爲宗旨，只談近數十年的歷史掌故，以供愛好此道的讀者消遣，——如果不自甘菲薄的話，亦可說是向研究歷史者提供一些參考資料。「大華」並無大志，不想做站在時代前頭，一言一論都可以發生作用的一個「權威刊物」。該信的作者看不滿「大華」，殊爲遺憾，如果照他的「邏輯」，駡過去的官僚軍閥，贊過去的詩人藝術家，有令人「忘記眼前」種種的妙用，是眞有趣之至矣！大概此公認爲在香港辦刊物，非左則右，斷不容有一個窮書生以歷年賣文的微小積蓄，輕於一試，至資金賠光後，有讀者援手之事發生也！

△「大華」既出版了一年半，我忽然有上面那一番話，讀者也許會認爲在本期起踏入了另一個「新紀元」，必有什麽「新猷」。其實目前仍未有什麽「抱負」可向讀者自吹一下。內容原則上沒有多大變動。以往的長篇連載似乎太多，現在打算減少至三四篇，卽使以後有連載文章，也以每篇不超過三四萬字爲度，十期八期便可載完。其它短文，最長也以五千字爲度，不想有七八千字一篇的分上下篇登完，這一點請惠稿的朋友合作（其實最理想的還是每篇三千五百字，五千左右的，刊登比較困難，等候適當機會，因爲篇幅有限，一個雜誌不能登載幾篇長文章就算了事的。）

△有些不相識的投稿讀者，嫌麻煩來收取稿費，往往打電話囑將鈔票放入信封內寄去。這辦法對作者來說，當然很便當，但如果失去，誰負此責？如果作者沒有收到，又再寫信來詢問，豈非雙方都感到麻煩？有一次，我徇作者之請，將一張支票寄給某作者爲稿費，請他收到後，寫一張收據寄還，也許他一時忘記，並不照辦，再寫信去催問，也沒有覆。諸如此類之事，時有發生，這對我來說，實在不便之至。最好還是請作者收到通知書後親來收取，或派人代領，亦無不可。

盧溝橋事變前的一段祕史

王孫

民國二十六年（一九三七年）七月七日，日本帝國主義者發動盧溝橋事變，轉眼之間，到今年已三十周年了，世人對此事，似乎多已遺忘，但留心國事和研究歷史的人，絕對不會忘記這件事的。本來盧溝橋事變，儘可以作地方事件解決，無如當時日本帝國主義者不可一世，一步一步的加緊欺侮威脅中國，立心將此事件擴大，企圖使它吞下中國的野心實現，遂使星星之火，造成燎原之勢，第二次世界大戰，亦由此事變衍成，爲禍世界，至深且巨。爰於三十周年紀念之日，將當年所知的內幕寫出一二，以爲研究近代史者參考。

日本帝國主義者製造僞滿洲國後，即以之爲根據地，侵入長城，宋哲元所部廿九軍在喜峯口抗戰，死傷甚重，損失極大，但「何梅協定」（一九三五年六月十日，何應欽與日本司令梅津所簽的協定，解決日本對河北的無理要求，世稱「何梅協定」）成立後，河北省與天津市的地盤，忽然給與商震，因此廿九軍甚爲不平，對南京此舉極度反感，倡言「抗日無功，親日有獎」。蕭振瀛與廿九軍很有關係，他在上海就進行活動，找到了拉線人向日本關東軍本部聯絡，表示在不傷害國家利益之下，願與日本合作，在華北開創特殊化政體。因爲當時日本天津駐屯軍，是由關東軍節制，而天津駐屯軍當局，與商震所保薦的天津市長程克接近，故對于廿九軍不瞅不睬，廿九軍謀士，不得不轉向上海活動。

這時候南京的國民黨正在開國民黨第四屆中央執行委員會第六次全體會議（十一月一日開幕，汪兆銘遇刺），馮玉祥、閻錫山都出席。此會還有團結各地方軍閥使與中央政府合作的作用。在此緊要關頭，外間盛傳廿九軍主腦宋哲元已暗中聯絡韓復榘等有所異動，華北局面忽告緊張。會議於十一月六日閉幕，南京當局鑒于華北形勢不妙，如果宋哲元竟然與日本合作，影响必大，爲了安撫廿九軍袍澤起見，以宋哲元爲河北省主席當屬必要。於是派何應欽往保定與商震商量，調商爲河南省主席，騰出河北地盤，安置廿九軍，並于十一月廿六日，由國民政府命令，撤銷北平軍事委員會分會，以宋哲元爲冀察綏靖主任，何應欽爲行政院駐平辦事處長官。十二月十二日，又明令調商震爲河南省政府主席，劉峙改任豫皖綏靖主任，宋哲元兼河北省政府主席，張自忠任察哈爾省政府主席，蕭振瀛任天津市長，於是廿九軍大大小小人物，都有了高官可做了。（稍前，秦德純做了北平市長。）

替廿九軍與日方聯絡的陳覺生（廣東中山人，日本東京帝國大學畢業，因爲是日本通，所以在一九三一年以後，突然在華北竄紅起來，先後任行政院駐平政整會、河北省政府、天津市政府、察哈爾省政府、廿九軍司令部等機關的所長、參事、顧問等職，一九三五年又任冀察政務委員會委員、北寧鐵路管理局局長、兼冀察交通委員會主席委員等。他是一八九九年出生的，其爲政海紅員，不過三十七歲耳），與蕭振瀛等私自許日軍的合作條件中，有「豐台駐軍」一款。當日軍進駐豐台附近搭蓋營房時，廿九軍當局命宛平縣長王冷齋指使當地人士出面反對。日本軍見有當地人士反對，不敢十分露出猙獰面目，故作「大國風度」，退讓一下，暫駐在鐵路站台附近。

天津日本軍部，先前已向日本陸軍省請准豐台修建營房款項，到了年終，應向陸軍省報決算，而事實上營房並未開始修築，主辦官被上峯催促，於是命令軍人親自在天津運建築材料至豐台，強建營房。同時，日軍也每日在附近地區演習，某日因走失軍馬一匹，日軍追到宛平縣城索取，雙方因言語不通，便發生了小小的衝突，雙方均有戒備，到了晚上天空忽有槍聲數响，日軍指責是廿九軍放的，而廿九軍也指責是日軍所放，各執一詞，無從判定。於是由此小誤會而衍成軍事行動，日本侵畧軍先發制人，揮軍前進，廿九軍亦準備迎擊，雙方立於對峙狀態。

恰巧此時宋哲元回山東樂陵原籍掃墓，聽說出了事情，立即趕回天津應付，廿九軍大員亦均到天津，亟謀解決。中日雙方會議結果，日軍的要求中有宋哲元須向日軍「道歉」一項。這條件宋哲元完全不知。因爲陳覺生等一直不把與日軍交涉眞相向他說明白，以致宋哲元與日軍當局隔閡日深。不久後，日本天津駐屯軍司令官改爲田代皖一郎中將接任，陳覺生等親日派人馬就對宋哲元說，日軍新司令官到任，應去拜訪，作禮貌上的周旋。宋哲元覺得有此必要，便由陳覺生陪他一起前往日本軍部，與田代會晤。見面時，宋哲元說：「聽說貴司令官到任，我特來拜見。」陳覺生繙譯日語時，故意將「特來拜見」說成「特來道歉。」代田以爲宋哲元來道歉，有誠意解決事件，所以彼此之間談話甚爲和洽，前此陰翳，一掃而空。宋哲元以爲事件旣已解決，即日回返北平，豐台與宛平中間的緊張局面，亦告鬆弛了。（按：代田患有嚴重心臟病，七月十六日病歿，由香月淸司中將繼任。）

但是當宋哲元會晤代田時，日軍方面尚有幾個懂得中國話的繙譯在坐，他們對代田說，宋哲元說的是「拜訪」（日語「阿乙殺之」），沒有說「道歉」二字。代田認爲事件仍未解決，於是野性大發，必欲予宋以「懲戒」，即向外委會交涉，提出更多要求。當時的外交委員會主任委員是魏宗瀚（字海樓，軍人出身，隨段祺瑞多年，初任陸軍部司長，後改任陸軍第九師師長，民國九年皖直戰爭失敗後，閑居北京，自此即不出任事。冀察政務委員會成立，得任外委會主任委員，聞係段祺瑞向南京推薦，又由南京向宋哲元提出的。魏雖軍人，但向來沒膽識，遇事一味敷衍，正是典型的北洋官僚），魏出來做官，目的在以娛晚年，並抖抖威風，絕無爲國服務思想，以此種廢料來應付華北對日外交，安得不僨事？因此日本向華北當局交涉，魏也一味拖延敷衍。日軍等得不耐煩，已準備用兵力進攻北平了。事爲冀察政委會所屬的建設委員會粟屋秀夫探知，認爲事態嚴重，非立即向宋哲元報告不可。但時已近黃昏，宋哲元退食之後，往往到進德社打其麻將。粟屋無法和他會面，又以時機緊逼，非向他報告不可，乃託楊某打電話到進德社找着陪宋哲元打牌的齊燮元。（此人後來當了大漢奸，勝利後槍斃。宋哲元甚喜歡收留一些奇奇怪怪的人物，例如南京通緝的石友三，他居然派爲北平保安司令，此乃民國廿五年一月十四日事，宋就綏靖主任之日也）齊燮元教粟屋用中國人的名字到進德社找他，兩人便見了面，粟屋就一五一十把「拜訪」與「道歉」的經過說了，並說到日軍方面決計進攻北平之事。齊燮元馬上將這件事轉告宋哲元。宋以粟屋所言非虛聲恫嚇，認爲事態嚴重，馬上派齊燮元，秦德純二人直接找日軍參謀長橋本羣交涉。但日軍方面認爲廿九軍沒有解決事件的誠意，就提出極苛刻的條件，態度非常橫蠻，廿九軍當然不能接受，於是藉口在盧溝橋附近演習後走失一名兵士，就開砲轟擊宛平，中日戰爭就開始了。

粟屋秀夫和宋哲元也有一段小小的因緣，應在此畧提一下。冀察政委會成立之初，即與日本軍方有協定，該會屬下各委員會及平津市府，均分別聘日本人爲顧問。日本軍部推薦南滿鐵路局的參事粟屋秀夫爲建設委員會顧問，冀察政委會已正式加以聘任，且將聘書發出，但建委會主委門致中拒絕粟屋到任。（門致中字靖原，吉林人，保定軍校出身，隸馮玉祥部下。一九二六年任國民革命軍十六路總司令兼十六師師長，第二集團軍第十三軍軍長，寧夏省政府主席等職。抗日爭勝利後，卜居香港，前數年在九龍死去。）粟屋因爲滿鐵已將他解職，而新的職務又遭拒絕，徬徨無計，後與其友人楊某（即上文提到之人，他在北洋政府時代曾任公職，其時則在大連、天津之開經商，相識的日本人極多）談及此事，問他有什麼辦法。楊某和宋哲元的高等顧問劉治洲（字定五，陝西鳳翔縣人，辛亥革命時組織義勇軍在本縣起義，民國二年任衆議院議員，國會解散後赴廣州出席臨時國會，任廣東政務會議秘書，其後回陝西做吳佩孚的顧問，一九二二年奉直戰後任北洋政府農商部次長，一九二五年陝西省長，一九二七年隨馮玉祥入河南，任省府委員，鄭州市長，一九二八年後辭職，在天津閒居，馮玉祥反蔣運動，劉爲之策畫）很有交情，託劉對宋哲元說項，謂粟屋不能到任，無異政委會給建委會打了個嘴巴，如果日本軍部知道了，不高興還不打緊，恐怕日軍又向政委會交涉，另介紹一個浪人來做顧問，狐假虎威，多生事端，那就更糟了。到底粟屋還是個規規矩矩的文人，他深知中國人抗日情緒高漲，廿九軍處境困難，他到任後，只是領薪水過活，不問事務，這不是很好嗎？劉治洲覺得楊這番話說得很合情理，他是宋的顧問，地位等于客卿，敢于進言，便帶粟屋去見宋哲元，粟屋當面報告一切，宋覺得有點歉意，對粟屋慰勉有加，叫他即日到任。同時宋又很生氣建委會居然對他敢如此蒙混，太過豈有此理。粟屋因宋哲元對他優禮相待，故對宋亦感激圖報。此事之經過，廿九軍高級幹部知者尚不多，抗日戰爭期間，筆者在北平，承粟屋與楊君相告，故秘之至于今也。

蔣介石·頭山滿

金宇

蔣介石有一極聰明之處，實係得袁世凱衣鉢，故能統治中國大陸二十餘年。聰明何在？即拜老頭子，拜師兄弟，廣收「天子門生」是也。

黃金榮是上海的大流氓頭子，蔣介石未顯貴時，曾拜在門下。顯貴之後，黃金榮退還「門生帖」，尚存「古風」。（淸朝官場，最盛拜把子，如果把兄弟中有一人顯貴，而一人爲其下僚，則下僚應繳還金蘭帖，另結師生之誼，如果那大官有古道，必不敢當）這件事人人皆知，已無「祕」之可言了。

蔣先後又同黃郛、馮玉祥、張學良拜過把子，後來又打算和唐生智、陳銘樞結拜兄弟，唐陳二人皆不敢高攀，再三辭謝，這才不提。

民國十六年，國民黨內的重要人物有矛盾存在，蔣介石遂於九月下野，廿八日由上海往日本「游歷」（十一月十日回抵上海，不久即與宋美齡結婚。到今年恰四十周年了），在日本時，曾往拜見日本的大流氓頭子黑龍會主持人頭山滿，兩人席地而坐，同攝一影。外間曾有人傳說，蔣見頭山滿，欲與之結拜兄弟，藉其力量影响日本政府，恢復蔣的權力，但此事未能證實，僅傳疑而已。（黑龍會係日本一個極右的專以侵略中國爲目的的組織，戰後被解散。）

蔣介石與頭山滿同攝

談國民政府成立後之大風波

直言

國民政府於民國十四年七月成立，廖仲愷被刺案，卽於八月二十日發生。黨軍於八月廿五日搜查德宣西路二十八號胡公館，因而釀成胡漢民先生游俄，國民黨左右派分裂，為歷史上一大案。先後紀載此事者，有羅亦農之「嚮導報」，豹翁之「中興報」（香港出版），蔣亦敬之「胡漢民年譜」，雷嘯岑之「卅年動亂中國」。余當時目擊其事，覺其頗與事實未盡符，且不無因個人立場，感情偏蔽，而語有過當，會與本刊主編林熙閒談及此。林君謂曷不詳晰紀錄，不惟可資談助，且可供將來編國史者之參攷。因撰是稿，重在紀錄所聞所見，不肯稍有偏倚也。

國民黨左右派之發生

國民黨初無左右派之分，胡漢民、汪兆銘、廖仲愷、胡毅生等契合無間，余所深知。十三年九月，廣州商團醞釀事變，廖仲愷時任省長，自行引退。孫中山先生調廖主辦黨務，以胡漢民接任省長。廖親共，而胡反共，於是始有左右派之分。但當時之國民黨舊黨員，反共者佔絕對多數。毅生為胡漢民之堂弟，反共尤力。與林君直勉合辦一報，昌言反共。又在廣府前設有文華堂俱樂部，座客常滿，余亦時為座客之一。十四年國民政府成立，設置委員十六人，以汪兆銘、胡漢民、許崇智、孫科、張繼、伍朝樞、徐謙、譚延闓、林森、戴季陶、張靜江、程潛、廖仲愷、古應芬、朱培德、于右任等充任，又推定汪胡廖許譚為常務委員。汪任主席，胡為外交部長，許為軍事部長，廖為財政部長。毅生詆為共產黨之計劃，且謂矮仔多計，必由仲愷所製造，昌言攻擊。座客共聞輒轉傳述，仲愷、毅生，勢成對立。廣州茶樓酒館，無不以為談柄。其時國人目共產為「紅禍」，攻廖之聲，遍於廣州市矣。

廖仲愷之被刺，與胡毅生無關

八月二十日晨，廖仲愷被刺於中央黨部門首，陳秋霖亦同時中槍斃命。共產黨以毅生、直勉昌言反共，遂指為主謀。羅亦農之「嚮導報」甚至謂「國民政府成立之後，胡毅生、林直勉均賦閒，故主謀暗殺」。蓋胡林辦報早在數月以前也。毅生為陽性人，偶有爭執，怒目詈罵，為其慣技，何致暗殺朋友。且如眞有謀殺仲愷之心，則必秘密買兇，惟恐人知，安有昌言攻擊，招人疑忌之理？其後人皆知為陳瑞、陳順等所為。陳順當場人槍並獲，槍為朱卓文所常用。陳瑞行兇之後，逃至朱宅，朱卓文贈以二百元，使得逃港。因此政府有通緝朱卓文之舉。「革命文獻」及雷嘯岑「卅年動亂中國」二書曾載其事，以余所聞，較屬實在。「嚮導報」之言，純出推測，毫不足信也。

特別委員會拘捕胡毅生之黨軍，大擺烏龍

刺廖案發生後，中央黨部組織特別委員會，查辦其事，推汪兆銘、許崇智、蔣

黃省三

申——

一九六五年六月廿四日，廣東的老中醫黃省三先生逝世於廣州，到今已兩周年，雖然他已經八十四歲，算得克享遐齡，卻是醫學界一個很大的損失了。

黃省三是番禺縣新造細墟鄉人，年幼的時候身體很弱，他的母親也是很多病痛的，因此省三便自己埋頭研究中醫。辛亥革命後，他已經在廣州東橫街設館行醫，當年新城，西橫街另有一個中醫黃焯南和省三齊名，兩人的處方有點特別，焯南喜用附子，藥劑的分量很重，省三卻喜用西洋參，藥量卻很輕，時有雙黃散之稱。由於當年廣州連年軍閥割據，戰亂頻仍，省三乃舉家搬去香港禮頓山道十三號懸壺，廣州的醫務由他的徒弟章甫照料，章甫一向跟着省三學醫，平日替省三做寫藥方的工作，已經得到他的眞傳了。一九五五年六月，省三遄返廣州，埋頭著作，地方政府替他刊流行性感冒、肺結核、闌尾炎、腎臟炎等治療法書籍四種，凡六十餘萬言。

在四五十年前，如果人們患上肺結核病，大都視爲絕症，省三從古代的醫學文獻和幾十年臨床經驗發明了一條醫方，藥劑是雲茯苓、紫苑、冬瓜仁、川貝母、小瓜蔞仁、北杏仁、生苡仁、生甘草等八味，極有奇效，活人無算。不過他的肺結核醫方，在五十年前，還加多一味桑白，記得先母偶患咳嗽前往診治，曾開這條方子，先父卻認爲桑白會引入陰部，以吳鞠通（瑭）的「溫病條辨」說吳氏的妹子是食錯桑白而死的，，擬抽出這一味。省三以爲外邪入內，非桑白不能把外邪拈出來。向來省三的主觀極强，他的處方都經過研究實驗數十年，如果一般人提出某些意見，他會立即拱手，說：「另請高明吧。」便起送客，這一回卻意外地答允。一九五二年間，省三在香港自資出版的「肺結核病實驗新療法」的方子便刪去這一味桑白，也可以反映他的虛心服善的態度。

省三醫治流行性感冒的方子，也是極靈驗的，藥劑是：連翹殼、牛蒡子、梔子皮、瓜蔞仁、瓜蔞皮、冬桑葉、栝蔞根、杭菊花、薄荷葉等九味，許多人都抄存在家裏備用。此外他的强心方子，是醫治神經衰弱和失眠病的，筆者個人奉爲至寶，幾十年來已吃過二三百劑了。藥劑是：西洋參、去心麥冬、大棗肉、炙甘草四味而已。某些年老體弱的人們，如果患上流行性感冒病，他會教人先吃一服强心劑，才吃發表藥劑的，如今這條方子已經刊入「流行性感冒實驗新療法」一書裏了。

我有幾位朋友都是「黃迷」，比方曹伯陶（受坤）曾粘存省三的方子一厚冊，叙述病狀很詳，可惜曹老已逝世幾年了。陳協之（融）告訴我，他早年養過幾個兒女，都夭折死去，他的大兒子名叫牛郎，當孩童的時候，在廣州患過一回重病，剛巧省三去了香港，延請過許多中西醫生療治無效，便將病狀函告省三，不科半夜時分，已經手足冰冷，認爲「打輸數」了，掉在轎廳的木椅上，省三接信後趕緊乘搭夜船返回廣州，即到都府街陳家，入門一看，有一個小孩用白布包着，

中正爲委員，以廣州謠諑紛如，有拘捕胡毅生之舉。二十五日晚，所派黨軍至德宣路，即進搜德宣西路二十八號胡青瑞宅。青瑞爲漢民之長兄，且兄弟同居。此屋在德宣路之西，坐北向南。毅生則住德宣路之東，舊督練公所之對門，坐南向北。此事之微妙，最足紀述。廣州總商會會長鄒殿邦，時住聚龍里，與林直勉爲隣居。是夕深夜，見林爲軍隊反手綁緊，知事關重要，渠與胡氏兄弟友好，欲往胡公館探問。因往德宣路，甫至東口，遠見青瑞漢民住宅，已有軍隊圍困，因叩毅生之門。至則毅生與林掞民、趙士覲均在，毅生已剃鬚易服，正擬由後門出走，林趙同行。鄒即轉頭由前門出，甫啓門，即見黨軍十數人由西轟擁到，見鄒衣長衣，由毅宅出，誤以爲毅，立加截阻，鄒出示名片，白般解釋，始予放行。毅與林趙出後門，因軍隊對鄒紛擾多時，及至後門，毅與林趙離門稍遠，軍隊並不認識，以爲旁觀路人，遂得從容赴港，事後鄒以告我，且歎爲毅之天幸。鄒今尚存，且現居香港，迄今四十餘年，事過境遷，無復政治關係，則以作談助，供研究歷史者參攷，當不爲怪也。最奇者，豹翁之「中興報」竟謂「汪蔣同謀害漢民，於是夜四鼓，以黃埔軍校入伍生隊伍十人，皆信仰共產主義者，使走市北胡宅捕漢民，誠曰毋生致之，但得之，以爲逃捕，遂擊殺之可也。」似不免含血噴人矣。蔣永敬之「胡漢民年譜」則謂：「八月二十五日晨六時許，汪精衛突派

老中醫

——陳

知道事情不妙，隨手揭開切脈，認為還有希望，立刻抱入客廳裏，開方煲藥灌飲，不過四五天便痊癒了。協之認為省三眞是神醫，據松庵說，自從認識省三以後，個個兒女都能養大，凡幾十人云。

他待人接物，禮儀彬彬，萬二分客氣，病家求診，他一定送客出門，鞠躬而退。他對人這樣，也要人對他敬重。四十多年前，他居住在廣州的時候，著名的藏書家徐信符的母親患病，信符親自拜訪省三請求出診脈，午後，省三乘坐三人肩輿到達狀元橋（今稱小北路）南州書樓門前，省三叫轎伕傳了名片進去，還坐在轎子裏。原來省三的習慣，要病者的家人們出門迎接，然後落轎一同進內的，信符不知就裏，而省三在轎裏等候良久，見沒有人出來迎接，便原轎打道回醫館去，廣州一時傳為談話資料。

省三的處方是輕描淡寫的，而且奇到不可思議，我有一位親戚，偶然涉足花叢，患上了白濁病，自然不能告訴家人，乞省三診治，他開的方子是西洋參、北芪、生蘿白三味，他煎成後，冲蜜糖服食，兩劑便愈，這幾味平凡藥物，居然發生奇效，無怪有些「黃迷」叫他做「生神仙」了。

我又記得省三在香港行醫的時候，有一位前清進士，做過廣州府知府和勸業道的陳望曾（別字省三，剛巧和省三同別字）原籍台灣人，由於甲午之後，他不肯做日本人，改入福建籍。後來僑居香港年已六七十歲，一次患了打呃逆不止的毛病，中西醫藥無效，英國的醫生說是扭腸，主張剖腹療治，在四十多年前的風氣，以七十老翁做外科手術，確屬値得研究的事。因此有人提議，請求省三診治，可是陳家在九龍，而省三向來不肯過海出診的，為着陳老的健康，由陳氏家人和幾個朋友，親向省三請求，破例到九龍一二次，經過診脈，處方是用薤白八錢為主劑，另外四五味藥，都是很平常的藥物，陳老服藥後，呃逆稍止，便呼呼入睡，省三每隔一兩個鐘頭，打電話去陳家探問病狀，十分周摯，第二天，再服一帖，便霍然痊癒，大家都認為省三的醫術眞神乎其技了

抗日戰爭初期，胡毅生避居香港，住在某西醫生家裏，忽患二口肝蟲病，屢醫無效，外國也沒有特效藥。省三和毅生是多年老友，前往問候，談及中醫有古方可以根治，但某西醫家裏不便煲中藥，便接毅生到黃家居住（即禮頓道山道十三號，今已改建）由省三親自秤過藥劑較水，看著火候煲煮，又有製為丸散服食。據說藥劑裏面有些砒霜等毒物，多一些不可，少一些不夠力量，他不能不親手料理。毅生雖然醫治痊癒了，可是省三受了毒藥的氣味，一天突然毒發昏迷，這時省三的母親還在堂，便吩咐省三以後不可醫治這些病症了。

省三一生最怕狗，某年譚延闓在南京患血壓高症，由胡漢民舉荐省三北上診治，陳協之幾個朋友陪同省三到了譚家門前，卻有幾隻狗子大吠起來，驚得省三走投無路跑同汽車裏，面青唇白，大家才知道他有這特殊的害怕哩。

軍隊一營，至廣州德宣路二十八號包圍先生寓，聲稱搜捕胡毅生……先生乘間往黃埔軍校，得今總裁保護安全，毅生並不在先生寓，長兄青瑞被帶走」等語。與上文所述，及下文青瑞、寧媛兄妹所談時間及情形大異，自為傳聞之誤，不足信也。

青瑞、寧媛之一席話

闈搜德宣西路胡公館之事，余於翌日近午始知。急電詢胡公館，則青瑞已安返矣。因往候問，青瑞一見，即曰：「昨夜有軍隊數十人，闖鬧入門，聲言奉令拘捕毅生，不得，則大肆搜查，最後並强我同去銷案，主事以本與我無干，雖即送還，但已疲倦萬分矣。此大擺烏龍，眞出意外，家人多怪責季新（註．兆銘字季新），以展（註：漢民字展堂）言之不是，謂孫先生容共，而毅則昌言反共也。我則以為此舉必非出自季新。蓋軍隊之來，必欲得毅而後甘心，此屋為我與展之住宅，而毅居在東頭北向，東西南北互異，他人必不知，特委之許蔣，容或不知，季新則兩屋皆為會到之地，知之最悉，如遺軍之令，出自季新，則兵到毅必就捕，何致李代桃僵，而敵視之毅，竟得安然遠去乎？但季新為國府主席兼特委，何以縱容他人，胡鬧至此。展初聞軍隊闖鬧之聲，即已避往三座，今則不知所蹤矣。」余無可再談，只勸其急事休息而已。以其言展避往三座，則不得不談此屋之內容。

屋深而不廣，前爲二層洋樓，青瑞及其二、三妾諸兒女，展夫婦及女木蘭居焉。中座初爲平地，青瑞自建中式廳房，前後雜植花草，爲青瑞游宴之所，其四妾居焉。三座則購自劉少弼之中式大屋，青瑞五妾及女弘康居焉。餘則堆置雜物，大廳爲兒童游戲之所，最後則爲回字式大門，在周家巷，與其妹七姑寧媛所居甚近。展之退至三座也，初立於兒童游戲之大廳，繼聞軍隊在中座搜查，乃啓三座之大門，轉赴寧媛七姑寓所，叩門而入，並告以故。其後余聞七姑言：展到不久，卽在廳事蹀躞不已，及天明，乃曰：「余一生光明磊落，豈宜藏避自毀，當赴西華二巷汪宅，面質精衞。」七姑以爲險，力加勸阻。展曰：「妹可放心，精衞今日之立場，必不害我」，毅然而去。至則精衞宿於國民政府，由其妻陳璧君招待，並電告精衞，卒由璧君伴送至黃埔。以上爲余所聞於青瑞、寧媛之史料，比較詳晰，爲外間所未聞見，與「中興報」胡「年譜」互異不少，但爲鄒殿邦及青瑞之女弘康，漢民之女木蘭，寧媛之女柳小姐所親見，此數人者，今皆在港，可證上述之爲鐵的事實也。

胡漢民之談羊叔子及楚囚詩

漢民既赴黃埔，不久卽移居頤養院病室，頤養院在二沙頭，爲梁培基醫生所籌設。余偕馬君武仲同往訪候。至則范君其務先在座，稍談近事。胡徐自衣袋出片紙示余等。並曰「焉有酖人羊叔子。」范馬及余共視之，則僅六字，「愼防中途進酖。」蓋其時胡已決定游俄，右派友人，慮左派之中途進酖，特請戒備也。三國時吳將陸抗飲魏將羊祜之贈酒，部將阻之，慮其有毒，抗答以焉有酖人羊叔子（註：羊祜字叔子）。胡引用此語，豈以爲必無中途進酖者耶？所謂叔子，殆指精衞也。晤園主梁培基醫生，知日中多訪胡者，從無間阻，但病室前有持槍軍士，訪者以名片進，胡允接見，始得入室，殆守衞性質耳。又知梁寓廣大臨河，多妙景，因於胡游俄之前夕，設宴梁寓餞之，座客二十餘人，今亦有尚存而旅港者，胡歡笑如常，余竊喜慰，以爲左右派可免決裂也。嗣知有「楚囚」一詩，始覺爲夢想矣。茲錄「不匱室詩鈔」之楚囚詩三章如下：

楚囚不死死靈夔，明哲忠良視所遭。魍魎鴟鴞原不似，食爭雞鶩更徒勞。誰敎藩鎭仇裴度，豈有椎埋託貫高？肝膽崑崙終可辨，傷心同日哭東皋。

稚子牽衣上遠航，送行無賴是秋光。看雲遮處山仍好，待月來時夜漸涼。去國屈原未顚頓，酖人叔子太荒唐。浮屠三宿吾知戒，不薄他鄉愛故鄉。

東郊種樹是何年，縛袴談兵字萬千。舊習不除遭世謗，新詩雖好畏人傳。魯連東向秦無帝，李耳西行漢有仙，把酒欲從坡老問，相期長久共嬋娟。

古人有云：詩以言志，細玩上詩，首章「豈有椎埋託貫高」一語，辭意甚明。蓋「漢書」漢高帝辱趙王，趙臣貫高謀刺高帝以復趙仇，出自貫高之自動，非趙王所託，不啻明言廖之被刺，亦由陳瑞之自動，非受任何人之指使也。此其一。詩名「楚囚」，則黃埔之移居，頤養園病室之休養，顯有楚囚之感，此其二。次章「稚子牽衣上遠航，送行無賴是秋光。」則當日挈女木蘭登「蒙古」輪赴俄之時，不無良朋冷落之感，此其三。「去國屈原未顚頓」，則更以放逐之屈原自比矣，此其四。「酖人叔子太荒唐」，已無面談時「焉有」二字，而代以「太荒唐」，且繼以「浮屠三宿吾知戒」，豈認爲他人果有酖人之謀，故書以「太荒唐」而知戒備耶？此其五。「不薄他鄉愛故鄉」則雖非薄俄而明示離粵非其本志而已，此其六。末章末句「相期長久共嬋娟」，則最後尚懷全黨一致缺月重圓之念也，此其七。於此詩足徵搜捕之大錯，已深植左右派決裂之根，缺月重圓，豈復可望乎？

以上所述之事，距今已四十餘年，事過境遷，但覩通行之傳記，或以立場偏蔽，多不實不盡之辭；或以非眞知親見，而得自傳聞，不免訛誤，積非成是，豈不可傷！最近之三數十年且如此，數世之後，秉筆者距時愈遠，更何從分辨是非，此所以從來歎信史之難也。

記一個花花公子的下場

盛老五軼事

魯頓

大華三十五期曾有人談到盛宣懷的兒女，幷提到他死在香港的第五子盛重頤。重頤字泮丞，舊日上海租界中人都叫他爲盛老五，重頤、泮丞的名字，也許只有和他最親近的人才知道。老四、老五同在光緒十八年壬辰（一八九六年）出生，老四生於十一月，老五十二月，兩人如在，今年該是七十五歲了。

盛老五在他的兄弟姊妹中是最精明的一個，他們分家產時，只兄弟有份，姊妹是沒權分的，但盛七小姐後來和一班哥哥打官司，當時國民政府提倡男女平權，幷在法律中規定女子有分父母遺產的權利，因此盛七小姐也得到了一份，約白多萬元。老五分得的遺產後，依然吃喝嫖賭，但却沒有花光。爲什麽呢？原來他爲人精明，會打算，他利用這筆遺產做投機，不但沒有輸，反而大有所獲。

老五的太太是江蘇長洲縣（民國後併入吳縣）人，前浙江記名道尹、貴州財政副監理官彭穀孫之女，長得很漂亮。這位少奶奶因丈夫日夕在外游玩，不能在閨中陪她，她也自由行動，每日在外交結朋友。後來在交際場中相識了浙江軍閥盧永祥的第四師師長陳樂山（字耀珊，河南省羅山縣人），兩人遂賦同居，老五卽與彭小姐離婚，陳樂山也想也離婚故事，和彭小姐正式結婚，事爲盧永祥所聞，寫信規勸，樂山不聽。

據上海人傳說，這個彭小姐多姿善媚，性復淫侈，平時洗澡都用香水調牛乳，使肌膚嫩滑，取悅於人，陳樂山軍人出身，由士兵爬到師長，搜刮所得，盡供彭小姐揮霍。民國十三年甲子（一九二四年）秋，江浙軍閥打起來，盧永祥初時頗得手，江蘇軍閥齊燮元派人收買陳樂山，教他反戈，陳樂山遂於松江通電主張和平，盧永祥不得不下野溜往日本了。

當江浙交戰時，陳的第四師駐松江，某日，陳預備出發前線督師，彭小姐竭力阻止，對他說打仗是危險的事，我們有的是錢，正好趁此未老之時，快快活活過日子，何必冒此大險。如果將軍上陣，不幸有三長兩短，教我如何過日？陳樂山一想不錯，又加以對方收買，賺得多金，遂發和平之電了。當時三日刋「晶報」有署名天狼（卽畢倚虹）者作「江南甲子謠」十餘首，最後一首：「溫柔不住住何鄉？垂老陳平夢亦香。馬後黃金馬前血，將軍何苦死沙場」就是記這件事。筆者當時讀「晶報」還是一個十五歲的中學生，現在快將六十了。（其時，胡寄塵亦有「東南刼灰錄」詩若干首，刋某報，一首云：「豔事傳聞可是眞，兵戈牽涉到釵裙。快鎗利劍皆頑鐵，能逐英雄是美人。」注云：「蘇軍以全力攻黃渡，十餘日不能進尺寸，而聞孫入浙，仙霞嶺之守兵，不戰而退，於是盧氏乃不得不棄浙而駐滬矣。初，宋戰之前，北京某總長有妹，人稱七姑太太，雖曾適人，而以母家之家爲家也，終歲居杭州，徜徉湖上，日與軍界要人來往，豪奢異常。浙師之叛盧也，蓋出於某氏之計劃，而早由七姑太太布置就緒，特盧未之知耳。滬上報紙有「紅粉迴戈記」，言其事甚詳。按：吾友倚虹觀『美人劍』影戲有詩云：『彈丸斧鉞終頑鐵，能殺男兒是美人』，今余借用其句，爲之畧易數字云。」按：「紅粉迴戈記」亦倚虹所作，刋「晶報」。此七姑太太，傳係孫寶琦之妹。）

盛老五離婚後，就討了上海堂子裏一個姓田的姑娘做小，這個姑娘在堂子裏用什麽名字應客，現已忘記，她在民國四年給那個「楊梅督軍」陳其美討回作妾，養有一子（此子長大後，在杭州學空軍，摔下來死去的），陳其美死後，田姑娘仍操舊業，不知怎的，盛老五看上了這個年近花信的風塵女子，討爲妾侍，後亦生一女（在大連死去）。一九二七年蔣介石的北伐軍占了上海，蔣、陳二家，與陳其美有深切關係，對盛將有不利。老五消息靈通，連忙帶了田姑娘逃往大連，託庇於日本人了。

臨行之前，老五將上海所有的地產都賣出，只留下霞飛路一所占地九畝的住宅。賣得的錢，全部匯至大連，在南山住宅區選購了四座洋房，一所自住，三所出租。那時候，北洋軍閥、政客因被國民政府通緝者頗多，他們都逃往大連避難，老四的房子不愁租不出去。他手上又有現欵，四就放高利貸。大連的放債利息很高，三四分息是常事，老五吸人膏血，加增了他的財富不少。

田姑娘有個女僕，長得有幾分姿色，老五也弄上手，納爲侍妾，在大連也養了一女，他們住了十二三年，恰遇汪精衛組織僞政府，蔣陳勢力不達江南，老五才放心帶了田姑娘等人回上海，仍住霞飛路的老房子，終日在家不出，除吞雲吐霧外，只邀知己朋友數人打打小牌，吃吃便飯。日寇投降後，蔣陳勝利回鄉，忙於拾勝利之果，也記不起十年前的舊恨（其實這些「恨」根本不成恨的），對他也懶得理了。但老五爲人精明，一看國民黨的作風不對，認爲早晚必定失敗，他說快則五年，慢則十載，國民黨天下一定垮台，最好先安排一下，於是把霞飛路老宅以九十萬美金售出，但又在虹橋哥侖比亞路另買一所占地十二畝的洋房，據說美金六十萬元。

到民國廿七年（一九四八年），蔣選爲總統，但他的軍隊無論在北方或華中，皆被共產黨打到落花流水，老五一看局面不對，認爲「五年之期」還應該縮短，哥侖比亞路的住宅，亦不可戀戀矣，立即賣出，幷將一切可賣的東要全部出賣，帶了細軟來香港，據說他帶來的現金爲美金九十餘萬元。

他住上海的後一段時期，在家裏做做金子、股票買賣，又與其劉姓外甥女同居（他的六妹嫁烏程劉承棨），把田姑娘氣個半死，立即與老五分居，故老五沒有和她同來香港，田姑娘今仍在滬也。盛老五到香港後，住在半山區一個公寓裏，在他身邊的有一個侍妾（即田姑娘的舊僕人），和一位劉姑娘及一女。老五除抽大烟外，就炒金子，專做多頭，賠了很多錢，他又常與吳季玉大賭，又是敗北的多，看看坐吃山空了。他的侍妾看看不對，要他在跑馬地買一所房子給她居住，並分些字畫，她就帶了女兒和老五分開居住，後來卜居台灣。不久後，老五的現金吃光，書畫古董也賣盡，生活頗爲潦倒，四年前死去，出殯之日，只有親朋八人往弔，「鼎鼎大名」的盛老五就如此收場。

上海一月記

林熙

八月十二日(七月初七日)星期四。趁公共汽車極困難，過四五輛仍不能擠上。又等了十五分鐘才上了車。今日局面較昨日尤緊張，聽說八十八師已接防保安隊，日本的軍艦停泊黃浦江上已三十艘，今晚或者會發生戰事。晚膳後，往北京路一行，沿途所見皆搬家入租界的人，沿蘇州路行，馬路上露宿無家可歸之人不少。

八月十三日(七月初八日)，星期五。一早起來，因天熱，洗個澡始坐書案前將所作手卷設色，直至九時許纔往辦事。聞說今早九時一刻閘北前哨與日軍接觸。到十時半，中國銀行停止營業，貼上通告，謂奉財政部命令，放假二天，但內部仍然辦公。因爲沒有什麽事可辦，我就提早返家吃午飯，省得和下班的人爭着搭車。

馬路上人山人海，我住在上海這麽久，未見過有如此多人在路上行走的，大抵華界居民受戰火所擾，盡行入租界避難，驟增數十萬人。午膳後小睡，再往辦公，無一事，刻陽文「雜佩以贈之」一印。本科已將所有公文清理完事，移存霞飛路辦事處，必要時，將往彼處辦公，爲什麽要遷往法租界呢？當局無非是作安全打算，他們大概認爲法租界最安全，因爲公共租界日本鬼子也和其他鬼子佔有份兒，到了不顧一切時，日本鬼子可以在公共租界刼收中國政府各機關也。法租界只是法蘭西的勢力，日本鬼不敢去胡鬧。

閘北今晨開火，但不久卽止，不知是否吳鐵城又派人與日本鬼商停戰了。夜飯後，忽聞閘北方面炮聲。往外買物，店鋪皆不肯收五元面額法幣，卽一元者亦不收，煙紙店亦停兌換，也許因銀行放假金融不通之故。

八月十四日(七月初九日)，星期六。陰雨，午間晴。晚颶風。一早起牀卽聞槍炮之聲，來不及洗臉，卽讀早報。十點到辦事處，因爲無事可辦，枯坐無聊，拿出一塊長方形的舊青田石，寫好了「廿六年作」四字，刻朱文印，以紀念民國廿六年抗日戰爭時所作的書畫，卽以此爲引首用。「廿」字剛刻成，忽聞黃浦江中炮聲大响，不以爲意，過了約兩分鐘，槍炮聲又大作，好像就在門前打起來，房屋有些震動。忙將印石放下，出房門在大廳對浦江的窗外望去，則見江上天空有一縷縷的黑烟，向五架飛機攻擊，飛機投下炸彈，爆炸時屋宇搖動，如將崩墜，此五機必係我空軍施神威懾敵胆也。事後知我機轟擊日本旗艦「出雲」號，可惜未能命中。人們在路上，在家中，皆以此爲談話資料。

十一時許歸家，見虹口方面人羣直趨南京路，久候無公共汽車，索性走路。南京路上各商店皆閉門，關鐵柵，走到大新公司，買白糖二包，力士麥片一合。四大公司亦關大門，只留一小門讓顧客出入。公司中只南貨部有生意，各職員坐門內看熱鬧。步行抵家，已近一點。午飯後，行往愛文義路口的通源公司，買罐頭牛奶、沙丁魚等物。此時炮聲大响，房屋微震。三時許，天空有飛機聲，似有空戰。七弟來電話，謂今晚還來此處居住，又云，空軍今晚將轟炸外灘之正金，橫濱銀行，該等銀行屋頂日本鬼設有高射砲云。未可遽信，然租界中居民已慌作一團，租界亦不能爲護身符也。未幾，七弟又來電話，謂明晚始還來，今晚在陳立綱家中住宿。

讀晚報，我軍獲勝，大可喜。此處三樓有二房今已全租出，今日又有英國人二，租去二樓後座一房，遂無空房矣。晚間在燈下將「廿六年作」刻成。夜後仍聞斷續之槍炮聲，每一分鐘即聞炮聲响。風聲大作。

八月十五日（七月初十日）星期日。雨，大風。平時字林報派來極早，五時許已到，今則七時矣。閱之，知昨日下午四時許，中國飛機被擊傷，炸彈誤落大世界門外，死傷數百人，外國人死者亦四人。同時，中國飛機炸「出雲」艦，又炸正金銀行屋頂之高射炮位，炸彈誤落南京路口 Palace Hotel 及沙遜大廈，死數十人。此皆公共租界當局縱容日本軍以租界為大本營進攻華界之結果也。

十時出門，步行至靜安寺路金城別墅，找到仁社，欲晤某君，因為我動身來時，有一部分現欵匯給他代收，即存在他處，來後未向之取用，身邊的現金則擱存門口的大陸銀行，銀行限提取極少數現欵，今日家中只存七元，不得不向他取欵應急，至則某君不在，乃留書予之，囑其打電話來。冒雨行至西摩路之廣東鋪子，買鹹魚、豬肉、冬菇等物，又花去四五元，坐洋車歸家。

午睡至四時，七弟已還來，以浴室旁之小室居之。今日空戰仍激烈。「大美晚報」證實日本鬼子利用租界架設高射炮。傍晚，某君來電話，云日本軍五萬，今明可到，目下在滬日軍不過數千，我軍因租界關係，投鼠忌器，不敢盡力將日軍驅出，倘來五萬，則更不易矣。約余明日往建明公司一談。

八月十六日（七月十一日）星期一。夜大風雨。早聞炮聲，八時後，又有飛機數架在空中飛翔，時時從屋頂掠過。至建明公司，某君不在，爽約也。阮達祖與某君合資經營建明公司者，因與閒談良久。阮君亦廣東人，在英國學建築術。（按阮君自一九三八年後，已在香港執業建築師）忽聞天空飛機聲，阮君指窗外上空，謂有空戰，視之，則有中國飛機六架與日機一架在外灘一帶追逐交戰，一時炮聲隆隆。時已十一時許，乃不候某君而出，步行至永安公司左近，見有飛機四架低飛，作擲炸彈狀，行人紛紛躲避，我也跟着加緊腳步，行至大新公司門前，立牆下觀之，見高射炮擊飛機，共發十餘响，飛機西去，炮聲亦止，緩步返家。夜九時許炮聲甚烈，至十一時後，漸漸減少。

八月十七日（七月十二日）星期二。晴。報載日機昨日大炸浦東，損失極大，今早不見有飛機出動。久候不見某君來電話，昨日留建明之函未見耶？袋中除還報攤所定「大公報」一元外，僅餘五角，各銀行明日始開門辦公，故今日不得不緊束。晚間七時，不聞炮聲。雇洋車至赫德路口，步行至來維思（J. H. Levis，英籍猶太人，在上海出生，但一句中國話不懂，却研究中國音樂，一九三四年在北平相識，其時彼方從美國演奏中國樂器歸，與劉半儂，汪孟慈、鄭穎蓀諸公為友，故余亦與之相識，其父老來維思，在沙遜洋行任經理也。）家中，來君正在樓下聽廣播，據言其父母正在日本避暑，姊妹數人則已避居香港。導余上三樓彼所居之室，見其二歲之女，能步行矣。來夫人較前稍胖（她是上海外國商會會長英人馬歇爾的女兒，追來維思至北平，一九三四年十二月結婚）我們談的無非是戰局，來夫人煑咖啡，喝二杯，九時許辭去，來維思送我出門，同行至愛文義路口握別。月色甚綺，不聞槍炮之聲，但路上行人極希，少數弄堂口尚有三五成羣之人納涼。如果日本帝國主義不侵畧，如此夜行，豈非人生一樂事！

八月十八日（七月十三日）星期三。晴朗。五時即聞飛機大砲之聲。起後讀報，七弟亦不往辦公。今日銀行開門，即往卡德路口大陸銀行提欵，從後門入，存欵人可提百分之五。午後從同孚路入聖母院路，折入霞飛路，尋得某君辦事處，亦由偏門而入。樓下人甚多，各有緊張之色，摸上二樓，見黃煥會等七八人共一小桌辦公，桌上皆貼有小白紙條，書職員名字，前所未見也。我非該機構職員，只與某君私人關係。坐定，某君來見，伊亦自佔一小桌，將五十元交來，談話不多，僅云此處地方狹小，無須來辦公云云。其實在此時期，亦無公可辦耳。至中國銀行排隊換一元面額鈔票，每人限換五元，霞飛路上商店多開門營業，但一見飛機在空中出現，立卽關鋪。在路上思量，某君勢必隨政府遷南昌，私人事業必結束，當然無留我在滬之必要，我既不能回北平，不如暫往香港居住一個時期，待戰事解決後方作打算。但一想又不很妥，我雖出生在香港，然而在香港一個朋友都沒有，只有三五親戚，如何能找職業，解決生活？

午後出門，電車人極擠，無法擁上，各電車之四等車廂已除去，因之行走如飛，奇景也。至榮寶齋取錦盒歸。「大美晚報」載英國總領事建議上海爲中立區，中日軍隊皆退出上海境外，據云已得美、法政府支持。晚間來維思來電話，約星期六至其家吃茶，憶此日乃其三十三歲生日，一九三四年伊在北平生日，請客在東興樓，穎蓀、孟慈諸君，及北辰宮住客劉瑪莉小姐，貝滿中學金信正（朝鮮人）小姐，皆被邀，孫克懋君（今尚在阿根廷京城經商）爲攝影紀念。

八月廿一日（七月十六日）星期六。

下午三時許，同赴來維思之約，我贈他孫克懋在東興樓所攝的相片一幀，他亦補贈余生日禮物，領帶一條，非常時期，彼此皆節約矣。吃茶時，又有一位美國小姐來，吃後下樓坐談。來維思奏鋼琴一曲。那個女子走後，我們又上三樓來維思「勢力範圍」閒談，望虹口一帶，火光燭天，有飛機數架飛翔空際。到六點，我們辭歸，主人堅留，謂良會難得。又坐到近七時始別，借其英譯大仲馬小說"Che Queen's Necklace 歸，終夕臥床讀小說。

八月廿三日（七月十八日）星期一。

晴朗，熱。下午同在門外閒眺，遇七弟歸，言一時許永安公司附近一飛機跌下，交通斷絕。比閱晚報，乃先施公司二樓之東亞旅館有炮彈飛入，死傷三百餘人。來維思來電話，謂彈下五分鐘前，伊夫婦從先施經過。七弟已購得德國郵船票，明日往香港，蓋西門子洋行之德國經理爲其取得者。

八月廿四日（七月十九日）星期二。

早餐後送七弟出門。不久復歸，云今有船位，可免票，如往則速修行李。我因爲時間迫促，而且存欵又未能提到，不能同行。下午來維思來談，謂明日有昌興公司「加拿大皇后」號開香港，英僑多趁此輪。卽電英領事館一問，三等每人五十元，卽持護照往買票二張。歸後電某君，告以明日往香港，卽約余至興業里某俱樂部相見，取所存之款，汽車經先施公司門前，昨經一炸，路上頓形冷落。晚間雇一汽車至赫德路，言明來回幷小帳在內，二元。以衣箱六件，打字機一具放存來維思家中。與來君同吃茶，談十餘分鐘。（一九三九年後，卽與來君失聯絡，至今近三十年矣。）

八月廿五日（七月二十日）星期三。

晴朗，熱，五點半就起來，將廚房各物，盡給與茶房，又修行李，雇汽車至福州路漢密頓大廈前集中，我們列第五隊。九時十分登專車，開至法租界外灘，上小輪。初時頗憂行李太多，不便攜帶，至則有英艦之水兵代運，不必動手，我們自己拿小提包三四而已。一小時後，小輪開行，遙望外灘一帶，已成死市，僅行人數輩而已。至英艦 Grimsby 號，登艦後又一小時始開航，見江面戰跡，過匯山馬頭後，始多破壞，吳淞一帶，房屋幾無一完整者。出吳淞口，則見日本兵船數十成行，揚威耀武，令人可恨。與一水兵閒談，彼導余上最高一層，看海上景色，幷告余名 S. W. Bell，係 No. 6 Mess 幷約余將來可在香港相會。

午後二時，上「加拿大皇后」輪，至頭等甲板上，先霸佔一席地，鋪床單，付三等船票，居頭等，僅膳食有別耳。七時至頭等飯廳吃飯，一湯二菜，一布丁而已。九時二十分船行。

八月廿七日（七月廿二日）星期五。

晴，熱。下午二時許到香港，約半小時後，泊九龍倉馬頭。不見有人來接船，前託來維思發一電報，殆無收到。乃以大件行李交均益轉運公司。趁小輪渡海，中環一帶各旅館皆告客滿。至相熟之皇后酒店，亦無房間，乃將行李放下，囑留一房。十時後，始有五百二十三號房空出，然甚小，姑住一宵，再作打算。

今日到香港，覺事事皆陌生好像從來未到過的地方一樣，其實今年二月我曾來過兩次，雖是路經，但也住了幾日，何以今日忽有淒涼徬徨之感，豈非以祖國爲敵人侵略，而有今昔快樂哀愁不同之心理耶？浴後就寢，竟夕不寐。

（全文完）

集納·

的大騙子

筆者肄業高中的時候，常聞先伯云：世間難事，多之又多。好比大都市的名妓，應酬客人的本領，莫不高人一等。假母之類，更是見過許許多多的世情，簡直誰也瞞不了，別說騙得了她們！可是咱們的一位同鄉，居然能說服一位名揚黃浦灘花界之中的天香國色，席捲了細軟，隨之遠遁。而且終於不了了之，安然無事，竟使老鴇婆賠了夫人又折「金」，這是何等的本領！

不特此也，能使妻妾共處一堂！至少表面和睦，亦屬難事之一。這位仁兄可使一妻兩妾共同陪他在家，時或共作方城之戲，大享左顧右盼，逍遙自在。這一層也不是常人所能及者。

再者，中國百年積弱，抗戰以前，不時可見崇拜或敬畏一般洋人的幼稚狂。如能一面驅使一些洋鬼子做工具，一面藉此招搖撞騙，確可易於誘人入轂，事半「功」倍。然而起碼須有流利的英語等等的過人條件，始可有所施展。

但是本文的主角，一而再三地，玩了這花樣。倒了又再爬起來，似乎到處可以駕御一批洋傀儡，來叫懼外或媚外人士，在不知不覺中，落入他的圈套。

這位集名報人、實業家、與大騙子於一身，名履裂而身不敗的人物，究竟是誰？謹據三四位的口述，歸納成文如後。

何扶桑，字弗喪，誕生於有海濱鄒魯，文獻名邦之稱的福建莆田縣，山明水秀的何塞村。地靈人傑，聰慧穎悟，自小、中、大學，而出國留學，莫不成績優異，名列前茅。好學不倦的他，博覽羣籍，學貫中西，幾乎無所不知，無所不精。雖家無恒產，而能在社會上出人頭地，與此有連帶關係也。

從新大陸返國後，早年曾任上海英文大陸報編輯。其文筆雋永生動，妙趣橫生，易於激起讀者的共鳴，獲得普遍的歡迎。他的才思甚捷，頃刻立就。但見他口含雪茄煙，面對打字機而坐，邊想邊打，無草稿，不加點，即時送去排印，數年如一日。甚至偶逢客人來訪，仍能應對自如，談笑風生，毫不影響其寫作。有人觀其不加思索，率爾操觚，惟恐其指鹿為馬，顛倒是非，豈不遺人笑柄？他則充滿自信心，似乎知己莫若彼本人，反而譏人少見多怪，未見過世面。

何君身材中等，結實而微胖。外表斯文，一團和氣。實則孔武有力，個性倔强，誰敢無理取鬧，冒犯了他，尤其是外國人，能不飽嘗其鐵拳者幾希！他胸懷大志，富於冒險精神，對於經營生產事業，尤感興趣。曾在上海、南京等地，手創新式養鷄場及元元牛奶廠等等。以其靈便的口舌，流利的英語，吸引外資不貲。設備的講究，規模的宏大，頗有氣吞山河，前程無量之概。

先祖嘗追述其誘人入股的手段，相當高明，令人防不勝防。先則大宴嘉賓，以示其交遊之廣，長袖而善舞。再則導人至廣大的牛場參觀，以加强人們的信心。凡允投資者，立即按照股額，於若干隻牛項，當場繫上刻有號碼的精美銀牌，以資辨別。其實一旦周轉不靈，他儘可如法泡製，一再表演其拿手好戲，於是每一頭牛，莫不數易其主矣。

奈何揮霍成性，豪賭狂飲，且喜作狹邪遊，每每一擲千金。例如某次邀服務於南京部院的鄉親們，總共幾桌，同作方城之戲。他給予每位賭本五百元，並規定誰贏了錢，可入私囊。於是在毫無後顧之憂之下，人人暢所欲賭，分外熱鬧。創業易，守成難，因之大好事業，輒如曇花一現，瞬即宣告結束焉。

由於膝下久虛，何君頗為喜愛兒童。某年元旦，南京嚴寒，白雪紛飛，雖外有皮罩防護的汽車，引擎亦告失靈。時適在街上遊戲的兒童不少，他即招來數十位合力將車推動，然後賞以雪亮的銀元，人各一枚。財從天外來，他們驚喜之餘，恭恭敬敬地紛紛行禮，以表謝意。當時一枚銀元，可買鷄蛋百餘，或鴨六隻，其出手之闊，由此可見一斑。

民國十餘年，他在漢口又開辦了揚子江銀行，規模頗大。守門者悉為紅頭阿三

名報人出身

，魁梧威武。行內副經理及秘書之流，大都爲洋人，氣派十足，所以吸收了不少外僑游資與軍閥存欵。然以故態復萌，開銷過大，僅能維持六個月卽告關門大吉。當時該地督辦張某，大發雷霆，繫之於獄，不旋踵間，國民革命軍北伐，他又幸獲釋放。恢復自由之後，南渡菲律濱，主編英文報紙，兼辦定期刊物，力求內容充實，盡量親自撰稿，頗得當地人士好評，風行一時。

抗戰期間，他隱姓埋名，避難昆明。某次一位留學生老前輩，歡宴數位甫由美返國，在電燈界服務的同鄉時，他也敬陪末座。酒酣之際，主人詢及在座衆人，識否留美老前輩何扶桑其人？大家衆口一詞答稱：他是手段高强，法術無邊的大騙子，誰不曉得大名！是夜彼等滿口英語，渾忘時移境遷，置身於故國家園矣。何君靜坐一隅，默不作聲。等他們大發偉論之後，才慢條斯理地指出他們會話用語的不當，發音錯誤等等，並自我介紹鄙人卽何扶桑也云云。如此冷水澆頭，乃使初出茅廬得意忘形的後輩們，面紅耳赤，尷尬之至！

靜極思動，未幾他又徙居香港，以其詭詐多端，舌粲蓮花，輕易卽購置一機動快艇，於黃昏深夜，日本鬼子不備之際，出沒無常，爲政府搶救了不少物資。愛國乎？牟利乎？無從而知。

晚年落葉歸根，乃退故里，做些小本生意，以維生計，豪情大減。健在的話，該是年登耄耋吧！縱情酒色，生活浪漫的他，竟然如此高壽？實在是得天獨厚啊！

筆者本人留下的印象，最深刻者至少有三次。幸會的地點與時間，都是戰前的南京。追憶初次識荆，乃是他來訪家父，適我在家。他們寒暄方畢，他便老氣橫秋地向我問長問短，並對家父說：「令郞學業成績如何，欠佳的話，白費心機，不如及早改行爲妙！」

第二次得晤此一怪傑，係在一盛大宴會中。他帶了儀態萬方，珠光寶氣的一位姨太太，顧盼自雄地姍姍來遲，當然格外引人注目。觥籌交錯之間，他一飲三瓶，不能不令在座自命李白之流，退避三舍。煙癮也大，雪茄接二連三地抽下去，同席諸君，幾有置身雲霧中之感。加以英語漂亮，抑揚動聽，似乎青出於藍，較諸一般辭不達意的洋人，有過之而無不及。行爲如此荒誕不羈的他，莫怪搶盡了全場的鏡頭。

第三次獲見此一奇人，也在家裏。一日，他滿臉病容地來找先伯，說是突然腹痛如絞，特來休息片刻。去後，先伯曾慨慨地說：「老大這一回果欲收拾或教訓他一番嗎？」不意其人戰後垂垂老矣，精神依然矍鑠，似乎壽命比先伯更長。天道難知，往往若是，言之可慨！

觀其一生，偷天換日，聲名狼籍，然矛頭外指，不論巧取，抑或豪奪，多以外資爲對象，與刮盡民脂的高官，及剝削貧民的巨賈相比，又像是略勝一籌了。

上文草就後，重檢積存家信，可再作補充如後：

據家父所知，何氏一生軼事雖多，始終無人爲他紀錄成文，更別談發表了。

原來他是早期上海聖約翰大學畢業生，宜乎英文呱呱叫，壓倒不少留美多年的同鄉。早年在北京的北洋政府之下，担任過英文導報的記者，又開設了農牧公司與一家招牌稱爲中有天的閩菜館。後來遠走張家口，搞起大宗販牛的生意。也曾在天津做過其他生意。

他在上海的經營，規模最大，失敗得也最狼狽。在債權人接收他的牛奶公司等等之後，他簡直一無所有了。

漢口騙人又失敗後，遁至長沙，被捕入獄，幾有生命的危險。竟然逢凶化吉，又變成了呂宋客。淘金夢醒，才悄然返國。

抗戰期中，一度在柳州，重操那一套「故業」，總有人上當。

一九四九年回到家鄉，大唱捐建醫院的高調，以表其熱心公益。終於無何下文，又往上海做起米粉，養猪等等零碎生意。晚年大不得意的他，病死青年會宿舍之中，結束了一生。

他的手段誠然高明，但人們如不動貪念，何致一批又一批地被他騙了又騙呢！

早期的上海石印書

竹坡

據徐潤的自叙年譜說：他看見英商點石齋石印書籍的精巧，因而集貲創辦了同文書局，從北京找到殿本二十四史和資治通鑑等縮小翻印，大爲獲利。光緒十七年，還承印了宮廷交辦的圖書集成全部，因此聲譽大著。其實殿本二十四史根本是欺人的，其中描寫而錯誤的就不少。

同文書局的成立在光緒八年，過了幾年，李盛鐸又在上海創辦了一個蜚英館。李氏在後來得了科名，作了駐日公使，特別以藏書出名。在他的青年時代有這樣的企業，却是少有人知道的。

這個時期石印事業的情況，可以由一八八九年的外國文「捷報」中得到些概畧。據說：

> 上海石印中國書籍正在很快地發達成爲一種重要的企業。石印使用蒸汽機，已能使四五部印刷機同時開印，並且每部機器能夠印出更多的頁數。石印的另一優點是比木刻容易保存，書法優美。石印局都雇有若干書法很好的人，報酬較高。
>
> 上海已在用蒸汽機石印法印成中國著作數百千種。現有石印書局四五家，所印的書銷行於全國。各地零售書店的增多，所以看出大家十分需要這種書籍。……康熙字典售價各種版本不同，自一元六角至三元。木版大字的自三元至十五元。購買石印本的人大半是趕考的舉子，他們不要寬邊大字，而喜歡旅行時便於携帶的小書。……上海石印書局大量批發，供給遠方省份，北京琉璃廠也有分店，尤其是在四川商業中心地——重慶。……現在每一個印刷局都雇傭着一百或二百工人。每一架印刷機須要三個印工，一個人在上面往滾機上安放紙張，兩個人在下面接取印成的紙張。整頓石印，抄寫書稿，攝影縮小，以及其他種種手續都需要不少的人。……石頭和印機大半購自英國，間或有法國的。

當時出版事業有非常幼稚可笑的地方，也有對文化作過貢獻的地方，不可一概而論，讀者應當記得老殘游記所描寫的北方書業情形，許多僻小的縣城只知道「三百千千」，就是三字經、百家姓、千家詩、千字文等等，連四書都沒處買。自從石印行銷以後，至少書價便宜些，買的人多些，無形中多少也提高了一步文化水平。二十年目睹之怪現狀這部書談到王伯述這個人，從上海販些新書到北京，再從北京販老書到南方，大爲琉璃廠的書店所不滿，因爲他搶了他們的生意。王伯述說：「我立意販書，是要選些有用之書去賣。誰知那買書的人也同書賈一樣，只有什甚多寶塔、珍珠船，大題文府之類是他曉得的。」正與捷報所記載的一樣，總是由於科場的需要，才使石印事業發達起來。石印發達了，就產生一種影響，不多見的書或是不容易刻板的書因此能夠流傳。而且今天看起來，這些石印書紙墨都很精良，也並不太費目力，由於存書越來越少，在今天也就變成珍本了。講到開創難於守成，這班早期的書店也確實有其不可磨滅之功

講究古書的人總以爲木板勝於石印，舊板勝於新印。其實也要看個別的具體情况，從南宋時代的書棚起，本來也就是以牟利爲宗旨的，那時也是書舖編些書來，首先迎合應試士子的需求，其次就是小說一類供人消遣。後來才擴充到正經書。由於經營的人學識有限，很不少誤刻和任意刪改的。眞正校勘精審的書，從宋到淸，實在並不多見。淸末的石印書却有一樣好處，因爲是照原本影印的，固然如上所述，有時因爲原本欠淸楚，一經描寫，導致錯誤，但不至於像翻刻的書那樣，多翻一次就多一些錯誤，比較下來，還是利多於弊。

玉華樓雜綴

華可

巧對

在敵偽時期，陳則民爲江蘇省長，佔據蘇州拙政園爲省政府，招集附己者爲其爪牙，蘇人出一聯，令人屬對，聯云：

傀儡雜陳，則民無噍類矣。

聯中兩句，相接嵌了「陳則民」三字。出聯者云，此對在兩句中嵌一名字，並不煩難。所難者要有實事，而此實事卽屬於此人，方有着落，羣皆難之。會有張乃燕者，浙江湖州人，其人爲張靜江之胞姪，曾一度爲歐洲小國比利時公使，現方閑居在上海。敵偽方面，百計思有以羅致之。屬對方面得此消息，大呼曰：「陳則民這個上聯，有了下聯了，再巧妙也沒有。」於是他奮筆疾書曰：

網羅斯張，乃燕有完蛋乎？

此聯傳誦人口後，張乃燕亦愛惜羽毛，避而他去。

同花順

王漁洋的「蝶戀花」詞中，有「郎似桐花，妾似桐花鳳」之句，膾炙人口，時人稱之爲王桐花。詞人每有仿其句調者，亦有引之爲諧謔者。上海名流袁思亮（前兩廣總督袁樹勳之子）亦一詩人，體肥碩，有友某君仿桐花詞謔之曰：「詩似東坡，人似東坡肉。」聞者大笑。

有一次，朋輩數人，在上海的時報館息樓上玩撲克。某君得一同花牌，以爲可以獲勝，而不知某君乃是一同花順子。狄平子剛走來，拍手道：「君是同花，我是同花順」，這眞是天造地設的仿王桐花詞也。

後來在「小時報」上一度徵求仿王桐花詞此二句，雖有投稿，亦無佳者，此所謂「文章本天成，妙手偶得之」耳。

君勱先生

中國冠服中，有一種曰風帽，冬日御之，所以避寒，於老年人更相需。此風亦甚古，在孟浩然踏雪尋梅中，畫家所畫之孟浩然，必戴此帽，人稱之爲浩然巾，可見於唐時卽有之。在清代中，此風帽乃亦成爲品級，惟高官大僚，方能戴大紅風帽，若在平民，僅能戴黑色與藍色的風帽而已。辛亥革命以後，人穿西服，此舊式之風帽，已棄如敝屣矣。

軍閥時代，孫傳芳霸占東南，不可一世，爲五省聯軍總司令，大家稱之爲孫聯帥。有一次，張君勱偕其政友數人，往謁孫傳芳，不知商量什麽軍國大事。大約無所成就，嗒然而歸。有友問曰：「見了孫聯帥如何？」君勱悄然道：「無他，送了我一頂風帽耳。」友初不解，既而乃知他們見了孫傳芳後，他大爲客氣，頻呼君勵先生不置，他的幕客及同往謁者，雖知其誤勱爲勵，亦恐其致窘，不敢爲之更正。君勱所謂送他一頂風帽者，乃勱字上加一厂，象形也。

一鏖頭，忠樞脚

報紙上的短評，自上海時報始，因當時的日報上一篇社論，成爲濫調，時人譏之爲「報館八股」，讀者往往嫌其冗長，不予觀閱。因此創爲短評，名之曰「時評」，以屬於時報也。短峭精厲，每評僅有數十字，或至百餘字，能以少許勝人多許。

洪憲時代，爲袁世凱奔走最勞動而最出力者，莫如阮忠樞。與各省大官接洽，皆委阮忠樞任之，故津浦路、滬寧車，無日不見有阮氏足跡，人家錫以嘉號曰：神行太保。時報的短評上，有一題曰：「阮忠樞之腳」，言其長日作跑腿也。曾在大典籌備以前，張一麐回到故鄉，其時袁的野心已露，而張則力言決無此事，並且謂袁如做皇帝，可以割我頭。實在袁最初確在張面前矢天誓日，謂決不帝制自爲，仲老是個老實人，信以爲眞，所謂君子可欺以方也。於是時報短評，又寫了一則：「張一麐之頭，」以偶「阮忠樞之腳。」

冒鶴亭遺著

冒鶴亭逝世後，其生平未刻著作，據瞿兌之所述，關於經部的，還有易經一種。關於史部的，有「蒙古源流年表」，「唐書吐蕃世系表」等，關於子部的，有「管子」、「文子」、「韓非子」校注等，關於集部的，有「疚齋詞論」等，都是未經問世之作。但是他的雜文，還不計其數。有的從未印行過；有的曾經刻過，現已絕版；有的曾散見於各雜誌，各刊物。頗亦不容易搜羅彙集也。

記得從前的「青鶴」雜誌上，曾載有疚齋的許多詞曲，還有雜劇多種，其中的一種，就是演述冒辟疆與董小宛事的。後人乃以董鄂妃的事，纏在她身上，說是與順治帝的一段羅曼史，疚齋雖力闢其妄，然衍爲小說，播諸戲劇如故也。

有人言：世所傳的「影梅庵憶語」，並非眞本，其中有許多刪節竄改處，冒鶴翁則有家傳眞本，未以示人，不知確否？又聞上海有幾位鶴翁友好，擬以其詩文，選擇若干，付之鋼筆油印，饋送親朋，未知能成事實否？

吳湖帆輓梅蘭芳

梅蘭芳與吳湖帆，兩人均爲甲午年生，在上海時，梅住馬斯南路，吳住嵩山路，初未晤面，兩人皆深居簡出，只是聞聲相思而已。後以天笑之介紹，謂兩人均爲高尚傑出之藝術家，豈可不相謀面。於是梅即先訪吳，兩人遂訂交也。及他們的甲午同庚會成立，兩人更爲同庚之兄弟。

梅蘭芳逝世，湖帆輓之以「清平樂」二首云：

古稀人健，美眷如花面。滴滴音嬌歌宛轉，醉酒游園都便。
年時創展新聲，名傳京國歡騰。重見太平樂府，春風萬里龍庭。

蘭庚同契，五十稱兄弟。置酒年年談笑裏，抵掌並臻馬齒。
尋思臨別言衷，七年不見芳衷。正放歌壇異采，陡驚仙樂迴風。

他們的同庚會，是在五十歲時成立的。詞中的「馬齒」二字，因爲甲午同庚，生肖均屬馬也。

北京夏天的「神仙」

·洪　尉·

北京有句老話：「六臘月不出門，賽過活神仙」。此言有錢有閒的人，在大熱天裏不出門外，在家中納涼，快活過神仙也。北京的三伏天也很熱，但北京有錢人的房子，很高大通爽，一所大屋子，常有好幾個院子。這班有閒階級，睡過午覺之後，捲起涼棚（有錢人家一到夏天就搭涼棚，宮中亦然），再向院子裏潑些涼水，以消暑氣，於是召集一家子坐在院子裏納涼，吃香片茶，打打牌，或看看書，吃些涼品，黃昏時分，客人來了，留客晚膳，要吃什麽菜，就吩咐廚子辦理。像這樣的人，既有錢，又不必出門找生活，在家中「入伏」三個月，不出大門半步，也不會餓死，非神仙而何？可惜「神仙」亦不能久享清福了！

張勳與佃信夫

鄒念慈譯

「先生前曾以密函寄兒玉長官，寺內首相特為此事約弟往談。首相所談要點如下：

「佃君致兒玉之密函，業已讀悉。關於中國內政，我國政府之不干涉方針迄今毫無改變。所謂與段總理之間訂有密約云云，乃巷間之謠傳，不足凭信。此等密約，事實上不可能存在；且既稱密約，亦不可能發生若何效力。況本人確信密約有害無益。此點，與日前面談時所言無異，望能轉告佃君。

關於中國的形勢，本人其後亦深為憂慮：蓋以俄國革命，在政治上和思想上給與中國之影響必不在少；而且中國內部，情況亦日趨複雜，險象環生。當此之際，應切忌輕舉妄動。佃君為人熱誠，素對日華兩國之前途頗為關心，此點深為敬佩；但目前鑑於周圍之大勢，萬望諸事慎重，不可造次，切要切要。」

首相所談，大致如上。此次接晤，時間頗長，首相與弟俱各暢敘所懷。茲將首相之言再度歸納如下：

（一）陸軍當局所發之電報，本人毫未得知。猜想陸軍當局深恐輕舉誤事，故特發此電令，以喚起注意。事關機密，切勿洩露；

（二）佃君來函所談各節及本人對此事之意見，亦未告知陸軍當局。此點，應請注意；

（三）就今日周圍之形勢觀之，發動復辟，實恐萬難奏效。一旦失敗，吾人不獨為中國之前途憂，亦且為有關人員之安危懼。將來須肩負兩國重任之人，尤應諦觀形勢之演變，切不可意氣用事，以遺他日之悔。

首相的意思，大致如上。首相頻頻囑弟將此意轉達吾兄，望吾兄諸事審慎。目前國內正因選舉問題而多方忙碌，首相以此未能及時作復，故特囑弟代為轉達。諸希亮察不宣。……」

長島隆二頓首。五月五日。

佃信夫接到這封來信以後，已經清楚地看出寺內首相也正為此事而深感棘手。首相避免叫自己的女婿——兒玉書記長官親寫回信，而特煩長島隆二代為執筆，這一點已經充分說明了寺內本人也有難言之隱。佃信夫得此回信之後立即返回徐州，將原信及譯文交給張勳閱看，並即時召開參謀會議討論辦法。佃在會上表明態度說：「此次挫折，完全是由於日本陸軍當局目光短淺、一味信賴段祺瑞所造成的結果，大谷司令官收到的陸軍大臣的訓令，完全是陸軍當局的獨自見解，首相事前並不知道。此點，已由長島的來信中得到證實。原來日本的陸軍、外務兩當局都想援助段祺瑞內閣，從而造成了這樣的結果。吾人根據中國五千年來的禮教傳統和道義觀念，認為共和政體殊不可為，故欲發動復辟，幸而寺內首相和我們抱有同樣的看法。只是陸軍大臣等深恐寺內首相本乎日本武士道的精神斷然行事，為了先發制人，所以在暗中向大谷司令發出了這道訓令。基於此種情況，本人極願返回東京面見首相，併與陸軍當局折冲，詳加勸說，使彼等贊成復辟，看來還不是絕對辦不到的。本人雖是一屆書生，無何實力可言，但願與寺內首相同心戮力，或可使彼輩翻然覺悟，贊同我們的行動。願諸君充分發表意見，然後啟行。」與會的人自張勳以下一致表示贊成，佃遂決定歸國。張特舉行宴會，為佃餞別。恰值此時，有人自北京前來謁張，聲稱為段內閣所差遣。張勳部下疑為偵探，倍加警惕，宴會於夜闌人靜時方始舉行，張部下之師長、參謀等多數參加，杯酒聯歡，共話惜別之意。

翌晨，佃信夫即飄然辭別了張氏的迎賓館，隻身歸返日本。這時，參謀次長田中義一恰好來徐州拜訪張勳，兩人一來一往，未能相遇。田中來中國的目的，是就心佃信夫以寺內首相爲背景在徐州與張勳策劃某種活動。爲了探明眞象，決定對策，故直去徐州訪晤張勳。他到徐州看出張勳有決行復辟的意圖，遂勸張說：「時機尚早，希愼重考慮」（本刊三十四期所載「林權助筆下的張勳復辟」一文中載稱，田中在徐州會見張勳時，對復辟一事並未明確表示態度。隨後至北京與林權助晤談，始接受林的意見，派人向張說明目前不宜實行復辟。）云云。

佃信夫抱着復辟的計劃，回到東京，想向日本政府當局進行策動，使他們贊助復辟；不料在此期間，中國政局發生了重大的變化：日本的陸軍、外務兩當局決定採取援段方針。做爲援段政策的一個方面，想使中國參加第一次世界大戰。段爲買取日本的歡心，也想參戰；然而遭到各督軍的反對，特別是國會內部的各派系，從段內閣成立那一天開始就認爲這是軍閥的化身而大加反對，致使閣僚全部提出辭呈，只剩下段一人獨立支撑。大總統黎元洪在不得已的情況下罷免了國務總理。爲此，各督軍又猛烈地掀起了反對政府的運動。首先是安徽督軍倪嗣冲宣告獨立，各省督軍起而響應，一時出現了大難將臨的形勢。面對着此種形勢，黎元洪大爲狼狽。經過苦思焦慮，想起了雄踞徐州、擁有實力的張勳，認爲只有此人才能負担起安定天下的重担，遂請張勳急來北京協力收拾時局。在東京觀望形勢的佃信夫看到此種情況，認爲張勳出頭的時機已到，而他年來的復辟宿願也將自有實現之機，因而內心躍動起來。在佃信夫看來，黎大總統本人並無整頓時局的能力，周圍的形勢又是如此的動盪；北京的段內閣垮台以後，新內閣尚未組成。在這種情況下，張勳北上之後，北京當然會立卽歸於張的勢力範圍。況且張還存有十三省督軍的誓約，只要他指揮得宜，一切都會順利進展。佃做出這樣估計以後又去求見寺內首相，說明了自己的看法，寺內面露喜色，答稱：「如果這樣，當然很好」，表現出對未來抱有很大的希望。佃信夫得到這一答覆後，認爲寺內仍然贊助復辟，遂立卽離開日本，前往北京。這是大正六年六月中旬的事。

另一方面，張勳接到黎大總統的敦請後，自然也喜出望外，認爲這是發動復辟的最好時機。然而此時使他最感不安的，是摸不淸日本政府的眞實意圖。在此期間，日本政府的態度使他深爲疑慮惶惑：先是陸軍大臣向大谷司令官發出訓令，使其轉告升允「時機尙早」；繼又由參謀次長田中義一親來徐州，勸張愼重考慮，毋得造次。人們雖認爲張勳是一介武夫，但他在實現自己多年的宿願時，却表現出一種看來同他的性格很不相符的深思熟慮。他在離開徐州之前，曾召集參謀會議，廣泛徵詢了部下的意見。會上有人提出激烈的主張，要乘此次北上之機，一舉復辟，討論得極爲熱烈。張勳却說：「本人經過多方考慮，認爲黎元洪此次敦促本人北上，說明他已智絀計窮，無法收拾時局。但本人乃一介武士，卽使能排解一時的糾紛，暫時穩定局面；但若長期主政，則斷不適宜。因此，本人早有打算：將來復辟之時，擬請徐世昌出來掌政，此次北上，如能推舉徐世昌出掌政權，則日後要想發動復辟，隨時均可順利實現。此次北上，不能乘此良機一舉實現我等素志，固屬遺憾萬千；但日本既不願我等於此時發動復辟，我們也無須過拂其意，急欲求成。只要能解散國會，修改憲法，推徐世昌出來執政，卽可謂不虛此行。」在會上他用這些話來諄諄說服了自己的部下。所以張此次入京，主意只在匡救時艱，並未打算立卽發動復辟，因此，他只帶兵八營計三千人從徐州出發，前往北京。

張抵天津後，立卽面見了徐世昌，殷切希望徐世昌出來掌理政治，但徐竟意外地拒絕了張的要求。徐爲什麼採取了這樣的態度呢？這是有其背後原因的，而這原因又正是爲人戇直的張勳所不能理解的。原來，當日本寺內內閣成立之初，一時曾以不干涉中國內政爲標榜。這時徐世昌曾派其心腹陸宗輿去徐州見張，與張進行了這樣的商談：「日本既不干涉，我等何不乘機，共策復辟？」素以復辟爲宗旨的張勳，對於這一商談自不會有任何異議。但當陸宗輿把徐的希望條件提出之後，（徐世昌提出的希望條件的要點是：（一）封徐世昌爲輔政王，並列爲皇族，代代世襲；（二）以徐之女爲宣統帝妃等等）戇直的張勳却不禁勃然大怒起來，他怒斥道：

「徐公斷不會提出這樣無理的要求，想系先生所捏造？」姑不論這些條件是否出自徐的眞意，總之張勳是斷然拒絕了。其後，段祺瑞內閣倒台，形勢一時陷於混亂，梁啓超、曹汝霖、陸宗輿、張鎭芳、雷震春等人便在天津籌議，擬推徐世昌爲大元帥，設總參謀處於天津，藉以收拾時局。計劃制定之後，卽派人急去徐州，請張勳予以贊助，並要求張勳以自己的名義通知各省督軍。張勳看到計劃裏沒有一句提到復辟二字，內心大爲不快，遂用一向贛直的老調從正面予以駁斥說：「本人根據我國五千年來的禮教道德，早擬發動復辟，以匡天下；今此計劃中隻字不言復辟，而竟任意組織政府，擁立什麽大元帥等等，實與大義名分不合，本人不能贊成。」徐的計劃又一次遭到張勳的斷然拒絕。在張勳的心目中，一向認爲徐世昌是一個光明磊落的人物，因而斷定此種計劃絕非出自徐的本意，而是他周圍的人爲了獵取權勢，任意假借他的名義濫行訂定的。但這正是一向「信人不枉」的張勳的錯誤。上述計劃，雖說是徐周圍人物所訂定，但其基本精神確是以徐氏本人的意旨爲依據的。這樣一來，徐世昌的野心兩次連遭張的排斥，遂暗自結怨在心，於是對張勳此次天眞的敦請，便斷然表示了回絕。張遭拒絕後，不得不另行考慮收拾時局的辦法：他先首迫使黎元洪解散國會，黎實行後，他才進入北京；然後從恿早經國會議決委爲國務總理的李經義組織新內閣。並要求各省督軍取消獨立宣言，藉以安定人心。他想通過這些步驟來實現自己的願望。

然而段祺瑞一派早已估計到：如果李經羲內閣眞的樹立起來，將使段喪失東山再起的時機；否則黎元洪總統最後只好請段再度出山重組內閣，別無他策。他們就根據這種估計，對李經羲內閣的組織工作進行了百般的阻撓，採取種種隱蔽手段向擬議中的新內閣成員施加壓力；並且利用日本的援段政策，策動日本當局某權要勸張勳早返徐州，勿置身於混亂的政局之中，以致毀傷名節等等。張勳則認爲自己既已來到北京，如不能收拾時局，空返徐州，實於顏面有碍。因此，很想促使李經羲內閣盡快成立，自己早日抽身返歸徐州。然而李經羲的組閣活動因遭段派的阻撓，已陷於難產的狀態；而前此在徐州會議上做過誓約的督軍們又連連發來函電，鼓動張勳乘此時機發動復辟。加以北京方面的有力政客之中又不斷出現熱心擁護復辟的人。此外，張氏的部下平時早已受到復辟思想的鼓舞與熏陶，他們看到這種有利形勢更覺前途大有可爲，復辟可以一舉成功，因而表現出躍躍欲試的氣勢。

張在北京的期間，某日曾秘密進宮覲見了宣統皇帝，說出了自己平日圖謀復辟的抱負。當時年方十二歲的宣統皇帝却連連搖頭表示不同意。這使張勳頗爲詫異，急忙問道：「皇上爲何不願復辟？臣願一聞陛下聖慮。」宣統皇帝極其天眞而稚氣地答道：「師傅陳寶琛每天敎我讀經史詩文，我必須努力學習，沒有餘力多管別的閑事。」張聞言後五體伏地地說：「皇上若再卽帝位，必須管理國家大事，不能盡是一味的念書。」皇帝也驚奇地反問說：「如果我再卽帝位，就眞的可以不再讀書了嗎？」張勳說：「自古皇帝都善騎射，尚未聞有一味只知讀書的皇帝。」幼稚的宣統皇帝聽到張勳的這番談話分外高興，遂說：「果如是，卽可按汝之計畫行事，予亦將按汝之安排行動。」忠誠的張勳看到皇帝已經同意復辟，就滿懷喜悅地退出了宮門。

本來，張勳當時並沒有立卽發動復辟的打算。他知道自己身邊只有不足三千的兵力，而且軍需餉械等都尚未做好充分准備；卽使要乘此時機發動復辟，也必須先回徐州調度一切，然後率領足夠的兵力再行北上舉事。

佃信夫回到北京那一天正是六月三十日，他當天就會見了張勳，張非常高興地說：「有勞遠路奔走，無任感激。下月二日當爲先生舉行歡迎會。」等等，對佃表示了親切的慰問。當夜，張勳還出席了江西人爲他舉行的送別宴會，直到半夜還在看戲，一切都平靜如常。不料七月一日未明，張氏部下血氣方剛的軍官們，竟然未經請示主帥，擅自在北京城門上高懸起黃龍旗幟，斷然發動了復辟。張氏聞報後十分驚愕，然而事已至此，無法制止，遂毫不猶豫地挺身負担起一切責任。

（三）

梅蘭芳的戲劇生活

周志輔

乙　鳳還巢

鳳還巢的情節，係明朝的兵部侍郎程浦，告老還鄉，膝前只有兩女，嫡出的名雪雁，貌醜陋，庶出的名雪娥，貌美甚。程浦遇少年穆居易，爲故友穆建義之子，欲以雪娥配之。適程浦壽辰，宗室朱鎬京與穆居易均往賀，程以雪娥許穆，而長女雪雁見居易英俊，私往就之，居易嫌其醜，棄而逃去，往投軍，遇朱鎬京，告以逃婚事，朱乘機冒穆名往娶，程夫人以雪雁妻之，朱雖嫌其醜，不得已而成婚。居易又與程浦遇於途，程浦仍欲使完婚，居易怒其女之醜而不知羞，勉强入洞房，則非昔日挑逗之奔女也，乃喜極而成伉儷，適朱與雪雁，以家道中落來依，遂相團聚，此戲在清宮中有舊本，題名「醜配」，而梆子班中，亦有此脚本，大致相同，名「循環序」，尚和玉卽藏有此本，舉以贈梅，於是參酌此兩種脚本，編成鳳還巢，由梅氏飾雪娥，以李壽山飾雪雁，一如風箏誤中之反串大醜姑娘，首演於民國十七年（公元一九二八）四月六日中和戲院夜場

丙　春燈謎

明阮大鋮有春燈謎傳奇，係演宇文學博之子義，彥，娶韋節度長次兩女事，義留家讀書，彥隨母之父任，舟次値元宵，上岸觀燈，與韋節度長女假扮男裝者相遇，女自云姓尹，各猜燈謎，相談甚歡，歸途互誤入其舟，已揚帆行，韋女爲彥母所發，認爲假女，彥則爲韋家所執，投之江中，長女之婢亦懼而投水死，屍爲人撈獲，披以彥衣，寄柩廟中，彥母遣人覓彥，適覩此柩，詢爲一書生，遂歸以報命，而彥實爲人所擒，誤以爲賊下獄，翌年兄義大魁天下，而誤爲鳴臚官唱名改爲李文義，遂仍其誤，授巡方御史，彥在獄，有盧孔周者憐其寃，使自訟於御史，而得平反，彥遂用盧姓，改名更生，入京應試獲雋，時韋節度已以次女配宇文義，又聞學博有義女，將爲更生執柯，更生不知爲父家，交拜時方知卽韋節度之長女，相識於河干者也，此劇情節離奇，故又名爲「十錯認」，首演於民國十七年（公元一九二八）九月七日開明戲院夜場。

七　晚年時期

一　隱居上海

梅氏於民國二十一年（一九三二）南下，卽懷久居之念，寓所在馬思南路，偶然有人邀請，出台演戲，配角方面重要的由京召往，也有一部份是就地取材，他在民國二十三年，還去了一趟漢口，在大舞台演唱，老生是譚富英，花臉是金少山，這是他第二次去漢口。

民國二十五年（一九三六），他第三次去漢口，在光明電影院演出，老生是奚嘯伯。本年秋天，他由上海乘飛機回來了一趟，先在第一舞台連唱了兩天的義務夜戲，算是對於同業的一種盛意，因爲多年

沒有回來唱戲，同業沒霑着光，於今爲大衆謀些利益，然後再用承華社的班底演營業戲。義務戲是九月六日七日兩天，四大名旦，全都出齊，大軸是頭天他與楊小樓，王鳳卿，馬連良合演的回荆州，美人計，第二天是他與楊小樓合演的覇王別姬。九月十一日仍是在第一舞台演的營業夜戲，大軸是他與王鳳卿，蕭長華，劉連榮的寶蓮燈。到十月五日又在第一舞台演過一次營業夜戲，那天他在大軸初次露演在滬排就的新戲「生死恨」。唱完了這幾次戲，他就又回到上海去了。

二 編排新戲

甲 抗金兵

梅蘭芳到了上海，演出的戲目，除了舊戲和從前所排的新戲而外，只編了兩出新戲，第一出是抗金兵，是把舊戲裏的娘子軍，梁紅玉擂鼓戰金山的故事，增加首尾，從金兀朮設計攻打潤州開始，直到斬了劉豫亮爲止，其中的細目是：金兀朮興兵犯境，張邦昌賣國求榮，周大夫出都避難，朱義士棄店從軍，折羣雄一言定計，禦外患四鎮同心，破蘇州人民塗炭，探金山兀朮泛舟，扮漁夫阮良報信，奉父命二子擒酋，誓犧牲後堂訓子，激將士月夜巡營，投金營朱貴詐降，獻地圖兀朮入彀，女丈夫登壇點將，衆英豪分路進兵，戰金山夫人擂鼓，退江北兀朮喪師，解軍糧牛皋立功，祭忠魂劉杜伏法。這出戲是在上海天蟾舞台排演的，他在上海住着的時期，也曾到過香港，係在利舞台唱的，就演過這出抗金兵，可是始終沒有在北京露過。

乙 生死恨

生死恨也是他在上海排的一出新戲，係根據崑曲分鞋記傳奇編成的，其情節是元時程鵬舉與韓玉娘同爲張萬戶所擄，使二人完婚，韓玉娘勸程鵬舉逃出求上進，程以告張，張笞而鬻之於妓家，臨別韓以繡鞋與程易履而別，程感而去，得官後使人覓韓，適韓已逃出妓院，依附一老嫗，與尋者相遇，但不欲隨往就程，程得訊急往見韓，則已病重，一面遂成永別矣。此戲於回京時曾演過一次。

八 暮年時期

梅氏於一九四九年以後，即移家北京，寓護國寺街，担任中央戲曲研究院院長，同時發表過不少作品，至今有梅蘭芳文集行世。在一九六一年八月八日逝世，享年六十七歲，葬萬華山，後來此山改名畹華山。

他暮年這一段時期，是經常出外，流動演出的，所到的地方遍國內，可是所演的戲目不多，常是幾出熟戲，到處都受歡迎。他暮年所編的新戲，祇有一出，是「穆桂英掛帥」，此戲由豫劇的脚本翻版，仍是屬於刀馬旦的戲，回想他初次到上海，正是二十歲，在丹桂第一台演戲，爲的是要唱一出壓台戲，趕緊學穆柯寨，於十一月十六日晚上，貼出此戲，爲他第一次在上海壓台的紀念日，如今垂老，仍是取材於楊家將的故事，編成了這出「穆桂英掛帥」，算是他以刀馬旦戲成的名，也以刀馬旦戲結束了他的舞台生涯。（全文完）

畹華令

林熙

梅蘭芳死後一年，葉恭綽先生有詞一首贊他，這首詞調，就叫做「畹華令」。葉先生在詞後有短語云：「畹華逝世一年，所葬萬華山改名畹華山，以資紀念，喜而賦此。此調前無所承，故即名曰畹華令。」詞云：

萬華山今作畹華山，這光輝，人共贊。要知道，肇錫佳名不等閑。你梅君本來名高藝苑，九畹里一朵崇蘭，浪蕊浮花，那能爭艷。今天燕郊攬勝，恰好地以人傳。這正似川媚山輝，舞台上奠定了青錢萬選。此後曉風仙掌，看大家齊拜屯田。

梅蘭芳來過香港好幾次，香港被日寇攻陷時，他正在香港，後來被日寇請往上海，到後，他蓄起了鬍子，拒絕登台，極爲人稱贊。

柳西草堂日記

張謇遺著

十八日。寫理卿、雨辰、幼彥、壽平訊。得莘丈訊，復王謙齋訊，有詩。王五丈自合肥寄詩見懷，依韻奉答：「淝上巍然老輩存，書來舊夢一重温。儘收海氣歸詩卷；遙想霜髯照酒尊。原信何人猶好客；應劉無地爲招魂（謂吳武壯，朱曼君）。蒼涼久已抛簪紱，日落風烟況爾昏。」

二十日。與洪俊卿詣呂四啓行，至三里墩宿。

二十一日。早晤書箴，行經包場，天明至呂四。

二十二日。詣弔李草堂年丈，與磐碩談墾事。一詣場大使。

二十三日。微雨。午後復詣場大使，說墾事。

二十四日。與磐碩出呂四東門，循范隄而南過海神廟，嘉慶朝敕建，土人謂爲皇廟壞而不敢修者，有額曰「雲彰淯晏」。至丁蕩煎丁家看煎鹽，鹵沸而將成花之候，土人謂「看煎」者，適當其時爲佳兆。煎丁所居湫隘如豕牢，眞苦海也。經倒岸，岸即沈隄，王介甫所謂海門縣沈侯興修水利者也。土人以范隄概之，名爲所掩。當海坍時，意至此而止，今擬築之隄，由此引而東也。至蒿枝港，與磐碩別。至東興鎭張如峯倉。

二十五日。與如峯、俊卿乘牛車周巡海灘，相察他隄，隄有被潮刷者，固知沙棍之墾蕩不顧其後也。

二十六日。雨。

二十七日。路濘不能行。

二十八日。乘車一日抵家，行九十五里。

二十九日。雨。與樊、朱訊，愛蒼訊，爲廠籌欵也。

十二月

一日。與叔兄訊，梅生訊，滬道訊。

二日。寫信竟日。

三日。與莘丈訊。

四日。作「通海荒灘墾牧議」

五日。初議成。與恒齋、乙盦訊。

六日。校課卷。

七日。校課卷。

八日。作「墾牧公司章程。」

十二日。寄某叟挽聯：「杜周甫何如劉季陵，郡守稱其高士；孫明復過於石守道，學者尊爲先生。」（按：「張季子九錄」専錄卷十、頁八，亦載此聯，謂所挽者爲「孫廣文會陽，廣文嘗爲州董事」。日記只稱某叟，不知何故。）

十六日。校定課卷。

十七日。與恒齋、蘇龕、梅孫訊，磐碩訊。

十八日。與新寧、理卿、籽皋、絅鈞、善之訊，上墾牧初議。

十九日。作鄧純臣游擊挽聯：「溯六七年海國從游，欵欵壺歌，況有賢郎能問字；壯五百里皖江防禦，蕭蕭壁壘，誰哀良將爲題碑。」又悼太夫人挽聯：「惟子孫皆顯貴而有令名，若史世家褒榮，是眞豐福；慨事會自嘉道以至今日，記太夫人聞見，當如故書。」

二十三日。祀灶。新寧來電，約明正偕梅生往商要政。

二十四日。與劉澂如、孫蔭祥、方倫叔、莫楚生訊。

二十五日。與叔兄訊。

二十八日。問昭雪徐、立、許、袁，追革徐桐、二十九日。與新寧電，說代約剛毅、李秉衡。蟄先。

光緒二十七年太歲在辛丑，年四十九歲。

正月庚子

元日戊辰。晴，暖。

二日。理產業歲計表。

七日。啓行赴廠，宿金沙三里墩。

八日。與書箴同至廠。

十日。與書箴同去滬。

十一日。未刻，附美利船赴滬，夜半亥正至浦東雇小駁船渡而登岸，至帳房已子正。

十二日。早詣梅生，近門見「武進何公館」五字，紙色淡白，心以爲梅生歲事之疏，不以爲怪也。及入門，劉伯叔、厚生兄弟出訝，頓足曰：「不了！不了！」詰之，曰：「梅老乍日三下鐘逝矣。」驟聞震駴，如青天霹靂。登樓披帷而視之，面如生，不禁慟哭。嗟與梅生交，始自丙子，至今二十六年矣，器局深穩，學識練達，非余所及，比年以來，每有一事，必就梅生決之，與論世事，十常同八九，時時相與聯步行三五里，或同乘並載，拉曉山同就酒家閒坐，訂證所見聞，輒又相視而笑，謂歲寒之友，唯我與爾也。去臘廿三日得新寧電約，於新正詣寧商新政，並約子培、蟄先同往，中間書問三五返而期始定，豈謂遲來一日，而君已不及見耶？其家人告曰：自新正三日後，即遣眷屬詣戚好家樗蒲爲樂，而自陳書據案，或周行院落及一室之中。初九日諸盛宗丞之說，條記所欲言者，待子培、蟄先與余來斟酌損益之，遂於初十日據案用半寸許簿，且書且止，至十一日午飯後復書，忽投筆後仰，隔屋人聞小帽落地聲，走視之，初疑爲睡，繼訝其神色，驚呼焉，家人集視，手足已冰，中西醫並至。中醫謂猝中，西醫謂心血熱甚，上衆腦筋，間血管膜破裂，驗右臂寸許無血，決謂不治。逾半時許，鮮血大溢，遂長絕矣。痛哉！痛哉！子培亦於是日至，既見，相向而哭。子培曰：「日本維新以前，有志士焉，事業皆不就，知其事者著斷腸錄，今於梅生亦云然也。」電促蟄先。

十三日。作梅生挽聯：「孰置君天地盲晦之時，熱血一腔，死於經濟；益堅我江海沉淪之志，側身四顧，淒絕生平。」與子培同詣梅生送斂。電告蘇堪，速其來滬。

十四日。作與子培、蟄先公祭梅生文。以梅生死告新寧。

十六日。蟄先至。

十八日。公祭梅生。

十九日。代友擬西安爭俄約電。

二十日。代擬俄約電。結局之策四：一、全國通商；二、東三省開門通商；三、聽占而不認畫約；四、讓吉黑而奉天開門通商。

二十二日。蘇堪來。

二十三日。與蘇堪談。

二十四日。蟄先感冒，與子培先行。

二十五日。至江寧。

二十六日。與子培詣新寧。力持中俄專約不可畫，新寧韙之。

二十七日。詣藩司談。

二十八日。擬爭俄約電。

二十九日。擬與西安爭俄約電。子培有隨筆云：無往不收，無垂不縮，書家秘旨也。已進不退，已伸不縮，禪家密語也。神明於此，可得外交政策之要。予謂豈獨外交當如此。

（卅五）

洪憲紀事詩本事簿注

劉成禺遺著

留京半月，在新華宮奏齋醮三壇。天師呈遞叩奏云：「奉玉皇詔，天門開瑞，日月聯璧，聖主當陽，人神共慶。謹奏報」云云。袁賜天師洪天應道眞君號，從張勳請也。（夏口李壽多注釋）

天師世家　羅田王夔武纂錄夏口李壽多轉鈔

漢張道陵，字輔漢，沛豐邑人，留侯九世孫也。祖父名綱，父桐柏眞人大順，母劉氏，夢神人授以薇香，感而有孕，建武十年正月十五夜生天師於吳之天目山。七歲讀老子書，卽了其義，及冠身長九尺二寸，龐眉廣額，朱頂綠睛，隆準方頤，目三角，美髭髯垂手過膝，能煉形合氣，辟穀少寐，於天文地理圖書讖緯之秘，咸通貫焉。從學者千餘人，天目山南三十里，西北八十里，皆有講誦之堂，臨安神山觀，餘杭通仙觀，卽其地也。與弟子王長，遊淮入鄱陽，泝流至雲錦山，煉九天神丹，丹成而龍虎見，因以名山。在人間一百二十三歲，天寶七年，詔後漢天師張道陵，冊贈太師。唐中和四年，封三天扶教大法司。宋熙寧加號三天扶教輔元大法師。元成宗加封正一沖元神化應顯祐眞君。　二代衡，字靈眞，詔徵爲黃門侍郎不就，永壽二年，襲教居陽平山，與妻盧氏，白日上昇。元武宗贈正一嗣師太淸演教妙道眞君。

三代君，字公祺，衡長子也，以道術教人，從者益衆，時漢祚日淩，魯居漢中，垂三十年。元成宗贈正一系師太淸昭化廣德眞君。　四代盛，字元宗，魯之三子也，魏世祖封奉車都尉，散騎侍郎，加都亭侯，元至正元年贈淸微顯教宏德眞君。　五代昭成，字道融，元宗長子，元至正十三年贈淸微廣教宏道眞君。　六代椒，字德馨，晉安帝累徵不起，元至正十三年，贈淸微宏教元妙眞君。　七代回，字仲昌，元至正十三年贈玉淸輔教宏濟眞君。　八代迥，字彥超，魏太祖嘗召至闕問道，年九十，元至正十三年贈玉淸應化沖靜眞君。　九代符，字德信，壽九十三，元至正十三年，贈玉淸贊化崇妙眞君。　十代子祥，字麟伯，仕隋爲洛陽尉，弁官嗣教，宣化四方，壽一百二十，元至正十三年，贈上淸元妙太虛眞君。　十一代通元，字仲達，年九十七，至正十三年，贈上淸元應沖和眞君。　十二代恒，字德潤，唐高宗召問治國安民之道。對曰：能無爲則天下治矣。帝嘉之，年九十八，元至正十三年贈上淸元德太和眞君。　十三代光，字德紹，壽一百四歲，元至正十三年，太元贈德廣妙眞君。十四代慈正，字子明，年百餘歲，元至正十三年贈太元上德紫虛眞君。　十五代高，字士龍，唐玄宗召見，命卽京師，置壇傳籙，冊封漢天師號，年九十三，元至正十三年，贈太玄崇德元化眞君。　十六代應韶，字治鳳，元至正十三年，贈洞虛演道沖素眞君。　十七代頣，字仲孚，初任貴水尉，弁官嗣教，壽八十七，元至正十三年贈洞虛闡教孚佑眞君。

十八代士元，字仲良，居應天四十年，年九十二，元至正十三年，贈洞虛明道贊運眞君。　十九代修，字德眞，年八十五歲，元至正十三年，贈冲元翊化昭慶眞君。　二十代諶，字子堅，唐會昌中，武宗召見賜傳籙，年百餘歲，元至正十三年贈冲元洞眞孚德眞君。　廿一代秉，字溫甫，年九十二，元至正十三年，贈冲元紫氣昭化眞君。　二十二代善，字元長，壽八十七，元至正十三年贈清虛崇應孚惠眞君。　二十三代季文，字仲珪，壽八十七，元至正十三年贈清虛妙道輔國眞君。　二十四代正隨，字寶神，宋眞宗召至闕，賜號眞靜先生，年八十七，贈淸虛廣敎妙濟眞君。　二十五代乾耀，字元光，年八十五，元贈榮元普濟湛寂眞君。　二十六代嗣宗，字榮祖，宋仁宗召赴闕，祈禱有應，賜號虛白先生，年八十一，元贈崇眞普化妙悟眞君。　二十七代象中，字拱辰，元贈崇眞通惠紫元眞君。　二十八代敦復，字延之，年五十三，贈太極無爲演道眞君。　二十九代景端，字仁敦，復從子也，大觀二年，贈葆眞先生，年五十五，元贈太極清虛慈妙眞君。　三十代繼先，字嘉聞，一字道正，號翛然子，象中之曾孫，景瑞之從子也，元祐七年生於蒙谷菴，大觀二年，召至闕，授太虛大夫，辭不拜，元贈虛靖元通宏悟眞君。　三十一代時修，字朝英，象中之孫，敦直之子也，年六十一，贈正一宏化明悟眞君。　三十二代守眞，字遵一，母吳氏，娠十九月而生，宋紹興十年嗣敎贈高宗召赴闕，賜號正應先生，淳熙三年卒，元贈崇虛光妙正應眞君。　三十三代景淵，字德瑩，元贈崇眞太素冲道眞君。　三十四代慶先，字紹祖，嘉定二年宴坐而化，贈崇虛眞妙光化眞君。　三十五代可大，字子賢，伯瑀之孫也，嘉禧三年賜號觀妙先生，卒於景定四年，元贈通化應化觀妙眞君。　三十六代宗演，字世傳，號簡齋，卒於元年至正辛卯，元贈演道靈應冲和元靜眞君。　三十七代與棣，字國華，號希微子至元辛卯嗣敎；授體元宏道廣敎眞人。　三十八代與材，字國樑，號廣微子，宗演次子，大德八年授正乙敎主，武宗即位來覲，特授金紫光祿大夫，封留國公，錫金印，延祐三年卒。　三十九代嗣成，字次望，號太玄子，元授輔化體仁應道大眞人。　四十代嗣德，號太乙，與材第二子，至正壬辰十月卒，元授太乙明敎廣元體道大眞人。　四十一代正言，號東華，嗣德長子，授封眞人。　四十二代正常，字仲紀，號冲虛子，嗣成長子，洪武元年改授正一嗣敎眞人，賜銀印，秩視二品，年四十三卒。　四十三代宇初，字子睿，別號耆山，冲虛之子也，普峴泉文集二十卷。　四十四代宇清，字彥璣，號西壁，冲虛仲子，耆山之弟，著有西壁文集，永樂八年嗣教，誥授正一嗣敎清虛冲素光祖演道眞人。　四十五代懋丞，字文開，別號九陽，又號檯然，正常之孫，宇清宇初之從子，年五十九卒。　四十六代元吉，字孟陽，別號太和，懋丞之孫，留綱之子也，英宗復辟，賜號大眞人。　四十七代元慶，字天錫，別號貞一，又號七一丈人。　四十八代彥頫，字士瞻，別號湛然，年七十有一。　四十九代永緒，字元成，別號三陽，嘉靖壬子入覲，給伯爵。　五十代國祥，號心湛。　五十一代顯庸，字九功，年八十，懷宗加太子太保。　五十二代應宗，字翊臣，淸授正一嗣敎太眞人。　五十三代洪任，字漢基，康熙六年卒，誥贈光祿大夫。　五十四代繼宗，字善述、康熙十三年誥授光祿大夫。　五十五代錫麟，字仁趾，碧城長子，乾隆元年特授光祿大夫。　五十六代遇隆，字靈谷。　五十七代存義，號宜亭，靈谷長子也，以祈雨功，晋秩三品。　五十八代起隆，字紹武，號錦崖，昭麟之子，乾隆五十五年，恭遇覃恩，誥授通議大夫。　五十九代鈺，字佩相，號琢亭，同治二年，奉旨誥授通議大夫。　六十代培元，號養泉，奉旨誥授通議大夫。　六十一代仁晸，號淸岩，是爲今天師云。（羅田王夔武抄藏）（卅五）

英使謁見乾隆記實

馬戛爾尼　原著
秦仲龢　譯寫

夜會散場，我們尚未退出，王大人來對我說，目下在熱河的萬壽慶典已經完畢，皇帝定於本月廿四日回圓明園，使節團最好是在皇帝回鑾前數天就啓程往北京。於是他建議，如果沒有什麽不便，使節團最好在廿一日即動身。因此我們就要準備一切，以配合回鑾的日期了。

「出使中國記」記云：慶祝一共進行了幾天。皇帝在廷臣侍奉之下親自參加了若干游藝節目。觀衆本身就是一個偉大壯觀。不過就西方人的習慣來說，它缺乏男女兩性俱都參加的那種場合的燦爛光采歡樂情緒。中國的觀衆裏只有男而沒有女，按西方的眼光看，這好像是辦公事而不是娛樂。慶祝節目中沒有體育運動。韃靼人雖善於騎馬競賽，表演者都是漢人，凡有一技之長的人都集中來參加表演。游藝節目包括走繩、跳板、上雲梯、玩花球等等雜技。有些人會經看過這些節目，但表演者的絕技使人重看一遍還是感到有趣。翻觔斗及做柔軟體操的也有欣賞的觀衆。摜跤是唯一帶比賽性的節目。摜跤是中國最古老技藝之一種。表演者不顧長袍和笨重靴鞋的拖累，運用體力的巧勁，設法把對方扔起來摔在地上。

歌舞表演者各族人都有，他們都穿着本族的盛裝。他們表演的都是代表民族特色的節目。有些舞蹈的姿態相當優美。歌唱節目裏有各種不同樂器伴奏。音樂的節奏緩慢，聲調悲哀，有些近似蘇格蘭高原居民的音樂。使節團的哈特諾先生是一位音樂鑒賞家。他說：「中國的樂鍵不協調，因此音階是不完善的。除非擊鈴來指導音符，他們往往把低於正音和高於正音搞顛倒。」哈特諾先生還說，「中國人不懂半音級，似乎也不懂旋律調合，無論多少種音樂伴奏，旋律只是一個。但在少數節目中，有些樂器奏高音，有些奏低音，聽起來也相當和協。」音樂奏演之後，是一隊幾白人的大歌舞表演。表演者身上一律穿着橄欖色制服，載歌載舞，隨時更換隊形並借助不同顏色的燈籠做出中國字來歌頌皇帝聖德。假如夜間表演這種舞蹈當更好看。皇帝每天天不亮就起身處理國政和拜佛，日落就要休息。因此，表演不能延長至晚間。

歌舞表演之後，繼之是焰火。即使焰火在白天放效果也是非常好。許多設計都是英國人從來未見過的。一個大盒子懸掛在空中，從它的下面突然掉下來許多紙燈籠。在盒子裏面，這些紙燈籠是摺着的，掉出來之後就自動張開，而裏面突然燃起色澤非常漂亮的火焰。我們簡直看不出燈籠是怎樣突然出現的，以及沒有通過外面上燃，它們又是怎樣亮起來的。大盒子裏面一層層地掉出各種不同的景象，發出各種不同的光亮，似乎中國人有隨意把火包裹起來的本領。大盒子的每邊各有幾個小盒子，裏面也各自放出不同的景象和不同的火焰。這些火焰像發光的銅色，像電光一樣隨風動蕩。焰火的最末一場是偉大壯觀的火山爆發，所有以上表演俱在皇帝大幄前面的露天草地上舉行。許多韃靼人員和外國人，包括英國使節團在內，都喜歡看這種游藝節目，而不喜歡看莫明其妙的中國戲。在幾天的慶祝中，有一天特使和幾位主要隨員被邀請至行宮內女眷部分的一個劇場裏去看啞劇。……皇帝特意令一個太監把特使的見習童子帶到台上，使她們有機會看看這個外國小孩。（仲龢注：這個小孩就是「出使中國記」作者斯當東爵士之子，小斯當東，到嘉慶末年，他又隨另外一個特使入北京。）

劇台上不是表演人，而是表演其他生物化身以及陸地和海裏的各生物。各種角色占滿了三個劇台，估計劇情係大地同海洋結婚，來表達世界概略。這個啞劇共有幾幕，表演了大半個下午。

在座觀衆，大部分是韃靼人，漢人被邀到熱河的很少。劇幕中間，許多人來至特使廂和特使談話。……

皇帝陛下雖日理萬幾，但還可以騰出工夫致力於各項文藝的研究，他喜歡做詩，在意境和表達技術上有很高水平。他的詩大半是有關哲學和倫理內容的，近似伏爾泰（伏爾泰〔Voltaire〕是法國作家，原名 F. Marie Arovet（公元一六九四——一七七八年）——原譯者）的詠史詩，不同於密爾頓。（密爾頓〔John Milton 公元一六〇八——一六七四年〕英國詩人。——原譯者）他寫了幾行詩，幷附幾塊寶石，由特使轉給英王陛下。……他也善於繪畫。中國政府雇用了幾個專門從事繪畫的外國傳教師。他同時還善於寫字。中國人寫字和繪畫俱用毛筆。皇帝認爲使節團見習童子的中國字寫得還不錯。他說，這個小孩既然能用中國筆寫字，也一定能用中國筆繪畫。他命令見習童子畫幾樣中國事物來看。這個小孩從來不會繪畫，這件事可眞爲難他了。他只得免强畫了幾朶蓮花和皇帝前天賜他的荷包圖樣奉上。皇帝看了非常喜悅，又給了他幾樣禮品。

慶祝萬壽一直進行了幾天。慶祝完畢以後，統率八旗大軍的韃靼親王們馬上準備返回自己的防地。……韃靼王公一般和皇帝的女兒或姪女結親，因此在朝中地位最爲尊崇。……他們敬奉皇帝如神明，認爲他是十三世紀征服中國的忽必烈大帝的化身。忽必烈的子孫在十四世紀被中國人趕出，竄至韃靼東部的滿州，與滿人通婚，成爲滿蒙相雜的種族。以後產生出來一個偉大人物名努兒哈赤，其人於前一世紀入主中國，是爲本朝的開始，建國以來，一直非常興盛，此後四代相傳，第四代尚未結束，到了一七九三年共一百四十九年了。四代連續相傳長達一百四十九年，在歷史上是絕無僅有的。在歐州，法國皇朝的最後四代共一百八十三年，但最後同時也是最好的一個君主不得善終。中國的這四代王朝不但時間長，而且，雖然是貴族統治，內部還有一些分歧，但國勢的興隆是超越千古的。第一代由一個少數民族用自己的精力和努力奠定了新朝代。以後三代俱都智勇兼備奮發有爲。尤其是當今皇帝的功業更是輝煌巨大。一七五九年在英國史上稱爲光榮年，當年也是乾隆皇帝的光榮年。（公元一七五九年，是乾隆廿四年，他在那一年征服了大小和卓木，把天山南北路納入中國版圖。當年英國奪取了法屬加拿大。——原譯者）在那一年，他勝利地征服了蒙古西部的額普特人（原文爲 The Eleuths，另一名稱爲厄魯特。——原譯者），占有了過去稱爲獨立韃靼地區的廣大疆土。

皇帝陛下一年之內，冬季住在中國，夏季住在韃靼地區。盛京（即現在瀋陽。——原譯者）是本朝祖先發祥之地，皇帝在那裏大力鋪張修飾，據說還存放了大批金銀財寶。似乎還認爲這裏還是比中國可靠，而他在中國也確是被認爲外族人。在亞洲，人們只注重種族出身，而不注重出生地點，乾隆皇帝是本朝的第四代皇帝了，第一代成功的侵占中國之後，以後三代俱都出生於北京，但他們仍然自認，同時他們的臣民也認爲，是韃靼人。……

皇帝生子甚多，但活着的只有四個：皇八子，十一子，十五子和十七子。皇帝在熱河期間，皇十一子監守北京，其餘三子隨在熱河。據人猜測，兩個較小的皇子中的一個有希望。這兩位皇子俱都謙恭和氣，喜歡詢問外間事物，對外國的科學發明俱感興趣。

皇帝早年習慣在慶壽之後繼之以狩獵。現在年事過高，當然不能勝任了。皇帝决定不久返京。中國官員們同特使安排，使節團應先期到達北京來迎候皇帝。

（廿九）

釧影樓回憶錄

天笑

拜堂既畢，把紅綠牽巾，繫在新郎新娘手上，這不知是何意義，或者是赤繩繫足的故事吧？這時新郎倒行，新娘順行，脚下則踏以麻袋（此種麻袋，都向米店中去借來），名之曰「傳代」，諧音也，此俗在明代已盛行。然後進入內廳，行合巹之禮，蘇人則俗稱爲「做花燭」，新郎新娘對向坐，中間點大紅巨燭四枝，作爲新婚夫婦對飲對食狀。旋卽有青年四人（預先選定者），各持一燭，送入洞房。

入洞房後，新郎新娘並坐牀沿，此一節目，名之曰：「坐牀撒帳。」那時新娘頭上仍遮上大紅方巾。入洞房後，第二節目便是揭去她這個方巾，名曰「挑方巾」，挑方巾必延請親戚中的夫妻團圓（續絃不中選），兒女繞膝的太太爲之，這個時候，新娘方露出廬山眞面，爲姸爲媸，可以立見。以後便是新娘至後房易服，卸去鳳冠霞珮的大禮服，而穿上紅襖繡裙的次禮服，出來謁見翁姑及各親戚尊長行見面禮，與新郎偕，此一節目，名曰「見禮」。吳中風俗，並無所謂翁姑端坐，新婦獻茶的儀式。以後有一節目曰：「祭祖，」那是儒家規範，於禮甚古。祭祖時，翁姑在前，新夫婦居中，而合族中人都來行禮也。以後更有一節目曰：「待貴，」此是設盛筵以待新婦，而新郎不與其事，新娘居中坐，往往選未出嫁的小姑娘爲之陪席，亦有「定席」「謝宴」小節目，不贅述。

依照舊式婚姻喜慶事，我家於以上所述節目，一一遵行。最後我談到了「鬧新房」一事。鬧新房雖然不是善良的風俗，但亦是青年人意興之所趨。又因爲中國傳統，對於少女太不開放，男青年對於女青年，很少有見面的機會，而女人又養成羞怯的習慣。醉飽以後，闖入新房，欲見新娘子一面，說說笑話，打趣一番，原無所謂。如果是惡作劇，甚至演出無禮的舉動，這便是令人憎厭，而爲不受歡迎的賓客了。

我此次結婚中，並沒有鬧新房的一個節目。原因我爲了簡省之故，未發請柬，僅僅幾位至親密友，來吃喜酒。有幾位齒是比我長一輩的，怎好意思鬧新房。至於我所交的新朋友，他們有些新時代氣息，不喜此種舊風習。還有一種趨勢，鬧新房具有報復性質，你如果喜歡鬧人家的，到了你結婚時，人家也來鬧你新房了，這便叫做「我不犯人，人不犯我，」我就是不歡喜鬧新房的，所以也沒有人來鬧我新房了。

這一回，親友的賀客雖然不多，却也吃了八桌酒席。女賓倒也不少，還有許多兒童，蘇州人對於吃喜酒，那是最歡欣鼓舞的事。想起了從前的物價，使現代青年人眞有所不信，那時普通的一席菜，只要兩元，有八只碟子，兩湯兩炒四小碗，雞、鴨、魚、肉、湯五大碗，其名謂之「吃全。」紹興酒每斤二角八分。八席酒菜，總計不過二十元而已。不過最高價的筵席，則要四元，那是有燕窩，鴿蛋等等，我們那天的「待貴」節目，卽用此席，新娘例不沾唇，留待家人分餉。至於後來的什麽魚翅席，燒烤席，蘇人從未染指也。

我妻端莊而篤實，我祖母及母親，都

極摯愛她。尤其是身體健全，不似人家所說的工愁多病的林黛玉型那樣人物，因爲她在家裏也是操作慣了的。雖然她是纏了小脚的人（那時蘇州風氣，凡上中等人家，如果討了一位大脚的新娘子，便將引以爲耻，而爲親朋所譁笑），可是行走極便利。在文字上，她曾進過私塾，讀過兩三年書，論語上半部，她還能琅琅上口，只不過不求甚解而已。至於縫紉刺繡，却是從前吳中閨女的必修科。倘欲洗手作羹，則正可向我母學習耳。

在從前未出閣的小姐們，對於婚姻事，一聽父母支配，自己連提也羞於提起，怎敢有什麽主張。嫁了過來，侍奉舅姑，是其本職，那裏有什麽自由行動，也沒有什麽組織小家庭的志願的。尤其像我是一獨生子，又沒有伯叔兄弟，祖母僅有這一個孫媳，母親僅有這一個兒媳，自然是格外的寵愛了。我見到祖母與母親都鍾愛她，我也爲之心慰。

不過我那時已呼吸了一些新空氣了，那時大家又在那裏提倡女學，解放纏足，有些外國教會裏也在開設女學堂了。我們寫文章也是動不動說婦女要解放了。而我所娶的女人，却是完全舊式，好像是事與願違。但是我們在六七年前已經訂婚了，雖是父母之命，媒妁之言，也是經我同意。那個時候，也沒有所謂洋學堂裏女學生。就是到我結婚的時期，女學生也還是很少的，所有我們親戚朋友中，那一家不是娶的深閨中的小姐呢。

這時上海已有了女學校了，蘇州還是沒有。即使有了，在我們的環境上，也不許可，試想我要進學校，尚且不可能，何況她是個女人，怎能許可呢？直到後來我住居在上海，我在女學校教書，所住的地方是在上海老西門，那邊有好幾家女學校，她曾經在民立女中學的選科中，學習音樂與繪畫，這時年已三十，更有了兒女，也像我的學習外國文，一無成就，只得放棄了。

我妻姓陳，名震蘇，這個名字，很不像一個女人名字，那是我的岳丈陳挹之先生題的。陳挹翁有兩女，她是長女。次女名蘭儀，嫁王稚松君。

初到南京

在我結婚的那年，還館於尤氏，雖心厭教書生涯，但別無出路。有許多同學，有的到日本去了，如李叔良、汪棣卿諸君；有的出外就學，如楊紫驎、戴夢鶴諸君。只有我株守故鄉，絕無發展之餘地。在新婚的一月間，通常稱之爲蜜月，蘇州有個俗例，叫做「月不空房，」意思就是這個月子裏，要夜夜雙宿。我向來是住在館裏的，三四天回家住一夜，現在要夜夜回家，遵此俗例，新婚宴爾，早晨到館，不無遲了一些。有一天，我那兩位表姪的學生，見先生未來，頑劣惹禍，女傭們便抱怨師爺遲到，剛被我聽見。雖佯作不聞，而心殊不樂，從那一天起，我就打破了「月不空房」的俗例，依舊是三日回家一次，雖祖母不以爲然，我殊不顧也。

我這時野心勃勃，覺得株守故鄉，毫無興趣，倘能離開了這個教書生涯，闖到別一個地方去，換換空氣。但以重幃在堂，祖母是年老有篤疾的了，許多尊長們似不以我出門爲然。現在家裏既添了一個人，而這人也是一個健婦，足以幫助我的母親不少。那末我即使不能遠游，在本省之間，或在太湖流域各處去游學，或者也是可能的事吧？

自從戊戌變法以來，各處都鬧着開辦學堂，其時南京便設立了一個高等學堂。那時還無所謂大學堂、中學堂的等級，名之曰高等學堂，便是徵集國內一班高材生而使之學習，說一句簡要明白的話，便是把從前的書院體制，改組一下，不一定研究西學，而還是着重國學，不過國學中要帶有一點新氣，陳腐的制藝經文，當然不要它了，但也不過是新瓶裝舊酒而已。南京的高等學堂是官辦的，這些官辦學堂，不但不收學費，而且進入這個學堂後，學生還有若干膏火可拿。不過學生是都要考取的，它的資格，至少是一個生員，而才識明通之士，自占優勝。

這個南京高等學堂是江蘇省辦的，派了一位蘇省候補道員蒯光典（號禮卿）爲督辦。在前清開辦官立學校，無所謂校長之稱，最初爲督辦，後來便改爲監督。那位蒯光典是初安徽合肥人，李鴻章的姪女婿，他是在光緒九年癸未科中進士，散館授翰林院檢討，後來外放為江蘇候補道的。提起當年各省的候補道，以江蘇為最多，齊集在南京的，少說有三四百人。其中分紅道與黑道兩種，因為江蘇地區雖大，道員的實缺，只有幾個，那便靠各差使了。好在道員是萬能的，無論什麼差使，都可以派道員去當。但是紅道台可以優先得差缺，而黑道台不用說得缺了，得一差也難若登天。

怎樣是個紅道台呢？要出身好、家世盛、交際廣、才學富，方覺優異。蒯光典可說是佔全了，說他出身好吧，他是一位太史公，為世所重；他的家世，父親曾任江蘇藩台，而他又與合肥李家為戚屬；他在南京，與幾位知名之士如繆小山、劉聚卿、張季直等，都為好友，時相酬酢；他是在舊學上有根柢的人，不是那些捐班的道員可比了。但是他在南京，有蒯瘋子之稱，大概他是一位高談時政，議論人物的人，故有此號。當他初辦高等學堂時，還有人譏誚他，說他鬧了一個笑話，因為他向總督衙門去謝委，那時兩江總督是劉坤一。人們說：委辦學堂是聘任的，師道當尊，不宜謝委。但蒯說：「學堂不是書院，書院請山長是用關聘的，我沒有接到關聘，只有札委，應當是謝委的。」那時的官場，却有許多把戲。

我的譜弟戴夢鶴，他年紀雖輕，却是一個多才積學之士，他早就考取了南京高等學堂，這位蒯禮卿先生十分器重他，可憐夢鶴是個肺病很深的人，在高等學堂裏的時候，已經有些勉強的了。可是這個高等學堂開辦還不到兩年，適在戊戌政變以後，新政受了阻遏，各處學堂，悉令停辦，這個高等學堂也奉令停辦了。蒯光典另行得了一個十二墟鹽務督辦的差使，不過他愛才心切，把高等學堂幾位他所賞識器重的學生，都招致了他家裏去，栽培他們，供養他們，使之可以成材。

夢鶴肺病，時發時愈，他覺得病在蒯的公館裏，終覺不便，不如回家養息，候病愈後再去。回家後，病乃略痊，又思再往南京，實在這種肺病，漸漸深入，大家勸他養好了身體再去，他說：「蒯師盛意，我必定有一個交代。」但到南京後，又復咯血。蒯公知其病根已深，派一親信家人，護送回蘇。臨別時，又委託了夢鶴：蘇州有沒有願意出來就事而就學的人，請你舉薦一人，我要給兩個孩子，請一位教讀先生。」

夢鶴就舉薦了我，他說：「好！我相信了你，就相信了你的朋友，包君倘願意，就請他來吧。」夢鶴回蘇州，便和我說了，我久聞蒯公大名，頗為願意，因為常常聽得夢鶴稱道其師學問的淵博，也可以有所進益。但是又要我做教書先生，我覺得我的運命注定如此，真是萬變而不離其宗，未免有些厭倦了。夢鶴道：「你不願意教書，也可以申明，蒯先生最能量才使用，在他那裏，別的事也就很多呢。我在給他的信上透露一點你的意思，你去後再說吧。終究是我們一條出路，恨我病深，不能與兄同行也。」

我回去，便與祖母、母親商量，她們說：「你不要以我們兩個老人為念，既然有此機緣，不可放過。況且南京就在本省，也不能算遠呀。」祖母說：「不過你還新婚呀，你也要問問震蘇呢。」其實震蘇早已通過了。那時我還館在尤氏，我立刻寫了一封信給巽甫姑丈，即行辭館，因他此刻正在病中。他當然不能阻我，子青哥且力促我行。但我們的聘約，要至年終，於是我請了一位代館先生張湛甫以終其事。張為我之表姑丈，亦一名宿也。

那個時候滬寧鐵路尚未開通，從蘇州到南京，要先到了上海，然後趁長江輪船到南京。我既未到過南京，亦未趁過長江輪船，不免有些惘惘。可是夢鶴家裏有個老傭人，名字喚作金福的，曾經陪伴了夢鶴去過幾次南京，可算是識途老馬。因此向戴家借用了金福，陪伴我去，祖母與母親，又向彼丁寧，與以酬勞。不過在上海情況，我比金福還熟悉，一上長江輪船，便要聽金福的指揮了。我們在上海無多耽擱，便去定了江輪船票，這時長江輪船有三個公司，一是太古、二是怡和、三是招商局。這三個公司是班輪，此外還有日本的什麼日清公司等等，上海人稱之為「野雞輪船」，自由通行。

（卅六）

大華 1966年合訂本 1——20期 現已出版

本刊於1966年3月15日創刊，至十二月，共出二十期。今合訂爲一册，以便讀者收藏。此二十册中，共收文章三百餘篇，合訂本附有題目分類索引，最便檢查。茲將各期要目列下：

1 [illegible]的[illegible]上[illegible]。
2 徐志摩夫婦與小報打官司。
3 大同共和國王劉大同。
4 [illegible]中的香港市政府。
5 [illegible]毛元。
6 李[illegible]命[illegible]。
7 西北[illegible]。
8 [illegible]朝
9 [illegible]
10 日本
11 [illegible]
12 [illegible]
13 [illegible]
14 [illegible]
15 [illegible]
16 南北[illegible]

17 上海的[illegible]。
18 [illegible]三[illegible]。
19 [illegible]。
20 [illegible]。
21 [illegible]。
22 [illegible]。
23 [illegible]。
24 [illegible]。
25 [illegible]。
[illegible]。
[illegible]。
[illegible]。
[illegible]。
[illegible]。
[illegible]。
[illegible]。

香港讀者，請[illegible]門書店總代理處接洽。

[illegible]

精裝本港幣二十[illegible]元 US$4.[illegible] 平裝本港幣十八元 US$[illegible]

定價每册港幣八毫。

國文月刊

林熙主編

大華

半月刊

第三十八期

·本期要目·

神祕的三月二十日
冀察政委會和日本軍人
甘地的被刺
迷信術士的軍人
慈禧太后的「怪病」
貴州「唯一」狀元

大華　第三十八期

書樣原原

大華　半月刊　第三十八期
一九六七年九月三十日出版
（每月十五三十日出版）

Cathay Review　No. 38

Ta Wah Press.
36, Haven St., 5th fl.
HONG KONG.

出版者：大華出版社
地址：香港銅鑼灣希雲街36號6樓
電話：七六三七八六轉

督印人：龍繩勳

主編：林熙

印刷者：朗文印務公司
地址：香港北角渣華街一一〇號
電話：七〇七九二八

總代理：胡敏生記
地址：香港灣仔船街卅二號
電話：七二三四三七

卷頭語

林熙

「大華」暫停一期

上一期我在這裏曾說過，「大華」和讀者見面已卅六次，其中有一個月，只見了一次面（因七、八期是合刊）。現在，十月份又要和讀者少見一次面了——即是十月只出一期，本該十月十五日出版的第三十九期，延至十月三十日才出版。

「大華」要停一期，是編者萬分不願意的。因爲自出版至今十九個月，從不脫期，喜歡「大華」的讀者，都會記得每逢月之十五、三十，就要和老朋友見面，現在要「吊癮」半個月，豈非掃興之至？但不停一期却又不可能，只好向讀者告個罪，請愛護「大華」的讀者到十月三十日才買第三十九期吧。延一期的原因很多，現在只能簡單說幾句，就是大華的整頓問題，編者的時間問題。這些問題非有兩星期的時間不能解決。整頓的問題，現在尚未能詳說，至于編者的時間問題，則因爲我是寫稿匠，不能花得太多時間在「大華」身上，如果有半個月給我喘息一下，我可以淸還好些文債，也就是可以多賺一個錢。有此種原因，非暫停一期不可。事出萬不得已，請讀者原諒。

抄襲的故事

三十六期有一篇某君所作的「才高命蹇的文廷式」，刊出後，九月十日接到讀者一信說：

主編先生：我是「大華」長期讀者，無時不望「大華」刊出代近珍聞，增加我的歷史知識。頃讀八月三十日出版的三十六期，載有余萬方「才高命蹇的文廷式」一文，內容文字與本年三月二十四至二十五兩日星島晚報綜合版，萍踪漫談作者業師胡實先生所寫「文廷式才高命蹇」，幾盡相符。祇是少抄了一點。……如此無恥，偷抄他人之文以爲己文，欺騙先生，欺騙讀者，應請先生在下期公開其罪狀，以免損害「大華」令譽。……長期讀者文檢上，九月八日。

文檢先生的信，沒有地址，我無法請他拿出證據。過了兩天，接本刊特約撰述人華可先生九月十二日的信，他說：「才高命蹇之文廷式一文，弟於前月在星島晚報上見過，署名似爲胡實，但亦未敢確定。」如此看來，某君似有掠人之美之嫌。到九月十四日，某君來領取稿費，乃一二十一歲的青年人。我首先請敎他是什麽地方人，他說廣東台山。我說：「閣下不是萍鄉？」他茫然不知所謂。我又說：「既不是江西萍鄉人，何以稱文廷式爲『鄉賢』？」可憐他還不懂「鄉賢」是什麽東西，然而他的大文開頭第一句却是「鄉賢文廷式……」眞是有趣之至！我問他此文參考什麽材料寫成，他說從英文繙譯的。我眞佩服他如此英年績學，又能把英文譯爲中文如此正確，人名、地名、書名，無一出于音譯！于是我對他說，有人來信說此文係抄襲的，但我仍須進一步等候證明，待證實確係抄自某報的，我們仍送給五元，以酬閣下抄寫之勞。數日後，又承另一讀者翦寄某晚報所刊之原文，證實確係抄人之作。但我不欲失信，即以五元郵票寄給某君，了此公案。我們收到某君寄來他的「大作」的日期是四月十日，到底青年人胆子大，人家的文章在上月二十四日刊出，半個月後，他就照抄可也。我因爲他這篇文章寫得很翔實，所以決定採用。只可惜我一時大意，沒有約他一談，就上了當。記得梁啓超在「新民叢報」寫「飲冰室詩話」，有人抄了龔定菴幾首詩給他，他在「話」中贊揚了一番，後來有讀者指出是抄襲的。書此聊以解嘲了。

從未公開的神祕的三月二十日

蔡杰士

凡是深悉國民黨內幕的人，一定會知道民國十五年三月二十這一天，在國民黨史上，是一個神祕的日子。國共關係的惡化，國民黨左右兩派的分裂，以及蔣介石的開始運用獨裁權力，造成他此後二十年統治中國大陸，都決定於這一天。這一日對蔣介石來說不可謂不關係重要。

在這個神祕的日子裏，究竟發生了什麼事件呢？有人問到蔣介石，他很鄭重的告訴人們：「三月二十日事件，我有生之日，絕對不能發表。等我死了之後，你們看我的日記好了。」

有不能公開的內幕

這件事的內容，當時直接參預內幕的人，除了老蔣是當事人之外。好像主謀的人是當時的黃埔軍官學校教育長鄧演達，和中山艦艦長李之龍。幕後策動的人，是國民黨左派。

事件結束之後，老蔣除了以「不服從命令，擅升火行動」的罪名，把李之龍槍斃以外，其餘的，未發一槍，未傷一人。當時未逮捕任何一個人，事後也未追究任何一個人。

對於鄧演達，老蔣也不動聲色的，假藉成立「潮汕軍分校」之便，把鄧調爲分校主任。這樣一件大事，就這樣烟消火滅的，消逝的無蹤無影了。但鄧的命運，早已註定必死無疑。當時老蔣對於這件事，爲什麼這樣的寬大爲懷呢？據蔣左右親信人透露，這件事一定有不能公開的內幕：第一、這件事公開以後，一定牽連在內的人很多，處置困難；第二、這件事公開以後，影响所及，可能使國民黨的統治權，發生動搖；第三、公開了，對老蔣的聲望有打擊。

三月二十日神祕事件，老蔣雖然是諱莫如深，但如果我們從這件事的前因後果，加以分析，也未嘗不可以發現若干耐人尋味的線索。

在這裏，讓我先說明一下遠因。國民黨統一了廣東之後，老蔣任黃埔軍官學校校長。整個的軍權，完全掌握在蔣的手裏，已儼然形成國民黨的實力派。這個時候，蔣對於軍事編遣工作，已大致成了定局。

然而，在黨政方面，國民黨的左右兩派，却鬥爭的非常激烈。左派的公開團體是「三民主義靑年團」，右派的公開團體，是「孫文主義學會」。這兩個團體，主要鬥爭的中心是黃埔軍官學校。

現在的國民黨元老，和高級將領們，也是當年黃埔軍校的「先生」和「學生」。現在他們都水漲船高，一步一步的爬上來了。

在這個時期，正是北洋政府段祺瑞執政時代。國民黨內部，除了對北洋軍閥進行猛烈攻擊外，也聯帶的提出來：「打倒國民黨內部新軍閥」的口號，把目標指向老蔣。

在國民黨的左右兩派鬥爭中，老蔣一向站在中間立場，已形成了兩面不倒的人。那時有人認爲他左，也有人說他右。這次黨內公開攻擊「新軍閥」，使他自覺黨內左右兩派的鬥爭，已牽涉到了他的身上

左右逢源的蔣介石

蔣是實力派，取得左右逢源的優勢，這是他手中的唯一王牌。他爲了參加鬥爭，立即決定用校長的名義，成立了六個步兵團，駐在廣州和黃埔之間。

蔣再三考慮的結束，他才決定暗中支持「孫文主義學會」與「三民主義青年團」，進行鬥爭。老蔣一表明態度，國民黨左派人士極爲震動。馬上發動一向接受國民黨領導的工農學生舉行大示威遊行，以反對國民黨黨內的軍權擴張主義。

老蔣爲了對左派的大示威遊行，進行彈壓，立即用校長名義，宣佈戒嚴。不料左派人士喊出來的口號是：「打倒孫文主義學會」（包括西山會議派），「打倒反革命份子」。在他們所喊出來的口號中，並未涉及老蔣。

老蔣覺得左派既對他留有餘地，他也未便過爲已甚，遂決定撒手不支持「孫文主義學會」。蔣已撒手，左派人士會在一個月以內，舉行三次大規模的示威遊行，每次參加的人數，都在十幾萬人以上。在遊行時互相衝突中，把右派的人打死了很多。有一位右派小領袖楊引之，被工人用大竹棍活活的打死。老蔣的一緊一鬆政策，平白的犧牲了很多生命，說起來實在寃枉之至！

老蔣的滑頭政策，並沒維持多久，左派人士又提出來「肅黨運動」的口號。他們雖未明白的指出老蔣，顯然的，他們所謂「不服從黨紀的人」，說的是老蔣。

老蔣爲了在國民黨內表現力量，在一次召開的「中央委員會」常會中，他提出一個誰也想不到的提案，他要求常委會：「對於共產黨所有名單，必須提交國民黨存查。」

這一提案，雖未獲得通過，但已證明，蔣在國民黨內的勢力，不但抬頭，而且也開始跋扈！此時，有一些看風轉舵的人，已逐漸向老蔣靠攏，這是三月二十日事件的遠因。

三月二十日事件的近因

這裏，須要再說的，是三月二十日的近因。自從老蔣捲入左右派鬥爭的漩渦之中，他即開始進一步的在黨、政、軍方面，作大刀濶斧的人事上安排。

對於黨，他向中央黨部要組織部，對於政，那時由汪精衛担任主席（左派），蔣開始支持胡漢民（右派），於是，在中央黨部展開了鬥法。在蔣、汪、胡的鬥爭中，有的依附蔣，有的依附汪，有的依附胡。形成了一國三公的紛亂局面。

在黨、政、軍的比重中，老蔣是把重點仍舊擺在軍權方面。他的抓黨、抓政，不過是爲了推行以黨制政，以政制軍的黨、政、軍一元化政策。所以，在軍隊的番號中，他雖編了一至六六個軍。但主力的第一軍軍長，蔣却自己兼任着，後來才交給了何應欽。

在以上的六個軍番號中，第三軍和第五軍，第六軍，一向駐在廣州外圍。駐在廣州市區的，只有第一軍，第二軍，第四軍三個番號。此時蔣下令所有各軍，爲便於訓練，均須移駐郊外。另外他下達命令，把自己新編的六個獨立團，統統調入廣州市內，以塡補被調走軍隊防務的眞空。（主要的是把二、四兩軍調走）

蔣的這一手法，如果用現代術語來說，這就叫做「偸梁換柱」。所有這些佈置，用意所在，不外乎是爲了表現軍權力量。步步加緊的壓廹中央委員會，使他們接受老蔣的支配。

左派人士及革命羣衆，此時已開始覺悟，不打倒老蔣，革命前途便會覆滅在他手上。於是，便開始準備大規模的反蔣行動。在那個時候，在黃埔軍校裏面，以及廣州市上，牆壁上、厠所裏、到處都可以看到「打倒國民黨新軍閥」的標語。

在左派人士領導的「工、農、商、學、兵大聯合」的示威遊行中，也公開的指責老蔣：「背叛中山先生」、「不守黨紀」，要求「中央執行委員會」對蔣執行制

和日本軍人

孫

冀察政務委員會是民國廿四年十二月十一日，南京政府下令成立的，以宋哲元、萬福麟、王揖唐等十七人爲委員，指定以宋哲元爲委員長。這個特殊機構，據秦德純說：「是爲了應付日軍和保持國家領土完整而誕生，它的使命是：一方面聽命中央，在冀察兩省推行政務；一方面盡量避免和日軍發生衝突。因此，委員之中，不少是親日派人物。」（見「秦德純回憶錄」一〇七頁）該會成立之初，日方根據事先與廿九軍之諒解，期望甚大，雙方所擬合作藍圖，有所謂「三原則」—即「經濟合作」、「共同防共」、「文化溝通」，內容極爲廣泛。廿九軍主腦要求日方取消漢奸殷汝耕主持的「冀東自治政府」，認爲如果能將冀東廿二縣仍收歸國民政府旗幟之下，便可得到全國人民的諒解，日方也答應在相當時期，條件成熟，可以取消。在日本方面，是要看冀察當局和日本合作程度如何而定；在冀察當局方面，則持「要多給少」，避重就輕的拖延政策，所謂「避免和日軍發生衝突」也。故一開始雙方均存爾虞我詐之心理，因此以星星之火，造成燎原之勢。

日軍對於冀察當局之「共同防共」及「文化溝通」兩項，認爲做得不很積極（例如「文化溝通」，只是表面取締平津各學校及報刊什志之反日活動）。但「經濟合作」這一項，日本人是優爲之的，他們往往藉口「經濟提携」而進行經濟掠奪，今既欲推行「經濟合作」，日本那有不積極推進之理？於是由日軍部主持，經南滿鐵路策畫，並撥出一筆資金，在天津設立一家興中公司，委任滿鐵一個資歷很深，工於經濟侵略的「專家」十河信二爲社長（十河信二於日寇投降後，出任全國鐵道總裁多年）。所擬「經濟合作」進行方案，至爲龐大廣泛，如開發華北礦產，修建塘沽大港，擴展華北鐵路河運，發展電力，開辦華北五省航空運輸等等，這些皆與國計民生有關，冀察當局在那個時候是萬萬辦不到的，只有虛與委蛇，拖一日是一日。

那時候冀察當局對日辦交涉的人是外交委員會主任委員兼北寧路局長陳覺生。陳與南京的「最高當局」有直接聯絡，故此冀察當局每與日方有交涉，陳立即密報南京。但冀察當局的主持人宋哲元等，以爲與日方交涉的事，很多是表面敷衍，並無決心實行的，因此有些事也不向南京報告。怎知因此而造成中央政府與地方政府的隔閡，以致對日外交，不能協調。此外尚有一事，爲造成中日磨擦的主因。冀察政務委員會成立之初，日本推薦著名親日派人馬王克敏爲經濟委員會主任委員，廿九軍高級幹部有一部分認爲王乃眞正老牌漢奸，一向與日方切實合作的人，故對此舉甚爲不滿，於是暗中向王

裁等口號。

老蔣看到左派人士對他的嚴肅指責，他已經知道了自己絕對難以置身事外。馬上重新宣佈戒嚴命令，企圖使用武力進行鎮壓。

在此同時，他在中常會上，再度提出把共產黨名單提交國民黨中央黨部的提案。在會議中竟獲得了與會人員的多數通過。由第一次開會，到第二次開會，中間只經過極爲短小的時間，居然發生了這麼重大的一個變化。由此可以使人看得出來，蔣在中央黨部方面，已獲得壓倒的優勢。

這個提案一獲得通過，國民黨左派爲了反蔣，在當時非走上和共產黨聯合起來的路線不可。蘇聯的政治最高顧問鮑羅廷，爲了這件事，特別向國民黨中央黨部，提出嚴重的警告；同時，也對老蔣個人，提出同樣的警告。

這次事件，由左派人士開始舉行示威大遊行開頭，中間經過蔣的鎮壓，撤手，再遊行，反蔣，再行戒嚴，通過提案，由鮑羅廷對中央黨部及老蔣，同時提出警告。這一連串的行動，最後這一天，恰好是三月十九日，距離三月二十日，只相差一天。就在這天晚上，國民黨左派和共產黨，召開了一個極不尋常的會議。這是爆發三月二十日的近因。

在蔣得到的許多情報中，證明三月十九日這一天，在中央黨部裏面，所有的左派人士，和國民黨的「跨黨份子」，統統不在黨部，因而才發現他們是去開會。

冀察政委會

王

打擊。當王克敏由上海乘船赴天津轉北平就職時，船到塘沽，就主使商人及流氓地痞等，手持小旗，上書反對王克敏的口號，在碼頭吶喊示威。王克敏見此情形，知爲廿九軍所主謀，就不敢上岸，仍趁原船回上海。一到上海，他表示閉門謝客，其實乃暗地裏進行反廿九軍計謀。日軍方面對廿九軍此舉亦表示不滿。王克敏既不肯就職，冀察當局另找安福系要人李思浩承之，但李思浩爲人圓滑，鑒於王克敏一事，未敢立卽答應，先託人向南京「最高當局」請示，得到南京點頭之後，又請在天津的朋友向日本軍部徵求同意，然後請冀察政委會發表。

李思浩到北平就職了。但日本急於要進行的經濟合作，仍未能如願，而日方亟於解決事項，厥爲「蘆鹽」及「棉花」輸日問題。原來食鹽與棉花兩種物資，是日本製造軍火的原料，日閥有侵略中國稱雄亞洲的野心，故需此物甚殷，前因王克敏被拒，不能就職，經委會無人負責，拖延數月，不能解決，日本人等得不耐煩，已有强行購運蘆鹽計畫，李思浩到任後，對宋哲元說，食鹽、棉花這兩種物資，其它國家也有出產，只不過運輸困難，用費較大，所以日本一定要向我們買，爲的是減輕成本。我們如不賣給日本，日本可以向別的國家買，我們不賣，也不能制日本的死命。而蘆鹽、棉花之運銷日本已久，並非今日始有，人們不能說是冀察當局資敵，且蘆鹽、棉花積存甚多，政府又不能全部購買，商人反而受害，輸日少許，無損國計民生，何必賭氣不准輸往日本呢？

宋哲元覺得此說頗有道理，他也認爲過去中日有很多事情本來是不成爲問題的，只是雙方當事人感情用事，以致上下蒙蔽，小事變成大事，發生誤會，這是應該自我檢討，改正以往作風的。於是宋哲元下令長蘆鹽運使署，准許蘆鹽輸日，同時又委派張星橋，張允榮兩人進行組織一家公司，專辦棉花輸日事項，循正常國際貿易手續進行。日本以多時渴望的急需物資到手，願望得償大半，所以對於其他未辦到的事情，也暫時耐心等待，不立卽向中國催逼，於是華北緊張局面，稍爲鬆弛，一班醉生夢死的政客、偉人，還以爲華北不致有事，依然過其奢侈淫逸的生活，不意幾個月後而盧溝橋事變突發，此雖爲日本軍閥多年來處心積慮之必然結果，但我國執政諸公及所謂「最高當局」只顧「安內」，不敢攘外，保全自己嫡系軍隊的實力，更不懂得利用人民抗日高潮，善加領導，有以致之，於是戰爭一發，只有挨打，敵騎所至，如摧枯拉朽，淪陷的地方，何止萬里，使人民在鐵蹄下被蹂躪着八年之久，如無「盟邦」原子彈一顆，恐怕重慶的國民政府終被「南京國民政府」吞下去了。

老蔣在這個時期，在軍事名義上，雖只是一個黃埔軍官學校校長，但在權力方面，他已等於當時的軍事最高統帥。在北伐前夕，雖未產生「國民革命軍北伐軍」總司令的稱號，但當時的軍權，在事實上，已掌握在老蔣手中。

爲了處置對外各項事宜，老蔣必須抽出半天時間來到廣州市黃埔軍官學校辦事處辦事。辦事處的地點，是在長堤一帶，距離中央黨部很近。那邊一有什麼動靜，立刻就可以傳到老蔣耳中。

鄧演達的三次電話

像國民黨左派與共產黨召開聯席會議這樣重大的一個舉動（不是秘密的），在蔣的特務網密佈的情形之下，他老早就得到了情報。他爲了研究對策，就在三月十九日那天下午，他也在辦事處，召集軍、師、旅、團長以上人員，開了一次會議。

在以往老蔣的辦事習慣，是上午在黃埔軍校辦公，下午到辦事處辦公。每天下午五點鐘，一定搭乘特備的汽船，開回黃埔。那天（三月十九日），因爲在辦事處召集會議（是秘密的）把時間拖長了，到了下午六點鐘，蔣尚未有離開辦事處的消息。軍校教育長鄧演達，此時忽由黃埔打來長途電話，請老蔣說話。鄧問：「校長，現在已經六點鐘了，怎麼，你還不回來？」

在過去，蔣有時有事，也會晚回去過幾次。從來校本部方面，沒有人打電話問過。校長不在時，如果發生什麼事故，照例是由教育長代表處理，除非特別事故，向例用不着向他請示。現在，鄧忽然打了一個電話來，他接聽之後，鄧隨便問了他幾句，就把電話掛斷了。

老蔣這時心裏想，你既然沒有什麼重要的事，無緣無故的，打來一個電話做什麼？

電話放下了半點鐘，鄧的第二次電話又來了。他在電話再問蔣：「校長，你幾點鐘回來呀？」到了八點鐘，鄧的第三次電話又來了，鄧很急促的問：「校長，你究竟幾點鐘回來呀？」

鄧接連打了三次電話，主要的都為了問蔣返回黃埔，和問他回去的時間。蔣覺得這件事非常奇怪；第一、鄧向來沒在他在辦事處的時候，和他通過話；第二、只是問他什麼時候回去，這樣一件小事，何致於勞動鄧這樣鄭重的詢問；第三、把這件事和左派人開會的事，聯在一起，他認為有很多值得懷疑的地方。經他考慮的結果，他決定當天不回黃埔。暫住廣州，靜以觀變。蔣的這一決定，是不是正確呢？從第二天——三月二十日發生的情況看，又似乎他有些個「先見之明」。

那時，在黃埔軍校附近，經常的停泊兩艘軍艦，一名「中山艦」，一名「飛鷹艦」。這兩艘軍艦都是巡洋艦，噸位每一艘有四五千噸。中山艦是一艘旗艦，所以該艦艦長，由黃埔一期學生李之龍充任。當時在校受訓的學生，是黃埔第四、五期，第一期畢業的學生，以資歷來說，還不夠資格充任將官。李之龍的出任少將艦長，是經過蔣的特別批准，所以有李的旗艦在黃埔海外担任警衛，老蔣以為決無問題，因此，他把全副精神，都擺在廣州方面

可是，當天——三月十九日——夜間，蔣忽然接到一個緊急的報告說，原來停泊在黃埔江面的中山旗艦，突然自由採取行動，升火待發。和它同時停泊在一起的飛鷹艦（相距一百公尺左右），就近向它查問。

李之龍答：「奉校長命令，巡弋黃埔至廣州間珠江水域。」

飛鷹艦艦長，接到李的答覆後，心中覺得非常奇怪。他想：「中山艦和我們担任的是同樣任務，為什麼他們接受了新的命令，我們連片文隻字都未接到呢？」

飛鷹艦艦長，一想到這裏，馬上叫電務員發了一封電報，向老蔣報告。真正是，說時遲，那時快。此時的中山艦已開始行動，轉過頭來，對正飛鷹艦開了一砲。

一者是由於兩艘軍艦，距離的太近，二由於飛鷹艦艦長，萬萬想不到中山艦會對着它開砲，所以一砲打了一個正着，不到幾分鐘，飛鷹艦立刻沉了下去。

蔣在辦事處接到報告，馬上打電話問鄧：「中山艦是受到什麼人的命令，開到廣州來？」

鄧答：「李艦長說：怕校長回來的太晚，他是去保護校長的。」

「豈有此理！未奉到命令，任何理由，都不准擅自行動。我今天（三月十九日）因這裏有要緊的事，是不打算回去了。你馬上下令李之龍，不必到廣州來接我。立刻駛回原防，停止待命！」

擊沉「飛鷹」保護校長

李之龍接到命令，知道蔣並未返回黃埔。在水域劫持老蔣的計劃，已歸泡影！一艘軍艦造反，也反不到那裏去。只好假藉了一個口實，說飛鷹艦準備有所「異動」，他為了保護校長，才開砲把它擊沉，給蔣打了一封電報，即下令中山艦，開回原防。

蔣這個人，在處置這些事上面，對於黃埔學生，雖然護短，但面臨到他個人的成敗關頭，他權其利害輕重，還是以個人為主的。除了對鄧演達，暫時派人予以監視，未採取行動，立刻把中山艦艦長李之龍，抓到校本部來，以「不服從命令，擅自採取行動，擊沉友艦，圖謀不軌」的罪名，執行槍決外，並下令採取如左的各項緊急措施：

第一、命令第一團和第五團，開到黃埔。由第一團分遣第一二三營，依次佔領黃埔、魚珠、沙路三個要塞。第五團担任黃埔全面的警戒任務，非奉有命令，絕對禁止結隊遊行。

第二、命令第六團，分別派隊監視：國民政府、中央黨部、省政府、警察局、鮑羅廷及加倫將軍的公館。非奉有命令，絕對禁止人員出入。

第三、命令第二團，對沙面實行警戒

第四、命令第三團，對西關地區實行警戒，並禁止人民的自由行動。

第五、命令第四團，分別派遣部隊，對所有各機關（包括國民政府、中央黨部，省政府、警察局、自衛團隊、鮑羅廷公館、加倫將軍公館的衛隊等）統統的繳了械。

第六，命令第六團的幹部，聽從王柏齡、吳思豫二人的指揮，由第四團加以協助，以解除被監視衛隊的武裝。

第七、由第五團執校長手令，命令鄧教育長下令第四第五期在校學生，把步槍鎖在槍架子上。槍托卸下，子彈封閉在庫房之內，派衛兵加以看守。（在校的是第四期學生及第五期入伍生隊）

部隊開始行動之後，全黃埔及廣州市，立即陷入癱瘓狀態。街面上沉寂的像死市一樣。

蔣不肯向學生說出眞相

到了第二天——三月二十日——大亮以前，蔣即親自率領海軍陸戰隊，回到了黃埔。此時軍官日校的學生及入伍生隊，已奉令停止操作及上課。大家都集結在校園內，你看看我，我看看你，誰也不知道一夜之間，發生了什麼事情！

及至吃過午飯，學生們便自動召開會議，推舉代表到校長辦公廳去，要求校長對於昨日及本日發生的事，向學生作公開的解釋。

老蔣萬般無奈，乃下令在下午四時，在大禮堂集合，聽取校長講話。屆時蔣精神極爲萎靡不振，慢吞吞地一個字一個字的講，半句話沒有明朗的說明。學生當面追問他，蔣要求學生一白個原諒。他說：「這件事非我死後，絕對不能發表。爲了黨，爲了國家，請同學特別原諒。」三月二十日事件，旁人只能從鄧調動，李被槍斃中，略知梗概。但蔣本人，則矢口不肯透露隻字。惟有一件事不容否認的，即由於這件事提前了北伐行動，和形成了蔣的軍事獨裁地位。因而，也有人把它叫做「中山艦事件。」

梨園名聯續錄

民國八年（一九一九年），梅蘭芳到南通去演戲，演出地點在更俗劇場。劇場中特闢一客廳，即爲梅歐閣，有一副對聯，是張四先生自撰自書的：「南派北派會通處；宛陵廬陵今古人。」借用梅聖俞（宛陵）歐陽修（廬陵）兩位古人的籍貫來暗切梅蘭芳和歐陽予倩的姓氏。

民國十九年七月，陳德霖逝世，王瑤卿集李義山、白香山詩輓之：「平生風義兼師友，一別音容兩渺茫！」王瑤卿會向陳請益，但未正式拜師，所以這句上聯是很切合的。那時，梅蘭芳剛由美國回來，聞訊未及送殮執紼，歉歉于懷，有輓聯曰：「木壞山頹，十日遲歸慳一訣；情深調合，廿年親炙有餘哀！」梅蘭芳有許多戲，如「游園驚夢」、「奇雙會」、「斷橋」、「風箏誤」等，都是陳老夫子親自傳授的。

民國二十年十一月，詩人徐志摩自上海返北平飛機失事，梅蘭芳輓之：「歸神于九霄之間，直看噫籟成詩，更憶拈花微笑貌；北來無三日不見，已諾爲余編劇，誰憐推枕失聲時！」徐志摩愛看梅演劇，曾經有意爲梅編一齣戲，下聯故云。

爲梅蘭芳操琴二十八年的名琴師徐蘭沅，曾經講過一個演戲的對聯：「看我非我，我看我，我也非我；裝誰像誰，誰裝誰，誰就像誰。」一副二十二個字的對子，祇用了八個字，正是一副妙對！（前刊兪振飛輓程硯秋聯，漏列一句，全文應爲：「三十年無愧相知，風風雨雨，暮暮朝朝，共幾番把激憤情懷，將豪竹哀絲，滔滔盡化荒山淚；千萬喚有誰承應，海海江江，騰騰沸沸，都一般以英雄姿態，作高歌怒吼，浩浩新翻蕤露歌。」）

一九六一年八月，梅蘭芳在北京逝世，香港開追悼會，我有一聯輓他：「梅具耐寒姿，品格崇高堅貞節；蘭爲王者香，藝術長春永流芳！」

·惠齋·

甘地的被刺

達士升

七年前，當我撰述「尼赫魯傳」的時候，我曾特寫一章，題爲「甘地的逝世」。最近幾年來，關於甘地的資料，收集頗多。現在特地再寫一篇，藉以補充前文不足之處。

在甘地的日常生活裏，祈禱和禁食，紡紗和散步，讀書和寫作，會客和寫信，可以說是風雨不移的固定的課程。

一九四八年一月三十日（星期五）下午四時三十分，當甘地喫完最後的晚餐的時候，有人曾告訴他一個不幸的消息說，外間謠傳印度正副總理的關係欠佳。甘地聽了這一段話，憂心如焚，但他的晚禱時間已到，所以他就趕快沐浴更衣後，步行到屋子左邊的花園裏的祈禱場，同行的有他的幾位親屬。那時已經有五百人聚集於祈禱場，甘地很抱歉地說了一聲，他遲到了十分鐘。當他從草場步上台階的時候，全體羣衆都肅立致敬，他也合十回敬。就在這時候，有一位狂徒倉倉忙忙地跑到他的面前，相距不過兩尺，向他一連開了三鎗，血流如注，把他穿着的白衣變成紅衣。他仆倒地上，眼鏡和拖鞋也丟在身邊。最後，他有氣無力地喊了一聲：「唉！主啊！」（Hey, Rama!）就這樣與世長辭。

甘地死後半小時，他的孩子德瓦達（Devadas）才趕到他的身邊。他的身體微温，皮膚還是那麽柔軟、光滑、漂亮，可惜脈搏早已停了。他好像生前睡眠的姿態躺在床上。尼赫魯和巴特爾一聲不響地坐在他的身邊，其他各人一面誦經，一面哭泣。德瓦達因爲來得太晚，特地向父親的耳邊求饒，可是他的嘴唇鎖緊，雙眼閉住，心裏彷彿要透露出一聲：「現在我再也不受騷擾了。」

根據宗教儀式，家屬應該替死人沐澡。當他們解開他的衣服的時候，他們發現他的身體非常淸潔。在腰布的底層裏，他們找到一枚子彈殼，這證明兇手開鎗射擊的時候，是緊靠他的身邊來直射。他們很想把他像古代帝王一樣，用香料把屍體保留下來，但印度教不許這樣做，甘地本人也不贊成，結果，決定採用火葬的辦法。

全世界各國的政府和人民慰唁的函電，好像雪片一樣飛來。鮮花堆滿整個屋子。家屬忙着給他作最後的化裝。德瓦達主張他的胸部應該赤裸裸地不需要任何東西蓋住，像他平時的裝束那樣。接着，大家團團圍住他的四周，誦經的誦經，唱歌的唱歌。從黑夜到天明，親友和信徒都源源而來。他們除了獻花外，還給甘地所心愛的刊物捐贈基金。

當大家正在唱歌的時候，忽然一聲嘩啦啦的巨響，把門窗的玻璃打得粉碎。原來一般人民要瞻望甘地最後的儀容，等得不耐煩，你推我擠，結果，把門窗的玻璃擠破。一批人進來弔喪之後，另一批人又進來，絡繹不絕，他們的心情比較親生的父母去世時還難過。

在花園被刺的地點，放着一隻空罐頭，周圍用小竹枝插成三角型。各種宗教的善男信女，以非常悲哀的心情，十分虔誠的態度，伏在地上去抓了一撮血跡斑斑的泥土，以便帶回家去永久保藏。

按照印度教的習慣，一個人死後的隔天就要舉行火葬。星期五晚上，大家忙着把一輛巨型的軍車搭上一個高架，好讓沿途的觀衆都能夠看到還沒有蓋棺的甘地的屍體。兩百名印度的海、陸、空軍，使用四條粗大的繩子，拉着靈車。發電機根本用不着。

靈車於上午十一時四十五分由甘地的家裏出發。送殯的行列長達兩英里，大家以沉重的心情，慢慢地移動，直到下午四時二十分，才抵達五英里半外的贊木河。送殯的人五十萬，沿途旁觀者一百萬。許多人都跑到樹上，希望能夠看得更淸楚。

各種宗教的善男信女，異口同聲地喊着「甘地萬歲」。飛機在天空翺翔，有時也俯衝下來致敬，並且散佈無數的玫瑰花瓣。

除了沿途旁觀者百萬人外，火葬場的四週又聚集了百萬人，他們是從四面八方趕來觀禮的。火葬場是用石、磚、土臨時築成的，兩尺見高，八尺見方。長長的檀香木墊底，並且噴射以香料，甘地的靈柩就放在上邊，頭部向北，足部向南。據說，釋迦牟尼去世時，也是這樣安排。

四時四十五分，甘地的兒子蘭達斯（Ramdas）引火來焚化屍體。周遭的婦女泣不成聲。檀木的火燄直衝雲霄。接着，是一片沉寂。一代聖雄的軀殼終於化爲灰燼了。

火葬堆一連燒了十四小時。在這期間，誦經和祈禱的聲音洋洋盈耳；整部佛經被人讀完。二十七小時後，當餘燼已經冷却的時候，教士、官員、親戚、朋友又舉行一個特別儀式，把骨灰以及那些沒有完全燒好的骨殖收拾起來。骨灰被放在土織的布袋裏。在骨灰中，找到一枚空子彈殼。骨殖用贊木河的河水來淋濕，放在銅罐裏。蘭達斯把一串花圈圍住銅罐，然後放在堆滿玫瑰花瓣的籃裏。他把銅罐緊緊地壓在胸部，必恭必敬地帶回家去。

甘地火葬後，按照正統的印度教的慣例，須舉哀十三天。到了那時——即一九四八年二月十二日——他的骨灰可以分散到印度及其他七個地方的聖河。但是主要的浸禮是在恆河、朱那河、沙拉瓦底河的合流處。

美國有個作家辛尼（Vincent Sheear）親眼看到這情形，他很感動地寫道：

火車橫貫印度中央平原這個遼遠的旅程，剛好是個證明——假如需要證明——每個人，不論他的處境是怎樣，對於這種損失是多麼黯然傷神。我現在引用十三號星期五日在班那爾所寫的日記：

火車無論停留在那兒——有許多地方火車根本沒有停留——成羣結隊的人都來致敬。在許多城市裏，人們的行爲是極端尊嚴肅穆。在空空洞洞的田園裏，在小小的農村中，在十字街頭上，當火車經過的時候，農民們站起來，雙手合十的祈禱的態度，給人以深刻的印象。康波（Cawnpore）更有非常的表現，我們到達那兒，是星期三傍晚五時左右。據說至少有五十萬人聚集在這個城的火車站的站內和周圍，以及進城出城的鐵軌的兩旁。……當我們抽身出來的時候，人們激動的心情再也沒法子抑制下去了，他們的本能廹得他們要喊出「聖雄甘地勝利！」而這句話是甘地生前他們常對他喊出的句子。我覺得這種呼喊眞使人驚心動魄，尤其是當我們從城裏慢慢地抽身的時候，呼喊的聲浪達到高峯。

尼赫魯和巴德爾是甘地的左右手。甘地的逝世，他們二人如喪考妣。巴德爾說：「的確，甘地是國家的力量的台柱，靈感的源泉。他的死，對於這些和他最接近的人，是個無可補償的損失。甘地去世了，但甘地的精神却永遠活在我們的心裏。……」

博學多能，才氣洋溢的尼赫魯，當甘地去世後，曾發表三篇文情並茂的演講辭。其中最早的一篇（即一九四八年一月三十日，甘地去世的晚上），我已經在「尼赫魯傳」裏介紹過，現在再把他在印度國會裏和在恆河撒骨灰時的兩篇演講辭，摘譯幾段，藉以證明尼赫魯對甘地的認識。

大家知道，尼赫魯和甘地相識，是在一九一六年十二月印度國大黨在洛克諾（Lucknow）開會的時候。那時甘地四十七歲，尼赫魯僅二十七歲。此後三十年間，二人的關係，如影隨形，雖然師徒之間，對於宗教問題，經濟問題，政治策略問題時常有極大的歧見。

在印度國會裏，尼赫魯說：

就個人而論，就印度政府首長而論

，我們不能夠保護自己所擁有的最大的寶貝，是個奇恥大辱。這是我們的失敗，像過去許多個月間我們不能保護許多無辜的男女和小孩一樣的失敗。這也許是那種責任是太過繁重，使我們或任何政府都沒有法子負得起；但是，這總算是失敗，而今天我們最敬愛的偉人的去世，爲的是我們不能給他以充分的保護，這對我們是一種恥辱。我恥爲印度人，因爲印度人居然會對付他；我恥爲印度教徒，因爲印度教徒居然會幹出這勾當，害死當代最偉大的印度人，當代最偉大的印度教徒。

我們會運用適當的語言來恭維人物，我們會有相當的尺度來衡量偉大。我們怎樣才能夠恭維他，怎樣才能夠衡量他，因爲他根本不是像我們大家一樣，用普通的材料製造成的人物。他來到世間，活到相當大的年紀，現在去世了。本會用不着什麽話來恭維他，因爲他生前早就比較歷史上任何人物得到更大的恭維，在他死後的兩三天內，他曾得到全世界人士的尊敬。我們還能夠增加什麽？我們怎樣能夠恭維他？作爲他的兒女的我們，也許比較他親生的兒女還親密的我們——因爲我們多少可以算是他的精神上的兒女，雖然我們並不配——怎樣能夠恭維他？

光輝消失了，使我們的生命感覺溫暖和光明的太陽沒落了，我們只好在寒冷黯淡的環境中發抖。然而自我們見到那種光輝後，他倒不讓我們有這種感覺，因爲多年來，這位擁有聖火的人，也把我們改變了。像我們這些人，多年來也受他的陶冶，從他的聖火中，我們也得到一點小火燄，使我們有力量，按照他所指示的路線來工作……他普及整個印度，不但在皇宮，或特別的地方，或議會，而且達到最下層的受苦受難的人民的茅屋。他活在千萬人的心裏，他將永生……

我們哀悼他，我們將時常哀悼他，因爲我們是人類，不能忘記我們的大師；但是我知道，他不喜歡我們哀悼他。當他的最親愛最接近的人去世的時候，他並沒有流淚，他只有堅決地忍耐，爲他所選擇的偉大的主張服務。假如我們單純哀悼，他將會罵我們。唯一的辦法，就是表示我們的決心，重新許下諾言，獻身給他所履行的而且有那麽大成就的任務。因此，我們應該工作，我們應該勞動，我們應該犧牲，只有這樣，至少可證明我們可以成爲他的有用的信徒。……

簡單說一句，當這位聖雄去世之後，單純的哀悼是毫無用處，唯一的辦法，就是大家須下個最大的決心，犧牲自己，來實現他所堅持的一切主張。

到了二月十二日，當甘地的骨灰撒在印度的聖河的時候，尼赫魯又來個簡單而又扼要的演說。內容僅歸咎於不良的制度，絕不攻擊任何個人。其中最精彩的一段，完全代表甘地和尼赫魯二人畢生所努力的目標。尼赫魯說：

我們的國家產生了一個偉人，像火炬一樣，不但照耀印度，而且照耀整個世界。然而他卻被我們自己的兄弟和同胞弄死。這事情是怎樣發生的呢？你也許認爲這是瘋狂的行爲，但這並不能解釋這種悲劇。這事情之所以發生，因爲仇恨和敵對的毒素所播的種子，而那種毒素曾普及整個國家，影響許多人民。有毒素的樹木，就是從那個種子產生出來的。假如我們能夠學習甘地的精神，我們對任何人不懷惡意或敵對的心理。個人不是我們的敵人。我們所鬥爭的而且應該根絕的，就是他內心的毒素。

以反對制度，不反對個人，這是甘地畢生所奮鬥的目標。尼赫魯在極端哀痛的心情下，念念不忘大師最重要的教訓，火盡薪傳，甘地雖死猶生，至少我可以說，甘地精神不死。

校正　第三十七期「玉華樓雜綴」巧對目下「乃燕有完卵乎」句，原文是「完卵，」世說「覆巢之下，安有完卵，」今訛爲「完蛋，」不典，應即校正。

迷信術士的軍人

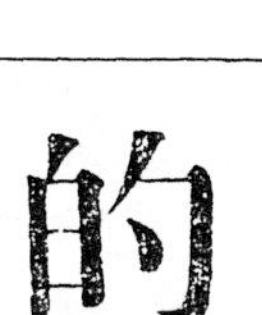

——星相家趨吉避凶適得其反

王伯剛

在舊社會裏的軍人，多是中了魔道，也就是說迷信星命。今舉最近四十年來的軍佬迷信術士最顯著的幾個，便可以推想其他的了。

奉系將領之一的楊宇霆，是畢業日本士官學校，受過日本的新式教育的。但他的政治野心極大，頭腦陳舊，迷信星命。他的軍中經常豢養了張神仙、馬神仙等術士（這些神仙都不肯把眞姓名公開，一是自己抬高聲價，二是恐怕別人識出他的底子），奉之如神明，事無大小，言聽計從。民國十三年，第二次奉直軍閥發生混戰。楊宇霆帶了術士四個，另乘一列專車，隨時商量軍事。進軍先由術士選定了時日、方向，交由參謀處布置，軍隊才根據軍令開始行動。有一天，楊的專車，停在京漢鐵路線上的馬頭鎮車站，突然有一隻白兎子，從外邊闖入車廂，亂跑一圈，便即逃逸。術士們乘機起課，立即向楊說：「卯（屬兎）午（屬馬）相冲，今日午時，必有意外事件發生，我們應該趕快把火車退出馬頭鎮。」不知怎的，事有湊巧，是日午時竟有大批直軍衝入馬頭鎮車站，縱火燒燬房子。經過這一巧合，楊宇霆認爲身邊的術士，確有神機妙算，拱衛左右，有恃無恐，越發滋長了他弄權向上爬的野心。楊在瀋陽小河沿建築了一所大厦，圖樣是由術士設計，外觀像一間廟宇，內部却間隔了無數小房間，宛如妓院。民國十八年（一九二八年）一月十日，張學良密令警務處長高紀毅槍殺楊宇霆、常蔭槐的一夜，楊宇霆的家人們，等到深宵二時許，還沒有見楊回家，彷徨焦灼，要求張神仙半夜起牀，用法術探聽消息。張神仙裝模作樣的作法以後說，他已派出天兵去偵察過，據覆楊老總正在大帥府打牌，可能要打個通宵。楊的家屬深信不疑，分別就寢。怎知第二天的凌晨，楊的死屍，已拋到南關風雨台的姜（登選）廟門前空坪了。從此張馬兩神仙，也杳如黃鶴了。

唐生智軍中的術士顧伯敍的事跡，早已喧傳兩湖。民國十四年，湘軍內部發生意見。葉開鑫舉兵驅逐唐生智。唐部屢戰屢敗，數月之間，主要部隊，喪失殆盡，僅存機關槍連和少數殘餘部隊，距衡州葉軍不過一日程。唐部士卒，久無鬥志，且有暗通葉部的。恰値夏曆除夕，葉爲招待將領度歲，通宵痛飲打牌，按兵不動，且說明朝新歲，即可一鼓擒到唐孟瀟（生智的字）了。當時唐也自知將要失敗，焦灼萬分，即與顧伯敍商談，決定進退。顧說：「姑且爲公修準提法，來卜究竟。」因顧素來是以修準提咒自負的。出定之後，很得意的對唐說：「剛才在室中見着紅旗一面，中間寫着勝字，光芒萬道，大事還有可爲，不必氣餒，勝利就在眼前了。」於是唐即整頓殘兵敗卒，乘葉部不備，下令進軍反攻，連戰連捷，不數月間，長沙、漢口，都給唐部佔領。從此，唐生智信奉顧伯敍，等於神仙，其他將領，也對顧執弟子禮，尊之爲顧法師。唐生智且派員四處禮聘不少的賽諸葛，張鐵口一類的占卦算命先生，在軍中當顧問，自謂可以天下無敵的了。怎知唐此後雖然屢握軍權，打仗總是失敗，因之才對術士們視爲騙子

直系軍閥吳佩孚，未從軍前，曾在北

京街頭賣卜，後來帶兵，也嗜好卜卦。大革命時代，北伐軍從兩廣出發，浩浩蕩蕩，攻入湖南。吳佩孚剛復自用，好整以暇的絕無備戰的布置。吳的左右問他的原因。吳說：「北伐軍總司令蔣介石觸犯地諱，石（指蔣介石）沉於沙（指長沙），那能自拔！長沙就是南軍的墳墓，你們瞧着吧。」有一個幕僚說：「大帥豈不聞古語他山之石（暗指蔣介石）可以攻玉（吳的字子玉）嗎？」吳聽了，愕然的發抖起來，兩眼閃閃有光，才手忙脚亂召集參謀們，商量調度隊伍，到前方迎戰。結果，屢戰屢敗。吳的秘書長張其鍠（字子武，廣西人，光緒甲辰科進士，曾任廣西省長），好研究六壬之學，與吳佩孚意氣相投，每逢吳軍打仗，與吳彼此起課，來卜休咎，決定進退。有一次，張對人說：「民國十六年的陰曆四月初一日，自己難逃劫運。」當吳佩孚全軍覆沒，逃竄四川時，從鄭州到鞏縣，再南行到南陽，和于學忠會合。張其鍠得意洋洋的向人說：「我已逃過生平大難的劫數了。」不料就在這一年的陰曆六月初一，便在途中，死於亂軍的槍彈之下。吳佩孚自己算命，可以活到一百二十歲，張其鍠代吳算命是八十六歲。後來吳死，只有六十六歲。那麼，這兩個自命通天曉的「吳鐵嘴」，「張半仙」，都打錯了算盤了。

吳佩孚盤踞湖北黃州時，買得呂洞賓文集，信了道教。後來有人送他一冊金剛經，他便改信佛教。晚年流浪在北京，担任了旁門左道的悟善社的社長，服從乩壇指示，取名吳智玄。段祺瑞與吳同社，叫段慧本。其他失意軍佬如江朝宗、孫傳芳一流的渣滓，晚年也一同走入了魔道。孫傳芳為了佞佛念經，且被施劍翹（施從濱的女）為父報仇，把孫傳芳槍殺於佛壇之前。

新桂系廖磊，曾任安徽省政府主席，迷信術士，與楊宇霆、唐生智、吳佩孚、陳濟棠等，是有同等資格。廖身邊有三個術士，馬神仙起雲，粗識針灸，一次替廖治病而得愈。湯子林對醫卜星相，書畫骨董，畧知皮毛，好談命理。向愷然（即寫「江湖奇俠傳」的平江不肖生），好講因果報應和武術宗派。他們三人都得到廖的信任。不論公事私事的大小輕重，甚至理髮、裁衣、照相，都要他們三人經過占卜推算，才能定奪。後來廖磊患了腦充血，馬起雲沒有替廖扎過金針，湯子林事先也沒有排八字算得出，向愷然也沒有替廖作法禳殃禍，除寃結。廖磊兩脚伸直之後，這三個活神仙，只好淪落江湖，去做馬浪蕩的伸手神仙了。

南天王陳濟棠，是一個迷信守舊的軍佬，他除了把自己母親的遺骸還葬於花縣芙蓉嶂洪秀全祖墳原址，希望自己及身發達坐上了天王的寶座。民國廿五年夏間，陳濟棠宣布就任西南抗日救國軍總司令，實際呢，矛頭所指是討伐蔣介石。事發之前，陳的術士起課是「機不可失」。陳便認為倒蔣的極好機會到了，立即迅速行動。怎知在那時，蔣介石已經派員南下，與陳部的空軍最高負責人黃光銳、陳卓林等密商反陳的買賣。因此陳的看家本領飛機一百多架，在廣州先後北飛投蔣。陳的「機」「失」了，空軍空了，南天王的寶座從此垮台了。這個垮台「天王」的迷信，說起來也有很好笑的怪事。據曾任廣東第一集團軍軍人家屬學校校長何予珍說：民國十九年夏間，「南天王」之妻在香港腎病復發，命已垂危。養和醫院的醫生對「天王」說，病人已無法挽救，只有准備後事。「天王」連夜跑回九龍界限街的住所，跪在祖先靈前焚香點燭，哀哀禱告，懇求保佑愛妻轉危為安，讓福星長照家門。跟着的天天早晚念經拜佛，求神許願。後來他的愛妻得了特效藥，病情有了些起色，仍然住在醫院，「天王」每天早晨，一個人獨在洋台上一起一伏的向天膜拜，連續跪拜達一百次之多，天天如此，從不間斷。誰會想到這個叱咤風雲的大軍閥竟會做出這樣的蠢事。無他，魔道在他的腦子作祟吧了。

湖南督軍張敬堯的同胞弟弟張敬湯，倚仗哥哥的督軍威勢，兄弟狼狽為奸。張敬湯怪模怪樣，平日好穿八卦長袍，有時且四處向人搖搖擺擺的徵求意見：「我像漢丞相臥龍先生諸葛亮嗎？」一般阿諛的嘍囉們，為了討好上司的弟弟，只好異口同聲的答他：「四郎的文韜武畧，冠絕古今，不特諸葛武侯比不上，就連姜子牙、公孫勝、劉伯温們，都趕不上，哈哈哈」

。這位四帥聽了，才搖頭擺腦，自鳴得意的說：「諸葛孔明們，機關槍，迫擊砲，都沒有見過，怎能比得我的呢？」這個張敬湯，也是中了術士的毒，才有這樣違背時代潮流的荒誕不經的思想行動。

蔣介石於北伐期間，曾在上海外國人的教堂裏，低下頭來，受過水禮，做了基督教徒，這是人所共知之事。可是他同時又是一個篤信風水的人物。蕭萱（字紉秋，湖北人，是蘇曼殊的早年朋友）就是老蔣的最親信的術士。凡是蔣的祖宗父母的墳墓，都由蕭去看風水，所有遷葬築墓，由蕭經辦一切事宜。蕭又四處替蔣尋找「萬年吉地」，妄圖蔣家天下，萬世一系的當了「大總統」。蔣的上司譚延闓死後，蔣吩咐蕭在南京郊外，替譚找最好風水的地方，給譚老板營葬。於是在靈谷寺旁，修築了花園式的譚墓。抗日戰爭勝利的第二年，蔣身邊的匕首戴笠，因乘飛機失事而喪命。戴的燼餘殘骸，葬於南京郊外，蔣也堅囑主辦喪葬的人說，墓的方向，一定要取子午線。這些都可以說明了軍佬的迷信風水的事實。

其他如四川軍閥劉湘的迷信術士劉從雲，湖南軍閥何鍵等的豢養術士，已有人談及，不再重複了。今順便談談有些術士，平日自恃卜事如神，替人指導趨吉避凶的，而自己呢，反而弄得家破人亡的事實，畧述兩人如下。

林庚白，原名學衡，字衆難，福建人，是詩人，也是政客。他平日自負精於推祿命，排八字，著有一書，其中推說袁世凱當死於某年，孫傳芳的入浙，林白水的橫死，章士釗的某年當總長，言之鑿鑿。和朋友見面，好請人隨意拈一個字，代卜一天的休咎。他本人可說是占卜迷，凡是他的朋友，多知道的。

抗戰前夕，林庚白有一次替孫科算命，大捧特捧，使到這個太子心花怒放，樂不可支。因此機緣，他就當了立法委員。太平洋戰事未發生的前幾個月，他推算自己的八字，最近兩年是屬大凶，要向極南的地區去，才可免遭劫難。又推算自己老婆林北麗的命運較好。兩人有一次在重慶郊外乘汽車，途中覆車，夫妻平安無事，他說這是因與妻同行，才不致發生意外，否則必定死於非命。因爲同車的其他客人，不是死亡便是重傷。經此事故，他於是急於要離開重慶（當年日寇飛機，常到重慶濫炸，死傷人民極多。有一次，大隧道被炸，死了萬餘人）。把書籍衣物賣去做旅費。夫妻兩人攜了兩個小孩子，乘飛機到香港。他幻想到了港，便到了趨吉避凶的安樂窩了。怎知他到港才幾天，日寇便侵畧九龍。有一天（十二月十九日），他們兩夫妻在九龍寓所出門，在附近的路上走走，即慘遭日軍槍殺。林死在路旁，林妻也受重傷昏厥。因之有人說，林庚白的離渝到港，實際是送死，却與趨吉避凶，絕對相反。這是證明了星相家所謂指導迷津，給求問者化凶爲吉的話，就是胡說八道，等於風水先生侈說替人找吉地埋葬祖宗，可以大發，而自己却尋找不着「牛眠地」來葬祖宗的同樣笑話。

星命家蔡龍文，掛着「哲學大家賽半仙」招牌，在上海小東門設攤，靠着他的如簧之舌和漂亮面孔，居然引誘不少的人向他光顧。有一年，他勾搭上一個過氣小軍閥的下堂妾，帶來了幾萬元私財。蔡人財兩得，揮霍享受，儼然富商。不知怎的，竟給警局的偵緝隊探知，向他敲竹槓。他在虛與委蛇的當晚，收拾細軟，遷入法租界掛牌，估量在外人統治之下，可以苟安無事。怎知上海的「包打聽」，不分地界，都是黑幫社會份子，消息靈通，他又給法捕房的包探一個敲詐機會。賽半仙深感流年不利，連碰釘子，於是親自起課，又請了同道中人，代他占卜看相，結果，都是說要轉到西方去，才是吉利，否則難過劫運。他於是移家漢口開業，滿以爲到了故鄉附近，一切可以安全無事。自己的哥哥，又是在警局工作，有什麼事故發生，都可以得到維護轉圜。怎知蔡的姘婦到了漢口不多時，蟬曳殘聲過別枝，夾帶了首飾現欵，跟了一個當權軍官，重做壓寨夫人，出入有汽車坐，有馬弁跟隨，勝過占卦先生的老板娘，天天要做活招牌坐攤旁招徠僱主。賽半仙以肥肉到口，突然失去，心實不甘，前去理論。又給這個軍佬嗾使馬弁，打瞎了他的一隻眼睛，打斷了他的右腿。這樣一來，賽半仙人財兩空，又成了半殘廢。而所謂到西方有利的，就是如此結果。

從幾張舊申報見九十年前的社會情況

拙鳩

申報具有近百年的歷史，戈公振的「中國報學史」，列入創始時期的外報中，原來該報是英人美查請錢所伯所辦的，創刊於同治十一年（一八七二年），那創始時期的報，閱年太久，當然看不到，我所看到的幾張，是一八七五年出版，距今也有九十二年了，報是用有光紙一面印，每天一大張，對摺成狹長形。「申報」二字作橫式，旁爲「大清光緒乙亥七月，第一千零念五號」，下爲「西曆一千八百七十五年八月三十日卽禮拜六」，不列館址所在，亦無售價，排式很不講究，一律長行直排，四號鉛字印，大約鉛字過於舊劣，頗多模糊不清，很不醒目，內容有評論、京報全錄、新聞、詩詞雜錄等，混雜登載，也是莫名其妙的，詩詞之類，什九風花雪月，平庸無聊之作。作者無非一班所謂「洋場才子」用化名，如侍鶴齋主、瘦蘭生、掃花仙史、映雪生、龍湫舊隱、飯顆山樵、等等。新聞方面，都是失火、騙局、盜案、倒賬、某大官來滬等。有些選錄香港中外新聞的。亦有風流案件，而以駢四驪六的文章紀錄的，評論如「論中英兩國近日事」，「論輪船碰沉事」，「論西學設科事」，那是間日刊載，不是每天有的。京報全錄，乃數月前的宮門抄，早已成爲陳迹了。至於楊乃武與小白菜的案子，那更大事宣傳，但什九是道聽塗說，不是從實際探訪得來的。

那時已闢有廣告欄，登廣告稱爲賞廣告，其條例如云：「如有招貼告白，貨物船隻，經濟行情等欵，願刊登者，以五十字爲式。賞一天者，取刊資二百五十文，倘字數多者，每加十字照加錢五十文，賞二天者，第二天，取錢一百五十文，字數多者，每加十字照加錢三十文起算，如有願賞三四天者，該價與第二天同」。廣告用五號鉛字，均爲方塊，毫無變化，但從這方塊中，却能反映出九十年前的社會情況來。飲水大家用土井，這時西人却開始創設自來水，由立德洋行招股，登載在該報上，如云：「人生以水爲天，每見洋場南北一帶，所用之水，多欠妥善，因聯創善法，糾股三百份，每股捐本銀一百兩，先付念五兩，其銀按章捐收，現在黃埔江北，買定地址，開池築臺，不惜工費，務求清潔，但此水只供水路船隻使用，尚不能供岸上各家行棧。擬定添設水管，到處可通，仍須廣添股份，以濟其事，自必本大利長，若要將全股預爲付足亦可，除應付期項之外，交銀行算還年息八釐，創設公司條規，計念四則，欲看細目者，請至本行查閱可也」。

又有一家別發洋行，出售呂宋白鴿票，頭獎一萬五千元，利用小市民的發財思想，設此騙局，一時喪資破家者不知凡幾。又琼記洋行代辦林明敦鎗，爲西人推銷軍火，且任人購置，亦殊貽禍無窮。抗戰前，西人在跑馬廳大廈舉行蒔花會，不論中外人士，均得參加競賽。記得園藝家周瘦鵑曾經連得兩次錦標，不料在數十年前已開其端，如招聚奇花異卉廣告云：「蓋聞品練題紅，固文人之逸事，爭妍鬥豔，乃名士之風流。茲有寓滬西商，擬於明年西曆五月，卽中華四月，在泥城外賽馬場中設一花會。凡中外官商士民衆中，植有奇花異卉，美果名蔬，均可屆時送入會中，俾衆觀賞，當由在會諸君，評定甲乙，謹備花紅，以作獎賞，迨至收會之日，仍將原璧交還，至獎賞如何，容後再布，合先奉致，務祈藏花之家，預爲留意培植，實所厚望焉。西國董事麥華陀、會德堂、坦文、晏地克仝白」。

申報館又印行書籍出售，見於廣告者，如「詩句題解韻編」、「秦淮畫舫錄」、「吳門畫舫錄」、「有正味齋尺牘」、「經義新畬」。又「四溟瑣紀」，逐期出版，儼然爲一雜誌，載有「畫舫遊仙詩」、「春思曲」、「鴛湖竹枝詞」、「張麗華鏡」、「方維祺殉難紀略」、「西藏風俗考」、「一經堂遺稿」、「漢趙飛燕玉印歌」、「居易堂詩集」、「眉珠盦詞」等。又出版王紫詮的「遯窟讕言」，書既裝訂就緒，而禺山洪士偉寄到一序，不及刊載卷首，乃把該序登在報上，也起着宣傳作用。那時一般士子，充滿科舉思想，紛紛應試，以博一第。申報館爲投合科舉試士，刊印制義，有搜刻經文廣告：「今歲當皇上（光緒帝）御極之年，已奉諭言，特開恩榜，各直省士林，磨厲以須，轉瞬槐黃（俗有槐花黃舉子忙之說），咸遂爭先之志，惟造車合轍，不廢揣摩，而花樣翻新，必嫌庸俗。本館於癸酉之夏，曾刊文苑菁華，竭校讐之勞，以當切磋之益。承諸君購閱，謬相許可。今擬搜刊五經制義，特所得不多，未能成帙，用敢布告仝人，如有宿構鴻篇，務望惠擲。以四月半爲止，庶幾速成，俾公同好，並希賜寄時開示地名，將來刊訂成書，即可奉贈一二，以伸投報，不勝幸甚」。至於娛樂方面，有幾家戲院，廣告也是很小的，如丹桂茶園，演員有大奎官、孫春恒、黃月山、杜蝶雲等，又金桂軒戲園，演員有王鴻福，陳彩林，趙榮棠等，其它，如滿庭芳戲園，昇平軒戲園等，寥寥可數，如今都成梨園掌故了。

貴州「唯一」狀元

里垣

有自稱博士之李景武者，爲前廣東水師提督李準之子，近日在台灣一個什麼文化學院做歷史學教授，寫了一部不倫不類烏烟瘴氣的怪書，叫做「北平風土志」，笑話百出，「大華」第三十二期已登載吳先生一篇介紹文章了。日前我也在書店買到這本怪書一讀，令人解頤之處頗多，讀了簡直好惱又好笑。該書第五十七頁「狀元與姓名之關係」云：「貴州三百年來獨一無二的狀元麻哈『夏同龢』，因其與翁師傅同名，竟得狀元及第，開貴州在清代三百年來第一位狀元。」（按：這段文字還沒有一百個字，就犯了文病二處。一：夏同龢是人名，爲何加弧號否定他？二：「開清代……第一位狀元」，簡直不成文法。此處既用「開」字，則在「狀元」之下加「之局」二字，方能貫串，小學生作文皆能知之，而歷史教授反矇然，亦怪事矣！）

大抵李「博士」與夏同龢有親戚關係，所以腦海中只有一個貴州狀元夏同龢，而簡直不知貴州有此「獨一無二」的狀元之前十三年，早已出了一個狀元趙以炯了，趙狀元不過比夏狀元早點狀元十三年罷了，又不是早了三百年，何「博士」夢夢至此！夏狀元是光緒廿四年戊戌科中的，趙狀元是光緒十二年丙戌科中的。夏是麻哈州人，民國後改爲麻江縣，趙爲貴陽人。貴州這兩個狀元在清朝官場中並不怎樣靑雲直上，趙只一任四川鄉試副考官（光緒十四年），一任廣西學政（光緒十七年），光緒廿六年後即辭官回鄉，主講書院，光緒三十二年逝世，年五十。夏同龢終淸之世，僅七品的修撰而已，民國成立後，當過議員，江西實業廳廳長，晚年誠心學佛法，一九二四年在北京一個寺院逝世。

夏同龢之能點狀元，絕非因其名與翁同龢相同而中的。他的學問與書法皆優，具有中狀元條件，其被選中爲狀元，則以光緒帝認爲過去數十年間，狀元皆出產於江南人文之區，邊區「文風」不盛（科舉時代所謂「文風盛」，指出產翰林、進士、舉人多寡而言），爲了安撫邊區人民的感情，所以才取中夏狀元的。

關於趙以炯中狀元事，李慈銘「越縵堂日記」光緒十二年四月廿七日云：

閱邸抄，二十四日傳臚，狀元趙以炯，貴州貴陽人，榜眼鄒福保，江蘇吳縣人，探花馮煦，金壇人。二甲一名彭述，湖南淸泉人，聞常熟（指翁同龢）本定彭述第一，嗣得馮煦卷，不能書，而策頗工，常熟與吳縣（指潘祖蔭）皆欲置第一，而南皮（指張之萬）難之，趙以炯本第四，南皮所定者，常熟以彭述策有累語，乃與趙互易，雲貴兩省自來無登鼎甲者。……

據此，則是科狀元，翁氏本擬取彭述，後來見他的文章中有些不太妥，所以才改趙，則以趙乃張之萬所定也。是科殿試讀卷官爲：福錕、張之萬、翁同龢、潘祖蔭等八人，福錕居首，照例狀元由他擬定，張之萬只能擬榜眼，翁探花，潘傳臚，但福錕是之萬的翰林後輩，故讓之萬選定狀元也。如果此科彭述得狀元，則夏同龢可說是貴州唯一的狀元，「博士」亦不致胡說了。

生財有道

鄧奈灼

台灣有個「陶監察委員」，名曰伯川，向以敢言著稱，贏得大砲之名，又因持身樸素，隱然有清白之風，故其社會地位似亦高人一等。這兩年來，他幾於全家去了美國，住在紐約，逍遙地過其寓公生活，且不時飛來飛去，旅行游歷，這筆費用，煞是可觀，因此台灣朋友，留美僑胞，反而有所懷疑，認爲他的生活方式和經濟背景太不相稱。

其實「委員」是獲有大宗黃金美鈔的，自抗戰後期起，中經勝利，以至大陸改革，他由香港去台歸隊爲止，足足走過十年大運，財源滾滾。外加他是知慳識儉而又擅於沽名釣譽之人，貌爲循謹，從不擺闊，因此他比國民黨的一般官僚，悖入悖出，反見殷實。

我們都還記得，抗戰時「陶委員」在重慶原靠主編「中央週刊」過活，處境很蕭條的。不意時來運到，於一九四四年大東書局老板沈駿聲病故後，「委員」便憑藉陳果夫、陳立夫兄弟的推薦，杜月笙的支持，輕易地接任大東書局總經理的職務。我們千萬不能小覷「大東」，它經沈駿聲的心血灌溉，歷數十年，在出版界中已取得僅次於商務中華的地位，分店徧全國，並獲有價值可觀的廠房機器、油墨紙張與現貨外幣。杜月笙是「大東」的董事長，對他對兩陳，均願拉攏，所以他的走馬上任，自如探囊取物了。

「委員」到任後第一件事爲擴大組織，由合作而不分工的老式制度改成五處十八科，又由七八位人手增添到四五倍的職員，所有他的裙帶親信，幾於全被帶進，分踞要津，而將老夥計調任有職無權的高位。這套官僚作風原不易爲人接受，但在他籬下過，誰敢不低頭，老夥計只能自我解嘲，將他的「五處十八科」故意念成「烏龜十八窠」，聊以洩忿。

第二件事是他將沈駿聲儲備的印刷材料全部以低價售出，然後以高出數倍的價格從市面購進。當時抗戰正在艱苦階段，幣值低落，物價騰踊，如此做法，大東自是損失不貲，然而他的私囊却由此滿到瀉了。事因初以低價賣出和收進的是他一人；後來以高價賣出和收進的也是他一人，不過分別以正身出面和以化身出面而已。

第三件是承印鈔票。這是最大的財源，沈駿聲生前即已開始承印，直至大陸改革，從無間斷。當時國民黨專靠發行鈔票維持軍費政費，越印越需要，爲鼓勵承印商日夜開工，到期交貨，條件特別從寬，印商只須合同訂好，那天文數字的承印費便能一次付足。承印商一時那裏用得這許多，於是將領到的印製費在黑市投機，買黃金、購外滙、放比期，儘量利用。以此勝利後的上海大東書局等於地下錢莊，「委員」雖爲高箇子瘦身材的人，魄力似不夠大

記上海藝人陸德山

·海隅遯叟·

余幼年肄業於上海陳行鎭之胡氏家塾，每於老師回家時，隨胡氏枚臣、叔材二同學出外散步。一日，入錦心堂陳宅，見其廳堂的門窗及棟角樑題，雕鏤着山水花鳥人物，深入三四層，細若毛髮；而山水雄奇，人物花鳥更栩栩如生，尺幅之中，變態萬千，眞可說是鬼斧神工，以視魏子所記之核舟，不相上下也。歸詢塾主雲翹先生，答謂：「相傳出於陸德山之手，惟陸之居處，時代，則不知」云。

迨余成年婚於陳氏，嘗指雕刻藝術，問之外舅，以爲必有以告余一切。但所答，僅謂：「這工程由余先祖伯母秦氏太太撥欵僱工造成，雕刻者，聞爲陸德山，其他，非所知矣。」及閱同治上海縣志的藝人傳，載有：「陸德山上海浦東人，工雕刻甚精，嘗作貢物，名傳於世。」僅寥寥幾語，仍未知其時代。後於友人顧君處假得其族伯祖顧灊（字高羽，號秋岩，據其姪孫次英爲其所作之傳，余曾見於胡氏手鈔）的蝤溪文稿。讀之，乃知陸爲淸嘉、道間人，居上海浦東之三林莊。顧氏文稿，叙述陸之人格及其藝之所由成，頗爲翔實，特節錄如次：

里有馬三英者，年七十餘，嘗親見德

「陶委員」

，但買起黃金來却是心雄胆壯，每次總是大條一百條起碼。等到實際要付工資和材料費時，鈔票又不值錢了，只須賣出少數黃金已夠支配了，

第四件是白報紙配給，也是大財源。當時國民黨照官價將白報紙配給出版商，據說是爲了維持文化事業之故。「委員」回上海後，即派其妻舅以大東發行所所長名義專管此事。其實大東業務，終已全部改爲印鈔，根本談不到出版兩字，可是它所得到的配額，由於招牌老，人事夠，反而特別的多。而事實上白報紙用於書籍出版的至多不過十分一二，其餘更由他的妻舅掃數在黑市拋出了。這筆差額，大得驚人，除他倆以外，究竟配進多少，拋出多少，全店沒有第三人知道。

一九四九年夏間，「委員」携眷來港，住在西環大東分廠，舊樓一角，環堵蕭然，鬼都不知他是有錢佬。其時上海雖已改革，而西南一帶仍在國民黨手中。他因在東亞大樓自設管理處，通令西南各省分店按月將欵項滙港，由他保管。所謂「保管」，讀者可知是什麼了。因此他雖棲身舊樓，極感偪仄，而心田寬暢，銀行經理恐亦望塵莫及。他所以到了香港，不即去台歸隊者，這便是最大的原因。

可惜的是中英邦交，恢復太快，影响了他的大計畫。事因西環大東分廠是自置的地皮，幾近萬尺，又有大小印刷機器，將裝配齊全。「委員」正準備售脫地皮，將機器運往台灣，一口氣把它吞下肚去。不料局面大變，中共與英國恢復邦交後已有權力保護其在香海的資產（因國內大東已改爲公私合營，港廠已非私產），不敢動手，「委員」才將野心收斂下來。又因在港已無可撈，而亦撈到了早夠受用，他才以「共赴國難」之名向台灣一溜。

台灣是紅色世界，「委座」撈飽了黃的綠的，對於紅色當然不屑一顧。亦因如此，所以他能抬起頭來，說得响話，以民主人士的姿態而爲美國主子所賞識。利就「名」成，「委員」有焉。

據最近消息，「委員」初有意打進潘公展的「華美日報」，嗣見「華美」太窮，而工作是要做的，心就冷了。他又向人說，「紐約時報」擬請他任主筆，月薪美金八百元至一千元。他是否接受正在考慮中。但據深知他的人說，這些全是烟幕，不可憑信。因「委座」近來也自發覺，有人啓疑他的經濟來源，認爲其中必有奧妙，故不得不散播煙幕，表示其仍爲窮書生，非覓工作不可。倒是「委座」太太相當爽直，私下對人說，儘管紐約生活程度高，住一輩子也不妨事。

此時唯一美中不足的是「委座」最幼的一個「小委員」還在台灣，不易去美。因此他很耽心，大約在不久的將來，還得回台敷衍一下云。

山。德山少孤貧，髮髫，樵以養母，暇輒手擬亭臺，藉斫柴刀畫稿，愈畫愈妙；然以母故，不忍舍樵習藝。東鄰造屋，圬者薛企州敦匠事，德山戲取青灰塑人物，企州奇之，勸之藝；則曰：「兒有母，日樵以養，且憂不給，而暇藝乎？藝則棄樵，棄樵則母日餓，兒不願以藝餓母也。」企州憐之，爲給其母而教之藝。學三年，盡企州秘，更出以新意。吳郡某翁築園，斤斸林立，德山往觀，誤碎所雕大磚，即易磚雕償之，羣匠傾靡；翁亦大悅，囑雕他物，厚值送歸。同邑漁潭傅氏，聘刻看枋。始至，主人以其衣破，鄙爲丐兒。德山爲刻西廂傳奇，工細罕與倫比。初奏其技，不事畢稿，主人夜燭之，凹凸模糊，不辨形似，已乃樹石花鳥，布置灑落。主人始大喜過望，置酒款待之，且譽之曰：「子之技殆天授！」德山惟謙撝而已。三英所述如是。余又向見一桃核，雕十八羅漢，鬚眉畢現，並刻款識年月，亦德山作也。

基於顧氏所述，誠孝子也。可見有過人之至性者，方能成過人之藝術，如陸者，不能僅以藝人目之也。泥水匠工頭薛氏，愛才好義，竟對無親無故的人，耗資培養成一代藝術家，亦屬難能可貴。余故表而出之，以爲當世澆漓之俗勸。

梁神經「德政」記

硬水

提起梁神經，便使我聯想到凶煞，瘟神一類可怕的惡魔。在桂南，有一個時期，他的淫威眞夠比得上三國時候「能止小兒夜啼」的張遼。

他是貴陽人，本名瀚嵩。所謂「神經」也者，是由於平素的不循規矩，胡作非爲，以及莫名其妙的言行所掙來的綽號。

抗戰初期，他以中將資格，任廣西省××區民團指揮官（相當於現在的區專員）。是各區指揮官中首屈一指的暴虐者。由於官位與時機，助他成爲一個殺人不眨眼的魔王。

比秦始皇更威嚴

「先斬後奏！」這是他唯一的口頭禪。他不但自己實行它，而且命令隨從部屬實行它。有一次，他出巡至隆安，他的出巡，我想，比起令劉邦項羽嘆羨不置的秦始皇更威嚴；兩部卡車，頭一部滿裝開路先鋒衞兵，後一部是他自己和幾位隨員。在出巡之前，先行文曉諭所屬各地，以便準備一切歡迎事宜。照例是，縣府鳴鑼催促縣民打掃街道，每戶門前懸掛三角紙旗一面，上寫「歡迎」二字，街上滿貼着「歡迎勞苦功高的梁指揮官」一類的標語；在卡車未到之前數小時，縣府闔府官員須率領各附屬機關、各學校員生以至壯丁，婦女，每人自備歡迎旗一面，浩浩蕩蕩，出城迎候；卡車來到時，鞭炮一直從郊外燒到縣街門前，忽然他在車窗中望見居民的屋子全都舊敝不堪，於是命縣長即時着百姓將石灰粉飾所有朝街門牆，以壯觀瞻，並命令衞兵數名協助督導。這火辣一道諭旨，由縣而鎮，而街，而甲，而戶。頃刻間，整個縣城便氤氳着濃重的石灰氣。這時候，數名狼狗般的衞兵在街頭出現了。他們看見朝街各戶全都刷上灰粉，只有一家門扇還留着兩張門神，於是在門口大驚小怪的吆喝着，引出來一位五十來歲的戶主，他們命令他塗去門神，他爲了迷信，執拗着不肯順從，即刻，頂門上手槍猛敲了一下，可憐的善良老人像宰牛般倒地了！衞兵們視若無事地大搖大擺走開，你不要替他們担心，他們有的是「先斬後奏」的諭旨，而且連「奏」都不需要哩。過後，究竟梁神經知道沒有，不得而知。總之，這件事沒有下文。

二十七年（一九三八年）夏，他出巡至同正——桂南一座小小的山城。那時我在那間小學校當教師，當然，我不能例外，也和別人一樣拿着小旗，在午刻後的烈日下到郊外去「歡迎」。那天早晨，頭一部卡車先到了，因爲不能逕直駛入縣府，——東門街口橫阻着一座石牌坊，還有石級。衞兵們提議要即刻拆去牌坊，於是縣長火速派壯丁去拆，一面領隊到郊外去。下午二時許，梁神經在人們焦急中到來了，大衆在鞭炮的繁響聲中，隨着慢慢行駛的卡車轉回來。到東門街，啊，眞是奇蹟一般，石牌坊拆平了，石級也早塡上泥土。更奇怪的是，牌坊舊址旁邊直挺挺躺着兩個半死的血淋淋的人，還有兩個老婦朝街心跪着，據說，這叫做「攔馬告狀」。可惜並不是「馬」，不能一「攔」，卡車直駛過去了。

警長、鎭長跪地求饒

當這個驚心動魄的場面映入他眼簾時，他並不動心，仍舊保持原來倨傲而嚴峻的態度。雖然明知道這恐怖的血案，是自己的衞兵給弄出來的。

「禍事來了！這兩個兇惡的衞兵一定要受嚴厲的懲罰了！」滿街老百姓異口同聲說。

梁神經進了縣府，把縣長罵一頓，並命他即刻傳警長鎭長街長來問話。少頃，一列面色蒼白的人物魚貫而入，梁神經此時神經發作了，勃然變了臉色，像長坂橋頭的張飛大吼一聲，叫衞兵們「拿繩子來

孔祥熙死後雜寫

近三十年常在報刊上見有罵孔宋誤國的文字，刻薄的人又罵他們是「楊國忠」，說什麽國民黨誤在這兩個「國舅」手上。這些話罵得對不對，且不討論，而罵人者似乎不懂得「擒賊先擒王」的道理，其實「楊國忠」何罪，罪在重用國戚的「唐明皇」耳。所以我爲孔宋兩人不平。

上個月孔熙祥在紐約逝世，一家報紙說他死於八月十五日，另一家說死於八月十六日。一個有錢佬之死，死得也眞「偉大」，可以「跨日」「騎牆」，比起我們老百姓之死只有「一日」，大不相同了。有些刻薄的人又說，「偉人」能留到八月十六才死，乃閻羅王受賄，放寬一日云，此又可見富豪之錢，亦可以買到閻羅王寬容也。提到富豪，人人皆曰孔宋，因想起「大華」第三十五期蕭梁先生所作的「一份戰犯名單」提到宋子文有云：「宋子文雖不反蔣，但也決以美國爲家，足跡始終不肯履台灣國門一步。」蕭先生此言差矣，宋子文在一九六二年二月七日到過台灣一次，怎可以說他沒到過呢？孔祥熙先到台灣一步，數月後，宋也到了。兩個富豪到了台北，台灣的報紙如接財神，大寫文章，暗示他們捐錢來發展台灣。

據當年台北的「聯合報」說，宋子文到台北後下一天（即二月八日），就同襟兄孔大哥坐飛機到高雄，在高雄郊區某地與蔣介石晤面。最妙不過的是「自立晚報」，於二月十日的評論中，評孔宋此行，文中大發讜論，勸孔宋等等「豪門鉅富」掏出一些錢來。因爲他們都已達高齡，爲日無多，而財產則過於豐富，似應趁此時機，有所貢獻，如果當事人不肯自動解囊，則社會人士不妨發動敦勸云。（按：那時候，孔祥熙年已八十二歲，宋子文則六十七，不能不說是「太老」了。）

「自立報」又說，在台灣與美國，有錢的人不止孔宋兩位，豪門鉅富可能還有的是；近來道路傳聞，在美國銀行存欵若干，其最多者，據傳達美金八位數字以上；是眞是假，局外人不知。如果眞的，姑不問這些錢從何來，與其存在外國銀行睡覺，何不捐獻出來？個人縱使坐擁金城，有何意義云云。那家報紙的主筆老爺也太天眞了。他不懂得窮書生以坐擁書城爲樂，豪門鉅富則以坐擁金城爲樂也。如能以「敦勸」打動得富翁樂意「捐獻」，也可說是天下奇聞了。

·孟德·

！拿軍棍來！」被傳的一列人看見這威勢，嚇得全身癱軟，恰像閻王爺面前的小鬼，有的竟屈膝跪下來。

繩子軍棍拿來了，可是沒有用着它們。因爲鎭長戰戰兢兢地申請：「肇事前數小時，卑職等早加入歡迎行列，沒有在場。」梁神經看在「歡迎」的面上，赦免了這一行人一頓大棍。於是呼喚衞兵們近前訓話，先褒揚其督導得力，再教此後不可用手槍敲人頭顱，應改用軍棍等語；至於被打傷的兩人，顯係怠工，違犯功令，囑令鎭長使該兩人創口平復後，每人罰做苦工五天。

一場駭浪，雖告平息，而我們的學校裏緊接着來了恐怖：因爲梁神經最愛唱歌（雖然他自己並不唱），每到一處，必招集當地學校教師在指定地點學習唱歌，如果不會唱，或認爲唱得不好，就得罰跪。如隣縣一間中學校就曾經有過可怕的例，幾位教師被排排跪着，一直繼續到夜深。

幸好某縣長早料到這麽一着，晚飯前送來兩張油印歌譜，歌名我忘記了，只記得一首頭兩句是「往，吾願往，吾願往」。這大概是縣長預先向梁神經的隨員討來的。於是乎「往，吾願往」的歌聲即刻響遍全校。

點燈時分，梁神經來了，背後跟着縣長，一個隨員，兩名衞兵。每個教師都懷着鬼胎，彷彿被無影的魔手推着似的走到指定的教室裏去。但是謝天謝地，除了各人嚇了一身臭汗外，誰也沒有被罰跪。

牌坊風水不對

第二天，他和縣長去看上次交代要建造的一座牌坊，和坊門右旁要挖的池塘。他看見門築成了，塘也挖成了，自然歡喜，但等到看見牌坊額上題着五個大字：「同正新市塲」下面落欵：「縣長××題」，他忽然皺起眉梢，對縣長說：

「這坊門方向不對！你沒有明白我的意思——要改一個方向，向右點，對準市塲。你這個樣子就像一個人戴着歪帽子，懂嗎？非改建不可！」

縣長也蹙起眉了，因爲一向右點」，就不能對正馬路，且將面臨池塘，無路可走，而且縣欵又非常拮据，因此向梁神經請求最好不要改建，梁神經却斬釘截鐵道：

「一定要改建！把路也改掉，在塘中另建馬路！」

當時轉囘縣府，寫下一幅匾額：「同正縣城」，落欵是「梁瀚嵩題」。這原來就是坊門改建的原因，就是連米也沒得下鍋的農民耗盡血汗，挖好了塘，又在塘裏築馬路的原因！

二十八年秋，敵人打進桂南來了，指揮部遷到右江。這時候，他的「神經」更發作了，他異想天開，預寫了若干宣佈槍斃的漢奸罪狀的佈告，蓋好印信，留着犯人姓名籍貫及人數等空白，交給手下無法無天的狼兵，隨時隨地應用。這簡直把民命當兒戲。不消說，他們殺不到漢奸，犧牲者只是低層工作人員及良民。如果眞有一座枉死城，那末，犧牲者的鬼魂當然全都留在那裏。可是，那罪狀究竟是如何構成的呢？只有鬼知道。

下台後做富家翁

表面上，他像被敵軍搞得十分狼狽，而實際上却是一個頂好的發財機會降臨到他頭上了。那時候，右江成爲物資輸入滇黔的孔道，他緊緊的握住時機，專門販運食鹽及各種日用品。將貨物秘密包裝後，僞稱軍用品，征集民伕挑運，既可免稅，又省運費，佔盡天下便宜！

敵軍退出桂南後，因了種種機宜，全區及隣區民衆聯合告發他了。貪污，虐殺的大罪，事實具在，無法洗刷，終於「上峯」把他免了職。自此，他結束了政治生活。然而却已經面團團成爲一個「富家翁」。他有了大量的田地，以及多餘的高樓大廈。

題寫匾額，是他的癖好，幾年來在他統轄下的區域，所有坊門及其他建築物的匾額，三分之二以上都是他用種種方法獲到題寫的機會而題寫的。我們在本區內各縣各鄉，隨處可見到紛刷得很精緻的牌坊，以及他的題字。使這些鄉村，披上一件五色斑斕的外衣。然而事實上，外衣之內却盡是腐惡，窳敗的東西！這也恰好像徵了梁神經自己，他不是也只披着很好看的「外衣」麼？

慈禧太后的「怪病」

李哲船

「大華」三十四期陳庶嘉先生的「薛福成兄弟」一文，談及薛福辰爲慈禧太后醫病事，但文裏沒有提到她患的到底是什麼病，據我所知，畧述如次：

按慈禧這次生病，病的頗爲古怪，如果她一病死了，只剩下一個東太后垂簾，到光緒長大親政，也許不會發生了後來庚子年八國聯軍入北京之禍，而爲中國保全了許多元氣。

慈禧生病，始於光緒六年，太醫院的御醫醫不好，於是叫各省大吏介紹名醫，除薛福辰、汪守正外，其他被保薦入京的尚有馬文植（字培之，乃今日在香港的著名中醫賞予彬先生的祖舅）、連自華、程春藻、趙德興、薛華農等十餘人。他們入宮分幾班請脈，醫來醫去，不見有效，到九月三十日，慈禧下道「聖旨」，命各醫生（其中有些是現任官）各回原省，只留薛福辰、汪守正、馬文植三人照常請脈，由馬文植主稿。但馬文植用藥，和薛、汪二人畧有不同，因此有時也稍有意見。到光緒七年，馬文植覺得慈禧的病有古怪，但又不便明言，更不敢調查，照這樣「不敢對症下藥」的情形看來，恐怕會出亂子，於是假稱有病，懇請回鄉調治，得到許可，馬文植如釋重負，即於三月廿六日離開北京，跳出這個是非圈外了。從此慈禧的病症就由薛、汪兩人醫治。

薛福辰爲人較有頭腦，他想慈禧在尚一年二月就生病，到今已一年多，經過許多名醫診治，爲什麽還未見全愈，雖然御醫和外來各名醫都認爲是脾胃虛損，不能攝血歸經，故此才有血崩之病（其時慈禧虛歲四十六，實年四十五），他始終以爲上未探出病源所在，故不能對症下藥，藥下得不對，當然病就不會快好了。於是他花了一筆很可觀的費用，向一個伺候慈禧的太監打聽到一些驚人的秘密消息，原來慈禧之病是墮胎小產。薛福辰聽到了嚇個魂飛魄散，連忙又再送那太監一千兩，請他認眞守秘密，切不可說曾對他講過這番話，以免彼此皆有殺頭之禍。

到下一次薛福辰入長春宮請脈，他細心切脈，果然在慈禧的脈搏中體會到確是小產後的現象，於是在脈案上仍然照舊的一番話說，但開的藥却是產後補養之品。（其弟福辰家傳，有云：「供奉內廷者三年，每製一方，覃思孤往，湊極淵微，或與同值諸醫官斷斷爭辯，必得當乃已。」（所謂「爭辯」，或汪守正不主張那些「產後補養」之藥，而薛則竭力主張，但又不能明言也）慈禧服後，漸漸覺得病好了許多。如是者繼續調理，不到三個月（時爲光緒七年六月），她的病完全好了。慈禧爲了報酬薛、汪二人，薛簡用廣東雷瓊遺缺道，補督糧道，汪則簡用揚州知府，均留京繼續醫治，到光緒八年十二月，慈禧身體大安，又再對此二人加恩，薛福辰賞加頭品頂戴，調補直隸通永道，汪則賞二品頂戴，調補天津知府，均著即赴任所。其所以改官直隸，則以就近易於奉召入京請脈之故。我們看慈禧賞薛多於賞汪，可知薛已探出她的病源，正合「朕」意，與薛彼此心照，故特加賞賚也。

天津原在海底

曾憲

天津市是華北的一個重要城市，也是中國一個名城，四十年前，日本帝國主義者，就對它發生了極大興趣，要把它吞下去，所以日本在天津派有駐軍。這個地區，在兩千年前的時候，還不是陸地，而是一片汪洋的大海。它就是渤海的一部分。誰會料到一個這樣繁盛的都市，在古代原是大海。

汪洋大海是怎樣變成陸地的呢？這基本上是由於黃土地區的河流冲積而成的。因爲河流的上游在山地裏，流水快，把大量泥沙帶下來，當它流到平坦的低地，就慢下來，水中的泥沙也帶不動了，漸漸的沉積在河流和沙岸的兩旁。河底高了，在洪水流入海口的地方表現得更爲明顯，因爲河流入海時，河水被海水所阻，流速大減，就更有大量的流沙沉積，形成了一個三角形的突出地，人們叫它爲三角洲，由小三角洲漸漸擴大，就成爲海濱平原。

當時天津附近是有很多河流的。在夏天洪水期的時候，河水非常混濁。就拿永定河來說，它在官廳地區的含沙量在民國三十年（一九四一年）六月，有一天曾達到百分之三十六點五，河水簡直變成了泥漿。根據這條河所有的資料，永定河每年從官廳地區流出的泥沙，大約是有五千萬立方公尺。這些泥沙如果我們以每輛載重汽車裝二立方公尺計算，就要裝上二千五百多萬車。但是事情還不只是這樣，在天津北邊有灤河，南邊過去還有黃河，天津平原的生成與黃河的淤積也是分不開的。因爲黃河含沙量之多，是世界上頂有名的。

由以上的說明，我們很清楚地看出，天津這裏所以能由海底升起爲陸地，就是這些河流淤積的結果，但是這片新陸地的成長到今天也還沒有停止，仍然向海中延伸着。如果不進行水土保持，說不定將來會有一天整個渤海都會被冲積成爲陸地，那麽天津將不再是海岸附近的城市，而要成爲內陸之都了。

張勳與佃信夫

鄒念慈譯

恰如大西鄉為了鹿兒島私學校（西鄉隆盛，號南洲，日本明治維新時期的重要人物。後來他在侵畧朝鮮的策畧上與岩倉具視、大久保利通等人意見不合，辭官還鄉，在鹿兒島創設「私學校」，糾集薩摩士族子弟，實施軍事教育，意欲反對政府。結果引起了日本近代史上著名的西南戰爭，而他終於失敗自殺。）的青年們拋出自己的頭顱一樣。

張氏部下之所以敢於這樣輕舉妄動，固然是因為看到當時北京周圍的形勢對復辟頗為有利；但其主要原因還在於當時已投入張勳幕下的所謂天津派張鎮芳、雷震春等輩事先已早有預謀，他們一面與天津派巨頭保持着緊密的聯系，一面不斷向張勳部下的不穩份子進行煽動，因而一舉發動起來，看來宛如一場惡作劇，而張勳的此次北上也彷彿是受了這種惡作劇的命運的撥弄。然而事情既已發動起來，就不容遲疑，必須迅速做出果斷的處理。張勳首先痛感的是兵力不足。北京的禁衛軍、拱衛軍以及南苑、北苑的駐軍，態度如何，尚未確知，為了牽制他們，必須配備足夠的兵力；又為保證宣統皇帝的安全，宮廷方面也須配備相當的兵力。除去這些兵力之外，張勳手中可以自由調動的兵員只有一千二三百名左右了。幸而舉事之後，北京周邊的形勢頗為穩定，無人表示堅決反對。由於事出倉卒，毫無準備，連組織政府、張貼佈告等等都是在急來抱佛脚的情況下進行的。張氏本人被拋入了一種極其尷尬的境地。為了應付當前之急，張氏本人暫時出任議政大臣，掌理萬機，施行新政。

就張氏本人來說，還有一件最為重大的事情，便是將事件的經過向日本公使館做報告。於是，在起事當天的清早，便急派自己的心腹謝介石赶往佃信夫的住處與佃商量。佃在曉夢初回的時候，受到謝介石的突然來訪，聽到復辟已經發動的消息，也不禁十分驚訝，連聲嗟嘆說：「搞糟了，搞糟了。」然而還有什麼辦法呢？只好件謝介石急往日本公使館訪問林權助，向其說明經過情形，請其勿生誤解。然而林公使却認為這是張勳等設下的圈套，故意把計劃的行動說成是偶然的事件。在林公使看來，此等事體如不經張氏本人的認可是不可能發動起來的。林的這種推測，原也無可厚非。本來連張、佃兩人都感到變生肘腋，未及逆料，那麼局外人的林權助做出這樣的判斷，也就不能說是毫無道理的了。然而天下事往往是差之毫厘，謬之千里，林公使的懷疑既未得到解釋，而另一個重大問題又發生了。這就是黎元洪大總統也跑到日本公使館來要求避難。在這種變亂的情況下，日本公使館予以收留並加保護，乃是在國際上有慣例可循的。然而中國人士却餘此任意做出了另一種推測。他們認為日本既然援助黎元洪，就意味着反對復辟，如果日本反對復辟，張勳就不可能成功。這種推測，給人心帶來了重大的影響。於是，各方面觀望形勢的人們都感到復辟的前途凶多吉少，從而更加躲藏起來，不肯露面，使得張勳陷於更加孤立的境地。另一個問題是：張氏在倉卒之中就任了議政大臣，事前沒有時間向各地發出通知，徵求自己同志們的意見，此乃為不得已之舉，不料却由此造成了另外一個誤會：十三省督軍以及從前贊成復辟的人們看到張勳在北京當了議政大臣，覺得他事前曾說復辟之舉暫不發動，而此次不經商量，擅自舉事，乃是一種獨攬權勢、背信棄義的行為，因而心懷不滿，本應迅速起兵響應，却轉而採取袖手旁觀的態度。恰值此時，段祺瑞起兵進逼北京，欲一舉打倒張勳。段的兵力是六個師，而張則只有手兵三千，勝敗之數，不戰自明了。

鑑於這種情勢，張勳在北京的友好們躭心他的命運，勸他早日解除武裝，到外國公使館請求保護，張凜然答道：「本人圖謀復辟，非為一己之權勢利祿，實欲賭出個人的生命，扭轉乾坤。且國家元老徐世昌、副總統馮國璋及各省督軍等都早已表示贊同，本人只不過是付諸實行而已。至於共和政體之前途大不可爲，段祺瑞本人恐怕也從其自身的痛苦經驗中知道得很清楚了。故諸君與其致力於張某生命財產之保護，倒不如力勸段氏贊成復辟。只要段祺瑞贊成復辟，張某既不要政權也不要兵權，但願潔身遠引，退居泉林，雖死無憾。」

在此期間，消息不斷報道：段軍已節節逼近北京。張却一本初衷，聲色不動。不但自己決心一死，即偕來北京的妻兒，也不准其遠離寸步，準備一同犧牲。

兩三日後，中西正樹和工藤鐵三郎等人也從濟南趕到北京，他們對張勳的處境都深表同情，即同佃信夫一道往訪張勳，懇切勸張把妻兒轉往他地，張仍固執，不聽勸告。自七月十一日夜，便囚居室內，倒鎖房門，杜絕一切來客，不肯見人。

再把話題轉到三四天以前，當段、張兩軍即將交戰之時，北京城內的各國公使館生怕演成市街戰而惶惶不安。佃信夫日夜爲挽救此種危急事態及保持中國的國本而焦思苦慮。某日，他往訪日本公使林權助，詳述復辟經過後又提出建議說：「當此危急之時，日本應出面斡旋，可否組成『國體協商委員會』，以元老徐世昌、副總統馮國璋、帝室代表陳寶琛、南方代表陸榮廷及當事人段祺瑞等五人爲委員，就政體問題進行協商。如決議實行共和，即請張勳放棄其復辟主張；如決議實行復辟，即請段放棄其共和主張。本人可力勸張勳，促其解除武裝，屛居天壇，靜待協商之結果。閣下與段祺瑞素有交誼，爲段氏計，亦不失爲忠謀。閣下可否勸段暫息兵戎，從長計議。如能化干戈爲玉帛，實爲日中兩國之幸事。蓋自形勢觀之，此刻實行復辟，南方必起而反對，勢必造成混亂；若段祺瑞借共和之名，倒張掌政，南方亦必不甘心，紛擾亦難避免。無論如何，結果相同。但爲匡救時艱，閣下似應出面，試做斡旋。」林公使答稱：「所言頗有道理。但此事必須愼審考慮，不能遽作可否。」佃見林異常躊躇，又往訪小田切萬壽之助，說出了同樣的建議，得到小田切的支持，兩人再去公使館向林公使關說，林公使則認爲時機已遲，未表同意。

日月蹉跎，瞬息之間，調停的時機業已失去。七月十二日，段軍以風起雲湧之勢進逼北京，張勳僅以手兵三千激戰了八小時，終於全面敗退。張勳最後在北京城內南池子寓所內被兩名德國人强行拉上汽車，駛往荷蘭公使館。本來，張勳早知此戰必無勝算，早已賭出一死，所以對自己的寓所並未做過多的戒備，只同部下劉某（軍人）兩人共同留守。當日忽有與張相識並善操華語的兩名德國人突然闖入室內，口稱荷蘭公使所差遣。並說：「公使務請將軍速來使館一談，一切條件均可商量」等等。張拒絕說：「事已至今，毫無調停餘地。」但該德人竟不容分說，架起張的雙臂，强拉登車，張的部下劉某爲了主帥的安全，也在旁百般勸說，並從後面硬推就這樣將張擁上了汽車。張抵荷蘭使館後立即與公使會面，不料荷蘭公使對張氏避難一節竟然一無所知，完全是上述兩名德國人所做的安排。但荷蘭公使館却將張勳留下，予以看管並加保護。從此以後，爲滿清朝廷盡到最後一點孤忠的硬漢張勳，便跌入了一蹶不能復振的可悲境地。張氏的妻兒也由上述兩名德國人送至德國醫院，免得無事。

張勳的計劃完全失敗了，而千方百計援助張勳舉事的佃信夫的失望情緒也是可想而知的。其後，佃爲救張脫出荷蘭使館，不惜多方奔走，曾在使館門外幾度徘徊，終於用各種方法買通了使館的崗兵。某日，他從友人池田悅次郎醫生處借得日本和服一襲，繃帶若干，潛入使館，想借張勳易裝脫出（因張勳與池田面貌體態均極相似）。當佃手持衣包走近張氏幽居時，張正好由窗口向外張望，見佃入內，不禁抱頭痛哭起來。佃即用筆寫道：「現在買通崗兵，請即換裝隨我脫出。」張則揮淚縱橫，也用筆寫道：「已與徐大總統洽妥，將予特赦，諸請放心。」兩人遂筆談片刻，灑淚告別。

其後不久，張勳果然受到特赦。按中國慣例，像這樣的政治叛亂份子，財產無不全部沒有。但張勳却未受到如此嚴厲的處分。張事後隱居天津，於一九二三年九月十二日逝世，享年七十歲。（最後兩段內容略有刪節，僅擇要簡譯。）

王燮武按：「今鳳漫談」云：「瀘州關甲，稱張天師見蘇軍門元春，作掌心雷，殛蛇死。又美人李佳白在尚賢堂說宗教，張天師元旭入座演說，上海人傳其神奇，按此當即六十二代天師。丙寅三月廿一日，吳佩孚請天師來漢口，派名恩溥，字瑞齡，年二十三歲，乙丑承襲，即六十三代天師也。藏五岳朝天冠，服藍花緞八卦衣，輿前有龍王免朝、諸神免參兩揭示，隨行有法官四人，護法童子一人。（羅田王燮武補抄六十二、六十三代）楚岳年少，學業成就者，曰羅田王燮武，曰浠水聞惕生，曰夏口李壽多。燮武，王青垞先生葆心次子，今春染時瘟亡。青垞先生，邃於經義史傳地志，長文章精考訂，著書等身，搜集古今小說傳記，凡十餘萬種，所著虞初支志三十集，洵一代小說攷訂專家。編纂抄錄，燮武一人任之。燮武云亡，亦青垞著書之厄。現由聞李代爲整理。四十年前，共學湖院，青垞導助最多。老學身世，爲之泫然。此冊，從天師府歷代譜牒採錄。（編者按：原文以下數字不明）（劉成禺記）

洪憲紀事詩本事簿注

劉成禺遺著

靈臺帝子撤雲旗，國寶珍藏恨石遺。太息三希堂畔路，斷痕一角補殘碑。

項城敗亡，黃陂繼位，先在東廠胡同，辦理政事。袁氏梓宮，移往彰德，乃入居總統府，接收新華宮。灑掃宮事，派副官唐中寅任之。項城殯儀前行，袁家即捆載物件，絡繹運出。唐中寅執行職務，派多人梭巡三海，監視公物。曾見小工一隊，槓碑多塊，向新華門首途，邏者視之，三希堂碑也。即阻止搬運，飛告中寅，中寅至，而皇三子克良，亦由槓者請來，中寅頭對克良，大啓爭端，責其不應私運國寶，克良呵槓者起運。中寅曰：「今日之事，非皇三子威權所能用也。」克良大怒，親踢一碑，中斷爲二，再踏一碑，碎分爲四，揚長不顧而去。中寅等鳩集碎工，重裝置於三希堂原有碑龕。予赴居仁堂，詢中寅當日奪碑情形。中寅用漢水土語答曰：「諾！是我攔搶回來。諾！不怕他是皇三子。皇子犯法，庶民同罪。諾！個寶𤰞（貝字土音），我已裝好。」即牽予往三希堂觀之。故三希堂墨寶，如有斷碑痕者，即洪憲後之榻本也。歷史鑑別家，所謂斷代考證。案斷碎二碑，爲三希堂石渠寶笈法帖第三十二冊，明董其昌書大字後。（一）題跋，梁詩正等跋語，斷爲二塊。第十九行自碑眉斷起，全行上節：「精既已超越唐宋加以」九字，有沒，有半存。至第九「以」字斜掠第十四行第十一「應」十二「爲」兩字，又斜下第十五行，侵及第十六行。「校勘」兩字，直下碑脚，中斷爲二。（二）乾隆御題詩，碎爲四塊，（甲）第八全行，大半碎沒，由第八行第一字橫過九十兩行各第一「博魏」兩字，斜下第十一行，第三「游」字再斜下第十二行，第三「元」字至第十四行第三「章」字折向上之本行碑眉。第一二「塊文」兩字，碎爲一塊。（乙）又從第十四行「章」字斜上過第十五十六兩行第二「津隆」二字並列，至十七行第二「御」字下，碎爲一塊。（丙）由第十四行「章」字直下，轉回十三行，第五「大」字碑角，爲一塊。（丁）第十四行「章」字旁，直下分跨第十三十四行碑脚。「大亢」兩字，爲一塊。對證原新兩拓本，即明大略。（錄後孫公園雜錄

譚瓶齋（澤闓）先生曰：鑒別三希堂榻本，分三時期：（一）乾隆朝，碑刻完成，尙未裝牆，每片四周無龍邊。（二）嘉慶朝，上牆加飾龍邊，後人欲覓最初拓本者，多將龍邊裁去。（三）制共憲後之斷碑拓本也。予問最初拓本，何以無乾隆御製詩？曰：恐係嘉慶後加刻者。成禹記

綠編夾竹黑蜷梅，小市移根上苑栽。伴食從容洋宰相，下斜街角檢花來。

陸子歆徵祥，前淸充荷蘭公使，出席海牙萬國和平會，甚有聲譽。民元爲外交總長，民四徐世昌辭職，繼任國務卿。夫人法蘭西籍，飲食起居，衣物交際，全尙歐風，從容伴食，毫無主張，京師呼爲「洋宰相」。項城銳建帝國，以徵祥久歷外交，折衝强歐，承認較易，故有國務卿之命；徵祥忽習華俗，求通聲氣，上結大儲君，次交諸皇子。一日，克定語陸，謂白梅，綠蕚梅、黃梅、紅梅，均易搜求，黑梅向所未見；徵祥乃親往小市小斜街尋購，一無所獲。後由老花匠用染色法，拗出黑梅二盆，呈獻克定，又恐獲罪克文兄弟，又拗數盆，各齎其二。京師爲諺云：陸子欣確是和鹽梅，調羹手，惜其中無點墨耳。子欣忽於民國十四五年，在比京白魯塞歐，德聖安天主教堂，受洗禮爲相公，修道八年，晉陸司鐸。去歲滬市長吳鐵城曾電比致賀云。（後孫公園雜錄

陸子欣生有異鼻，嗅覺靈捷，幼時入塾讀書，天晴無雲，彼獨携雨蓋，同學見之匿笑。散學歸，中途大雨，諸生衣盡濕，子欣有雨蓋，無恐。諸生詢其故，子欣曰：予鼻能測雨晴，故先預備。或曰：今日大雨，何時能休；子欣出戶外望遠山烟樹，細嗅四周雨氣，曰明午雨霽日出。果驗，羣以晴雨表呼之。（錄名人小記

雁翅湖樓障帝居，平明金鼓動紅蕖。眼看故府歌鐘歇，漾水蘋花喚賣魚。

項城效前淸神虎營、火器營與制，練虎賁軍，自爲團長，即通稱之御林軍，軍容全師德制。騎兵長矛銀盾，紅纓紛披四垂，有二矛重翅重纓之意。步兵荷銀槍，槍端飾以朱纓，帶長刀，刀柄縷金龍，離離下垂者，則黃絲五縱，奮鬣九葩，陳虎旅於飛廉也。軍服領袖，蟠綴黃帶金較，藉昭等級，軍官則星弁玉徽，色上黃而品呈五色。每晨先在北海操練，項城出居仁堂，過金鰲玉蝀橋，蒞北海黎明督閱，聖容罔倦，駐蹕雁翅樓，稱大元帥行幄。皇帝戴鷺冠，倚神劍，屬車之選，是爲副官，皆中少將級。前仗淸塵，金鼓競奏，長呼萬歲者三，於是千乘雷動，萬騎龍趨矣。項城賓天，北海樓臺，鞠爲茂草，馮國璋入繼總統時，北海禁人遊覽。其嬖人李某，異想天開，殃及池魚，說國璋曰：三海魚類，可值十萬金，明淸以來，未施網罟，是爲總統私有產。國璋乃令某招商捕魚，議價七萬元，網得明嘉靖金牌放生魚一尾。某使館出重價購去，回視洪憲時代，雄風何在，誦老杜「昆明池水漢時功，武帝旌旗在眼中」之句，俯仰今昔，爲之黯然，天門周沈觀先生樹模，曾賦三海賣魚歌長句，其詞曰：「金牌魚，白質黑章尾鬣朱，子孫卵育三海水，珠泉吸引昆明湖，人間釣餌不敢到，那來魚者施網罟？夜半藏舟負之走，天池神鯉俱成俘。（未完，待續）（卅六）

柳西草堂日記

張謇遺著

二月

一日。擬爭俄約電。

二日。擬爭俄約電。知合肥有劾劉、張暱英日之奏。

三日。以上連日酬應，有酒食之困。

四日。始定作變法平議，以六部爲次，循梅生鄉校叢議例，申其意也。

五日。擬爭俄約電。

六日。見俄使楊子通（儒）電，知俄約未畫，楊功不可沒。

十六日。以上擬吏、戶、禮、兵四科，脫稿三十四條。

十八日。竟州、工二科八條。

二十日。平議分手抄寫竟，送新寧，約二十三日三下鐘晤談。

二十一日。作方倫叔太夫人挽聯。夫人柏堂先生原配，而亞甫其壻也。亞甫夫婦歿，孤子女四人，咸依焉。「教子皆賢，能繼柏堂先世業；含辛垂老，可憐齏臼外孫家。」

二十二日。作挽劉丙卿（世瑋）聯：「劉伯倫以酒爲名，身後吁嗟，五字遂成讖墓識；嚴仲子散金任俠，眼中疎索，九衢誰是報恩人。」前年余爲丙卿集陶詩爲聯，有「吁嗟身後名」一語，一夕，丙卿夢垂死，屬子後事曰：「墓志須李直爲之，送白金。」次晨見余書聯，爲之愕然。又嘗爲市儈黃某破產二十八萬，無可索償。按：劉伶語「以酒爲名」，名，命也。漢書亡命，蓋言逃名於戶籍。又命世，即名世也。子培旋揚。

二十三日。見新寧，第論州縣以下官改職，及學堂事，理財則贊改鹽法，意緒爲之頓棼，乃告之曰：「變法須財與人，財不勝用也，行豫算，訂稅目而已；人不勝用也，設學堂，行課吏而已，毋復天下言無財無人，天下撓我行新法者，率云法當改，但無財無人久矣。」

二十四日。與仲弢、蘇堪訊，屬告南皮以有墾事，不能去鄂。

二十五日。蟄先旋滬。

二十七日。啓行赴滬。

二十八日。至滬。

二十九日。與盛談。晤蟄先談。

三月

一日。去常州，附輪往蘇。

二日。至蘇，旋附輪往常，夜半至七里樹。

三日。晨詣青果巷惲宅，見菘老昆季。

四日。次遠丈招飲。過孟樂東園，觀王惲合璧石山。

五日。夜膳後上船。

六日。微陰。午後風利，至無錫黃泥嘴，宿。

七日。西北風大利，行百二十里，至常熟南門，猶未下舂也。探松禪老人，山中未返，宿梧岡鼇局。無錫、常熟之間，山川最勝，有移家之思。

八日。巳初三刻，謁松禪師，感慨時事，誦念聖皇，時時嗚咽。午正共飯，酉初二刻謁退，師與危坐三十三刻之久，口無復語，體無倦容，以是知福澤之大且遠也。小人禍君子，往往而福之，爲君子者，正宜善承天意耳。

九日。與梧岡同舟至福山候渡

，登福山。山有聚福塔，塔下有訂正山即名福，非甸山之碑。

十日。買舟渡江，順風而小，申刻至蘆港，抵廠未晚。（按：是日日記眉上書云：臨行爲某題縮景碧玉十三行冊。松禪老人有詩云：芙蓉閣上珠光艷，機密房中酒興長。今日山河已殘破，有人鐫刻十三行。余詩云：蘇齋舊跋靜娛藏，惠敏江南景本良。幾許乾坤收縮了，等閒過眼十三行。跋云：二十四五年前，在江寧見曾惠敏景照臨川李氏靜娛室所藏碧玉十三行，有翁覃溪小字題記甚精，即此本也，今又縮十之八。松禪老人詩云云，寄慨不少，因和其韻。）

十一日。磐碩來。

十三日。磐碩往通。

十四日。寫辭文正，舉叔衡自代第二啓。

十五日。有變法平議目補，專人去省。

十六日。積餘、小山來。專人去省。

十七日。作「萱闈課讀圖」，爲全椒薛四署正作。「燈影機聲外，人間復此圖。劬勞企賢母；悲感到吾徒。祿養曾虛仕，門基轉累儒，寸心顛頳甚，世路況崎嶇。」薛烈婦哀詞：「烈婦彭氏，全椒薛飴澍大令第二子扆彬之妻，桑根先生之孫婦。婚半載而扆彬病，又十餘月而卒。殮之夕，烈婦殉焉，年二十。同命迦陵鳥，傷根獨活花。殘鐺容合甑，藥櫛未遑鬘。吾友哀佳婦；貞儀重世家。大應鑒荀采，人更及秦嘉。」（薛署正名葆樋。——編注）

二十三日。返長樂。

二十四日。至家。仁祖挈婦歸。

二十五日。率仁祖夫婦謁廟。

二十六日。與叔兄訊。

二十七日。往呂四。

二十八日。同積餘、小山、磐碩並汪知州，毛運判，黃大使、徐巡檢勘梘丁蕩及頭甲，至十八總。趙亭是日上梁。

二十九日。復同諸人勘梘十九總，至三十總。

四月

三日。積餘、小山定會州稾稿。

八日。丁蕩三十總，共有實地九百七十餘頃，過黃大使一倍。

九日。積餘、小山旋通。

十一日。回長樂。

十三日。作趙亭聯：「人通利則思其師，几席三年，濩落何堪高第列；公魂魄猶樂茲土，衕齋咫尺，風流敢告後人知。」（按：「何堪」二字，原作「眞慚」。——編注。）

十五日。作挽孫穆如聯：「論交三十年，尊聞行知，不害占睽有同異；感時自六運，道喪文敝，更堪衰逝到親知。」

十六日。作劉貫經年丈墓表。

十八日。作壽平太夫人墓志。

二十一日。作鎮海葉氏上海懷德堂記。

二十六日。乘關快去滬，宿青龍港。

二十七日。風不順，至滬已亥初矣。

二十八日。晤子培、曉珊。

二十九日。過梅生宅，聞其夫人飲泣之慟，悲感不能久坐。

（卅六）

英使謁見乾隆記實

馬戛爾尼 原著
秦仲龢 譯寫

我回到住所，見到我所擬稿送致和中堂的說帖，經已由譯員譯成中文，內容大致說馬金托什船長已將「印度斯坦」號從英倫載來的禮物，妥密交卸，其本人亦已蒙貴國皇帝陛下恩賜引見，現在因爲「印度斯坦」號在舟山海港停泊修理，船中不但沒有一個統率的人，所以打算命該船長即日回舟山原船辦事。如果馬金托什船長到達舟山之後，他意欲購買茶葉或其他土產，以便隨船帶回英國發賣，或該船船上員役等人，有隨船帶來的英國物品，意欲賣給舟山一帶的中國人民，也希望照准。再者，我東來之時，同船有精於算學的歐洲人二人，擬請貴國大皇帝酌予錄用，該二人曾同至大沽，現尚在「印度斯坦」號中，倘蒙中堂俯允該船長回船，可否特加恩典，另派一位歐洲傳教士和他同行（如可能的話），使該教士可以帶那兩個歐人同往北京。

說帖雖已譯成，但苦於沒有適當的人替我送呈給和相國，因爲那位韃靼欽差徵大人既爲我們不敢信任，而前此皇帝所派的歐洲傳教士，也沒有同來熱河，王、喬兩大人說，此事與韃靼人有關，不敢隨便經手，而普通送信人又不便用來送信給相國。這件事眞使我麻煩透了。

九月十九日，星期四。

今天一早，我的繙譯員來對我說，他很樂意替我將說帖送到和中堂的相府。我考慮了一會後，認爲這也使得，因爲在使節團的成員中，當以此人最爲適宜。便將說帖交給他拿去。過了不久，他回來復命。他說，當他在路上時，發生了小小的阻礙，原來他穿的是英國服裝，而面孔則爲中國人，在途中爲好奇的中國人羣所見，將他罵爲漢奸走狗，到了相府，也因衣服問題，畧有麻煩，說帖雖然交進門房登記了，但他不能親手遞給相國，只能交給相府的管事人馬老爺。馬老爺爲人頗和藹，他接過說帖後說，他將立即呈遞給中堂，不久後即有回音，當由差役送至使節團。又說，他見馬老爺如此合作，很是高興，即將身上所有的金錢拿出來送給馬老爺吃茶。馬老爺不肯接受，笑着對他說：「你們外國人的錢財，我怎好受呢，不受，你們又不安心，這樣吧，待將來我們回到北京，如果承你們的欽差大人的盛意，送我幾件外國的玩意，我一定領情的。」

晚上，欽差徵大人和王、喬兩大人同來，剛坐下，徵大人從衣袋中拿出一紙，他說，這是答復今早我送去的說帖的，他宣讀後，由繙譯員譯出來如下：英國使節團請求擬令馬金托什船長先行回到舟山一節，他既然和我一起同至北京，就要在京守候和我一起同行，不能分開或先或後，所請礙難照准，至於「印度斯坦」號船上官兵人等，欲在舟山一帶出賣洋貨，收購土貨，事屬可行，且可從優體恤，不收進口貨稅。至於隨船同來的兩個歐洲人，據該特使說他們係精於算學之人，欲求天朝錄用，准予當差，亦可照辦，但天朝自有辦法護送該洋人進京，該特使不必越俎代庖。

徵大人讀完後，即將文件摺叠好，仍放在袋子裏，我待譯員口譯後，向徵大人請求，准我抄錄原文一份，以備參考，但他拒絕了，其態度十分倔強，仍與前此未被皇帝申飭時無二，我眞不明白他爲什麼對我們這樣。有一事更令我不能不特別關心的，就是我聽見中國人說，朝廷對於我們英國人請求的事情，認爲是一個重大的問題，前幾天，和中堂召集在熱河的大臣開會，會議時，不僅前任兩廣總督福大人在座，即前任廣東海關監督某大人（原注：其人因犯罪多款禁在獄中多年），至是亦提到熱河，叫他當面報告廣東洋務情形，以爲對付英國的準備。會議的結果怎樣，我雖然不知道，但照我看來，恐怕利少而害多也。（按：「中國旅行記」記云：據中國人說，皇帝前因徵大人辦事不妥，很不滿意，打算等使節團回國後，才將他革職，派他去監督建築皇陵。因爲督造皇陵這項差使，爲中國庸劣大員最後的噉飯之地，必其人屢次貽誤公事，無法再安插在政府機構裏工作的才派此差使，其意以爲此人已失去爲人民服務的能力，僅可以令其爲鬼物服務而已。譯者按：這是道聽塗說之詞，不足信。其實修築皇陵乃一莊嚴重大的工作，必簡派近支王公或親信大臣主持，其辦事人員，皆爲滿洲子弟。且此項差使不止入息好，工竣之後，因係有關皇室的差使，保舉極優，吏部從不駁回，發財升官，指日可待也。）

九月二十日，星期五。　使節團明天就要回北京了，因此我們很忙。乾隆皇帝賞與英王的禮物，如宮燈、疋頭絲綢、茶團、瓷器、圖畫之類，最後皆於今晨在中國官員監視之下，督令工人另行裝箱。我特地命人在箱外大書「喬治三世收啓」字樣，使中國官員得以盡心照料，而工人搬運時亦加以注意。據我看來，這些禮物並不是怎樣名貴之品，但在中國官員們眼中，其價值之大誠無與倫比也。

據王、喬兩位大人說，我們來熱河之時，因爲攜帶行李太多，所以在路上耽擱到七天之久，現在回去，車輕物少，走六天就可以到北京，較來時縮短一日。欽差徵大人今日也來拜會我們一次，但沒有提到昨日的事，他只說我們明天出發時，他也和我們同行，沿途休息時，他將時時過來我們的地方傾談。

九月二十一日，星期六。　今早七點鐘我們從熱河出發，啓程回北京，一切情形和來時相同。道路泥濘，不良於行（原注：因昨晚下了六個鐘頭雨，沒有停過），一直到午後四點鐘才到達上次來時所住的行宮住宿，其實此地離熱河不過十二英里強而已。黃昏時分，我出門外一行，走上一個高崗觀看風景，盡量欣賞。今日天氣冷而多風，但在太陽下並不感覺不舒服。使節團的皇家炮兵隊一個炮手傑林美．里特（Jeremy Reid），今日忽然暴病身死。致病的原因，據其同伴說，里特是吃水果過量而生病的，今晨吃早餐時，他一連吃了四十多個蘋果。

「出使中國記」云：大批外國人不能長期勾留在熱河，其中大都是向皇帝祝壽的人。在九月二十一日和特使同時分道離開熱河，內中包括白古和其他幾個鄰邦小國派來的代表等。這些國家的君主抱着同英國使節團不同的目的派代表經常來北京。這些小國不止在人口和面積上遠遜於中國，而且他們的政府極不穩固，常起內亂，實在無法應付這個龐大的鄰國；同時由於亞洲國家彼此互相妒忌，他們也不能指望得到其他國君主的幫助。爲了避免更直接的干涉，他們只得以屬國自居，派代表到中國納貢稱臣，這樣才能避免完全被吞併。中國政府只委派一些低級小官員負責招待這些代表。在他們停留期間，中國政府給以不多的但適當的招待經費。但中國官員們曉得外國人有冤無處申，對他們非常輕視，有時對他們甚至很不禮貌。薪俸非常低微的官員，把這個工作當爲美差，任意從招待費中苛扣款項貪污中飽。好在這些小國代表已經習慣於軍隊式的艱苦生活，並不感到多大屈辱。不過在他們同英國代表的招待對比之下，他們可能覺得有些難堪。

扈送使節團的人員仍照前例。……沿路仍然被招待在行宮住宿。在特使停留在熱河期間，北京、熱河之間的公路修得更好，可以加速行程。其中一條公路是專門爲皇帝准備的御道，兩旁由老百姓隨時撒水去塵，修補平整。同御道平行的一條路是專門爲跟隨皇帝晉京的中國大官所走的路，不如御道寬濶，也沒有那樣勤於打掃，但絕對夠用和安全。英國使節被允許走這條路。其他所有人只能在上述兩條大路之外，各抄小道走。

（卅七）

釧影樓回憶錄

天笑

這三個公司中，只有招商局為中國人自己辦的，太古、怡和、兩公司，都是英國人辦的。無論那一個國家，海岸通商，外國輪船是可以來的，至於內江內河，從來不許有外國輪船可以侵入的。但中國乃是失去主權的國家，一任它長驅直入，不但侵襲我主權，抑且掠奪我利權，這且不必說了。當時我們就在這外國輪船公司（船名已忘却了），買了兩張船票，我的一張是房艙，金福一張是散艙。本來我也想買散艙，由金福的勸告，他道：「長江輪船上著名的扒手極多，壞人充斥，還是房艙好些吧。」

船主是外國人，關於搭客裝貨等事，雇用中國人管理，這些中國人經理其事的，就喚做買辦，一條船上有大買辦、二買辦、三買辦的許多等級，這些買辦，大多數是寧波人。……我這裏也不必再絮煩了，且說我們到了船上，等候開船，但聞碼頭上邪許之聲，正在裝貨。未幾，貨裝完了，汽笛聲聲，便即開船。船一開了，許多怪現狀都顯形了，首先是鴉片烟盤，一隻隻都出現了，鬼火燐星，東起西滅，而且船上也有鴉片可買。其次，便是賭局，非但可以叉麻雀，牌九、搖攤也行。據金福說：有時還有隨船的妓女，一路可以搭客，但這次却沒有。這些客艙中茶房，權力極大，向船客「敲竹槓，」小賬之多，比了票價還要多。一個大艙，往往有十幾個茶房，各人還可以沿路帶走私貨。

我是第一次趁長江輪船，幸有金福為之照顧，他年已五十多歲，頗為老成。那天風和日暖，波靜浪平，我在甲板上觀覽長江風景，過鎮江後，便到南京，船是一直要開到漢口為止。本來預備船倘在下午到埠，不及進城，便在下關住一天旅館，現在上午已經到了，就可以即日進城了。這時南京的市內交通，有馬車，也有人力車，本來想坐馬車進城，但這些馬車（都是敞篷的），破爛不堪，亂討價錢，金福說：「還是坐人力車吧」。兩部人力車，坐了人，還裝上一些行李，直進儀鳳門而去。

南京我也是第一次來臨，這個「龍蟠虎踞帝王州」，（李白詩句）倒時時在我心目中，本來江南鄉試，我們蘇人是要到南京來的，但我這時對於科舉，不甚有興趣，又自知學問淺薄，未必能中舉，徒然來做一個不第秀才，因此也懶得來了。現在一進儀鳳門，但見一片荒蕪，直到鼓樓，好像是一條馬路，此刻馬路上遍生青草。至於馬路兩傍，全無房舍，難得有幾處，有住居近處的，築幾間茅屋，種幾坵菜地，此外則一望無際的蔓草荒烟而已。金福說：「聽此間人講，本來從三牌樓到鼓樓一帶，原也是繁盛之區，打長毛（太平天國之戰）當兒，一把火燒乾淨了。」

過了鼓樓，分東西兩路，而我們則向西路行。那邊有兩個城門，一曰旱西門（往來封柬，常寫「漢西門，」大約因「旱」字不佳），一曰水西門，而顧公館則在水西門安品街也。我覺得突如其來便到顧公館，未免輕率，不如覓一旅館，暫為駐足之地，然後進謁，較為妥適。由於人力車夫的介紹，找到一旅館，門前有兩塊招牌，寫着「仕宦行台，客商安寓，」八個大字，走進去先是一片塲地，然後有幾處房屋，却是冷淸淸的不知裏面有無旅客。我們住了一個單房，紙窗木牀，倒也乾乾淨淨。時已過午，便在這旅館裏吃了一頓飯，便命金福到蒯公館投帖報到。

金福回來說：「蒯大人不在家，但他早已吩咐，請包老爺（老爺之稱，我也是第一回）立刻搬進公館去住。」我託旅館雇了一輛老爺馬車，因有幾件行李等等，和金福便到蒯公館來。原來他住的地方，是南京安徽會館的鄰宅，亦與安徽會館相通連，裏面一個大庭院，雅有花木之勝。出來迎迓的，是姓方的方漱六君，也是安徽人，後來知道是蒯先生的姪壻，年亦不過三十左右，人極幹練，蒯公不理家務，似乎一切由他經理。

我到了蒯公館，應當以晚輩之禮，先去拜謁這位蒯公，但是直到垂暮，他還沒有回家。方漱六道：「四先生（他行四，大家都呼他爲蒯四先生）今晚有飯局，回來必很遲，閣下長途辛苦，宜早安置，明晨可以相見呢。」但到了晚膳以後，我正想要安睡時，蒯先生一回來，便到我屋子裏來了。他是一位瘦瘦的五十多歲人，嘴唇上一撮小鬍子，頭髮略有一些花白了，但是精神奕奕，非常健談，一口安徽廬江口音，起初我還聽不淸楚他的話，後來漸漸馴熟了。他很謙和的說道：「我們這裏一切都不拘禮，今天閣下舟車勞頓，早些安息，我們明天晚上談談。」又問了問：「夢鶴的病況如何？他極力稱讚夢鶴的品性與才華，深爲他的病體扼腕，教我寫信時，代爲問候。

記蒯禮卿先生

且說自南京高等學堂停辦後，由蒯禮卿先生留在他公館裏的，約共有五六人。現在我所見的，一位是汪允中，他是安徽歙縣人；一位是陳宜甫，他是鎭江人；一位郭肖蜓，他是安慶人。蘇州人本有兩人，一位是戴夢鶴，一位是余同伯，夢鶴有病不能來，而同伯則另有他就，已向別處去了。但另外有一位蘇州人，是王小徐，他並非是南京高等學堂學生，他是吾蘇王紱卿先生的次公子，他的哥哥王君九（季烈），也是我所熟識的人。大概蒯與王紱卿爲甲榜同年，所以小徐呼蒯禮卿先生爲年伯也。

我所下榻的地方，就在那大庭院的翻軒裏，這個翻軒，一排共有五間，我便佔了兩間，一間作爲臥房，一間作爲起居，壁間也懸有什麽書畫之類，沿窗安置了一張有抽斗的書桌，以供讀書寫字之需。在我所住的左首，有一個月洞門，走進去却是另一個小庭院，也有三間寬大的屋子，那便是汪允中、陳宜甫、郭肖蜓三人所住的。我到蒯宅的時候，王小徐還沒有來，他在北京當小京官，蒯先生約他來，就是擬聘請他在十二圩鹽務督辦差上當一位文案，實在紱卿逝世後，他周卹故人之子也

到了明天晚上，吃過夜飯以後，他果然到我的室中來了，一談就談到了深夜。他問我近來喜歡看點什麽書？主張那一種學說？這一問，可就把我問窘了。我雖然也看看書，然而我的看書，是毫無系統的，雜亂無章的，俗語所謂「抓到籃裏就是菜。」而且有許多書看了以後，老實說「不求甚解，」甚而至於過目即忘，從未有深入堂奧，加以深切研究的。現在要問我學說不學說的話，我更茫無主張，無詞以對了。

我只得坦白地說：「實在孤陋淺薄得很，因爲家貧不能購書，只不過從親友處借來看看，所看的也都是蕪雜的一類，至於正當有系統的書，看得很少，以後要請先生指教。」他似乎頗喜我的坦白，便說：「你要看書，我這裏有個小小藏書室，書雖不多，但求學上應看的書，約略均備。現在新學盛行，據夢鶴說：足下頗喜新學，我這裏上海近來新出的書，我覺得可觀的，也隨時託人添購一二，不過有許多簡直是胡說白道。你愛看什麽書，就看什麽書，明天你自去選擇就行了。」

原來他所說的小小藏書室，就在我所住的房子的隔鄰。不是我說的我的下榻地方，是一排五間的翻軒嗎？我所住的是東首的兩間，而最西首的一間，便是他的藏書室，裏面排列着七八具大書櫥與大書架，都裝滿了書，其餘的桌子上，櫃子上，也堆滿了書，那當然都是綫裝木版書，雖然也約略分類，可是不太整齊。我進去展覽一過，眞是如入山陰道上，目不暇給。

起初想隨意取數冊携歸房中閱讀，但是史類呢，集類呢？那是我性之所近而容易看得懂的。既而想從前無書可讀，偶有所獲，不加抉擇，今有如許可讀的書，不能再亂七八糟，要定有一個方針，且與蒯公談談，他是個有學問的人，或能開我茅塞也。

一日，偶與蒯公談及諸子，他說：「看看子書也好，可以開發思想。我們營逐於科舉，博取功名，死守儒教，只知四書五經，而不知尚有許多學說也。」於是我在藏書室，選取了一部莊子，一部墨子。莊子，我在以前也曾看過幾篇，浮光掠影似的也都忘了。墨子我不曾看過，但我讀論孟時，曾知「墨子兼愛，摩頂放踵而利天下，」現代作家，常引用墨子的學說，好像很時髦的一部書。我預備先讀莊子，後讀墨子。誰知這部莊子，還是明末版本，紙張既薄且脆，我一不小心，翻書時用力一點，便扯破了一頁，問他們有別的莊子嗎？一時也找不到。我覺得這是名貴的書呢，不要損壞了它，草草看過，還了藏書室。

蒯先生又要索觀我的詩文，以我的自卑心理，實在覺得拿不出去。而且我又不大留稿，在南京來的以前，夢鶴就關照我，「怕蒯公要看吾兄的大作。」我就怪他，必是你爲我捧塲，夢鶴說：「蒯公很肯教導我們後進，給他看看何妨。」因此我就抄錄了幾篇，又默寫了幾首詩，送給他看。他第二天晚上來談天的時候，就袖之而去。到了明天，他來還我的詩文集時候，說道：「你近來很在讀龔定庵的詩文集吧？所以寫出來的詩文，都有龔定庵的氣息了。」

提起了龔定庵，我又有插話了，約在四五年前，我在護龍街舊書店獲得「龔定庵補編」兩本，木刻大字本，但有文而沒有詩，心竊好之，以其文氣奇兀，不同凡俗也。因思有補編必有正編，向護龍街各舊書坊竭力搜尋，均無所獲。後聞祝心淵先生有全集，擬向借觀而尚未果。會戴夢鶴至南京，我託他向南京書坊問訊。後來夢鶴自南京歸，道經上海，寫信給我說「南京無龔集，而在上海覓得一部，是杭州版，其中有數頁已斷爛空缺，而索價須五元，計六冊。」我覆書謂無論如何，請弟購之歸。自此以後，我得讀了定庵「己亥雜詩」等諸文。那個時候，上海書賈，尚未有龔氏詩文集出售。及至我居住在上海時，在鄧秋枚（實）先生處，得到了「定庵集外未刊詩」一冊，我請人用精楷石印，在「秋星社」（小書店）出版，銷行了一千冊，此是後話。

蒯先生那時却說：「文字亦隨風氣爲轉移，龔定庵近來頗爲入時。早年大家提倡桐城派，此刻漸覺陳腐了，一讀龔定庵，似乎眼前一亮，尤其是他的詩詞等，顯出驚才絕艷，靑年人更爲喜歡它。不過究非詩的正宗，有人甚至說它爲野狐禪，眞要學詩，非從古詩入手不可，僅僅讀近代人的詩是不夠的。作文亦然，必須多看書，多研究，並非說古人的話全對，不過多閱覽以後，引起了你的思想，便有了一個抉擇。

這時候，民主思想，漸入人心，雖沒有打倒孔家老店那種大炮轟擊，但孔子學說，已爲新學家所疑問。爲了「論語」上有「民可使由之，不可使知之」兩句，於是譁然說這是孔老夫子的愚民之術。據說這還是到中國來傳教一位教士，研究了中國書後，倡此說的。於是信奉孔子者，爲之辯護，說這兩句書爲宋儒所誤解，這個句讀，應當爲「民可，使由之；不可，使知之。」我們偶與蒯先生談及此，他說：「這是孔子的明白國家的政治，世界各國，無論那一國號稱民主的國家，都是民可使由，不可使知的。不必用句讀給他辯護。說到傳教士倡此說以詆孔，尤爲可笑，他們的教會，就是一個「可由不可知」的大本營。（卅七）

讀釧影樓回憶錄謹賦四絕句呈天笑姻丈指正

尤敦信

蕭條池館月明中，桂樹畫欄曲徑通。
七十年前函丈席，猶自花竹笑春風。

目染耳濡總角時，刻商引羽漸成迷。
曼歌遲拍承歡慣，怕見行囊舊綵衣。

好花長向筆端生，風物家山最動情。
解識烟波人似玉，五湖縹緲一舸輕。

林泉安隱杖鳩回，海屋添籌引鶴來。
飽歷滄桑增變鍊，靈光魯殿獨崔巍。

國文教學
國文學習

參考用書

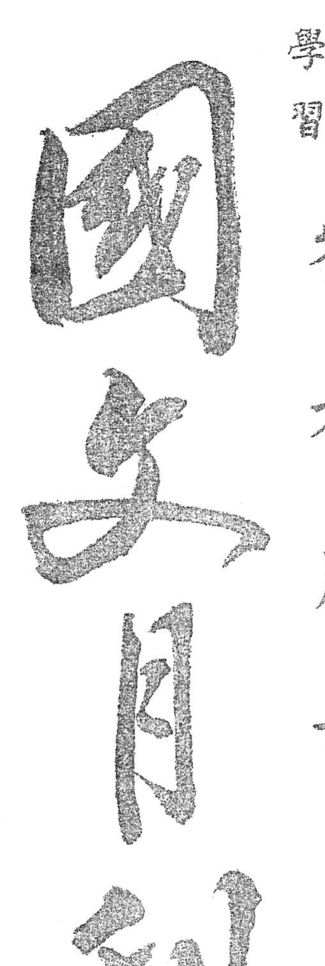

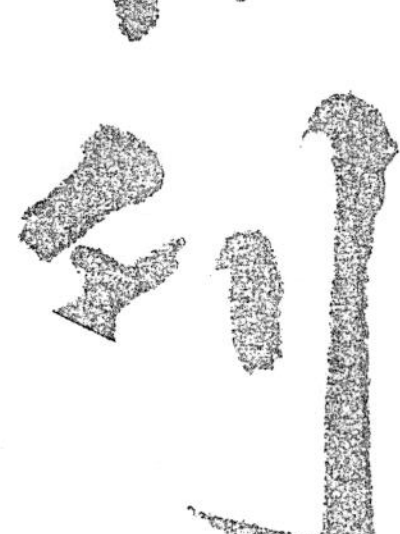

國文月刊爲抗戰期間西南聯合大學師範學院國文系主編，爲討論刊物。先後由朱自清、郭紹虞、呂叔湘、周予同、黎錦熙、夏丏一）文字、聲韻及訓詁學；（二）文法學；（三）修辭學；（四文教學；（七）文辭疏解；（八）新書評介；（九）紀念逝世時碩彥。凡所討論，俱屬切要問題。同時關於大專方面之國文教學之須要，先將抗戰復員後出版之國文月刊，由四十一期冊，利便庋藏。又編有總目分類索引，以便檢索。至於坊紙印成，不便影印，刻在整理排印中，以饗海內外讀者

茲爲便利讀者採用起見，特輯有「國文月刊總目分

郵票肆角，寄英皇道一六三號二樓龍門書店，當即寄奉。

權威 ：（ ）國 爲一 習與 訂成 用土 冊，付

原書原樣

龍門書店謹啓

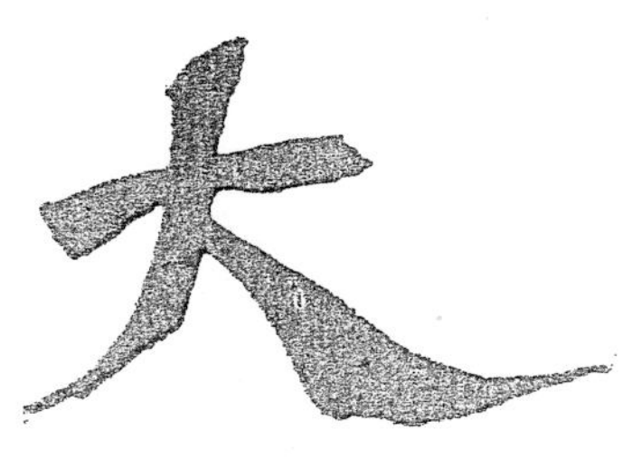

半月刊

第三十九期

林熙主編

·本期要目·

書樣
原原

大華 第二十九期

大華半月刊 第二十九期

（每月十五日、三十日出版）

Galaxy Review No. 29

出版者：大華出版社

督印人：龍繩勳

主編：林熙

印刷者：朗文印務公司

總代理：胡敬生記

卷頭語

熙

第三十九期的「大華」，本該在十月十五日出版的，但爲了一些原因，改爲十月三十日才出版，已於上一期詳告讀者了。也許還有些讀者未能知其詳，不得不再說一下。

「大華」自今年四月起，改爲三人組織。這三個股東中，前此有兩人已將股本賠光，另加入一位新股東。以後大華出版社的一切開支，由他負責，而我則專負編輯職務，另一位舊股東負責會計及業務推廣等工作。怎知改組剛剛就緒，而舊股東某君忽然因爲自己的業務，移居日本，因此他的推銷「大華」計劃，在本年內無法進行，最快也要到明年二三月之間，始能有頭緒。爲了某君暫時離去，他應該做的工作就轉到我身上，我不得不負起。我個人的精神與時間有限，經常要寫稿來賣，以維持生活，而我在「大華」是不支薪水的，爲了「大華」，我每日三分二的時間都花在它身上，這對我來說是損失頗大的。便有意將「大華」改出月刊，使我的工作可以減輕一些。但「大華」的經費，全由新股東某君拿出來的，要徵求他同意。前兩天我在電話中和他討論這件事，他也贊成改爲月刊，並保證竭力支持，不使「大華」半途停下去。某君的熱心文化，不僅我個人感到興奮，就是愛護「大華」的讀者聽到這個好消息，也會感到高興的。（寫到這裏，剛接日本東京舊股東某君來信，也說贊成改爲月刊。）

原因既已說明，第四十期的「大華」，就改在十二月一日出版，以後每月一日出版，但在上月的廿五六，市面的報攤就可以買到了。

「大華」改爲月出一次後，內容暫無大變動，仍保持以往作風，並打算以一小部分篇幅選載名人筆記，此種筆記，大都是罕見之本，不是絕版就是印刷不多，流行甚少之物（如：陳夔龍的「夢蕉亭雜記」、文廷式的「雲起軒隨筆」等），刊完之後，印爲單行本，以便喜讀筆記的人參考。至於篇幅是否畧爲增加，目前尚未決定，因爲增加頁數，就牽涉到成本問題，成本高，不得不增加售價，加價就會增加讀者的負担，這都是不易解決的事。如果將來確有此必要（例如讀者認爲月出一次，頁數如前，甚不過癮，主張加篇幅），也要聽讀者的意見才作決定。

重要啓事

本刊自下一期起，改爲每月出版一次，逢月之一日發行。第四十期，於十二月一日出版，請讀者留意！

蕭振瀛與日本人和知

王孫

李漁先生的「國民政府向日求和秘記」（載「大華」第三十一期），述抗日戰爭初期，蕭振瀛在香港與日本人勾結，進行和談事，所記頗可參考，但其經過始末，李先生尚未詳知，今補述如左，意在向研究近代中日交涉的人士提供一些參考材料。

日本人和知，在日本軍部中並非一個很重要的人物，他只是負責一些特務工作而已。民國二十三四年（一九三四、三五年）間，日本軍部派他往香港，主持對廣東、廣西的特務工作，和知動身前，在大連找到了失意於「滿洲國」而與廣西畧有交往的鮑觀澄，約他同往香港，負聯絡廣西軍閥之責。（鮑字冠春，鎮江人，生於清光緒二十三年，北洋大學畢業後，在外交、財政等部任職，一九二二年充張作霖顧問，向張提出「保境安民」的政策，大爲張所賞識。一九二三年任上海電話局長，一九二七年，國民革命軍揮軍北上，鮑卽在白崇禧麾下任秘書長，這是他與桂系發生關系之始。一九三〇年任安徽省政府秘書長，其後因事在瀋陽被張學良拘捕囚禁，九一八事變後，釋出，到了天津，仍爲張學良所拘，但又得脫，遂投「滿洲國」，一九三二年任哈爾濱「市長」，同年夏間，派往日本做駐日「代表」，數月後，丁士源被委爲駐日「公使」，始回國。日寇投降後，鮑觀澄逃至香港，常來往香港日本之間，幹什麽勾當不可知。一九五七年十月廿九日，他由香港乘飛機往日本，下機後，在機場突然死去，據說是心臟病發作。鮑在香港時，曾以李念慈筆名寫過一部「滿洲國紀實」。）

鮑與和知往香港時，又帶了一個大連人留日學生夏文運充繙譯。這個夏文運（夏的姨母爲和知外室，故兩人關係很深）後來化名何一之，有個時期很是活躍。和知在香港代兩廣軍閥買了一些日本製造的輕重武器，因此和兩廣的關係又更進了一步。當時兩廣軍閥反對蔣介石專權獨裁，暗中作軍事準備，到成熟時卽起而反對南京，另組政府。和知與陳濟棠、李宗仁、白崇禧等人勾結，無非是要使中國內部發生矛盾，以便日本從中取利而已。

不久後，日本軍部調和知爲駐山西太原的特務機關長，他離開香港時，仍留何一之在香港，以便與兩廣軍閥聯絡。一九三六年七月，陳濟棠、李宗仁分別任抗日救國軍聯軍正副總司令，起兵討蔣，西南局面一度陷于緊張狀態。前一些時，陳濟棠、李宗仁以反蔣工作成熟，卽密派劉紹襄、潘宜之爲代表往天津、北平，與宋哲元等北方將領聯絡，請加入西南反蔣陣線。潘宜之北上時，帶何一之同行，作爲與日本方面的聯絡人。但劉、潘到天津後，還未展開游說工作，而兩廣局面大變，陳濟棠以「失機」下野，狼狽不堪，李宗仁、白崇禧亦退回廣西，潘宜之等不敢久留，卽乘輪南下，將何一之留在天津，俟機活動。（宜之字祖義，抗日戰爭時，在重慶任經濟部、交通部次長，一九四四年服安眠藥自殺，其事蹟請參考本期第五頁徐亮之一文。）

無巧不巧，日本軍部因和知在太原的特務工作做得不很精彩，卽將他升爲中佐，調爲天津駐屯軍司令部參謀，主持政治工作。何一之與和知有裙帶關係，遂爲宋哲元的冀察政務委員會聘爲參議，從此何一之遂成爲平津一個活躍人物，結交了不少政海紅員。在此之前，代宋哲元與日本聯絡的主要人物蕭振瀛，是個很活躍的政客，他和日本人種種勾結，早被張自忠、馮治安等廿九軍幹部瞧穿，他們覺得蕭只是爲了自己升官發財着想，處處出賣廿九軍，更可惱的是暗中又私許日本許多利益，同時，又將廿九軍一切舉動，祕密報告南京中央政府。於是張自忠等一怒而將蕭振瀛抓起來，要求宋哲元把他槍決。後來廿九軍一班老幹部向宋求情，貸他一死，僅將天津市長撤職，並將他軟禁在頤和園中，任何人均不得接見。蕭的親信左右，因主人被捕，失去自由，就想盡方法要營救他，遂以東北同鄉關係，送何一之及其父親很多貴重禮物，請他向和知說項，希望運用日本軍部之力，逼宋哲元將蕭釋放，但沒有成功。這是蕭與和知最早的接觸，雖未見面，但也可說是「神交」了。到七七事變，廿九軍退出平津時，才將蕭振瀛釋放。（按：「秦德純回憶錄」沒有記述蕭被拘囚事，只說宋哲元叫他下台，送十萬元給他爲出洋費云云，似有諱也。）

中國全面抗戰展開，和知因爲升爲大佐，必定要入聯隊帶兵（日本軍規，凡軍人在少、中、大佐時期，必須帶兵，否則永遠不能升爲將官），被派往河北省南部和中國軍隊打仗，發揮他的屠殺中國人民的「偉績」。他的親戚何一之在天津失去靠山，不能活動，這種漢奸一離開了日本人就沒有獨立找生活的能力，于是跑往上海希望投靠當地日本軍的特務機關長臼井，但他和臼井沒有淵源，不爲臼井重用，何一之鬱鬱不得「志」，只在上海游手好閒，侯機爲「皇軍」服務而已。

南京國民政府的軍隊，只堪內戰，一和外國打起來，就十戰九輸，未到半年，名城盡失，金陵淪陷，退往漢口，因後方混亂，將士多不用命，局面岌岌可危，當局看到這個情形不妙，於是放出求和空氣，以爲緩兵之計，一面徇德國駐華大使陶德曼之請，由其斡旋和平，一面也要出花樣，派那班親日人馬，向日本試探，於是蕭振瀛又有活動的機會了。

這時候蕭振瀛正在香港，他是著名親日分子，那有使他冷落之理？蕭有心報國，但正苦於無路可搭上日本人。剛好土肥原出任日本軍大本營的特務機關長，他知道和知曾在香港居留頗久，便調和知往香港工作。和知既有香港之行，何一之斷沒有不同行向他投效的。這樣，蕭振瀛因何一之的關係，便與和知拉上關係了。其時日本方面另有一派正和汪精衞勾搭。但和知這一派却是以重慶爲對手，與那一派不同。

何一之在稍後一期間內，做了一件對他本身有利的工作，即出賣日汪祕密協定一事。過去二十多年，人皆盛傳高宗武、

譏蕭振瀛聯

「秦德純回憶錄」有一章是「我所知道的蕭振瀛」有云：

> 蕭是吉林人，喜歡讀線裝書。原來在石友三部下。……爲人直爽，個性特强，名利心比較重一點。他的口才很好，經常代表宋哲元到南京各地，周旋于政要之間。因爲他代領中央所發的款項，請客送禮，一擲千金，毫無吝色。……蕭在北平的房子很講究，陳設華麗，排場很大。有一次他母親作壽，大張筵席，北方軍政首要，以及四大名旦，俱已到齊，較宋哲元爲母作壽時，熱鬧數倍。

讀此，可知蕭爲人。他做天津市長時，華北局面已極度不安，人民都在風聲鶴唳中討生活，獨有這個「雍容坐鎮」的蕭市長大事鋪張，爲母拜壽，意欲刮一大筆才走人也。時廿九軍某秘書作壽聯譏刺蕭市長云：「喜峯口抗敵之役，死疆場中皆蠢才，今日名利雙收，飲水思源，莫忘本路軍人血汗；」「察哈爾和議以後，識時務者爲俊傑，此際異珍滿列，捫心問己，出諸兩省民衆脂膏。」

·侯逸民·

陶希聖兩人携日汪祕密協定逃往香港，轉交重慶當局，其實此皆烟幕，最早將此協定向國民政府報告者乃蕭振瀛，蕭係以港幣十萬元向何一之購得協定密約的全文的。當時日本軍部將此協定交和知研究，何一之係和知的心腹，當然也看到這個密件，何一之心中一動，偷偷把全文拍成照片，然後賣給蕭振瀛。重慶發表日汪協定後，香港的日本特務機構，即懷疑是何一之所幹的事，何一之不敢再在香港居住，帶了那十萬港幣，溜往上海，託其心腹朋友某甲（此人於一九五〇年在哈爾濱碰火車自殺）將款存銀行，並在法租界霞飛路沙發花園買一洋房，深居簡出。上海的日本憲兵亦四出活動，調查何一之的行蹤，一定要捕他歸案。後來和知花了九牛二虎之力，替他向日軍疏通，才告無事。高、陶逃出上海，帶日汪密約同行，向重慶邀功，其實已爲蕭振瀛搶先一步辦妥了。這件事也影响了和知的前途，從此他在軍部中不能如前那樣有權了。

何一之在上海「享福」時，生活極爲奢侈，洋房裏養着三個太太，他的朋友只知他在香港發了洋財，但爲數多少，則不得而知。日本軍方既不與他爲難，他就放了心，投奔盛幼盦（盛文頤，盛老五的本家兄弟），得了一個鴉片配給牌照，發了一點財。過了兩年，僞山西省政府一個日本顧問（忘其名）替他出力，并到一個山西建設廳長過癮。日本投降後，何一之爲蕭奸當局逮捕，後由北平行營主任李宗仁力保，乃開釋。

一九四九年中國大陸全面改革，何一之逃到香港，過的仍是靡爛生活，日以賭博，吸大烟、打嗎啡爲事，不二年，帶來的錢將近花光了，和他同來的趙妹也下堂而去。到這時候，何一之只有向朋友告貸度日。當他在香港工作得意時，每日必定往吳季玉家中賭博抽烟，彼此堪稱同道（皆幹特字工作也）。到此時他又不斷向吳借錢了，借得多，吳不勝其煩，又因爲他已沒有再可利用的價值，對他常加白眼。有一次，吳對一個和何一之很熟的朋友某乙發牢騷道：「何一之出賣日汪密約，拿到了十萬港幣，今日如此困窮，這個寶貝怎樣搞的。」吳以爲某乙早已知此內幕也。但某乙早聞何一之的知友某人說過此事，却不知代價多少，今從吳口中始知爲十萬。

（編者附記：上期王孫先生文中謂魏宗瀚任外交委員會主任委員，實係段祺瑞向南京當局推薦的。這幾句是編者從前所聞，故加入。今得王孫先生來函，謂非是，段南下後，未曾向金陵當局介紹過一人云云。此說是也。）

潘宜之之死

徐亮之

死生亦大矣，然幽冥之幾，先事之兆，鳥獸之警，鬼神之奇，信有之乎？偶有之乎？抑絕無亦不恒有之乎？則異哉潘宜之以迎張定璠之櫬而病，聞犬哭而劇，因一婦人率爾之言而死也。

宜之湖北廣濟人，有儀容，擅才辯，居白健生幕，親厚尤過劉爲章：爲章謇直，宜之則應響赴節，緩急咸宜故也。而聞望亦因健生而顯。起家中校秘書，歷漢口市長，第五路軍總政訓處長，湖北省政府委員，經濟部交通部次長，而以行政院參事卒於官。初，張定璠亦出白幕，名位右宜之，殊不相能，特以定璠雅亮高致，陽爲尊奉而已。及定璠歸櫬卡薩不蘭卡，宜之亦與蕭仙閣隨健生迓於渝郊九龍坡機場，時春寒霧重，機久不至，宜之舊患氣管炎，祁寒暑雨，時復萌發，至是獨瑟縮不安，仙閣因睹狀笑謂健生曰：「公今年弔一參謀長，來歲恐仍當相煩弔一秘書長耳！」以定璠嘗居白幕主謀議而宜之掌書牘也。及歸，宜之果病失眠。又邱昌渭方患重傷風，過宜之，益引發其氣管炎，二病交攻，遂以沉篤。（按：仙閣爲蕭振瀛）

宜之既病失眠久，或有以念佛寧神說進者，意謂心口意皆宣佛號，則神寧自得美睡也。宜之以爲然，然行之則怪異踵生，備諸畏怖，竟不能卒行。或乃以為宜之當年清黨滬上不無殺業云。而宜之亦遂自知將不起，嘗因健生省疾而歎曰：「仙閣言良信，公眞將弔一秘書長矣！」又自服官中樞，獨與前經濟次長秦汾景陽交厚，至是且託孤焉。

宜之之死，為自加爾各答歸昆明之後，勢蓋無死理，而卒誤於一婦人之言而輕死，殆若有數焉！初，宜之自加歸寓昆明鐵路公司，病少瘥，健生為言於蔣廷黻畀任廣西善後救濟分署長，宜之允諾，與公司經理薩少銘約，同機飛渝，行有日；遍辭親故，及辭公司工務課長之妻某則曰：「相煩久，今當長離以棺材歸骨荆人矣！」某愕然，旋笑慰曰：「公方壯盛，錦程無垠，胡乃作此不祥語？」曰：「君不聞狗夜哭乎？狗且哭，吾能久乎！」曰：「公司口衆，縱狗哭，詎必當公？且公夫人亦大可憐，縱一旦不諱，此間知好正多，豈宜垂意，以違攝養！」宜之默然。歸而死意遂決。因紿醫師備足支半月安眠藥百餘片，夜大發書訣親舊，嚴裝待盡焉。

次日，為宜之與少銘相約東歸前一日午，公司諸執事設宴歡餞已，宜之獨對衆戒侍者甲曰：「下午四時當呼我，四時前客來毋報！」遂歸寢。而三時許，侍者乙忽驚謂甲曰：「潘次長明當歸，何此時亟行耶？」甲反罵曰：「汝見鬼耳。次長方高臥，戒我四時報，汝適寧不聞？」曰：「故聞之；然適所見實次長，且隨行李一担，向機場冉冉去也。」甲終斥其妄。及四時，款門不應，始急走告少銘，共醫師撬扉入，已不及，轉視其案，百餘安眠藥片俱盡，讀其遺囑，寥寥六語而已。其語曰：

穿上外套，放進棺材；抬到後山埋在地下；樹立標誌，——就算完事。

宜之早更憂患，故處世御事外和而中嚴壁壘，往往不克於儕輩；獨臨歿之言，轉饒脫然無累之趣，殆病榻淹久，氣血兩衰；抑別有所會耶？又生平自以與女子關涉多，不足為訓，故身在桂雖為政訓處長，每「三八婦女節」輒避不與會。平居殊無意學問，雖常在白幕，筆札雅非所長；然朋從讌游，羣衆會議，每宜之在，往往薄言導竅，片語解紛，賓主交得，四座風生；亦奇士也。

（選自徐亮之的「亮齋雜筆」第六十八頁，題目仍舊。該書一九五一年香港出版。）

白銀漢宮

汪偽組織在上海「稱雄」時，大西路有一所很漂亮的洋房，人稱「白銀漢宮」，不知是否欲與倫敦的白金漢宮媲美。這所住宅，是汪偽組織中一個「大員」的，他叫什麽名字，可惜忘記了。

原來「白銀漢宮」也有一個「掌故」可述的。那個「大員」，在國民黨「稱雄」京滬時，是孔祥熙的財政部一個司長。當民國廿三年（一九三四年），美國提高銀價，國民黨的「四行」（中、中、交、農）見有利可圖，放多些不必兌現的鈔票出籠，便搜刮了民間三四億白銀，由官僚資本控制下的機構運到外國牟利。那時候上海有幾家商辦的銀行，一向和南京財政部某司長經常合作做生意，財政部禁白銀出口的命令，該司長早已知道，他先一天即趁飛機往上海，將命令的內容詳詳細細告知那幾個銀行老板，老板連忙點查庫存白銀，聯合幾家銀行包了一艘野雞海船，裝滿白銀，又加些貨物，向海關打個招呼，送以厚禮，「照章」報關，即駛出吳淞口，等候外洋輪接收這批白銀，轉運往美國去也。

那艘野雞海船出吳淞口不到三小時，國民新聞社（孔系之物）即發出禁白銀出口的新聞稿。於是銀行老板們以高價售出白銀，賺了二三百萬大洋，即以三十萬元酬勞某司長，司長撥出一部分不義之財，在上海建造這所住宅，知其事者，稱之為「白銀漢宮」也。

—•達生•—

好好先生陸徵祥

希宋

陸徵祥字子興，上海人，生於一八七一年。早歲就學廣方言館與北京同文館。授室後，隨嘉興許景澄公使爲駐俄使館翻譯官。自此出國，由俄轉法、比、荷約二十年以上，遞升至駐荷公使。駐法時因習法文，會賃居某商店，聘其女爲敎師，日久生情，遂結爲夫婦。民元陸氏首電贊成共和，與當時滿廷駐外使節聯名電請滿帝遜位。被特命爲第一任外交總長，後以外國體制並無兩妻，乃命其參贊代向其原配辦完離婚手續，始回國履新。陸夫人有年長十四歲之說。

在京數年，三任外長，代理、署理國務總理各一次。某次在參議院致詞，以「廚子開菜單」比喻所提六位閣員。被指爲未鄭重其事，全予否決。其實彼爲人風度淸雅，和氣迎人，每與商談公務，輒謂滿好，故人稱爲好好先生焉。因久在外國，起居飲食與西人一般無二，尤不喜官場習氣。加以連年政局混亂，外交棘手，遂生厭倦之心。其夫人亦不慣久居中國，乃表示仍願外就，故又出爲駐瑞士公使。置一別墅爲夫人養病。在京曾乞養一女，愛若己出，故亦携之同行。蓋其夫人向無生育，年過五旬，膝下尙虛，夫婦甚感枯寂也。不意此女長大，行爲浪漫，館員雖知，未敢上達。後俄使因與陸氏交深，慨然婉告。彼素來謹厚，重視體面，聞之異常憤怒，立備川資，勒令其卽刻離館回國。

此女雖去，此氣難消，暮年老伴不免日在鬱悶中。未幾，夫人又告謝世。陸氏至是益覺淒涼，此出家動念之所由來也。據當時使館某君來訊所述，彼出家之地在比國泊濾（Bruges）近郊之聖白合道院。其地荒寒寂寞，爲遊人所罕到。聖白合（Saint Benoit）敎持謹嚴，凡出家人不得再有財物器玩，並不許接見親友或隨意通訊。陸氏所居僧舍極簡陋淸苦，嚴寒亦無爐火。除一榻一几一凳與一經典外無長物。其離瑞赴比時，已將平生財物悉數變賣，湊集現款，共得比金五十萬佛郎捐入敎會，不留分文。受戒之日，駐法、葡、比、荷各使或感知遇之隆，或因相聚之久，聯翩蒞止。見彼鬚髮已盡剃去，默然無多言。惟行向禮堂時，告各駐使曰：「人生晚節最難，予如此下塲，亦可謂大幸也矣。」移時敎王堂皇坐，陸氏跪其下，至於五體投地。主教傳戒畢，彼膝行而前，叩首致敬。主教卽命左右褫其便衣，易以黑色之僧服。此時陸氏遂長謝塵凡，不復與世人相接。昔日雍容壇坫之外交家，已成禿頭黃面老衲矣！觀禮者於此不禁同時下淚，而彼夷然自若也。

其後聞戒期滿後，於一九四六年升任院長，吾國駐外使節亦曾往道賀，但未知其詳。陸氏今已埋骨異域多年，綜其一生，自幼出身貧寒，出國時已失恃，回國後又失怙，雖中年位至卿相，然自身並無兒女，在家庭既失天倫之樂，在社會亦無聲色之娛，是以悶悶寡歡，滿腹牢騷，有難爲外人道者。則其最後遁入空門，皈依天主，誠非得已也！

以上所云，出自先伯遺稿。謹據家父所知，補充於下。

陸徵祥的皈依天主，最初頗出一般友好的意外，以其固一誓反敎信徒，爲何突然有此轉變耶？但是稍爲運用腦筋一想，陸夫人既然崇信天主，琴瑟又情深逾恒，陸愛之甚，敬之篤，受其影響，在所不免，亦不足爲奇矣！

先是，陸氏於一九一一年，在聖彼得堡聖加大利納堂補行洗禮，正式改敎。從此婦唱夫隨，志同道合，靈性修養，自然日進不已。後來夫人罹疾，醫藥罔效，纏綿床第。陸氏遂有愛妻一旦撒手長去，決擇一最古修會，以有限歲月，衰老軀體，奉獻天父之念。

一九二六年，培德女士逝世，一俟善後料理完畢，果入聖本篤會修士練習班。雖將近六十高齡，發奮篤修，較諸年青者，有過之而無不及，卒成正式修士。

由於努力不懈，表現極佳，一九三五年且升司鐸。主禮者同時授以赦罪權柄曰：「凡汝所赦者赦之，凡汝所不赦者不赦。」其後教宗復授以權杖指環，獲此殊榮者，實不多見。其在教中地位的崇高，與受人之敬仰，可想而知。陸氏原有志返國建一聖本篤修會，終因病逝異土，未能實現。

數年前，筆者閱羅光（現任台灣台北區總主教）所撰，又經蘇雪林與劉鴻遜校訂的「陸徵祥傳」一書，總計卅一章，文字流利，將陸氏的生平所作所為，刻劃入微，活現眼前。分析起來，至少該歸納為下列四點：

一、一生好學：「屢屢痛惜自己讀書過少。」所以從政多年每每孜孜矻矻，手不釋卷，唯恐寡見少聞，貽誤國事，有虧職守。

二、終身尊師：陸氏廿二歲出國，任駐俄使館翻譯官。不久即拜駐四國欽使許景澄為師，抱定作外交官的志願。書中記載三十年間，始終保持不忘師澤的赤誠，又於六十歲時，拜九十歲老人馬相伯為師，足資輕視師道尊嚴的學生借鏡。

三、夫婦情篤：陸氏在俄國與比籍女郎結婚後，夫婦之間的愛情，「廿七年有如一日」。書中引用許多例證，闡明「丈夫之鍾情於妻子，天下沒有能過於他」的自我論斷。

四、破除積習：陸氏注重培植外交人才，竟然能在袁世凱時代，力除任用私人或注重裙帶關係的積弊。以身作則，按時辦公，殊為難得。彼不加入任何黨派，競競從職，所以生前死後，未受世人指責。就連廿一條簽字後，國人痛恨曹汝霖、章宗祥、陸宗輿三人，而未嘗錯怪到當時身任外長的陸氏，足證天地間自有公論。書中記述彼當年內心的痛苦，極為動人。彼曾對袁氏云：「簽字即是簽了我的死案。」又曰：「三四年後，一輩青年不明如今的苦衷，只說陸徵祥簽了喪權失地的條約，我們要吃他的肉。」可見弱國外交家，只要竭心盡力，不問成敗，總會獲得國人諒解。陸氏與王正廷、顧維鈞、施肇基、魏宸組出席巴黎和會，拒絕簽字返國後，雖然仍受人民歡迎，但已無意留任外長了。（按北洋政府已電令陸往簽字，但留歐學生領導工人包圍陸的寓所，陸不得往，其不簽字，非本意也，此舉成全了他。——編者）

以下附摘王康先生所撰「陸徵祥一頁傷心事」一文之中，若干略為詳盡或不同的說法，以作補充上文之用。

據稱：陸氏之允羅氏為他作傳記，實係破例。諒為後者已在梵諦岡傳信大學執教，又一見如故，才先後在一九三九年與一九四八年，當面對他口述了往事兩次。該書取材乃是總共廿五天之內交談的筆錄，直至一九四九年整理完成。台北南港的中央研究院現代史研究所曾派人訪問羅氏，搜集陸氏生前的資料。

追隨陸氏多年，曾任駐瑞使館秘書的周國壎先生有云：陸夫人培德大他十二歲。宣統年間從北京合仁堂領養了一歲的小孤女，取名莉莉，愛如己出。陸氏夫婦於一九二二年赴歐，攜之同行。駐瑞之時，精通英法語的她，情竇初開，先與館員王某熱戀，其父係駐荷公使，自獲陸氏夫婦贊同，遂於一九二五年主持訂婚盛典。

不料王氏調任他國後，浪漫的她，又和一位瑞士青年，大雜貨店的小老板，墜入新情網。後來王氏起了疑心，特返瑞京探視，竟被這位未婚妻退還了訂婚戒指。深感痛心的陸氏，從此連「衛生麻將」也不再搓了。欲託周氏專程送她回國，又致函駐美公使老友施肇基，請他代為管教，均遭婉拒。兩老不得已，只好禁她出門。膽大的她，居然以厚棉被裹身，從三樓跳下去，一去不返了。

肥胖的陸夫人，血壓變高，一九二六年終於不起。

陸氏則逝世於一九四九年。在夫人遺物拍賣了十萬元之初，原想携款回國，創辦教育與慈善事業，以資紀念。因接北洋政府杜錫珪請他組閣的電報，反而打消了行意，足證其灰心之至的一斑。

王雲五的學問

日讀書十六冊的怪人

湘山

故友徐亮之先生，在一九五〇年間寫過一則隨筆「王雲五」（載「亮之雜筆」中）第三段文中說：「十九年（按：民國十九年，公元一九三〇年。——引者），岫廬（按：王雲五字岫廬——引者）欲考察科學管理之實，冀新商務印書館館政而漫游歐陸。嘗以兩週之力，於德圖書館披讀圖書一千八百冊，手誌其要。大爲德人驚異。」讀徐先生這幾句，不免回想起在英國讀書時與朋友爭辯王雲五搞的「科學管理法。」

王雲五於一九三〇年春間游歷歐美，冬間回國。即提出他的「科學管理法」，引起商務印書館編譯所全體職工不滿，一九三一年一月十九日，該職工會邀請上海各界於一枝香西菜館談話，并發宣言請求各界主持公道，詞意憤激，幾盡對王雲五而發。後來經社會局調解，王雲五見輿論對他不好，也就見風轉舵，自動取消他的「科學管理法」。」

筆者那時候還是一個二十一歲的學生，住在倫敦一個公寓，同住的還有三四個中國人。因爲我訂有一份「申報」，所以對國內一般情形還不很隔膜。王雲五搞的「科學管理法」，先拿編譯所開刀，定下「工作報酬標準試行章程」，改變向來工作報酬成例，改爲計日計字報酬。我當時讀到「申報」這段新聞，對王雲五很反感，認爲他對職工剝削太過，一定引起知識分子的攻擊。另有兩個朋友則認爲王雲五學外國人的科學管理，是對的。我說不對，他們說對。於是我們就展開舌戰。過了兩星期，新的「申報」（當時由西伯利亞鐵路郵遞，約十五日即抵倫敦）遞到，讀後知王雲五向職工低頭，撤消他的試行辦法，我贏了，輸的兩個朋友，請我吃了一頓意大利菜，此事去今已三十六年。後來我在上海做事，偶見「中國新書月報」第一卷第三期，有「商務印書館編譯所之軒然大波」一文，便把它撕下來，夾在書中，從未利用過。今日因談到王雲五，不妨把商務編譯所職工會的宣言，摘錄於此，讀者讀過後，對商務那班編輯總會表同情吧。原文如左：

自歐美日本發生所謂「產業合理化」運動以來，各國失業者之人數日益增多，社會不景氣之現象日益顯著。可知產業合理化運動，對於勞動者固為一種新的壓迫，而對於實業界之危害亦決非淺鮮，各國經濟學者於此種運動之利弊，亦既言之綦詳。不意敝館總經理王雲五以六個月另二天之短促時間，匆匆經歷九國，稗販此種運動中之所謂「科學管理法」之皮毛，不問國情，不察實業界之環境，便欲以實施之于有三十餘年歷史之商務印書館；更不意首當其衝而供其嘗試者，乃爲絕不可用科學管理法控御之商務印書館編譯所！王君此種舉動，關係中國實業界、勞動界及文化事業前途，至爲巨大。……考產業合理化運動創始於德國，原爲Karte（即美國所謂托辣斯）之變相，蓋資本主義過度發達之結果。……乃王君稗販歸來，遽欲見之實施，敝會同人不敏，實無從推測其用意。同人與王君八載共事，深識其學識何若，而對於彼之所謂科學者，更無不深滋疑慮。質言之，彼之行爲及言論，實無一合於科學方法者。（原注：例如，民國十九年十月十五日出版之商務印書館通訊錄特刊王雲五先生講科學管理法專號中有「在各國勾留中的日期，以美國最長，約有兩個月」，「曾經在世界最大的美國國會圖書館的研究室內，參閱了關於科學管理的書籍一千多册」云云。姑以王君此兩個月之時間皆消磨在美國國會圖書館的研究室內，並不「參觀公司工廠」，及「諮詢專家」，亦不旅行他處，則計算之下，王君每日參閱之書籍，當在十六册以上，斯類讀者，決當爲「非科學時代」所產生之怪人無疑！）即以王君此次對於敝所公布之「工作報酬標準試行章程」而論，其中訛謬淩亂之點，實屬舉不勝舉。編譯工作，原非若機械然，可按時日而計酬。搜集資料，考訂異同，惟求精當，遑計晷刻。……是以敝所向例，工作標準皆以一書一文爲衡，從無計日計字之例。歷來編譯諸書幸未爲先達通人所唾棄此當爲其主因，而王君乃欲推翻成規，獨創酷例，非於著述之甘苦，學術之門徑，未或身嘗，惡得至此？至論其所謂報酬標準，則其酷刻菲薄，更有言之令人髮指者。查敝所向例，編撰中等教科用書，每册率需半年。依王君新頒標準，雖以最高報酬計算，非於兩個月完成不可。易言之，即工作須較向例加重三倍，始合向例之薪酬，況其所謂報酬，更絕無（標準）可言乎。………更請退一步而一究所謂科學管理法。經濟學者鑑於往昔資本家專斷之非，欲由勞資雙方協議，使產業受應合科學方法之處置，是謂科學管理，而王君新訂之敝所工作標準，事實上並未徵得同人等之同意，顯與科學管理之眞諦大相違迕，指鹿爲馬，欺世售奸，以爲人皆愚夫，而人豈受其惑耶！是更足以見彼對於所謂科學管理之根本原則，亦並未嘗夢見也！

從這篇「宣言」，我們可知王雲五的學問如何，根據商務印書館編譯所那班文人所說，他們和王雲五共事八年，「深知其學識之何若」，那是暗中說，王雲五是個沒有學識的人。而王雲五的「行爲及言論，實無一合於科學方法者」。因爲王雲五自吹，他在美國國會圖書館每日參閱的書十六册以上。一個人在家中日讀書一册，已很了不得了，何況在圖書館讀到十六七册？如果王雲五有此本領，可謂驚人的「天才」。我也曾在大英博物館圖書室，牛津波特米圖書館，一日之間，要過二三十本書來參考，無非是翻來翻去，結果沒有一行印入腦中，終於弄到頭昏腦脹，以後不敢再嘗試，而王雲五能每日參閱十六本以上，字字印入腦海，眞是二十世紀的大怪人，可列入「信不信由你」之內了。此種自欺欺人之語，一經他的同事揭穿，王雲五的「學者」面具砸碎了。至於徐亮之先生說他在德國以二星期之力，讀過一千八百本書，並摘錄書中精要之點，則更見王雲五吹牛更進一步。兩星期爲十四日，平均計之，日讀書一百五十本以上，較諸在美國日讀十六本爲突飛猛進，雖欲不以怪人的尊號封之不可得也。

林彬拍孫科

謝斌

國民政府在中國大陸最後那兩年，有個大法官林彬，以拍孫科馬屁而高升此座。這個林彬是浙江省樂淸縣人，生於淸光緒十七年辛卯（一八九一年），如果今尚健在，已是七十六歲的老人了。

林彬字佛性，北京大學畢業，曾任國立北京醫科大學秘書，國民政府行政院參事，立法院立法委員等職。他之能在立法院做上一員，自然是因爲他也是太子門客的一個。不過，他在芸芸衆「客」中，學識比較好些，又因爲他很會拍，能以淸雅的手段拍得孫科甚爲舒服，而不知這是一種拍馬術，於是受拍者就很自自然然的瞧得起他。原來在太子門下討飯吃的人不少，能拍得太子心悅誠服的只有林彬這個人。（鍾大心有他的太太走孫太太路線，而張肇元則走藍妮路線，巧妙各有不同）。

孫科好讀書，家中堆滿中英文書不少，又自負是研究憲法有心得的專家。林彬看中了太子所好，每逢太子在立法院大談憲法與民主之時，林彬就引經據典的爲太子的談話作注解，有時還加以補充，然後捧之曰：「院長所說的句句都有來歷，諸公如不信，不妨查查經典便知其言不謬。」林彬人雖矮胖，但志頗宏大，會託孫科爲他運動做國際法庭的法官。孫科說：「你的外國文如何？」林彬自知無此本領，就打消此意，到國民黨行憲後，孫科支持他出任大法官。大法官人數多古董而已。

袁世凱的妻妾子女

温大雅

一九六四年九月，我曾在某報寫過一篇「袁世凱的子女」，搜集的材料不算很完備，因爲手上還缺之袁克文的「洹上私乘」，無可參考。到一九六六年二月買到了一部，打算再寫，但細讀一下，「洹上私乘」所載袁世凱子女的名字，和我所寫的差不多少，就沒有興致再寫，擬將來另寫一篇袁世凱的妻妾子女。一擱經年，到今年六月，友人江世堯先生給我一張袁世凱合家歡的照片，印刷不大清楚，大概是舊雜誌的插圖（編者按：製版後，因不淸晰，故不刋出），但得此也聊勝於無，便立心再寫一篇了。寫成後，覺得比一九六四那一篇較好一些，美中不足的是袁世凱在國內的子孫的情形不大淸楚，袁克定何年逝世，亦無法確知。忽然想起周志輔先生的姑母是袁世凱第八子克軫的太太，於是打電話請周先生給我一些材料。周先生說，台灣出版的「傳記人物」雜誌，有一篇談袁世凱子女的，可以給我參考。過兩天，周先生將雜誌寄到，是第十卷第三期（一九六七年三月號），題目也是「袁世凱的妻妾子女」，作者沈雲龍先生，內容所說的也和我的差不多少，但他引用的材料較多，他所引用的「天文台」（香港出版的雙日刊）薛觀瀾的「袁克定克文合評」及蔡東藩的「民國通俗演義」則爲拙文所沒有。過了不久，周先生又給我一信，提供了一些有關旅居外國的世凱後人的材料，算是比較完備的了。

現在參考袁克文的「洹上私乘」所載，袁世凱的妻妾大抵是這樣的：

（一）正室于夫人，河南沈丘縣人，他們在光緒二年結婚，下一年卽生長子克定。民國八年，（一九一九年）于夫人死於天津，年六十二歲。

（二）第一妾沈氏，江蘇崇明縣人，幼年無父母，爲匪徒拐至天津，將賣入妓館，世凱爲之贖身。後來隨世凱到朝鮮。無兒女，世凱命克文爲之嗣，因此克文在書中及日記皆稱之爲慈母。

（三）第二妾白氏，朝鮮人，據說是貴族，朝鮮王贈世凱四個女子，此其一也。生第五子克權、七子克齊。十子克堅、十二子克度；長女伯禎、六女籙禎。

（四）第三妾金氏，朝鮮王所贈。民國五年世凱死後數月，她在天津嘔血病死，年四十九。生第二子克文、三子克良；三女叔禎、八女環禎（早夭）、十女琮禎。

（五）第四妾季氏，也是朝鮮人，世凱做直隸總督時，她也在左右，因産後致病，爲庸醫所誤而死。生第四子克端；二女仲禎、四女次禎、七女琪禎。

（六）第五妾楊氏，天津人，生第六子克桓、八子克軫、九子克久、十一子克安；五女季禎、十五女玲禎。

（七）第六妾葉氏，字麗儕，江蘇丹徒縣人（今歸併鎭江）嫁世凱時年方十七，極爲世凱寵愛，特在衙署中設家塾，聘吳興女子周道如（砥。其後由世凱作伐，嫁馮國璋爲繼室，國璋任代理大總統時，周女士逝世，年才四十許）諸女史爲教師，葉氏及第五、第七姨太太皆從學。生第十四子克捷、十七子克有；九女玖禎、十一女璇禎、十二女璣禎。

（八）第七妾邵氏，字惕若，山東濰縣人，幼時賣至袁家爲婢，後爲世凱收房，世凱罷官回河南，邵氏死於汲縣，只二十歲，無所出。

（九）第八妾郭氏，浙江歸安縣人（今併入吳興縣），本天津妓女，世凱以二千金贖身。生第十三子克相、十五子克和；十四女琦禎。

（十）第九妾劉氏，天津人，很年輕時卽嫁世凱。生第十六子克藩；十三女瑋禎。

據此，世凱正式「入宮」的太太共十人，一妻九妾。相信還有非正式的妾侍尚多，但已無從「追查」了，現在只根據「官書」而已。

袁世凱共有十七子，十五女，今據「洹上私乘」所記畧作補充（因克文作此書時在民國十二年，距今已四十餘年了）表列如次：

（一）長子克定，字雲臺，號蜨盦，又號慧能居士。妻吳氏，前湖南巡撫吳大澂長女，生女家棣，妾馬氏，生子家融，女家金。家融留學美國，娶王占元女（王為兩湖巡閱使）。長女嫁雷震春之子，次女嫁費樹蔚次子福熊（字象仲，又單名一個鞏字，英國牛津大學畢業，曾任上海光華大學及國立浙江大學教授。）

（二）次子克文，字豹岑，號寒雲（關於克文事跡，「大華」第四期——十三期連載陶拙菴的「皇二子袁克文」一文，叙其生平甚詳，今不贅），生於光緒十六年庚寅（一八九〇年），死一九三一年，年四十二歲。一九二七年北伐軍到上海，國民政府通緝克文，并禁其「洹上私乘」流通。（據說他勾結張宗昌「反抗革命」，同時又是什麽幫的頭目。所謂「反抗革命」乃莫須有之事，幫會頭子則有之）他的太太是安徽貴池劉氏，名姌，字梅眞，亦工文事。有人說她是前廣東巡撫劉瑞芬之孫，劉世珩之女，誤，殆因當年上海人常呼世珩之子公魯為「寒雲的小舅子」也。到底她的父親是誰，現在還未能考知。

克文有三子，長家嘏，字伯崇，娶方地山之女方根，今已謝世；次家彰，字仲燕；三家騮，字叔選，號用龍，一九四〇年得美國加州物理學書院博士學位，時年廿九歲。妻吳健雄，亦於同年得加州大學物理學博士，亦廿九歲。

（三）三子克良，字靜軒，號君房，娶前郵傳部尚書張百熙之女，為其虐待而死，無所出。其妾孫一清，為民國元二年間京津名女伶，克良以勢奪取之，生子二：家貞、家治；女一，家乾。

（四）四子克端，字誠齋，娶天津工業家何炳瑩之女，生子三：家禮、家賓、家方；女二：家麒、家麟。

（五）五子克權，字規厂，號百衲，工詩，娶端方之女，生子一：家許；女二：家訓、家譿。

（六）六子克桓，字巽厂，號心武，娶前江蘇巡撫陳啓泰女，生子三：家辰、家衛、家復。家辰似早死，家衛娶前財政次長、江海關監督朱有濟之孫女（一九二六年上海江海關新廈奠基，由朱主持，基石之上，朱名尚在）；家復娶王恩溥（曾代理財政總長）之女王家榕。家衛、家復後來皆去「家」字，名衛、復。袁復、王家榕於天津改革後，出任天津市第十二中學教師，家榕且為班主任。

（七）七子克齊，字兩峯，娶前國務總理孫寶琦女，生一子：家藝。

（八）八子克軫，字鳳鑣，號靜厂（按：「傳記文學」誤「鑣」為「鏞」，「靜」為「進」，蓋沿「洹上私乘」也），娶周馥女，生女二，一女今日隨夫在美國。

（九）九子克久，字子玖（「傳記文學」誤子大，亦沿「洹上私乘」）號鑄厚，聘黎元洪女，患神經病離婚。

（十）十子克堅，聘徐世昌女，其後又解約，另婚陸建章女。

根據「洹上私乘」所記：十一子克安、十二子克度、十三子克相、十四子克捷、十五子克和、十六子克藩、十七子克有，皆未說明所聘之女，殆當時尚未成年。（今知克相娶天津富翁李善人女，曾任陳納德機要秘書。斷絃後，娶天津小姐粵人張氏女，現居台灣。）

袁世凱諸女，據「洹上私乘」當年所記，是這樣的：

（一）長女伯禎，嫁前兩江總督張人駿之子張元亮。（按：元亮已死，伯禎現依子媳同居美國。）

（二）次女仲禎，幼年時生母死去，由克文生母撫養，嫁無錫薛學海。但「洹上私乘」裏「諸妹傳」却說嫁「無錫席氏」，大概是手民誤排，學海字匯東，號觀瀾，薛福成孫，民國三年清華學校派赴美，入威斯康辛大學習經濟，民國八年卒業回國，多在政界服務，一九六四年三月五日死於香港，年六十四歲。

（三）三女叔禎，與克文同母，據說有丈夫氣，也曾和克文同參加黑社會組織。嫁楊士琦之姪毓珣（士驄次子，字琪山）。毓珣北京陸軍大學畢業，曾從軍湖南，參加內戰，以功授少將，其後追隨張作霖，一度任陸軍次長。張作霖退出關外，楊亦隨往。汪精衛組織偽政府，毓珣做過一任「山東省長」，日寇投降，楊被逮入獄，在獄中與葉蓬爭吵，腦充血突然死去。

據「傳記文學」引香港「天文台」報老兵所作的「袁世凱雜談」，謂四女早殤，五女嫁蘇州陸姓富戶，早故；六女嫁孫寶琦之子；七、八、九、十、十一諸女均不壽。十三女嫁蘇州陸鼎奎。十四女嫁曹錕之子，後離婚，改嫁張德祿，張有聲於外交界。（按：現在聯合國做事。——引者）十五女早殤。十四與十五女，均係遺腹。所述頗詳，均可參考。

「老殘游記」的作者一軼事

雲浦

劉鐵雲遺像

寫「老殘游記」小說的劉鶚，據說是受到袁世凱的陷害才被充軍而死的。劉鶚字鐵雲，原名孟鵬，字雲摶，後來才改稱，又字公約，出生於安徽六合。二十歲左右，鐵雲即從李平山問學，李為周星垣的同門弟子，人尊稱為龍川先生的，故此鐵雲也受龍川學派的影响，我們讀「老殘游記」所寫的老殘，便畧知其為人。

劉鐵雲一生有四件大事：一、河工；二、甲骨文的承認；三、請在山西開礦；四、賤糶太倉米穀救濟庚子亂後北京平民。在這四件大事中，一直到現在還為甲骨學者提到的，還是他的認識甲骨文一事。「鐵雲藏龜」一書，凡研究甲骨文字的人，沒有不據為參考的。（按：山東福山人王懿榮於光緒廿五年最先認識甲骨文，遂盡量搜購。下一年王氏殉國，他的兒子王翰甫為了還債，出賣家藏古物，一千多片甲骨賣給劉鐵雲。鐵雲又再加收購，並派他的第三子大紳往河南搜羅，前後所得，約五千片，於光緒廿九年編成「鐵雲藏龜」一書。鐵雲死後，所藏甲骨交分別為好古家收買。）至於其他三件事，現在也沒大多人知道。

台灣「新生報」的副刊，載「古春風樓瑣記」（作者高拜石，號芝翁），一九六六年五月二十日，有一段叫「袁世凱、世續仇陷劉鶚始末」，述鐵雲一生歷史頗詳，其中有一節云：

這時袁世凱也在山東。世凱的叔祖袁甲三，繼父袁保慶，本生父袁保中和張曜、吳長慶都是深交。這時到山東來，原想張對他提拔。張留他在左右，不予外遣。袁頗悒悒，請鐵雲替他進言。張曜不肯。……袁惱羞成怒，且疑鐵雲背後說了壞話，大為憤恨，遂改投吳長慶軍中。……

此說不是事實，世凱從未在山東跟過巡撫張曜。張曜於光緒十二年五月授山東巡撫，十七年死於任上。吳長慶死於光緒十年，世凱從長慶於山東登州乃光緒七年（一八八一年）事，張曜做山東巡撫那六年間，袁世凱正在朝鮮大行其道，何至在張曜幕中鬱鬱不得志，託鐵雲講好話，疑鐵雲不幫忙呢。作者又說，到光緒三十三年袁世凱入軍機，掌國政，當時有人控告劉鐵雲在浦口為外國人收買地皮，出賣國家權益，袁世凱想起昔年在張曜幕中受到冷淡，是劉搞的鬼，因此與另一軍機大臣世續藉此公報私仇，將鐵雲羅織成罪，充軍新疆。袁與劉是否有私怨，今且不論，但袁世凱不曾在張曜幕府則是事實，如未在張幕做事，又安能受袁之託替袁向張說好話呢？芝翁這篇文章寫得很精詳，可惜有此一筆，未免美中不足。

載濤與良弼

何雲

在宣統年間紅極一時的貝勒載濤，現時仍健存，在北京担任公職，但年紀已老，沒有什麽能力了。載濤是攝政王載灃的弟弟，溥儀的七叔，在清末的親貴中比較有點頭腦，因爲他生長在富貴人家，從小就受人奉承，絕不知稼穡艱難與民間疾苦，即使他偶然對人民有些同情心，過去之後，便又忘記個一乾二淨了。

宣統登極，載灃做了攝政王，代理海陸軍大元帥，於是他的兩個弟弟——載洵、載濤——就爭着抓軍權，於宣統元年（一九〇九年）七月九日成立軍諮處（後於宣統三年四月十日改爲軍諮府），管理軍諮處事務大臣是貝勒毓朗、郡王銜貝勒載濤。載洵則在早幾個月前，亦以郡王銜、貝勒出任籌辦海軍大臣（籌辦海軍事務處是宣統元年正月廿九日成立的，他任五月廿八才出任大臣），從此海陸軍權都分別抓在這兩個年輕貴族的手裏。

載洵爲人庸碌，他爭着要管海軍，無非是當大官來做，向人示威，並花費大批國帑，游歷各國，作壯游豪舉而已。其實他並沒有什麽抱負的。他游歷西洋考察海軍，外國人因他是皇族也竭力招待，博其歡心，以便將來向中國兜生意，什麽考察，彼此心照。載洵回國後不久，任海軍部大臣（宣統二年十一月），建築新式的海軍部衙門，與新建的貝勒府爲鄰，使部府之間，有門可以相通，對人說是便於往返辦公，但知道他心事的人，却說他以此爲終身職了。可惜海軍部還未建成，而「大清江山」已倒。

載濤的作風和哥哥可不同了，他做了軍諮府大臣後，就一心一意要做成一種軍界的新勢力，把全國軍權集中在中央政府。他的抱負很大，以全副精神行之，雖然爲時很短，但他所做的一些事情是頗堪記述的。

本來中國的兵權，大半操在袁世凱手裏，袁世凱既爲攝政王驅逐回籍，但北洋軍人，仍暗中奉袁世凱爲領袖，如果不將這種根深蒂固的勢力鏟除，則軍權集中，等於有名無實。前此鐵良爲陸軍部尚書，曾裁抑袁的勢力，集中兵柄，對袁系人物，只知排斥，而不知籠絡爲己用，爲叢驅爵，反促成北洋系的團結，有損無益。載濤有鑑於此，一反其所爲，首先以打破派系，宏攬人材爲號召，對東西洋留學生雖有革命黨嫌疑者，一概兼收並蓄，惟一的宗旨，只在以他個人爲中心，造成陸軍一個偉大的新勢力。這一勢力造成之後，袁系的舊勢力自自然然就會相形見絀，不必有意排除，自可以漸歸於消滅了。

這一計劃果見成效，當時東西洋軍校畢業回國的學生，皆得破格任用，這完全是載濤的力量。載濤以一年輕貴族，出掌陸軍大權，怎會有此高掌遠蹠之舉？則其智囊良弼所教也。

良弼是鑲藍旗人，宗室，字賚臣，畢業日本士官學校。當他在東京時，見留學生那種革命排滿思想及行動，知道清朝的統治，已現危危乎之象，如果不力圖振奮，不出十年，革命勢力必將清廷推倒。他回國後，就抱有雄心，要在新的陸軍中大有作爲，以挽回滿洲的統治權。他曾經將他的抱負向親友和一些當權派談及，但沒有一個是他的知音人，後來載濤出掌軍權，良弼亦以此說進於載濤，載濤大爲傾服，奉爲智囊團的首領，事無大小，都和他商定之後才實行，於是良弼的抱負大展了。

載濤出任管理軍諮府大臣之初，鐵良仍任陸軍部尚書（他自光緒三十二年即任此職的），載濤以皇叔之尊，少年氣盛，年公事上每與鐵良爭吵，禁衛軍（光緒三十四年十二月成立的）大臣，載濤與毓朗，鐵良皆同時任用，良弼在軍諮處抓權，亦每因小事與陸軍部發生爭議，良弼以載濤為靠山，對鐵良故意不留餘地，因為如果不把鐵良迫去，載濤的軍權不能集中，其計劃亦不能實現。鐵良自負為軍界老輩，一旦為青年後進如此對待，自知勢力不敵，只好託病辭職（後來派為江寧將軍，辛亥革命時，狼狽逃走），清廷以好好先生廕昌繼任尚書，於是載濤之權大增，而良弼更能行其志了。良弼在陸軍界的官雖不大，但軍政界裏，沒有人不知良弼這個人了。沃丘仲子的「近代名人小傳」，傳良弼云：

字賚臣，荊州駐防旗人，以諸生留學日本士官學校，端重勤敏，日人爻稱之。既還，供職練兵處，歷遷至軍諮使、禁衛軍統領，載濤奉之若師保，事必諮而後行。清季諸親貴，濤獨好賢却賄，弼所教也。陳宧、吳祿貞、哈漢章之流，皆由弼進，頗思以立憲弭革命，故推轂漢人甚力。及武漢起義，知漢族終無心向清，乃結會禁衛軍，聯王士珍、張懷芝、張勳等，冀抗民軍。時徐世昌雖為軍諮大臣，而弼事皆專斷，弗承其指揮也。已為人炸歿。弼、守潔學優，為清末滿人第一流，惜乎未遂，賚志以卒，要自忠其主，雖背共和，而忠則可敬矣！

所記雖小有錯失，但大體上是不誤的。良弼在禁衛軍中，官止於協統，到袁世凱組閣，開協統缺，補軍諮使（正使為馮國璋），禁衛軍一切章制，皆為其手定，而全國軍要軍職的進退，也由他一言而決定，他的政策是「以漢制漢」滿以為給漢兒高官厚祿，就可以收買駕馭英才，英才入彀者多，就可以把排滿之火漸漸撲滅，而把統治權延長。革命黨中，很多知名之士，如果加以聯絡，溫以待遇，也不難產生潛移默化之功的。吳祿貞有革命思想，而陝甘總督升允有欲殺祿貞之意，為良弼營救不死，並向載濤力薦，用祿貞為第六鎮統制（即第六師師長），第六鎮軍械庫失火，毀軍火極多，一般人都說火是祿貞放的，目的在削弱新軍的實力，以使起義時受到影響，但良弼則在載濤跟前力為祿貞洗刷，故此載濤也不再起疑心了。凡此種種作為，良弼都具有深心的，但革命潮流，已成澎湃之象，良弼也無能為力了。（武漢起義後，良弼為彭家珍烈士炸死於紅羅廠寓所門外。）

沃丘仲子的「當代名人小傳」（「近代名人小傳」，皆傳民國以前人物，與「當代」性質不同），有載灃、載濤合傳一篇，頗可參考，今摘錄以見一斑：

抓軍權時代的貝勒載濤

皆奕譞庶子，載灃母弟。初學於貴胄學堂，少少習兵事，並封貝勒。宣統登極，晉郡王銜。洵貌豐整，似其父，濤清削，微肖德宗。以其兄監國，僉思用事，於是以洵籌備海軍，濤爲軍諮大臣，兼統禁衛軍，並出洋考察軍事。洵行偕薩鎭冰，挈鄭汝成等從，自西比利亞歸，東省督撫迓於長春，榮賄十萬，錫良憤拒之，程德全爲調解，如數以賄，遂深德德全，奉撫將裁，立界以江蘇，洵力也，故其賀電首至，或曰：此榮逋券也。嗣後南下考察軍港，納賄尤富，滿載還京師。其海軍部所用人，爲薩鎭冰所薦者，尚出身軍學，洵所自拔者，若趙鶴齡之流，僅曾爲醇邸教讀而已。國變後，擁厚資，時駐津門，少少習書畫，以聰穎進境甚速。京津報紙有醜詆之者，洵上書政府乞保護，世凱不問。濤出洋考察，從者爲良弼、李經邁，弼固旗藉賢士，敎以絕饋遺，惠兵士，故所至未嘗納門包，榮珍異。若校閱陸軍，則賞賚優渥，接士卒以禮貌。過奉天時，錫良告以親貴競立門戶，不急國事，良以東事屢有規劃，皆閣置不行，似此則國之危亡，跂足可待。語時鬚髯戟張，聲色頗厲，濤拱手起聽曰：此讜論，廷臣所不能言者，予歸當諫於監國。後良以得罪劻、桐、澤（即奕劻、那桐、載澤。——引注）等予告，濤尚薦其端方，可授讓帝讀。雷震春授江北提督，入謁，餽閣者千金，立奏劾，褫其職，故滿末王公賄賂不入者，惟濤與善耆兩人。然以急於變法，而實不達行政之方，且罔悉官吏情僞，故道出東三省時，睹其形式之新政，西式之建築，遂以徐世昌爲奇材異能，力擧之爲樞要，其實世昌所行政，殊不值識者一笑也。庚戌各省督練公所章程，設軍事參議官，並由軍諮處薦任，鎭、協、統皆得專摺謝恩，自是漸奪督撫軍權入軍諮處手。濤與良弼雖礪廉隅，而其他廳長科長，不能不仰外任軍官資助，故其一統制，月薪公費千金，尚不敷酬應用也。當日親貴翦髮者，亦以濤爲最先，平居恒著軍服，長韠佩刀，宗人中多嗤之。辛亥武昌變作，自請南下，灃不允，乃任廕昌。無何，各省蠭起，吳祿貞、張紹曾並隱含叛意，擧朝駭然，莫不咎濤，蓋以其主擴張新軍，裁汰巡防隊最力，而祿貞、紹曾並其夾袋中人材也。然世昌、國璋皆與之厚，滿廷亦無如何也。國變後，始終未離京師，宮廷典禮，靡役弗與。近徐世昌授之爲角威將軍焉。（按：沃丘仲子作此文時，約爲民國八九年之間，其時徐方爲總統，以昔日軍諮府的交情，受以聲威將軍，所謂「角威」，誤。）

載濤、良弼不愧是清季旗人中稍有自覺的大官僚，載濤之才，當然不及良弼，但他卻肯虛心受教，用之不疑，已算是難得了。記得良弼跟載濤往西洋考察陸軍時，道出巴黎，法國陸軍部招待參觀飛機表演，表演後，法官員問載濤敢不敢一試，以開眼界，載濤謝不敏，遍問其他隨行人員，沒有一個夠膽量的，只有良弼欣然接受邀請，踏上飛機，凌空遨游了二十分鐘，安然下降，法國軍界中人都說這個青年有勇氣，對載濤一行，也不敢過份輕視了。

張自忠化裝脫險

長白

盧溝橋事變後，南苑我軍失利，宋哲元退出北平，派張自忠代理冀察政委員委員長、北平市長、北平綏靖主任。其時日軍將進攻北平，張自忠已無法可死守這座古城，遂秘密逃往天津，一般都說他是化裝孝子，由一副官及幾個親兵陪同下，各人推一自行車，假說出城掃墓。其實不是，他之平安回抵天津，乃是天津美商公茂洋行老板美國人（其名已忘記）開一汽車，張自忠裝成一個跟車助手，安然逃出北平的。當時日本人對英美僑民尚尊重，故張自忠無恙。此事知者甚少，故爲揭出。

溥儀讀書及其他

丁未

據東京十月十八日電訊報道，駐北京的日本記者來電，前「滿洲國」的「皇帝」愛新覺羅溥儀，已於星期二日（即十月十七日）因病逝世，享年六十一歲。據說他患的是腎癌、尿毒症、貧血性心臟病，長期治療無效。（新華社十九日電，與此同，但說他死時六十歲則誤。）

溥儀是中國最後的一位皇帝，他是結中國封建帝皇之局的人，自此之後，中國歷史上不會再有皇帝這種名稱出現，因此他是歷史上一個不朽的人物，——雖然他一生對中國沒有盡過什麽大責任，也沒有什麽貢獻。

淸朝的末代皇帝溥儀，是光緒三十四年（一九〇八年）十一月初九日登位的，以明年爲宣統元年，到今年丁未已六十年，明年戊申則爲六十周年了。假如淸朝不倒，仍然由溥儀做着宣統皇帝的話，而他却於「宣統五十九年」「龍馭上賓」，倒也不失爲淸朝一個頗爲長壽的皇帝了。（淸朝各帝，除康熙、乾隆、嘉慶、道光外，其餘皆無年登六十者，咸豐、同治、光緖三帝，也死得很早，咸豐三十一，同治十九，光緒三十八。）不過，話得說回來，如果溥儀仍做着淸朝的皇帝，以他這樣的沉迷女色的人，能否活到六十，倒大有疑問呢。（潘際坰所作「末代皇帝秘聞」上集二十二頁，述溥儀的話，有云：「『我（溥儀）小時候身體壞極了，像個瘦猴兒。』他趦趄了一會，接着說，『假如先生不嫌難聽的話，我可以說出來……我小時候喜歡手淫。特別喜歡把漂亮的小太監叫到我的身旁，替我那樣。而且，我叫他們怎樣，他們當然就得怎樣，那就不用細說了。』這樣看來，溥儀很早，就有了斷袖之癖。……」溥儀倒也很坦白，值得稱贊呢。）

溥儀既是中國最後一位皇帝，我們就要看看他是怎樣被挑選來做皇帝的。原來他的伯父光緒帝沒有兒子，西太后就選中她妹子的孫子溥儀，使醇王府兩代的人都做了大淸帝國的皇帝。溥儀的父親醇親王載灃，有兩段日記記此事，今摘錄於左：

（光緒三十四年十月）廿一日，癸酉。酉刻，小臣載灃跪入，皇上崩於瀛臺。亥刻，小臣同慶王、世相、鹿協揆、張相、袁尚書、增大臣崇詣福昌殿。仰蒙皇太后召見，面承懿旨，攝政王……之子，××著入承大統爲嗣皇帝，欽此。又面承懿旨：前因穆宗毅皇帝（按：即同治——引注）未有儲貳，曾於同治十三年十二月初五日降旨，大行皇帝生有皇子即承繼穆宗毅皇帝爲嗣，並兼承大行皇帝之祧。現在大行皇帝龍馭上賓，亦未有儲貳，不得已以攝政王之子××承繼穆宗毅皇帝爲嗣……又面承懿旨：現在時勢多艱，嗣皇帝尚在冲齡，正宜專心典學，著攝政王爲監國，所有軍國政事悉秉余之訓示裁度施行，俟嗣皇帝年歲漸長，學業有成，再由嗣皇帝親裁政事，欽此。是日住於西苑軍機處。

溥儀之得立爲君是這樣的。那時候，他只有三歲，實歲只是兩歲半，只是被攝政王抱在手上，高坐龍牀接見王公大臣，什麽都不懂得，是個名符其實的傀儡兒皇帝，到宣統三年七月十八日，才正式讀書，其時已是六歲了。西太后臨死時，對於嗣皇帝溥儀的學業似乎很關心，在她的遺詔中說什麽一俟嗣皇帝年歲漸長，學業有成，然後親裁大政云云，其實淸朝末葉那幾個兒皇帝，就沒有一個好好地用心去讀書的。順治入關做皇帝時，年才六歲，敎他讀書的是明朝遺下來的老太監。到康熙繼位，亦不過六七歲，仍由太監敎讀，後來他遇到高士奇，才知道了許多中國文化，慢慢學習，五十年間，頗有成就。自康熙以後，到咸豐，他們做皇子時已讀書，到登位後，不再入學了。所以僅有最後那三個皇帝——同治、光緒、宣統——都是一面做皇帝，一面做小學生的。同治、光緒的師傅有翁同龢、李鴻藻等人，宣統的則爲陸潤庠、陳寶琛，清亡後的師傅則加入梁鼎芬（陸死後，梁補上，又添上徐枋、朱益藩）。這幾個師傅始終其事的只有陳寶琛一人，因爲其他幾個早已在溥儀「典學有成」之前死了。除此之外，溥儀還有一個英文師傅英國人莊士敦，此人做過香港輔政司，自稱「中國通」能讀四書五經。

皇帝讀書，只是虛應故事而已，同治、光緒兩人都是翁同龢教書的時間居多，據翁氏日記所說，同治簡直沒心情念書，也不肯用功，光緒也差不多如此。他在日記中還不敢記得太過坦白，據所知，這兩個小皇帝讀書不過是應個景兒，老師出題目作文作詩，往往不能成篇，經老師大加潤飾之後，才似模似樣，謄錄起來，留爲日後的「宸翰」。

溥儀寫的自傳，也很坦白地說他幼年讀書毫不用功，他說：

我讀的古書不少，時間不短，按理說對古文總該有一定的造詣，其實不然。首先，我念書極不用功。除了經常生些小病借題不去以外，實在沒題目又不高興去念書，就叫太監傳諭老師，放假一天。……老師們對我的功課，從來不檢查。出題作文的事，從來沒有過。我記得作過幾次對子，寫過一兩首律詩，做完了，老師也不加評語，更談不上修改。……我的學業成績最糟的，要數我的滿文。學了許多年，只學了一個字，這就是每當滿族大臣向我請安，跪在地上用滿族語說了照例一句請安的話之後，我必須回答的那個：「伊立（起來）！」

溥儀的中文並不怎樣好，但到了三十歲以後，雜書看得多了，文字也稍有進境。（他那部「我的前半生」文字極好，非長於寫作的優秀作者是寫不出來的，大概有人捉刀，否則是他寫好了，經過大量改削和潤飾的）至於他的英文程度如何，恐怕除了和他的老師莊士敦交談得比較流利暢通之外，僅能閱讀報紙或粗淺的小說而已。他在「滿洲國」做「皇帝」時，也「御筆」寫字寫畫賜給大臣，都是另有人代筆的，他本人寫的字，惡劣非常，可見他從未臨過一碑一帖。前幾年，有朋友到北京游玩，特地去拜訪他，請他寫一幅字留念，他隨隨便便寫些新八股，文尚通順，但字就不堪承教了。

「宣統御覽之寶」

石雪

一九二二年，溥儀十七歲（虛齡十六），叫他左右的大臣點查故宮書畫文物，其中有個「內務府大臣」耆齡，學問頗佳，也排入宮點查，曾記錄一些書畫名目在其「賜硯齋日記」中。是年陰曆三月初二日云：「雪齋畫雪賦詩徵題，同人均有和章，余爲牽及，遂亦依韻和之，詩已早成，今始補錄：『空山無南北，一白寒雲積。閉門埋孤詠，門外絕行跡。蕭疏數竿竹，浸我半窗碧。不知高臥人，誰與共幽寂。』此詩曾經御覽，並蒙垂問袁安事，亦一時榮遇也。」

從這段日記，可見溥儀讀這許多古書仍不知有袁安臥雪的故事，可謂甚陋。在舊日中國的正式讀書人，對這個典故是非常熟悉的，因非僻典也。

故宮博物院所藏的書畫，有不少蓋有「宣統御覽之寶」、「無逸齋」等印章，也是在這一年由溥儀發下這些「御寶」，由那班文學侍從之臣替他逐件蓋上去的。他發下的「御寶」三十方，叫耆齡拿去製錦匣收藏，其中有「宣統御筆」、「即此是學」、「無逸齋」、「用筆在心」是金城刻的；「宣統宸翰」、「宣統御賞」是載洵刻的。這批「御寶」恐怕仍存故宮博物院。（金城，吳興人，工臨古人畫，亦能刻印。）

啓：第三十七期「盛老五軼事」，文中謂七姑太太為孫寶琦之妹，接惠齋先生來函指出，她是王克敏之妹，嫁李姓，李祖永即其子。旋接堇可先生來函亦云然，並謂與她相識。第三十八期「神秘的三月二十日」文中，謂事發後李之龍即被蔣槍決，又李之龍擊沉飛鷹艦云云，皆非事實。應即更正。

早期皮黃名旦考

枕流

前言

自乾隆五十五年（一七九〇年）萬壽祝釐以後，四大徽班相繼入都，首先是高朗亭帶着全班人馬到京，照「揚州畫舫錄」所載的是：「以安慶花部，合京秦腔、名其班曰三慶。」這裏邊的名詞，原先加以說明，如「花部」兩個字的解釋，在「揚州畫舫錄」上說：「兩淮鹽務例蓄花雅兩部，以備大戲；雅部即崑山腔，花部為京腔、秦腔、弋陽腔、梅子腔、羅羅腔、二簧詞，統謂之亂彈。」「揚州畫舫錄」又說：「安慶有以二簧詞來者，湖廣有以羅羅腔來者。」由此可知高朗亭的三慶班，既以安慶花部為主，當然指着亂彈而言，不過其中包括幾種腔詞，不得而知，但是據上面記載的，至少是有京秦二腔在內。京腔據當時的「十二律京腔譜」所記，就是高腔，又稱為弋腔，其與弋陽腔是一是二，則言人人殊，可能是由弋陽腔加以北京化，已經很盛行於燕都，所以三慶班裏不能不有它。秦腔則是蜀伶魏長生在乾隆三十九年入京所帶來的川戲梆子腔，與山陝的梆子腔有別，在「揚州畫舫錄」上也說過：「四川魏長生以秦腔入京師。」他來京以後，唱做兼擅，風靡一時，「燕蘭小譜」上說過：「京班多高腔，魏三變為梆子腔，」又說：「京旦之裝小腳者，昔時不過數齣，自魏三擅名之後，無不以小腳登場。」在乾隆四十七年，魏三以做戲過於輕薄，被官府禁其入班，後來雖獲弛禁，任其搭班出演，但頗知斂迹，而其弟子多人，遍於京師梨園，在三慶入京的時候，其唱腔早已為人所樂聞，故高朗亭的戲班裏，雖不一定演其戲，可是也不能不存其腔。高朗亭本人是唱旦角的，據「日下看花記」所載：「高月官，字朗亭，安徽人，本寶應籍，現在三慶部掌班，二簧之耆宿也。」可見他是出身於安徽二簧戲班，二簧與西皮是分不開的，西皮的來源，雖不甚可考，有人謂湖廣的羅羅腔就是漢調，唱的是西皮，但是徽調裏也有西皮，漢調裏也有二簧，這兩種腔調，早已為徽漢兩劇所共有，不過向來是舉二簧以包括西皮，所以在三慶成班的時候，二簧西皮同時俱流入京師，後來人們簡寫作二簧，實則是一而二，二而一的。不過那時二簧西皮的戲不多，與京秦二腔，鼎足而立，而且四大徽班中的四喜，尚是注重唱崑腔的，後來也許是二簧西皮兩種腔調，為聽眾厭故喜新的心理所歡迎，日漸有了抬頭的機會。從那時起，編出了許許多多二簧西皮的新戲，其中摻雜一些崑弋的咬字發音，以及梆子班的做工表情，而成了一種「京調皮黃大戲」。在道光四年（一八二四年）的慶昇平班戲目上，就有這種戲將近三百齣，可能其中一部份是徽漢兩調所固有的，一部份則是新編出來的，而其取材，除了翻自崑弋傳奇，梆子老本而外，還有就是由彈詞小說，和民間傳說的故事煊染而成。有的是文人的手筆，也有的是梨園中老伶工自己獨出心裁，五花八門，使得所積之數，與年俱增。四喜班在道光初年，已逐漸不能維持崑曲的局面，據「夢華瑣簿」上說：「四徽班各擅勝場，四喜曰曲子，先輩風流，餼羊尚存；三慶曰軸子；和春曰把子；春臺曰孩子。」可是「長安看花記」裏說過：「道光初年，京師有集芳班，仿乾隆間吳中集秀班之例，非崑曲高手不得與，一時都人士爭先聽睹為快，而曲高和寡，不半載竟散，其中固大半四喜部中人也。」「金臺殘淚記」中記四喜部由盛而衰，又由衰而轉盛的情形如下：「初四喜部諸老曲師，既去為集芳部……四喜部驟衰，始漸變崑曲習秦弋諸聲……四喜部驟盛，則盡變崑曲習秦弋諸聲。」在「金臺殘淚記」中又提到：「今都下徽班皆習亂彈，偶演崑曲亦不佳。」由此可見道光初年，是京中梨園由崑變亂的一個轉捩點，也是皮黃京戲大走鴻運的一個發軔點。在道光二十五年本「都門紀畧」中，於詞塲一門有序云：「近日又尚黃腔……茲集所記詞塲諸人，多係黃腔著名者」，而其所列各班著名角色，所擅長之戲，皆爲近日所仍常演的皮黃京戲，可見所謂「黃腔」者，卽甫經成長的京調皮黃，或謂之「黃調」，在此時已傳遍九陌歌坊，佔盡梨園春色。現在若談皮黃京戲裏的旦角，自然以高朗亭爲不祧之祖，但是他屬於二簧老調，與後來的皮黃京戲，畧有區別，所以京中「貼行」素來都推重胡喜祿爲開山祖師，亦猶「老生行」之崇拜程大老板也。不過在道光年間，猶有皮黃名旦早於胡喜祿者，茲畧述其中最享盛名者十人，而以胡喜祿爲之殿焉。

一 汪一香

汪一香，名全林，見「燕臺鴻爪集」及道光十七年「春臺義園碑記」中。集中有「別一香」七律一首，其第三四句云：「回眸再認凝酥面，入骨難忘散雪歌」下注「趕三關」三字。又有「三小史詩」五律一首，詩前有序。其前半段云：「一香與其兄韻香，同屬春臺部，先後齊名，足微蹇，登場促步若積行，然趁作姿媚，轉益其妍。京師尚楚調，樂工中如王洪貴、李六，以善爲新聲稱於時，一香學而兼其長，抑揚頓挫，動合自然，口齒清歷。又燕産也，昵昵作燕兒女子恩怨爾汝語，聲情曲肖，令人心動，無出其右者。」此文中所指王洪貴、李六，爲當時名伶，據道光二十五年本「都門紀畧」中所載，一在和春班，一在春臺班，所演皆皮黃老生戲，所謂善爲新聲者，當係指其喜唱花腔，而一香能學而兼其長，則是一香兼擅演鬚生，否則爲此兩人亦能教花旦戲矣。

二 陳鸞仙

陳鸞仙，其名依「燕臺鴻爪集」作鳳林，而「長安看花記」則作鳳翎，俱許其善彈琵琶。「長安看花記」云：「菊部中推弦索好手，演花大漢別妻，彈四條弦子，唱五更轉曲，歌喉與琵琶聲相答」。渠爲三慶班主敬義堂董秀蓉之徒，故初在三慶部，但道光十七年「春臺義園碑記」中，亦著其姓字，當係後來改隸春臺部矣。道光二十五年本「都門紀畧」中，春臺班有旦角鳳林，演探母公主，當卽其人，但四喜班亦有旦角鳳林，演回龍閣王寶川，應係另一同名之伶人，因當時梨園班規，絕不能容許一人同時兼搭兩班。春臺戲目中，載其獨自擅長之戲，爲坐樓殺媳，天寶圖，陰陽鏡、破洪州、蘆花河、獻長安、雙合印、雌雄鏢、胭脂虎、烈火旗、玉堂春、黃鶴樓、麵缸、別妻、清泉洞、西唐傳。董秀蓉以小生戲擅名，故鸞仙亦善小生，能演羣英會及黃鶴樓之周瑜，後來自起藕香堂。

三 丁鴻寶

丁鴻寶之名，見「懷芳記」云：「字雨香，揚州人，鴻雪堂弟子，離師後堂名日印堂，色黔而格俊，舉止灑落，詼諧談笑，倜儻不羈，而不迕客，故近之者衆。」在「春臺義園碑記」中，亦有鴻寶之名，與汪一香，陳鸞仙並列，當係同隸春臺而身份適相等。春臺戲目中，載其與鸞仙共同擅長之戲，共十三齣如下：探母問令、金水橋、五彩輿、游龍傳、負歡報、延安關、雙沙河、翠屏山、趕三關、四進士、回龍閣、羣英會、黃金台。其獨自擅長之戲，則爲玉玲瓏、十二紅、雙鈴記、瓊林宴、下河南、搖會、查關、殺皮、玩月、拷桃、探龍。其中五彩輿一戲，據「梨園舊話」中云：「爲道光朝嚴問樵大令保庸所編，戲園慶演此劇，觀者無不饜心，各伶醵金公讌大令，以酬其勞。」

四 胖雙秀

胖雙秀的姓氏失傳，在「丁年玉筍志」上說：「曾石麟本亦裏頭人，今改唱小生，兼工技擊，每日大軸子，石麟必與胖雙秀登場。胖雙秀不習崑腔，而發聲遒亮，祭塔一齣，尤擅勝場。」又「辛壬癸甲錄」中云：「方三林，字竹春，與胖雙秀演十全福，搬妙玉得名。」大約胖雙秀本工刀馬旦，但嗓音甚佳，故能以「祭塔」享名。此戲在胖雙秀未演之前，不見於著錄，想係有人特意爲之編製，在道光二十五年本「都門紀畧」中，載胖雙秀在三慶班，名列第三，僅次於程長庚及潘德奎兩老生，記其所擅長之戲，僅一齣，即祭塔白蛇。另於春臺班中亦有旦角名玉蘭，能演祭塔白蛇，其名列諸伶之殿，諒係新進而效法雙秀者，且可見此戲之風行一時矣

五　蓮生

蓮生亦不詳其姓氏，據「長安看花記」中載：「貽德堂蓮生，亦春臺部中人也，演孫夫人祭江，低迷凄咽，哀感頑艷，惜其非南北曲也，不登大雅之堂，其面目神情，大似金麟，亦是佳品。」金麟之名，見於「丁年玉筍志」，亦隸春臺部，惜無事蹟可尋。蓮生以「祭江」一齣得名，與胖雙秀之祭塔，可謂無獨有偶，此二齣皆純粹唱工戲，當係新編出者，故能鬨動一時，而又皆流傳至今，後來陳德霖時演祭江，梅蘭芳及尚小雲則常演祭塔，此可見戲賴人以興，而人亦因戲以傳。

六　王長桂

王長桂之名，與胡喜祿同見於光緒五年本「懷芳記」中，云：「字粲仙，揚州人，年十四五，娟麗無比。二十許，艷冶如故。是餘慶堂弟子，離師後，堂名槐慶。」餘慶主人姓汪，其弟子中，有于常桂，見道光十四年本「辛壬癸甲錄」，云：「字藥仙，壬癸之間，與韻香、冠卿，鼎足而三，名在第二。」又注云「春臺部，寓李鐵拐斜街餘慶堂，移居臧家橋玉皇廟槐慶堂。」當即其人。據齊如山氏「國劇漫談」云：「王長桂與胡喜祿同時，眞假潘金蓮一戲，最初便是他同胡喜祿二人排出來的，因爲他二人面貌極相似。」王與胡雖同時，但胡生於道光七年，而王在道光十四年，已自立門戶，其年齡實長於胡可知。後來改名王松林，先與名丑黃三雄，後與名丑劉赶三配搭演出時多，而以送盒子，入侯府諸小戲爲最有名。

七　陸翠香

陸翠香，蘇州人，爲日新堂殷采芝弟子，初習崑腔小旦，隸春臺部，道光十七年本「丁年玉筍志」中云：「翠香字玉仙，吳兒之極媚者也。演占花魁、醉歸、獨占、雷峯塔、水門、斷橋、及蕩湖船小曲，無不以憨入妙。」按此際翠香不過十三四歲，已能馳譽歌場，其後改演皮黃，拔愈日進，及脫師，自起懷新堂。咸豐初，「都門紀畧」載其在雙奎班出演之戲，爲宇宙鋒、教子、祭江、祭塔、琵琶計。咸豐十年，挑入大內承差，於五月初二日到署，未及一月退出。同治年間，雙奎班解散，翠香改搭萬順奎班。據昇平署檔案所記，其在一個月差事期內，所承應之戲，爲祭塔、祭江、探窰、探親相罵、教子、戲妻、跑坡、擊掌、蘆花河。此時由胖雙秀與蓮生開風氣之先，習皮黃靑衣者，蓋無不以祭塔、祭江爲必修之由矣。

八　錢玉壽

錢玉壽，小名阿四，蘇州人，與兄金福，均演崑腔正旦，金福爲春臺班主日新堂殷采芝弟子，玉壽則自幼在本縣戲班習藝，道光末年始來京，先入四喜班，極受歡迎，爲當時名小生陳金爵所賞識，以第三女妻之，陳之長女嫁賈棣香，次女嫁梅巧玲，棣香演小生，巧玲亦演旦角也。咸豐十一年，由內務府挑進，在熱河行宮承差，其所演之戲，據檔案中所記，有大保國及回龍閣兩齣爲皮黃戲，蓋已漸習爲亂彈矣。同治二年，隨衆退出宮禁，時四喜班於開禁後重組成，乃又搭入，至同治中葉以後，便不常出演，乃起瑞香堂收徒，以寶字排行，先有韓寶芬及田寶琳，俱工靑衣，後有姚寶香，劉寶玉，謝寶雲，姚工花旦，劉工老生，謝工老旦，時人目爲瑞春三寶。其子若孫，均能世其業，有孫女嫁王鳳卿，在梨園中有名家之稱。

九　方松林

方松林，或作方松齡，不知其出生年月，但在咸豐初年本「都門紀略」中，雙奎班已有其名，所演之戲，為探母蕭太后、海潮珠、花田錯、血手印、浣花溪。其中花田錯一戲，即由彼首先排出，五十歲後，留鬚不唱，但大家渴望風采，煩演者日衆，乃去鬚搭永勝奎班，據云上台一笑，粉為之落，而觀客仍極歡迎。聞其為票友出身，在道光年間「都門紀略」中，四喜班有武旦松林，諒非其人，卒於同治元年，想其在雙奎班時，已屆中年，其資格在花旦行中，允宜推為耆宿。

十　胡喜祿

胡喜祿生於道光七年（一八二七），名國樑，一名長慶，字艾卿，或作藹卿，又號丹分，行二，揚州人，習青衣，猶及為敬義堂蕫秀榮之徒，與陳鸞仙為同門師兄弟。出師後，自主西安義堂，後掌春臺部，其兄胡慶福，主桐義堂，弟胡三來主東安義堂。喜祿之名，始見於咸豐初年本「都門紀略」中，在三慶班，所記其擅長之戲，為三堂會審，名次排列僅在老生程長庚之下。在「懷芳記」中，記其「長身後眼，別具嫵媚，自云蘇人，殊不類吳産。工於黃調，且能為西音，但扮血手印，則觀者如堵。」血手印一戲，同時雙奎班有花旦方松林亦能演之，當是其時流行之戲。蕫秀蓉為道光年間三慶班主，故胡喜祿得入三慶，以技藝不凡，聲譽鵲起，「梨園舊話」中云：「喜祿以態度作派勝，其所飾之人，必體其心思，肖其身份，而行腔又宛轉抑揚，恰到好處。」又「舊劇叢談」中云：「徽班著名青衣首推胡喜祿，其唱務以冲淡取勝，譚鑫培言，胡唱彩樓祇一句花腔，尚不肯輕用，其矜秘可知。」此兩書所言，畧有出入，蓋其唱工至晚年已由絢爛而歸於平淡矣。「餘墨偶談」載「戲提調歌」，中間有句云：「小香到，提調笑，喜祿病，提調跳，」這裏所提到的小香，就是名小生徐小香，與胡喜祿同為彼時堂會中不可缺少的角色。從前北京梨園中，無論何角，總是穿官中行頭，自胡喜祿自己斥資置辦私放行頭以後，風氣為之一變，稍有名氣的角兒，無不以此自炫矣。

女畫家繆嘉蕙

方　員

李慈銘「越縵堂日記」光緒十二年丙戌（一八八六年）正月二十八日云：作書致筱山，送去雲南繆素筠女士（嘉蕙）續團扇潤筆銀二兩。女士適人，八月而寡，守節二十餘年，隨其弟計偕至京師，賣畫為活，筱山其族弟也。余屬其續一霞川老人桃花聖解盦填詞圖」。

這個女畫家繆嘉蕙，後來在光緒十五年五月四日裏召入宮教西太后寫畫，並為捉刀，據說那些寫得極好的花卉畫件，就是繆女士代筆的。近數十年的筆記，記繆女士事頗多，但都是零零碎碎，頗不足知其身世。李慈銘日記中說她的弟弟入北京會試，其弟叫什麽名字，也沒有點出，據我所知，其弟名叫嘉玉，官內閣中書，大概以舉人考不上進士，才考內閣中書的。（與繆女士同時供奉慈禧者，另有一個畫師，不知她叫什麽名字，只知她是前廣東布政使姚覲元之寡嫂。）

庚子年西太后逃至西安，繆女士亦隨往，胡延「長安宮詞」有兩首云：

供奉何人進畫圖，行宮亦有惲淸于。日長頻喚先生入，伏地閒談當說書。

（原注：雲南嫠婦繆素筠，以畫供奉慈寧久矣，太后西幸，隨駕至長安，仍居宮中，太后幾暇無事，輒召入寢宮，賜坐地上，閒論今古，內監皆稱為繆先生。）

藻碪遠隔雁門關，禁院深深鎖玉顏。不是內家有拘束，出門早化望夫山。

（原注：繆素筠有姪留滯北都，姪婦年二十餘，素筠隨駕至秦，携以入宮，居于太后寢宮東偏小室中，終日不得出戶。）

西太后既死，繆女士亦出宮，太后賞賜給她的古畫，逐漸出賣，有幾幅展轉賣往美國的美術館了。

孫中山先後與袁世凱張作霖會晤

茹松雪

孫中山於民國元年（一九一二年）四月，在南京解辭大總統職務後，不久回到離別了十七年的廣東故鄉一行，即返上海。八月中旬，袁世凱特致專電，邀請到北京會談。當時袁已實行總統制，把內閣責任制，視爲眼中釘，使到內閣總理唐紹儀和農林總長宋教仁、教育總長蔡元培、工商總長王正廷、（編者按：工商總長本係陳其美，因陳未到任，以次長代）司法總長王寵惠幾個同盟會籍的閣員，先後辭職。財政總長熊希齡雖然不是同盟會員，也不自安地而辭職。袁又擅殺了武漢起義，革命黨人的湖北軍務司長張振武，湖北將校團長方維。因此同盟會幹部多不贊成孫中山在這個時候北上與袁會面。但孫中山認爲袁世凱逆跡未彰，還可爲善，故決意到京，與袁聯系。孫中山由海道北上，於廿四日抵達北京。在歷史上說，這是南北新舊兩個總統會晤，也是兩個負有政治重大責任的首長第一次相見，意義是不尋常的。

孫中山入京前的兩天，袁世凱召見馮耿光（廣東人，日本士官學校畢業，當時是總統府顧問，侍從武官，一九六六年死於上海），要馮代他好好的招待孫中山，並要馮隨時留意孫講些什麽話，和有什麽活動。馮聽了，覺得這是奸細的任務，婉轉對袁說：「您爲什麽不交給大禮官廕昌或黃開文去辦呢？這個任務，我是幹不了的。」袁還是囑馮好好地去幹。這說明袁世凱一貫對人的猜忌，施展特務的工作。

孫中山到北京的一天，住在迎賓館（外交部街的舊外交部），黃開文在此主持招待，馮與黃都是廣東人，事先約好對孫中山稱「先生」，不稱名道姓。黃並向孫中山說，「袁總統就要前來拜訪先生了。」孫中山根據中國「行客拜坐客」的習慣，即說：「還是我去，請他不要來了。」原來袁世凱於這年的一月十六日，在丁字街曾遭過黨人張光培、楊禹昌、黃之萌等拋擲炸彈，暗殺未成，從此躲在鐵獅子胡同舊陸軍部的房子，不敢隨便外出，這是孫中山所知道，故說由自己先去會袁。怎知話剛說畢，黃開文連迭接到電話說：「總統已出府門了……車已到四牌樓……已到燈市口，」一步近一步。繼說，「總統已快到門口了。」孫中山由內廳步行出來，站在台階上準備歡迎。這時聽到馬隊飛馳而過，大門外已停下一輛雙馬轎車，車旁站了幾個侍衞武官。黃開文上前開了車門，對袁說：「先生在台階上面，專誠迎接總統了。」袁每逢出外上下車，一向都要侍從攙扶的。這時却擺手示意，自己硬掙着走台階，表示健步。將到孫前，孫走前兩步與袁握手。袁說：「先生路上，一定很辛苦吧。」隨說隨行到客廳中坐下。

當時袁世凱面上極力表現莊嚴姿態，身穿軍服、佩刀。按照軍禮，室內待賓，須脫帽摘下佩刀。可是袁因爲過於緊張忘記了。袁平日素有搔頭的習慣，經常用手搔鬢，因此人們戲說他是「猴子投生」。坐落之後，袁照常的搔鬢，因手觸帽，才發覺了未曾脫帽、摘刀，有失禮節。於是急用手摘刀。可是坐在低的沙發上，刀拄在腰間撐得很緊，難以除下，只得先把軍帽脫下。這時袁雖然故作鎮靜，而侷促窘態暴露，與孫談話，也陷於言語支吾。這一次，他們兩人只是說了幾句寒喧話而已。

當孫袁會晤時，孫的夫人盧慕貞（也就是孫科的母親）出來向袁問候，由孫的隨從秘書宋藹齡翻譯爲北京話。袁即照例致問路上情况。這天晚上，袁在總統府大禮堂，宴請孫中山伉儷，出全體閣員和其他高級職官作陪。

其後孫袁一共交談了十三次，除了孫袁二人外，只有梁士詒參加，協商八大政策，如：注意開放門戶，輸入外資，興辦鐵路、礦山，建製鋼鐵工廠，資助國內實業，等等。袁並特授孫中山担任籌劃全國鐵路全權，開發交通，鞏政治經濟基礎。孫中山旅京期間，曾游覽了居庸關，張家口等處，並迭應各界團體的歡迎大會，出席演講等應酬才返上海。

民國十三年（一九二四年）秋冬間，奉直軍閥發生戰爭，突然馮玉祥聯系了胡景翼、孫岳，回師北京，舉行首都革命，反對吳佩孚，囚禁賄選總統曹錕，驅逐溥儀出宮，淸查故宮文物，槍斃孌人李彥靑種種行動，確是大快人心的事。馮等爲了中國統一，辦理善後，一再致電廣州，邀請孫中山北上，共商國是。孫中山於是年十二月三日從海道到了天津，住在賓館，第二天卽去會張作霖。（奉系軍閥頭子張作霖，已於早一天由瀋陽到了天津）當時孫的隨員之一李烈鈞，後來寫自傳，對於此事，也有一段敍述，這是第一手材料，較爲可靠，摘錄於後：

余等請總理（指孫中山）往晤張作霖。總理然之，立命汪兆銘作通知書。余謂：「劉邦會項羽於鴻門，得張良與樊噲同行乃無恙。今茲先生往訪雨亭（雨亭是張作霖的別號），似宜有隨從者，以何人爲當？」總理乃命汪兆銘、邵元冲、孫科及余隨行。次日，分乘兩汽車，及隨侍副官一汽車前往。作霖知總理將至，警戒甚爲嚴密。既至，學良出而迎接。總理與同行諸人，下車入客室。久之，始見一短小而體瘦弱者出，踞上座，意氣傲岸。坐既定，賓主默然無一言。因總理未先接談，同行諸人，皆不便啓齒也。總理乃曰：「昨日抵埠，承派軍警迎接，盛意可感，特來申謝。」又云：「此次奉直之戰，賴貴軍之力，擊破吳佩孚，實可爲奉軍賀。」作霖答曰：「自家打自家人，何足爲異。」言次，呈不懌狀。余目視同人諸友，均無一言。余乃起立，向總理與作霖點頭爲禮，並謂：「事雖如此，若不將國家之障礙，如吳子玉（吳佩孚的字）諸人者鏟除，則欲國家之進步，與人民之幸福，終屬無望。總理孫公之賀，實有價値，亦惟公能當之也。」作霖乃大笑。總理徐徐曰：「協和（李烈鈞的字）之言是也。自民國成立以來，得我之賀詞者，亦惟雨亭兄一人耳。」語至此，滿座爲歡。作霖舉杯請茶，總理與之握手，興辭而出。既抵旅舍，兆銘曰：「險哉險哉！」余乃詣之曰：「如此膽力，卽可以刺淸攝政王乎？無怪事之不成也。」兆銘聞言，蹙額，余等均大笑之。

這一次孫張的會晤，是因孫與張作霖、段祺瑞有過一度的聯盟，共同打倒直系軍閥曹錕吳佩孚之流。是日陪孫同去的是孫科、李烈鈞、邵元冲、汪精衞，還有馬湘、黃惠龍的衞士。在張家的是張作霖學良父子，還有楊宇霆、葉恭綽、吳光新等人。楊是屬於奉系，葉是當年孫張段聯盟的孫方所派北上的聯系人，吳是段系的人。是日孫張相見，只是一種普通禮儀上談幾句寒暄話而已。

第二天，張作霖也照着禮儀回拜孫中山。這一次，張的威風凜凜，一共二十多輛汽車，帶了衞隊一百多人，沿途警備森嚴。張孫在室內晤談的時候，張的一個上校軍官，在室外與孫的隨從衞士馬湘談話，問馬：孫先生的隨從衞士有多少人？馬答他「六人」。因爲言語關係，這個軍官聽錯，誤爲六營。問如許多的人，駐紮在什麽地方？馬覺得有點好笑，便淸楚地告訴他，是六個人，不是六營人。這個軍官又覺得奇異，因爲人數太少，與孫大元帥的身份不相稱的，軍官又見馬湘身上所佩的銀色新式的自動手槍，要求馬給他看個淸楚，想了解它的性能。馬說：「大元帥命令，武器不能給人家看的，對不起，請原諒。」軍官又問這種新式手槍的射程和性能怎樣？馬說，「一發可以擊斃十人。」對方聽了，沒有露出懷疑的表情。這一段題外的故事，可以說是孫張相會的插曲。

最後附談幾句，這次孫中山到了北京，沒有機會與馮玉祥見面，馮認爲生平最大的憾事，因爲那時馮已遭受段祺瑞張作霖的妒忌、排斥，馮爲了避脫嫌疑，不去拜訪孫了。段祺瑞却另耍花樣，對內對外的政策，均與孫的主張相違背，政治的主張不同，意見參商，兩不相見，是很自然的了。

洪憲紀事詩本事簿注

劉成禺遺著

金牌深刻大明嘉靖字，想見厥初亦王餘。一朝斗水不能活，垂五百年遭毒痛。白龍宛頸困豫且，老龜就烹桑已枯。於嗟呼！膾肝吞胆人為鮮，一網盡此猶區區。

周沈觀世丈曰：聞府中舊人語，洪憲時，豫省進黃河鮮鯉，項城擇巨鯉重二十餘斤者，翅貫銀環，環上鐫洪憲字，放生三海，予詩初有「銀環貫鬐亦鐫洪憲號，其魚未獲難為書」之句。此次捕魚所獲，以明嘉靖為最早，銅環未刻朝代者，亦有數尾。洪憲銀環魚，未見捕，故刪去此韻云。成禺記。

金盞床頭佈甲兵，春燈魚鳥待承明。昨宵齊唱共和字，萬歲科呼第四聲。

請願代表團第三次請願推戴書上後，項城有頒布承認帝制之令。上書代表，招待經費，均由孫毓筠料理。於是開全體代表大會，翌晨齊集於新華門，跪求皇帝，即時正位，三呼萬歲散會。有僉事汪立元者，宣南俱樂部主理人也，誤呼中華帝國萬歲，為中國共和萬歲。會員提出質問，論汪立元如何受罰。立元自認明晨集新華門，羣唱中華帝國萬歲三聲後，敬受科罰。一人長跪，再獨唱中華帝國萬歲一聲。翌晨請願代表，魚貫排列，跪集新華門外廣場，歡呼中華帝國萬歲三聲畢，立元起立，短步前行，直跪新華門砌下，大呼中華帝國皇帝，萬歲、萬歲、萬萬歲一聲。洪憲開國，四呼萬歲，京師報紙，宣為美談。禮畢，回請願代表總會，孫毓筠宣布各省代表諸公，任務已完，每人送路費百元，遠省二百元，請暫返本省，朝廷如有需要，再行召集。羣祈增費，毓筠不允，衆乃大譁曰：「我們也不是蝦子燈、螃蟹燈、鳳凰燈、鯽魚燈，由你迎來迎去，大家抬你做龍燈頭，我們連龍燈尾巴都彀不上，今日事不解決，都不出門。」毓筠奔入臥室，閉戶不理，羣衆狂罵，繼以毀物，毓筠以電話調警察憲兵，維持秩序，羣衆益怒，謂「天兵來到，也要加費，區區軍警，豈能威嚇！」毓筠曰：「領欵用罄，豈能驟辦！」羣衆曰：「這眞是床頭金盡，就認不得客人了。」當時軍警麕集，莫可如何，後經朱啓鈐等，出面調停，每代表加路費二百元，轇遂寢。當時有效吳寶崖龍棚詞，歌詠其事者：「燈火樊樓盛鳳城，揮金門巧彩先生。諸公善舞龍燈手，萬歲長明第四聲。禽魚花鳥閃金蠅，萬事過如走馬燈。只笑上書人太淺，龍棚有路不同登。」（錄後孫公園雜錄）

歸領新朝玉鳳姿，閶叩表最先馳。斜陽西苑多芳草，誰為王孫賦黍離。

溥貝子溥倫，道光嫡長曾孫，皇長子弈剛之長孫也。大阿哥溥儁，為皇五子惇親王孫。宣統溥儀，爲皇七子醇親王孫。輪次立長，淸皇帝應以溥倫繼位。淸室有代表傳統資格者，厥爲溥倫。項城常謂大總統職權，爲淸室禪詔直授，並非取之民國。參政院成立，首任溥倫爲參政，卽寓權由淸室移讓之意。帝制議起，淸室懼優待條件隨同消滅，曾一度派溥倫世續謁項城，正式談話。故四年十二月十六日令曰：「政事堂呈稱，准參政院代行立法院咨稱，准淸室內務府咨稱，本日欽奉上諭，前於辛亥年十二月，欽承孝定景皇后懿旨，委託今大總統，以全權組織共和政府，旋由國民推舉今大總統，臨御統治，民國遂以成立。乃試行四年，不適國情，長此不改，後患愈烈，因此代行立法院據國民請願，改革國體，議決國民代表大會法案公布。現由全國國民代表，推定君主立憲國體，並推戴今大總統爲中華帝國大皇帝，爲除舊更新之計，作長久治安之謀，凡我皇室，極表贊成等語。現在國體業經人民決定，君主立憲所有淸室優待條件，載在約法，永不變更。將來制定憲法時，自應附列憲法，繼續有效。此令。」項城元旦登極，淸室特派溥倫爲淸室全權代表，欽命大使用敵體國書，賀洪憲大皇帝，行卽位禮，羣臣朝賀禮成，首由大禮官黃開文，臚唱，引伴溥倫恭入正殿。禮樂齊鳴，衛侍敬肅，項城升御座，溥倫中立，宣讀淸室國書。項城起立，親手接受。文用「遜淸大皇帝，敬奉兩宮聖諭，特派宣宗成皇帝嫡長曾孫溥倫爲全權大使，代表淸室全體，恭賀中華帝國之皇帝洪憲元年元旦，行皇帝卽位盛典，」云云。禮成，大禮官趨承御座，奉項城頒示皇詔退交溥倫。溥倫行三鞠躬禮，退出。詔曰：「遜淸宗室溥倫，先朝嫡裔，宣廟冢孫，神女之胤，玉鳳之姿。興滅繼絕，特頒五錫之榮；受命承天，不廢三恪之禮。方之遼裔楚材，宋裔孟頫，忠盡寵篤，先後燦輝。掌領皇言，羣僚冠冕。識從帝運，首美絲綸。歸命勳功，殊堪嘉尚，」云云。或曰，詔文出知制誥王式通手筆。順天時報載蒲圻覃壽堃詩：「懷寶來陳璧，迎鑾詔溥倫。」卽詠此事。當時駐京各使館，對外交部不用公文，只用函開，且書中華民國。雖外交部函請各國公使，元旦入賀。無一回覆以與國大使體制，入賀洪憲大皇帝登極典禮者，只遜淸溥倫一人，羣謂兆頭不吉，洪憲運命，恐與宣統先後媲美矣。（錄後孫公園雜錄）

騾馬街南劉二家，白頭詩客戲生涯。入門脫帽狂呼母，天女嫣然一散花。

帝制時期，自命帝黨者，薈萃都下，皆捧坤伶。中和園雖有富民、三友（竹友蘭友菊友）戀馬小進（駿聲）吞金之金玉鑲，而劉喜奎色藝，實領王冠。名士如易哭菴、羅癭公、沈宗畸輩，日奔走喜奎之門，得一顧盼以爲榮。哭菴曰：「喜奎如願我尊呼爲母，亦所心許。」或曰：「是非汝綠樹陰中之老媽乎？」喜奎登臺，哭菴必納首懷中，大呼曰：「我的娘，我的媽，我老早來伺候你了！」每日哭菴必與諸名士過喜奎家一二次，入門脫帽，必狂呼「我的親娘，我又來了。」喜奎略通文墨，後拜哭菴爲師父，日習藝文。喜奎曰：「易先生見面，呼我爲娘，我今見面，卽呼彼爲父，豈不兩相作抵？」癭公曰：「現在皇帝要登極，你也可以皇后坐殿。」喜奎曰：「恐怕皇帝做不成，皇后也被金兀朮擄去了，豈不嗚呼哀哉？」人謂喜奎識見，遠勝頌聖諸公。喜奎日與哭菴癭公諸名士往還，詩句文字，頗能着筆，其刻入諸文人集中者，想係好事名士大加潤色。喜奎色藝，名動一時，慕者願許十五金一吻。後嫁參謀部科長崔承熾，未幾崔歿，喜奎閉門守孀。民國十七年，報傳北平安定門謝家胡同崔宅，盜刦崔府孀婦姨太太崔劉氏金珠銀鈔萬元，是時尚空房獨守也。（錄後孫公園雜錄）

（卅七）

柳西草堂日記

張謇遺著

五月

一日。與盛宗丞談。

二日。定墾牧集股章程，至是已七易稿。

四日。定大生小輪事。

五日。與曉珊、梧岡談竟日。

六日。夜附元和輪船至江寧。

八日。晨至書院。

十日。代盛、劉擬爲梅生請史館立傳奏。

十一日。見新寧，爲叔兄請咨調回籍。叔兄之服闋回江西也，積勞績八九次，始署德化。甫一月，貴谿民教鬨爭事起，勢洶洶連五六州縣，省城上下震悚，調叔兄再往署，至則解放逮都，令各族自首滋事人，五日得七人，事定而廣信府査某袒前令楊某忮甚，遇事無禮，是時，本府率隨員四人，候補道繆某率隨員四人駐縣城署者兩月，由是本道明某，候補道袁樹勳繼踵而至，兵差、學差省委絡繹不絕。教士指索二十餘人，前三人皆枉，力爲之申訴，不能解，上游督責益厲，則以誠動民爲國受屈之情，以勤致民不忍相負之義，又代民任賠二千，攤賠四千，勞苦十八月，負累五千金，而上游不恤也，惟爲補宜春缺以酬，至是並不至本任，乃力勸兄引退，歸助紗廠，兄亦意興蕭索，又料江西民教必且有大亂，決意引退，書再三至，乃請新寧以洋務各要差咨調回籍。作令十餘載，落得五六千金之債，不負民矣。

十二日。有書堂詩一首：「書堂昨與制蒿萊，短榻低檠獨自陪。簷靜月窺雙燕宿；牆高風墮一螢來。誰家簫鼓能爲樂；見說鑾輿尚未回。我亦栖遲空向老，六年塵跡任莓苔。」有青田葉亭珠來見，字赤濱，曾在湖北武備學堂，亦曾客姚石荃處，云有上海鈕永建孝廉，振奇士也，似聞梅生曾言之。

十五日。得劉澂如訊，請改貫丈表爲銘，作銘百四字寄之。「搏搏大輿，川孕嶽負，彼隈而隅，較施孰阜，其德俶當，已無而有，以予而取，孏閟其紐，道炳大易，聃演極究，善用家坦，弗善國踣，胡彼鈞軸，云翼我后，夢夢海藏，眄其餓口，褐珠行乞，而甘隣詬，公覺於道，盈挹盡受。貳圭兩蠡，業輝行茂，貨殖之崖，君子之富，我銘張之，以視袞繡。」

十九日。閱三月課卷竟。

二十日。叔兄以李撫軍保，奉上諭，傳旨嘉獎。

二十一日。閱四月課卷竟。

二十二日。題畫：「竹孫爲畫一牯牛二吳羊於扇，有枯樹，有草地。黃牛走散牯牛在，吳羊得羣山羊飛。社櫟凋盡蔽不得，海上荒黔秋草肥」。

二十三日。得子培啓行電。

二十四日。與繆炎之院長同至下關候船去鄂，住蕭姓飯鋪。

二十五日。附江裕而西，子培自滬來會。過蕪湖見江水盛漲，決隄無算。鄭稚星亦同舟。是日生日。

二十七日。已刻抵漢口，見萃老，知其事已了。見蘇堪，慰其二兄一從子之喪。水勢極大，乘楚威小輪過江，住紡紗局。見仲弢。

二十八日。同子培、小山謁南

皮，時八下鐘，至下午五下鐘而退。所談甚多，惟小學校必可立。

二十九日。詣彥叔、叔韞。

三十日。兩湖書院飯，仲嘏、節庵約。

六月

一日。知叔兄以南皮敘宜昌辦振舊勞，保補缺後，以直隸州用（上年十月事）

三日。詣南皮辭行，過江附瑞和，小山獨留。

四日。江水益漲，九江平地水深二尺，廬舍門窻梁柱，漂泊無算，時時見人畜屍骸。戌刻大風，雷雨頓作，船大動，遂下椗。與叔兄訊，交瑞和郵箱。

五日。過江寧，亥刻矣。遙見岸上平地皆溶溶，有燈火光，水漲溢不知幾許矣。

六日。未刻至蘆涇港，乘小車迂道至廠，田被水者十已四五。聞扶海垞中以小舟度人，住房水及地板，天井魚游成隊。

七日。知叔兄調東鄉縣，再與訊。

八日。磐碩來。遣人探視家中被水狀。

九日。磐碩歸。

十一日。連日寫各集股訊。

十六日。回長樂。

十七日。抵家，省視水狀，蓋自五月廿八至六月初五日，宅內平地水稍退。

二十日。得叔兄訊。

二十三日。曉珊來。

二十四日。作攖寧居士象贊。（眉書云：同年烏程蔣書箴錫紳，晚自號攖寧居士，屬江寧畫師單林圖參禪小象，而自爲仁和龔氏發大心文於後。攖寧云者，本諸莊生大宗師篇世變混（按：「張季子九錄」作「沉」）濁，攖之至矣，居士其有寧（按・「張季子九錄」「寧」字上有一「欲」字）之思乎？爲之贊曰：數有一二乎？不一而二奚根，不二而一奚形。道有死生乎？不生而死奚因。不死而生奚生。世皆願休乎？寧而不知德攖。故有攖攖，而無寧寧。大雄氏過焉，倡寂滅而塞聰明。玉版二尺，蒲團一層，坐忘而隱，集虛氣聽。入世而人其貌，出世而天其情。善哉居士，得心太平。」

二十五日。聞熒惑入南斗。

二十六日。曉珊去海門。得叔兄訊，商以進爲退之計。

二十七日。與西林去海門，合餞王同知。聞徐海二次蝗見。

二十八日。與叔兄訊。題方亭曰此君亭。

二十九日。新寧電遊贛撫復東鄉刁民抗糧，調張令署理整頓，請緩調。與叔兄訊曰：「民之刁不刁，視乎糧之抗不抗，若東鄉向不完糧，謂之刁民可也，若自有不能完糧之故，官曰刁民抗糧，民不曰災區求緩乎？當考眞情節，求公是非。

七月

二日。曉珊來，晚聞積餘以王彭互訐事來海。

三日。曉珊以積餘約去海門。

四日。與蟄先、叔韞訊。惲心丈來訊，頗以讒言責望敬夫。

五日。答惲次遠、菘耘、心耘訊，爲敬夫申辨。墾股得十四萬。

六日。答蟄先、叔韞訊，敬夫、書箴、叔兄訊。叔兄來訊，擬捐道員。

九日。與惲心老昆季訊。

十日。與書箴、叔韞、蟄先、毛實君訊。薦趙生承禧於實君廣方言館。知海門士漿訟已結，積餘有美名。

十一日。看課卷。與新寧訊，調測繪學生。

十二日。積餘、曉珊來。

十三日。家祭。積餘以酉刻行

（卌七）

英使謁見乾隆記實

馬戛爾尼　原著
秦仲龢　譯寫

使節團行抵古北口，又到上次登城附近。難以滿足的好奇心驅使隨員中若干人擬作第二次登城游覽。這裏又有一個事例說明中國政府，或者其官員的猜疑妒忌。上次登城的缺口地方，在我們在熱河的期間，現在已由磚頭瓦屑塞滿，無法上去。推其原故，中國和韃靼的護送官員們既奉命招待外國客人，客人們意有所欲，彼等實難當面禁止，而中國的萬里長城若使外人任意觀覽，又恐被外人窺去底細他們要負責。他們的做法是間接製造一些偶然的阻碍來引導外國人不要再作嘗試。使節團員們，一方面爲了愼重，一方面考慮到扈送人員的困難，事實上經常避免做一些絕對無害的游覽和考察。

從熱河啓行之後，特使警衛一人因貪食水果，突然暴病身死。他死在宮院裏面，一切有關皇帝的問題，中國都特別敏感。照規矩，任何外人不能死在皇宮範圍之內。招待官員們急忙叫了一個小轎抬着死尸，僞稱此人還活着，等抬到宮外之後，於是又說此人死在路上。

另一個使節團警衛走在路上鬧起痢疾來，不得已到路旁一個中國小店請一位中國大夫醫治。這位大夫在脈搏學說之外，又加上了體質不同的學說，於是不幸的病人被診斷爲體寒，給他開了一劑分量很重的胡椒、生薑、豆蔻和燒酒的藥方。他吃了這劑藥後，病上加病，幾乎死在路上，回不到北京。

九月二十二日，星期日。　我們今晨埋葬砲手里特，他是昨天死去的。禮畢，即啓行，十八英里，至錦章營住宿。黃昏時分，欽差徵大人來談片時即去。

九月廿三日，星期一。　今日行二十四英里，到古北口。到達之前一個鐘頭，我們在車中就看見萬里長城蜿蜒着在眼前，前左右三面的景色極佳，而氣象之雄厚偉大，爲我生平所僅見。隨員中有些人意欲作第二次長城之游，可惜我們來時所走登城的路，已爲磚石瓦屑堵塞，無法通過。後來他們找了很久，才找到了一間道，結果如願以償。

九月廿四日，星期二。　因爲今日要行三十五英里的長途，我們大清早就動身上路了，大約行了九個鐘頭，到達此處（原注：民裕鎮，英文作Min-Yu-chien ，今從音譯。——譯注），我們就在這裏住宿一宵。下午欽差徵大人來訪。

九月廿六日，星期四。　今早四點鐘即起行，行二十七英里，約在正午時分，到達北京館舍。總計從熱河到京師，僅五日半路程，在旅途中，仍如往熱河時那樣借住行宮的廂房。王、喬兩位大人招待很是周到，而且情意懇摯，凡他們力所能做到的，無不表示其眞正友誼。但欽差徵大人則和他們不同了，他依舊那樣倨傲，雖然在旅行中時時來看我們，但他那種輕視外國人的態度，不時從語言中流露出來。

九月廿七日，星期五。　我們今早即將存在館舍中所餘的禮物整理好，準備運往圓明園陳設。本來不必一到了北京就急於要辦理的，但中國官員似乎有催促之意，我從他們的神情觀察，加以在別方面所得的情報，似係外國使臣不能在中國久居，我們既經覲見，則事情已了，中國官員就不願留我們在此過冬季了。

九月廿八日，星期六。　各種禮物，大部分已措置竣事，就在今天交給中國官員運往圓明園，並派我的繙譯員同往，幫助我們的技術人員（原注：他們留在北京，沒有跟往熱河），將各種儀器和機器使用之法，向供奉內廷各教士詳細解釋。他們奉皇帝之命，在圓明園裏負責管理各種外國珍物，我吩咐我的繙譯員向他們詳細解釋各物的用法，以便我們回國後，各教士或中國官員等人能自由運用。

欽差徵大人來告知我，乾隆皇帝將於下星期一回京，按照成例，凡在京師的各級大官員以及各國派來的使臣，都要行郊迎之禮，郊迎的地方，離北京約十二英里。他見我為風濕病所困擾，便向我建議，不如移往圓明園附近從前我住過的宏雅園住一宵，第二天即可往接駕，因為從圓明園往接駕的地方只有六英里左右，這樣可以減少我旅行的辛苦。這時候我雖然疲憊不堪，但我仍對他說一定前往接駕，希望明天我能啓行往圓明園。

九月廿九日，星期日。　上午未做一事，安靜地休息，養足精神，到下午即出發前往圓明園，已感疲乏，很早就上牀睡覺，以便明天接駕。

九月三十日，星期一。　我們淸晨四點鐘就動身，行了兩個鐘頭，到了接駕的地方。執事官把我們引到一個大廳堂，招待我們進茶點，然後前往迎駕之地，把我們安排好在路邊一個容易為皇帝見到的位置。我們所站的地方是廣場的左邊，站定後，見兩旁及對面已排滿了大小官員和軍隊執事人等，不下數千人之多，延長幾達數英里，衆人都引領向前觀望，以待駕到。不久後，皇帝御駕已到，他高坐在一頂大轎內，轎以黃緞為衣，有玻璃窗，抬轎的校尉八人，另八人則為更替之人。轎後有一輛兩輪車隨行，這輛車的式樣既笨重可厭，又沒有裝彈簧，坐在上面，一定很不舒服的，我想將來皇帝坐上我們所獻的精美輕便的馬車後，不消說，自會將這笨拙的兩輪車打入倉庫，永不召用了。（按：巴勞的「中國旅行記」說：「我回英國後的一年，接一位在中國當差的荷蘭人來信，他說，去年馬戛爾尼帶來的各種贈品中，有好幾種並不為中國人所重視，僅放在普通物品中，不甚珍惜。至於馬戛爾尼個人所獻的馬車，為倫敦市上罕見的精品，但中國人却把此車與原有拙笨的那一輛雙輪車棄置一處，不特不加以拂拭數澤，且始終未嘗一用。」馬戛爾尼亦可謂白費心機了。按馬戛爾尼東來時，在倫敦的著名製車廠朗阿克里（Lo'g Acre）定製馬車三輛，帶往中國。東印度公司對他所帶贈乾隆帝的禮品及此三輛馬車，皆有記錄。據說，第一輛是夏天用的馬車，第二輛是冬天用的馬車，皆有威尼斯的玻璃窗，惟第二輛則改用天鵝絨為裝飾。第三輛畧與第一輛同。製車工匠名約翰·赫特哲特（Jo'n Hatchett）。這三輛車的價值是一千八百四十二鎊。馬戛爾尼以為乾隆帝見了他所獻的車，必定很歡喜，其實恰恰相反，這輛車放置在圓明園昆明湖附近一個殿裏，當乾隆六十年（一七九五年）初，荷蘭一位特使范·勃拉姆（Van Braam）往游圓明園，他的筆記中說，他在某一殿覲見皇帝時，帶領引見的小官員指着御座左邊的一輛馬車對他說，這就是馬戛爾尼獻來的禮物。車身全部塗金，保全得很好，也很光澤。到一八六〇年，英法聯軍打入北京，圓明園為英國公使額爾金下令縱火焚毀，當時英國駐廈門領事官斯雲浩（Robert Swinhoe），隨軍為英國統帥格蘭特的繙譯，事後著有「一八六〇年華北戰役軍琑記」一書，記其於圓明園半毀後往游，也說到這馬車完整如新，並說乾隆帝寧願坐那笨重的雙輪車或八人轎，也不願坐這輛精美的馬車云云。譯者注。）

御駕在我們跟前走過，我照舊行屈一膝禮，皇帝見到我，就派一人來傳諭說，皇上聽說我身體不舒服，很是掛念，現在天氣漸冷，老住在圓明園不大好，不如早日搬回北京居住，才方便些。御駕之後，隨行者有和中堂，他見我在路旁，也很恭敬地為禮，但絕不少停，想係儀節如此。御駕過後，衆人漸散，我也回圓明園休息。下午即返北京館舍，已疲乏不堪了。

（卅一）

釧影樓回憶錄

天笑

蒯先生的談鋒眞健，可說無所不談，從宗教到社會，由哲學至時政。他頗研究佛學，常和我們談佛學，他常讚歎：佛學是廣大圓融的。王小徐、汪允中，他們於佛學是有點研究的，但是我却一竅不通。可是他不管你懂不懂，總是娓娓不倦的講下去。我問：「如何於佛學有一點門徑，可以摸索進去呢？」他教我去看「大乘起信論」，於是我便去買了一部「大乘起信論」。這時南京有一家「金陵刻經處」，專刻佛經，流通各地，是楊仁山老居士所辦的。但是我看了仍不明白，難起信心，大概我是一個鈍根的人吧。

蒯先生既好健談，又能熬夜，我們不敢早睡，他常常吃了夜飯，甚至在十一、二點鐘，到我們屋子裏來了。一談常常談到半夜，當然都是他的說話，有時竟至雞鳴。他自己往往不知道，直到他太太令僕人來催請。有時談至深夜，上房裏送出了些茶食糖果等類，與我們同食。我想送茶點出來的意思，也有警告他時已深夜，可以休息的意思。不過來談時，總是在我屋子裏的時候多，後院竟不大去，這是因爲我屋子離上房近。聽講的也是王小徐、汪允中與我三人爲多。

本來我到南京來，原是由戴夢鶴介紹，教蒯先生的最小孩兩個孩子的，但來此已多日，竟不提起教書的事了，每天只是教我看書。他既不提起，我也未便詢問，後來得到了夢鶴蘇州的來書，他說：教書的事，仍由陳宜甫蟬聯下去了，本來這兩個小孩子是宜甫教的，一時偶思易人，現在不調動了。陳宜甫是研究小學的，爲人沉默寡言，但他一口鎭江話，也覺得很不易聽。據說：這兩位世兄，也很聰明，有一天，講日月兩字，先生說：「這兩個象形字，在篆文上，日字像個太陽，月字像個月亮。」學生道：「這個我們明白了，但在讀音上，爲什麽日字不讀月字音，月字不讀日字音呢？」這不知陳宜甫如何解釋？若是問到我，我可就無詞以答了。

在那裏不到半個月，他們的帳房，便送來了十二塊錢，說是我的月薪，這使我問心有愧了。我來到這裏，既不是教讀，又沒有其它名義，終日閒除白天看書，夜來聽蒯先生談話，並無別樣工作，豈不是無功受祿嗎？在那時候，也不能輕視這十二塊錢，一位舉人先生，在蘇州家鄉教書，每月也不過十二元的館穀呢。我因此問問汪允中諸君，他們說：「他們也是如此的，這是蒯先生樂育英才的意思。」不過王小徐，他在十二墟另有職務的，他的月薪是二十元。那眞使我却之不恭，受之有愧了。

我在那裏，差不多住了有一年，在筆墨上，只不過做了幾件事。有一次，有一位先生（忘其爲誰），刻他的詩文集，請蒯先生給他做一篇序文，他便將詩文集給了我，教我給他代擬一序。他說：詩文都不甚高明，你只恭維他一下好了。我便當夜寫成，交給了他，不知他用了沒有？又有一次給人家題一幅山水畫，也教我來題句，我寫了兩首七絕，請他選一首，他說：「很好！」也不知用了沒有，倒是有些對聯，我做得不少，以輓聯爲多，那都是用了，因爲他是請人來寫的，我都看見。

這都是應酬之作，他只給我一個畧歷，或這人有行述，加以參攷，這些諛墓之文，更爲便當了。

在南京

我在南京住了幾個月，到了年底，回家度歲，過了新年，到正月下旬再去。這也是到下關搭了長江輪船到上海，再回蘇州的，此次便老練得多了。到了上海，望望幾位老朋友，無多耽擱，便即歸家。祖母和母親，幸尚康健，吾妻更歡愉，人家說：「小別勝新婚，」眞是不差。往訪戴夢鶴，先由祝伯蔭告我，夢鶴的肺病，據醫家說：已到第三期了。到他家裏，我見他面色紅潤，不像是有沉疴的人，談談南京情況，似乎頗爲高興呢。走訪尤氏，巽甫姑丈亦病不能興，令我臥在烟榻之傍，與我談天，語頗懇摯。子靑哥我在南京時，常與他通信，他對我歆羡不已。

轉瞬新年即過，我又到南京來了，道經上海，那個上海又增了許多新氣象，添了許多新人物了，不過我都是不認識的。最興奮的，上海除申、新兩報之外，又新開了一家「中外日報。」這家「中外日報」出版，使人耳目爲之一新。因爲當時申、新兩報，都是用那些油光紙一面印的，中外日報却潔白的紙兩面印的，一切版面的編排也和那些老式不同。這個報，在近代的刊物上，都說是汪康年（號穰卿）辦的，其實是他的弟弟汪詒年（號頌閣）辦的，他們兄弟分道揚鑣，編輯上的事，穰卿並不干涉的。汪頌閣是聾子，人家呼他汪聾朋，爲人誠摯亢爽。我即定了一份，要到第三天方能到南京。

其時章太炎已有藉藉名，當時大家只知道他是章炳麟，號枚叔，南京那邊方面的一般名流，呼之爲章瘋子，出了一本書，古裏古怪的喚作「訄書」（訄音求），大家也不知道裏面講些什麽。蒯先生欲觀此書，託人在上海購取，却購不到。他託我道經上海時，購取一册，因我在上海，有些出版的地方是熟悉的，我爲他購取了一册。那時嚴又陵的「赫胥黎天演論，」早已鬨動一時，我購了兩册，帶到南京，贈送朋友。

到了安品街，仍舊住在老地方，時屆初春，這個似花園一般的大庭院，已經春意盎然。靠西有一座大假山，假山上有個亭子，署名曰錦堆亭，雜花環繞其旁。亭中有一張石枱，有幾個石鼓櫈，我們幾個朋友，便笑傲其間。這時又來了一位蒯老的姪子蒯若木（此君在民初做了一任什麽靑海墾殖使的官，我可不記得了），頗喜發表議論，就居住在我的鄰室，頗不寂寞。在我們一班人中，蒯先生最佩服的是王小徐。小徐從前是在北京的同文館肄業，通曉俄文，精於算學，他常以算學貫通哲理，是一位好學深思的靑年。他與蒯先生談佛學，常常有所辯難，蒯也不以爲忤。汪允中也研究佛學，但蒯先生則說他駁雜不純。但汪允中常常寫文章，小徐却從未見他寫文章。直到晚年，他更耽於禪悅之理，自離南京後，我久不見王小徐了。他的母親，蘇州最有名新人物，喚做王三太太，開了一個振華女學校，倒也栽培了不少家鄉女孩子。當國民政府在重慶時，有人告訴我：王小徐到峨眉山削髮爲僧了。這個消息，其實是不確的，我却認識了他的女公子王淑貞醫師，自美國習醫歸國後，現爲上海婦孺醫院院長。因爲我們都是尚賢堂婦孺醫院的董事（熊希齡夫人毛彥文也是），我見王淑貞戴了孝（其時爲一九四七年），方知她父親故世了。

夜來，蒯先生仍時來談天，但不如去歲之勤，因他的交游既廣，應酬頻繁也。飯局也大都在夜裏，不是人家請他，便是他請人家，大概都在自己公館裏，有時也在菜館裏，甚而至於在妓館裏，秦淮畫舫，此時正趨繁華也。南京的候補道，出門都坐四人轎，倘然是實缺道台，可以旗鑼傘扇，全副儀仗，現在不過是候補道，而且在省城裏，那不過是坐四人轎而已。但是有差使的，在轎前可以撑一頂紅傘，有二個或四個護兵，轎後有兩個跟馬，是他的親隨。不過蒯老雖也是有差使的道員，他沒有紅傘與護兵，只是跟馬是少不了的。

有一天，他在家裏請客，忽然把小徐，允中和我都招了去做陪客，見一位圓圓的面龐，高談濶論的，他介紹是劉聚卿；一位紫棠色臉兒，靜默寡言的，他介紹是張季直；還有一位是否是繆筱山，我已不記得了，這幾位都是他的好朋友。向來他家中請客，我們概不列席的，這一回，不知何故，大約是人數不足一席了吧？那個時候，張季直已是殿撰公了，那是我初次見面。後來我住居在上海，在江蘇教育總會裏，他是個會長，我是個幹事，一個月就有好幾次見面了。

我在南京，不大出門，因為路徑不熟，除非和幾位朋友，一同出去游玩。因此南京所最繁華，最出名的秦淮河一帶，也難得去的。有一次，大概是十二月（舊曆）初旬的天氣吧，那是郭肯艇兄弟倆請客，他們預備回到安慶辦電燈廠，我們在夫子廟一家菜館裏吃了夜飯。酒罷，汪允中提倡要到釣魚巷去游玩。釣魚巷是秦淮河一帶妓院薈萃之區。席中有幾位，都是釣魚巷的顧客，都有他們相識的姑娘，尤其是方漱六，還有他特別相好的人。只有我與王小徐，不曾到過釣魚巷，對此並不熟悉。他們喝了一點兒酒，意興飛揚，我由於好奇心，也要跟他們去看看，王小徐是一個無可無不可的人，我們那時便跟了他們走。

自然，方漱六最內行，因此便到方漱六所熟悉的一家去。南京的妓院，和蘇州、上海是完全不同了，他們的門口，站立着許多人，當你來時，大家垂手侍立，一副官塲氣派。因為方漱六大概是常常來的，他們都認得他，喚他為方老爺。我們這一組有六七人，以方漱六為領導，便轟到那個院子裏來了。秦淮的妓女，十之八九為揚州一帶的人，他們稱之為揚幫，與蘇州、上海的妓女，稱之為蘇幫的，實為東南妓女中的兩大勢力。

方漱六所賞識的一位，好像名字喚作金紅，文人詞客，又把她的名字諧音改作「驚鴻。」但秦淮妓院中，不靠什麼風雅的名字，她們是尚質不尚文，名字起得好，有什麼關係呢？她們所用的什麼小四子、小五子以至小七子，甚而小毛子、小鴨子，像這種名字多得很。蘇北歷歲以來，都是荒歉，而揚州夙稱繁盛，於是像鹽城各縣的苦女孩子，從小就賣出來，送入娼門為妓。古人詠揚州有句云：「千家養女先教曲，十里栽花當種田，」實在這都不是揚州本地人，但是他們總稱之為揚幫。這種妓院，規模倒也不小，房屋倒也很好，而且自己都有游艇。因為南京官塲中人，頗多風流狎客常常有逛秦淮河挾妓飲酒的。至於科舉時代，鄉試年份，更是青年士子獵艷之處了。（有些考廣，即與釣魚巷鄰近。）

因為金紅的房間寬敞，又裝了火爐，於是大家一窩蜂地都轟進了她的房間裏去，只有王小徐一人在外間一個屋子裏。那時天氣已冷，人家已穿了皮袍子了，小徐向來穿的樸素，只穿了一件舊綢子的棉袍，外面罩了一件藍布長衫，也不穿馬掛。我們正在金紅房間裏鬧鬧吵吵的時候，早把那個同來的朋友忘懷了。忽然走進來一個女掌班（俗稱鴇媽），她道：「方老爺！你們跟來的這一位當差的（僕人），正在外房等候你們。我看他扛了肩胛，瑟縮瑟縮的好像身上有些冷，我就給了他一杯茶，覺得可以暖和些兒。」

我們想：我們並沒有帶什麼當差來呀！方漱六跑到外房一看，却見小徐眞個縮了頭頸，手裏捧着那杯熱茶，踱來踱去，正在沉默地推闡他數學上的哲理思想。便被漱六一把拖進了房裏去，一面便罵那女掌班道：「該死！這是北京下來的王大人，怎麼說他是我們的當差的，還不陪罪？」那女掌班嚇得眞要叩頭求饒了。其實小徐在北京某部，雖是當過小京官，至於大人之稱，在南京了無足異。本來淸制，凡四品以上方可以稱大人，外官則知府方能稱大人，知縣只能稱大老爺。南京地方，做官的多，給他們升升級，也是「禮多人不怪」吧。

我在南京，差不多有一年多，除看書以外，有所疑難不解之處，便請教蒯先生，而以他的素好健談，又誨人不倦，因此也很多進益。不過在他那裏的朋友，除了王小徐是他的年姪外，如汪允中、郭肯艇、陳宜甫諸位，都是他的學生。我沒有來得及進高等學堂，如果進去，也是他的學生了。（當戢夢鷁入高等學堂時曾亦有此志願）。但是他的教導我，也和他的學生一樣，我頗想拜他為師，執弟子禮。因託汪允中為之說詞，但蒯先生謙辭，他說：「交換知識，切磋學問，就可以了，何必執師弟之禮？一定要拜師執贄，將置朋友一倫於何地耶？」

（卅八）

林熙主編

大

月刊

第四十期

·本期要目·

翁心存日記片段

徐悲鴻劉海粟的筆墨官司

寫狄公奇案的荷蘭外交家

詩詞叢談文字

丁巳復辟策動者徐世昌

溥儀[illegible][illegible]小言

大華 第四十期

翁心存日記片段

林熙

翁心存是翁同龢的父親，道光二年翰林，在上書房，曾教過恭王奕訢的書，歷任尚書大學士，最後在弘德殿充同治帝的師傅。翁同龢的日記有影印本，早已流傳，盡人皆知，而翁心存的日記知者甚少。據說四十年曾由海鹽張氏摘鈔一部分。現在這一片段，又是友人展轉鈔存的。雖是一鱗半爪，也頗有些掌故價值。從其中可以看出清廷大小官吏的苟且偷安，營私舞弊，已至無可救藥的程度。不必看到咸同以後的歷史，已經可以斷定其統治力早就動搖了。

現在摘錄的一段，主要是查庫的情況。清代的庫藏有三所，即銀庫、緞匹庫、顏料庫，總稱三庫，特設管理三庫大臣，以滿漢重臣兼領。翁氏在咸豐五年，是以工部尚書兼領的。此時正當太平軍別將林鳳祥、李開芳北伐。日記除提到內外城住宅門首的暗記外，還有東安門內三座門上居然發現太平軍的告示，可見北方也有響應起義的。在別處還沒有記過這樣的記載。以下摘錄原文，不加修飾，畧附按語說明，以餉讀者。

咸豐三年（一八五三年）

三月。近來內外城住宅門首多有以白土書字於牆壁者，其字不一，殊爲可慮。看街兵輒以青灰塗之，不報。

七月，聞東安門外橋西三座門上有貼僞示者，經巡防王大臣入奏。

按：這時太平軍已經佔了南京，別動隊已經到了直隸河南山東邊境。翁氏所記門首白土寫字貼告示，必是響應起義的先聲。可見太平軍聲勢之遠播，清廷上下還是如聾如瞶，即此可見一斑。

內務府奏覆桂良請鎔化庫存金鐘。詣弘義閣內庫秤視，一黃鐘八百十斤，一林鐘七百十五斤。一太簇六百二十斤，皆乾隆五十五年鑄。

按：這時因銅的來源斷絕，制錢缺乏，各省餉銀又不能如數解京，清廷支出困難，京城市面紊亂，所以有鎔金鑄金幣之議，此議後來不行，乃改鑄當十等大錢。結果幣值愈低，物價飛漲。桂良閩浙總督玉德之子，是恭王奕訢的妻父，官至大學士，後來訂立天津條約的。弘義閣是太和殿西邊的配殿，東名體仁，西名弘義，閣中歷代收藏寶物，每年派王大臣清查，其實清查一次就偸漏一次。前人記載中提到庫中還有明代遺留下來的女鞋無數，每一抖開，珍珠灑落滿地。這些金鐘，因爲分兩太重，所以還沒有被人偸換。直到民國，清室看作一筆大財源，傳說賣給某銀行，報銷了一筆爛賬。但據當時總管內務府的耆齡的日記（此日記大部分記溥儀遜位以後出宮以前宮內的瑣事，名賜硯齋日記）癸亥（一九二三年）七月初七日，「陪福開森至滙豐看金器。」一定是某種金器早已向滙豐抵借款項，也許是有鑒於軍閥混戰的危險而將金器委託滙豐代存的。以後二十六日即記云：「招商融化碎金，今日首事，得八百六十餘兩。」所云碎金，是否即指金鐘而託言碎金以爲經手人侵蝕地步，也未可定。以後每日都記融金數目，今亦照錄如下：二十七日八百八十餘兩，二十八日一千七百餘兩，二十九日二千二百餘兩，三十日一千六百餘兩，八月初一日一千六百餘兩，初二日二千六十餘兩，初三日一千八百餘兩，初四日一千六百餘兩，初五日一千六百餘兩，初六日五百餘兩。總記云：「自二十六日起至今日共得一萬六千五百餘兩，以之易銀，節事尚可敷衍。」所謂節事敷衍，究竟需要多少呢？據其十一日記云：「至署（按卽指內務府）商度節事交進及應放各款約須四十九萬四千六百餘元，若非融金易銀，幾難開付矣。」以將達一噸的黃金，換得五十萬元，僅僅是爲了供宮廷的揮霍，蠹吏的侵漁。較之咸豐時之融金爲了鑄造金幣，就更加不如了。

到柏林寺後身東四旗砲局。每旗均有金龍砲一位，制不甚大而精，康熙二十年造「武成永固」砲數位，以青銅範之，康熙二十八年南懷仁監造，極堅潤。又各有臺灣砲數尊，皆紅毛夷製，有夷字，二十八年平鄭氏得之者。內惟一尊有字三行。第一行：欽命招討大將軍總統世子，第二行：永曆乙未仲冬月造，第三行：□□守備曾懋德。質稍粗，欵是鄭氏所造。舊砲車身木皆堅栗完固，惟輪以壓重，半入土而壞。

按：柏林寺在京城的安定門內，緊靠城牆，因爲地僻人稀，所以砲局設在此處。淸朝入關以後，八旗按指定地段分駐城內擔任警備，所謂東四旗，指駐在東城的四旗。其實歷年既久，八旗軍籍都已與民籍沒有分別，當初的定制完全成爲空文，庚子以後就連這空文也不存在了。紅毛夷是明淸之間對荷蘭人的稱呼。永曆乙未是順治十三年，總統世子大概是稱鄭錦。

五年四月

盤查內銀庫，庫在東華門路南，內閣大庫之後，北向凡十楹，中隔以板壁，東爲東庫，西爲西庫。東庫已空，所存者西庫一百二十萬而已（原注：道光三十年，予爲戶部右侍郎時，內庫尙存八百萬，自咸豐元年以後軍興，外庫不足，乃取資於內庫，數年之前陸續撥發，僅存此數。今惟第一桶存八十萬，三號桶四十萬，五號桶五千二百五十兩而已。桶正方，高廣皆丈許。用梯升其顚，開蓋出銀，銀皆元寶，以數計，不用秤也）。護軍統領至，乃開庫外漏斗門（原注：每日開閉皆如是）。管庫大臣同監視，鑰開庫門上下兩道鐵鎖，予等坐斗中，各司員入內監視數銀，至斗中復一一數進，才三十萬已申正矣。遂封桶扃門，以鉛灌鎖。

至緞匹庫，觀大綾一匹（原注：四尺八寸寬，八丈長）。細夏布百匹，細棉綢百匹，皆舊藏物也。庫在東安門內南池子，卽明小南城，本朝睿忠親王府之前半層也。門西向，門內南向（原注：門外東有官廳三小楹，亦南向），地極宏敞。中爲正庫九楹南向，規制雄峻，牆厚八尺。每楹窗櫺皆鐵，外加鐵窗，中爲鐵門，前有斗室，四圍高槐皆合抱。大庫九楹，通長不隔斷。正面木架百，左右墻凡四十八，木皆堅厚，下鋪地板亦極厚，中爲印倉，列印一，左右設公案。柱聯云：聖代元黃昭物釆，皇朝黼黻盛文章。字極大，不着欵，殆乾隆時物也。庫中所藏皆龍蟒緞，各種大小緞綾羅紗等件，以備匪（按此字出周禮，讀音爲分，不讀如字）頒及外藩俸賞之用（原注：正面皆貨，旁架多空矣。又有皮箱三十六，以藏紡絲）。東西樓各九楹，東西北向者各七楹，皆上下設木栅，中以磚實砌。磚墻之外，木栅之內，設梯盤旋而上，所儲者，杭綢及布麻絨線等物也。

按：緞庫之地名至今尙存。民國後，庫物已無蹤跡，建築尙略存部分，因其堅實倍常之故。舊時習慣，每庫皆有鎮庫之物，所稱八丈長的大綾，卽是此種。徒然竭盡民間機杼之力，以供塵封蠹蛀，終至化爲灰燼，說起來眞不勝憤慨。以下便是這一天失火延燒的記載。

西初雨過，晚飯方畢，忽聞人聲，松楠之氣滿鼻，出觀西北，黑煙漲天，云東安門內失火，遣僕往視，則緞匹正庫也。駭極欲往，適腹痛不能興。須臾火光上騰，則正庫九楹已燬矣。遣僕高升走視，則鈞堂相國已往視，孔脩亦患瀉未能去。走至火所，則惠、恭、鄭、怡諸王皆至，餘到者則成邸，一提督兩總兵，及基潤野、肅裕庭也。聞怡王已辦奏稿。復遣高升至署，傳知遞牌筆帖式舒泰，令其酌量遞牌，展轉往返已亥正矣。火漸減，予亦小極，遂未往。盤庫時，凡吸旱煙者皆不准入庫，斷無遺失火種之理。且是日甫盤查未竣，何以即有此事，殊為可疑。然庫之墻壁梁柱皆極高大堅實，火亦不能焚。是日開庫時，即聞油漆之氣撲鼻欲嘔，衆共驚訝，而申刻霹靂一聲，攫去東偏獸吻一，須臾火即從東楹起。次日至庫閱視，則正庫惟存四周之墻，墻內煙火未嘗熄也。官兵皆坐臥不動，因令其汲水灑潑，仍偃蹇不起。

按：記中的鈞堂相國是賈楨，山東黃縣人，兵部侍郎賈允升之子，榜眼及第，此時是體仁閣大學士管理戶部。孔脩是滿洲文慶，兩廣總督永保之孫，此時是軍機大臣戶部尚書協辦大學士。基潤野是工部右侍郎基溥，肅裕庭即慈禧所誅之肅順，在咸豐末年最有權者也。此時還只是御前侍衛戶部右侍郎。看所記情形，顯然是內務府官及庫丁盜竊虧空甚鉅，所以在查庫的時候，夥同放火滅迹。油漆氣味是預放引火之物，霹靂一聲是火藥爆炸。這是五尺之童所不能欺的事，還說斷無遺失火種之理。顢頇可笑，一至於此。一方面因為當時的公卿大臣，不是紈袴貴介，就是八股迂儒，既不明事理，也全無心肝。簡直如聾如聵，形同土偶。按明眼人看來，就是所謂腹痛腹瀉，難免也是庫員串通家丁施的詭計，阻止他們去看出眞相。其實他們固然怕去，即是肯去，又怎能不還是受人蒙蔽？而且趨避瞻徇是官場慣技，即使明知，又誰肯做這呆子把眞相揭開呢？翁心存是個堂堂一品大臣，到了火場，叫官兵汲水救火，居然置若罔聞，毫不聽命，他也無可如何。這也是不足怪的。俗語說：不怕官，只怕管。管不着的官，任是當朝宰相，也沒有人理。這些官兵都是旗人，平日既不操演，也沒有足夠的餉能顧家，名為當兵，實際是做小買賣餬口，這還算有出息的，一般還只知道游手好閑，倚勢橫行，而且叫他們救火，拿什麼東西去救呢？不要說大臣拿他們無可如何，就是皇帝親自到場，也無非當面誠惶誠恐連聲答應，下去就不問是不是照辦了。這種情況非但人人皆知，連皇帝也未嘗不知，而且皇帝也知道簡直無法辦。如果打開嘉慶朝的實錄一看，就可以發現嘉慶帝雖發過無數次的申斥誥誡，仍然無效，到道光朝就更是裝聾作啞，得過且過了。

記中所說遞牌筆帖式，是淸代的特殊制度。京內各衙門都有一種非正規的低級官吏，滿洲語稱為筆帖式，即元史中的必闍赤，專由旗人擔任，供奔走之役。京外的八旗衙門中也有設置的。他們雖然一無所能，也不難提升為正規官，逐步取得重要職位。旗人科甲出身的畢竟不多，這就算他們的正式出身途徑了。遞牌是申請進見皇帝的表示，相當於官場中的遞手本或名帖。除軍機大臣每天進見，御前或內務府大臣隨時進見以外，其餘外廷高級官員都需用這種形式。所遞的牌，名為膳牌。開始是在皇帝用膳時進呈，後來就沿用這名稱了。翁氏因為責任所在，所以不能不請見皇帝報告一下。

以下是查顏料庫的記載。

顏料庫在西安門內，地廣大，入門右即司員辦事處，其北林木甚茂。工部硝磺庫亦在其右，直北二里為庫門，南向。中為庫五層，頭二兩庫各十七間，三四五庫各十五間，皆東向。前為供用庫，頭庫多香楮、茶葉、飛金、顏料，二庫多蠟、銅、鉛、錫、燈草、紙張，三庫多顏料、黃茶、紙張及舊存各物，四庫多鋼鐵茶紙，五庫多榆、梨、紙及舊存廢鐵朽木，供用庫則惟香蠟以供祭祀及宮中所用者也。在前明為十庫地，今之五庫僅明甲字庫地耳。

按：明代的十庫，謂之內庫，專供宮廷支用，第一名承運庫，掌金銀緞匹珠寶，其次廣積庫貯硝磺，甲字庫貯布匹顏料，乙字庫貯軍裝，丙字庫貯絲綿，丁字庫貯獸皮銅鐵，戊字庫貯兵器，贓罰庫貯沒收入官之物，廣惠庫貯錢鈔，廣盈庫貯綾羅紗絹。在明代，皇城以內全是宮廷附屬機構，不像清代，皇城內也有住戶，所以十庫佔地極廣。年深日久，人跡罕到，庫內樹老草深，幾乎像個城市中的山林一樣。光緒中年，慈禧爲了修三海宮殿，不願蠶池口的天主教堂高樓得以俯窺，特爲賠了主教樊國樑一筆巨款，另撥西什庫給他移建（北京稱此地爲西什庫）。於是西什庫便成了教堂區，庚子一役，被圍攻了幾個月，又成了血戰之場。然而古老的庫房還有些屹然如故，教堂雖然辦了幾所醫院和學校，並未全部佔用，其原來規模之闊大，可想而知。庫存各物，從明代積存下來，五百年之久，連盜竊也盜竊不完。即在民國時代，也還有些笨重和報廢的東西，無人過問。至於陸續盜竊出來的東西，也很少有人懂得其歷史價值，無非濫用浪費而已。

翁氏所見到的舊物，當然只是他偶然發現的，已經是稀有的珍聞。經過庚子辛亥兩次變遷，連這一點殘存的片段記載也沒有見過了。所記的幾件奇物如下：

> 查三四五庫，見蜈蚣骨一，長四尺餘，左右足各三十二。蟒皮一捲，寬尺餘，長不知幾丈也。蝦蟆皮一，寬長約三尺餘。蝎虎全皮，以草楦之，長約三尺許。龜殼一，廣約尺餘，長倍之。不知何年物也。又有牙笏二，牙牌三十六，皆前朝物，存第三庫中。

按：這些都是自然博物館中的珍貴材料，必是當時地方官吏或者通過出差的太監呈進的。可惜他們不懂詳細記載備案保存。前人筆記中常有絕巨的蜈蚣蝎子能爲人害的記載，以此證之，必非虛構。牙笏是明以前大臣入朝必用的。牙牌是明代特有的制度，牌上刻有官位，用絲縧繫在公服的帶上。象牙是值錢的東西，大約在當時已經是迭經盜賣而僅存的了。

翁氏又在七年日記中記有一則如下：

> 赴顏料庫放刑部秋審冊用紙四十萬二千一百張及各項。該庫從未來請監放，疊經申飭，乃來請。予管庫兩年，此次尚爲第一日也。草長於人，絕無蹊徑，平日開放，恐庫員亦罕到，不過胥役爲之而已。

按：秋審是外省管刑衙門將死刑案件造冊送刑部，除由部覆審外，仍將招冊分送九卿詹事科道核議，分別緩決情實，奏上，由皇帝親筆予勾，勾決則行刑，免勾則減刑。因爲在八月內舉行，所以名爲秋審。刑部專設秋審處坐辦，由全部最有經驗的司官充任。這是封建王朝表面上重視民命的表示，實際上乃是一種照例文章。外省惟恐部駁，必須隨繳部費，作爲部中書吏辦公之用。據翁記所載，則紙張及其他用品，仍是由庫發給，並且完全由胥役任意浮支，無人過問。可見號稱管庫大臣，仍然一事也不能管，連這一點監放的虛文也是勉强的。

關於秋審勾到的情形，翁氏也有一次記載。

> 十月四日第二次勾到。巳初二刻勾到穆櫃子一名，上顧彭相國諭且弗勾，以紅筆圈出存記。勾畢命裕相國至案前，以黃冊交諸臣同閱，諭曰：此案雖係連斃二命，惟釁起誣竊，死者理曲先砍，刀由奪獲，該犯先曾被傷否案內未敍，須詳查。又該犯親老丁單，例不查辦，查有似此成案否，彭相國以票籤請旨，上命發刑部另議具奏，乃退。

按：勾到定制，先由刑部進呈黃冊，至日皇帝素服御殿，大學士及刑部、都察院、大理寺長官侍立，命大學士秉筆予勾。記中的彭相國是蘇州人彭蘊章，由軍機章京累升軍機大臣大學士至十年之久，最爲咸豐帝所信任，裕相國是滿洲人裕誠。

另外有一段關於內廷筵宴禮節的記載，若與三十年後翁同龢的日記參看，也是有意義的。

> 六年正月十七日，正大光明殿廷臣宴。午正，同人咸集，入二宮門恭俟

。皆染貂冠、蟒袍補服朝珠，觀入座圖。殿上皆洞開懸燈，樂部設樂器於廊下，庭中設步障布棚，旁設酒具肴品，內監皆蟒袍執事。未初，內監引與宴諸臣分東西排班，北面平列，以近中者爲上。中和樂作，上御東珠頂冠，龍袍貂褂朝珠升坐，內監引諸臣由東西兩階上，檻外排班，一跪三叩首，入門就位。兩人一桌，每桌盛高裝果餌五盌爲一行，饌五大盌一行，五中盌一行，糕饅首四盤，小菜醬油碟各一，銀鑲烏木箸杓各一，飯一盌，羹一盌。上賜坐，諸臣叩首一，皆趺坐。上進乳茶，賜乳茶，賜克食，諸臣皆長跪叩首一。庭中幔下昇平署演劇一齣。食畢徹饌，進果桌，高裝水果五盌一行，糖果五盌一行，脯醢五盌一行，元宵六枚一盌。上進酒，諸臣皆起立，後跪一叩，賜酒賜果茶亦如之，後演劇一齣畢，賜珍賞一盤，各一叩興。退至檻外排班，一跪三叩，趨至階下排立，上起還宮，樂作，皆退。時未初二刻也。

按：正大光明殿是圓明園的正殿。照定制，每年正月應在保和殿大宴。道光以後從簡，所謂廷臣只限於一品滿漢大臣。據祁寯藻道光中日記，與宴的只十六人。其中指定滿人一人遞酒，此人代表諸臣向皇帝敬酒，翁記中却未叙。所賞的東西，據祁記是：緙絲寶藍蟒袍料一件，天青二則江綢一端，月白花紡綢一端（按這些就是緞匹庫的物品）。玻璃珠燈一對，鳳珠玉杯一枚，銅手爐一箇，漆花唾壺一箇（按這些都是內務府的各關監督從外省辦進的）。直到光緒末年，禮節還差不多。這種正式筵宴，還是古代相沿下來的風俗。每人一份，盤脚坐在墊上，先吃飯後飲酒。民間難得看見了。

（下期續完）

從曾今可談起

近頃有曾今可者，倡所謂「詞的解放運動」，嘗就余與亞子，乞近詞三數闋，蓋皆傳鈔所獲，余輩未知其爲此標榜也。詞之以白描勝，乃至不論陰陽平上去入，而只須協律，在唐、五代、北宋詞人中，是故尋常事，沾沾然於四聲者，南渡以後之詞匠所爲爾！適之、亞子與余，夙皆演繹之。昨見署名健甫者，亦頗能引申其旨，是則詞無所謂解放，今可苦自淺嘗耳。然嘗睹坊間選本，頗有擯斥雄渾與奇麗之詞，以爲是粗豪也，淫褻也，抑知詞以迴腸盪氣爲主，以鐵板銅琵爲變，二者咸不可少，詆爲粗豪、淫褻，則何必塡詞，讀「禮記」、「語錄」，寧不甚佳？

余近倚聲聲慢一詞，自謂可抗手易安，顧微聞以「幽默文學」相標榜之某君，議其太艷，而一二小報記者，或竟引爲有人心世道之憂，其爲不脫資本社會文人之矛盾意識，與封建社會之傳統心理，殊不值識者齒冷。彼蓋未讀「淮海集」，並「白香詞選」亦未寓目，故於秦觀之「河傳」一詞，無所覩見也。錄秦詞以啓之：「恨眉醉眼，甚輕輕覷著，神魂迷亂。常記那回，小曲闌干西畔，鬢雲鬆，羅襪剗。丁香笑吐嬌無限。語軟聲低，道我何曾慣。雲雨未諧，早被東風吹散。瘦殺人，天不管。」此詞倘科以淫褻之罪，可與余之聲聲慢幷處資本社會律令若干等以下罰金，然在封建社會之宋代，竟未聞有訾之者。若乃元曲之「姊姊的黑窟窿」等句，使幽默文學家讀之，必且搖頭太息，而深致其中國式之幽默狀，慨歎不勝矣。（編者按：此文選自林庚白的「孑樓隨筆」，一九三三年刊於上海「晨報」者，原無題目，此題乃編者加上去的。曾今可，今居台灣，其「國家事管他娘」之「名句」，三十年前傳爲文壇笑話。文中提到的柳亞子，胡適之，皆於近七八年謝世，而林庚白死得比他們更早。）

·林庚白·

徐悲鴻劉海粟的筆墨官司

何潔

徐悲鴻劉海粟兩人，都是我國近四十年的藝術家。他們生平有些是相同的，兩人早年都是從西洋畫入手，中年以後才兼作國畫。劉是主辦上海美專，徐在南京、重慶、北京等市，也主持藝術教育二十多年。兩人都到過法德兩國和南洋一帶。徐旅歐八年，先後在法國的徐梁學院、巴黎國立美專，正式入校研究；並到過意、比、蘇、印等國遊歷。這些，他們是大同小異的。可是兩人生在同時，同一行業，各人成就，各有不同。我國有兩句古語：「同行如敵國」，「文人相輕」，也就是「天無二日，民無二王」，各自爭雄，要做盟主。加以各人的門生朋友，入主出奴，是丹非素，門戶不同，成見日深，很自然的成爲藝敵（等於政敵），各樹大旗，發生對立的現象。

徐劉兩人的治學處世，是不相同。徐走的政治路線比較前進，與朋友相處，極爲誠懇，沒有什麽架子。熟人請他繪畫，樂於應酬，逢着社會公益，也很熱心支援。治學本於篤實，不務浮華。劉則驕傲自滿，眼高於頂，除了需要利用的幾個有政治或金融界的人物，其他的多是看不起。朋友要他的畫，惜墨如金，不肯給人，除非他要利用你的時候。就是公益事業，也不肯捐送畫件。因之社會關係，搞得不大好。讀書不多，所發表的文章，都是學校同事或朋友的代筆。徐却肯讀新舊的圖書，留心時事，每有寫作，親自執筆。

徐劉兩人的思想行動，藝術成就，成了對峙。加以好事之徒從中的挑撥離間，更加變了水火的不相容。有些朋友，爲了藝術界的團結，也從中調解過。可是藝術家多是主觀很强，「老子天下第一」，絕不肯坐第二把交椅的。雙方磨擦了好幾年，只如海底的暗潮，還沒有形諸文字。可是終有一天要公開爆發，而在報紙上發生筆槍墨砲的厮殺起來了。徐悲鴻把「藝術流氓」的帽子送給劉海粟，劉海粟公然的接受下來，而把「藝術紳士」的帽子回敬了徐悲鴻。紳士、流氓，各有千秋。

事情的發生，不是偶然的。民國廿一年（一九三二年），劉海粟在上海舉行畫展，事先特約些朋友寫文章在報刊宣傳，這本來是當時畫家的流行陋習。曾今可在「新時代」月刊第三卷第三期，寫了一篇文章，替劉海粟大捧特捧，文中並提到徐悲鴻也是劉海粟的學生。當時徐悲鴻是國立中央大學藝術科教授，看到曾今可的捧劉文章，且談到自己的名字，大爲惱火。即寫廣告在「申報」登出，文云：（爲了保存徐劉筆戰的原文，全文抄錄）

徐悲鴻啓事：民國初年，有甬人烏某，在滬愛而近路，後遷橫濱路，設一圖畫美術院者，與其同學楊某等，俱周湘之徒也。該院既無解剖、透視、美術史等要科，並半身石膏模型一具都無，惟賴北京路舊書中插圖爲範，蓋一純粹之野雞學校也。

時吾年未二十，來自田間，誠慤之愚，惑於廣告，茫然不知其詳。既而鄙畫亦成該院函授稿本。數月他去，乃學於震旦，始習素描。後游日本，及留學歐洲。今有曾某者，爲一文載某雜誌，指吾爲劉某之徒，不識劉某亦此野雞學校中人否？鄙人於此野雞學校，固不認一切人爲師也，鄙人在歐八年，雖無榮譽，却未嘗持一與美術學校校長照片，視爲無上榮寵。此類照片，吾有甚多，祇作紀念，不作他用。博物院畫，人皆有之，吾亦有之，既不奉贈，亦不央求。偉大牛皮，通人齒冷。以此爲藝，其藝可知。

昔玄奘入藏，詢求正教。今流氓西渡，惟學吹牛。學術前途，有何希望？師道應尊，但不存於野雞學校。因其目的在於營業欺詐，爲學術敗類，無耻之尤也。曾某意在侮辱，故不容緘默。惟海上鬼蜮，難以究詰，恕不再登，伏祈公鑒。

徐文中所云烏某，是指烏挺芳，楊某，是指楊匋。劉海粟在報上看到徐的廣告，也在同一報上登了啓事，文云：

劉海粟啓事：第三卷第三期新時代雜誌，曾今可先生刊有評拙作畫展一文。曾先生亦非素識，文中所言，純出衷心。固不失爲文藝批評家之風度。不謂引起徐某嫉視，不惜謾駡，指圖畫美術院爲野雞學校。實則圖畫美術院卽美專前身。彼時鄙人年未弱冠，苦心經營。卽以徐某所指石膏模型一具都無而言，須知在中國之創用「石膏模型」及「人體模特兒」者，卽爲圖畫美術院經幾次苦鬥，爲國人所共知。此非「藝術紳士」如徐某者所能抹殺。且美專二十一年來，生徒遍海內外，影響所及，已成時代思潮，亦非一二人所能以愛惡生死之。鄙人身許藝學，本良知良能，獨行其是，讒言毀謗，受之有素，無所顧惜。徐某嘗爲文斥近世藝術宗師塞尚瑪提斯爲「流氓」，其思想如此，早爲識者所鄙。今影射鄙人爲「流氓」，殊不足奇。今後鄙人又多一「藝術流氓」之頭銜矣。惟彼日以「藝術紳士」自期，故其藝論於「官學派」，而不能自拔。法國畫院之尊嚴，稍具常識者皆知之，奉贈既所不受，央求亦不可得，嫉視何爲？眞理如經天日月，亘萬古而長明，容晦有冥，亦一時之暫耳。鄙人無所畏焉。

徐悲鴻因此再發登廣告云：

徐悲鴻啓事：海粟啓事請不佞「法國院體……」，此又用其所長厚誣他人之故智也。人體研究，務極精確，西洋古今老牌大師，未有不然者也。不佞主張寫實主義，不自今日，不止一年，試徵吾向師標榜之中外人物，與己所發表之數百幅稿與畫，有自背其旨者否？惟知恥者，雖不剽窃他人一筆，不敢貿然自誇創造，今乃指爲院體，其彰明之誣如此！範人模型之始見於中國、在北京、在上海，抑在廣東，考證者當知其詳。特此物之用，用在取作師資，其名之所由立也。今立範而無取，是投機也。文藝之興，須見眞美，美醜之增，適形衰落。日月經天，江河行地，偉大哉牛皮，急不忘皮，念念在茲。但乞靈於皮，曷若乞靈於學；學而可致，何必甘心認爲流氓，筆墨之爭，汝仍不及（除非撒謊）；繪畫之事，容有可爲！先洗俗骨，除驕氣，親有道，用苦功，待汝十年，我不誣汝！（乞閱報諸公，恕我放肆！罪過！罪過！）

這樣徐劉雙方交鋒了兩個回合，在報上雖然偃旗息鼓，好像各回陣地，和平共處的了。事實上，徐劉兩人的惡感，從此更加大大的銳增，無法收拾的了，這是中國現代美術界中的一宗不如意的事。

曾今可是一個什麽的人，順此附說幾句。九一八事變發生不久，「新時代」月刊編印「詞的解放運動專號」，曾趁機發表了自作的幾首詞，說是解放了的詞。解放到怎樣的程度呢，請看曾今可所寫畫堂春調的一首，便可以例其餘，詞云：「一年開始日初長，客來慰我凄涼。偶然消遣太無妨，打打麻將。　都喝乾杯中酒，國家事，管他娘。樽前猶幸有紅妝，但不能狂。」

文學作品，是作者思想感情的表現。九一八瀋陽事件發生，是日寇侵略中國的開始，山河破碎，凡屬中國人，無不悲憤，而寫詞的人，還沉迷在打麻將，喝酒，把國家事，丟在九天之外。這種作家，不知他的政治思想是什麽？而他所寫的文章，捧藝術家的企圖何在，也可想了。根據「新時代」的詞的專號，同時還有邵某「題劉海粟的秋天落日」的詩一首，在詩序說明所以題詩的原因，是因劉曾說邵寫詩有「天才」，故他還劉詩一首。曾今可的文章，恐怕也是得到劉的贊美，才執筆捧場的。

以狄公奇案馳名的荷蘭外交官兼漢學家高羅佩博士

希宋

大約兩年前，荷蘭駐大馬的公使於四月底的荷蘭國慶日，在吉隆坡致詞云：兩國邦交素來友好，今後更將加強推進技術合作等等。述及雙方不無相似之處，例如國旗的三色，以至於馬方元首登基，巧逢荷方又有公主下嫁的盛典，皆屬可喜可賀之事。上述亦莊亦諧的外交辭令，出自一位外交官，本不稀奇。然而他不但是個漢學家，且以中國「奇案」小說，揚名全球偵探小說界，三位一體，實屬罕見的人物啊！

西洋人學中文，即使下了苦功，也未必精通，一九一〇年生於荷蘭的高羅佩博士（R. H. van Gulik），却是例外的例外。原來他是個天才的語言學家，兼通荷、英、法、德、中、日、以及巫文（印尼與馬來亞者）。不但能操流利的華語，寫優美的詩篇，撰漢學的著作，而且獨出心裁，出版了好多種以中國古代奇案的離奇情節爲內容的英文小說，大大揚名於西方偵探小說界。而他的老本行，却是道道地地的一位折衝樽俎業已多年的外交官！他已於一九六七年九月死在日本大使任上，享年五十七歲。

高羅佩之所以成爲一位傑出的漢學家，固然由於聰穎過人，好學不倦，然其先後天環境的特別優良，亦大有助力。原來他的父親高羅廉是個愛好中國文物的收藏家，家中珍存了不少中國陶瓷器之類。他從小耳濡目染，不禁也對漢字發生了濃厚的興趣。終於在好奇心的促使之下，他不時拿起筆來，照那些器皿之上的中文仿寫，於是奠定了學習中文的志願。這便是後來進入萊登大學東方語文學系攻讀中、藏、日文等等，以及東方國別史的由來。

他前後留居中國，合計十載有餘。幾乎走遍了大江南北，只差福建與兩廣，使他引以爲憾。既然星馬華人，大多原籍屬於閩粵一帶，難怪他的駐節吉隆坡多年，大有補滿了此一遺憾之感。其樂於周旋星馬華人，尤其結識文教界人士，正是理所當然。

在中國歷代文學作品與史籍之中，他對明代的最有心得，特將他的書齋取名爲「尊明閣」，以表他的側重。閣中老早藏有古今中國書籍一兩萬冊，另有名畫五六百幅。久受中國文化薰陶的他，對篆刻印也有相當造詣。

本來他的任務是折衝樽俎，可是早年在中國做外交官之時，即常與文人學者、書畫家往來，尤與董作賓、錢穆、張大千諸氏，私交甚篤。恰巧他們在他担任荷蘭駐馬公使一職的期間之內，均曾先後訪星，或兼至大馬一遊。錢氏且曾應吉隆坡馬來亞大學中文系之聘，講學一年（較早，也曾應星洲馬大中文系的邀請，爲其校外畢業考試委員之一）。星洲南洋學會等等的當地會員中領導份子，也大多數和他相當熟悉。

高羅佩在中國抗戰期間，供職於重慶荷蘭大使館，任一等秘書，當時他尚未結婚。由於他常在友人面前稱讚中國婦女的美德，若于友好給他介紹了曾任天津市市長水鈞韶的第八女公子世芳。兩人一見鍾情，終成佳偶。當時有人戲以「高山流水」喻之，不妨說是恰到好處。

他們共有三男一女。駐馬期間之初，長次男就學荷蘭，最小的男孩子與排列第三的女兒，都在吉隆坡。

據說：高氏單身來馬履新的第一天，因為已與華人社會的生活中斷了好久，亟於謀求補償。當天先到粵華酒店吃了一餐中國菜，再到中華遊藝場去看了一齣「鳳卿求梅」。當晚他到售票處買票的時候，女售票員頗為詫異，含笑地對他提醒過：「這裏並不是舞場！」其慣於中國人的生活習慣，以至於嚮往中國文化，由此亦可略見一斑。

最妙的是，他的拿手好戲之一，竟然是擅長於寫中國偵探小說。文筆流暢，而情節離奇，引人入勝。各書均以唐代名相狄仁傑為主角。其中一部「狄公古鐘奇案」曾獲美國一種雜誌選為一個月份的美國五大名著之一，足證外國人之好奇。

星洲的英文「海峽時報」曾為這位「狄大法官」創造人刊載了一篇訪問記之類的專題報道，附有高博士的照片，戴了眼鏡，文質彬彬，絕少政客的派頭。又一出自他手筆的狄公畫像，似為「狄公說部叢書」的標誌。

據稱：他從十六歲起，即讀中文與日文，並着手試譯若干中國古籍。一九六〇年，當他四十九歲之時，已著十四本學術論著，另外撰就了五本小說。前者使他成為世界漢學家之一，以及東方文學、藝術、與歷史的專家，而後者更叫他大出其名。

那些偵探小說，生動地反映了十七世紀的中國生活。寫法全採章回小說體，還加上不少插圖。具有語文天才的他，不但把中、日、英、法、德文學得一如荷文精通，而且在抵達吉隆坡五個月之後，即能讀巫文了。

他的藏書以中文為最多，其次為英文與荷文，日文又次之。以黑色書箱珍藏的中國古籍，詳載了一六四〇年以前的中國史實，乃是多年多地從事搜羅的收獲寶庫。

高羅佩在荷蘭出世後，三歲即至印尼，住了九年之久。在萊登與烏特勒支兩大學念的是法律與語文。當時他對爪哇的影人戲，下了一番心思，寫了數篇專題研究。

一九四三年他有關東方語文的博士論文主題，為印度、西藏、中國、與日本的對馬迷信。同年獻身外交界，派到東京的荷蘭公使館，担任秘書。翌年，改調重慶，因此得與中國外交家水博士之女相識，變成天作之合。以後調升駐美、日、印度大使館的參事，駐黎巴嫩與敍利亞的公使等等。

一九四九年他注意到許多中日人士愛看西方的偵探小說，往往忽略了中國舊小說之中，別有風味的另一套。因而打定了

·代郵· 舊金山Chang Tung先生，來信請轉問「老中醫黃省三」一文（刊三十七期）的作者陳申先生關于治肺結核等良方的用藥分量，頃由陳先生將藥名及分量開到，今刊於後，請備參考。——編輯室。

治肺結核方

雲茯苓（乾切）四錢。小瓜蔞仁（去殼，打）六錢半。冬瓜仁四錢。川貝母（去心）四錢。北杏仁（去尖，打）四錢。生薏仁四錢。紫菀四錢。生甘草六分。

治流行性感冒方

連翹殼三錢半。牛蒡子三錢半。梔子皮三錢。瓜蔞仁三錢半。冬桑葉三錢半。括蔞皮三錢半。杭甘菊花三錢半。薄荷葉三分（後下）。此方係指中年人所服，如年幼或老年人，應酌減。

開一條新路的決心，向東西文化界推薦中國情節的偵探小說。

他認為在中國的古代，所謂父母官的一縣之長，既掌地方行政，又司刑法，實為描述犯罪以至於破案的小說中心人物的典型。因之，他在那一年出版的第一部小說，便是來自譯述的「狄公案」——被狄大法官破案的三宗謀殺案件」。

接着他又覺察到這一類小說，在中國並不多，求其合乎現代中國人與西方人口味的，尤其少之又少。於是由譯述的方式，改變為獨出心裁的創作。只是選用了原有故事之中的若干出奇制勝的神機妙算，作為舊瓶裝新酒的發酵素而已。如此寫法，一方面未失為傳統的中國「奇案」式小說，另方面也顧到了現代讀者的興趣。

一九五六年印行的「中國的迷人謀殺案」，卽係別開生面之作，果然反响極佳。英國著名的女偵探小說家克利斯提置評云：「我本人極其欣賞此書。全書具有鉅大魅力與清新口味，我希望它有偉大的成就。」

在諸如此類的鼓勵之下，高博士陸續完成了以下四部奇妙小說：「中國鐘的謀殺案」，「中國金的謀殺案」，「中國湖的謀殺案」，以及「中國釘的謀殺案」。

上述第二部的撰寫，在一九五七年主持駐黎巴嫩公使館館務的一段外交官生涯內。其時正值阿拉伯人內戰，基督教徒與回教徒大交鋒。他所住的地方，不幸處於雙方兵營的當中，飽受日夜不停的槍林彈雨威脅。

據他自述：「戒嚴辦不了什麼公，妻兒們又都送到山間避難，甚至於連用人都離開了。變成孤單單的他，索性擺脫一切，寫成該書。莫怪這一部之內，打鬥的情節特別多了。」

他每一部小說的寫成，約耗四五個月的工夫，但他的「中國繪畫藝術」一書，卻是二十年心血的結晶，亦其研究成果之一。此外，他還接受海牙皇家語文與語學研究所的委託，兼負探討馬來亞影人戲及其與爪哇、峇厘、暹羅、以至於中國皮人戲之間的關係。

馬來亞給他的印象是，不愧為致力東方歷史與文化的一般學人好所在。千年以前，馬來亞為中、印與東南亞文化交流的十字街頭，到了四五百年前，又是來自雲南的中國回教徒與印度回教徒接觸的焦點。此所以迄今在關丹一帶，尚有若干前者的後裔。凡此種種，均其着眼細處的例證。

記者問他，如何可於公餘抽暇執筆呢？他回答得很有哲學意味：「有志事竟成。我每天辦事到夜間十一時，每夜以兩小時專搞愛好的玩意兒——閱讀、寫作、以至於著書立說。」

一位外交官治學與寫作如此之勤，實在難能可貴，日本有些小說家異想天開，將中國小說的人物與情節混雜一起，任意顛倒，寫得非常歪曲事實，較之高氏，當自愧弗如也。

袁寒雲的岳父

·溫大雅·

我在上一期的大華那篇「袁世凱的妻妾子女」一文，提到袁克文的妻子劉梅眞，有說：「到底她的父親是誰，現在還未能考知。」十一月七日接周志輔先生給我的信,解決了這問題,亦為讀「六君子傳」的讀者解決了一個小問題。周先生信說：

（上畧）關于寒雲夫人之家世，茲特奉陳如下：其尊翁名劉尚文，與劉棨卿為遠房昆季。在陶拙菴文中云其為鹽商，頗富有，實不確（編者按：陶君文載本刋四至十期）。不過在項城督直時，以候補道居天津，寒雲見其女貌美，故倩人作伐以結褵云。寒雲之內弟為劉健伯，名懋貽，現在紐兄約，今年已七十有三矣。弟不知我對此層有所未悉，否則早應詳為貢獻矣。……

原來劉健伯就是周先生的表兄，所以知得詳細。我很感謝周先生給我這個珍貴的材料，不止補拙文之不足，卽陶菊隱所作的「六君子傳」（一九四六年上海中華書局出版）謂寒雲「娶安徽人劉某之女（劉女善書畫），其丈人為了親事的關係，臨時捐了個候補道」陶君文中對于袁世凱的親家皆舉其名，獨寒雲的丈人，他只稱劉某，今可補正。又，劉梅眞夫人已於廿年前往美國依其子，今尚健存。

鞠部叢談校補

羅癭公遺作　李迦翁校補　樊樊山眉識

一九五九年春，李迦翁自海上以鞠部叢談校補手鈔本見貽，屬為加註出版，是編刊於一九二六年，當時印數極少，而有關梨園故實甚多，今距迦翁之逝亦已七八年，有負故人，不無歉仄！亟為加墨，商之大華編者，先行逐期刊載，以為他日重版之張本云爾。

·惠齋·

鞠部叢談者，吾友羅癭庵遺著也，癭庵偃蹇人海二十餘年，日以徵歌選舞為事，平居跌宕駿放，獎掖後生，故梨園子弟樂與之游，宣南樂部間莫不知羅癭公也。茲編作於民國己未，賅博典雅，為晚近談劇有數文字，今癭庵墓草宿矣，寒夜檢讀，為之腹痛，顧其所述，亦間有失實未盡者，輒摭所知，附為按語，以付梓人，藝事雖細，期無失傳信之意，詞客有靈，度不呵為續貂也。乙丑初冬，無邊華盦鐙下，阿迦居士弁志。

鞠部叢談上

七月一日，大雨如注，繭足不出，偶閱繆子戲評，有所觸發，雜書盡十三紙以貽繆子，為戲評數日之助，他日若更為雨阻，或有賡續耶，未可知也。

迦按：民國七八年間，張繆子主公言報戲評，其時評劇捧角之風已甚熾，各報競載談劇文字，相與矜炫，然而知音實難，百無一當，繆子之作，乃卓然成家，癭庵雅重其人，為草此相助也。

惠注：張繆子少時肄業北大，名厚載，因新舊文學之爭，黨於林紓，為學校開除，林紓文集中有「贈張生厚載序」，即指此事。繆子別署聊止，江蘇青浦人，一九五一年曾出版其談劇文字曰「歌舞春秋」，梅蘭芳署簽。

從前堂會，外串普通名角，皆係二兩，較優者為四兩，其十兩者，則大名鼎鼎之名角也。梅巧玲一生未嘗出十兩以外，以十三旦、田桂鳳之震耀九城，亦不過十兩也。王瑤卿極盛時，間有給二十兩者。當庚子後，壬寅癸卯之間，外串譚鑫培為五十兩，已開前此未有之奇！記癸卯年廣東會館堂會，外串老譚「空城計」、「武家坡」兩齣，共給銀五十兩，則以魏耀亭代約，所給較廉，王瑤卿之「武家坡」，亦給十兩而已。老譚之由五十兩驟進而為一百兩，則那琴軒相國所代為抬高者也，袁項城之在樞府，五十正壽，在錫拉胡同本宅演劇，余時在座，項城方在禮堂一人獨坐，那相在第三排席上，見老譚將出台，那相乃離席拉項城至三排同座，及老譚出時，那相站起，對老譚一拱手，項城見那相如此，亦為之改容，座客均為詫異，次日都中士夫相見，無不道老譚矣，其時亦不過每堂會一百兩而已。入民國後，驟增至三百圓，更漲至五百圓，其有交情者，或減至四百圓，或三百五十圓，而梁任公太翁作壽，老譚演「一捧雪」，僅送二百二十圓而已。

樊山識：六十年前余入都時所見，每堂會外串之角，唱一齣僅傳京錢十二吊耳，是時每銀一兩易京錢十六七吊。

迦按：光緒甲午至戊戌間，堂會外串普通名角每人給銀四兩，照例皆演兩齣，惟正月二日都察院團拜，則無論何角，一律給二兩，汪桂芬、譚鑫培亦莫不然，瑤卿盛時給二十四兩，最多至五十兩，老譚則百兩也。愈菊生一生未嘗出二十四兩，某年鳳卿承辦一堂會，以愈名齒俱高，特送銀五十兩，愈驚其逾分，終退還二十六兩，時論多其狷介，以語今之薄有微名而貪得無厭者，寧不愧死！老譚入民國後，外串得金最多者為麒麟碑胡同劉宅堂會唱「武家坡」，給七百二十圓余親見之。

從前堂會，外串條不書戲名，各角到場，始知應演何劇，故赴堂會，後車必滿載行頭，其黠者亦託人先期探示，或以意度某宅素好某劇也。

堂會普通名角到場，每臨時爭演他劇，謂之搶戲唱，李順亭黃潤甫輩得金獨多，蓋劇終結算，每演一齣必給二兩也。

惠註：齊如山回憶錄記「這種堂會的戲價，到民國五六年，最大的堂會達五六千元，其中戲份最大的，當推譚鑫培，最多者每齣戲到過七百圓。一次，我正在譚宅同他談天，陳德霖給他去送戲份，共四百圓，老譚說：德霖哪，別管人家要這許多呀，要的人家不敢請教了，那可不好。俟事完，我與德霖一同出來，德霖說他只知道四百，他家裏人還要三百，共七百，不過老頭兒不知道罷了。」

民國三年，老譚以入公府演劇不力，為庶務司郭某所怒，禁其登台，於是葉玉甫太翁作壽，老譚亦不敢應演。其後老譚託人緩頰，願以時效力，不敢領賞，郭某乃定為每齣給銀四十圓，其時梅蘭芳僅定給十圓、朱幼芬六圓而已。

惠註：梅蘭芳舞台生活第三集載——前清宮庭傳外班演戲，叫做傳差，錢是隨他們賞的。袁世凱做了總統後，仍仿舊例，傳老譚唱一齣戲，祇給二十元。老譚的兒子譚二說：「總統府怎麼和皇宮一樣，也要傳差？可是錢又給得那麼少，從前宮裏還給四十兩呢。」這句話傳到總統府管劇務的王文卿耳朵裏，就暗中叫軍警方面的人對譚老說：「您年高望重，應該保養身體，不宜常常露演。」於是戲園，堂會中有幾個月看不到譚的戲碼，許多譚迷大為失望。

民國元二年間，梅蘭芳初露頭角，其時朱幼芬每日出演，交游甚廣，捧之者衆，評劇捧角之風已漸開矣。於是朱梅兩派互相攻擊，蘭芳名日益顯，及赴上海歸來，名乃成立矣。

迦按：幼芬盛時，藝遠不逮蘭芳，所謂朱梅之事，蓋一二小報所為，人亦漠然視之，而為時亦至短也。

惠註：梅蘭芳述舊曰：我後學戲而先出台，王蕙芳、朱幼芬先學戲而後出台，這原因是我的環境不如他們。……吳菱仙老師同情我的身世，知道我家道中落，每況愈下，要靠拿戲份來維持生活，他很負責地教導我，所以我的進步比他們快一點，我的出台也比他們早一點。

王瑤卿盛時，老譚每與青衫配演必瑤卿也，瑤卿之前，則為孫怡雲，及瑤卿日起，怡雲已漸衰矣！老譚亦間受瑤卿所窘。蘭芳初年力摹瑤卿，及聲譽漸起，而瑤卿大受其影響，以漸而愈衰，當與老譚同在中和園時，人常問聽瑤卿戲否？不盡提老譚也，今則憔悴可憐，聲名且出後輩尚小雲程艷秋之下，亦可嘆矣！

迦按：老譚最初配演之青衫為張紫仙，次陳德霖，次德珺如，次鄭二奎，次文榮福，次王瑤卿。怡雲則在四喜與孫菊仙配演，未嘗與譚同班，老譚先在同春，後與瑤卿合演於同慶，蓋二人極盛時也。

惠註：王瑤卿供奉居北京大馬神廟，予北上屢見及之，曾以其最後登台演十三妹之戲照相貽。每過古瑁軒，談笑盡歡，主人爲時愈晏，精神愈佳，滔滔不絕，談笑風生，此樂今不可復得矣。

陳德霖當時僅充吳順林配角而已，一日爲某伶所窘，乃感憤閉門，恣力於學，一年後再出，已大非昔比，遂成大名。

迦按：德霖初與張紫仙爲配角，庚子以後，與許蔭棠、孫怡雲合演，屢爲怡雲所窘，迨與瑤卿同隸福壽，猶未獲時譽，其成名蓋在五十以後也。

惠註：姜妙香肖憶陳老夫子篇曰，「老夫子年輕時，嗓子很好，唱戲紅極一時。但因染上了喝酒、抽鴉片烟的嗜好，到三十多歲時就塌中了。（中年演員嗓音起變化，不能唱高腔，更不能持久，名爲塌中。）這時他正與著名青衣孫怡雲同班演出。有一天，派出的戲碼是孫的「御碑亭」，老夫子在後面演「三娘教子」。這天，老夫子提前到戲館對孫怡雲說道：「大哥，『三娘教子』是二黃戲，又有不少高腔，我這條嗓子實在唱不了，您唱吧，把『御碑亭』讓給我。」孫沒有答應，老夫子只好硬着頭皮上台。結果這齣「教子」唱得力竭聲嘶，可以說簡直是哭完了一場戲。這件事給老夫子刺激很深，從此他戒除了嗜好，除了宮內演戲推不掉以外，其它演出一概停止，專心在家休養身體，鍛鍊嗓音。他一年四季不畏寒暑，不避風雪，每天清早到窰台去喊嗓子，堅持了幾年之久。結果嗓子不僅復原，而且還練出來一種童音似的聲音，較前更爲高亢、嬌脆了，聽起來猶如少女一般。再度登台後，唱「五花洞」裏的「變一個凡婦在世間」和「彩樓配」裏的「回府去禀告二老爹娘」這兩句嘎調，都不覺費勁，到晚年還照樣唱「落花園」。」姜妙香又說：「王瑤卿先生沒有正式拜陳老先生爲師，但也和我們一起學戲，京劇界一般尊稱陳老先生爲老夫子，這個尊稱就是王瑤卿先生給起的。」齊如山云：王瑤卿在清宮中當差，乃是陳德霖的保荐，照宮中規矩，凡經人保荐，永遠管保荐人爲師，陳王有戚誼，平時稱兄，至此乃改稱老夫子。（一一）

孔祥伯的「洋煙嘆」

孔詩人名祥伯，志怡其字也，上海浦東陳行鎮人，與秦硯老（此老事畧，曾載本刊第廿三期）居同里，年亦相若，二人垂老相見，必抵掌談文藝；余以後輩常叨列末座請益。一日，孔老曰：「我喜若文之樸茂，近歲多病，若溘先朝露，則墓誌家傳，非若莫屬。」蔡老曰：「我亦喜君詩之雅健，願得君之輓詩，故樂於先君而死。」據此，孔老之詩，不同凡響，可以概見。

孔老因專力於詩，而於博取功名之敲門磚八股文，不甚措意，故屢試屢敗，及其中秀才，已年將四十，後乃赴日本習師範，畢業歸，歷任三林學校，江蘇省立第一師範，民立中學教師，成績昭著，桃李盈門。當日寇侵滬，浦東岌岌可危，由其子漢布迎養於所辦工廠中，終以託庇外人宇下，鬱鬱不樂，先秦硯老四年而卒，壽七十三歲。茲錄其遺作「洋煙嘆」如左：

白刧生靈半段槍，一鐙慘作九幽光，黃金白骨死灰黑，睡獅臥虎頑石殭，鍼孔滔滔尾閭洩，盆底瀾翻白川狂。無昏無曉無貴賤，爲鬼爲蜮爲虎倀，積薪厝火秉國政，囚首喪面談文章，三眠自縛千絲繭，九死還魂一縷香。噫嘻乎！東海可平天可補，黑刧沉淪難救苦，戕身之法今逾古，醇酒婦人那足數，蛇蝎而外別有蠱。

此詩千錘百鍊，如干將莫邪，晶瑩銳利，不可逼視，而又氣盛言宜，清新俊逸，秦硯老喜其「雅健」，的是確評，惟爲詩人之詩，殊欠通俗，國學根柢稍差者，不能全悟其意，難收警世之效，未免有違作此之願望也。

·韜波·

丁巳復辟策動者徐世昌

尚之雲

有人說徐世昌是「狐狸精」，顧名思義，可以反映這個老官僚，是一個怎樣的人物。現在把他的瑣事和他圖謀溥儀復辟的內幕，略爲談談。

清末民初以至抗戰前夕，徐世昌和譚延闓，一北一南，都是好用黃老之術，應付各方，而有「水晶球」的渾號。不過徐有時得意忘形也會驕傲起來。他做了總統後，附庸風雅，有一天，宴請北京的名士們。席間。徐臉上裝着很客氣的頻頻請來賓指教。當時，大家推讓一番，都沒有人發言。一會後，秦樹聲獨自起立的說，「可以隨便談談嗎？」徐說，「好的好的！」秦說，「公最好不當總統。」大家聽了，驚愕起來。徐即轉身把備好的詩稿幾冊，請秦指正。秦說，「公不懂詩，何必這個！」徐聽了，笑着的說，「我的官比你做得大。」秦知道徐雖年老，還是驕傲自滿，也就不談下去了。（徐、秦本是光緒丙戌科進士。秦在清末，當過山西按察使、廣東提學使，民國初年，任清廷館纂修）是日下午，秦出了公府，對朋友說，「徐菊人只是一個老官僚，除了弄權，好貨財慕虛名之外，懂得些什麽呢！」

徐在清末，當了首任東三省總督，着手改新官制，努力做外表的鋪張，建築新式衙門，把各司道職員，合署辦公，與同時各省的辦法兩樣。載濤從歐洲考察陸軍歸國，路經奉天，見到建設一新，鋪築馬路、裝設電燈，其他如警察、儀仗隊、軍樂隊等設備，都是新式。覺得徐是新的人材，回京後，即力荐徐內調，繼陳璧爲郵傳部尚書。汪大燮、盛宣懷、梁士詒、關賡麟、葉恭綽、譚祖任、梁用弧、羅惇曧、蘇興等，當時亦是郵傳部職員。

徐爲了要輔助袁世凱的統治，把清室封他的太保也不要了。當他要去青島時，清室的世續跪着向他挽留，痛哭失聲；隆裕太后也流淚勸他，他也掉頭不理。因爲他不離開北京，便不能脫離與清室的關係，在民國便不能替袁世凱當走狗。事實上他是袁的狗頭軍師，也是袁的「宰相」（國務卿）。

徐與袁雖屬拜把兄弟，但他不贊成袁的帝制。有一次，載振代表父親奕劻謁徐說，「項城天與人歸，似應速正大位，使到天下安寧。」徐笑着的說，「那麽，賢喬梓爲什麽不勸進呢？」載振說，「恐怕惹起滿族人的譏笑，因此請公領袖敦勸，較爲妥善。」徐答，「那我便不怕舊同僚的譏笑嗎？請你不必再說了。」載振撲了一鼻子灰，轉去告知袁克定。克定即訪徐，說明家君帝制，早已決定，請勿阻止。徐說，「我不反對，也不贊成，你們去幹好了。」這說明了徐的滑頭。

徐有一妻兩妾，只生了一個女兒，已和袁世凱結爲兒女姻親。據說溥儀要論婚時，徐想把這個女兒再配與溥儀，那時徐的女兒還沒有與袁克堅解除婚約。這反映了徐企圖當國丈的不擇手段。不過後來因爲種種關係，而不能達到目的。

民國六年，張勳挾擁溥儀復辟，徐世昌是參加內幕的，他是弼德院長，康有爲是副院長。林庚白「孑樓隨筆」說，「復辟之變，世昌陰實主其謀，迨見段祺瑞既發難，則又首鼠兩端，（張）勳頗不齒之。」復辟瓦解，康有爲憤憤不平，寫信罵徐，五千多字，揭布復辟內幕，指出段祺瑞、馮國璋、徐世昌等都是同謀，即所謂「致徐太傅書」在「不忍」第九、十合冊發表。徐的沉着陰鷙，善於看風勢的老官僚，可見一斑。

原來徐世昌從辛亥革命，他眼見着腐朽的清王朝垮了台，樹倒猢猻散，靈機一動，便即玩弄兩面手段，既當了清室廢帝的太保，又當了民國袁世凱的國務卿，覬覦大總統的寶座。怎知袁世凱做了皇帝，行家天下的辦法，自己所妄圖的最高當局的幻想，不能夠實現。於是中途退出了袁的幕僚，看風駛舵，準備袁的帝制有三長兩短的時候，好得出來收拾殘局，整理爛攤子，替老袁抱腰。果然西南的護國軍一起，各省紛紛響應，袁即暴死了。他知道漢人當皇帝，是難得實現的了。立即轉變辦法，陰謀清帝復辟，自己還可以總攬大權。初時他和一批遺老聯系，又和實力派張勳們互相勾結，意圖文武合演，醜劇便可開幕了。他又顧慮到，事如實現，大權會落在軍人手裏，自己手無寸鐵，費盡心機，恐怕僅博得一個有職無權、高而不實的閒曹，是犯不着的。於是他運用鬼計，密派陸宗輿到日本去，提出了個人的意圖，希望日本當權派，給他實力的支持。關於徐世昌這一個陰謀，有幾種第一手資料，公開地揭露，分述於下：孫毓筠「復辟陰謀紀實」第三段有說：

陸宗輿之赴某國也，報紙喧傳謂為運動某國政府贊助復辟。嗣經秘密調查，知陸此行陽為收領交通銀行借欵，陰實奉有徐世昌之命，試探某國政府對於復辟之意向。並携有徐自擬之復辟條件，其內容大致如下：一、擁戴宣統復辟；二、設輔政王一員，代皇帝執掌政權，以曾任官大學士軍機大臣資格最高之漢人充之；三、輔政王由皇帝勅任，十年一任，但得聯任；四、皇后由漢大臣之女聘充等語。另有與某國協商條件，如某國政府肯出力援助，復辟成事後，願以兵工廠合辦，及軍隊警察一部分之管理權為酬報。陸臨行時，曾過徐州以此條件面呈張勳，請其核定。張閱竟怒形於色，謂陸曰：「以此條件，祇成全徐某一人功名富貴，於清室有何利益？若論地位資格，輔政王一席，我亦有分，何獨徐某！」陸悚然不敢置詞。臨行時，索條件底稿。張云：「此稿須留在我衙門存案，不能還君。」……

看此，則知道徐世昌搞清復辟，不只為他一個人的富貴着想，簡直是賣國行為。同時也可見徐世昌與張勳是狗咬狗骨的利害鬥爭。日本黑龍會編印「東亞先覺志士記傳」所寫黑龍會分子佃信夫全力支持張勳復辟的經過情形，對於陸宗輿把徐世昌的希望條件的要點，也有說：「一、封徐世昌為輔政王，並列為皇族，代代世襲；二、以徐之女為宣統帝妃等等。」合攏觀之，更加明白了。

後來陸宗輿因事沒有去，由曹汝霖另用一個名義準備赴日，現據當年日駐華公使林權助所寫「七十年談往」的回憶錄，內有說，「某日，曹汝霖秘密來訪，他親自說出了此次『贈勳』的一切內幕：『實際上，我是帶着非常秘密使命前往日本的。這就是為了策動復辟，命我私下探聽日本當局對復辟的意見。』我（林權助）問他：『……那麼，你究竟是奉了誰的密令呢？』『實際是……徐世昌和張勳。』然而此事又另有變卦，曹汝霖因為種種關係，不能當『贈勳』特使，北洋政府才改派汪大燮赴日，不過徐的要求日本給他支援清帝復辟的迷夢，沒有達到，但是徐的思想活動，確有陰謀借用清帝復辟來達到個人做輔政王、國丈的企圖，不惜把兵工廠、軍警等權送給日本人操縱主持。這是北洋派頭子徐世昌的賣國意圖。

張勳搞清帝復辟失敗時，徐世昌在天津給張多方的指示維護，寫信交吳笈孫（徐的親信）面致張勳，函云：

少軒仁弟閣下：事已至此，兄所以為執事計者，蒸電已詳言之，望弟有以善自計也。弟既效忠清室，萬不應使有震驚宮廷糜爛市廛之舉。大丈夫作事，委曲求全，所保者大，此心亦為照千古矣。望弟屈從。弟之室家，兄必竭力保護。言盡於斯，擲筆悲感。特囑世緗回京，回陳一切。惟希台察不具。兄昌頓首。

民國七年九月一日，北京的非法新國會選舉徐世昌為總統，徐在十月十日就職後的十三天，一朝權在手，就用了大總統命令，撤銷了叛國罪魁張勳的通緝，免予緝究了。這是北洋派互相勾結、利用，共同演出的把戲。

一般遺老對徐在民國做官，多對他不滿，如陳夔龍的詩「龍頭休浪執，腹尾會平分。」附註「同年生有曾廁清班，膺膴仕，迄今仍靦踞高位者，余與堯衢則當日之兩曹郎也。」這是用華歆與邴原管寧之典，表示異趣來譏刺徐的。余堯衢就是余肇康。

徐在北方做總統時，南方軍政府是被岑春煊把持，有人把「北有東海、南有西林，試問這兩個東西，如何調和南北」做上聯徵對。（東海指徐世昌，西林是岑春煊籍貫）此聯包含東西南北四個方向，「東西」是抽象詞，又代表袁岑兩人，久無適當的下聯。王闓運也用「淸風徐來」譏諷徐。民國八年，廣州各界公祭黃花崗，有人送祭聯：「問秉國是何人？太子太傅，太子太保；弔先烈在今日，愁煞春雨，愁煞春風。」又有一聯：「君等先覺兼先烈；人皆總統又總裁。」這些都是對當時南北兩巨頭徐世昌、岑春煊而譏評的。

徐世昌在北洋政府的幾個巨頭（袁世凱、黎元洪、馮國璋、曹錕、段祺瑞、張作霖）中，算是庸中佼佼的一個。因爲他是前淸的翰林出身，論文事自然比軍佬（黎、馮、曹、段）盜魁（張）們好得多。他每逢寫字繪畫的署欵，絕大多數的不寫姓名，只題「水竹村人」或「弢齋」等別號。他在巧取豪奪的藏了一些古畫，和日本的收藏家常有往來。曹纕蘅送筆者他所繪的一幅墨筆山水，題有詩云：「長夏躭幽興不孤，浪傳文字滿江湖；遙山近水無人寫，收入詩囊笑老夫。」署欵是「戊辰五月水竹村人」。他自己繪有「河西春眺閣」、「北江舊廬圖」、「江湖垂釣冊」等，題詠的人很多。這些都是他在政治舞台或下野之後，借風雅做幌子，來掩飾他的殘民以逞的政治罪行。

北洋政府的陋習，新總統到任，例由財政部籌撥現欵一百五十萬元，由部長親自送交總統，作爲就職後的開銷。總統留一百萬元，其他分給各部總長。這個陋習是由袁世凱作俑的，每屆總統都是如此。徐得到此欵，全數收入個人荷包，曹汝霖不好意思要，其他各部長也不便開口。五四運動，曹是賣國賊，學生把曹的家搗毀。張志潭乘機向徐提及此事，勸徐給曹一些錢，藉此補償曹的損失（徐在東三省總督時，曹汝霖已是他的部下），徐只給了曹八萬元，其他便由徐個人獨吞。這個貪滑老官僚，揩油揩到直屬閣員的身上，其他的賄賂，也可知了。（據有人調查徐的私產，有一千萬元左右的硬幣價值。）

溥儀出關當傀儡，日寇和漢奸們在華北搞僞政權。徐在天津，都沒有參加。這在他說來，自然比那鄭孝胥、羅振玉、王克敏、王揖唐之流，好得多，應該指出的。

楸陰感舊圖

北京崇效寺的牡丹、丁香，知道的人很多，但它的楸樹，則比較少人知。每當牡丹盛開時，藏經閣前兩株楸樹就熱鬧了，寺僧在楸下設茶座，以香茗供客。詩人詞客，也就對楸樹吟詠一番。本來北京的寺院，多種楸樹，獨有崇效寺這兩株因爲生來古拙，最爲人欣賞，寺僧說它們的年歲六七百，就算沒有這大年紀，起碼也是百年之物了。

光緒十三年丁亥（一八八七年），番禺沈宗畸寓北京，常與徐德沅、德漑兄弟游覽城內外勝蹟，德漑死後，德沅爲繪「楸陰感舊圖」。後來德沅亦逝世，此圖失去，宗畸感念故友，請陳佩形女士另繪一圖，題者甚衆。宗畸晚年著「便佳簃雜鈔」二十四卷，記此事有云：

光緒丁亥，余年二十三，與徐芷帆侍御德沅，養吾主政德漑昆仲，同受業于鄭東甫師之門。（師諱杲，事母至孝，原籍直隸，寄籍山東，光緒已卯解元，經術甚深。授賤子以毛詩，今茲略解詩義，吾師之賜也。）崇效寺有老楸二株，數百年物，暮春著花，作淡紅色。游春士女，來賞牡丹，此樹婆娑，難邀一盼。余與芷帆昆仲，館課餘暇，排日載酒來賞楸花。養吾既逝，芷帆爲繪「楸陰感舊圖」，徧徵題詠。一時名輩如朱古微、胡長木、劉慈甫咸有題詞，余亦譜買陂塘一闋，稿佚已久。甲辰余再入都，芷帆逝已數年，感舊圖不知流落何所。社友李紹堂國瑜，爲陳松山給諫女婿，夫人陳佩形，工繪事，爲余重寫楸陰感舊圖一幀，付之裝池，題者亦夥云云。

圖中題詩的人，有夏仁虎、陳昭常、陳慶佑、孫雄、辛耀文等數十人。陳昭常一首，最爲我所喜歡，今錄於此。「宣南掌故費追尋，梵宇重來涕不禁。轉眼滄桑淪浩劫；感時花木損秋心。茫茫人海風騷歇；袞袞名流歲月侵。檢點舊題成隔世，東陽消瘦怨同深。」

·伯愚·

丁巳同難圖記

編者按：本篇及附錄選自「郇廬遺文」。作者陳毅字詒重，號郇廬，爲張勳復辟的主要參與者，當時一些有關文件亦由其草擬。「丁巳同難圖記」追述復辟派歷年活動情形，涉及他們和北洋軍閥官僚之間的種種關係。「朱江墓志銘」對本文內容間有補充，今一併刊出。

丁巳同難圖記

右丁巳同難圖，前外務部尚書順德梁崧生敦彥之所作也。尚書以留美學生起家，顧性好儒書，抗論當日廢科舉之失，所交多科目中士，而又不以科目重之，必其爲君子儒而後與契也，故余樂就之。圖得五人，併尚書而六。五人者：一爲尚書同族佽侯用弨，光緒乙未進士，原官郵傳部郎中；一其同縣溫檗菴肅，原官御史；其二則曰黎潞苑湛枝、曰胡晴初嗣瑗。潞苑南海人，其同郡；晴初生貴州之開州，先世籍順德，於尚書亦猶爲同縣。三君皆癸卯進士而編修也。佽侯亦始爲庶吉士。獨余以廕爲刑郎，後始自甲辰進士，官至郵傳部左參議，而又獨爲湘鄉人也。湘鄉者曾侯故里，同治中興之業之所由創，乃與於此者僅余一人。粵今何盛，而湘何衰也！豈忠義之俗，亦有氣數存乎其間邪？雖然圖曰同難，吾知勉矣！

當宣統九年丁巳五月甲辰張公勳舉兵復辟，余爲公草通檄，而潞苑爲繕奏疏，疏亦余草也。是日設議政大臣七，以劉副大臣發謀最先居其一，梁尚書則以原官兼爲之。由是晴初爲內閣閣丞，潞苑爲學部右丞，而自籍起胡退廬思敬及檗菴爲副都御史。先是，壬子夏恭親王建謀青島，因劉大臣及余奔走於張公軍間，期以癸丑之春舉濟南①而集議於潛樓。潛樓劉大臣所居，因以自號者也。王飴山寶田自兗州、檗菴自天津皆來會，而余與于文和公式枚主筆草檄。事前泄，濟南大震有備，檄爲袁世凱所得，佯不省，而南寇適起。其時晴初爲馮公國璋上客，陽有勤王之志，策聯張公爲援，於是馮公薦張公同大舉南征，張、馮之交親，而世凱疑憚甚，自計搆間之。退廬乃自江西來覘張公。于文和則主南結岑公春煊以倒戈於世凱，余亟贊之，而潛樓持異同，遂相約赴兗州，道遇退廬，仍前不止，卒不得當。會島謀畢露，世凱遣偵恭王，將不利於劉，兼及於余。余方道青、濟，謀遵陸而南，聞警折還，取道於海，而天津偵檗菴急，夜走兗，僅得免。晴初於時已隨馮軍而南矣。

越二年，潛號議起，馮公抗阻獨力，走書招余，皆晴初本謀也。而飴山前爲張公聘馮公，盟垂成而裂，晴初用是幾得禍，余乃行。斯役之起始，余以大義說徐太傅世昌，首贊余者業鶴巢泰椿②。繼余而進說者章一山梫。一山後授爲學部左丞者也。軍情屢更，議輒中變，退廬行至江甯而返，檗菴居徐州數月辭歸，故拜官皆不及至。既張公軍過天津頓而後進，飴山託病去，潛樓憤甚，交幾絕。余亦謝不前。晴初後至，亦且行矣，有張、雷二君者忽堅主斯議，張公聽之，羈晴初不得去，逾日事遂發。以故晴初與萬蠖巢繩栻同拜閣丞之命。蠖巢故張公參謀也。次日余擢郵傳部右侍郎，以承重疏辭不許，因密薦佽侯，詔授爲左丞。而本部尚書詹眷誠天佑不至，久之以梁尚書兼其職，而外交事棘亦不至，然余以是獲交于尚書。尚書之歸自柏靈，故嘗以阿衡說世凱，而不見聽者也。是圖尚書爲主人，比肩者晴初也，潞苑、檗菴在晴初右，尚書之左則余與佽侯，依次而踦焉。是辰爲宣統十四年十月壬寅大婚前一日也，故人皆朝服。嗟乎！冠裳之會幾絕於天壤者十餘年於玆矣，今因朝廷之慶典而作斯會，非止表愛敬之意，固將以見王制也。退廬於丁巳同難，嘗有良莠不齊之歎，余深傷之，故他會多不往，獨集於此，非重同難重同志也。其同難而同志爲上所不及述者，有大學士多羅特公升允、議政大臣袁蟄翁大化、學部尚書沈寐叟曾植、右侍郎陳仁先曾壽、法部右侍郎王病山乃徵。多羅特公嘗號召蒙、回，期張公爲聲援，固自爲一軍者也。是日以未及相見，故不得列於此。乃退廬、寐叟則皆前歿，而一山以病，病山以貧，潛樓、蟄翁、仁先、螻巢以丁憂皆未得入賀，故皆不與。唏亦僅已！然而飴山與謀最夙而終不懈，鶴巢忠於是役且同陷於危境，雖皆授官不及，得謂之非同難乎？繇是觀之，同難而不同志固有之矣；其同志而不及同難者，天下正不少。不知他日誰樹之聲而振而起之也！宣統壬戌十一月庚申，朔，湘鄉陳毅記。

附：朱江墓誌銘

君諱江，字岷源，朱氏明裔也。國初隸旗籍，駐廣州，世爲兵，至君好儒術。父某病蹶痿經歲，晝夜左右侍無懈，居喪而毀，人稱其孝。以光緒癸卯舉人，官內閣中書。宣統三年，國難作，總理袁世凱不軌，宗室侍郎寶熙集謀去世凱，君與焉，不果。明年恭親王自青島圖匡復，劉副大臣廷琛，主用前署江督張公勳兵。余建議王宜西度隴，依前陝督多羅特公升允，乘賊不暇，南收川、藏，建旗倡義勤王，西起回，東起蒙，並塞取關，拊京師之背，傳檄天下，賊世凱不足誅也。于侍郎式枚壯余策，王不能用。其年秋，君至自隴，與國君雄偕，會於劉副大臣坐。國君質懿寡言論，君則慷慨敷說，舉席爲動容。余既心折其人，又以其未余謀而同，行則先之也，異焉。乃益歎王不能西，西且後時也。

初，王出居於大連，二君踵及，請書西征。既得書折歸，君適有長子之喪，茹悲而行，道娘子關，歷山、陝，抵蘭州。多羅特公前解兵，則躡之西甯，西甯寺僧富多金，公欲資以起師，策北用蒙而外聯俄，計夙定未發也。君既見，貌殊寂，居數日，勿能忍，則痛陳國亡君存，民未散，有可爲。國君助之，聲淚俱下。公察其誠，乃召前密語，畀書答王。於是二君改道越涼州向胡中，循祁連、賀蘭而東，浮舟黃河，迤邐入居庸，而王已移島矣。是役也，更夏秋二序，犯熇暑，排飀飀，間關萬餘里，往往出空虛無人之地，竟日不得食，食且雜牛溲馬矢。間境郎夷，則闕譏嚴，頻蹈險，而君氣志彌奮，夢中憤嚼，齒齒盡齳。國君蹴君覺，則相向哭，不知其身在賊中也。既報命辭去，期再窺隴，苦無資。時賊諜王天縱，偵知王所爲，窮搜吾徒。國君匿京師。君携妻鍾氏及幼子就友趙州，同行某泄其言，被虜不屈，遂以五年八月及於難，年四十七。自是國君遁入島，與余益相習。國君字孟賢，國氏雄其名，外務部小京官，亦漢軍忠義士也。一日國君出君狀授余，屬預爲銘。既銘之後三年，君兄某始以喪歸廣州，葬某山。烏虖烈已！

①指一九一三年復辟派陰謀在濟南發動反袁復辟。陳曾矩所作「郇廬遺文序」記稱：「時張忠武公勳由金陵退軍兗州，君與于文和式枚、劉文節廷琛、胡侍御思敬諸君子數往來謀議。癸丑春將合濟南軍北上討賊，事洩而止。」又據記載：時恭親王溥偉、于式枚、劉廷琛、陳毅、溫肅、胡思敬在青島密謀舉事，並與張勳議定出兵計劃，。張曾派胡嗣瑗、溫肅勸說馮國璋，復拉攏兗州鎮守使田中玉，但馮懾于袁世凱勢力未敢動，田則陽與敷衍而暗地告密。袁據報即令切斷兗州、濟南間鐵路，而張勳所部亦未能離兗北上。

②「郇廬遺文」中「葉鶴巢墓表」記述此事云：「丙辰之夏，潛樓書要余使東出關，余則以賊凱新死，欲北說徐公世昌，而後南說張公勳。衆不能無疑，獨鶴巢力贊余，人以是議其道之枉。既羣集徐州，事變多不常，衆又慮大舉之不果成。顧鶴巢不憂不成，而竊憂其成且敗，於是人譁而笑之，以爲怯。」

汪旭初和他的「寄庵隨筆」

陶拙庵

章太炎的弟子，頗多在學術文章上負着盛大的名望，如黃季剛、王佩諍、王蘧川、王欣夫、潘景鄭、朱希祖、沈延國、馬宗霍、金毓黻、諸祖耿、孫世揚、汪旭初等，都是有著作行世的，現在來談談汪旭初和他的「寄庵隨筆。」

汪旭初是江蘇吳縣人，爲曩時駐日公使汪榮寶的弟弟，名東寶，後把「寶」字除掉，稱爲汪東，再取旭日東升的意義，字旭初。年十七八時，留學日本東京，入同盟會，爲「民報」寫文章，筆名寄生，所住的地方，名爲寄庵，民國廿三年（一九三四年），他在蘇州北園隙地，築了幾間屋子，爲讀書吟嘯之所，這時他的老師章太炎爲吳下寓公，因請太炎寫寄庵二字榜額。太炎是講究許學的，以說文中沒有「庵」字，遂借「鵪」字爲代，曾與黃季剛通訊，涉及這事，謂：「庵之本字當作「奄」（即閹字），然旭初無子，恐頗戲謔，故易作鵪。」民初，主「大共和日報」筆政，和太炎及楊千里、錢芥塵、沈泊塵等同事，很得師友之樂。「大共和日報」停止，他一度爲餘杭縣令，後歷任各大學教授，這時他興致很高，作詩塡詞，經常在刋物上發表，有時畫幾筆梅花，寒葩凍蕊，別具逸致，間畫山水，亦極林泉煙霞之趣，可是好景不常，日寇侵畧，蘇滬淪陷，他不甘與敵僞爲伍，輾轉入蜀，又復於役貴州，直至勝利，才回到蘇州，作退老計，罕與人接，爲了消遣長日，追憶平生師友，及展卷所得，耳目之所見聞，日記一二條，信筆所至，漫無詮次，名之爲「寄庵隨筆」，郵付上海嚴獨鶴，發表在「新聞報」附刊「新園林」上面。

「新園林」所刋，除長篇小說外，什九爲短篇雜作，至於賡續刋載，歷一二年始刋畢的筆記，共有兩種，一武昌劉禺生的「世載堂雜憶」，舉凡典章文物的考證，地方文獻的叢存，師友名輩的遺聞，名士美人的韻事，彙爲一編，當時閱「新園林」的，無不爭先快覩。和這「雜憶」齊驅並駕的，便是汪旭初的「寄庵隨筆」，發表了共一百零五篇，和「雜憶」相比，「雜憶」重在「史」，隨筆重在「文」，以文史而論，這兩種作品，都是值得參考的好資料，惜乎汪旭初於前幾年逝世，「隨筆」沒有成爲專集，散刋在「新園林」，舊報已無從獲得，即使見到，亦僅一鱗半爪，成爲莫大缺憾。這「隨筆」內容究屬怎樣，我在下面作一個輪廓介紹吧。

這個隨筆每篇有一小標題，小標題是作者自己加的，還是編者獨鶴加的已不得而知了，記得第一篇爲「此地何人悲往事」，談黃季剛往事，原來黃營宅南京藍家莊，取陶詩：「量力守故轍」意，名之曰：「量守廬」，請旭初繪圖，圖成，又集宋人詞爲聯語贈之：「此地宜有詞仙，山鳥山花皆上客；何人重賦淸景，一丘一壑也風流。」黃初讀甚喜，一日忽去之曰：「平頭爲此地何人，語殊不吉。」果然，次年黃死，屋遂空廢，令人對之，眞有此地何人之慨。二爲「民報之全盛時期」，談爲民報執筆的，有陳天華、胡展堂、章太炎、宋鈍初、劉申叔、黃季剛、廖仲愷、朱執信、蘇曼殊、汪季新等。但深惜汪季新晚年參加僞組織，自喪令名，成爲兩截人。原來季新便是汪精衛。又「儒書誰復識英雄」，紀廣州之役，被執而犧牲的很多，所謂黃花岡七十二烈士，那是盡人皆知的。但有餘杭殷竹林其人，初隸趙聲部下，廣州之役，從黃興突入總督衙門，可是張鳴岐已先避去，欲退，則門外方酣鬥，亟護黃興突旁舍出，伏民居，被圍，從障後射擊，殺數人，圍者不知虛實，解圍去，而彈亦適盡，棄槍易衣，與黃興混入衆中得脫。抗日軍興，殷已老痒，播遷入蜀，貧不能自存，因人推薦，爲內政部禁煙委員會書記，逾年竟客死。又「章太炎講莊子」，記太炎在東瀛講學，以說文及莊子爲主，黃季剛、周樹人、錢玄同，其時皆北面受業。又「蘇曼殊喜啖牛肉」，記民報社諸子，常請蘇曼殊啖牛肉，有一次，曼殊方入浴，旭初故意揚言吃牛肉料理去，曼殊聽了，深恐向隅，裸體而出，則衆皆安坐，拊掌絕倒，曼殊瞠目半晌道：「你們和我開玩笑矣！」衆又大噱。又「弘一大師之綺語」，記李叔同未出家時所作的小詞，綺麗纏綿，情深一往，並談到他結春柳社演茶花女事。又「太虛讌客嘗豆腐」記太虛法師居重慶長生寺，讌客賦詩，旭初與季剛俱爲座上客，一次嘗到豆腐一碗，味甘而脂膩，異於常品，問太虛，才知是細磨落花生果爲之，不用黃豆，季剛是非肉不食的，但對這色豆腐，卻贊不絕口，說：「陪太虛食，何必思肉。」又「馬相伯談謔生風」，記相伯老人的詼諧，又說「馬氏文通」一書，不出馬建忠手，實則是相伯所作，而假弟名行世的。又「程德全演獨木關」，談袁世凱執政，猜忌日甚，程德全任都督，頗不自安，他一足微跛，乃故意詭託風疾，見客必舌強，行必扶掖而後起。某次，蘇浙兩軍會哨，張宴嘉興烟雨樓，德全乘舟應邀，旭初爲幕客，與楊廷棟同舟去，德全談笑自若，繞案小步，無異常人，及泊舟，報謁者至，卽使二人扶之出見。旭初微語廷棟：「都督又演獨木關了。」又「富有票與貴有票」，記唐才常在清末創「富有票」與「貴爲票」，分發黨人，於起事時爲信號，結果事機不密，唐被殺害。原來唐爲太炎弟子，二票實用「有爲」二字爲名，兼隱「貴爲天子富有四海」之意，又「喬大壯悲憤遺書」，那是記喬大壯自沉於蘇州平門梅村橋下事，以及他生前與許壽裳的關係。接着，就是「許壽裳電筒致難」，原來勝利初，收還台灣，壽裳任台灣大學中國文學系主任，夜被盜劫，壽裳出電筒照射，遂被盜所戕害。又「印光座前虎受戒」，記張善子寓吳中網師園，蓄一乳虎，及虎漸長，恐其發獸性噬人，乃牽往北寺，受戒於印光法師，印光手摩虎項，虎帖服不動，認爲猛氣盡消，可是虎不久委頓死。又「吳門二仲並稱賢」，所謂二仲，一張仲仁，一費仲深，兩人結爲兄弟。又「儒家修養法」，那是談胡樸安的治學精神和見解。又「南明史稿待殺青」，談柳亞子寫南明史，從朱遬先質疑。「梅景書屋傳韻事」凡二篇，談吳湖帆藏隋董美人誌，及醜奴碑佳本。有談詩詞的，如「詩戰中健將」、「鬥韻分題」、「新聲試聽女詞人」、「幾番碧海換紅桑」、「集舊句譜新詞」、「聽笛題詞憶舊遊」等，談曲的，如「作曲秦淮畫舫中」、「寒鴉點點歸楊柳」等，談畫的，如「不辭研色賦春光」、「喜獲舊雨軒圖卷」、「正社畸社兩畫會」、「紅薇老人百花圖」、「吳仲圭畫竹長卷」、「滿船書畫付波臣」等，篇幅較多。又「吳中園林瑣記」六篇，凡網師園、拙政園、獅子林、祇園都談了個輪廓和沿革，又「梨園憶舊錄」十二篇，如馮春航、賈碧雲、兪菊笙、楊小樓、譚鑫培、程長庚、汪桂芬、孫菊仙、余叔岩、金秀山、德珺如、黃潤甫、劉趕三、王福壽及四大名旦，並秦腔，川劇，崑曲，遺聞佚事，談得怪有趣。談醫的，有「生死肉骨有神醫」，及「十字眼一帖藥」，又談各地景物的，如「天目雨山多奇景」，「明孝陵之樹」，「清遊香雪海」。專談食品的，如「蜀中名庖多雋味」，「成都姑姑筵」，又「博具雜談」六篇，什麽搖攤，銅旗，麻將，墨和等，其中花樣也是很多的。

二黃遺事

黃侃是章太炎的得意門生，生性清狂，又好色，民國八九年間，黃際遇和黃侃同在武昌高師教書，黃際遇亦有「寡人之好」，兩黃相得益彰，因此每逢假期，必過江至漢口尋歡。際遇爲人鄙吝，貪小便宜，甚至嫖帳也要欠，鴇母因爲他是大學教授，給他一點面子，但到年尾就非算清不可了，便親往學校大門等候。際遇知鴇母來討債，連忙叫老宗保駕，到大門應付，他便從後門溜走，過江寄居同鄉商店，趁輪船轉上海，回鄉度歲了。此事際遇從不諱言，一九二七年六月他在香港石塘嘴和我吃花酒時對我說的。（際遇字任初，廣東澄海人，一九四五年逝世。）

・丁未・

溥儀賜謚小考

林　熙

滿清王朝最後一個皇帝溥儀，已於十月十七日逝世，當他幼年在紫禁城裏做「閉門天子」的時候，任人擺布，做出了許多醜劇，而最醜怪又滑稽的事情，無過於賜謚了。「謚」是什麽東西呢？這件三四千年的老古董，說來話長，原來自周朝起就有這種玩意，那是一個人死後，依據他生前的行跡，爲他立一個號，其作用在勸善而表彰有德。謚之中，有好謚、惡謚，舊日封建的士大夫，對這個玩意非常注重的，因此，除了朝廷所賜的謚外，私人又有什麽私謚、鄉謚等名目，一直到今日，某些地方還有人玩私謚，可見其毒中人之深了。

溥儀讀書到十二歲那一年，對於謚法已經懂得它的作用了，據他所作的「我的前半生」說：

那年奕劻去世，他家來人遞上遺摺，請求謚法。內務府把擬好的字眼給我送來了。按例我是要和師傅們商量的。那兩天我患感冒，沒有上課，師傅不在跟前，我只好自己拿主意。我把內務府送來的謚法看了一遍，很不滿意，就扔在一邊，另寫了幾個壞字眼，如荒謬的「謬」，醜惡的「醜」以及幽王的「幽」，厲王的「厲」，作爲惡謚，叫內務府拿去。……（結果還是南書房的翰林爲擬一個「密」字，溥儀以爲是惡字眼，照准了。）

辛亥改革後，新成立的政府，和清室訂下優待條件八條，第一款：「大清皇帝辭位之後，尊號仍存不廢，中華民國以待外國君主之禮相待。」這一條雖然訂得不十分妥當，但當日的革命黨只要滿清皇帝肯早日退位，讓出政權，什麽都可樂從。在此款大體上而言，中國也不會吃大虧，待以外國君主之禮，亦猶有外國君主到中國，我們對他待以殊禮而已，至於「皇帝尊號」不廢這一層更無所謂，中國人民，一向對於貴族不十分崇拜，只崇拜實權，在滿清盛時，一個親王雖尊，如果他不是當權的親王，人民視之蔑如也。皇帝如無實權，亦一空頭貴族而已。人民見到隆裕皇太后所下的退位詔有：「皇帝但卸政權，不廢尊號」之語，就知道政權是實際的，尊號是虛榮的，可理，也可不理，所以我說中國沒吃大虧。

因爲皇帝尊號不廢的規定，溥儀左右那班奴才就從這一句大做文章，於是有「宣統五年」的紀年在紫禁城裏出現，舊日大臣死後，溥儀也有賜謚之舉。溥儀既死，我就談談三十四年來溥儀在紫禁城和僞滿洲國予謚的趣事。我手頭蒐集的僞謚，只得六十四人，三十年間必不止此數，但這種材料一時不易收集，有遺漏的，留待將來補充。

現在先把所得僞謚的大臣，列表如後：（上欄是僞謚，下爲得謚的人）

僞謚	得謚的人
文忠	梁鼎芬
	升允
	陳寶琛
文端	陸潤庠
	世續
文誠	陳若霖
	李文田
	錫良
	朱益藩
	吳郁生
	景方昶
文貞	朱益濬
	葉爾愷

僞謚	得謚的人
文直	林紹年
	伊克坦
	朱祖謀
文節	劉廷琛
	温肅
文和	于式枚
文敏	清銳
文通	高賡恩
文恭	林天齡
文良	陳伯陶
文僖	李殿林
文恪	榮慶
文愨	孫詒經

文簡	唐景崇	文肅	王乃徵
	惲彥彬	文潔	李瑞清
文愼	瞿鴻禨	勤信	慶恕
文厚	張亨嘉	愨愼	周馥
文安	郭曾炘	愨靖	奎俊
文敬	楊鍾羲	愨信	色立亭
貞毅	袁大化	莊潔	江圖悃
貞愍	朱江	莊靖	鐵良
貞端	梁濟	簡愨	增祺
忠愨	王國維	簡愼	楊壽樞
忠勤	徐枋	恪敏	丁寶銓
忠襄	鄭孝胥	敏信	兪廉三
忠恪	張彪	敬裕	沈瑜慶
忠武	張勳	武壯	張行志
忠愍	祥祿	通敏	桂蔭
果敏	萬繩栻	定直	毛鴻賓
果恪	崑源	和簡	鄧華熙
勤裕	芬車	威肅	魏光燾
節愍	玉春	恭敏	羅振玉

瞿鴻禨死於民國七年（一九一八年）溥儀諡為「文愼」，有人說，「愼」字是對瞿氏被劾獲譴的舊事，暗中為之昭雪也。光緒三十三年丁未（一九〇七年），瞿氏被西太后逐出政府，當時有惲毓鼎劾他「交通報館，授意言官」。事隔十年，諡曰「愼」，猶言他在政府時並非不愼耳。之這是有趣的一件事！

清朝制度，大學士及翰林之授職者，始准諡「文」字，非此而得之者，則為特典。（左宗棠本是舉人出身，但他是大學士，所以得諡文襄，此乃常例，非特典也）偽諡中，有翰林未經授職而得「文」字者，如于式枚死於民國四年，諡「文和」。式枚是光緒六年庚辰科庶吉士，由庶常散為兵部主事，例不得「文」。和于式枚同入翰林的郭曾炘（福建侯官人，字春榆，死於民國十九年）得諡文安，亦出「特典」。郭氏散館時，散為禮部主事，未獲留館授職。文安之諡，在清朝不過三人，其中二人，後皆追奪，不意偽朝中出一郭文安，亦可謂「特典」了。（清朝之諡文安者，只道光朝的何淩漢，紹基之父，李元度「國朝先正事畧」何淩漢傳云：「國初有得此諡者，後皆追奪，二百年來，至公乃蒙恩特諡，異數殊榮，盈廷驚聳，始悟聖主知公之深，眷公之篤，迥越尋常。」李氏所謂清初諡此者，蓋指順治朝的王鐸、張端也。）

民國七年，梁濟（字巨川，廣西人，梁漱溟之父）在北京自沉於積水潭，陳寶琛見了大受感動，把這件事情告知溥儀，並為死者請諡，溥儀諡之為貞端。梁濟之死，是因為看不慣民國那班偉人的胡作胡為，和社會風氣日趨下流，立心一死以警國人，寫下遺書，從容自殺。這種消極的行動，很多人都不贊同，但他的一死勇氣倒可佩服。他在清朝是一名進士，官也並不大，入民國後，也在內務總長趙秉鈞手下做大官，後來辭職不幹。他既然做過民國的官吏，遺老資格已不存了，溥儀賜諡推及民國官吏，這是一大笑話！（據傳趙秉鈞死後，溥儀諡他為文恭，譏其逼宮時態度不恭不順也。此說似未可信。但葉昌熾的日記曾隱約言及。不過趙秉鈞係捐班佐雜出身，安能有「文」字之諡？）

有些在道光、光緒年間做過大官而未曾得諡的人，他們的子孫居然也請溥儀追諡。一個是陳寶琛的祖父陳若霖。他是乾隆五十二年丁未科庶吉士，散館改刑部主事，官至刑部尚書，例不得「文」，但溥儀因為這是「師傅」的祖父，於是破格賜諡文誠。另一個是光緒年間的戶部左侍郎孫詒經。他是咸豐十年庚申恩科庶吉士，散館授檢討，在毓慶宮敎光緒帝讀書。他的兒子孫寶琦是民國的大員，做過國務總理，外交總長等職，他居然向他的故君為其父請諡，溥儀諡之為文愨。（辛亥革命時，寶琦任山東巡撫，奉命獨立）同時，另一個同治帝師傅林天齡，也因其子林開謩的關係，得諡文恭。天齡是福建長樂人，與孫詒經同年入翰林，授職編修，官至侍讀學士，只是個從四品的官員，不應有諡，但因為林開謩一直做遺老，溥儀也樂得賣人情了。

一九三八年（偽滿康德五年）三月，鄭孝胥病死長春，溥儀諡他為「襄勤」，並給欵五十萬元為治喪費，羣奸羨煞，以為既得上諡，又得厚卹也。在溥儀左右的遺老分二派，鄭孝胥、羅振玉等是主張藉日本人之力，組織政府，打入北京，恢復舊業的。陳寶琛則主穩健，認為保持皇帝稱號，永遠傳之無窮，不可與民國為敵。鄭派結果得勢，九一八後，溥儀出關成立僞組織，孝胥有開闢土地之功，故死後得「襄」字美謚。根據清代謚法，「闢地有德曰襄，甲胄有勞曰襄，因事有功曰襄」。所以孝胥是適用這個「襄」字的。（咸豐三年，淸帝曾面諭大學士、軍機大臣祁寯藻，文武諸臣，武功未成者，不得擬用襄字，因此淸末的襄字謚極少，赫赫有名者只張之洞、左宗棠之文襄，劉錦棠、岑毓英之襄勤，而文襄尤可貴。）

一九四〇年六月，羅振玉死，溥儀謚之爲「恭敏」，卹典亦甚優，但較諸鄭孝胥就差一些了。

總觀僞朝的謚號中，最怪而少見的是李瑞淸的「文潔」（瑞淸即淸道人）和張亨嘉的「文厚」。李本無資格得謚，但因爲他在上海充遺老，溥儀爲了要鼓勵人擁護他，所以也破例賜謚。（一九四八年南京國史館編印的「國史館館刊」一卷四期，「碑傳備釆」欄中，有瑞淸傳，作者吳宗慈，文末有云：「卒年五十有四，淸遜帝予謚文潔。予謚雖在法無據，瑞淸當之自無愧云。」此種遺老思想的文字，竟見諸所謂「革命」政府的官家刋物中，亦咄咄怪事也！）

溥儀在北京故宮稱孤道寡時，於一九一八年陰曆八月，諭「內務府大臣」等人，凡三品以下文武官員，死後皆不必予謚，以重國家易名之典，大概他也看見謚得太濫，有點兒戲了。梁鼎芬死後，得謚「文忠」，於是有個前任廣西思恩府知府富察敦崇，見義勇爲，呈請「內務府」代奏爲光緒初年死諫的吳可讀請謚，事雖不獲行，但在僞朝中可備一掌故，今將該呈文及復文列左：

竊見三品京堂梁鼎芬出缺後，我皇上優禮節義，特謚文忠，聞者無不欽羨。因念光緒五年吏部主事吳可讀屍諫一事，雖蒙賜卹，例無請謚之條，至今闕如，可否查照前內閣侍讀梁濟成案，加恩予謚之處，伏乞代奏請旨，如蒙天恩俞允，則東陵陪葬者有一吳可讀，西陵陪葬者有一梁鼎芬，我朝養士之報，可以彪炳史冊矣。敦崇爲表揚忠義起見，是否有當，伏祈鑒察。

「內務府」的復函，由「大臣」世續、紹英、耆齡署名，文云：

查予謚典禮，曾於上年八月間欽奉諭旨，三品以下文武官員，俱著一律毋庸予謚，並着該衙門不必代爲懇奏，以示限制等因；欽此。執事所請予謚一節，碍難代奏，茲將原件奉還，即請查收可也。

案吳可讀官主事，只是正六品的部曹，照例不能予謚（凡京官三品卿以下，外官布政使以下，皆不予謚），但未嘗不可以破格例外，即如一九一八年自殺的梁濟，官階也是正六品的內閣侍讀，何以得謚「貞端」？如果以忠於皇室而言，吳可讀不更値得謚嗎？（吳之孫某君，今在此間銀行界服務，一九四八年，以美金二百元在上海向畫家姚虞琴購回其祖所書之「罔極編」一卷，題詠者百餘人。又，吳可讀死後雖無謚，但有私謚曰忠閔。光緒六年張之洞題吳可讀遺書有云：「此卷檢題稱『準敕忠閔吳』者，去年四月日奉懿旨有以死建言，孤忠可憫八字。敬述玉音，以爲私謚。」由此觀之，可讀死後已有私謚了。）

康有爲也是忠於溥儀的，一九二七年死後，傳說有人建議於溥儀，謚之爲「文忠」，但爲左右所阻，因此沒有成爲事實，否則僞謚中又多一康文忠了。據聞溥儀左右那班人討厭康有爲直言，所以連他的易名之典也要阻撓了。（林紓亦爲「南書房」的人所阻。）

民國與淸室所訂的優待條件，只准許溥儀的皇帝尊號不廢，沒有承認他仍有君主之權，溥儀之賜謚賜壽等等舉動，自然是不合法理的，他的復辟，已成叛國罪證，當年不受國法裁判，已算萬幸了，一九一七年復辟以後的賜謚，更是僞上加僞，殊無價值可言，我作此短文雖曰聊備掌故，以爲治史者的參考，但也要使曾受僞謚者的後人知有羞惡之心，勿抱着僞謚當寶貝，開口閉口就什麼「文忠公」、「文良公」，肉麻當有趣，而張大千口中的「文潔公」，也可以收起了。

洪憲紀事詩本事簿注

劉成禺遺著

附錄東莞張次溪「珠江餘沫」述劉喜奎事。

歌女劉喜奎者，小字桂緣，南皮人也。少孤，從鄰嫗以爲活，其地多習歌曲者，喜奎間雜於衆小女兒中習之，頗能肖。樂師商之嫗，列諸門牆，喜奎自是力學不倦，未幾能歌廿餘齣。樂師携之津門登台獻技。旋從名伶侯俊山金月梅遊，藝大進。之申浦，名乃大起。喜奎幼慧甚，喜書翰，及其名日高，名流多喜近之。喜奎亦自喜，從之問業，學乃益進。後復從易實甫學詩古文辭，所作多可誦，嘗讀其見志詩八首云：「愁愁喜喜數經春，歡喜登塲愁是眞。半幅鮫綃數行淚，須知儂是可憐人。兒家身世已堪悲，自作春蠶自縛絲。無那春風怕回首，眉峯不是去年時。臺空玉鏡今難卜，宮守丹砂祇自修。誰解碱砆溷珠玉？銀河皎皎淚空流。誰云石上有前因？離合悲歡假作眞。領畧者番滋味苦，懊儂原是過來人。蘭閨怕寫相思字，寫出相思恨轉多。君試去看秋夜月，白雲無滓隔銀河。同心不語情能達，知己相逢淚暗彈。一樣痴情關大節，休將路柳負嬋娟！人言儂有傾城貌，自愧家無負郭田。棠桂不花椿早萎，拚將色相護靈萱。由來一樣琵琶淚，彈出眞心恨轉深。紅粉靑衫共惆悵，怕君聽久亦傷神」。喜奎於詩外復工爲詞，嘗見其和李易安醉花陰原調韻塡重陽詞二闋云：「不敢題糕辜永晝，吾宗夢得斯猶愧。儂也何人敢貢詞（摩詰九日詩意，儂亦同此感），歌舞歸遲（昨夕奏曲於三慶樂二園，幾不知此日重九佳節），冷浸秋衫透。

安能獻賦羣公後（子安云，登高作賦，是所望於羣公），換得詩盈袖。命薄似黃花，相對無言，花也如儂瘦。桓景登高會此晝，厄難消諸獸（桓景登高夕還家，雞犬牛羊皆暴死。長房曰，汝家災渠代之矣）。嚋是費長房，黃菊光陰（長房謂景曰，汝家九日有災，令家人臂繫茱萸囊，登高飲菊酒，景從其言，果得免）爲我先參透。

誰張高宴城彭後，賸酒痕沾袖。說甚世之雄，戲馬臺空，人倚西風瘦。」

喜奎之色既甲天下，其藝尤冠一時，故爲喜奎傾倒者，大有人焉。其時舊都名流，多譜新詞相贈，甚者組黨結社以相持。某黨某社之成，皆藉以博喜奎一粲耳。自是不免有競爭之舉，然非喜奎之所願也。故作書以自白。書曰：喜奎一弱女子，上有寡母，下鮮兄弟，孤苦伶仃，無所依恃，不幸而操業伶官，藉賣藝以爲奉養計，犧牲色相，淪落風塵，其遇亦可哀矣。

入都以來，荷承都人士憐惜，揄揚貶責，各臻其極，雖毀譽殊途，然爲憐惜喜奎，俾喜奎日進於善之心則一也。喜奎得此，曷勝感激，乃不圖以此之故，竟興筆墨之爭，浹旬累月，愈演愈烈，此往彼來，疲神勞力，烟雲鬱以慘淡，楮木黯然無光，爭雖雄競勝負之概，誠恐歐洲今日之血戰，亦無逾於此也。果何爲哉？果何爲哉？得毋與君等憐惜喜奎之初心相背乎？君等誠憐惜喜奎，而無他心，則均不應出此，悠悠毀譽，在古昔君子大人，曾不以此動其心，易其行，而況喜奎一弱女子之微且賤乎！君等休矣，夫喜奎自喜奎，喜奎無可奈何而業伶，藉賣藝以博資，此喜奎之分也。喜奎唱戲，君等聽戲，是喜奎之不幸，而君等之幸也。其他之事，固無系於喜奎，亦何與於君等。其或爲美，或爲惡，或爲善與不善，皆喜奎所自有之，君等胡不憚煩爲之嘔心血絞腦漿曉曉叫囂一至於此哉！喜奎誠不肖也，譽之者又安足以爲喜奎重，喜奎誠非不肖也，毀之者又安足以爲喜奎損，無當之譽，無當之毀，其失均也。智者弗爲，君子弗許，君等今日之爭論，果何爲哉？其或以春日方長，無事可作，聊假是以消磨歲月乎？其或以喜奎爲一弱女子爲可欺，視爲消遣之材料乎？信如是，則君等大誤而特誤矣。夫吠影吠聲，無禮之毀，固喜奎所不任受，即評姿評色，輕薄之譽，亦喜奎所不願聞，君等其可以休矣。喜奎生不逢辰，不幸爲女伶，君等遂得如是而譽之，如是而毀之脫令生長名門世胄，君等試思能如是譽之毀之乎？即君等家中婦女，亦能任人如是譽之毀之乎？如曰能也，則君等更何譽於喜奎，更何毀於喜奎；如曰不能，則由前之說，君等爲勢利；由後之說，君等無恕心。喜奎亦人子也，不過遇蹇耳，本正當之人道主義，憐惜一孤苦伶仃之弱女子，天理也，良心也。若君等今日之所爲，直以喜奎爲君等之賭勝物，喜奎不足惜，其如君等之良心何？沒猶長此不休，則君等直人道之罪人而已。顧或謂君等類皆嶔崎磊落之士，志不得遂，才不得展，抑鬱無聊，遂出此無聊之舉，奪他人之酒杯，澆自己之塊壘，藉一弱女子之喜奎，以洩胸臆中不平氣。是則喜奎可以爲君等諒，但喜奎又不禁深爲君等惜，更深爲君等羞也。夫志不得遂，才不得展，潦倒平生，徒呼負之，此宜爲君等惜。然志不得遂，緣無可遂，才不得展，奎緣無可展，此宜爲君等羞。嗟乎，風雲日惡，國步艱危，使君等果懷愛國大志，濟世高才，則值此存亡攸係，千鈞一髮之秋，奔命救死之不遑，寧有餘暇爲喜奎一弱女子嘔如許心血耗如許精神，以事此無意識之爭論哉？君等非昂藏七尺之偉男子乎？急公義，賦同仇，今其時矣。大好頭顱，幸勿辜負，君等縱不自惜，喜奎爲君等惜之。君等縱不自羞，喜奎爲君等羞之。嗚呼，君等若再不猛省回頭急起直追，盡心瘁力於國事，則君等又爲國家之罪人矣！喜奎久懷漆室之憂，未繼木蘭之志，恨古徽之已渺，念後起其何人！滿目瘡痍，望河山而隕涕；一城風雨，撫身世以興悲，是則喜奎又自惜自羞之不暇，復爲君等惜復爲君等羞也。宇宙茫茫，我憂孔多，胡帝胡天，至於此極。嗚呼，噫嘻！喜奎尚有一言爲君等告，夫婚姻自由，國有明令，此神聖不可侵犯之主權，而竟有某某橫施以干涉之詞，破壞法律，蔑棄人道之罪，某某其能免乎？抑主持輿論者，固應如是乎？其他污衊私德之事多端，喜奎自問無他，故亦在所弗計，然以爲若是之人，而亦廁身輿論界，喜奎雖不肖，亦爲我大中華民國之輿論界放聲一哭也。夫喜奎嫁與不嫁，果何與於人事，若以某某類推，漫京津間無一可嫁之人，即謂舉世無可嫁之人可也。喜奎謹矢言，非得上馬殺賊下馬草露布光明磊落天眞爛漫之好男兒而夫之，寧終身不嫁，苟得其人，雖爲之婢妾，亦所願也。至若權豪紈袴之子弟，以及金玉其外，敗絮其中之小白臉，咬文嚼字，純盜虛名之假名士，喜奎固早塵土視之矣。

知喜奎者，其惟此乎？罪喜奎者，惟其此乎？

醜德吹唇計已非。陳橋將卒淚空揮。瞻雲就日前門路。猶說血花終夜飛。

項城初舉大總統，南北統一，因都南都北之爭，五代表入京，而有第三鎮兵之譁變。秘議雖暗令曹錕，兵變數達，挾持南京，恐嚇代表，謂北方嚴重，大總統不能來南京就職。內心則段芝貴等，猶藉此機會，擁袁爲帝。不意一發而不能收拾。變兵蔓延，閩風大掠，竟蹂躪津京保。雖侯景吹唇而上之功，亦不能奏。張仲老紅梅閣雜記，載事頗詳，其詞曰：「第三鎮兵變，據袁氏親信人言，當時北方軍人，集議於袁公子邸中，即議黃袍加身之事，先攻東華門。時馮國璋統禁衛軍，不與謀，而抗禦變兵不得入，乃成搶掠之局，不知信否，」云云。馮國璋因清帝退位，忠於舊，上陳禁衛軍於禁城，以備不虞。段芝貴之謀，揚言對付南京，實由藉端成事。不意馮國璋竟敗其謀，不能擁袁入太和殿登極也。帝制議起，項城郊天。段芝貴等本欲於郊祀回蹕，擁入太和殿，行登極禮，效陳橋故事。事爲項城所聞，面阻止之，謂與體制不合，不必着急。此當時秘聞也。北京牌樓城門，均關興廢，都人歷歷言之。如左曰崇文門，明代帝位，終於崇禎。右曰宣武門，清代帝位，終於宣統。正門明曰大明門，清曰大清門，中華民國曰中華門，洪憲曰新華門；而新華門額，由中華門額反塗，故翻轉較易云。又中華門路左道牌樓曰「瞻雲」，應雲南起義也，右道牌樓曰「就日」，應承認日本二十一條也。而張振武捕斃於振武牌樓之下，猶爲奇異云。當時京中謠啄繁興，事關興廢，而前門天雨血一小時，紅膩載道。未黎明，官方以水車洗濯，禁各報不准登載，故京外罕知者。而各牌樓所着，高不能滌，羣曰瞻雲就日，流血之兆。

（錄後孫公園雜錄）

飛蝗頭上書王字。缺月光中恆彩華。變體自成祥瑞志。不因災異屬袁家。

項城帝制議起，符應祥瑞之說，膺圖授錄，頌聲大作。當時京外飛蝗遍野，督捕官吏，謂蝗頭有王字，實呈帝兆。籌安攷據家，乃援引陸佃埤雅蝗字解曰：蝗之腹背首皆有王字，故從王。倉頡造字，鬼夜哭，洩天地之秘也。眞人御世，蝗不食失禾，體獻王字，使天下皆知有王也。此謂變體符瑞。予友景定成詩曰：「蔽野飛來害稼蝗，驚鬪災異變禎祥。翻教埤雅得奇證，制字原因體有王。」呈遞參政院請願書之夕，月外四環，忽現月華，其色有五，此月暈也。帝制諸臣以爲上應天心九五之數，合天數五之象，多爲日升日恆之詞以美之。某頌文曰：唐代日華見，李呈獻日五色賦，聖主踐祚，月呈五色。日月聯璧，可媲美千年矣，羣下多往氣象臺訪問究竟者。予友曙青舊函已詳之。京中有綜合當時事情，爲變體祥瑞志者曰：犬登殿，（項城就正式大總統職於太和殿，項城儀仗將臨中華門，有一犬先行殿中，蹕士羣驅逐之，未幾項城入。）曰鬼晝哭，（南下窪子蘆葦中，嗥聲如鬼，月餘晝夜不絕，觀者絡繹於途，小販爲蓆蓬以餉客。後將蘆中水塘車乾，出一怪鳥，高三尺，體毛全灰。）曰天雨血，（大典籌備處成立時，前門一帶，黑夜天雨血，紅脂滴衣，洗濯數次方去迹。）曰蝗應瑞，（見本注。）曰月有華（見本注。）曰蝎當樓，（拆正陽門，巨蝎長八九尺，噴毒死土工數人。）曰風折旗，（武昌將軍王占元升洪憲頒布新旗，風爲折斷。）曰蛙無聲，（接待官徐邦傑曰，三海向多青蛙，洪憲敗亡時，羣蛙不沸。）曰蛙南遷，（永定門外，鐵路軌上，巨蛙數十萬頭，自北南行，踰鐵道而過，大者負小者，後者尾前者，絡繹不絕，數日始盡，火車過時，輾斃無算，觀客傾城。）以上所述，可備洪憲朝五行志材料。

（錄後孫公園雜錄）　（卅八）

英使謁見乾隆記實

馬憂爾尼　原著
秦仲龢　譯寫

十月一日，星期二。

我從熱河回到北京時，在圓明園配備禮物的隨從人員技師等，都齊到館舍歡迎，他們也就在館舍中住下來。到了今日我又叫他們回去圓明園工作，以便將各種儀器配備竣事。根據他們所說，中國人見了這些儀器，並不覺得奇異，單單對於我問馬金托什船長轉買的那個派克氏透光鏡，却認為是一件珍貴之物，但他們頗昧於事理，以為這種鏡不是世界希有之物。嘗有一次，中國的官員問巴勞說：「這個大鏡子很好玩，你能在北京再造一個嗎？」巴勞對他說，這種透光鏡非專家不能製造，除了英國之外，其他國家恐怕沒有人會造這種精美的鏡了。他們聽了只是搖頭微笑，似乎不大相信，但他們問吉蘭大夫，吉蘭所答的也同一樣，他們才有點滿意。但他們之意，以爲這種東西雖然是很希奇，裝置起來，也用不着花這許多時日，一兩日工夫便可了事，於是就大加催促。他們說，現在皇帝急於要看看你們這種玩意兒，你們總得趕緊配備才好，如果人手不夠，要用幫手，那也沒有問題，休說一百二百，就是一千二千也可馬上叫來，可是千萬不可延緩。

欽差徵大人也不相信裝置這些儀器要那麼長的日子，他以爲幾件東西，一舉手之勞罷了，因此他催促我們早日完成，他說，如果搞了這麼久還未工竣，皇帝知道了一定不高興的。其實這是騙人的話。當我們初到中國尚未遞國書之前，有幾位中國大臣很莊重地對我說，天朝制度，凡外國使臣不能在中國句留到四十日之久，過了這個期限，如不自行離去，必被驅逐。

徵大人雖然沒有在口頭上逐客，但他說的什麼皇帝不高興等等，自是有絃外之意。但我們這次來中國，實有要求互派使節[illegible]國朝廷究竟有無不許我們久留之意，然後再作打算。

於是我寫一封信給和中堂，大致說馬金托什船長駕駛的船隻，前蒙貴國大皇帝准他在舟山一帶買賣貨物，無任感激，擬請中堂代奏，表達敝使微忱。但馬金托什是全船最有航海經驗的人，船上如無此人料理，很多不便，希望中堂格外通融，准他即日回船辦事。至於我本人，打算將來取道廣東回國，因為到了明年新年後，英國就有很多船隻從歐洲開抵澳門，如果貴國允許我小作句留，我將來就可以趁這些船回國了。信發出後，就接到和中堂復書，約我明晨在圓明園見面。

「出使中國記」記云：特使回到北京不久，接到中國方面通知說，皇帝即將返京，按照禮節，特使應當出城幾哩之外郊迎。特使自入中國之後，經常患風濕痛，當時正痛得很厲害。中國官員看特使的病態，一口氣走這麼遠，確有困難，向特使建議把全部路程分為兩段走。頭一天晚上先搬到圓明園附近第一次到北京時候住的別墅裏去住，第二天清早再去郊迎就走不很遠了。這樣安排使特使有可能完成這項任務。第二天晚上，他携隨員數人到西郊別墅住下。次日天不亮就起身，走了兩小時到達指定的郊迎地點。在那裏，一個淺溝分開了兩條大道。沿途路上，各色燈籠由三根支柱架着放在地上，燈火輝煌。特使等被引進一個廣廳，廳內設茶點，特使等略進飲食後即走出至迎鑾場。特使等候地點在大道左邊的綠岸上。當時大道兩旁已站有無數大小官員及軍隊執事人等。許多執事人把旗幟卷起放，一眼望不到頭。在大道附近特為特使搭了一個小帳篷，準備特使在候駕時假如感到過於疲勞進去休息。未幾，皇帝駕到。在御駕之前，許多弓箭手騎在馬上開道。皇帝坐一黃緞大轎，四周有玻璃窗，由八個轎夫抬着，另八個轎夫輪班更換。御駕由一隊穿黃色制服的騎兵、長槍手、旗手和盾手在兩邊拱衞着。皇帝見到特使，馬上命轎子停下，差一個人來慰問說，早晨天氣陰涼，不適於風濕病痛，希望特使馬上回去休息。

皇帝轎後有一輛二輪馬車，式樣笨重，又無彈簧坐位，同中國的普通馬車相差無幾。車上鋪着黃綢，可能是準備皇帝在路上偶爾換着坐的。同英國贈送的舒適、輕便、華麗的馬車比較起來，上下懸殊簡直無法比擬。中國的民族感情總無法否認和抵抗舒服方便的實際感覺。如同鐘表和布匹一樣，將來英國馬車也將在中國是一大宗商品。

和中堂緊隨着皇帝御駕後面。當皇帝停下轎子差人走過溝來向特使慰問的時候，幾個官員跳過溝去走到和中堂轎前下跪致敬。可注意的是，除了和中堂之外，沒有其他大臣和皇室宗親人等跟隨着皇帝陛下，足見和中堂地位之特殊。或者還有其他原因使皇帝同其他廷臣不走在一起。

特使迎接皇帝之後，疲勞不堪，當即返回北京。皇帝沒有進城，直接到圓明園去。他到達圓明園以後，馬上到陳列禮物的大殿去參觀。皇帝對禮品非常重視，絕非如那個人所說的不願「有兩邊回頭的麻煩。」他看過之後非常高興，立刻命令賞給全體參加安裝工作的人員每人若干銀兩。把一塊金屬放在派克氏透光鏡的焦點，很快這塊東西就被溶化。他對事物的觀察和理解是非常尖銳深刻的，他看過之後，立刻就做出結論說，無論透光鏡或望遠鏡的原料都是玻璃，同一種的東西通過歐洲人的技巧而做出不同功能的儀器來。他對一個安裝着一百零十門大砲的皇家號軍艦的模型非常感到興趣。他詳細問到當時在場幫助安裝的使節團人員關於軍艦上許多零件的問題，以及有關英國造船事業的一般問題。可惜繙譯人員的水平太差，許多技術上名辭譯不出來，迫使他不得不縮短他的問題。皇帝居然肯同使節團的隨員談這許多話，這足以證明，自從特使覲見皇帝之後，皇帝同特使直接談話的次數不多的原因，並不是由於禮節上的限制，也不是由於皇帝對歐洲事務不關心，而完全是繙譯上的麻煩，使話談無法經常進行。皇帝對於英國人及對於特使個人的印象究竟如何仍然令人莫測高深。不過特使可以斷言，自從特使覲見之後，關於所謂英國人參與了西藏戰爭的謠言，大概皇帝陛下逐漸不再相信了。特使的中國朋友向特使透露說，那位進軍西藏，後來在另一次戰役打了敗仗的將軍被免去兩廣總督的職務。英國在廣州的企業那麽多，這位將軍對於英國人這樣仇視，確是不適宜再回廣東去主持事務了。從皇帝方面來說，他對英國的態度可能在兩種相反的報告之中徘徊動搖。他過去聽進了許多關於英國人的壞話，但他沒看見過一個英國人。從英國直接派遣使節到北京，這是第一次。人總是有見面情的。任何背後的成見，見了面之後總可以減少很多。特使在高級官吏中結識了若干私人朋友，從他們那裏聽說，中國政府最近召集了一個會議，討論英王致中國皇帝的信件內容及今後如何應付英國人的方針。在會議上，據說首相和中堂召集了那位進軍西藏的將軍和受處分的前任粵關監督，聽取他們的意見，認為他們了解廣州外國商人的情形。不必說，他們的意見肯定是同皇帝的溫和態度相反的。和中堂問計於這兩個人，得出來的結論，對英國人是不會有利的。特使有鑒於此，自知在北京常住下去絕無可能，決定寫信通知和中堂，使節團過了明年二月中國元旦慶祝典禮之後，即啓程回國。（卅二）

代郵：元朗李伯敏先生：尊址不明，請示知，以便寄奉稿費。——輯編室

釧影樓回憶錄

天笑

金粟齋譯書處

越年，我又從南京回到上海來了。原來蒯禮卿先生在上海有金粟齋譯書處的組織，派我和汪允中到了上海。先是在一二年前，侯官嚴又陵先生，翻譯出了一部斯賓塞爾「天演論，」震動了中國文學界，好似放了一個異彩。這位嚴先生，本來是考送到英國去學海軍的。他是福建人，直到如今，好似福建人習海軍是有傳統的。回到中國，中國那有什麽海軍，嚴先生一無用武之地，他自己便研習起文學來了，所以他的文筆是很好的。

他爲了溝通中西學術，便從事翻譯，天演論一出版，這個新知識傳誦於新學界，幾乎人手一編。第一是是他的譯筆典雅，他會說：譯外國書有三個字訣，便是信、達、雅。他既說到此，自然便循此三字而行。創立名詞，如天演論中的「天擇」「物競」之類，亦至爲切當。那個時候，白話文還不會流行，什麽人讀書、寫文章、都要用文言。即如以後提倡白話文的魯迅、胡適，最初作文譯書，也用文言的。就因爲他們譯筆好，所以在當時的那兩位福建先生，嚴又陵與林琴南，在文壇上走紅。

但嚴又陵那時是一位直隸（今河北）候補道，屬於北洋，住居在天津。他雖然在文場上走紅，在官場上却是走黑。照例，他是一位出洋留學生出身，熟悉洋務，應該是走紅的了，其所以成爲黑道台的緣故，據說：他的脾氣很不好，喜歡罵人。對於同僚，他都瞧不起，當然，這些候補道中，有些花了錢買來的捐班出身，肚子裏一團茅草，火燭小心，而他對於上司，也有藐視態度。況且自己又吸上了鴉片烟，性子更懶散了，試想一個做官的人，怎能如此的嗎？

他不但走黑而且鬧窮了，他託人介紹，向蒯禮卿借了三千元，蒯慨然借給他了。後來他說：要他還債，他那裏還得出，現在他正譯了幾部書，自己既沒有資本出版，給人家印也沒有受主，蒯君道義之交，就把這幾部所譯的書，作爲償債之資吧。那時蒯也承受了，不過那是譯稿，要印出來賣給人家，方能值錢。這些譯稿，計共有七部，便是「穆勒名學」「原富」等等的幾種書。

其時還有一位葉浩吾先生，他是杭州人（葉葵初的令叔），曾到日本去習過師範教育，在上海當時也是新學界的人。回國後，譯了許多日文書，並開了一個東文學堂，這位老先生，眞是名士氣太重，什麽事都想做，而從不爲自己的經濟着想。他譯了許多日文書，自己想印而又沒有錢，把譯稿售與人家，人家又不要，弄得很窘，以至生計缺乏，甚至斷炊。在嚴冬時，爲了棉袍子已付質庫，早晨不能起身。於是友朋輩爲他製了一件厚呢袍子，作爲綈袍之贈。也由友人介紹，來向蒯先生借了七百元，也是把他的譯稿作爲抵償。

蒯先生收了嚴又陵，葉浩吾的西文東文譯稿一大部份，可有什麽辦法呢？新文學是有時間性的，不比中國的古書，可以束之高閣，藏之名山，爲了開風氣起見，趕緊要把那些印出來才好。因此策動了我開辦譯書局的意念了。不過倘要印書，現在全國只有上海較爲便利，並且出版以後，就要求銷路，求銷路必須到上海，上海四通八達，各處的購書者，都到上海來選取，各處的書商，都到上海來批發，因此他決定到上海來，辦理這個譯書事業了。

這一個機構，就喚做「金粟齋譯書處」那個名稱，是他自己題的，「金粟」兩字，也是佛書上的典故吧？第一步，先派方漱六到上海去租房子，置傢具、安排一切。第二步，便派汪允中與我兩人去辦理印刷等事。不多幾天，方漱六在上海寫信來，說房子已經租定了，在南京路的某某里（這個里名，我已忘却，其地址在雲南路與貴州路之間，老巡捕房隔壁），於是我與允中兩人，便離開南京，到上海去了

蒯先生的意思，却教我們兩人常駐上海，方漱六則經理一切，或往來甯滬，管理事務上及財政上事，至於編輯、印刷、校對等，由我與允中兩人分任之。譬如像嚴又陵先生的書，我們是不能贊一字的，但是校對這一件事，却要十分細心。蒯先生也諄諄以此爲囑。一部高深的書，只不過錯了幾個字，往往原意盡少如何對得起人呢？至於葉浩吾先生的譯稿，因爲他的日本文氣息太重，他是直譯的，甚而至於就在日本書上鈎鈎勒勒，不再另紙起稿，那非加以修改不可的。

我與允中到了上海後，第一件事，便是尋訪印刷所。那個時候，上海可以印書局還不多，我們所印的書，當然要設備完整的一點的呢。第二件事，便是整理稿件，我們決定那一部書先印，那一部後印，雖然蒯先生給我們二人以全部處理之權，如果二人不能決定，還須請問於他。第三件事，那是商量版式，行款，字型等類，允中比我內行，全憑他的設計。當時還是流行線裝書的，不流行兩面印的西式裝訂的。

尋訪印刷所的事，我比允中較爲熟悉，連日奔波，找到了兩家較爲合式的，一家喚作吳雲記，一家便是商務印書館。我們預備出書快一點，所以找到了兩家印刷所，可以分部進行。兩家比較起來，商務印書館規模較小，而設備較新。它是開設在北京路的河南路口，也是一座平房，他們裏面的工人與職員，總共不過三十人，經理先生夏瑞芳，人極和氣，他們的職員都是出身於教會印書館的。開辦這家商務印書館，資本金是三千元。除印教會書籍外，也攬一點商家的印刷品，後來又把英文課本（就是英國人教印度小孩子的課本，中西對照的翻譯出來），譯成了「英語初階」、「英語進階」等書，那是破天荒之作，生涯頗爲發展。

吳雲記是一家個人所開的印刷所，地址在蘇州河以北，號稱北河南路，泉漳會館側面的對門。記得這時候，那邊還有一條河濱，更有一座橋，吳雲記就在橋堍下。那個印刷所，比較舊氣一點，有幾間大廠房，工人多，出書較快。當時爲了先印什麽書，我們討論起來。我最初主張先印葉浩吾的書，因爲他從日文譯的都是淺顯易解，如關於政治、教育、法律等等，爲現時所切用，又都是篇幅不大，容易出版。嚴又陵的書，文筆很深，非學有根柢的人，不能了解，故不如先易而後難。

但允中所主張者，也很有理由，他說：「葉浩吾所譯的書，都是直譯的，全是日本文法，非加以修潤不可。但修潤起來，也要相當時日，不若嚴又陵的書，立刻可以排印。況且自從嚴譯『天演論』後，名噪一時，有好多人急於要看看嚴又陵續出的書。也已有人知道有嚴譯許多書，將即由我們金粟齋出版了，倘若遲遲不出，不免令人失望，所以我們應該趕緊將嚴譯排印出版。」後來寫信到南京去，取決於蒯先生，回信說：「不論嚴譯葉譯，以迅速出版爲主。對於那幾部書的印刷費，我已籌備齊全了，不過我們是爲了開風氣，不是想在出版上獲利。到出版以後，可以藉此周轉最好，不然，我們到那時候，另想法子。」

於是我們便與吳雲記和商務印書館訂了合同，我們兩人便分工合作起來。大概是我擔任校務，而允中還擔任修改葉浩吾的譯稿。嚴又陵的，大半是在商務印書館排印的，我因此便風雨不改的天天跑商務印書館了。嚴先生的稿子，他有自己刻好的稿紙，寫的一筆很好的行楷，當然也有添注塗改的地方，但他的改筆，一例是紅墨水的，鮮艷可喜。不比葉先生的譯稿，眞是一塌塗糊，我們說笑話，只怕問他自己，也認不出來呢？但是嚴先生的稿子雖

清楚，我總是小心翼翼，無論如何不敢擅改一個字的。倘有一點可疑之處，我惟有携回去，與汪允中揣摩商量不敢有一點武斷。

我們對這譯稿，要校對四次，頭校、二校、三校之後，還有一次淸樣。淸樣以後，簽了一個字，便算數了，卽使再有錯字，排字工人不負責任（除非校出來了，他沒有改正），校對人負責任了。葉浩吾的書，也有幾種，由汪允中修潤以後，卽以付印，大槪由吳雲記印行。葉浩吾是一位好好先生，自從我們設立這個金粟齋譯書處後，他是常常來的。允中給他說，他的譯稿要修改，他說：「很好！很好！我是直譯的。」這個日文一長句中，便有很多的「の」字，他都把它譯成中文的「之」字，那一句中便有七八個「之」字，這個句字就顯得很別扭，很嚕蘇了。我們有時搞不淸楚，只好請他來，和他商量。

葉浩吾先生本是一位敎育家，開了東文學校外，又在「中外日報」擔任東文翻譯。年在五十左右，留着稀疏的小鬍子，很似有一些道學氣，可是我們常給他開玩笑。時常鬧窮，但他有了錢「東手接來西手去，」只要身邊有一點錢，人家向他借時，立刻借給人家，不管自己明日要斷炊了。他孑然一身住上海，他的太太和兒子住杭州，不寄家用去，葉師母常常吵到上海來。（他的這位公子，後來便是寫「上海之維新黨」譏責小說之葉少吾。）

葉先生當時還鬧了一個笑話；因爲我們所住的南京路這條弄堂，前面沿馬路是三上三下的房子，到後面去，却都是一上一下的房子，可是裏面便有不少的野雞堂子（上海人亦稱爲雉妓）。到了夜裏，便有許多野雞妓女及女傭們，站在弄堂口拉客。那一天，比較深夜了，葉先生到我們那裏來談天，剛走到弄堂口，便被野雞們拉住了，喊道：「老先生！到我們那裏坐坐去！我們新到了一位小姐。」葉先生很窘，說道：「不是的！我到金粟齋譯書處去。」她們以爲金粟齋也是和她們一類的，便說：「我們那裏比金粟齋好。」於是幾個女人，把葉先生你推我攤的，拖到野雞窠裏去，那些女人蠻力很大，葉先生一個瘦怯老書生，那裏抵擋得住呢？後來到底花了一塊錢，方許他贖身出來。

談起金粟齋出版的書，嚴譯的「穆勒名學」、「原富」之外，還有「社會通詮」、「羣學肄言」等等，都是名貴之作，雖然比不上「天演論」，可也傳誦一時。但是我們出版書中却有一種，頗受人訾議，還有人寫信來駡我們的。原來在葉浩吾所譯的日文書中，有一冊「日本憲法」還附有「皇室典範」一卷，這不過幾頁書而已。這也不能怪葉先生，我們應擔負這個責任。原來這個時候，中國已有主張立憲的動機，一班維新黨的志士們，也在紛紛倡議，歐美各國都有憲法，爲什麼中國不能有憲法呢？汪允中和我談論：「現在大家鬧着什麼君主立憲，日本也是有皇帝的，這個日本憲法，不妨印出來給大家看看，以供參攷呢。」當時我也並不反對，本來葉譯的書，全由允中主張，及至印出以後，漸有人加以批評，說是日本的憲法，那裏算得憲法，那是他們天皇頒布的，名之爲「欽定憲法」。」印出那種書來，將來貽害於人民的。可是在那個時候，淸廷專制，也沒有一點兒憲法萌芽，誰也沒有想到中國後來有幾次大革命呢？

金粟齋時代的朋友

我在金粟齋譯書處時代，認識了不少的名人。因爲那個時代，正在戊戌政變以後，來了一個反動，禁止開學堂，談新政，康、梁逃到海外，許多新人物，都避到上海來。再加以庚子拳變，兩宮出走，洋兵進京，東南自保，上海那時候，眞是熱鬧極了。

我們這時候的金粟齋譯書處，又還了一個地方。那個南京路（上海人稱爲大馬路）的老地方是一個繁盛的區域，但我們的譯書處，却並不一定要一個繁盛區域。尤其是後面是個野雞堂子，燕鶯成羣，使葉浩吾先生爲羣雌所俘，鬧成笑柄，住在這裏，更不妥當。我們如果找一個較淸淨的區域，不是也很好嗎？於是我們和方漱六商量了，預備遷居，擇一個比較淸靜所在，這時上海的公共租界，正在向西北區擴展，開闢不少新馬路，我們便向這些新馬路去找尋房子，却便找到了登賢里一座也是三上三下石庫門式的房子，我們便遷移了進去。（卅九）

編輯後記

△「大華」出版到今已廿二個月，也就是出了四十期，初時我以個人微薄的力量支持了大半年，已不容易；過了不久，就有一位老朋友來接力，代我支付了一部分開銷，如是者亦五個月。到今年三月底，這位朋友的經濟狀況已十分困難，漸漸力不從心了，幸喜就有一位讀者毅然負担起本刊的一切開支，所以從今年四月起，「大華」改組為一個三人合股的刊物，能夠出版到今天而不停，完全是這兩位「舊雨新知」的力量，而編者不與焉，因為我只付出一些精力與時間而已。辦刊物到底非錢不行啊！

△我們辦「大華」的目的，不在牟利，但也不以能賠本而自豪。像「大華」這樣性質的刊物，要辦到能稍為站得穩，似乎非賠上三四年的本不可，現在已賠了快兩年了，而獨力支持「大華」的那位股東某先生，他很高興的還要負責支持「大華」一年（一九六八年全年）。所以我很高興的告訴讀者，一九六八年「大華」仍然是繼續出版，不致有停刊之虞的，某先生這樣熱心提倡文化，愛護「大華」，值得我們欽佩。過了一九六八年，即使某先生不再拿錢出來支持，但我經過了一年多的休養生息之後，從一九六九年起由我個人來接力支持，也許辦得到的。

△四十期是本刊正式改為月刊的一期，這一期的文章可說相當精采。何潔先生的「徐悲鴻與劉海粟的筆墨官司」，是一件有趣的藝壇掌故。希宋先生寫的「漢學家高羅佩博士」，記荷蘭駐日本大使高羅佩生平趣事和治學經過。這兩篇文章都值得向讀者推薦的。

△惠齋先生精研京戲，熟于戲劇掌故，他鑒于四十年前出版的那部「鞠部叢談」絕版已久，而他手上恰有李釋堪校補的一種，便和我商量加些補注，在本刊按期登載。全文約二萬字，刊後印單行本。喜歡京戲的讀者，必以先睹為快。

△張季直的「柳西草堂日記」，從本期起，我們不再登載了。因為這部日記，香港的一家遠東圖書公司正在影印，印後交龍門書店代理發行（大約一九六八年二月初旬可以出版）。既然有人印成單行本，我們就不必花人力物力來按期登載。不過有些讀者很喜歡這部日記，現在忽然中斷，不無「弔癮」之憾，如果有多數讀者贊成我們繼續登載，我們也不想剝奪了讀者的眼福，也許可以考慮再登下去。（聽說這部日記出版後，售價約港幣三百餘元。）

國文教學　參考用書

國文自習

國文月刊

國文月刊為抗戰期中西南聯合大學師範學院[illegible]

刊物。先後由朱自清、郭紹虞、[illegible]

一）文字、聲韻及訓詁學；（二）[illegible]

文教學；（七）文藝批評；[illegible]

時稱著。凡所討論，俱為切要問題。同時[illegible]

教學之須要，故於抗戰後仍為中學教之國文月刊，[illegible]

冊，利便參閱。又編有總目分類索引，以[illegible]

紙印成，不用影印，[illegible]

茲為便利讀者[illegible]「全套合訂」[illegible]售價港幣[illegible]

郵票[illegible]，寄與[illegible]一六三號二樓龍門書店，當即寄奉。

龍門書店　謹啟

原書原樣

大華 1966年合訂本 1——20期 現已出版

本刊於1966年3月15日創刊，至十二月，共出二十期，今合訂為一冊，以便讀者收藏。此二十冊中，共收文章三百餘篇，合訂本附有題目分類索引，見便檢查。茲將各期要目列下：

[illegible]

。定價每冊港幣八元。

原書原樣

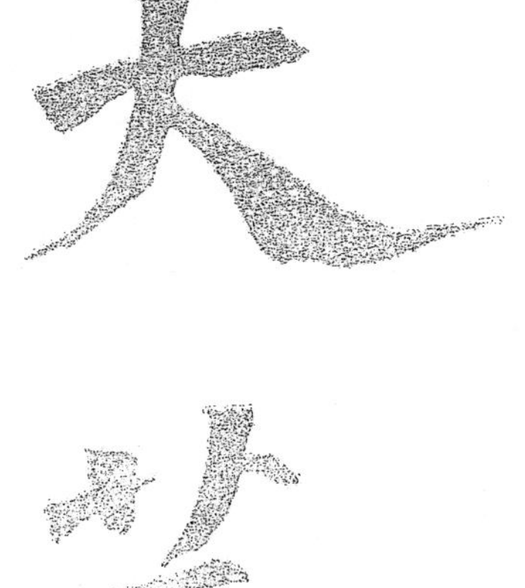

華

大華　第四十一期

清朝駐英欽差畫像糾紛記趣

温大雅

中國最先派遣常駐外國的使節，以光緒二年（一八七六年）郭嵩燾為第一人。他是湖南湘陰人，字伯琛，號筠仙，道光丁未進士，入翰林。光緒元年，在總理各國事務衙門行走，派為駐英法欽差大臣。（在此之前，中國也曾派過一個美國人蒲安臣出使各國，是臨時聘問性質的）郭氏於光緒二年十一月十八日從上海放洋，館員中有直隸州知州黎庶昌，兵部員外郎張德彝，戶部員外郎鳳儀，三品銜候選道馬格里。（黎庶昌是三等參事官，其餘三員皆為三等繙譯官）。而馬格里又是英國蘇格蘭人，他有一個中國別字，叫做清臣。他本是軍醫，隨同英法侵略軍攻打北京，火燒圓明園的人，後來替曾國藩、李鴻章練兵，造軍械）其餘隨員有李荆門、劉孚翊、張斯栒、姚嶽望、黃宗憲等五人，武弁則有郭斌、羅雲翱、周長清、紀端、賀志斌、龔紹勳等。

據姚嶽望（字彥嘉，江蘇陽湖縣人，以候選通判為駐英使館支應官）對他的族姪姚公鶴談郭公使在英國因畫像而惹起一件小小的國際交涉。姚公鶴後來在所著的「上海閒話」中曾詳記之。開頭一段所說：「公鶴八九歲時，族伯彥嘉先生自英倫回（族伯諱嶽望，以光緒二年隨郭筠仙出使英法，旋於五年冬回華。至公鶴之得聞族伯語，乃在光緒十一二年間），閒赴家塾晤先君子，力勸子弟輩於誦讀之暇，不可不購閱新聞紙以通知時事。蓋得風氣之先者也。嗣聞談及上海申報登載郭星使畫像事，頗饒興致，此實上海報界以記載不實致遭外界詰問之最初歷史矣。稍長閱郭星使日記，於此案亦畧具一二，然終不若族伯言之首尾貫澈也。以次錄之，既足當歷史上之紀念，亦新聞記者自警之資也。」（按：姚公鶴說郭筠仙日記，不知是指他的「使西紀程」否，我所見的這部書，卻沒有提到畫像發生糾紛事。姚君所見的，或郭氏另一種日記，也未可知。但未聞有另一種也。姚君久居上海，他這部「上海閒話」，原刊一九一五年上海中國圖書公司出版的「小說海」月刊，後來以版讓賣給商務印書館，於一九一七年出單行本。一九二六年孫傳芳勢力下的上海，交涉公署署長許沅，與租界當局交涉收回會審公廨，姚君為該署顧問，亦以其為「老上海」也。）

姚公鶴在「上海閒話」記這件事，是用文言寫，我現在用淺顯的語體文改寫於此。

光緒四年（一八七八年）六月二十日，「申報」的一條新聞叫「郭星使駐英近事」。據說，英國的報紙，凡提到中國的公使，往往涉於詼諧。近日見某報記載一事：英國有一個展覽會，會場中陳列一幅畫像，像中人赫然為大清國駐英欽差郭嵩燾。據畫師顧曼說：「我要給郭欽差畫人像時，見他有遲疑之意，過了好一會才勉强答應。我又再婉曲陳說，郭大人始肯坐下來給我畫。我要看看郭大人的手，但他將雙手籠在袖裏，不肯拿出來。我要拉他的手出袖，他覺得非常尷尬。這一幕完了之後，郭公使正色對我說：畫他的像，一定要將他的一對耳朵都畫出來，如果畫一隻，不畫另一隻，人們見了，就會以為那一隻給割去了。郭公使又說，他帽子後的那支花翎也要畫出，使人家見到了才知他是一位高級的官吏。我說，帽頂給帽簷遮着，翎支又在腦後，怎能畫出來呢？郭大人聽了，就把他的頭俯低下來，問我道：現在你看見了吧？我答道：大人的翎頂雖

本刊啓事

本刊第四十二期是二月一日出版的，但這一天是陰曆正月初三，在發行上頗不方便，改為二月六日出版，敬請讀者注意。

然是看見了，但大人的面目何存！我們相與大笑。後來郭大人和我講好，他可以不戴帽子，只將帽子放在一旁，要我將它寫入畫裏。我答應照辦。我又請郭欽差穿起朝服來畫像，他很莊嚴地說：如果我穿起朝服，恐怕你們英國人見了都要跪下來拜天朝的欽差了！……」以上都是那個畫家顧曼所說的話。該西報又說，畫像畫成後，郭公使見了很贊賞，認為畫得精妙絕倫，有意請顧曼給公使夫人也畫一像。（公鶴按：以上皆「申報」轉譯西報之語。清末，南京開南洋勸業會，申報以出版的第一號報至開會閉幕那一日之報，參加展覽，我那時候在津浦南局工作，曾往會場欲檢閱「申報」此段記事，但因為不知載於何日，所以看不到。）「申報」寄至歐洲後，為郭公使所見，於是引起大交涉。

「申報」登載這段新聞，事先似乎應該考慮兩個大問題：一、郭嵩燾是否有畫像的事；二、即使有請顧曼畫像的事，但在畫像時，曾否有講過那一番話。這兩個問題不先解決，那麼，欽差之生氣，是惱「申報」無端造謠嗎？還是惱它顛倒事實？現在我得先把當時畫像的事實說一下。

中國派駐英法的副使是劉錫鴻。劉於光緒三年，偶然在一個畫展會看見一幅天主聖母畫像，覺得很是精妙，但因為定價太貴，買不起，就託馬格里設法找個畫工來照樣臨摹一幅。馬格里就介紹畫家顧曼應命。臨摹完事，正使郭嵩燾見了，大為贊賞。顧曼說，既蒙欽差賞識，他很是榮幸，願意為欽差大人寫一幅像不計工值，只求略賜潤筆就滿足了。郭公使很歡喜，就講好了筆金二十鎊，正要講到擬定日期來繪像，公使又說他不耐煩久坐，可否先以照相作為藍本，由顧曼對着畫。顧曼說可以。第二天，郭公使和顧曼、馬格里一同往照相館拍一張相。當拍相時，公使吩咐攝影師，他帽子上的頂珠一定要拍出來，否則人家不知道他戴的是什麽品官的帽子，又面不可太正，亦不可太偏（因為太正，則帽後的翎支看不見）。攝影師一一依照辦理。顧曼拿拍好的相回去照畫，十日後，先將畫稿送到公使館，請欽差賞鑒。這是當日畫像的實在情形，整個公使館的人員都知道的。

事情的經過是這樣，而「申報」所記的却又是那樣。郭公使閱讀「申報」這一記事時，恰在巴黎，他讀後非常駭異，明明沒有此事，何以「申報」亂造謠言，於是吩咐馬格里寫信去詰問畫家顧曼為什麽無中生有，一方面又致電上海「申報」，查究這段新聞從什麽報紙譯出。

馬格里給顧曼的信，由其家人作復，據說顧畫師和家人出游度假，現在到了什麽地方，無從得知，等他回國再行答復。至於「申報」方面，則兩次電詢，均無回音。到九月初，顧曼有信寄去巴黎中國使館，他說他本人現在倫敦以寫畫為活，實在沒工夫到巴黎面陳一切。上海「申報」所載各節，全屬子虛。他靠賣畫做生活，現在名譽受到影响，此後生意必然難做，既然「申報」說是從外國報紙譯出，他惟有一面致函各報，辨明並無其事，一面追查這一新聞究竟是那一家報紙在何時何日登載，以為恢復名譽之地。

郭公使打兩次電報給「申報」，「申報」置之不理，第三次去電，並附以回電費用，電中警告「申報」，如果再不答復，定向法庭起訴。到九月初十日，「申報」的復電到了，據說這一則新聞係譯自本年四月某日的「歐臥蘭美報」。郭公使就派馬格里到該報查詢，所得的結果是該報本為一周刊，逢星期日出版，「申報」所說的某日，並非星期日，而該周報並沒有「申報」所說的那一期出版。馬格里恐怕「申報」復電月日有錯誤，便把該周報全月若干份買了回來，細加檢閱，並不見有這樣的記載。郭公使因此更加震怒，一定要查個水落石出。

後來有人對郭公使說，根究「申報」譯載那一家外國報紙為一事，先行致函「申報」及各西報證明新聞錯誤又為一事。前一事不妨暫時緩為根究，而致函更正之舉，似不可慢。郭公使很以為然。不久後，馬格里也將畫師顧曼找到，帶他往見郭公使，由郭公使叫馬格里和顧曼各擬一封辨白的函件，寫成後，譯為中文，經郭公使加以潤飾，然後分別寄上海申報館及歐洲各日報登載，以明眞相。馬格里那封辨白的信，由他本人詳細說明郭公使與畫師顧曼談話的內容，因為畫像之時，全由馬格里爲舌人也。顧曼的更正函件如左：

敬啓者：頃閱本年六月二十日上海「申報」登載駐英法欽使近事一則，有人說是由我口中傳出來的，我覺得非常詫異。我很看重名譽，不甘緘默，特陳數語，以辨其誣。查「申報」所載，係關於欽使在倫敦請我畫像，畫成後，懸在畫廊一事。所記的內容，十分謬妄，我現在正在追查原委。爲了避免外間誤會，請給我辨正一下。我替郭欽差畫像，係由馬格里先生介紹的，帶見時，我先向欽差取得一幅照相爲藍本。畫成後，請欽差到我的畫室觀看兩次，欽差極稱許，我正感謝不遑，何至有捏造譏嘲之理？況且我和郭欽差言語不通，談話時，一切由馬格里先生傳譯。現在馬先生來詰問，眞使我無詞以對。報紙以無稽之詞，說是由我之口所出，我是不承認的，就是馬格里先生司傳譯之責，也不肯承認的。以上各情，除函達上海「申報」先行辨正並根究來源外，並請貴報登刊，如貴報的讀者得知「申報」此段新聞傳自何人，刊於何日，請早日通知我，無任感盼。畫師顧曼謹啓。

關於馬格里辨正的函件如下：

敬啓者：前於巴黎得讀本年六月二十日上海「申報」所載中國欽差畫像一事，不勝詫異。查顧曼爲欽差畫像，是我介紹的。畫成後，欽差不十分滿意，經顧曼再三修改，欽差才說畧得形似。後來懸掛在畫廊展覽，見者皆極端稱賞，顧曼之名，由是鵲起。因爲英國人以中國欽差初次到英國本土，視爲罕有之事，顧曼爲欽差畫像，遂得藉此沾光。當他寫畫之時，彼此語言不通，雙方皆由我傳譯。如果照「申報」所說的，則我追隨欽差將及兩年，從未見他有此種舉動，似此憑空侮慢，使我何以自處？後來回到倫敦，即往詰問顧曼，他指天誓日，堅不承認有此事。我在倫敦遍查各種報紙，也看不見有這段新聞。我認爲此種譏嘲文字，或別人故意誣衊，故借畫像爲詞，或出自顧曼，皆無足輕重，因爲顧曼不過是一位畫家罷了，他敢於隨便譏笑外國使節，自然有人責他荒唐，乃「申報」竟然說英國報紙，凡提到中國欽差，每涉詼諧，但我追隨欽差在倫敦，所見的報紙，對欽差無不致其歆敬之意，絕不聞有涉及詼諧不莊之語的。西洋各國，無不講情理，無不講法律的，各報紙的主筆先生，也多爲明白事理的知識分子，所以對於各國使節，從不肯有所譏嘲，如果照「申報」所說，則甚非我們英國人所樂聞了。現在顧曼已有辨正，我更希望你們把我的來信登在貴報，以糾正前所說的盡是誣詞，顧曼個人的得失不足和他計較，但我覺得他是由我介紹的，而言語又由我傳譯，此種誣衊之詞，實使我無顏以對欽差

袁克安逝世

·大年·

最近兩期的「大華」，都刊登有關袁世凱後人的文章，列舉袁世凱十幾個兒子的名。恰恰袁世凱的第十一子袁克安在本年十一月廿三日死於香港的那打素醫院，享年六十一歲。他是生於淸光緒三十二年丙午（一九〇六年）陰曆十二月十五日的，若以虛歲計之，則是六十二歲了。

袁克安字雪侯，他的生母楊氏，爲袁世凱第五位姨太太，同母兄爲克桓、克軫、克久；同母姊妹爲季禎、珍禎。克安留學美國，學業有成（他的三個同母哥哥，年幼時，袁世凱託嚴修帶往英國留學，但學業沒多大成就）。克安對航空極有興趣，也會唱京戲，所以他是台灣的民航公司董事兼亞洲航空公司顧問。他死後，一直到廿八日才出殯，廿九日專機運往台灣安葬。爲什麼這樣遲才出殯，大概等候他在美國兩個兒子回來。克安的太太張美生女士，廣東人，貌美多才，昔年在天津有「天津小姐」之稱。

，所以廹得向貴報瀝陳一切。馬格里謹啓。

自從顧曼、馬格里的信件登入外國報紙之後，外國人才明白這件事的原委，而郭欽差以事隔多年，怒氣也稍息了。過了不久之後，經公使館人員詳細調查，始知「申報」所登載的，確有來歷，但不如西報之過甚其詞，而西報之所以得此新聞，則蛛絲馬跡，又復別有原因。現在再將事後館員所查得的消息，彙述如左。這時候，郭欽差已任滿回國，這件公案，也沒有結果了。

當顧曼爲郭欽差畫像之後，發生了一件事。原來顧曼的一個弟弟名叫顧丹，在倫敦的「電訊報」做主筆，他聽說哥哥爲中國的欽差寫了一幅人像，就向他問長問短。顧曼一生中初次爲中國大官畫像，未免有點矜誇，就對弟弟說，中國法律，有割耳朶之刑，所以爲達官貴人畫像時，一定要把他們的兩耳露出，否則會引起人家懷疑畫中人是受割耳之刑的。所言不經，大都類此。顧丹聽了之後，偶然對報館的同事談及。後來又恐怕於乃兄有碍，於是又向另一家報紙名叫「喀爾司喀爾納報」的供應這段奇聞，該報遂於四月十六日登出。事經顧曼、顧丹、「電訊報」、「喀爾司喀爾納報」展轉附會，傳到上海後，又經上海某西報的編者加工渲染，就變成「申報」所載的那段新聞了。當時的「申報」，仍屬英國人美查所經營，他們不問事實之有無及眞僞，盡情披露，六月二十日「申報」所登的新聞中，所云英國報紙，對中國公使之事，每涉詼諧者，即指「喀爾斯喀爾納報」而言；所云近日見某報云云者，即指上海某西報。及至郭公使致電詰問，「申報」不知怎樣答復才好，索性置之不理。後來郭公使將復電的電旨一指倫敦一家星期報，以爲唐塞，以爲就此可以敷衍過去了。怎知郭欽差一定要查個水落石出，追究不已。但「申報」始終不敢將上海某西報之名指出，就是「喀爾斯喀爾納報」所登載一事，也沒有對郭公使說明。此案開始於光緒四年四月十六日英國報紙之登載，而上海某西報則於六月初轉登，「申報」則於六月二十日轉登。後來巴黎、倫敦的中國公使館展轉函詰，直至光緒五年秋間郭欽差卸任歸國，然後才成爲毫無結果的一件公案，也可說是中國報紙最初最大的交涉了。

以上是姚公鶴親聞諸其族伯所說的，當然可信的程度較多，可惜郭嵩燾自己沒有詳記此事的經過，館員中有張德彝者，著有「隨使日記」，有記云：「顧曼送來西歷五月十七日（原注：即華四月十六日）新聞紙名喀里斯遮爾納者一張呈覽，內言當日畫閣所懸千幅皆丹青絕美，妙筆如此，另有可聞者，乃顧曼所畫之欽差像也，其以兩耳皆露者，因中國懲治罪犯有割去一耳之律。又紅頂爲華官品級之別，欽差欲其必露，故工竣始爲塡畫也。星使見而大怒，言顧曼之弟必屬該局，令彝次日往究。……顧曼據云：新聞紙所言實非出自其口，伊弟顧丹，現在代立格拉弗新聞紙局（按：此即「電訊報」，英文爲 Te-egra h，至於「喀里斯遮爾納」的原文是什麼，無從臆測，此即「上海閒話」中的「喀爾斯喀爾納報」。——引者注）與喀里斯遮爾納局既無交通事件，亦無往來信函，今既訪得此紙，自當追究其人。：」所記與上述大同小異。（按張德彝本名德明，字在初，漢軍鑲黃旗人，同文館畢業。光緒廿七年以記名道賞三品銜，任出使英義比大臣，下一年專任駐英，光緒卅一年召回，一九一八年一月逝世。——引者注）

顧曼所畫的郭嵩燾像，不知郭氏有携回中國否，王先謙有「郭筠仙先生西法畫象序贊」，文中有云：「曾劼剛通侯自海外寄歸英人石印先生畫像，又九年爲光緒十五年已丑，先謙始拜觀於長沙。」或即此像了。劼剛爲曾紀澤之字，他是光緒四年七月赴歐接郭嵩燾之任的，他寄回英人石印郭像約在光緒七八年之間。（中國第一任駐英公使郭嵩燾，死於光緒十七年，年七十四；第二任公使曾紀澤，也是湖南人，曾國藩長子，光緒四年接郭任，十一年任滿回國，十六年逝世，年僅五十二。紀澤努力學習英文，頗肯接受西洋文化，在英之聲望遠較郭嵩燾及後來的劉瑞芬、薛福成爲高。紀澤的手書日記，近年台灣已影印行世。）

倫敦的中國大使館

西鳳

中國在倫敦最初的公使館，位於市中心的P　Pa. 四十五號，第一任駐英公使郭嵩燾最先入駐的。四年後，郭氏任滿歸國，繼任人是曾紀澤侯爵，他因爲四十五號地方太小，不夠辦公與居住，遂於光緒五年（一八七九年）另租同街的四十九號爲公使館。戈公振所作的「駐英使署五十年之回顧」一文有云：「一九二七年（民國十六年）爲中國駐英使署成立之五十年。……使署在倫敦波特蘭地四十九號，五十年來，未曾移易，初係轉租，年付千鎊強，三年前，改爲永租，除立付八千鎊外，以後連地租年付四百鎊。屋殊簡陋，不宜作代表國家之機關。而與房主訂約，多至九百九十九年，是誠何心！屋凡四層，入門左轉爲會客室，其後爲辦公室（後辦公室舊主洋員），二層爲客室及休息室，三層爲公使住宅，四層爲職員寢室，地下層爲廚房，桌椅陳設，中西參雜，但歷久少修治，均已破壞不堪。四層末尚有斗室，爲三十年前孫中山先生被羈留處，室內空氣光線皆不足，向以堆置雜物。……」又說：「郭嵩燾履任之始，英政府禮遇甚隆，各國使署亦曲意周旋，宴飲無虛日，報館以東方使節初臨，無不珍奇視之，事無大小，競傳里巷，當時波特蘭地之路名，若爲中國使署所專有，迨中東一戰，清室孱弱盡情宣露，從此門前冷落車馬稀，每下而愈況矣！」

其實在一九二七年時，使館地址已二易，由四十五號遷至四十九號，戈公振未留意及之耳。副使劉錫鴻的「英軺日記」說，「既至倫敦，換馬車赴波兒克倫伯里斯（原注：伯里斯，華言坊也）第四十五號房屋，即金登幹代賃之舍館也，業主係蘇格蘭人伯爵，月租金錢一百零十二鎊，房三層。」張德彝的「隨使日記」記得較詳，今錄左：

金登幹，英人也，係總稅務司赫樂彬（按：赫樂彬即赫德，他也學中國人的習慣，字鷺賓，此云樂彬，蓋同音也。——引注）令駐倫敦代中國辦運船炮，察覓學習稅務人員與照料往來財簿者。星使未出都函囑其卜宅，故代租此房，供奉一切焉。屋四層，每層間數不等，間間整潔，器皿齊備，簾帳陳設，牀榻鑪灶雖樸素，甚爲壯觀，東主侯爵郝士，蘇格蘭人也，租金每月百零五鎊，合庫平銀三百六十七兩五錢。男司事者有：內總管一名，門丁一名，照料客廳一名，照料書房一名，照料燈火什物一名；女司事者有：照料房屋器具一名，灑掃者二名，女管廚一名，女廚工一名。四輪雙馬車一輛，跟役車夫各一名。按坡蘭坊在倫敦新城之東南，北有敖斯佛街，南有荔榛園，東有班芝街，西有普蘭街（按：敖斯佛街，即牛津街，荔榛園即攝政公園，普蘭街即 Gt. Portland St. 亦即大波特蘭街。——引注）道路平淨，樓舍整齊，鎮日車則擊轂，人則肩摩，薄暮燈燭輝煌，渾如不夜，此猶倫敦之淨雅處也。

曾紀澤接郭任後，在日記中記公使館有云：「登樓看屋，囑洋僕灑掃房間，籌思安置從官之法，人多屋少，苦無術也。」（光緒五年正月初十日）「飯後偕馬清臣至本街四十九號，看一新宅。」（正月十一日）「飯後率眷屬從官，遷入新宅。」（四月十八日）可知公使館由四十五號搬到同街四十九號，係在光緒五年四月十八日。紀澤到英後，老是想買一所房子做公使館，但以經費無多，躊躇不決，他在是年正月廿一日從巴黎寄倫敦使館他的妹夫陳松生（遠濟）函中有云：

筠仙丈意在撙節經費，故屢議另賃房屋或購置使館而終未辦成，亦未有自購器具。余思租價如此之昂，十一二年賃值，即可購一佳屋，永爲我有。又西洋于公使之廨，例不收稅，然須使者自購器具，乃享免稅之利，否則與住客店相等，國家取稅於屋主，屋主仍攤之於賃值之中，而器具損污，又有勒索賠償逾原價之弊，極不合算，是名爲撙節而實耗費也。刻下經費不裕，能否援美國之例，自置使館，尚不可知，而舊館既窄狹不能安揷多人，則另覓一屋自購器具之策，斷不可緩，聞英倫有一種屋宇可長租三四十年，而租價少於買價者，如譯署（按：「譯署」即總理各國事務衙門，簡稱「譯署」後來始改名爲外務部。——引注）覆函不欲買屋，則相機尋一長租之屋，亦甚合算。

曾紀澤就託陳遠濟，馬格里在倫敦物色，後來找到了同街的四十九號。這個公使館一直到現在仍爲中國的大使館所在地，已經有八十九年的歷史了。（編者按：關於孫中山在倫敦使館被軟禁前後，本刊第二期載有大年先生所作的「倫敦的孫中山被難紀念室」一文，可供參考。）

馬格里爵士

·薛玄度·

曾紀澤在駐英欽使任上時，常因胃病嘔吐身體不適，他的太太、兒子也常有病，要請外國醫生診治。但他身邊有個參贊官馬清臣却是醫生出身，他不大請教，原因是馬清臣早在一八六○年後，已不做醫生，學問荒蕪，曾紀澤當然不敢問津了。

馬清臣的原名是 Samuel Halliday Macartney，他和乾隆五十八年奉使中國的英國特使馬戛爾尼原是一家，但馬清臣的中國名却叫馬格里，字清臣。他生於一八三三年五月二日，死一九○六年一月八日，前後爲中國服務三十年之久，清廷賞他二品頂戴及寶星等等，而英國國王也因他服務中國外交界有功賜勳章，又封他爲爵士。

馬清臣於一八五二年入愛丁堡大學習醫，一八五八年畢業，在駐印度的英軍服務，一八六○年，英法聯軍侵略中國，他也跟着到在北京。一八六二年（同治元年），他辭去原來的職務，投效「常勝軍」頭目戈登，做戈登與李鴻章之間的聯絡人，漸爲李鴻章信任。戈登攻陷崑山、松江等地，立下「汗馬功勞」，大爲清廷賞識，而馬清臣也奉戈登之命，在松江招募，訓練一團軍隊，負責守衛松江。

曾國藩的湘軍攻下南京，太平天國滅亡，曾國藩李鴻章更賞識馬清臣了，派他在南京主持一個軍械廠，他在這個時候到蘇州，娶了一個中國女子爲妻室，生一子一女，女名馬加烈。他負責南京的軍械廠十年，到中國派郭嵩燾往英，郭公使委派他做參贊，這是因爲他懂中國語言文字之故。他的中國太太在光緒四年死於倫敦，到光緒四年曾紀澤繼任，並沒有在倫敦再見到她。光緒十年馬清臣和一個法國女子結婚，生一女三子，這位法國太太在一九○四年逝世。曾紀澤和馬清臣很談得來，他的日記中，幾乎每日皆記「與清臣久談」。其記馬清臣與法女結婚云：

「六月十八日。……至客廳聽清臣之兒女奏樂。……清臣往巴黎完娶來辭一談。」

「六月廿四日。清臣偕其新娶之婦來謁，率兩女兒陪之談頗久，內人因跌傷，足不能下樓也。……偕燮九率兩兒至清臣宅一坐。」根據曾氏日記，我們知道馬清臣是一八八四年八月在巴黎結婚的。（包爾格用英文寫過一部馬格里傳，一九○八年出版，因此書絕版已久，無從獲見。現正蒐購中，將來買到，才摘譯一些以餉讀者。）

周作人筆下的李大釗被殺後兒女動態

俊君

民國十六年（一九二七年）四月六日，北京東交民巷內發生一宗牽涉到政治和國際問題的重大案件，就是中共的北方領導人李大釗（守常）和他的同志們數十人，在俄國大使館範圍內，突被出身東北鬍匪、反動軍閥頭子、自封安國軍總司令的張作霖所逮捕。這一案件，轟傳中外，牽涉國際（因在外國使館捉人，且又捉到俄國人）而爲南京蔣介石四·一二「淸黨」的前奏。

關於當年李大釗被捕的一天，北京大學幾個教授（是李大釗的同事）的動態，和事後如何維護李大釗的兒女情况，這一段故事，歷來外間人多不知道。據筆者所知，只有周作人在十多年後所寫的「從四月六日說起」，可以說是絕無僅有的參與其事的第一手材料。不過這一篇短文，周是用王遐壽筆名，且用第三人稱而着筆。文裏所涉及的人，也都用了化名。現在事隔二十多年，不特不容易找到這篇文章，即使找到，驟然看來，也是莫名其妙。筆者特與有關的人了解，才把個中幾個人的眞實姓名，弄個淸楚。今爲讀者便利起見，先把文裏的人名，循序說明，然後才把周的原文附錄。這樣，按圖索驥，一目了然，不必猜三度四，如瞎子摸象般，搞得烏籠籠的了。

「明君」，是馬裕藻，即馬衡之兄；「審君」，是沈尹默；「方六」、「方君」是周作人；「金心異」，是錢玄同。這個名字，原是林紓反對新文化運動，在他的「荆生」小說中所指的錢玄同。「劉半農」，即劉復；「審甲」，即沈士遠，是沈尹默的哥哥；「李君」是李大釗；「羽英」，即李榮華，是李大釗的兒子；「趙夫人」，是趙紉蘭，李大釗的夫人；「辰英」等，即李星華、李炎華，是李大釗的女兒；「喜英」，即李欣華，是李大釗的兒子。「至民國二十二三年左右」，查李大釗遺骸的安葬，實際時候是民國廿二年四月廿三日。

周作人（王遐壽）的「從四月六日說起」，原文如下：

這事就是從四月六日說起。當天是星期日，北方有幾位教授約好了往海甸去玩一天，同去的有明君、審君、方六，一共五六人吧；其中也有金心異，或者劉半農。審君有一位哥哥，我們姑稱之爲審甲，在燕京大學教書。大家就跑到那裏去，吃過中飯後，談到傍晚方散，趕回城裏來。李君的大兒子，假設名爲羽英，恰巧與這班教員的兒子們都是中學的同學，所以他們也約會了去玩，當晚他一個人不曾進城，便寄宿在審甲的家裏。到了第二天早晨，大家打開報紙來看時，大吃一驚，原來李君一行人正於那個星期日被捕了。審君趕緊打電話給他哥哥，叫他暫留羽英住在燕大，以避追捕。北京官方查問家屬，只找到李君的趙夫人，羽英的妹子辰英等二人，小兄弟才幾歲而已，都與黨事沒有什麽關係。這樣過了幾天，審君覺得羽英留在海甸也不是好辦法。因爲燕大的南門外就是偵緝分隊，未免多危險。於是打電話給方六，叫他到燕大去上課的時候順便把他帶進城來，留在方家暫住。那裏比較的偏僻安穩點。方君就這樣的辦了，叫他住在裏院東邊的屋內，那間屋空着，在那時節曾經前後住過好些避難的人。方君將這事由電話告知了審君，彼此剛放了心的時候，想不到次日就遇見極棘手的困難問題的。據方君告訴我，他往燕大上課去的那天大概是星期順延四天下去，這的確的日子有點不容易說定，總之是在那一天的次日，見到報紙，一眼就瞥見李君幾個人的相片。原來他們都已於前一天裏執行死刑了。方君這時候的狼狽是可以想像得來的。叫不叫羽英知道，怎麽能夠叫他不知道？這是不可能的，那麽，要告訴他又怎麽說？他急忙打電話給審君。審君立即同了明君趕了來。審君在朋友中最有智謀，劉半農曾戲呼爲「鬼谷子」的。他想了一想，便說這事非告訴他不可，讓我來同他說吧。羽英正在院裏同小孩子們玩耍，被叫到書房裏來之後，審君鄭重其事的開始說話，說你老太爺投身革命運動，爲中國人民謀福利，其爲主義而犧牲自己，原是預先覺悟的事；這次被反動政府所捕，本是凶多吉少，現今如此情形，你也不必過於悲傷，還是努力前進，繼承遺志云云。羽英聽着，從頭至末，一聲不響，顏色也並不變，末了只嗯嗯的答應了幾聲，拿起桌上的報紙來，把記事和照相仔細看了，很鎮靜的退了出去，仍到後院同小朋友們去玩去了。鬼谷子的說話，當初很費了一番安排，可是在他面前却失了效果，也覺得是出於意外的事。據方君說，在北大所見師生中，這樣沉毅的人不曾多見，那他在內只可說見過兩個罷了。過了兩三個月，審君設法送羽英去東京留學，用他姨夫的姓名爲楊，考進了高等師範讀書。但是到了民國二十年九·一八事件發生，他也跟了幾個舊同學一起歸國，以後不曾再遇見他，雖然他的小兄弟喜英，直到民國卅一二年頃，我還是見到他的。李君故後，停棺地安門外西皇城根嘉興寺，至民國二十二三年左右，汪精衛寄一千元去爲安葬之費，另外又捐集了若干，遂下葬於西山萬安公墓。後來趙夫人去世，也合葬在那裏。遺文散見於各雜誌報章，後由其族姪爲之蒐集，編爲四卷，歷兵火盜賊之劫，未曾毀失，將來或有出版的希望，亦未可知云。（按：李大釗遺集近年已出版。）

龍沐勛的藍布長衫

詞人龍榆生（沐勛）已於一九六六年冬間死在上海，死前十年，曾爲上海古典文學出版社編選兩部詞，一是「唐宋名家詞選」，一是「近三百年名家詞選」。這兩部書選得很到家，所以台灣的書局馬上就偷來翻版牟利。

民國廿四年（一九三五年）春初，胡漢民在香港養病時，曾託冒鶴亭約龍沐勛到廣東中山大學教書，希望他把中文系辦得好好的。龍當時在上海暨南大學，胡漢民、鄒魯死命的拉他南下，他也只得從命。這一年的下學期，龍到中山大學任教了。

龍沐勛到廣州之前，胡漢民已往歐洲養病，兩人沒有機會見面，到胡漢民歸國，道經香港，廣東一班要人都爭先恐後到香港歡迎。龍沐勛知道胡急于要和他相見，就等那班趁熱鬧的要人動身後，悄悄地乘三等的廣九車到了香港。胡接到他的電話，馬上約他第二天早上相見。他們足足暢談了兩個鐘頭，龍在當晚回廣州去了。

一九三六年元旦出版的「探海燈」（香港的一家小報）登一消息說，胡漢民到香港，一批批的西南軍政大員去見他，至多不過和他談二三十分鐘，不知怎的，昨天來了一個穿藍布長衫的什麽人物，一談就兩點鐘。」原來龍沐勛生平喜歡穿藍布長衫，不脫書生本色，香港的小報作者，看來頗不順眼也。

·洛生·

梁鼎芬的訃聞

何無

偶然去逛書攤，在廢紙堆裏，發見一帙梁鼎芬的訃聞，這是民國八年（一九一九年）己未十一月，梁鼎芬逝世時，他的兒子赴告親友的，距離今天差不多半個世紀，可惜封套已經失去，不知道是什麽人保存下來。梁鼎芬有詠「蘇文忠公玉帶」詩云：「事過百年人始貴」，近代保存文物的法規，也有一百年爲標準的說法，這雖然說不上古董，也可說得是新古董了。

在舊社會的習俗裏，一般訃聞的開首，都是說「不孝××罪孽深重，不自殞滅，禍延顯考（或妣）」等字樣，這是虛僞、封建的套語，辛亥革命以後，已經逐漸改爲「不孝××侍奉無狀，痛遭顯考……」等字樣，下文「遵制成服」，也改爲「遵禮成服」，近幾十年來，經過時代的冲刷，又把這些俗套完全删去。梁鼎芬死於一九一九年，又是前清的遺老，他的兒子自然沿用老一套式樣，這樣的訃聞，已成過去不會再出現了。

這個訃聞是旋風葉式，長十九英寸半，濶十英寸零五分，每半葉五行，行廿六字，字大一寸二分，宋體扁字木刻，黃栗色紙印刷，遇「賜」、「誥授」、「毓慶宮」……等三十餘字，均用硃印挑行抬頭，雙抬或三抬，今抄錄如下，以空格代之，硃字則以五號黑體字排印，以資識別。清代的訃聞規矩，紙度的長短濶窄，要看死者的官階而定，梁鼎芬在清朝的時候已是三品官，又賞加二品銜，雖然不算是一品當朝，這個訃聞也算是大號了。

訃聞的第一版刻着一個大「訃」字，在左下角爲「喪居北京地安門外福祥寺胡同本宅」等字，第二版起云：「　不孝劬罪孽深重，不自殞滅，禍延　顯考，

　賜進士出身，　誥授資政大夫，毓慶宮行走，　晉賜太子少保銜，　派貝勒奠醊，　賞銀三千圓治喪，　賜祭一壇，　賞加二品銜，　賞戴花翎，　賞穿帶膆貂褂，　賜紫禁城騎馬，　賜紫禁城內乘坐二人暖轎。歷蒙　德宗景皇帝　頒賜　御筆福字。　頒賞　高宗純皇帝　御筆卽事詩軸，杏花畫軸，　孝定景皇后遺念碧玉珮一件，嵌珠表一件。　御筆歲寒松柏含章可貞，霄漢松喬俾壽而康扁額，讀書衆壑歸滄海，下筆微雲起泰山對聯。福壽字，天下太平，視履考祥，福壽長久，四季平安，吉星拱照，子孫受福，忠孝傳家，景星照堂，體健身强，美意延年，四時吉祥，歲歲平安，含和履仁，長慶有餘，竹苞松茂，延年迪吉，大吉宜春，延年履順，延恩多壽，慶壽安和春條。　御題唐宋名臣畫像册頁，唐閻立本古賢圖手卷，元王惲承華事畧補圖，佩文詩韻，硃墨，徽墨，端硯，銀兩，大小荷包，貂皮，手巾，金錁，銀錁，筵席，果盒，暑藥，春餅，湯圓，鹿肉，粽子，月餅，臘八粥，餑餑，饅首，糖果，西瓜各種食物。六旬　賜壽，　頒賞　御筆經帷介祉匾額，几杖親承天貺節，松筠交蔭歲寒堂對聯，福壽字，　御製進講忘炎暑，清風入座涼，年年當此日，介壽只稱觴詩，金佛一尊，白玉三鑲如意一件，翡翠朝珠一掛，蟒袍一件，大卷紅綢四疋，銀一千五百兩。復蒙　賞臙脂紅瓷酒杯一個，白地藍花瓷鼻煙壺四箇。歷任候補三品京堂，湖北按察使，安襄鄖荊兵備道，武昌府知府，武昌遺缺府知府，翰林院編修，降五級調用太常寺司樂，　賞還翰林院編修原銜，翰林院庶吉士。歷署湖北布政使，鹽法武昌道，漢陽府知府。歷充管理　崇陵種樹事宜，在　德宗景皇帝暫安殿隨班行禮，曲阜大學監督，

的死因

湘

抗戰時期，方面六員而被槍決的，山東省政府主席兼第三路總指揮、第五戰區副司令長官韓復榘，是較著的一個。

韓復榘本爲基督將軍馮玉祥部下的二等脚色。所謂二等者，韓與馮部的關係，還不及鹿鍾麟、張之江、劉郁芬、薛篤弼等的親信與重要。馮玉祥於民國十八年反蔣（中正），蔣派人用大宗金錢與職位買韓叛馮，因之馮軍失敗。而韓呢，居然官至河南省政府主席，跟着又當了山東省政府主席。經常化裝下鄉，辦理案件，根據個人的好惡愛憎去審訊處理，絕不是知道什麼叫做現行法令。因之是非不明，賞罰不公，冤枉了不少老百姓，糟塌了不少公務人員，鬧出不少的笑話。當年好事者把「韓青天」來挖苦他，譏諷他。

韓的升官獨當一面職位，是從得了金錢的投機叛變上司而攫得的。七七盧溝橋事件發生，我國全面抗戰，山東的政治軍事歸他一手抓了。因之日寇便利用韓的過去弱點，也照樣的用各種方式來引誘他。本來很早的土肥原賢二和日本領事經常和他拉攏，搞下了一個勾搭關係。山東屬於沿海省區，又是綰轂南北的津浦鐵路所經的交通幹線地帶，日寇的看中了他，是很自然的了。

韓與日寇聯絡，互相有了默契。戰事進入山東境地，日寇便對韓復榘做離間工夫。日機不轟炸青島、濟南兩市，也就是說山東重要的城市，可以避免戰禍，只要韓的軍隊不參加作戰。韓復榘初時還是猶豫莫決，虛與日寇委蛇，不戰而退。一面又表示服從中央，意圖帶兵入陝，保全個人的實力。蔣中正當初本來命韓撤守津浦線左側蒙山區、在臨城、臨淮一帶，整備待命。而韓却率領第三集團軍及山東保安團隊共約十萬人，轉撤津浦路以西濟寧、金鄉、單縣一帶。其中一部份及全軍輜重與個人財貨（內有黃金數汽車）進入豫東商丘附近。蔣韓的矛盾更加日深，韓的與日方的聯系，蔣也得到情報了。

蔣中正於民國廿七年（一九三八年）一月十五日，在開封召集華北各部隊團長以上的軍官，舉行會議。韓復榘率領軍長孫桐萱，參謀長劉書香、處長張國選及團長等數十人前往參加。韓復榘在開會後，即被扣押。

韓對蔣有了變動，不自抗戰時開始。抗戰前一年，西安事變時，韓即發出馬電，主張召集在野名流開國是會議，國事由國人共同解決。第二天，宋哲元由北平到濟南，韓宋又聯名發出漾電，不主張用兵而主張用政治解決。這兩個通電，都對蔣「不利」的。韓又派參議劉熙衆到西安去見張學良

禮學館顧問官，廣東宣慰使，查辦江西教案，湖北全省學務處總辦，兩湖書院監督，存古學堂監督，方言學堂監督，兩湖總師範學堂監督，武昌道師範學堂監督，府師範學堂監督。光緒庚辰科貢士，丙子科舉人，國學生，節庵府君，慟於宣統己未年十一月十四日子時，疾終京寓正寢，距生於咸豐己未年六月初六日申時，享壽六十一歲。不孝劬隨侍在側，親視含斂，遵制成服，擇日扶柩安葬易州梁格莊，叨在 鄉 世 年 寅 戚誼，哀此訃聞。

生慈命稱哀孤哀子梁劬泣血稽顙。

齋衰期服孫思祖、慕祖泣血稽首。」以下不鈔錄了。

梁鼎芬的訃聞，開首叙他的出身，次叙「毓慶宮行走」，溥儀在毓慶宮讀書，這就是師傅的官銜，其實師傅歷來是由尚書、侍郎等官兼任的，「行走」是一個差使，算不得本官。次叙死後的「恩典」及生前的賞賜、歷任官職、差使、科第、生卒年月等。關於「賞賜」文物裏，溥儀的自傳「我的前半生」有一段說：「我過去會一度認爲師傅們書生氣太多，特別是陳寶琛的書生氣後來多得使我不耐煩。其實，認眞地說來，師傅們有許多舉動，並不像是書生幹的。書生往往不懂商賈之利，但是師傅們却不然。他們都肯懂行，而且很會沽名釣譽。現在有幾張賞單叫我回憶起一些事情，這是『宣統八年十一月十四日』的記錄：賞陳寶琛，『王時敏晴嵐暖翠閣手卷』一卷。伊克坦，『米元章眞迹』

韓復榘

夢

。這樣，蔣韓之間的不和諧是非常自然的。韓在山東抗戰的軍事中，違抗蔣命也是很自然的。

開封會議數百將領參加中有：李宗仁、宋哲元、白崇禧、于學忠、劉峙、張鈁等。蔣在講話時，最後說：「有些人不聽命令。你不聽命令，你的部下怎麽能夠聽你的命令？」這句話說的很露骨，弄得大家愕然。散會後，韓復榘便被拘押了。韓的軍長孫桐萱去見蔣。蔣說，「韓復榘不聽命令，不能再叫他去指揮隊伍了。」並即下手諭派于學忠兼第三集團軍總司令、孫桐萱爲副總司令、曹福林爲前敵總司令。雖然有些將領與蔣談到韓在北伐時期，作戰有功，無論如何，請蔣留他的性命，或派韓出國一個時期。蔣只說：「考慮、考慮」，不談其他，卽派員把韓用專車押赴漢口，禁止接見任何人物與親屬。同時發表沈鴻烈爲山東省政府主席，韓的原任民政廳長李樹春、財政廳長王向榮、教育廳長何思源等均連任。

一月廿四日，蔣中正派了何應欽、何成濬、鹿鍾麟三人提訊韓復榘，判處死刑。卽在是日的黃昏，把韓槍殺於囚禁處的房內。據說，蔣在下令殺韓之前，曾約馮玉祥晤談。鹿鍾麟、石敬亭對馮說，一定是爲了韓復榘的事，最好不要去。因此馮託病未去。韓妻高藝珍也去請馮從中說情，馮沒有接見。

關於審訊韓復榘的經過，事後，鹿鍾麟曾向人透露。這一天由何應欽主審，何韓二人簡單地問答了三件事：一、何問韓：「你有兩個老婆，爲什麽還要日本女人？」韓愕然說：「那是沈鴻烈（青島市長）、葛光庭（膠濟鐵路局長）他們與我開玩笑，叫過日女條子，這是逢場作戲。」二、何問：「政府三令五申禁鴉片烟，你爲什麽販賣烟土？」韓答：「那是宋明軒（哲元）老早送給我的一千兩，家裏女人們存着的。」三、何問：「山東民團槍枝，你爲何擅自收編？」韓答：「那也許是民團指揮張驤武、孫則讓、趙明遠他們辦的吧。」鹿鍾麟說完這段話後，頓足長歎說：「你看，韓復榘這不是逐條承認，又是什麽呢？眞是小孩子般糊塗。」

軍事委員會公布韓的罪狀，只說他不遵奉命令，藉勢勒派烟稅，强索民捐，侵呑公欵，收繳民槍等，並沒有提到他的通敵。這恐怕是會給日寇做宣傳的材料吧。

（按：韓復榘字向方，河北霸縣人，行伍出身，早年卽追隨馮玉祥，死時年四十八歲。）

一卷。朱益藩，『趙伯駒玉洞羣仙圖』一卷。梁鼎芬，『閻立本畫孔子弟子像』一卷。還有一張『宣統九年三月初十日』記的單子，上有賞伊克坦、梁鼎芬每人『唐宋名臣像冊』一冊，賞朱益藩『范中正夏峯圖』一軸、『惲壽平仿李成山水』一軸。這類事情當時是很不少的，加起來的數量遠遠要超過這幾張紙上的記載。我當時並不懂字畫的好壞，賞賜的品目都是這些內行專家們自己提出來的。至於不經賞賜，借而不還的那就更難說了。」（第一冊六六頁至六七頁）原來溥儀賞賜給梁鼎芬一班師傅的字畫品目等都是他們自己提出要求的。溥儀所說賞給梁鼎芬的「閻立本畫孔子弟子像」、「唐宋名臣像冊」兩件，剛剛載在這個訃聞裏面，聽說這兩件字畫在梁鼎芬死後不久便流落在他的表姪余樾園（紹宋）的手裏。此外訃聞所載「元王惲承華事畧補圖」、「翡翠朝珠」、「臙脂紅瓷酒杯」都是「專家」們艷稱的東西，特別是臙脂磁杯，梁鼎芬在酒座裏常常誇示朋儕，聽說杯底有「大淸康熙年製」的欵字。

舊日的訃聞，照例由死者的兒子寫一篇哀啓，敍述老子的生平事跡，夾在裏面，梁鼎芬的自不能例外，茲抄錄如下：

哀啓者，先府君生而至性過人，四歲受業於七叔祖竹賢公，讀書穎悟，最爲叔祖所鍾愛。七歲侍先祖妣張太夫人疾，持方校藥，手煎以進。張太夫人棄養，七叔祖母余太夫人撫如己子，時庶祖母何、庶祖母陳均在堂，府君事之如所生，二叔父仲强公，何太宜人出，三叔父衍若公，陳太宜人出，府君友愛篤至。十一歲作文成章。十二歲丁先大父吉士公之憂，哀毀逾成人，家貧，養於龍氏姑姊妹家。十五與沈丈雲甫、徐丈巨卿、顧表叔宅南約爲文字交，糾察躬行不少寬假。十七歲肄業菊坡精舍，執贄陳東塾先生之門，於書無所不讀，而尤服膺朱子及温公通鑑之學，爲東塾先生所許，與同門陳先生樹鏞、志文貞公銳、于文和公式枚互相砥礪，以報國顯親爲志。丙子領鄉薦，庚辰成進士，改庶常，嘗聯銜劾出使大臣崇厚。癸未授編修。甲申四月法越事亟，疏劾北洋大臣李鴻章，奉旨留中，時恭忠親王牽連罷政失羣望，明年方更欲有所論劾，遽爲人泄諸當事，不及上，因愈觸時忌。軍機大臣有以不去梁某無以安用事大臣之心爲言者，因追論劾李文忠事，奉旨交部嚴議，降五級調用。去國時盛伯希祭酒與同人餞於江亭，府君留別詩有此日觚稜猶在望，今生犬馬恐無期之句，時年二十六也。南皮張文襄公方督粤，聘請主講豐湖書院一年，端溪書院一年，既創設廣雅書院，又聘主講席，未逾年，文襄移督湖廣，李勤恪公繼任粤督，因辭去避居焦山海西庵之還石山房。樓上故有阮文達公所營書藏，歲久多散失，府君清理增補，復其舊日，以抄書爲課。會病症甚劇，王丈可莊知鎭江府，時褱粮過江存問，賴以不乏。文襄屢約至鄂，堅辭不往，乃以經心、兩湖兩書院課卷寄閱。甲午東事起，兩江總督劉忠誠公督師出關，文襄調署兩江，辟府君幕府，仍堅辭，文襄責以大義，乃勉就鍾山書院之聘，實參幕府事。文襄回鄂督任，邀同至鄂，自是主鄂中講席十餘年。時文襄銳意圖治，百廢具舉，幕府稱極盛，學堂林立，責府君一身任之，天未明即起，率諸生上講堂，至夜分不得憩息，文襄大事必以諮詢，輒深談竟夜習爲常。教諸生爲人宗旨曰大清國、孔子教，並及顧氏博學於文，行己有恥八字，劉蕺山先生殉國時事尤樂爲諸生道之。遣派學生出洋留學，必以仲尼之徒，忠於魯國爲勗，雖事與願違，狂瀾莫挽，而府君之心力則己瘁矣。庚子拳禍起，兩宮西幸，府君首倡呈進方物之議。辛丑夏文襄以人才特薦赴行在所，八月十二日召見，奉旨以知府發往湖北遇缺補用。十九日補授湖北武昌遺缺知府，二十日謝恩，召見，涕泣條奏事甚備，荷兩宮聲名甚好，說話明白，留心時事之褒。乘輿回京，跪送臨潼後，始束裝赴鄂，署武昌府知府，補漢陽府知府，調武昌府知府。三署武昌鹽法道。辛丑三月二十九日奉旨補授湖北安襄鄖荆道。旋擢湖北按察使，署布政使，奏請化除滿漢界限，奉旨交議。丙午歲入覲，面劾慶親王奕劻、袁世凱，兼奏大事八條，德宗景皇帝手書其語以示樞臣。又奏請表章鄧鴻臚承脩、朱侍御一新、王給諫鵬運諸人。請建曲阜學堂。回任後復具疏嚴劾慶親王奕劻誤國，袁世凱居心叵測，奉旨申飭。旋即因病奏請開缺留鄂養痾。戊申十月，二日之間，兩宮升遐，寢苫茹素，奔赴哭臨，到京行禮後，越日即行，張文襄公時在樞垣，未一往謁。己酉十月在粤，聞文襄公之喪，即日送葬南皮。辛亥八月里居，聞武昌變起，京師洶洶，警耗洊至，隻身北上。九月到京，寓温毅夫丈處，直督陳夔龍奏請以李準署粤督，府君幫辦軍務，奉旨以三品京堂候補，投謁執政，未及見而歸，因投書勗袁以大義，勿爲操莽，袁亦婉辭答謝。適奉廣東宣慰使之命，粤中已大亂，道梗不得達，致電黎元洪勉其反正，以子爲質。壬子正月病咯血。七月往漢口，迎端忠敏之喪，在焦山建歸來庵祀忠敏。八月往青島訪遺臣之避地者，隨赴曲阜，遂奔赴梁格莊叩謁景皇帝暫安之殿。時崇陵已停工一年，府君憤切憂煎，不遑啓處，十日行回滬，與前直督陳公夔龍、前候補京堂程公慶霖等邀集諸遺臣集欵報効，畧有成數。未數日又北上，再到梁格莊，露宿寢殿旁瞻仰流涕，哀動行路，致書世太保設法開工，太保奏聞，孝定景皇后面諭大冷天，還有人來，難得，因有隨班行禮之命，遂逐日上班惟謹，歲暮回滬。癸丑正月孝定景皇后升遐，即日奔赴號哭，梓宮奉移，在梁格莊跪接，於是崇陵工程，已由當事續修告成，永遠奉安，恭送如禮。宮廷垂鑒府君攀髯號痛過於常人，諭世、陳兩太保隨時加意勸護。隨恭送景皇帝神牌回京升祔。到京請安，召見嘉獎備至，面賞御書歲寒松柏匾額一方，遂拜管理崇陵種樹之命，謝恩後，仍回梁格莊籌議，將所募報效陵工經費移為種樹之用，凡種樹十萬株，寶城後正中松樹一株，府君所手植也。十月回粵修墓。丙辰秋奉旨在毓慶宮行走。丁巳春迎養庶祖母何太夫人來京，遽爾感疾不起，府君悲痛致疾，請假扶柩至塘沽，由海道歸葬，時已苦病足，然猶勉力銷假，大寒日病加劇。……戊午正月病時作時減。……至六月病良已，復上值，是月為府君六十壽辰，蒙恩賜壽，禮數優渥，府君愈益感奮。九月二十日早起，忽昏跌在地……聲哽不能言語……眼閉身不能動……今年二月始能持箸，四月能執筆寫數字，……五月以後能偶出門。八月……二十九日長姊病故，府君為之傷痛，遂不思飲食。……十月二十四日入德國醫院，德醫謂係黃病肝病。……十一月十二日移回寓所，……十三日早七八鐘……痰起……延至夜十二鐘時遂棄不孝等而長逝矣。……府君自辛亥以後即無意人世，日求死所，見平生手稿，輒拉雜摧燒之，不留一字在世上，嘗謂不孝曰：我一生孤苦，學無成就，一切皆不刻，我心悽涼，文字不能傳出也。又曰：平生所學太淺，得名太早，自知所造不及司空表聖，不如謝叠山，差幸得全清白可以下見先人耳。……

案：梁鼎芬死後應該有一篇墓碑文，當時的古文家，和他摯交的，首推陳三立，本來該請陳氏執筆，可是陳氏先後已作過「節庵詩集序」和「祭梁文忠公文」兩篇，而且陳氏作誄墓的文章却要一筆豐厚的潤筆。聽說當年梁鼎芬兩湖書院的學生，一致推舉高弟陳曾壽（仁先）撰作，曾壽自然義不容辭的。那時曾壽才四十二歲，正當盛年，却良久沒有交卷，還對同門說：梁先生的墓碑，是一篇大製作，我要閉門一年半載構思，始能屬草，如今要教書賣畫餬口，假以時日，一定會完成這個責任的。曾壽死於一九四九年己丑，年七十二歲，這篇墓碑一直沒有寫成。現存梁鼎芬的傳記給人們參考的，只有兩篇，一篇是「番禺縣續志」本傳，第二篇是「清史稿」本傳，全文只幾百字，都寫得十分簡略，如今介紹的「訃聞」和「哀啓」，可算是關於梁鼎芬生平最翔實的資料。可惜一九一七年「丁巳復辟」之役，「哀啓」一字不提，未免遺憾，大約距離鼎芬死時才兩年多，還有一點忌諱，不敢形諸筆墨吧。

治肺病良方

編輯室

本刊第三十期刊登陳申先生「老中醫黃省三」一文後，有不少讀者來信想知道更多關於黃先生治肺結核的藥方，陳先生已有信，曾刊於「大華」第四十期。現在又接到黃之棟先生一信，今錄左，以便請者參考。

大華四十期第九頁，刊黃省三老醫師治肺結核處方，我的第四女兒於一九五五年求治時，他老人家稱之為「五仁湯加減劑」。我女當時十八歲，吃他的五仁湯後，結核症已痊愈，現在國內某地工作。訂方日期是一九五五年五月十四日。藥方如次：

川貝母（去心）三錢半　瓜蔞仁（去殼打）六錢　北杏仁（打）三錢　生甘草六分　紫菀三錢半　冬瓜仁（去殼）三錢半　生薏仁三錢半

如有咳嗽，則加薄荷梗一錢

此方與陳申先生所錄的大致上相同，名為「加減劑」，大概是要看病況而定。因為有讀者來詢問，我們故樂於刊布。（黃先生另有治高血壓良方，限於篇幅，有機會時再刊出。）

從魯迅談到龔定庵

陳亨德

魯迅先生的舊詩，眞是「震礫古今」，聲調藻飾各方面都好極了。就可惜不多，除了集外集與集外集拾遺中所登載的以外，散失的一定多得很。周作人氏的「回憶魯迅」中道：「詩則有庚子年作蓮蓬人七律，庚子送灶即事五絕，各一首。又庚子除夕所作祭書文一首，今不具錄。辛丑東游後曾寄數詩，均分別錄入舊日記中，大約可有十首，此刻也不及查閱了。」就只這一處，就是十餘首，別的不留稿的想還有。現在距先生逝世，不及十年，而輯逸的工作，就無法動手了。思之可歎。

前些日子有人說魯迅受龔定庵的影響，後來爲上海的文人譏諷得很厲害。好像都不大看得起龔定庵，不過龔在淸代的文人中，也眞了不起。不用說那些考據詞章掌故及蒙古史的大學問，就是兩卷古今體詩與三百十五首已亥雜詩，就足以永傳不朽。如果要看定公的不羈之氣的發洩，那時只要一翻「干祿新書」的序文，就可以明白的了：

> 敍曰：凡貢士中禮部試乃殿試，殿試皇帝親策之。簡八重臣讀其言。……八人者則朝服北面三跪九叩頭。率貢士亦三跪九叩頭就位有處。既試，八人則慕遴其頌揚平仄如式，楷法尤光緻者十卷呈皇帝覽。……龔自珍中禮部試，殿上三試三不及格，不入翰林。考軍機處不入直，考差未嘗乘軺車。乃退自訟，著書自糾。凡論選穎之法十有二。論磨墨膏筆之法五。論器具五。論點畫波磔之病百有二十。論架蔕之病二十有二，論行間之病二十有四。論神勢三，論氣稟七。既成，命之曰干祿新書。以私子孫。

我們不妨想想：在天子臨軒策士的時代，竟敢如此的誹謗朝章國典。而且不快之氣也時時在字裏行間瀉出。幸而那時是道光年間，淸主偃武修文已久。沒有再興文字獄的想頭。不然，那還了得？

定公的文字思想，都可以因「疏狂不羈」四個字包括起來。而他的詩，更有一種特別的風格，爲前人所無的。普通人喜讀他的詩的，往往沉迷於字句的空靈謫幻。音韻的鏗鏘裏，眞能道出「爲什麼」的人，就沒有。我只在郁達夫先生散文集「閒書」中，看到一篇「談詩」，那裏邊可以說是非常了解定公的詩的了：「作詩的秘訣，新詩方面，我不曉得。舊詩方面，於前人的許多摘句圖、聲調譜、詩話、詩說之外，我覺得有一種法子，最爲巧妙，其一，是辭斷意連，其二，是粗細對稱。近代詩人中，唯龔定庵，最善用這秘法。」

郁先生說的這一種方法，他自己就在巧妙的運用着。是呀，詩人唯有自己運用得熟練的方法，才能有這樣深切的體會。

他舉的定公詩例，如「終勝秋燐亡姓氏，沙渦門外五尙書」，「近來不信長安隘，城曲深藏此布衣」，「祇今絕學眞成絕，冊府蒼涼六幕孤」，「爲恐劉郎英氣盡，卷簾梳洗望黃河」，「蒼茫六合此微官」說：「……之類，都是暗用此法，句子就覺得非常生動了。」可是郁先生自己呢，「中秋無月風緊天寒，訪詩僧元禮，與共飲於江干，醉後成詩，仍步曼兄牯嶺遁嶺韻」一詩就是如此：「兩度乘閑訪貫休，前逢春盡後中秋。偶來邃閣如泥飮，便解貂裘作質留，吳地寒風嘶朔馬，庾家明月淡南樓。東坡水調歌頭唱，醉筆題詩記此遊。」

我非常愛這詩的第五六兩句，第五句是多麼的雄壯，然而還並不算是好，只是第六句的一句，就好像垂河香象，無跡可尋了。如果允許我用一個譬喻，上句是一幅漠北的風煙，而下句則是江南的悠怨閑愁了。對照的多麼親切而有味呢。

郁先生又有步原韻的一首：「語不驚人死不休，杜陵詩只解悲秋。竭來夔府三年住，未及彭城白日留。爲戀湖山傷小別，正愁風雨暗高樓。重陽將作茱萸會，花萼江邊一夜遊。」

這首詩的五六句也是用的對照的方法。一個是淡淡閃愁，一個是重重憂患。一眼看去，好像在大佛的塑像上掛着一個極精緻的小數珠。

我於是就用這方法來審查魯迅先生的舊詩。果然，在某種地方得到相似之點了，魯迅先生的喜歡龔定庵，也並不是無案可稽。前幾年「現代」上的文藝畫報中刊有郁達夫寫的對聯一付，即集定庵句：「避席畏聞文字獄，著書都爲稻糧謀。」據說這就是魯迅先生的集句，而贈給郁氏的。天衣無縫，而正都關切了時事。如果不是把定庵詩翻得熟透，怕不能拈來這天造地設的兩句來罷，從這一點就已經可以證明魯迅先生與龔氏的文字因緣，和我下面主張魯迅受過龔的影响之說大有裨助。

我們現在先找一個例子來看看，在定庵文集補，古今體詩上卷中就有三首「秋心」。那第一首說：「秋心如海復如潮，但有秋魂不可招。漠漠鬱金香在臂，亭亭古玉佩當腰。氣寒西北何人劍，聲滿東南幾處簫。斗大明星爛無數，長天一月墜林梢。」

這一首詩如果用郁達夫的看法來分析一下，那簫與劍的對比，可以說就是粗細對稱法。而我又可以另外指出一個顯著的特點來，就是在律詩的末一聯，平常往往不用對句的。但定公這首里所用的就預有對句的意嚮。現在我們再看一下收在集外集拾遺中的一首「亥年殘秋偶作。」：「曾驚秋肅臨天下，敢遣春温上筆端。塵海蒼茫沈白感，金風蕭瑟走千官。老歸大澤菰蒲盡，夢墜空雲齒髮寒。竦聽荒鷄偏闃寂，起看星斗正闌干。」

試看一下這兩首詩的神情是多麼的肖合。而魯迅在首聯末聯一概用的是對句。格調和定公十分相似。要說兩詩之間一些沒有血緣，我是不敢相信的。

另一個相似之點，就在兩人都喜歡使用「拗體」的癖性。

龔氏在秋心的另一首中五六兩句云：「某山某水迷姓氏，一釵一佩斷知聞。」而魯迅的湘靈歌中聯也是：「高丘寂寞竦中夜，芳荃零落無餘春。」而「贈鄔其山」（即內山老板）中也有「一闊臉就變，所砍頭漸多」之句。從這些地方可以看出魯迅也是非常愛用拗句的。這造成了詩中的一種特殊風格。

至於那位「批評」家爲什麽嘲罵主張這一說的人呢？他一定是看不起龔氏。覺得他是一個舊派的文人，專門喜歡寫點肉麻詩文的，那裏配和魯迅相比呢？在「批評家」的眼中，龔氏一定是個無行的文人。因爲他和作東海漁歌的太淸春會有過戀愛的關係。冒鶴亭太淸遺事詩云：「太平湖畔太平街，南谷春深葬夜來。人是傾城姓傾國，丁香花發一低徊。」末一句這就關合了己亥雜詩中的幾首詩。這種說法頗流行，在孽海花的第三回「半倫生演說西林春」和第四回「光明開夜館福晋呈身」中也詳細地描繪此事，說得活現，好像聊齋志異上的「天官」一樣。足見這一種傳說不是沒有來由的了。己亥雜詩有一首云：「空山徙倚倦遊身，夢見城西閬苑春。一騎傳牋朱邸晚，臨風遞與縞衣人。」自注：「憶宣武門內太平湖之丁香花一首。」這太平湖分明是指的七爺府了。縞衣人是誰呢？該是王府中的小使，不，應當就是太淸春。不過孟心史先生對這一說有過駁論。孟老先生眞不愧是古道熱腸，對於古人的受誣的，往往起來爲他們辨白。如董小宛與董鄂妃非爲一人，已成世間公論。不過這一回爲太淸春辨，就非常勉强了。

孟先生引詩經：「縞衣綦中，聊樂我員。」解衣縞衣人是貧家婦女與朱邸之嬪互相對照的。因而說該縞衣人就是龔定庵的夫人。太淸春折花以贈定公之婦，所以詩云如此。這一解眞不免膠柱鼓瑟了。第一，該詩是不是用的詩經的典故，就不一定。而定公的己亥雜詩和無著詞裏邊，全是不明白的戀愛詩詞，已經爲後人所公認。如果縞衣人指的是定公婦，那末這首詩豈不成了自詡結交王府的招供？一些戀愛的解說也用不上，和定公的作風大相逕庭的。

孟先生又說：「貝勒卒於戊戌七夕，見集中。時太淸已四十歲。蓋與太素齊年，當三十二歲時，太素正室妙華夫人先逝，冒鶴亭詩所謂『九年占盡專房寵，四十文君儻白頭』者也。己亥爲戊戌之明年，貝勒已沒，何謂爲尋仇，太淸亦已老而寡，定公明年已四十八，俱非淸狂蕩檢之時。」這說得更勉强，定公詩的說：「憶太平湖之丁香花。」則桃色事件發生在昔年可知。「俱非淸狂蕩檢之時」一句豈非無的放矢。而說貝勒已死，就不會尋仇，據我猜想，亦不盡然。因爲貝勒與太淸伉儷素篤，雖然太淸有些風流事跡，貝勒不見得會知道；而即知道也不會認眞辦的。可是家裏的人就不然了。他們覺得這是敗壞門風，所以貝勒一死，就把太淸趕出家來，和洪鈞一死賽金花就被趕出來的事如出一轍。足見貝勒家人已經對太淸素不滿意了。而定公的自畫招供尤其是鐵案如山，不可動搖的。

定公北上迎眷，不敢入都門。作詩云：「任邱馬首有箏琶，偶落吟鞭便駐車；北望觚稜南望雁，七行狂草達京華。」自注：「遣一僕入都迎眷屬，自駐任邱縣待之。」又一首末兩句：「漸近城南天尺五，迴燈不敢夢觚稜。」自注：「兒子書來，乞稍稍北，乃進於雄縣；又請，乃又進，次於固安縣」。兒子一定就是那個龔半倫，據孽海花言，這回桃色新聞是出之於半倫之口入其妾之耳，又轉述給別人聽的，孽海花雖然是小說，對時人的影射也常用化名之法，但對這件事，全是實寫，並無化名。足見這一定有些根據的。

定庵爲什麽那麽怕，不敢入京呢？據我想，理由不外這幾種：（一）怕皇帝治他的罪，（二）怕御史參他，（三）有見不得面的朋友。但這全不成立。只可以說是定公在北京有過不可「恕」的地方，怕人家會尋到他頭上來。而這種事件不是「姦」是什麽呢？

對於這件事，孟心史先生的辨解是：「定公淸興所至，原難以常理論。」這更是所謂「游辭」了。淸興一至，或者會鄙夷日下紅塵，不願再蹈斯土，那麽「不敢」是什麽意思呢？

定公在丹陽縣署暴卒，有人說就是爲仇家所害。這在專制時代是可以作出來的，至於這件事，我還聽見過一則傳聞，是得之於家祖父的。據說定公當時，因爲有戒心，所以一切事都非常注意避免，一些也不敢狂放。以致仇家無可下手。後來總算買通了一個妓女，與定公相戀的。請定公到妓家去玩。飯時定公酒也不動，菜也少吃。簡直沒有機會。結果却是由該妓女和定公調笑之時，拿了一枝冰糖葫蘆，自己先吃了第一隻，然後把第二隻送到定公口中，定公以爲這不會有差了，就吃了下去。不料第二隻「山里紅」中，正放了毒藥，結果暴死了。

這傳說的可靠與否也不敢定，然而定公是風流的人，年紀大起來，還眷戀着妓女，也是可能的。這只要看黃季剛（侃）先生晚年的行爲就可以明白的了。

又前面我說太淸已久不得於姑，連家中人也都對她不滿，只爲了貝勒和她的感情素篤，所以沒有辦法。等到貝勒一死，就馬上拿出他們的威風來使太淸出府了。關於這一點孟心史先生也加以承認，說她是失歡於姑的。太淸集中有出邸一詩，題云：「奉堂上命，攜釗初兩兒，叔文以文兩女移居邸外。無所棲遲，賣金鳳釵，購得住宅一區，賦詩以紀之。」這題中所述狼狽之狀可見。按前淸時代，家法是非常嚴厲的。尤其是皇親貴胄的貝勒與福晉，如果照常理來講，貝勒一死，偏福晉就該在家守節，更何況是有了兒女的。然而這兒却是趕了出來。照「大淸律」七出之條，包括姦情，也就是最重要的一點。普通出婦的最大理由也就是不貞，不然似乎絕不至於此。賽金花的趕了出來，原因也是他在家中「不老實」。至於爲什麽不明正其罪呢，不用說，是爲了貝勒府的面子起見，不得不爾。

關於這一段事，孟先生說：「太素逝後，長子載鈞襲固山貝子，與太淸極不相能，變亂太素存日所經營之手澤，不恤南谷墳塋，屢見太淸集，則造作蜚語，以誣太淸，當是載鈞輩所爲。」這明明承認載鈞是作這蜚語的人了。對於父親生前所寵幸的人，要說他的壞話，什麽不能說，而偏要說他不貞？況且太淸也不是普通不識字的婦女，可受人欺侮，她可以辨解。然而我們讀太淸集，只有窮愁潦倒，想念盛時的話，而沒有一句反駁那當日盛行的「流言」。就可以知道此中消息了。而有載鈞那樣的兒子，想爲父親「整頓家風」，是極可能的事，派人尋仇，卒至毒死定公，一大半是出之於這些人之手的。

至於孟先生說：「然定公己亥出都雜詩所憶，尚在太平湖之丁香花，其時太淸實已移居，詩自憶花，乃與其人無預，可以推見。」這種見解更覺可笑，文人的憶，當然是憶當初最值得留戀的地方。或是定情之所，或是遊賞之地。決不會跟人家跑，「我之所愛在山腰，想去尋她山太高」。魯迅先生在「我的失戀」中已經這樣說了。當時定公出都甚久，太淸移居之訊他不一定知道，即或關心故人蹤跡，也不會先派人打探居址，然後作詩的。至於「詩自憶花，乃與其人無預」兩句，眞是老先生的話，使二十世紀的上海人聽了，大概不免要失笑了。

至於太淸的名盛，「當時文士多有得一贈答爲幸者」，孟先生也加以承認了。太淸詩集中有一題云：「錢塘陳叟字雲伯，以仙人自居，著有碧城仙館詞鈔，中多綺語。更有碧城女弟子十餘人，代爲吹噓。去年曾託雲林以蓮花箋一卷墨二錠見貽。余因鄙其爲人，避去不受。今見彼寄雲林信中有西林太淸題其春明新詠一律，並自和原韻一律，此事殊屬荒唐，尤覺可笑。不知彼太淸與此太淸是一是二，遂用其韻以記其事。」足見太淸多與當時名士唱酬，而定公又是名士中的佼佼者，更應當過從了。至於集中沒有說及，推想起來，大約當時已經流言甚多，所以爲避嫌疑起見，不再提了。而孟先生所說雲伯之所以爲太淸所痛詆之故，「殆其春明新詠，體非大雅耶？抑雲伯與定公爲同里，於當時蜚語有所關合耶？」明明承認當時此種蜚語之流行。更可見這說法實在是「事出有因」而並非「查無實據」了。

最後這樁公案還有一點小小的笑話。在太淸集中有一詩題：「六月十五日，山東苗道士寄來七寸許小猴一雙，每當餇果，必分食之，似有相愛之意，詩以紀之。」冒鶴亭在後面加了一句話：「此亦長安俊物也。」孟先生說：「驟見之不知爲何意，意其賞此猴耳。後來在定公的己亥雜詩中找到根源。『憶北方獅子貓』詩云：『繾綣依人慧有餘，長安俊物最推渠。故侯門第歌鐘歇，尚辦晨餐二寸魚。』」後面大加諷刺：「幸而太淸自詠小猴，設亦有詠獅子貓詩，則將謂與定公所憶同是一貓矣。」這眞俏皮得很，後來冒君去訪孟先生，對於揭穿他的西洋景，「言次若有微慍」哩。

好像有人稱讚過，在滿洲詞人中男有成容若，女有太淸春，都是足以千古的。宋朝出了個李易安，後來人也大造她的謠言，說她改嫁了。其實這又有什麽要緊，然而李易安就有過「猥以桑榆之晚景，配茲狙獪之下才」的牢騷話，後來直到淸朝，出了個「書簏」俞理初，替她鈎稽事實，辨明寃枉。孟先生大概是受了愈君的影響，才來替古人作義務律師的，可惜這一篇沒有强有力的反證，還是不能駁倒舊說。

雖然，像冒廣生的强拉猴貓，自然也不免多事，這是錦上添花的朋友。然而他的詠太淸的詩，却作得相當好，孟先生也稱讚了一聲「楚楚有致」，現在就鈔來作結：「一夜瑤臺起朔風，凋殘金鎖淚珠紅；絲生晚遇潘生死，腸斷天家鄭小同。」

（選自一九四三年七月三十日的出版「古今」半月刊第四十期。）

玉璽

何大文

袁世凱稱帝時，要刻玉璽，但一時難得美玉，劉成禺的「洪憲記事詩」有詳細說及（編者按：請參閱本期第廿六頁）。據傳老袁的傳國璽，後來變爲南京的國民政府主席的官印。其變遷頗爲有趣。當時龍濟光做廣東督軍，竭力擁護老袁稱帝，知道他要刻玉璽，恰巧雲南出有一美玉，到廣東求售。價値白銀六萬六千元，廣州人即稱此玉爲「六萬六」。龍濟光買得後，即進入北京，刻成玉璽，但老袁皇帝做不成，此璽亦無用，僅一古董而已。後來國民政府廢物利用，將此玉改刻「榮典之寶」四字，用之於授勳的證書上。玉廣五英寸。十年前，龍雲把他所藏的一塊雲南美玉送給中華人民共和國國務總理周恩來，以爲刻國璽之用。但刻的是什麽字樣，不大淸楚。這塊玉一向存在上海倉庫，找出後由陳毅拿出送往北京的。

倪軼池談三民報

鎮海名宿倪軼池，今一九六六年八十八歲，大家正擬為他做米壽（八十八恰成一米字），不料他一病不起了。他的詩稿，錄存好多冊，可惜於抗戰時付諸一炬。他是報界老前輩，有一信給我，涉及清末民初的三民報。如云：「民呼報出版於一九〇九年六月十四日。社址望平街一六〇號，附在當時甘氏籌糧公所內，牽及江浙義賑會賑務，被誣有借賑斂錢嫌疑，致拘押主筆于伯循而停版，出版僅九十期。民吁出版於一九〇九年十月三日。弟當時為其社外編輯，筆名蛟西顛書生，以連續詳載日相伊藤被刺事牽涉外交，又被清廷借端勒令停版。民立報於次年重陽節刊行，發刊詞即于伯循自撰。」按戈公振的「中國報學史」：「民呼報創於宣統元年春，專以攻擊官場為事，當道誣于吞沒陝甘賑欵，拘捕房四十餘日，並判于驅逐出境，斯報凡歷九十三日而殤」。兩相對照，「民呼報」的出版日期和期數有些出入，不知誰是誰非，尚待徵考。（編者按：戈公振所說正確，根據劉鳳翰的「于右任年譜」，民呼報於一九〇九年五月十五出版，八月十三日停版，九十三日也。「上海市通志館期刊」二卷一期胡道靜「上海的日報」謂八月十五日停刊。）

書札拾雋

拙鳩

鄧家彥晚年居住廣州

桂林鄧家彥，字孟碩，南社的中堅分子，主「中華民報」筆政，洪憲帝制，抗言被捕，有獄中詩四律，社中詩友，紛紛應和，輯為「獄珊瑚」，逐期在「民權報」上發表。鄧晚年僑寓廣州大東門外，對於國民黨執政甚為不滿，大有消極高蹈之意。他致胡樸安一信，有云：「抵粵以來，承龔君雨庭，邀至造幣廠居住。此地林木蔚然，花香襲人，大可消夏。弟每日讀書寫字，毫不與聞時事，以其徒惹煩惱也。近稍購置音韻學書，恨無良友講求耳。蔡哲夫、姚粟若、鄧爾雅諸君，近發起一文社，社員已達百餘人，高天梅、劉成禺、馬君武、居正、簡琴齋、謝英伯、杭辛齋諸君皆在社。每星期日各相聚於該社，或寫或畫，各盡其所長，其品格之清高，固不待言，即其興趣亦視他種結社為獨饒，惜兄與青城先生不與耳。」從信中所述，可知該社組織的一斑，但社名為何，那就無從稽考了，且青城亦不知為何許人。

孟心史謀刊蔣藹卿遺物

周夢坡的「兩浙詞人小傳」，有蔣坦一則：「坦字藹卿，錢唐人，諸生，有『百合詞』二卷，『夕陽紅半樓詞』二卷，先世業鹽，有園亭歌伶之樂。藹卿生稟異質，弱冠善文章，工書法，配秋芙，嫻倚聲，解彈琴，尤善內典，偕隱家園，聯吟禮佛，出則文壇吟社，客滿樽罍，別築枕湖吟館於水磨頭。春秋佳日，遊讌極歡。未幾，秋芙死，藹卿為製『秋鐙瑣憶』，皆幽閨遺事，文極儁雅，視冒辟彊『影梅盦憶語』更過之。杭州辛酉戒嚴，奔慈溪，依其友王廣文景曾，比返，寇又至，以饑殉焉。」孟心史有函致南陵徐積餘，有云：「夙仰鴻裁，未獲親炙，為憾。頃有友人寄一舊鈔詞集，係錢唐蔣藹卿遺稿，並係蔣氏夫婦親筆遺蹟，擬付石印，以存其眞，查先生所刻閨秀詞，蔣藹卿夫人關鍈夢影樓詞集小傳，稱蔣君為其夫人有『秋鐙瑣憶』之作，瑣憶原書，渴欲一見，以供印證，特請先生示知此書所在，或單行，或在何種叢書之內，俾獲檢尋，實荷大惠。」據我所知，藹卿夫婦所著，有「百合詞」、「夕陽紅半樓詞集」、「夕陽紅半樓詩詞臆稿」、「息影庵詩集」、「夢影樓詞集」、有刊有未刊，心史所云「藹卿舊鈔詞集」，不知是那一種，擬付石印，也不知是否成為事實，至於「秋鐙瑣憶」，上海大東書局有單行本，周瘦鵑且加詳識。世界書局又把它收入「美化文學名著叢刊」中，朱劍芒有「秋鐙瑣憶考」，原來藹卿與秋芙，本是中表兄妹，秋芙乃關鍈小字。又附咸豐壬子臯亭山民魏滋伯原序，可見「秋鐙瑣憶」很早已有單行本了。孟森史，字蒓蓀，號心史，武進人。著有「心史叢刊」、「清朝前紀」等書。

翁心存日記片段

林熙

以下是翁心存咸豐十年八九月的日記摘鈔，此時他已離尚書大學士之職，所以在英法聯軍侵入北京燒燬圓明園時，他避往房山，但他的兩個兒子翁同爵、翁同龢還在京，父子三人的日記可以互相參證。至於咸豐帝熱河之行，前後情節，所聞亦較眞確。現在相隔已一百零七年，不得不視為珍貴之史料矣。

十年八月三日

前月杪，街衢車騾甚稀，銀價頓貴，每兩十六七吊，頗為沸騰，今始稍定，而遷徙出城者往往被刼。

五日

清晨聞和議昨已決裂，生擒通事巴雅里等五名解京，殺斃夷人十餘名。通州已開仗，怡邸穆尚書皆已回京矣。巴雅里交刑部（原注：有隨身拜匣一件，自稱內係文案），餘四名巡防處看守，聞尚有陸續解來者。

按：怡邸是怡親王載垣，與端華、肅順同為咸豐帝的親信，而後來因反對垂簾，被慈禧誅死。穆尚書是軍機大臣兵部尚書滿洲人穆蔭，與載垣都是奉命到通州與英法聯軍議和的。巡防處是因太平軍北伐，京城戒嚴而設。

據李慈銘越縵堂是日日記（下簡稱越縵記）云：「昨日議和忽變，蓋夷酋額爾金將入見，怡王諭以朝儀及冠服之製，酋不從，僧王掩其營，執副酋巴亞里，及他酋四人。怡王遂以夷務屬僧王、瑞相、勝光祿，而自與桂相、穆尚書及武備院卿恒祺解酋至京，昨晚至園候處分，命下諸酋刑部獄。」僧王為蒙古科爾沁親王僧格林沁，是嘉慶帝的外孫。瑞相是戶部尚書大學士滿洲人瑞麟，僅一贊禮郎出身，毫無學識資格，為道光帝所寵任。勝光祿是勝保，本是督兵對太平軍作戰的統帥，因無功而降官光祿寺卿，此時奉命率旗兵抗敵。

七日

東路廳探報，謂夷人在通州揚白旗致書蕭牧，問巴雅里消息，並有求和之意。頗疑所報不眞。迨晡時，前三門俱閉，人心大為驚惶。及細探之，則是日卯刻已開仗，鏖戰四時之久，殺傷相當。僧邸馬隊遇砲皆驚，勝帥乘馬，被槍傷二，尚坐地麾步隊迎敵，而為僧邸馬隊所衝，遂致大潰。勝帥輿疾入城，請假調理十日。

按：東路廳者，清制，順天府所屬有東西南北四路廳，各以同知一人主之。四廳同知又分隸通永、霸昌二道。並兼歸直隸總督管轄。通州屬東路廳。

據越縵記：「是日，勝光祿與夷人戰於通州，大敗，八旗兵多死。光祿負重創，輿入國門，都人大駭，。各戲園方演戲，忽諠呼盡散，市肆洶洶，官民倉皇奔避，守城者急閉內外城，惟留宣武門，南西門、彰義門，通出入。」所說宣武門尚留，則與翁記前三門俱閉之語稍有出入，前三門者，正陽、崇文、宣武門也。南西門者右安門也。李記較確。

八日

上出狩，外間皆不知其地也。初傳由昌平出居庸，後由順義密雲，始知仍是灤陽。先是調集車馬未盡發還，皆安頓圓明園外東北隅，故外廷漢員皆

料—「寇難紀略」

王福興

「寇難紀畧」抄本，浙江圖書館藏，作者姓名不詳。記載的是太平軍在浙江嘉、湖區烏青鎭一帶的活動情況。

烏青鎭是烏鎭、青鎭的合稱，兩地夾河相對，連成一鎭。但在淸代，烏鎭屬湖州府的烏程縣，靑鎭則屬嘉興府的桐鄉縣。太平軍於一八六〇年六月攻克嘉興以後，在九月間就進至烏青鎭。一直到一八六四年二月，由於桐鄉太平軍守將何信義叛變，桐鄉被淸軍佔領，繼之，烏青鎭也失守，太平軍佔領烏青鎭前後有三年多時間。

根據「寇難紀畧」（下簡稱「紀畧」）記載看來，作者是烏青鎭的一個小地主。他把親身見聞按年月寫了下來，對於太平軍在烏青一帶的軍事活動和各項措施制度，記載較詳，有相當參考價值。

在「紀畧」中，對人民響應、擁護和支持太平軍的情況有記載說：

「四月三十日夜，賊于新塍（按烏青附近的一村鎭），人心益搖，鎭（指烏青）有董某素行無賴狡猾，……聞警，先往通賊，貼黃紙於門，寫『恭順太平天國』字樣。於是人皆效之，或只寫『恭順』兩字。……。」

至於地主豪紳們一聞太平軍的到來，就驚惶不堪：

「傳賊所至，其家有誥命扁（匾）對者，不免一炬，……於是縉紳家皆自匿其封冊、報單、報條，洗刮無遺，……」。

當太平軍在烏青鎭駐扎後，進一步得到人民的擁護。記載中說：

「（太平軍）立黑幟，僞爲招勇者，又出僞示安民，無賴者爭先投效，……」。

又說：

「……逆掠雙林焉，要董某具舟白，使其戚某某招鄉民之無賴者隨之往，……並以其舟借賊，俾再掠，桀黠者助之掠，謂之先鋒貨，……」。

這說明了太平軍得到人民擁護的情景。太平軍一招勇，人民就紛紛參軍。太平軍在實行「打先鋒」這一重要經濟措施時，在人力、物力上都得到人民的支持。

經濟措施方面，「紀畧」中也有較詳記載。文中說：

「是歲（指一八六一年）粵逆始計田征粮，……縣故吏陳某、張某以戶冊獻逆，即按冊額收，以舊典肆爲倉局。」

接着又記載一八六二年征收田賦的情

懵然不知也。卯刻，內務府大臣肅順隨護六宮先行，上辦事召見如平時。已正二刻啓鑾，惠王、惇王、醇王、鍾王、孚王、鄭怡二王、樞臣皆扈蹕。羽林翊衞萬三千。兩書房行走諸臣、漢軍機章京皆留京師。是日內城東北四門、外城東南四門皆閉，內前三門亦閉，聲息不通，人心頗爲驚惶，幸市肆尚安堵如故耳。

按：這是咸豐帝出奔熱河的實情，然而還沒有道出其中曲折，不如趙光（當時任刑部尚書）自訂年譜更爲詳實。譜云：

「……一切和約條規皆照准矣，惟親遞國書一節上未允，命怡王偕穆蔭赴通州再議，英國遣巴夏里來往議未決，忽於八月初四日口語決裂，……於是英法二國進兵至通州，僧邸兵又退，瑞相兵潰散無一人，勝保帶兵在八里橋接仗，砲及所騎馬鞍，馬立倒斃，勝保落馬，兵勇擁護入城（按勝保受傷之說且不可信如此）。八月初一日，上硃諭欲赴熱河，交在園王大臣閱看會議，大半皆阻留以爲不可，聞亦有從怡、鄭、肅三人議者。次日，京中大學士以下各大臣公同具摺陳奏，以爲必不可行。予在賈筠堂相國（賈楨）宅與議，又與梁海樓侍郎（戶部左侍郎梁瀚）商同具摺，聯銜於初二日奏請聖駕入城，奉旨留中，而園中預備啓鑾，已調派兵衞，安排車馬。上猶恐人心渙散，奉旨安慰臣民，以爲決無北狩之意，然都城內外喧傳殆遍。至初七日天明，警報愈急，上於已刻由園

介紹太平天國史

況說：

「是歲僞粮無折，……程邑……每畝白米二斗，加耗每畝二百。桐邑……每畝糙米二斗，亦加耗錢每畝二百。」繼之，又記載一八六三年情況說：

「是歲秋冬，……田賦甚急，兩邑田粮皆赴奉眞觀僞局納米，……每畝收白米二斗外，丁銀每畝二錢；餉銀每畝二錢；柴捐每畝二分。十月初開倉，十二月而畢，……。納粮者先赴折局，將所索地丁、柴餉各項銀單繳齊，給與收票，然後赴修眞觀局驗票完米，無票者不收。每銀一錢折錢二百六十文，……。」

對鄉官情況在「紀畧」中也有此記載：

「槍匪土棍及諸充地保者皆投身爲僞鄉官，乘機嚇詐鄉民」。「程邑地保王大，青鎮則桐邑鹽捕周華、差役吳坤，皆故槍匪，又皆爲賊軍帥，……。」

這裏說明太平天國的基層地方政權——鄉官的階級成分是十分復雜的。固然有下層貧民担任鄉官，但根據「紀畧」的記載看來，封建地主階級爪牙——地保和舊胥吏等，在鄉官中却佔大多數。

「紀畧」中又談到開科取士的情況，說：「於三月初，傳牌試士，促諸生童赴試，試題曰：『君君臣臣』。謂出彼教聖書，非論語所云也。諸與試者皆取，謂之綉士，再試則爲約士爲達士矣……。」

對太平軍的紀律、治安等方面，「紀畧」中也有記載：

「兵有小犯，民有小竊，被告者卽行梟斬，……。」又說：

「又有四人負販潛過賊卡，亦以長枷梏其項，掮牌，鳴鑼押行四柵，且令沿途自唱爲某事得罪，否則鞭撻之，……。」

可見太平軍除本身紀律嚴明外，對地方治安及打擊不法商販等工作也是十分重視的。此外，「紀畧」中談到作者的從兄當時有田百畝，因完粮未淸，被太平軍拘押；又談到他自己因「租粒未收」所以當時不離開烏青鎮等等。可以窺見太平天國統治區的土地關係。從這些情況看，太平天國基本上是允許地主土地所有制存在和允許地主收租的。其他如對太平軍的反封建文化等方面，「紀畧」中也有較詳記載。

啓程，逕赴熱河。奉旨留恭親王及桂燕山相國駐園，命豫親王及周芝臺相國（周祖培）在禁城留守。」可見咸豐帝的奔熱河，早有此意，還假意騙人。又李慈銘正在周祖培幕府，他所記雖寥寥數語，也不比道聽塗說。他說：「車駕東出，宮眷俱倉皇行，人心大震，宣武門亦閉。（可見以前未閉）聞僧王退駐皇木廠，離城十里矣。」翁文恭日記（下簡稱文恭記）云：「聞聖駕出巡，廷臣（瑞常）有伏地力爭者，麾之出。六宮先行，肅順隨扈，惠親王等均扈蹕行。」

九日

是日前三門午後開數刻，正陽門惟梁瀚入，以發庫銀三十萬往行在故也。外城廣安右安門亦閉，惟西便門以通圓明園往來未閉。

按：梁瀚已見前，戶部左侍郎也。彼時漢官多住外城。趙光年譜記奉旨在外城防守的是賈楨、周祖培、陳孚恩、趙光四人，都是漢大臣。所謂防守亦極可笑。趙氏云：「內外旗綠各營均不堪用，各門亦無砲位器械。初八日以後，內外城官紳商民，無論滿漢，紛紛逃避，或赴西北一帶山中潛匿，或赴西南保定大路奔逃，車輛騾馬均須重價雇賃，嗣竟無可雇覓。」

十日

恭邸日在善緣庵與諸大臣會商辦事，聞遣恒祺、藍蔚文送夷酋知會。聞此兩日俱未接仗，僧邸之軍退至肅王墳、飢疲潰散，（瑞相按即瑞麟）軍亦然，麾下僅存數百，不能成軍。夷人蟻聚余家園，游騎至朝陽、廣渠門外。賈相諸公延京朝官在白衣庵議事，六兒亦往（按即其子翁同龢）。迄無成說。汪承元慷慨激烈，而老成者或難之。尹耕雲募勇竟日才得十三人，署步軍統領文白川（按即軍機大臣文祥）屬其商辦城守事。

按：此時翁同龢還只是翰林院修撰，新從陝西學政任還京。他的日記較此稍詳。據云：「派留京辦事大臣，命恭王專辦撫局，住海淀善緣庵，會同文祥、桂良辦事。京官連名啓請恭邸入城不許。軍機章京照舊分班赴園。文祥周視九門，守城兵不滿萬人，駐守各門者多滿一二品大員，不受節制也。文公力任開倉放米，戶部侍郎寶鋆力任開庫撥銀，人心稍定。南營兵不及百人，當事者絕不議城守事。探報僧營兵敗，瑞營兵亦寥寥。夷兵四五千在定福莊南，距齊化門（即朝陽門）二十五里。鶴翁（陳孚恩，字子鶴，時爲吏部尚書）書來，云有佛夷兵數十人，不持械，詣僧營求見僧邸。巴雅里用大字名片請恒祺至獄議事。」

又按：恒祺號月川，從前任廣東關差，故與英人熟。此後議和之事多由彼從中傳話。

又按：翁心存此後即避往房山，所記多是傳聞之事，撮錄數條如下，仍與越縵、文恭兩記相參。

十九日　商人樂平泉、王海等備牛羊果品，願餽夷人，與之講和，且擔承二百萬立索之銀緩期以應。僧邸許之往，並行文辦事處請多派商人以壯聲勢。

二十一日　聞樂平泉等餽夷人禮物不受，批示詞甚倨傲，該商等慙沮退回，所齎禮物又爲夷兵掠去。

按文恭記二十二日云：「樂王兩商人餽送牛羊，頗酋不受，中途被搶去。申刻夷人直撲淀園，恭邸以下倉卒出行。晚間恭邸、桂相國、文金吾皆移駐長新店。」越縵記云：「夷人燒圓明園，夜火光達旦燭天。城中人見火光大恐，貴官多易服，挈其家室，四出求竄，達旦不止。」

又按：翁心存的兒子翁同爵有一段附記如下：

二十九日早晨，克王請諸大老進城議事，未及往。午刻豫王處遣人來云，頃接恭王文書云，夷人和約未定，不得遽開城門，而外間傳言昨日夷人在城外貼僞示云，若不開城門，即開砲轟擊等語，於是諸大老皆惶惶。午後探馬來云，安定門已開，夷人已鼓樂登城，其馬步隊約有二三千人，均城門上下紮住，並未至公館。城上五虎杆懸一藍地白十字大旗，又有小白旗紅尾旗二。

翁氏自記則云：

九月朔，昨得家書云：廿九日安定門守城官兵已撤退，午刻開門，恒祺率令箭先驅，夷酋即率馬步隊千餘人入城，至門紮住登城，在二城門樓插立黃藍旗幟，少頃卽下。旋有白夷數百名登城，在五根旗桿上懸長紅旗一面，紅十字白旗一面，城上下皆用夷兵把守。夷酋令步隊夾道站班，率馬隊前進，百姓觀者如堵。其領兵官七人兵三四百名，住國子監公館駐紮，順天府供給已備往。申正後，安定門閉，夷兵在城外者仍退回地壇內駐紮，壇墻已拆毀，內安砲位，外空濠溝。四日，聞巴夷入城拜董京兆，京兆與之並轡行至雍和宮，又至國子監、老君堂諸公館，入不坐，一茶而出，仍出城去。夷兵皆露宿城上，分番出入，安定門徹夜不閉。

按：此下記焚圓明園之情形云：

六日，東北方尚見煙焰，縣中（房山縣）練局遣人偵探，云：昨萬壽山、玉泉、香山皆被焚燬。聞治中昨有書致縣令云，已與夷人議和，備筵席五十桌，夷人索皮襖五千件，大約京中實不足數，要各縣接濟也。暮望北方尚有火光，細探之，則確是夷人縱火也。夷人在安定門外，無人過問矣。大車載薪，積若山阜，此次再焚不獨三山蕩盡，而圓明園之正大光明殿、勤政殿皆靡有孑遺，即澄懷園之近光樓亦爲灰燼矣。

鞠部叢談校補

羅癭公遺作　李迦翁校補　樊樊山眉識

德霖崑曲功力最深，及光緒中葉，崑曲極衰，無人過問，其時德霖亂彈功力尚淺，歌臺之上，黯然無色，及他日銳進至登峯造極，人但知其爲青衫泰斗，而不知其崑曲如是精能也。近數年，士夫提倡崑曲，間請德霖出臺，始有稱其崑曲者。據深於崑學者謂北方伶人中，崑曲字正腔圓可稱穩鍊者，惟德霖一人而已。

迦按：德霖以屢窘於怡雲而輟演，發憤勤學，黎明即起，步行至金魚池，恣力喊嗓，十餘年無一日間斷，再登場聲震九城矣。至其崑曲，但能「驚夢」、「斷橋」、「刺虎」、「風箏誤」等三數劇，皆少時學於科班者。以識字無多，又不諳曲律，吐字發音，每有未協，不得謂爲精能，惟其亂彈工力至深，嗓音腔調之佳，一時無兩，迄今聽之，猶如三五妙齡也。

樊山識：余癸未冬入都，其時石頭甫露頭角，唱工極佳，轉喉發音，彩聲四起，而敦品勵行，不肯應條陪酒，故余賞之重之，從未接席。當其盛年得名之日，瑤卿不知學戲否？蓋余甲申出都，梨園中尚無瑤卿踪跡，而石頭馳譽數年矣。

惠註：陳德霖坐科三慶班，學崑曲「斷橋」，念「許郎」二字，不得其法，教師以紅木戒方，插入德霖口中，叱曰：「你這條舌頭是怎麽長的？」可見得舊式科班教授法之嚴。陳德霖外號石頭，亦在三慶時所得，以狀其木訥者，然以其專心一致，持之以恒，終成大名。陳生於同治元年，長王瑤卿二十歲，出道極早，光緒五年，已與楊月樓合演「探母」，小叫天合演「御碑亭」，盧勝奎合演「桑園寄子」矣，以上劇目，見周志輔著「京戲近百年瑣記」。樊山老人於癸未冬入都，其時陳德霖纔二十一歲，王瑤卿生於壬午，尚在襁褓之中耳。

三代名伶，惟余氏一家，三勝、紫雲、叔岩皆極有聲者也。梅氏惟巧玲與蘭芳祖孫濟美，二瑣不免蜂腰，當時寂寂無聞，獨雨田以胡琴冠絕都下，所謂三代，當稱雨田也。俞氏則菊生、振庭，勉强可稱兩代。楊月樓、小樓亦僅兩代，小樓今無子，繼繩蓋若是其難哉。三勝吾不及見，紫雲則時有往還，其時已不常出演，僅聽過數次而已，「虹霓關」之丫環，本爲乳娘，服青褶子，爲青衫正工戲，至紫雲乃改穿花衫，每紫雲演此劇時，則京中旦角無不往觀者，其繞場所走步，非他人所能及，故人爭師法也。叔岩少時，嗓音之清亮，無與倫比，紫雲與老譚交厚，常請其指授，故齠齔時，唱做已居然老譚矣。在天津時，聲名藉甚，當北洋最盛時，鹽商皆尚豪侈，常有堂會，必有叔岩，叔岩既日夜演劇，常有四五齣者，於是叔岩僨極，嗓音乃一敗不復振矣。紫雲沒後，叔岩席豐履厚，久不出臺，比年間與乃岳德霖赴演於天津，或遣興於浙慈館，名乃漸起。及新明戲院成，鳳卿已不爲人所稱許，蘭芳乃邀叔岩同班，叔岩能戲一二百齣，皆宗老譚，常有冷僻之戲，他人所不能演者，叔岩皆能之，名乃益振，新明院池子之座客，大半爲叔岩而來也，使叔岩當時不以過僨損音，則今日之叔岩，即再生之老譚也。

迦按：「虹霓關」丫環改著繡襖半臂，始於名旦胡喜祿，紫雲師之，遂成定制，紫雲拙於蹻工，而唱特佳，亦享盛名，花衫而不使蹻，則自梅巧玲始。

樊山識：紫雲「戲鳳」一齣，至今無繼者。

惠註：梅蘭芳學「二本虹霓關」於王瑤卿，其「頭本虹霓關」，則得自王蕙芳與朱素雲。頭本先演東氏，二本改演丫環，內行所謂一趕二，亦創自梅蘭芳。梅蘭芳與余叔岩之「戲鳳」爲昔年大義務戲叫座劇目之一。

迦按：叔岩幼頗聰穎，其文戲學於吳連奎，武學學於姚增祿，親炙於老譚者，惟「太平橋」一劇而已。極力摹仿老譚，間有是處，然終似是而非，嗓敗益不成聲，閉居十年，貧困至鬻其家藏古董瓷器，以故日與母弟齟齬，久不出臺，間至春陽友會，與票友合演。老譚既沒，譚調盛行，鳳卿與蘭芳合演久，汪派不爲時所重，民國七年，蘭芳在新明戲院，迺邀叔岩合演「戲鳳」、「慶頂珠」等劇，叔岩雖嗓敗，以其容有譚味，衆亦樂之，其獨演之戲碼，則與鳳卿迭爲先後，當時戲份，蘭芳八十圓，鳳卿三十圓，叔岩二十圓耳。蘭芳又爲推轂於堂會，每給四十圓或六十圓，聲譽鵲起，日必至蘭芳家，知己感恩，至於流涕。老譚鄂人，叔岩爲其同鄉，於是鄂人捧之者衆，譽爲叫天第二，遂有漢口之行，月得酬金三千焉。

惠註：譚家三代名伶，惟小培較平庸，若並富英之子元壽計入，可稱四代，梅家亦然，以蘭芳之子葆玖，能紹箕裘；尚有武生楊家，其祖曰隆壽，父長喜，子盛春，孫少春，並武生茹家，其祖曰萊卿，父錫九，子富蘭，孫元俊，均堪稱四代名伶。叔岩幼時，藝名小小余三勝，初學奎派、汪派，後歸譚派。「太平橋」衍史敬保李克用赴汴梁會故事，朱溫伏兵欲謀加害，史保克用至太平橋，牽馬過橋，不意橋下預伏梁將卞應遂，突出刺之，史裹傷力戰，殺卞，復挑梁將數員，已亦因傷重自刎。余叔岩演此戲之史敬思，最主要之配角爲錢金福演卞應遂，以武工繁劇，僅在與梅同台之喜羣社時代演過一次。曾聞譚富英云：其家原籍湖北江夏，人稱老譚與黎元洪、小鳳仙並爲黃陂三傑，則因老譚逝世時，黎曾致奠敬三百圓，其時爲一鉅數，因有誤譚與黎爲黃陂同鄉之訛傳；余叔岩爲湖北羅田人。

小樓從前不常出演，每出僅數日，無不滿座，其聲勢不在老譚之下，自隸第一舞臺，日必出演，名乃漸落，然每演「水簾洞」、「安天會」等劇，固無不滿座也。其與梅蘭芳同班而後，乃大受蘭芳之影响，每蘭芳演畢，梅黨退席，牽動座客，行者遂多，於是小樓與蘭芳乃成不能共處之勢。設使老譚不死，又常時出演，其必有此現象可知，老譚之善葆令名，蓋以不常出演之故。蘭芳之在吉祥、廣德，亦常有上座百人者，可見常常出演，決非計也。

迦按：小樓皖人，名嘉訓，出身於小榮椿科班，出科後，但充打英雄耳（打英雄爲武戲術語，稱傍立不開口之裨將與教師好漢也），演打時，槍刀每落地，屢得倒彩，衆戲呼爲象牙飯桶，因其爲名父之子也。後從錢金福、張長寶力學，隸寶勝和，乃唱正戲。光緒丙午自天津歸，隸慶樂園，漸露頭角，旋得供奉內廷，名益振矣。其與蘭芳同班，在民國六年，演於第一舞臺，未幾中輟。九年復同隸崇林社，演於文明、吉祥，以二大名角合組一班，聲勢之盛，一時無敵，戲碼迭爲先後，而時譽終亞於蘭芳。後又同赴上海，演於天蟾舞台，及歸，小樓畏勞不出，蘭芳乃獨演於眞光，於是二人不復合矣，偶演義務戲，小樓與蘭芳合演「霸王別姬」，觀者嘆爲獨絕。

小樓登台，雍容華貴，有儒將風，聲音體態無一不佳，武生之全才也。四十以後極偷懶，爲時詬病，近年力漸衰，即欲不懶而不可得，然其風度猶無兩也。

惠註：楊小樓原籍安徽潛山，爲楊月樓之子，月樓早逝，卒於光緒十六年，才四十二歲，未及見小樓成立。光緒三十二年楊小樓被挑進昇平署，年二十九歲，以上均見「清昇平署志畧」。

·惠齋·　（二）

洪憲紀事詩本事簿注

劉成禺遺著

附錄高曙青先生關於本條事件舊函：

禺生先生大鑒：承詢洪憲曆書事，因記性不好，僅能舉其大畧而已。前北京中央觀象臺印刷曆書，在辦事細則內規定之，每年皆於六月間開始印刷來歲之曆書，限雙十節前頒發完畢。所印者計有三種：甲種精裝本，書品寬大，寫印精良，紅綾面粉紙襯，每年祇印一百本，供京內最高機關之用；乙種通行本，格式畧小，爲教育部頒發各省之用，每年萬餘册；丙種單行本，爲各省單獨行用者。最初數年，丙種祇印七八萬册，逐漸增加至三十萬册，而各縣所得者每年不過三四百册而已。中華民國五年曆書，亦於四年雙十節前發完畢，僕於此時已將來歲之曆書完全送出，如釋重負。不料十一間，有素不相識者來訪，謂傳聞帝星再見，是否屬實。因正告之曰：逐日觀測星象，出沒如常，未見所謂新現之帝星。來者婉詞况譬，且謂日月合璧，五星聯珠，史實俱在，君禺根據天象，申請正位，以褒盛舉。僕笑告之曰：日月合璧，非日蝕，即月蝕，乃凶兆，非吉兆也。五星聯珠有定期，在事前可以算定。空中四十五度內，五星聯綴之現象。偶逢喜事，雖亦有之，終以不祥者爲多。來者復諄諄囑咐，君如有適當計劃，必得意外收穫，務必細思之。僕當時既不願應此君之約，已決定個人行止。不及三日，而教育部主管司已將再印曆書事相商。既堅決却之，並忠告曰：五年曆書，纔經頒發，爲貴部計，似亦未便更張。今且欲以一月時間，印行多數曆本，實在應付不及。其明日得張仲仁部長以電話約至部內一談，謂教育部領到萬元印刷費，不能不想一辦法敷衍算了。因仲仁先生實反對帝制，並謂曆書內容絕不更改，僅將第一行變易數字可也。予意主張，印而不發，以觀其變。嗣接教育部主管司緘托中央觀象臺代印甲種曆書精裝本一百册。遲之又久，未爲頒布，因爲當時形勢已非，洪憲帝號亦卽取銷，始將曆書送部燒燬。不知皆爲部中人員匿藏，此當日經過之事實也。專此卽請著安。高魯

予友高曙青兄，留法，精天算之學，加入歐洲同學會，歸國任中央氣象台台長，用所學也。袁氏謀帝，曙青欲辭職他去，羣謂吾子日理科學，不問政治，天文學院院長也，何必多此一舉，恐去亦不能出京，稍待可也。因關於月華星璧一條，謹將舊函附錄證事。成禺附記。

紅沬臨池玉作田，舊家長璽亦因緣。會鐫秦漢昌宜篆，洪武規摹大小年。

大典籌備處會議監造御寶，有主張用民國總統印改造者，其理由謂洪憲由民國變更，不妨緣舊邦維新之義，因改造不吉，此議作廢。有主張取前清玉璽改造者，其理由謂項城受清國委

託，皇帝由清廷移付，非取之民國，故段芝貴等有入故宮索玉璽之事。後因用亡清舊物，非新朝所宜，此議亦罷。於是交禮制館議定式樣，沿倣明制，決意新造。聞直隸玉田縣某舊家，藏有長方良玉多品，特派人往取，不願價購，予以官祿。某舊家獻璧獲賞，羣臣致賀。謂玉田得玉，邦家之瑞。禮制館議定文曰：案明代朝廷璽共九顆，在內尚寶監女官收掌，用時尚寶司以揭帖付內監取用，其文不同，各有所用。奉天之寶（祀天用之），制誥之寶（一品至五品誥命用之），皇帝之寶（詔赦聖旨用之），皇帝行寶（立封及賜勞用之），皇帝信寶（詔親王大臣調兵用之），天子之寶（祭祀鬼神用之），天子行寶（封建外夷及賜勞用之），天子信寶（詔外夷調兵用之），勅命之寶（六品至九品用之）。以上九種，皆以玉製，故曰玉璽。特賜爵者用金印，二品以上用銀印，三品以下用銅印，御史用鐵印，此明代璽寶官印質品也。至若篆刻，漢唐宋多用小篆，明代御璽王府之寶，玉箸篆疊篆必九摺，取乾元用九之義。又歷日印文七疊，取日月五星七政之說。御史印文八疊，取唐臺儀八印之說。諸衙門皆疊篆，惟總兵用柳葉篆，此明代璽寶官印篆體也。古者天子一尊，四海外國，皆其臣庶，皇帝天子之寶，可統御一切，不立國名。現今各國並立，對內宜鑄皇帝之寶，對外宜鑄中華帝國之璽，規摹洪武所鑄九摺篆式云云。皇帝曰：可。遂用長玉先製皇帝之寶，中華帝國之璽，二璽備洪憲元年元旦啓用。（錄後孫公園雜錄）

指陳帝業罷前題，耆舊東來過丱兮。自有玉壺當擊碎，儲公何事恨玻璃。

籌安氣燄方張，一日嚴範孫先生修由津東入京謁袁，坐談竟日。範孫先生，道德學問，素爲項城敬禮，力陳時局國勢，籌議帝制，有百害而無一利。範孫先生，與張仲仁先生一譽善，張故始終不信項城願爲皇帝者，及項城容納帝議，百計勸說，不獲善果。聞張曾語範孫謂執事極峯仰重，言必有效，猶瞿瀛之於周樹模也。範孫於正式勸告外，痛述帝王子孫朝亡祀絕，殺戮之慘，願世世勿生帝王家。歷舉前代史冊所載，如晉之青衣行酒，宋之青城北行，奇恥大辱，罪及先人，皆祖宗創業家天下爲之厲也。況民國改造，已經四稔，共和制度，深入人心。如大總統早願爲皇帝，不能于破漢口，下武昌，傳檄各省，受禪清室，失機一。又不能於癸丑之役，逐孫黃，定長江，四方推載，自踐帝位，失機二。四年以還，清室移讓民國之條件已定，政府頒布共和之制度已明，如羣公所言，清室授灌大總統，而非讓位於民國，其能昭信於天下乎？況主張帝制諸人，濡襲經義，師承新制，上書投票，舉國譁然。修聞古之建國，皆舉兵以得天下，未聞用筆而寫天下者。有之厥爲新莽，宜其祚之不永也。且古之開國，先黃老而後儒術，此叔孫通起朝儀，在約法三章，六出奇計之後，以儒術爲先者，此又新莽之故智也。且帝制諸人，日挾雲臺，以蔽大總統，外間眞輿論，大總統得知其梗概乎？修爲雲臺危，爲大總統危，爲袁氏危，深願予言之不中也。願大總統三思而後行之，則國家袁氏之福，馨香祝之。項城大動，有決計罷除帝制之意；或延緩以觀其變。未幾項城遂有特派政事堂左丞楊士琦蒞參政院代行立法院，於開會討論各省各團體請願書時，發表大總統對全國宣言。其辭曰：「本大總統受國民之負託，居中華民國大總統之地位，四年於茲矣。憂患紛乘，戰兢自深，自維衰朽，時虞隕越，深望接替有人，遂我初服。但既在現居之地位，即有救國救民之責，始終貫澈，無可諉卸。而維持共和國體，尤爲本大總統當盡之職分。近見各省國民，紛紛向代行立法院請願，改革國體，於本大總統現居之地位，似難相容，然大總統地位，本爲國民所公舉，自應仍聽之國民，且代行立法院，爲獨立機關，向不受外界之牽制。本大總統固不當向國民有所主張，亦不當向立法機關有所表示。惟改革國體，於行政上有甚大之關係，本大總統爲行政首領，亦何敢畏難避嫌疑，緘默不言。以本大總統所見，改革國體，經緯萬端，極應審愼。如急遽輕舉，恐多滯礙。大總統有保持大局之責，認爲不合時宜。至國民請願，要不外乎鞏固國基，振興國勢，如徵求多數國民之公意，自必有妥善之上法；且民國憲法，正在起草，如衡量國情，詳晰討論，亦當有適用之良規。請貴代行立法院諸君子，深注意焉。云云」宣言正式提出，楊度等大悚，恐嚴說深入袁心，星夜專車赴湯山，與克定秘商大計，何以對待範孫，挽回袁意之法。翌晨同車入京，蒞北海離宮，召集帝制要人。克定震怒，痛詬範孫，揚言曰：今日之事，改行帝制，薄海皆知。出爾反爾，其禍更烈。如有人能担保取消帝制之議，袁氏家族，永無危險，則姓袁的不作此皇帝。試問誰能担保？持杖將窗戶玻璃，全行擊碎，最後以重器將大穿衣鏡玻璃，搥爲片片。在座要人，舉當時情形言辭，盡告範孫。……急乘車還津，此後項城雖卑辭謙函，不復再來京矣。克定與帝制要人，入謁項城又反覆論取消之害，項城愛子情重，聖意方回。羣臣大悅。如嚴範孫者，眞符堅之王景畧，惜不聽伐晉之諫耳。（錄後孫公園雜錄）

張仲仁丈一譽曰：當宜言書發表後，楊度忽夜間來訪，謂吾之于總統，不若君交情之久。今日忽有不合時宜之諭，究竟總統性情何如，請見告。余曰：然則君須以此事主動告予，乃可討論。楊曰：吾本欲回湘，夏午詒云：總統有大事須爾出頭，實則我亦被動非主動。但吾向主君憲之說，故願爲之，今何以此有異言。余曰：吾告汝二事，一爲前淸預備立憲，一爲蘇杭甬鐵路，皆事前堅拒，事後翻然變計。公爲此事，將來誅鼂錯以謝天下，公之首領危矣。楊聞之悚然。翌日朱桂莘等約楊談話，其意又堅，蓋又有人嗾之矣。（紅梅閣主人說事）

一等侯爵昌武將軍督理湖北軍務王占元，在鄂請願團演說國體，前題曰：凡事前題不定，計畫不成。現今民主改爲帝制，帝制者，國體之前題也。本將軍軍人出身，且言軍事，譬如馬失前蹄，人必跌下馬來。帝制前題不早定，等到跌下馬時，悔之不及。所以請諸公快快入京，固定前題，免國家一蹶不振，如馬失前蹄，枉費心力也。（錄鄂諧一則）

崇臺高拱壯皇州，龍眼南窺旺氣收。只恨元年未巡幸，黃鐘歷勝正陽樓。

項城欲居帝位，先修城垣，以內務總長朱啓鈐爲營建大監。日者郭某，紹興人，最邀信任。郭曰：北京正位，關係正陽門者最劇。正陽前門一開，非國家多遭禍變，卽國祚因以潛移。故前門封鎖，由兩偏門出入，明淸兩朝人士周知，雖班禪達賴來京，只能高搭黃橋，越女牆而入。帝后上賓，梓宮乃得出正陽前門，國喪也。予至夜半，屢登正陽前門敵樓，澄目望氣，南方紅氣賁起，高壓北京，宜先營造正陽門，壓收南面如火如荼之氣。營造之法：一、宜改造外郭兩偏門，移入內墻，於內正門兩旁，洞開兩巨門，出入車馬，閉其內墻正門，此謂內眼。潛氣內涵，迴護宏深，使內墻正門，與敵樓前正門，一律封鎖，貫通一線，不接收南方旺氣。二、宜增高正陽外城前門敵樓，南面拱立，端受南方朝賀，舊制敵樓。洞設七十二礮眼，合七十二地煞之義，礮眼東西南北四出，有鎭壓四方之義。地煞之旨雖備，天罡之理無聞。今宜於敵樓南向正面最高處，洞開兩圓眼，直射南中，此天眼也，滅火必矣。明年聖主正位，登斯樓而望，南方各省，臣服以朝，故又名龍眼。三、民國成立色尙紅，國旗紅黃藍白黑，紅居首，所謂以火德王也。南方丙丁火，望之紅氣勃勃，由共和改帝國，色必尙黃，黃者中央戊己土也。（卅九）

英使謁見乾隆記實

馬戛爾尼　原著
秦仲龢　譯寫

十月二日，星期三。

今早我的身體雖然不很舒服，但仍然到圓明園謁見和中堂，福長安兄弟亦在座，此外並無其他相國侍坐。我們見面之後，互相問好。和中堂拿出幾封書信交給我說，這是從舟山郵驛遞來的。我接過信一看，一封是「印度斯坦」號的大副寫給馬金托什船長的，其餘兩封是高華勛爵給我的。和中堂問我信中說些什麼，有什麼消息可以講講給他聽嗎。我不得不拆信略看內容，對他說，「獅子」號和「印度斯坦」號現在都停泊在舟山，「獅子」號已準備好一切，得到我的命令，就可以啓椗回國，但「印度斯坦」號非等待馬金托什船長回船，不能開駛，說後，我隨手就把那幾封信遞給和中堂，請他自己一閱，使他不疑我所說的虛僞。他說：他希望「獅子」號仍然在舟山，並未開走，因爲我們離家已久，對於故鄉必定很掛念，皇帝的意思也以爲我們使節團中已經死了幾個人，我的身體又不大舒服，想來北京天氣太冷，對我們洋人的體質不大相宜，將來節候到了霜降，天氣還要更冷，他替我們着想，還是早一點回國的好。和中堂繼續說，我的信中會提到過新年這件事，他認爲天朝的宴會禮節，新年時與萬壽時都差不多，我既然在熱河看見了萬壽節，也就不必再看新年的禮節了。我答道，我很能耐冷，北京的天氣雖然寒冷，但當我未來之前，已有禦寒的準備，就是久居北京，於身體也沒有妨碍的。貴國大皇帝及和中堂垂念及此，使我萬分感激。關於這個問題，我們又再談了幾句，然後我有意無意間提起一事，對和中堂說：「當日在熱河時，承中堂不棄，答應回京之後，可以時時和我在圓明園相見，討論一切問題。今日得蒙中堂接見，足見中堂誠實不欺，十分感佩，我願趁此機會將此次來華各項重大問題，與中堂商量。英國國王這次派我到中國，並不單是作暫時聯絡感情的打算，而實在要和中國永遠共敦睦誼，使兩國的關係拉得更緊密。英王之意，要我久駐北京，爲國王的代表，此後兩大國之間有什麼問題，就由我代表英王就近與中國政府直接商量。至於我們在北京使館，所有一切費用，都由英國政府開發，不必由中國供給。英王曾吩咐我告知中國政府，如果中國政府願意派使臣到英國，爲互派使節之舉，英國尤爲歡迎，所有來回旅行船隻以及到英國後各種供應，都由我們代爲準備，英國臣民，亦當以極尊榮的敬禮來對待使臣。」

我這番話說完之後，以爲和中堂一定會同我轉入正題，談論公事的了。怎知他仍然和從前那樣，扯東話西，只是問我的身體健康如何，住得舒服不舒服，水土合不合等等客套話，而對於我認眞陳說的事，自始至終不作一句答復，只是說乾隆皇帝的意思完全是從考慮我們的利益出發的，其實他倒也很願意留我在這裏。

到了這個田地，我知道中國人已不想再留客了，這是有禮貌的逐客啊，我便起身興辭，但面上仍不露出絲毫失望之色，希望還有轉機，可以挽回。和中堂的話雖然說得如此委婉客氣，而他的本意是十分清楚的。使節團的繙譯雖然是一個中國人，但他還不懂中國官場講話的方式，他當眞認爲和中堂這番話就是叫我自行決定，住多久都可以，還向我賀喜，說我這次談話大有成就。然而我回到館舍後不久，從一私人朋友方面得到消息說，乾隆皇帝給英王陛下的復信，經已備妥，正在譯爲拉丁文，譯後即可送來。這就是等於送客的暗示，這個消息剛才在和中堂談話中沒有透露出一點風聲。我還希望這封信交來之後，或者尚有婉商的餘地，但不久後王、喬兩大人來到，對我說，說不定明天和中堂還要我去見他一趟，也說不定那時候和中堂會把皇上給英王陛下的信交我帶回去。如果信交付了，他們倒勸我還是立即向和中堂辭行，擇定日子動身回國。可是此刻還說不定，我們尚不知內中的底細是怎樣的。我答道，兩位大人此來一定是有人授意的。他們說絕對不是，他們來對我說這件事，完全是爲了我們的交情，他們也很願意我常駐在中國，可以有機會常見面。又說，將來我回國之後，他們雖未必沒有差使可做，但恐怕找不到這樣好的差使了。我覺得他們所說的似可相信。（據「中國旅行記」說，王、喬兩大人所說的未必盡然，特使回英國後，兩人均以辦事得力升了官。——譯注）

十月三日，星期四。

今早我因有病未起床，但那位韃靼欽差徵瑞忽然來了。他說和中堂同其他幾位國老正在皇宮裏等候我去談話。我因爲最近幾天勞碌奔波，所遇之事又不如意，本來打算今日好好地休息一日，現在聽到徵大人的話，心裏更爲不快，可說是我有生以來最不願聽到的事了。但以事關重要，不得不勉强從事。我卽命所屬人員預備一切，匆匆忙忙出門而去。我以爲我這樣急於趕路，准時而到，和中堂等人一定也在等候接見我了。怎知我到宮門一直等了三個鐘頭才見和中堂一行出迎，我們見禮後，主人家就引導我進去，經過許多華麗的大殿和幾座漢白玉石大橋，才到達大殿之前。（按大殿原文作Imperial Hall，其實此乃太和門也。太和門在太和殿之前。——譯注。）殿基極高，有石級數十，如梯形，石級盡處，擺着一張用黃緞蒙着的扶手椅，椅上有一黃封，就是乾隆皇帝給英王陛下的復信。這張椅子是代表中國的尊嚴之物，我們行禮後，拾級而登至殿前，至椅子之前，執事官將椅子抬高，站在我們面前。

和中堂向我說，這是我們皇上賜你們英吉利國王的敕書，等一會便有執事官將敕書送到你的寓所的，但依照我們的規矩，你得先到這裏行個接受禮，所以我叫徵大人請你來。皇帝的信說些什麼話，和中堂一點都沒有透露。他又指着幾張小桌上所放的一包包黃封物件說，這是皇帝送給英皇的禮物，其中也有送給我個人及使節團全體人員的。

「出使中國記」云，次日清晨，欽差大人來通知我，和中堂已在皇宮大殿等候，請特使卽刻過去。……特使當時身體非常不適，但事關重要，不得不力疾前往。……特使進宮之後經過數座宏偉的大殿，幾道人工湖，數道漢白玉石欄干的花岡石橋，才到達寶殿之前。殿上有一張蒙着黃緞的椅子，上面擺着一個黃封，那就是中國皇帝致英王的復信。以後這張椅子非常鄭重地被抬上三道階梯的中間，那裏站着和中堂及其他幾位閣老。特使從旁邊階梯走入寶殿。寶殿是木製的，建築在花岡石台基上，規模非常之大，殿內殿外金碧輝煌優美壯觀。皇帝復信擺在寶殿中央，從那裏送到特使館舍。

至於皇帝書信中的內容，和中堂則絲毫不會透露。書信中如果包含任何有利的內容，那大概也不會歸功於和中堂及其他左右人物。特使以前曾送和中堂及諸位閣老每人一份禮物，不料送去之物，一一退回，沒有一人肯收。按照東方人的習慣，這是拒絕交好的表示。特使向和中堂談及東印度公司在中國貿易的問題，和中堂沒有表示任何支持態度，僅僅說請特使關於此事寫一個書面意見，他將立刻加以考慮。過去在廣州的外國人得不到公平人道的待遇，無濯申訴，這個書面東西把特使口頭講過的寫下來當作正式請求使他們知道，這是有好處的，裏面所提出的意見同他們政府的方針是有矛盾的。特使決定立刻寫這樣一個東西送去。

除此而外，當天的程序似乎還包括一項向特使顯示華美的宮殿，和中堂準備按照游覽熱河御花園的前例，陪同參觀。特使身體實在疲勞不堪，只得辭謝先退，留下全權公使和幾位隨員領受和中堂的盛意。他們參觀了幾個大殿，建築結構同過去已經看過的差不多，所不同的只是規模更偉大更堂皇。這些大殿都是爲了觀瞻，爲舉行典禮用的。皇帝私人起居生活的內宮，不能進去，只遠遠指給客人們遙望一下。

釧影樓回憶錄

天笑

那條馬路在南京路的西北，當時還未定名，大家呼之爲新馬路，後來便定名爲白克路，租界收回以後，又改名爲鳳陽路了。那地方最初是一片曠地，荒塚亂草，但是那些地皮商人，已經在那裏建築起房子來了。我們遷移去的登賢里，便是新造房子，圍牆也沒有砌就，僅把籬笆圍了起來。可是鄰居一帶，我們便相識起來。在我們後門相對的一家，便是吳彥復的家；在我們前面，有一片方塲，另外有一帶竹籬，便是薛錦琴女士的家。

薛錦琴是廣東人，記得是她的叔叔薛仙舟帶她到上海來的。有一次，靜安寺路的張園，開什麼大會（按：張園又名味蒓園，因爲園主人姓張，故名張園，從前上海開什麼大會，都在張園，園內有一廳，名安塏第，可容數白人）有許多當時號稱維新志士的在那裏演說。忽見一位女子，年可十八九，一雙天足，穿了那種大脚管褲子，背後拖了一條大辮子，也跑到演說台上去演說。在那個時候，上海還是罕見的，雖然也很有不少開通的女士，然而要她們當衆演說，還沒有這樣大膽的。

一時鼓掌之聲，有如雷動，薛錦琴女士侃侃而談，說得非常慷慨激昂，聽者動容。至於說了些什麼，也是說中國必須要革新變法這一套，但出於一位妙齡女郎之口，就更爲精采了。因爲她是一位不速之客，踏上台來演說，雖然聽她口音（廣東官話），觀她服飾，（那時候廣東婦女的服飾，與上海絕異），一望而知是廣東人，下台以後，方知道是薛錦琴女士，並且知道也住在登賢里，還是我們的芳鄰呢。

住在我們後面的一家，便是吳彥復先生，他是一位公子，又是詩人，號北山，又號君遂，他的身世，記述的很多，無容細述。他是一位禮賢好客的人，那時章太炎先生就住在他的家裏，這是我第一次見到太炎。在南京的時候，早已聞名，有人稱章枚叔是怪客，也有人呼之爲章瘋子。我見他時，他穿了一件長領的不古不今，不僧不俗的衣服，有點像日本人所穿的浴衣。手裏拿了一柄團扇，好似諸葛亮的羽扇。他老早就翦了頭髮了，短髮鬅鬙的披在頸後，好像一個鴨屁股。他是浙江餘杭人，那時他的排滿思想，已塞滿在他的腦子裏，但他的講話，還是那樣溫文遲緩，並沒有什麼劍拔弩張之勢，不過他這個餘杭國語，實在不容易聽呢。我們偶然請他寫點文字，他也很高興，但一定用黃帝紀元，有人請他寫扇子，他也寫，字頗古豔，別有風姿，我就請他寫了一個名片。

吳彥復帶了他的那位姨太太，喚做彭嫣的，還有兩位女公子，住在這裏。但是他家裏的賓客很多，有時開出飯來，便坐滿了一桌。這時從日本回國的，從歐美回國的，從北京下來的，從內地出來的，都齊集在上海，都要來拜訪吳彥復、章太炎。常到他家裏的有沈翔雲、馬君武、林萬里（即林白水）、章行嚴，都是一班有志青年。行嚴這時年少翩翩，不過二十歲剛出頭的人吧，他常到吳彥復家裏去，與太炎先生，討論學術。因爲他與太炎同姓，人家有疑爲他們兄弟行的，其實太炎是浙江人，行嚴是湖南人，可謂同姓不宗。後來行嚴也編過一部「黃帝魂」，充滿種族思想，那時候的種族革命思想，實已深中於人心。

行嚴也常到金粟齋來，金粟齋的後門，正對着吳彥復的前門，兩家賓客，川流不息，因此便顯出更熱鬧了。我們有時吃了夜飯，也便到吳彥復家裏去玩，常見他們那裏高朋滿座，議論風生。彥復先生對人和藹，每喜獎借後進。他曾經送我一部「北山詩集，」其時我的「迦因小傳」正再版，也送了他一冊，他還做了詩呢，起初我不知道，後來讀梁任公的「飲冰室詩話」，却載有一則，今錄如下：

十年不見吳君遂，一昨書叢狼籍中，忽一剌飛來，相見之歡可知也。相將小飲，席間出示近稿十數紙，讀之增欷。顧靳不我畀，惟以別紙題「迦因傳」一首見遺，錄此以記因果。詩云：「萬書堆裏垂垂老，悔向人來說古今。薄酒最宜殘燭下，暮雲應作九洲陰。旁行幸有妻迦筆，發喜難窺大梵心。會得言情頭已白，鬑鬑想見久沉吟。」迦因傳者，某君所譯泰西說部，文學與「茶花女」相埒者也。

任公說這話，那是過寵了，我們何能與畏廬先生的「茶花女」相埒呢？不過彥復何以對此而發牢騷，有人說：那個時候，彥復的如夫人彭嫣，正是下堂求去，他不免借他人的酒杯，澆自己的塊壘，而任公也知之，所云「因果」者，乃以掩揚出之耳。

有一天，我從金粟齋出門，看見章行嚴携着吳彥復的兩位女公子，到薛錦琴的家裏去。我問他何事？他說：「奉彥復先生命，拜薛錦琴爲師，薛錦琴是固中西文並茂也。」彥復的兩位女公子，長名吳弱男，次名吳亞男，那時兩姊妹，年不過十一二，我們在彥復家裏時，常見她們憨跳狂躍，不想後來弱男女士，便做了章行嚴夫人。因爲大家都出國留學了，想是在國外締結這姻緣吧。及至又二十多年後，我在北京的東車站，乘京滬路車回上海，又遇見了章夫人，那時行嚴在滬大病，恰巧邵飄萍來車站送我，鄰室的章夫人，還託邵君打電報到上海去呢。此是後話，在此不贅。

我們的金粟齋譯書處開辦了有半年多後，得到了蒯先生一封信，說是嚴又陵先生要到上海來，我們要略盡招待之責。嚴先生是住在天津的，這一回到上海來，並不是什麼游玩性質，說是奉命來辦理一項洋務交涉的。我們得到了蒯先生的信，當然要歡迎他。他在上海也有很多朋友，這次來，他是庽居在一位同鄉的家裏，那也不去管它。約了上海幾位名流，請他吃了一次飯，自由方漱六去安排，不必細說。

那時候，嚴先生的「穆勒名學」剛在金粟齋譯書處出版，因有許多人不知道名學到底是一種什麼學問？名學這個名詞，應作如何解釋？便有人來和我們商量：趁嚴先生此次來上海，我們不如開一個會，請嚴先生講演一番，使得大家明白一點。我們於是請命於嚴先生，他也允許了，便即選定了一個日子，借了一所寬大的樓房，請了許多人來聽他的演講。我們這個會，定名爲名學講演會。

這個名學講演會，我們邀請的人可不少呢。除了常到金粟齋來的友朋，以及常往來於吳彥復家中的名流，都邀請外，還有僑寓於上海許多名公鉅子，餘者我都忘懷不記得了，我只記得兩位，一位是張菊生（元濟），一位鄭蘇堪（孝胥）。這兩位在我却是第一次見面。吳彥復陪了章太炎也來了，還有我們未曾邀請的，朋友帶朋友的也來了不少。關於聽講的事，我們可以拒絕嗎？當然一例歡迎。

本來約定是下午兩點鐘的，但到了三點鐘後，嚴先生方才來了。原來他是有烟霞癖的，起身也遲一點，飯罷還須吸烟，因此便遲一點了。他留着一抹濃黑的小鬍子，穿了藍袍黑褂（那時沒有穿西裝的人，因爲大家都拖着一條辮子），戴上一架細邊金絲眼鏡，而金絲眼鏡一脚斷了，他用黑絲線縛住了它。他雖是福建人，却說的一口道地的京話。他雖是一個高級官僚，却有一種落拓名士派頭。

我們的設備，也不似學校中那樣有一座講台，只在向東安置一張半桌，設了一個坐位，桌上供以鮮花和茗具。聽講的人排列了許多椅子，作半圓形，那都是方漱六所安排的。嚴先生講演得很安詳，他有一本小冊子，大概是摘要吧，隨看隨講，很有次序。不過他的演詞中，常常夾雜了英文，不懂英文的人，便有些不大明白。但這種學問，到底是屬於深奧的學問，儘有許多人，即使聽了也莫名其妙。坦白說一句話，我是校對過「穆勒名學」一書的人，我也仍似淵明所說的不求甚解。所以這次來聽講的人，我知道他們不是來聽講，只是來看看嚴又陵，隨衆附和趨於時髦而已。

這次講演，大約有一小時之久，我們雖設有坐位，嚴先生却沒有坐，只是站着講。他演講的姿勢很好，平心靜氣，還說了許多謙遜話。不過雖是一小時，在他也覺得吃力了。講完以後，我們餉以茶點，聽衆也都星散，留了張菊生等幾位。張菊生是他的老朋友，從前在北京和他一起創辦過通藝學堂的。可是他也沒有多坐，便匆匆回去了。

這個名學一門學問，嚴先生雖倡譯此名詞，他也覺得不易使人了解，後來他又譯一部「名學淺說」，那不是金粟齋出版了。到了現代，有許多研究新學術的人，也不大提及這一門學問。有人說：在日本人方面，則稱之為「論理學。」我國近代，「邏輯」兩字，頗爲通行，且有所謂「邏輯學」者，聞「邏輯」兩字，爲章行嚴所創譯的名詞，是否從名學而來，會當問之孤桐先生。

我第一次與新聞界有緣的是「蘇報」，前已說過了，第二次便要說到「中外日報」。在當時「中外日報」是後起之秀，雖然有「申報」、「新聞報」兩個大報籠罩於上，但不免暮氣已深。況且這兩大報，都是外國人資本，外國人創辦（申報屬英，新聞報屬美），報館好似一家洋行，華經理稱爲買辦，主筆呼爲師爺。這班維新派的人鄙夷它，而他們也以注重商業爲本位，只要能多銷報，多登廣告就滿足了。「中外日報」是中國人辦的，當然沒有那種洋商報館的習氣。爲了汪氏昆仲的關係，我們早與中外日報接洽，金粟齋出版的書，必須在中外日報登廣告。後來因爲金粟齋沒有辦發行所，出了書也就由「中外日報」寄售了。

中外日報館我是去過好幾次的，館址至今已想不起來，那規模比了「蘇報」可是大得多了。但是要比現在的大報館，還是不能同日而語。主筆房只有一大間，汪頌閣以總經理而兼總主筆，占了一張巨大的寫字枱，此外的編輯先生，各占一席。兩位翻譯先生對面而坐，譯東文的是葉浩吾，譯西文的乃溫宗堯（粵人，號欽甫）。說起當時報紙上翻譯，殊令人發生感慨：第一，一般普通的讀者，不注意國外新聞，譬如說：現在某國與某國已在交戰了，他們說：外國人打仗，與我們中國無關。除非說，外國將與中國開戰了，當然有點驚慌，但是說，不打到上海來也還好，東南自保之策，也就是這種心理。第二、翻譯新聞，翻譯些什麼呢？那時各國的通訊社都沒有到上海來，只有英國的路透社一家，中國報館要教它送稿，取價甚昂，以英鎊計算，實在路透社報告的都是西方消息，讀者也不甚歡迎。於是翻譯先生們只好在上海所出版的西報上搜求，如「字林西報」等，倒有好幾家呢。日本有一種「東方通信社」，記得也還未有，日本報館，似已有兩家開設在虹口。不過日本報紙可能常常由大阪、東京寄來，足供葉浩吾的選譯。

我今再提起一人爲馬君武先生，君武亦吳彥復家常到的賓客，爲人誠摯而好學，我常見他坐在人力車上，尚手不釋卷，咿唔不絕。然其天眞處亦不可及，當時傳有兩事：其一、這時日本留學生回國者甚多，頗多浪漫不羈之士，如沈翔雲則挾妓駕了亨斯美車（一種自行拉韁的馬車）在張園兜圈子。如林少泉（即白水）則見其穿了日本和服在抽鴉片烟。至於出入花叢，竟無諱忌，某一日，一群青年，在妓院鬧事，（上海人稱之曰「打房間」）據說爲龜奴所毆，君武本不作冶游，乃因同伴被辱，前往助戰，亦受微傷。汪允中告我，初不信，明日見之，果額角有血痕一條。其二、君武迫其母夫人入女學讀書，母云：「我已五十許人了，何能再求學？」但君武固請，至於跪求，太夫人不得已，勉徇愛子之請，梳辮子作女學生妝，隨少女會入學數星期。此爲當時友朋對馬君武的趣談。

（四十）

國文教學
國文學習
參考用書

國文月刊

國文月刊創刊於抗戰時[illegible]
刊物，先[illegible]由[illegible]日精，[illegible]
一[illegible]字、[illegible]及[illegible]
文教學[illegible]文解疏[illegible]新[illegible]
時宿彥。凡所討論，[illegible]切要問題，[illegible]
教學之需要。[illegible]
册，利便讀者。[illegible]
紙印成，不但[illegible]印，[illegible]在[illegible]
茲為便利讀者[illegible]
郵票[illegible]，[illegible]

龍門書店謹啓

原書原樣

大華

一期

定價每冊港幣八

大華

月刊

第四十二期

林熙主編

·本期要目·

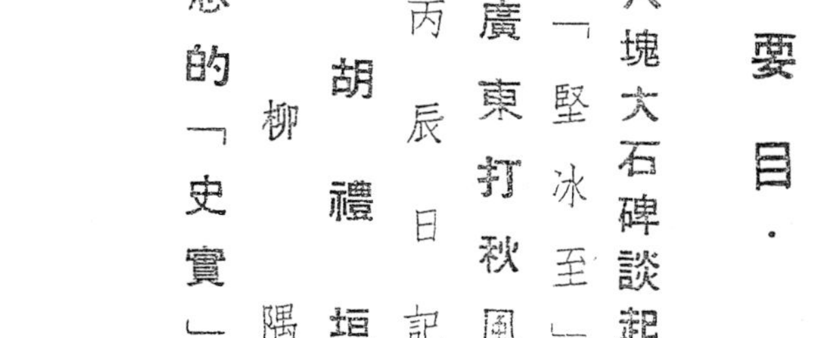

大華　第四十二期

大華 月刊 第四十二期

一九六八年二月十日出版

Cathay Review(Monthly) No. 42

出版者：大華出版社
地址：香港銅鑼灣希雲街36號6樓
電話：七六三七八六
Ta Wah Press.
36. Haven St., 5th fl.
HONG KONG.

督印人：龍繩勳

主編：林熙

印刷者：朗文印務公司
地址：香港北角渣華街一一〇號

總代理：胡敏生記
地址：香港灣仔船街卅二號
電話：七二三四三七

·定價每册港幣八毫·

大華停刊的事故

林熙

「大華」要停刊了。出完了本期之後，不得不和相處兩年的讀者暫時告別。這次停刊，出於萬不得已，在停刊之前，我想趁這機會向愛護「大華」的讀者和作者交代幾句。

記得「大華」的第一期，我寫了一篇「大華誕生的故事」，當作發刊詞，現在要停刊了，不妨來篇「大華停刊的故事」。也許有人說，停就爽爽快快停了，何必多費筆墨？但我既要向讀者、作者交代，就不得不詳說一下。

「大華」創刊於一九六六年三月，當時由我一人獨資經營，並且自己定下一條「法律」，賠到不能支持之時，就立卽休刊，絕不拖泥帶水，累己累人。出版半年後，我已經賠了一萬多元，不能再賠下去了，於是有位姓陳的朋友願意無條件幫忙，維持出版下去了，他也不願意過問「大華」的行政，一切由我處理。這樣一來，我自定的「法律」就要修改了，因爲像這樣的「睡眠股東」（英語有此名稱，蓋謂股東不過問業務也）實在難得，斷沒有推辭，便接受了。可惜陳君僅僅支持了六個月，也支持不下了。我便「我行我法」，決意休刊。如果這樣休刊了，倒也不失我的「法律精神」，倒也可說得是「光榮的休刊」。然而事情有出乎意料之外的，有位讀者龍先生說「大華」辦得很好，他認爲是香港「最好」的刊物，停了可惜，所費無多，他可以幫忙。於是由陳先生初步和他接頭，回來告訴我，龍先生確是萬二分誠意，不可失此機會。

這樣，「大華」就改組了，由獨資經營變爲合股經營，增加兩位股東。我們三人之間，訂下一個「大華出版社合資協議」，以資信守。協議內容共八條。第一條：「大華半月刊一九六六年三月××創辦，一九六六年八月，陳××參加，各投資港幣一萬元。一九六七年四月改組，龍××加資一萬元。四月以後，社務以及經費開支，由龍××負責。」第三條：「一九六七年四月起，社務以及經費開支，由龍××主持。」第四條：「一九六七年四月起，編輯事務由×××負責，業務會計推廣等，由陳××負責。」這個協議是四月四日在文華酒店的茶座簽署的，我們都是君子人，自己信得過自己親筆的署名，我們都認爲「大華」有了新的血液，一定會日益壯茁，過多一兩年，便可以穩定下來，不怕風雨了。

負責「大華」經費的先生，每月拿出一千三百元來賠，他說，在必要時，就是再賠多一點都沒有問題，只要「大華」辦得好就心滿意足了。他拿出一九六七年四、五、六、七月的經費各一千三百元，八月份經費一部分二百元，合共五千四百元。自此之後他就沒有依照我們的協議辦事。「大華」本是三人組織，陳先生自去年六月移居日本後，現在只有我一人應付龍先生了。但龍先生自一九六七年八月廿五從歐洲度假回來後，就「忙」到不和我見面。我也不知他忙的什麽，我幾次打電話約他見面，解決社務，他總是「打太極」。後來我等得不耐煩，託他的令弟問他到底打什麽主意，如果不願意合作，可以坦白說明，讓我另作打算。但他又說無論如何一定支持「大華」，叫我相信他。但空口支持，無濟於事，八、九、十、十一月份的經費不交來，我怎能支持下去呢？後來約定於十一月十四日在文華酒店吃茶，解決社務。見面時，他不僅願意履行協議中的一切義務，並且願意在一九六八年再支持一年，並約定了十一月廿七晚到他家裏吃飯，討論此後各事。但屆時應約前往，主人忽然說今晚宴客，不談這些，另約時間再談，我便辭歸。所謂「另約時間」就永遠拖下去，於是口則「惠」矣，而「實」則至始終未至。

這樣拖下去，夜長夢多，我亦沒有這許多錢墊出來，再三思量，只有把「大華」停刊，請那位負責出錢的先生淸還這幾個月所欠的排印費和稿費。如果他依照「協議」所規定的責任辦理，並表示願繼續支持「大華」出版，那末，「大華」之停刊，僅是暫時性質，說不定一兩個月後會復刊。假如他到此時才說：「我退出了，不再支持，由得你們搞好了，所欠的經費，我一文不付！」那我們也無如之何。

這是「大華」不得不停刊的故事。

「大華」出版到今天，已是兩年，和讀者見面四十二次，對讀者來說，也可算是老友了，現在發展到這般田地，不得不和讀者暫時告別，萬一有機會復刊，我們再見吧。

一九六八年二月二日，燈下。

華僑金石掌故

從泰國京城六塊大石碑談起

高伯雨

泰國京城的呑武里府、空訕縣、越通旁柏抻巷，有一所高氏宗祠，兩廊各有大石碑六塊，記載一位暹羅華僑在香港、暹羅兩地勤勞辛苦創業的經過，這不僅是華僑的史實，也是華僑金石史——尤其是暹羅的——中寶貴的材料（饒宗頤主編的「潮州志」以不知此事，似無記錄）。作碑文的是先父舜琴先生（名學能），寫的是夏同龢（字用卿，貴州麻哈州人，光緒戊戌狀元）。碑立於光緒三十年（一九〇四年），到今已六十四年了。這六塊豐碑在此六十年中閱盡一個家族之盛衰（我得附注一句，如非遭遇近二十年的政治打擊，尚非甚衰敗也），石如能言，不知如何訴說。為了保存這一段華僑掌故，因作此文，先從作者小時候念書說起。

一九一八年三月我從廣州回故鄉澄海縣歸嫡母林氏夫人撫養，初到的兩個月，因為一句潮州話都不懂，沒有入書齋上學。當時我們二房的書齋叫與竹為鄰，十多年來聘有一位秀才陳珊閣先生做西席。因為與竹為鄰地方太小，不能容納較多學生，而且那位陳先生的學問甚為平庸，只適宜於教十二歲以下的女生，不便叫他教年紀在十一二歲以上的男學生，所以我家就請多一位老師黃安邦（字孝選，南澳人，貢生）先生，在公家的書齋半容花莊，教一班男生讀書。嫡母指定我去跟黃先生，只得從命。我那時只有十一歲，比我大一歲的同學，有姪兒桐恩，小一歲的姪兒樹恩，同歲小我二月的堂弟介素，此外則有七弟、八弟、九弟、十弟，介元堂弟（介素之弟，他們是七房的），陳潤心外甥是附讀的，此外又有黃老師的長子之俊，共十一人。（之俊後來往暹羅謀生。）

半容花莊的建築式樣，和潮州的書齋建造作風不同，它是仿效廣州建築作風的，大門半容花莊四字，是區大原翰林所寫，至於半容花莊之名，據說是取「隨園詩話」裏「買得扁舟小於葉，半容人坐半容花」之句截取出來的。是否如此，我未查過「隨園詩話」或「隨園詩集」。書齋的第四進是正廳，南向，左右兩壁各懸三個大酸枝玻璃框，嵌的是六幅黑底白字的墨拓本，字約一寸大小，人家說是夏同龢狀元寫的。夏狀元的大名我倒不陌生，因為廣州家中懸有他寫的對聯三四副，扁額二個，一書「與竹為鄰」，一書「抱樸含眞」，但現在見他寫的這六塊字是什麽，我不大懂，只見裏面有我父親的名字，又有高氏、暹羅、新加坡、澄海、元發行等等字樣，知道必與我家有關，就對它發生了興趣，一有空就去一個字一個字的讀，有懂其意，也有完全不懂，其中有些字簡直從未見過。因為雖說是正楷書，但常作別體，又有古體，十一二歲的小孩子，讀書不多，當然不懂這些字了。

有一次，老師講「古文評注」中歐陽修所作的「瀧岡阡表」，我才知道大廳上夏同龢寫的「高資政公阡表」是什麽。原來此文是先父所作，請夏狀元寫的，寫後刻石，運往暹羅，立在高氏家祠的兩廊。文裏所說的是我們澄海玉窖鄉高氏的來源，由曾祖父日熙公遷入縣城居住起，至祖父楚香公往暹羅謀生發家的歷史。寓有敎訓後世子孫要學先人「勤明仁儉」的美德，不要貧而自餒，富而驕人。正文之後，有我父所作的跋語，說明請夏狀元書寫經過，及為什麼不立於祖父墓前，而要立在暹羅的祠堂。

我因為對廳上那六塊墨拓本有興趣，便請黃老師拿這篇文章，講解給我們聽，使知我家歷史。黃老師拿起那部裱好的拓本，慢慢研究，每天為我們講八九行，講了不到三五天，我們覺得沒趣味，而且又背誦艱難，就不了了之了。其實我們當時每天要背誦的書六七種，計有：「論語」、「左傳」、「古文評注」、「作文示範」、「唐詩三百首」、「故事瓊林」，「中國歷史課本」（此係商務印書館的教科書），其中「論語」和「左傳」就很難念熟，現在再加上一篇這樣的文章，每天早晨都要念，念後向老師回辭，確是一件難事，同學們都埋怨我多事，所以就採取不了了之的手段而了之，而老師也樂得去一難題。這位老師雖貢生，但文字不通，學問極陋，對字的讀音，往往以意為之，害人不淺。我受他三年影响，不知讀錯了多少字音，到十五六歲以後，稍知學問，纔慢慢改正。我家雖然富有，但是新發家的華僑，對教育子弟方法是不大懂得的，況且先父先長兄皆早逝，大我六七歲的大姪伯昂亦不懂事，嫡母是個未嘗念過書的人，只知秀才貢生的學問一定好，請他們來教十五歲以下的孩子，也就蠻好了，於是才接納公家的那位帳房先生黃子清（澄海樟林鄉人，本是先父的書童，後升管家，不知何以致富）的介紹，請了這位黃老師。（到一九二二年，黃老師被解聘，子清聘他回鄉為西席，是年八月二日大風災，子清全家被難，獨黃老師無恙。）

到下一年春初，我臨歐書「皇甫碑」臨過五百遍了，便改臨夏同龢寫的這個拓本。這時候，學問稍進，對文中所說的了解較多，便發生了一些疑問。例如文裏說，祖父往暹羅，是投靠同宗高元盛先生處，做個夥計的，但嫡母對我們閒談父祖故事，則謂祖父楚香公初到暹羅時，在碼頭做工人，托一包米上岸後，又爭着去托第二包，不敢一息偷懶。有一年因病，臥倒在同鄉一家商店門外，病到昏昏迷迷，自分必死。偶然聽見過路人說：「可憐啊，這個漢子，他過不得今晚了！」但第二天不特沒有死，病反而好了許多。後來才投向高元盛，初時做廚子，過後當了夥計，身份高了一些。如是者七八年，積有貲財，與人合股開設火礱（即機器輾米工場輾後寄香港出賣），但被人欺騙，生意倒閉，還欠了一身債。於是重新來過，在商場中苦鬥了十年，然後發財。這些事，父親文中不提，也許是不想人家知道。

先父在文中提到他十二歲跟祖父從暹羅回國，在祖母扶持之下長大。本來父親的生母是在暹羅生長的金氏夫人，祖父在

賣國賊曹章陸

五四時代的三個賣國賊是曹、章、陸。曹是曹汝霖，章是章宗祥，陸是陸宗與。他們的臭名昭著，婦孺皆知，人們一提到這三人，就把他們和秦檜、張邦昌等一樣，要永遠的罵下去。這三人中，陸宗與比較早死，他看不見日本强盜攻打中國，章宗祥眼見日本人投降，自一九四九年後，他移居上海，每天清晨必往虹口中山公園（即舊日兆豐公園）打太極拳，一九六四年死去，年在八十三四。

曹汝霖的臭名較之章、陸尤不可嚮邇，但他却享高齡，一直在美國挨到九十二歲才死去，那是一九六六年八月四日的事了。

近日有位曾在南開中學念過書的朋友對我說，曹汝霖下台後住在天津租界裏他有一個兒子在南開中學，但沒有一個同學跟他談話，也沒有一個願意和他同一個桌子上課。父親賣國本與兒子無關，同學們這種對待曹汝霖的兒子，未免太過不公平。但此舉亦可反映當時的青年對曹汝霖賣國是如何深惡痛絕了，所謂雖有孝子慈孫也不能替他洗脫罪名了。最好笑的是曹汝霖臨死前幾年還賣力寫了一部自傳，竭力為自己辯護，意在迷亂後人的耳目，眞令人齒冷。

‧紀良‧

暹羅和她正式結婚的，但曾祖日熙公因爲祖父過番多年，輕易不能回國，老人家抱孫心切，就先娶了一個媳婦，等候祖父回來，怎知左等不來，右等不來，過多三四年，日熙公等得不耐煩，就向人家要了一個男孩子來做孫子，取名振綱，而不知祖父在外洋早已有家室，且養下先父了。祖母蔡夫人入門後，守候十六年，祖父才回來，到家後，見養有一個外姓孩子做自己的長子，心裏頗不高興，但這是嚴命，而且已成事實，也不便反對了。這次祖父歸國，住了一年多就回去暹羅，決意帶先父回國念書，希望中個秀才，以免被人欺負。原來澄海縣城以陳蔡爲大姓，高姓人丁極少，現在有番客發了洋財回來，地方紳士土豪，甚至衙門衙役，都來藉端敲詐。有一次番船到了，其中有一支船桅是暹羅寄來祖父的。當地有個惡霸就勾結縣署的胥吏，僞造拘票，以「通番」爲名，於黃昏時分直入我家大門，抓我祖父。其時祖父正吃過晚飯，他們見了不由分說，將鐵鍊套在祖父頸上，拉往縣署而去。眼見此情景的，只有大伯振綱，他那時只十一二歲，嚇到啼啼哭哭，走入廚房向祖母說了。祖母也嚇到面無人色，不知祖父犯了什麼罪而被捕，只好揣了一些現銀，漏夜往求見縣署另一個較有體面的陳姓胥吏（他叫什麼名字，已忘記，但士名亞雞我還記得，其第三子名蔭庭，仍吃衙門飯，我認識的），一進門就向他跪下求救。其時祖母懷着三叔父有幾個月了，非萬不得已怎肯在夜間去求人救難呢，其危急與不顧一切的情形可以想見。陳某問明緣由，心中有數，這回肥肉上門了，立即答應設法，安慰祖母幾句叫她回家靜候消息，保證今晚祖父可以回家。果然，祖母回家不久，祖父也安然回來了，一共花了八百兩銀子才洗脫「通番」的罪名。其實那班胥吏衙役因爲造拘票，所以不敢將祖父落案，登入案卷，只將祖父私禁在門房，等候家人去贖取罷了。

祖父受過這次虧後，覺得番客雖是多金，但富而不貴是要被人欺負的，所以才帶父親回國，只希望他能青一襟，於願已足。後來父親果不負所期，由秀才而考到舉人，兩次會試不中，就無意功名，一心致力於商業了。祖父謝世時，父親年方廿六，照封建時代的禮法，繼承權應該交給長子，但祖父因爲大伯不是親骨肉，臨終時，遺囑將海外生意全權交給父親處理，大伯在家鄉主持家務。祖父又對祖母說，他爲什麼不把生意全權給大伯，原因是外洋法律，要親生子才可以有繼承權，其實這是祖父騙她的話。

父親廿七就到香港主持元發行業務，三十二歲才中舉人，功名淹滯，自然是因爲全副精神放在生意上。所以他主持各港生意廿五年，增加我家財富不少，到他逝世時，公家和我們二房的財產估計約千餘萬元。但他死後二十年，他的三個胞弟，他的長、三、四、五兒子，他的長孫伯昂，從未替公家賺過一個錢，只有他的長子繩之花的錢比較有意義外（例如在潮汕興實業，以金錢資助辛亥革命等），這班紈袴分別在暹羅、新加坡、香港、廣州等地，盡情揮霍，到一九三〇年，公家在海外的商業全部結束，暹羅的地產拍賣還債，高氏宗祠也連帶出賣，那六塊大石碑亦不爲不肖子孫所喜，讓它們跟着土地歸伍竹林所有了。我恐怕年月久遠，人們不知當年華僑在海外創業之難，歸國又受地方官廳土豪的欺壓，且又有關泰國華僑一姓的興衰，故於九年前託友人陳玉璋替我向伍竹林先生請求，准許墨拓一份寄來給我，以存華僑一段史實，陳君出錢出力辦到了。現在事隔多年，恐怕這六塊大石，又再易主，或已爲人搗毀，則此拓本恐爲華僑金石中的孤本了。

現在將拓本原文錄出，附記于此。

於戲！皇考資政公棄養蓋十有八年，皇妣蔡太夫人十年，皇生妣金太宜人亦九年矣，壬辰卜吉下坑鄉土名龍出岡，越於茲忽忽八年，初意丐當代大人先生有道能文者之詞，誕彰先烈，用慰泉壤，昭示來茲，而卒卒未可得。不肖孤學能，東西游走，日月不淹，大懼先人勤明仁儉之德，弗志弗傳，來昆雲礽，罔攸矜式，緊！學能罪奚逭焉。粤敢竊歐陽文忠表瀧岡阡遺則，粗述梗概，伐石揭墓道南隅，雖未能揚詡萬一，然俾世世子孫奉祀時得所觀省，永永祇承先德勿墜，遠

蔡元培在廣東打秋風

·伯雨·

蔡元培於光緒十八年壬辰（一八九二年）補行殿試後，點了庶吉士，那時候他廿六歲，便在鄉先輩李慈銘家中教書，一面又在庶常館讀書。（因爲庶吉士要在庶常館學習三年，經過散館考試後，才分別授以編修、檢討之職，然後才是一個資格完整的翰林，不能授職的庶吉士，只是庶吉士而已。蔡元培散館，得編修。）但庶吉士生涯淸苦，不得不想方法來補助，這年秋冬間，蔡元培忽有潮州之行，他爲了什麽事遠至潮州，恐怕現在已很少人知道。據我猜測，大概他有什麽親友在潮州做官，他要去打些秋風，因爲新科翰林是有資格往各省寫字賣錢的。我小時候，在書齋中發見有蔡元培寫給我父親的一副對聯，聯語我還記得是「遇事虛懷觀一是；與人和氣察羣言」。下欵署「鶴廎蔡元培」。到我年紀稍大，有一次曾與表兄陳殿臣（名汝南，光緒廿九年舉人，在香港經商，又是香港的太平紳士。他的父親陳春泉是我家在香港元發行的經理，一九二二年逝世後，由殿臣繼任，殿臣一九三九年逝世。）談到這一聯，他說，提到蔡元培，倒也有一故事（按：殿臣兄在香港先死蔡元培四個月）。原來蔡元培寫給先父的那一對聯，多少有點「秋風」意味的。他從上海乘輪船先到香港，然後入廣州。到香港後，經人介紹，住在元發行。因爲先父是光緒十四年舉人，和蔡元培同是科甲人物，彼此皆愛重，主人自然力爲招待。其時殿臣兄不過是個廿一二歲青年，和廿六歲的翰林蔡元培更容易談得來，兩人既談得投機，就拜把子義結兄弟。

我問殿臣兄後來蔡翰林成爲民國偉人，又進而爲「黨國元老」，還有來往嗎？他說自蔡元培主張廢孔，提倡白話文後，他就和蔡絕交，不再是金蘭兄弟了。（殿臣兄尊孔子，與陳煥章、盧湘父等人在香港創孔教會，宣揚聖教，故與蔡元培開明的思想不同也）

殿臣兄又對我說，你休小覷元發行，這所小小的商店，在一九三〇年以前那六十年間，許多大人物都曾在其中作客，尤其是來往廣州、潮州之間的官員，到香港後，常假此爲旅舍，他數出的人物有：丁日昌、方耀、裴景福、岑春煊、吳永、許南英（許地山之父）、黃思永、等數十人。（按：元發行在文咸西街十號，十五年前已改建爲廣東銀行西區分行。）

垂家範，皇考妣在天之靈，諒猶日鑒在玆耳。我高氏系出渤海至忠武軍節度使諱瓊公，以位業顯名趙宋間，聯姻帝室，奠居汴梁，節使上代遠不及攷，節度使下世，宦有聞。靖康寇逼，太和公以新興郡王子從龍南渡，賜第臨安，祥興末，皇馭播遷航海，我來粤太祖華山公以世臣裔，從崖山國變，遂竄海濱，耕漁立室家，爰成聚落，則我潮州澄海華窖高氏所由來也。自五傳務實公，再徙至太高祖子淳公，以勤儉起家，樂善好施，太守朱公表其閭曰「義並解推」。越皇高祖成璉公，皇曾祖克經公，隱德弗曜，皆居玉窖鄉，其卜居縣城內，則始繇皇祖考日熙公。公享年七十有六，學能生晚，竟不及見。祖妣陳太夫人誕生皇考、叔考、暨姑三，適同邑曾、蔡、陳氏，亦不得見，惟及侍養繼祖妣陳太夫人，見其勤儉持家耳。然妣蔡太夫人逮事尊嫜，志公及陳太夫人事悉，恒爲學能言，公氣骨崢嶸，負奇氣，雖少日力農，而道義自處，不慕權勢，壯歲一涉重洋，直言觸同舟忌，輒去之力農如故，沐雨櫛風，劬劬昕夕，與人介不能苟同，尤疾惡，族子窃鬻宗祠祭田，鳴諸官，遇輒呵斥不少貸，子姓咸嚴憚之。而陳太夫人克與公相莊，勞勤必偕，節衣嗇食，尤務紡織，祈（按：應作祁，書時誤寫）寒盛暑，機聲軋軋每至夜分云。其以勤明仁儉，詒謀皇考蓋如此。皇考幼惇敏，豁達有識度，少長，佐皇祖服勞田畝，承顏見志，雖休勿休，叔考曜和公，勇果尚義俠，得親歡。皇考降志怡怡，處父子兄弟間，見侮宗族鄉黨，然而隴畔輟耕，南望滄溟，會心遠矣。既冠辭親游，徒步千餘里，沿嘉惠趨省會，附商航遠達暹羅，遂枝棲宗人元盛公家。公偉視皇考，俾司市舶事，且爲納金太宜人於室。暹俗婦女襄貿遷，太宜人夙習儉約，能勞苦，工籌畫，既歸皇考，同心一志，右挈左提，附翼俱起，并日不疲，茅茨不葺，鉛華不御，刻以治生爲務。皇考亦安步當車，晚食當肉，嬉游徵逐，口所弗談，金玉錦繡，心所弗屑，如是者近二十年，乃得累寸積銖，生計日益饒。太宜人爲學能言，皇考令節佳辰，思親篤切，顧薄書質劑，襍沓從華，操奇計贏，刻無暇晷，終不得歸省。及皇祖疾聞，則星夜奔赴，比至，纊已屬，哀慕悲號，哭葬盡禮，而環視少慰，則室廬罄潔，阡陌墾治，家人上下，謐以安，蓋太夫人自皇考之出也，奉事舅姑，經理內外，井然秩然，寄頓贍養，貲不妄費一錢，方且晨夜績勿輟，以遠媲美季敬姜，近繩武陳先姑也。大抵皇考得專意營運，家園無返顧憂者，恃蔡太夫人；得廣居善積，華夷翕洽，貨日滋殖者，恃金太宜人，用能創立基業。繼自今子子孫孫苟無險情貪行，粗獲安飽，其其毋忘兩皇妣矣。皇考遇事有先識，其在新加坡也，利市三倍，知共事者不可與長處樂，風方順，帆遽收，是以不遭波累。其於香江元發也，見元盛公子所好非事，所任非人，知必將敗，苦諍不見從，轉舉元發畀我，重振緒業，是以利賴至今。創萬安公司也，堅卻勸阻，是以洋人不得擅權利。皇考待人篤恩禮，叔考甫強而殞，叔母許，撫姪男女各一，均孤弱，皇考教育兼施，俾皆成立，於叔母敬禮有加。元盛公子之敗也，感念舊好，冀其復興，先後資以金數千，並爲之往復諄勸，啓導竅機，家果復興。皇考交游矢誠信，開烈楊君，勛臣吳君數輩，率悃愊無華，肝膽相照，久要不忘，否落落難合，尤佩孔子忠信篤敬蠻貊可行語，以故交徧中外，不失己，不失人。皇考爲善不近名，穗城創八邑會館，香江創東華醫院，均竭力規措贊成，而恂恂衆中，未嘗自異。豐順丁中丞捐賑山西，舉皇考董其事，知不可辭，而後出爲盡力，多所全活，未嘗自功。他如一生不入公門，無所爭；訓學能輩使重道誼，汲汲不倦，有義方也。世徒見皇考晉崇階，致高貴，慶多男，謂昊蒼偏鍾厚福，庸知固拳拳然，孜孜然，積福惜福，以致福也。其勤明仁儉蓋如此。皇考諱廷楷，字宗實，號楚香，生道光庚辰（謹按：道光無庚辰，庚辰乃嘉慶廿五年，是年七月嘉慶帝死，道光帝即位，明年辛巳改元道光。先君或一時筆誤。）十二月廿四日，終光緒壬午正月十日。誥授資政大夫，賞換花翎奏敘即用知府，加五級，値覃恩得貤皇高祖以下二品封典，公亦叠膺振綱、學能封貤如例，遺囑捐棉衣千件，奉旨建坊，得「樂善好施」四字。蔡太夫人同邑華窖鄉人，考諱喬命，律己治家嚴整，娣姒敬而和，學能十二齡，自暹來依膝下，一言一動，必使有法，學能今日得略知義理者，慈教基之也。生道光己丑六月十六日，終光緒庚寅正月十五日，誥封夫人。金太宜人生長暹邦，籍隸饒平縣後谿鄉，考諱利善，外寬內明，重信義，動遵中國禮教，飭躬維謹，見人未嘗妄笑語，市易事，諳練深，業用能日以滋大。皇考厭世，仍獨肩商務，克令華洋大賈，深信如皇考生存時。皇考之歿也，以己財叠爲資冥福。蔡太夫人之歿也，挈學能匍匐萬餘里回粵，憑棺哭臨盡哀。訓兒女嚴，待戚里厚，炎涼無異視，樂汲引後輩，尤優族人，愛學能摯，顧穉齒遠離，示以義無戀戀色，獨不肖孤學能，以宦（按：應作官，筆誤也）學事師，故居中華之日多，遂致定省晨昏之日少，而今已矣，抱憾終天，曷其有極！興言及此，流涕何從。太宜人生道光癸巳七月十八日，終光緒辛卯正月廿一日，誥封宜人。學能以辛卯二月扶櫬歸葬，附皇考塋右，左方爲蔡太夫人，禮也。皇考子男九人，長振綱，候選道，三常宏、五常昭，蔡太夫人出；次即學能，以光緒戊子領鄉薦，揀選知縣，加五級，八旗官學教習，皇生妣所由邀覃恩五品封也。四常勤，金太宜人出；六學濬，邑庠生，八學濂，庶母鄧太宜人出；七學修，邑庠生，九學賢，庶妣林太宜人出。女二人，金太宜人出，先後適饒平同知銜、賞戴花翎吳煥琳，及皇考妣之存。孫男八人，正誼、振綱出；正詳、正評、正論、學能出；正謨、正訓、常勤出；正詩、正誥、常昭出。今益三人，正議、正譜、學能出；正讓、學潛出。孫女共八人。於戲！自我皇祖以勤明仁儉示身，範我皇考妣稟承之，艱難數十載，僅乃克成厥家，孟子曰：天將降大任於是人，必先苦其心志，勞其筋骨。諺曰：貧賤生勤儉，勤儉生富貴。流俗之言，聖賢之訓，若合符節，豈欺也哉！世世子孫，覽斯文者，見羹見牆，學咳非遠，追維先德，念勤明仁儉之旨，深省猛發，勿以貧餒，勿以富驕，時念創業固難，守成亦非易，庶其觀感而興矣夫！庶其觀感而興矣夫！光緒己亥五月，戊子科舉人、揀選知縣、加五級、八旗官學教習，男學能啜泣謹述。賜進士及第，翰林院修撰，世愚姪夏同龢頓首拜書。（按：每石高四英尺六寸，濶二英尺一寸。每石字十五行，行三十四字。）

阡表成於己亥中夏，竊計當藉法書垂不朽。越秋初，適夏殿撰用卿粵游，香海見過，歡如故知。殿撰工八法，名重一時，因丐書石，爲先人光。殿撰笑語能曰：大箸二千餘言，作楷非終朝而畢，旅寓倥傯多故，慮無能展君孝思，盍俟遄返京華，木天清嚴，端居多暇，幸風和日麗，明窗淨几，庶報命乎。能則敬諾，錄稿俾藏行篋中。乃殿撰還都，俄遘庚子之變，已而奉命回黔練兵，噫，時局至此，能敢及其私乎？事大定，亟函詢，幸見報稿本無恙，殿撰思南北數千里，魚雁或浮沉也；又念若殷洪喬其人者，不易諈諉也，遂直待今歲三月，游歷東洋過粵，始以繕本見詒。嗚呼，聯軍一役，內府寶藏所不敢知，如聞巨室世家收弆珍瑰奇寶，鼎彝重器，前人書畫名蹟，燬隊不可勝紀，大部文書案卷，壓架充棟，咸附一炬，而此戔戔片紙，幸不同爲劫灰，茲非其幸歟？毋亦皇考妣靈爽式憑，實有以護持之歟？拜殿撰嘉貺，如獲拱璧，剋日召良工，選佳珉，雙鈎深刻，用慰先人之靈，庶紓小子之念耳。先是，皇考嘗擬以萬數千金爲太高祖立廟玉窖，集族人謀慶矣，事輒中梗，彌留時猶以爲大感。能稟承先志，亟議舉行，幸去年春，詢謀僉同，遂庀材鳩工，千指偕作。時適有工爲形家言者，謂能曰：隆出坑地勢夷坦，豐碑駢列，殆非所宜，盍移置此。能伏思皇考妣升祔此間，植碑廊廡中，後人承祀，亦便觀省，固無異墓道也。命坊者豫餘位置地。然殿撰墨寶未來，徐有待也，既而念當有以妥侑皇考妣者。初冬玉窖廟成，遂如還與弟妹輩商爲皇考妣饗堂，僉曰皇考暨妣金太夫人數十年樂居是邦，漢高所謂魂魄猶思者也，雖日於彼乎，於此乎，神無往不在，而以游處日久，祠於邇也宜。議遂定。是歲之春，方筮日經始，而殿撰所詒恰至，不後不先，一若冥冥中默爲相示啓，以宜置於此地也者。皇考妣意將謂故鄉人知我未若此邦耶？抑謂此堂室專享，子子孫孫讀之彌如親謦咳耶？諸弟妹均謂然。而移置之議亦定。噫，己亥迄今，纔五稔耳，中閒國是變遷，人事勿勿，良可浩歎，爰舉鐫刻延緩之原因，移置顚末，詳告奕世，俾知創垂不易如此云。光緒三十年，歲次甲辰，十月穀旦，學能謹識并書。

高要梁雲渠刻石

周作人記「堅冰至」

曹聚仁

昨天，看了俊君先生的「周作人筆下的李大釗被殺後兒女動態」，我想，這在「知堂回憶錄」中一定有所交待的；今晨，翻看原稿，果然在一五二節「堅冰至」中找到了。老人所記，前後詳略不同，節引如次：

周易上說：「履霜，堅冰至」，言事變之來，其所從來者積漸久遠，不是一朝一夕的事情。自從新華門「碰傷」事件發生以來，不到四年工夫，就有鐵獅子胡同的「三一八慘案！」是一九二六年的事情。到了第二年更是熱鬧了，在北京有張作霖的捕殺大學教授，上海有孫傳芳的討赤，不久，各地有蔣介石的淸黨，殺人如麻，不可勝計。我因爲困居北京，對於別處的事，多是間接傳聞，不很明瞭；現在只記載在北京所見聞的一點，主要的事是關於李守常先生的。

說到李守常（大釗），照普通說法，應稱李大釗先烈，但是因爲稱呼熟了，這樣說還比較方便，稱作烈士，彷彿有點生疏。我認識守常，是在北京大學，算來在一九一九年左右，即是五四的前後。其時北大紅樓初蓋好，圖書館是在地窨內，但圖書館主任室設在第一層，在頭靠南，我們去看他，便在這間房裏。那時，我們在紅樓上課，下課後有暇即去訪他。爲什麽呢？「新青年」同人相當不少，除二三人時常見面之外，別的都不容易找，校長蔡子民很忙，文科學長陳獨秀也有他的公事，不好去麻煩他們；而且校長學長室，都在第二院，要隔一條街，也不便特別跑去。在第一院即紅樓的，只有圖書館主任，而且他又勤快，在辦公時間必定在那裏，所以找他最是適宜。還有一層，他頂沒有架子，覺得很可親近，所談的也只是些平常的閒話。記得有一回去訪問他的時候，不久，吳弱男女士也進來了，吳女士談起章行嚴家裏的事情來，她說：「周先生也不是外人，說也沒有妨礙。」便說章家老輩很希望兒子出去做官，但她總是反對，勸他不要加入政界。從這件事情看來，可以知道那些談話，如何自由隨便吧！

我最初認識守常的時候，他正參加「少年中國」學會，還沒有加入共產黨。有一回是他給少年中國學會介紹，叫我去講演過一次，因爲「少年中國」裏許多人，我沒有一個相識。說也奇怪，「少年中國」集合兩極端的人物，有極左的便是共產主義者，也有極右的，記得後來分裂，組織國家主義團體的，即是這些人物。到了他加入共產黨，中國局勢也漸形緊張，我便很少與他閒談的機會，圖書館主任室裏不大能夠找到他了。那時的孔德學校，是蔡子民及北大同人所創辦，教法比較新穎，北大同事的子弟多在這裏讀書，守常的一個兒子和一個女兒，也都在內。那時我担任孔德高中的一年國文，守常的兒子就在我這班裏。最初有時候還問他父親安好，後來，末了這八個月，連他兒子也多告假不來，其時已經很近危險了。但是一般人還不知道。有一回，我到北大去上課，有一學生走來找我，說他已進了共產黨，請我給他向李先生找點事辦；想起來，這個學生也實太疏忽，到教員休息室來說這樣的話。但是也想見到李葆華，叫他把這件事告訴他父親知道，可是大約有一個月，却終於沒有這機會。

那一天，我還記很清楚，是清明節的這天，那時稱作植樹節，學校放假一日。是日，我們幾個人約齊了，同往海甸去找尹默的老兄士遠。同時，下一輩的在孔德的學生，也往那裏找他們的舊同學。這天，守常的兒子，也湊巧一同去，並且在海甸的沈家住下了。我們回到城裏，看報大吃一驚，原來張作霖大元帥就在當日前夜進襲蘇聯大使館，將國共合作的人們一網打盡了。尹默趕緊打電話給他老兄叫隱匿守常的兒子，暫勿進城，亦不可外出，這樣的過了有兩星期。但是海甸的偵緝隊就在士遠家近旁，深感不便。尹默又對我說，叫我去燕京大學上課的時候，順便帶他進城，住在我那裏，還比較隱僻。我於次日便照辦，讓他住在從前愛羅先珂住過些時的三間小屋裏，——這以後也有些人來住過，如女師大的鄭德音，北大女生劉尊一等。可是到了次日，我們看報，這天是四月二十九日，又是吃了一驚。守常已於前一日，執行了死刑，報上大書特書，而且他和路友于張挹蘭幾個照片，就登載在報上第一面。如何告訴他兒子知道呢？過一會兒，他總是要過來看報的，這又使得我沒有辦法，便叫電話去請教尹默，他回答說就來，因為，我們朋友裏，還是他會得想辦法。尹默來了之後，大家商量一番，讓他說話，先來安慰幾句，如說令尊為主義而犧牲，本是預先有覺悟的。及至說了，乃等於沒有說；因為他的鎮定有覺悟，遠在說話人之上，聽了之後，又仔細看報，默然退去。守常的兒子，以後住在我家，有一個多月，後由尹默為經營，化名為楊震送往日本留學。及濟南事件發生，與孔德去的同學，這才都退學回來了。

這段文字可與俊君先生所寫的對勘着看，更是有頭有尾些。

借此，我來說說「知堂回憶錄」的蹤跡。這部回憶錄，原是知堂老人聽了我的話，陸續寫成的，前後寄了九十次稿，共三十八萬字。一九六四年，已完稿。其始，原想刊在南斗半月刊連載；南斗擱淺乃在新晚報連載了幾個月。又因為寫得太一本正經，不夠趣味化，乃抽下來，準備在海光文藝上連載。海光只刊行了一年，也不及連載了，因為篇幅實在太多。可是內容實在太好，史料太可寶貴，我便決定付排，刊行專集，這是一九六五年的事。可奈，我又病下了，校對的事，既非我來做不可，而我一動手校勘，便會病倒。直到去年夏初，我已進入垂危之境，不獨沒法校對，連知堂老人要我寫的跋尾也寫不起來。我在醫院動手術，經過兩個月才出院；雖經過五個月調養，尚未復原。不過，這一回憶錄的校樣，在我手邊已擱了一年半了。最近，才動手初校，一面也想寫一本知堂評傳，遲早一定可以出版的。寫此預告，以慰渴望的朋友們。

一九六八年元旦

孔明的「將星」

「三國演義」第一百零四回，寫諸葛亮臨死前曾夜觀天文，遙指一星，說：「此吾之將星也。」而死時，在遠處的司馬懿也夜觀天文，見「大星……三投三起，隱隱有聲。」這種天空奇象，都被說是孔明死的象徵，無可挽救的了。

舊小說中常有將星墜地之事，這是十分荒謬的。人的生死，與星何關。羅貫中所說的孔明將星，其實是隕星，不過是一塊暗黑色的小石頭。這些小石頭只有闖入大氣層後，才因摩擦而發光；隕星並不大，早在未達到地面前已被燒成灰塵了。不過羅貫中說孔明死時將星墜地之說，也是頗有天文根據的。「晉書」天文志卷十三記載，蜀後主建興十三年（公元二三五年）八月，有一顆紅色的大星從東北向西南流墜，三起三落後，落到渭南方向而去。除了年份稍有出入外（「三國演義」說孔明指將星時是建興十二年八月二十三夜），其餘則皆事實。此星亦為隕星，它飛向渭南方向，正是司馬懿在陝西所見那顆三投三起的將星了。

·薩芬·

何啟與胡禮垣

殷有桐

清光緒初年，曾紀澤做駐英公使，曾用英文寫過一篇文章，叫做「中國先睡後醒論」，登在外國的報紙上，內容是說中國以前不肯接受「西學」，如在睡夢中，現在醒了。曾氏此論出後，一班頭腦頑固的士大夫，對他大事抨擊，但批評得不中肯，只是亂說一通而已。（例如李慈銘在光緒十三年四月十七日記中有云：「曾紀澤侍郎著中國初醒論，謂自孔門教興，冥冥如在睡夢中，今日始稍覺悟，知西學之足貴。嗚呼，彼何人哉！」）但香港有兩個頭腦開明，思想較爲進步的文人，對曾紀澤這種盲目向西洋思想投降的議論却加以抨擊。他們是胡禮垣與何啓。

胡禮垣是香港名流胡百全、胡百富的祖父，一九三二年被擊逝世的胡恒升（字僖堂，時爲太古洋行買辦）的父親。禮垣死後，其摯友陸灼文（名廷昌，新會人，旅居香港數十年，一九三八年逝世）爲輯刊全集，集中有陸君所作的「胡禮垣先生事畧」，可見其生平。今錄左：

先生諱禮垣，字榮懋，號翼南，晚號逍遙遊客，姓胡氏。先世系出舜裔胡公滿之後，戰國時有著書胡非氏者，其遠祖也。本安定郡，自宋秉山公始祖徙居南海。至明嘉靖五年，析南海及高要二縣地，爲三水縣，遂爲三水縣三江鄉人。父獻祥公，號敏之，字文周，服賈香江，乃流寓焉。先生少穎異，讀書過目成誦，十歲通四書五經，能爲文，未冠應童子試，輒冠其曹，屢試不售，即棄舉業，專研經史，肆力於詩、古文辭，復研究西學，肄業香港大書院，凡西國文學、政治，無不考求。畢業後充院教習二年，創辦粵報，有英例全書之譯。欽差大臣鄭君藻如、陳君蘭彬，先後出洋，聘往襄贊，辭不就，其淡於榮利，素性然也。有英國鉅商擬闢南洋北般鳥地爲商埠，其時一荒島耳，稔先生才，約與偕往，至則披榛闢莽，因地經界宜定，凡官署、民廛、商市，以至溝渠、道路區分畛別，以次建築。數年之間，商賈輻輳，遂成鉅埠，先生功也。其鄰蘇祿國王，聞而賢之，遣使於先生，道求見之誠。蘇祿國小而富，其地有綠松寶石，俗稱爲呂宋綠者也。先生謁王，爲言國家大計，王大嘉納留於賓館，待以殊禮，居數月，政無大小悉與聞，王與先生益相得，將改革政治，以求自强，遂欲委國事於先生，且讓位焉。先生聞而大驚，亟藉他事引去。時人莫不頌王之賢，而尤歎先生之高爲不可及也。嗟乎，士人懷負殊異，不得行其志於中國，而萬里之外，蠻夷之長，獨有舉國以相從者，一旦據土地之富，行南面之尊，亦可謂奇遇矣。先生屣脫富貴，決然舍去，非其中確有以自守而能如是乎？甲午春，先生遊東洋，值中日失和，欽差大臣李經方奉命歸國，參贊以下隨使臣同歸。中國駐神戶領事謀舉代者，各國領事咸推先生，固辭不獲，遂權攝焉。兵事方棘，調和撫戢，商民賴之，其爲外人信服如此。和議成，先生返港，爲文學會譯員，任事三載，退隱於家。日惟閉戶著書，考察列國政治得失，與何君啓研究法律，至於哲學宗教，莫不窮其要理。晚年，復研求佛學，具有心得，嘗論中國變政圖强，著新政眞詮一書，使當軸知所趨向。是時有一二鉅公，均力言新政，著立書說，風靡一時，先生以所論皆新政之建設，雖有規模，尙無基礎，乃著新政始基、新政安行、新政變通三書，補所未備，人皆服其卓識。先生博學强記，閒好爲詩，有梨園娛老集、伊籐歎、滿洲歎、民國樂府。其論中外政敎，所著書又十餘種。又有未編定宗敎、佛敎畧異一種。丙辰秋，先生方棄其平日著述，重加編輯，將付剞劂，甫從事，而疾作竟以不起，春秋六十有一。哲嗣四人，長恆升，號僖堂，業輪船務；次恆錦，號絅堂，法律博士；三恆滔，早沒；四恆鐸，遊學美洲。孫十三人。僖堂將刊先生全集，乃綜其平生行誼，屬廷昌述其大畧如右，使後之君子得瀏覽焉。　新會陸廷昌謹述。

何啓，字沃生，廣東南海人，他的父親何福堂是南洋麻六甲的華僑。福堂年少時卽隨祖父在南洋居住，因受英人馬禮遜的响影，入基督敎，受牧師職，在麻六甲一帶傳敎。道光廿三年（一八四三年），何福堂回故鄉。何福堂有一女嫁伍廷芳，伍廷芳就是何啓的妹夫，他對於何啓在香港創辦書院、醫院都有很大的幫助。何啓在英國留學十餘年，畢業醫科及法律科。他在倫敦考大律師試時，三十分鐘卽交卷，人們都暗笑他，說他一定交白卷了，怎知揭曉後，他名列第一，與試者爲之大驚，從此英國人不敢再小覷中國人了。何啓回國後住在香港，掛牌做律師。淸政府曾任用他辦銀行和鐵路等「新政」，但他只担任了一個很短的時期，因爲和洋務派的政見不合，辭官回到香港。何啓的元配夫人雅麗，從小卽在英國外祖父處撫養，未及結婚卽逝世，後來何啓在香港創辦一家醫院，卽以亡妻之名爲紀念。何啓的續弦夫人黎玉卿（父親是美國人，母中國人），他們一共生九子七女，長女何瑞金，是伍朝樞（伍廷芳之子）夫人，他們是親上加親，關係深遠。五女何瑞錫，與傅秉常結婚，傅曾任國民政府駐蘇聯大使。三子永亨，五子永貞，均曾在香港西醫書院求學，是孫中山先生後先同學，其餘子女的情形就不大淸楚了。何啓死於民國六年丁巳（一九一七年），與其妻雅麗並葬香港。繼室黎玉卿，十五年前聽說還健在，有人說近年逝世，是那一年的事，今未知。

何啓回香港後，和胡禮垣相識，成爲好友，兩人就在文字上合作，何啓用英文著論文，由胡譯成中文。他們合作慣了，索性以後凡有文字發表，都用兩人的名字來署名。從光緒十三年丁亥（一八八七年）起，他們發表的論文就是由兩人署名，何在前，胡在後。

胡禮垣和何啓合作的論文，後來編爲「新政眞詮」一書（一九〇一年上海格致新報館排印本），共分六編，該書初刊於光緒十三年，內容爲前後總序及「曾論書後」，這篇論文是駁斥曾紀澤的「中國先睡後醒論」一文中專注重堅甲利兵而不言變法的議論；二編刊於光緒廿一年乙未（一八九五年）；三編「新政始基」，刊於戊戌（一八九八年）春；四編「康說書後」，寫於戊戌五月，係閱讀康有爲保國會初集演說後所寫的；五編寫於光緒廿五年已亥（一八九九年），對張之洞的議論多所折辨，斥張之洞的「勸學篇」所說的民權無益的議論爲極端反動；六編「新政變通」，寫於已亥冬，作者在此文中認爲中國有一日必需實行新政。（以上各編，均收入「胡翼南先生全集」，此書學海書樓入藏一部，今已移入大會堂圖書館。）

光緒廿七年西太后從西安回北京，果然要實行新政，當時有個滿洲人英歛之（華）得風氣之先，已在這一年的三月初八日籌辦「大公報」了。英歛之在光緒廿六年從安南回國，路經香港，特地去拜訪神交已久的胡禮垣和何啓，到辛丑年英歛之辦報，於三月十二日寫信給胡何二人，請敎辦報的事情，還請他們介紹主筆、繙譯的人。十五年前，我在香港地攤偶然買到一冊胡禮垣所作的「滿洲歎」，扉頁印「香江胡翼南先生著，天津大公報館刊」。當時我覺得很奇怪，胡禮垣的書爲什麽不在香港印刷，而偏偏要交到天津的「大公報」印行呢？後來查出他和英歛之有這段關係才明白過來。

胡禮垣住香港大道東船街對上的山腰，名叫厚豐園，大概這一帶他有很多地産，厚豐里卽其一部分。禮垣的老友陸灼文先生住厚豐里芝蘭堂，地方甚幽雅，有山石亭臺之勝，僖堂父子在世之日，常往談藝，其地今尙存。

鄭孝胥丙辰日記摘鈔

本刊第三十二期曾登載鄭孝胥的「丁巳復辟日記」，很多讀者都寫信來要求設法繼續登下去。可惜這部日記（起光緒八年（一八二二）至民國廿六年（一九三七年）原稿六十八册）並沒有出版，無從應命。但編者却藏有鄭孝胥丙辰年（民國五年，一九一六年）的日記摘鈔本，記一班遺老醞釀擁溥儀復辟的活動經過，可備參考。

丙辰（一九一六年）

正月

十二日　為古微題彊村校詞圖。過陳介庵，至印書館取九百元付東甌瓷業公司入股。與龕泉同至大生帳房晤樊煦卿、單治堂，查修省堂墾牧公司失股票已過戶為豐記，乃大生帳房張作三擔保者，異哉。

十五日　日本海軍少佐八角三郎與宗方、姚賦秋同來，持升吉甫（升允字吉甫，一字素盦，清末官至陝西巡撫、陝甘總督。辛亥后策動復辟）名刺，吉甫易名錢大猷，約李季高來共談久之。

二月

初八日　旭莊來，一元會（一元會，系上海復辟分子利用聚餐形式的政治集會）約在都益處，到者聘三、古微、元素、子勤、一山、積臣七人。（王乃徵字聘三，朱祖謀字古微，楊鍾羲字子勤）。過大生帳房訪吳寄塵，不遇。

十二日　羅叔蘊（羅振玉字叔蘊）來談日本擁袁及排袁請狀，以炸彈擊大猥者，乃壯黨首領頭山滿也。北京日人有決議書，今已舉國以逐袁為宗旨矣。謂余可說日人每始于義，而終於利。余曰：日人以復辟為己任者，外和列國，內平國人，然後執正以待日人，彼亦國也，安能為盜賊之行。若無此能當責任之人，則國內必亂，列國不安，將援日以自固，安能以義舉之乎。叔蘊曰：然。

十五日　至同興樓一元會晤潘若海。

十八日　過旭莊，至興業銀行晤盛竹書、沈次青，赴印書館董事會，晤陳仁先（陳曾壽字仁先）及其弟。

廿二日　羅開軒來，將陸榮廷相片付「中華新報」，自言將赴廣西。姚賦秋來，言袁又寄電稿至各省，令舉己為總統。

三十日　往小有天作一元會。

三月

初二日　康有為復辟議，見於「上海周報」。聞張勳允舉龍旗，宣言復辟。彼謂若用共和之名，他日難於反正。

龍濟光、張鳴岐遣溫毅夫來滬。

姚（姚文藻字賦秋，號覺春）言張勳遣王、商（王寶田、商衍瀛）二君來見青木（日本駐滬武官青木宣純）商借款及接濟軍械事。

初六日　西田介紹日本住友商店總理事鈴木馬古也，支配人小倉正恒、副支配人住友忠輝、夥友田外世雄來訪。鈴木贈織絨櫻花一幅。

十三日　雨。宴劉幼雲、章一山、陳伯嚴、楊子勤、王聘三、唐元素、鄭堯臣。（劉廷琛、章梫、陳三立之字，鄭堯臣

未詳，唐元素乃滿洲人震鈞）

二十日　過姚賦秋，聞升吉甫將往奉天興師復辟。梅裴漪來。

廿一日　西田與「順天時報」龜井陸郎俱來訪，不遇。

廿二日　楊度電致上海報館，自稱七張君主立憲。鄭先生曰：楊度身事世凱，而口稱立憲，怪哉！

聞張季直已來滬，居戈登路徐鏡人宅中，在劉聚卿隔壁。或言通州有投書于季直，求五十萬者，故避之。

廿三日　胡瘦唐（胡思敬字漱唐，或書瘦唐）來。西田與龜井陸郎又來，談久之，求介紹於李季高。

廿五日　過胡瘦唐，不遇。西田來談。

四月

初三日　與小七同至印書館取銀七千六百九十九兩，買道勝銀行俄國國債票二萬羅布（每銀百兩得二百五十羅布）。每羅布値洋五角有餘，九五扣，利息五厘，每半年（一、八月）一付息，十年後還本。

初四日　丁衡甫來。王旭莊來，言趙竹君（趙鳳昌字竹君）初六生日，明日假此間公宴，愛蒼、怡書（沈瑜慶字愛蒼，林開謇字貽書或怡書）、宣甫、希杜等皆作主人。

初七日　「時事新報」登梁啓超闢復辟論，乃攻其師康有爲之作，疑僞作也。姚賦秋來，言升吉甫已至青島。彼將於十四日坐神戶丸往青島，求大七與俱行。

初九日　過姚賦秋，見吉甫到青島來電。至印書館晤拔可、鄭在莪，爲大七印林載名片。

十三日　交通奉政府令，停付現銀。中國銀行滬行奉令仍照常營業。

十八日　陳其美被刺立死，昨午後五時也。

廿三日　余語許魯山曰：升吉甫逃竄亡命，奔日本年餘；而日人舉國重其忠義，稱其道德。今乃藉其政府之力，歸國復辟，孰謂中國無人？是亦可少解世凱之譏矣。日人自謂贊助復辟之舉，乃道德干涉，非權利干涉也。余謂華人宜有一部自倡道德主持，則彼不能不受道德之拘束力，以義始者，必不至以利終矣。

廿七日　至黃秀（伯）寓午飯，晤日人山田純三郎，乃其美之友，陳卽在其寓中被刺。西田亦來。

丁衡甫來談。余言之曰：不出數月，全國將有大兵變之禍。其端之可見者有三：統兵者皆闒茸下材，不能洽其衆，一也。禍之作也，如遍地火發，飛烟走焰，莫能相救；而日本兵艦遂入長江，並據各省通商埠頭，袖手旁觀。迨咸陽三月之後，國人皆灰燼之餘，無能聯合主持者，於是干涉內政、更正國體之事至矣。此一段可作海藏樓（海藏樓係鄭孝胥居處）理想報告，如圖光可見，當勝於各國先知家言。今全國亂機已熟，人心無主，可謂琴瑟不調，必改弦更張，乃可調也。黃秀伯來，約午飯。

五月

初七日　「大陸報」載：袁以初六日上午十時十分病死。姚賦秋來函，言瞿、陳、李、沈、梁等公電至北京請復辟，並分電公使團，亦列余名。或日本授意也。

初八日　升吉甫至濟南，約張懷芝共圖復辟，聞今日歸青島。乃日本海軍無線電所報。

日人謂：馮國璋、張懷芝如果能舉義旗，倘復辟，當以鹽政餘款二千萬爲兵

題伯雨兄聽雨樓雜筆

末世同爲膏火煎，無錐可立但青氈。絲窩滋露曾何益，須悔當年學草玄。

入簡星螢故不光，窺人殘蠹閱滄桑。蟠胸五十年來事，贈與河橋說辨亡。

雨中春樹憶南村，筆法君家有本源。絕似哀湍奔筆底，瀟瀟飛雨隔江繁。

人間淒斷雍門琴，誰識清言畫裏心。白眼看人渾欲老，一編苦道去來今。

遺事聊追越縵書，一時蘗轍費爬梳。漫同窺日牖中趣，沾溉風流也起予。

·饒宗頤·

餉。

姚賦秋候南京胡琴初來信，即詣南京、徐州赴青島。余言三鎮不相統屬，果同意起義，宜以升允為總參謀部，主兵餉事。張勳現令王寶田至南京結馮國璋（按：袁世凱死，馮國璋與張勳勾結復辟，因日本未予支持，馮遂改變態度。編者）。

十二日　過姚賦秋，聞梁星海自南京歸，云馮、張等已一致決舉龍旗，復辟十五六可宣佈。

廿六日　得姚賦秋廿一、廿四書，言吉甫在大連未歸，將與其子同往大連。

六月

十三日　聘三言「神州日報」初八日登有復辟宣告文二千餘言，詞甚和平。

十四日　拔可送來林琴南信，段祺瑞託林詢余任國務員否，即復卻之。

廿七日　與賦秋、大七同往日本俱樂部，晤增田、中島、八角、宗方，共談久之。

七月

十二日　報言：司法總長張耀曾與雲南代表議員等到滬，被海關搜獲雲土三十餘箱，值銀百餘萬兩，已出票傳張耀曾及滬道周金箴，因有土四箱乃搜得於周金箴附近空屋中故也。張耀曾登報自辯不知其事；各報時評頗譏法官之不自愛。徐稚蓀來，言張已赴京。上海公堂查訊此案甚急。

十三日　報言，雲土凡六十箱，所搜得者才二十餘箱。

廿二日　劉浩春來，言即日入京。陸榮廷與朱慶瀾不協，察劉之行，似自謀為廣東省長也。

十月

初六日　日本海軍員中島晉歸國，繼其任者為少佐津田靜村，以中島介紹與波多俱來訪。

廿六日　以詩及金君墓誌遺康有為。康有為邀飯，辭未到。

廿八日　上海銀市驟緊，拆息甚高。聞生銀多運往歐洲，滙豐頗空虛，德華存銀四百餘萬不放。

十一月

十八日　日人松本菊雄與西田同來見，在青島與升吉甫甚密，且與川島友善。

十二月

初八日　午後三時（雨中）賦秋與升吉甫及日人遠藤文雄同來，即遣人邀李季高來，談至暮乃去。吉甫居東和洋行，約明日再來。

初九日　晨至東和視吉甫，晤宗方。吉甫、賦秋、季高來談，午飯。

十一日　沈子培（沈曾植字子培）約夜飯，坐中為吉甫、一山、叔用、賦秋。

十二日　留吉甫下榻於南樓樓下東屋。

十三日　宴吉甫、一山、元素、叔用〔庸〕、賦秋，約季高、子培皆未至。

十七日　水野梅曉偕日人佃信夫來見升、李。章一山來。汪甘卿來。遠藤來。

十九日　與吉甫同過章一山，晤劉幼雲、朱古微、王叔用。森山少將來晤吉甫、季高、幼雲、賦秋等。

吉甫定明日坐博愛丸赴日本。

二十日　與吉甫同乘電車至泥城橋，遇遠藤以馬車來，遂登車過章一山，晤劉幼雲、張念慈。與吉甫同訪旭莊，後返一山處，同訪瞿子久（瞿鴻禨字子玖）。先至會賓樓，待之有頃，賦秋、幼雲、一山、吉甫皆至，飯後送吉甫登博愛丸。

聞幼雲言：張勳將使陸宗輿赴日商復辟事，乃徐世昌、楊士琦、梁士詒等之謀也；吉甫甚不悅。余曰：所求復辟，苟可達，當再圖其後耳。

廿六日　作詩贈升吉甫東行一首：蜍志龐龐久龐着，巍然達道出江關；祈天在恃孤忠在，復辟誰言國勢難。動地波濤送殘歲，傷心關隴話嚴寒；田公雪涕陶齋語，祇許留侯解報韓。（陶齋嘗語余：朋友中惟升吉甫異於衆人。）

廿七日　夜偕賦秋、大七至東和洋行與佃談至徐州情狀，歸已十二點。

台灣一部「奇書」

北平風土志的「史實」

夏菊雛

「大華」三十二期吳慧居先生的「中華特典」一文，對李景武博士的「北平風土志」一書，作過簡單的介紹，我讀後覺得很有趣，便託朋友向吳先生借來一讀，讀後有如讀「笑林廣記」那樣，不免哈哈大笑。笑後一想，這樣「有趣」的一奇書」，不可不介紹給讀者，以博一粲。

「北平風土志」是台北「中國文化學院風俗研究所」出版的，李先生乃「中國文化學院」的史學系教授，而兼「風俗研究所」所長。該學院的校長，似乎是張其昀先生。張先生爲該書寫了一篇極爲推許的序文，更令我對此書有無窮興趣。小時候讀「東方雜志」張先生所作的史地論文，佩服不已，近卅年已少看他的文章，現在得讀此序文，與該書相形益彰，一時瑜亮。

該書作者李景武先生，我不知道他的生平與歷史，但從書中略知他必定是前廣東水師提督李準之子，三品卿銜四川礦務商務大臣李徵庸之孫，徵庸字鐵船，四川鄰水縣人，光緒三年丁丑科進士，曾在吾鄉任揭陽、海陽等知縣，與先父相識，其時李準亦隨宦潮州，與先父更有交誼。現在要談這部書，就得先揭出作者寫他祖父的事情太過不確實，簡直將讀者作傻瓜辦，可欺則欺之。該書一八七頁「戊戌政變的六君子之死」，作者說六君子被殺後，暴屍三日，無人敢收屍，「連死者家屬也不敢觸西太后之怒而去領屍。不想也眞有人不怕死，竟敢備六口白木棺材前去收屍（白木是最賤的木材），此人當時不過是個七品小京官，是翰林出身的兵部主事：：他不怕觸西太后之怒，竟欲以身試法，胆子也算大了。他與六君子不但無交情，並且連一面之雅都沒有，知道這件事，眞不了解這小小兵部主事想出什麽風頭，他姓李名徵庸，四川鄰水人，散館後分發在兵部的。他住在儲庫營四川會館，這件事出來以後，會館住的人都搬空了，恐怕連累受害，只剩下長班一家尚未搬走。」此段作者寫他的祖父「俠義」行徑，出錢買六口棺木，收斂六君子的遺體。接着寫張之洞到四川會館找李徵庸，純以小說筆法寫成，眞有太史公評史之妙。他說：「長班走後，擂門聲音更急，他（李徵庸）也不理它，一會大門倒下來了，一些人湧了進來，只聽多人在問：『兵部李主事在這嗎？』李也不理，那些人就進大廳，見一高大穿便衣的人，氣宇軒昂，不似小官，李定一定神，才看出來的是張大臣之洞。……就在這猶豫時間，張之洞已忍不住說出話來了。他說：『坐在那兒一動不動的就是大胆收六個欽犯屍首的李主事？』李某答道：『是的，正等着大人來拿辦。』張忽然笑道：『算了，算了。』」原來張之洞請李徵庸到家裏做老師，教他幾個子姪的書，直到第三年，官場間又有人妒嫉李某做此收屍舉動而未獲罪，且受知於張大臣，於是又喧騰朝野。張爲李計，乃勸李分發廣東，以避攻擊，李乃以翰林資格，授爲廣東南海縣知縣……李乃出都暫避，一切計劃，均是張力相助，可稱得肝胆相照。收六君子屍的義舉，從此深入民間，傳爲千古佳話。……李主事（徵庸）到廣東後，先署河源縣令。……二十年間，李令（即李徵庸）在廣東三陽六大都做張孟劬先生爾田，世人只知他精於詞，「遯盦樂府」一卷久已膾炙人口，但我尤喜歡他的詩，他的乙卯南歸雜詩十八首，可作北京故事讀，今錄此供讀者欣賞。

詩十八首

之一

老去然藜照汗青，歸來深愧草堂靈。江南塞北俱千里，誰識東方是歲星。

詞賦蘭成未易才，江關蕭瑟總堪哀。可憐又鐵觀河面，金水橋邊照影來。

東馬嚴徐滿帝京，翩翩二陸又承明。佯狂灑盡窮途淚，祗有廚頭阮步兵。

敢誇橐筆到金鑾，依舊花移日八磚。凝碧池頭春草合，別開馳道屬天安。（原注：清史館在東華門內，即國史館舊址。）

布爾湖連鐵嶺山，新聲會按御簾前。什鸞撥爾都零落，愁聽空山響杜鵑。（原注：時修樂志。布爾湖、鐵嶺山，皆鐃歌清樂名。）

小苑芙蓉俯夾城，金輿無復幸平明。秋波滿眼宮牆淚，猶自東傾作玉聲。

一代宸游闕殿開，宜春黃瓦長秋台。承恩最是龍池柳，却與章臺走馬來。

何處尋春不可憐，江家亭子俯寒烟。新蒲褭柳依然大，野老吞聲又一年。

薄有才名袁彥伯，不拘小節魏元成。長安塵土高三丈，誰賞何郎七字清。（原注

過（據作者說：「三陽」是揭陽、海陽、潮陽；「六大」是：番禺、南海、香山、順德、新會、三水）。……」

讀過這段故事後，令人拍案好笑，渾身發熱。六君子被殺，乃光緒廿四年八月的事，並沒有禁人收屍，屍體由死者家人分別收斂，林旭無家人在京，寄居其同鄉軍機章京領班林開章家中，林旭的僕人朱德貴收主人之屍，運回福建，時稱義僕，李徵庸其時適在北京，他與六君子中的劉光第、楊銳爲同鄉，他只出五十元命人將劉光第的頭縫在頸上，然後收斂。江庸「趨庭隨筆」曾記此事。現在作者在六十年後爲他已死的祖父掠人之美，自稱「義舉」，「深入民間」，令人有啼笑皆非之感。李徵庸以五十金爲此義舉，值得一贊，但並無包辦六屍之事。至於所謂有此「義舉」而受知張之洞，則更爲無稽。查張之洞在光緒十年四月以山西巡撫升兩廣總督，五月十八日出京赴任，自此即不到北京，一直到光緒廿九年三月二十日才再度入京，在此二十年中，他未到北京一步，安能在光緒廿四年在北京親到四川會館請「老師」？此等事乃作者無中生有。又，李徵庸是光緒三年的進士，並未得庶吉士（即「半個翰林」，進士朝考後，如得庶吉士，則已有翰林資格，三年後經散館試，始分別授職編修、檢討），何來翰林？徵庸在光緒十五年間，已任香山知縣，其任南海縣時，則爲光緒廿三年，是年曾被人上奏，劾其縱子招搖生事，清廷命兩廣總督譚鍾麟、藩司許振禕按照所參各節查辦。據說：「南海縣知縣李徵庸，於歷署揭陽等任內，縱令其子李準出外招搖，該令並有故出犯人，得賄巨萬情事。」（見「光緒朝東華錄」頁三九四六）由此可以證明光緒廿三年李徵庸正在做南海縣，無須等到光緒廿四年然後受知張之洞，才以主事外放爲知縣，現在李景武居然把他的祖父的出身拉遲了二十年，眞正豈有此理！現在我不妨來考查一下李徵庸的官歷。查光緒廿四年七月，李徵庸已經是一個候補道台，因爲他捐欵振濟水災，交軍機處存記，遇缺簡放，同月又有一道諭旨：「四川礦務商務，經前派往之翰林院檢討宋育仁開辦：……著即派雲南補用道韓銑，記名道李徵庸會同宋育仁妥籌辦理。」十一月十五日又諭：「劉坤一電奏：徐海等屬災區工賑浩繁，現據頭品頂戴記名道李徵庸遵旨籌墊規銀十萬兩，由津粵匯上海發放等語，該員從前迭捐巨欵，此次首先墊欵至十萬兩之多……記名道李徵庸著先傳旨嘉獎。」這是說李徵庸在廣東做了差不多二十年知縣，搜刮得來的民脂民膏，提出十萬兩報效振災，清廷賞他一個道台

：薄有二句，何君藻翔詩。——按：何君順德人，一九三零年死於香港。）

眼明忽訝見梅花，晴雪樓臺玉萬家。竟日鈎簾塵不到，西山濃翠坐煎茶。

款段行行出國門，羅胸掌故萬言存。男兒鉛槧成何事，却是屠沽解報恩。

閉門苦愛陳無己，頌酒偏憐胡孝轅。明日故人江上憶，觚稜夢影各飛翻。（原注，留別陳松山田」、胡宗武(嗣芬)。）

張爾田雜

——巢

露輞前頭萬翠微，迎人北去送人歸。東風三尺桃花水，好膾江魚煮蕨薇。

飆輪一駛絕長流，夜火如星點點浮。齊魯好山青未了，又吹笳鼓過黃樓。

怕向雞鳴問劫灰，鐘聲還繞少林隈。不妨白社逢宗炳，說與閒人舊姓雷。

白衣宣至白衣還，我比廉夫不汗顏。莫羨騎牛周柱史，蓬萊原在海東山。

猶及江南二月春，田園下潠未全貧。滿牆鄰里休驚看，梵志重來異昔人。

亦是今生未了緣，黃虀淡飯屋三椽。他年若話春明夢，記取城南尺五天。

爾田先生杭州人，清末嘗官候補知府，清史館成立，又在史館十年，治史謹嚴，爲學者所稱，一九四五年逝世，年七十二。

，遇到有缺，即刻去上任，此種特旨道台，最爲硬朗，此乃金錢之力。到光緒廿五年四月李徵庸以記名候選道交部引見，於是他就奏明自己出旅費，往南洋考察商業，礦產，出國考查一番，到光緒廿六年才往四川上任。其派爲四川礦務商務大臣，係以三品卿銜的資格，三品卿已比四品道員高一級了。李景武說他的祖父做知縣後「升知府，過道班、署江西臬台、藩台、旋升貴州巡撫，未到任即欽命督辦四川礦務商務大臣，派赴南洋考查銅政大臣」云云，其實有一半是靠不住的，徵庸並沒有做過府、縣、藩等官，更沒有升爲貴州巡撫。上諭派他做四川礦務商務大臣，明明說以三品卿銜記名道李徵庸簡派，並不以「貴州巡撫」李徵庸簡派。如果他確會升巡撫，不管他到任與否，已經是巡撫實職了，改任別的職務，斷斷不會不提到他現任的官職是什麽什麽的。所謂「升貴州巡撫」之說，乃作者欺人之詞，絕無其事。且「光緒朝東華錄」也沒有記載升李徵庸爲巡撫事。最妙不過的，李景武「封」他的祖父爲巡撫後似乎尚嫌他們鄰水李氏在前清的官還不夠大，又再提起他的大筆，封他的父親李準爲「末任兩廣總督」，又製造出什麽李準會因東沙島而發現南沙羣島。「現時還有李準灘」，「直繩島」等名稱（直繩乃李準之字，據李景武說，其父在廣東水師提督任內發現這些海島，故以其名名之，今日地圖中亦此等名稱云云，這倒要請教地理專家張其昀博士了）。

汪康年的「莊諧選錄」記李徵庸在四川礦務大臣事，有云：「已亥年（按：光緒廿五年，一八九九年）放李京卿到川爲商礦務大臣，李未到之時，宋告退（宋育仁也），制軍舉富紳陳光弼觀察接其事，並奏准爲副辦。……李（徵庸）之謀此差者，因在粵被議，無面旋梓，在京鑽營，得南洋勸捐之差，因捐獲厚利，報效二十萬金，又得某之舉於太后，遂得放欽差大臣以榮歸，意在炫耀鄉里，非眞回川辦商礦之心也。接事後遇事推避，三年無成。後京友與函，謂居職三年，未成一事，何以覆命，倘被參彈，恐不免於禍，得書後心急成病，遂成癱患，告病去職。」（按：李徵庸死於光緒廿八年正月，上諭賜祭葬，甚風光）所記蓋甚確。所謂「因在粵被議」，即上文所引「光緒朝東華錄」上諭所載，謂其縱子李準招搖，並受賄釋放罪犯也。徵庸在潮州官聲並不十分好，除受賄外，從闈姓所刮者亦不少。光緒十二三年之間，他做海陽縣知縣，縣城一家最大的綢緞店黃永信，在新正假期中，被匪徒竊去綢緞百餘匹，連忙報縣。李徵庸派捕快偵查，查知乃城中大紳士袁鎭（

舉人）的兒子所爲，徵庸派人將袁鎮之子拘捕到案，必欲嚴辦，以儆其餘，於是派人詢問袁鎮，要保全自己的功名還是要兒子的命，兩者任其選擇。袁鎮與家人商量後，僉以功名要緊，保有個人的銜頭，仍可以當鄉紳，魚肉鄉民，自有入息也。結果，李徵庸判袁鎮之子站木籠而死。徵庸遂有酷吏之稱。這件事我做小孩子時候就聽到老一輩的人說了。徵庸在潮州又好用嚴刑治盜，往往以抽割腳筋之刑施諸小窃，腳筋一經割去，行路蹣跚，不能再犯法了。故友劉筱雲（番禺人，小時隨宦潮州，一九六二年在香港謝世，年八十），有一天放學，行經海陽縣前，見告示上黏有盜匪腳筋一二寸，嚇到魂飛魄散，謂李徵庸慘無人道。

以上只是談到該書作者李景武吹牛其家世的笑話而已，至於書中關於史事的錯誤，幾於每頁皆有，隨手可拾，今畧舉數例如左：

「北平城門，建於元代」（頁三）。

「北平南遷前仍稱北京」（頁四）。「貴州三百年來獨一無二的狀元麻哈夏同龢，因其與翁師傅同名，竟得狀元及第，開貴州在清代三百年來第一位狀元」（頁五七）。按：清代貴州出兩狀元，一爲光緒十二年丙戌趙以炯、夏乃廿四年戊戌，共二個，何得言一？「廣東梁士詒，由外國回來，參加新科考試，時稱爲洋進士，可是這一科沒有狀元，一律賜進士出身。」（頁五八）按：梁士詒從未出洋留學，他是光緒二十年甲午進士，授職編修，乃翰林也，豈是「洋進士」？「民國八年間，東北哈爾濱發生鼠疫，全國中西名醫士大都參加救援工作，伍連德博士亦參與其事。」按：哈爾濱鼠疫，發生於清宣統二年（一九一〇年），與「民國八年」無關。李景武又在一段文中（頁一二六）說，只有他的父親李準敢用羊毫筆寫篆書，「李將軍故後，無人敢以長鋒羊毫用作書篆書工具。」未免武斷太過，千百年後當有不少中國人寫篆書，誰敢担保沒有人用羊毫筆來寫，作此言者，無乃太荒唐欺天下士乎！更妙者，同書第一二七頁說：「又以長鋒羊毫懸腕作篆書，爲千百年來第一人。李將軍自二十歲即以篆書自慰，直至六十六歲死之前一分鐘亦未稍停（按：妙語也！其死前一分鐘尚握羊毫筆寫篆書），寫有篆書十三經……自有史以來，無人寫過普通字體十三經者，遑論篆書十三經？……」這又未免太過武斷，以「普通字體」寫過十三經的人，多如恒沙河數，如無人寫過，何能木刻印成書和後來的石印十三經？漢石經，宋石經，皆分別以隸，楷書寫成的，到清康熙年間，有蔣衡者，以書寫十三經著名，「清朝朝史大觀」引某筆記云：「金壇蔣徵士衡，康熙間以善書稱，五十六歲時，矢志書十三經，凡八十餘萬言，閱十二年訖事。南河河道總督高文定公斌，特疏上呈御覽，奉旨鐫石留太學，以墨刻頒行天下，先授衡國子監學正。：：衡字湘帆，號拙存，晚年自號江南拙老人，工詩古文。……」這還是二百年前的事，後此者又不知凡幾了。（按：「清稗類鈔」記蔣衡事較詳，不再引）「宰相制度，清朝之有宰相，乾隆以後就沒有了，以後都是一律軍機大臣，沒有如和珅樣（？）名符其實的宰相，雖然光緒間翁同龢稱相國，不過是習慣之稱而已。」（頁一六五）按：所說似是而非，自明太祖以後，中國即無宰相之設，非始於乾隆以後也。所謂「沒有如和珅名符其實的宰相」云云，更不知所云。和珅以大學士、兼軍機大臣，故有「名實相符的宰相」之稱，在和珅之前後，以大學士兼軍機大臣者不知凡幾，豈和一人而已。至於稱相國者，亦不僅翁同龢一人，凡大學士、協辦大學士，皆稱相國，然僅有相之名，無相之權，必兼軍機大臣，始有宰相之權，爲名符其實的「宰相」耳。「（清朝）第四世的皇帝，國號乾隆」（頁一六七），中國歷史上有個乾隆國，亦堪噴飯。又該書附錄「袁世凱傳「新華宮秘史劇本」，謂袁世凱「少受吳大澂知遇，隨使朝鮮」，則以吳長慶誤作吳大澂，史學家粗心如是（新華宮秘史乃該書作者一九五一年在香港某電台的廣播劇）。

綜觀全書，凡涉及史事，皆荒誕絕倫，烏烟瘴氣而竟爲張博士賞識列入「中華大典」之內，稱爲「研究中國風俗學者所必備，亦爲史學家所必讀」之書，亦可謂滑稽突兀，眞堪發噱者矣！

一九六八年元旦。

記吳柳隅

温大雅

一九二五年九十月之間，我和杜國庠先生相處得最熟，在談話時，他提到他的老師吳貫因先生，總是叫他做「柳老」。到一九三四年我卜居北京，作久居之計，又知道一班熟朋友都叫柳老為「五柳魚」。原來貫因先生別字柳隅，北京音讀吳柳隅三字，正和「五柳魚」同音。

柳隅先生是廣東澄海縣蓮陽鄉人，在北方文化、教育界頗有地位，當年入京的鄉人，不問為學為政，沒有不去拜候這位鄉先輩的。但我於一九三三年初到北京時却沒有，回到上海後，國庠先生問有沒有見柳老，我說沒有，理由是我並不識他，又沒有人介紹，所以不去見他。杜先生沒有怎樣說，大概他認為我這個年青人見不見柳老沒有多大關係，如不見魯迅則有些不大好了。這一年年底我搬到北京居住，臨動身時，約定國庠先生在南強書局見面，他說，近十多年他和柳老的思想上雖然不一致，但柳老是一位很有風趣的人，他認識的人極多，不妨時時和他見面，而且他又熟於北京故事，談起來如數家珍，和他一席談之後，包你增加知識不少。杜先生說後，就即席寫了一封很簡單的介紹信給我帶去。

我到北京後竟然沒有去拜候柳隅先生，為什麼緣故，現在已記不清楚了。一直到他在一九三四年年底辦「正風」半月刊時，我才去見他。柳老為人雖很有趣，但風趣之中有時仍存拘謹，所以他的風趣還存有些限度的。我在他家中吃過一頓飯，拜見他的母親之後就走了。以後大約一兩個星期就去拜候他。再過一年多，他就謝世了。

柳隅先生在光緒末年到日本留學，早稻田大學畢業。梁啓超在日本辦「新民叢報」時，他也投稿，大概因這關係和任公相識，後來似乎又成為進步黨的中堅份子。他和任公的關係，誼在師友之間。民國成立，柳老一任內務部司長，在此期間他曾回故鄉一行，當時鄉人在北京做京官者寥寥，做到五品郎中（司長之職，相當於清代六部的郎中）的人，眞是絕無僅有，因此把柳老當作大官看待，整個潮汕忙於迎候貴人。

民國五年（一九一六年）梁啓超入雲南發動討袁，柳老也跟隨而往，他所作的「丙辰從軍日記」有一段這樣說：

> 余與藍志先則擬偕梁任公經海防以入南寧，除湯覺頓、唐伯珊外，皆須經由安南，然慮不易經過也。擬假作外國人，於是各改姓名，並於舟中先印西式名片，余名柳留多，同行者皆以柳Yanagi樣稱余云。（三月）七日，午前十一時舟抵香港，湯覺頓、唐伯珊起寓廣泰來客棧，餘四人因將赴海防，仍住舟中不上岸也。有頃，余覺舟中無聊，與志先、孟曦上岸訪覺頓。……余等旋別覺頓歸舟中……黃昏，船長忽與余等曰：香港水上警察窺伺綦嚴，君等五人在此，慮難保秘密，不如留梁任公一人在此，我有一密室可以居之，餘數人則上岸，別求寓所。余等甚然其說，旋由某洋行理事代租松原旅館三樓大房一間，夜十時余遂與志先、孟曦上岸，投宿松原旅館，惟溯初尚伴梁任公在舟中。八日，香港警吏得各方面之報告，仍思搜索余等，本日午後索之附近東京旅館，卒無所獲。九日，李印泉來告余等，香港各旅館住袁龍（按：袁世凱、龍濟光）之偵探甚多，斷不可住，余與志先、孟曦遂於晨起移住跑馬地李印泉寓所。午後警吏遂來松原旅館搜索，而余等則已移居矣。

這是柳老自記赴滇途中在香港險遭袁、龍毒手一段故事。文中的藍志先係藍公武，當時進步黨的健將也。（藍君廣東澄海人，自稱江蘇吳江，一九四八年任華北人民政府第二副主席，政協委員，國務院法律委員會委員。一九五七年九月九日逝世，年七十二歲。追認為共產黨黨員）兩廣都司令於民國五年一日在肇慶成立，除梁啓超、岑春煊外，還有李耀漢、莫榮新、温宗堯、章士釗、李根源、唐紹慧、楊永泰、張習、林虎、章勤士、龔政、魏邦平、孔照度、曾彥、容伯挺、周善培、張鳴岐及吳貫因，以上諸君今日尚健存者，以我所知，似乎只有章士釗先生一人耳。

討袁之役結束後，柳隅先生在北京從事教育，先後曾任華北大學副校長兼教授，北京交通大學教授，東北大學史學系主任兼教授。著有「中國經濟史眼」、「中國史髓」、「經濟制度私有與公有之得失」等書。杜國庠先生是服膺馬克思學說的，吳先生雖不盡鄙棄此說，但他不完全贊同，所以他們在京時，常有辯爭。一九二五年國庠先生南下，任澄海中學校長，從此一別，他們師生就沒有相見之日了（一九三四年柳老往廣州一行，不知在滬上有與國庠先生相見否，仍須查考）。柳老的「經濟制度私有與公有之得失」一書，我只草草讀過一次，年久已不知放在何處，今從張一麐所作的序文知其大畧，摘錄於左：

（……）吳君柳隅著「經濟制度私有與公有之得失」，督余為序。書凡四章，曰財產私有制度，曰財產公有制度，曰土地制度，曰國家之經濟政策。條分而縷析，燭照而數計，折中於公有私有之間，而合乎窮變通久之義。吳君之學，余何以窺其涯涘，顧世方震駭於馬克思之學說，而深閉固拒，束書不觀，卒無有能平亭而批判者，誠取是書而讀之，以民治精神運用於社會國家經濟之域，毋襲秦政以來「朕即國家」之謬種，徐度其最不平使措諸平，則禍亂之來，庶幾遄息，非然者，吾烏能測其所至哉！（「心太平室集」卷二，頁十三。）

柳隅先生在東北大學任教時，與章士釗先生共事，此書之著，似係講義的一部分。九一八事變後，柳老回到北京，不再担任大學的功課了。他築屋織染局，藏書頗富，又喜歡收藏古畫，但賞鑑不精，十之八九為贗品，他拿出來請我品評，其中有不少蓋有「恭王府印」、「皇六子印」的宋元劇蹟，大抵係「廠貨」，毫不足觀，而柳老珍逾璆琳，我當然不好當面揭穿，掃他的老興。一九三五年冬間，我回汕頭一轉，友人黃峻六先生（澄海人，秀才出身，經商致富，前在汕頭、香港開設有信行，已於一九六二年二月死於新界元朗公立醫院，年八十三）請我品評他所藏的古代書畫，其中有不少是柳老之物，查問起來，才知黃君託柳老在北京購買書畫，柳老晚年玩膩了，就把全部讓給老同學。黃君這一批「劇蹟」，十年前也散失了。

柳隅先生在一九三四年到廣州一次，這和他創辦「正風」半月刊有關。一九三三年陳濟棠在廣州極力復古，辦明德社，又於一九三四年辦學海書院，提倡讀經。在陳濟棠手下做什麼局長的揭陽人孫某（已於一九六七年三月死在香港），當他在北京大學念書時，想拜柳老為師，由這條路搭上梁任公之路，以便將來在政界大有展布，因此排日到吳門請安，有時見得到，有時竟見不到，見不到時就坐在門房「口水鼻涕交流」（此六字是當日杜國庠先生形容孫某的。他對我講孫某强行拜師故事，有此形容辭也），日子久了，柳老被纏不過，終於被人拜上了。從此這個人也算是吳門弟子，杜老一向對此「硯兄」是彼哉彼哉的。孫某在南天王翼下發達之後，就向老板陳說他的老師怎樣怎樣學問好，力薦為教育廳長，老板答應了，孫某就親自往北京勸駕。據聞柳老予以拒絕，孫纏之不已，只好同他一起到廣州，謁見南天王，再作打算。柳老到廣州後，見到那種烏烟瘴氣景象，嚇到不敢承教，決意不中抬舉。傳說老陳問他想做什麼，他答什麼都不想做，只想回北方以研究學術終老。結果南天王撥出一筆錢請他辦個正風社，出版「正風」半月刊，由柳老主編，王新吾發行，社址設在天津。第一卷第一期於一九三五年一月發行，出版到第四卷第十期停止。初刊時頗見精采，我每期必買，過了一年就差了。十年前在香港同黃峻六先生談柳老故事，他頗埋怨孫某，說，如果他不推薦柳老給他的大老板，柳老就不致因編務操勞過度而謝世。

一九三六年冬間我因事離開北京數月，忽聞柳隅先生死了（死的月日已記不起），後來回到北京，知道是柳老的母親死後十九日，柳老也隨之而去，母子同時開弔。梁仲策（啓勳，任公先生胞弟，一九六五年死於北京年九十）有聯輓之云：「丸荻記殷勤，淒絕禮堂寫孝思；名山完素願，不須縣上見旌田。」

柳隅先生無子，撫外甥為嗣，但早他死去。他死前一年，曾以寸楷寫「述志」一詩寄給黃峻六先生，詩中詳述他的治學經過及生平事蹟。一九四七年饒宗頤在汕頭修「潮州志」，搜羅柳老事蹟，黃君以「述志」託許某轉交志館。宗頤曾對我說，列傳稿未付印，他帶來香港，大概柳老手書的「述志」也在香港，待問宗頤一下。

朱佩弦的為人

何達

朱佩弦（自清）先生是個有至情的人，海外讀者很喜歡閱讀他的散文，其中一個主要的原因，就是因為在這些散文中，往往流露出作者的至情。像「背影」，像「給亡婦」等篇文章，令人讀了，都好像接近了一顆最真、最善、最美的心，因而感到人間的溫暖和真誠的可貴，因而也培養了、支持了、同時也發揚了各個人自己心中的那份真、那份善、和那份美。

朱先生的散文集，在海外傳播之廣，影响之深，是有其特殊原因的。這些散文，在平易、親切、自然、樸素的娓娓深談中，領會到人生的真義和做人的價值。

佩弦先生病逝的時候，許多小學生看見報上的消息，都感到很悲痛，因為他們都讀過先生的「背影」，從「背影」一文中受到感動，得到啓發。有一位女子中學的教師說：她每次給學生講授「給亡婦」一文，講到最後，總聽到學生中間一片欷噓聲，有多少女孩子且已暗暗把眼睛揉搓得通紅了。

我個人和朱先生相處的經驗，就是一個最好的證據。在當時，我是朱先生的晚輩，是他的一個學生。他在戰後復員以後，開了一門「現代中國文學討論及習作」的課，我選讀了一年，每週上課兩小時，每兩週交習作一篇。有一次，他把我的一篇長約四千字的習作，删掉了一半，又把前後的次序顛倒調度了一下，再修改了幾個字眼，讓李廣田先生交回給我，叫我把改好的文章抄好給他。李廣田先生當時還對我說過這樣的話：「好好看看朱先生改的地方，要學習朱先生的這樣認真。」我把文章抄好之後，朱先生就把它介紹到一本雜誌上登了出來。在這之前，我從來沒有想到要投稿，這不正如李廣田先生所說的「你自己還沒有想到，他却早已替你安排好了。」

有一次，我忽然收到佩弦先生托工友送來的一封信，打開一看，是他從「開明少年」雜誌上，裁剪下的一篇「詩文選講」，上面談的正是我的一篇小詩。朱先生還附一短箋說：「在孩子們的雜誌上，看到這篇文章，想你可能不知道，特剪下來給你。」從這件小事，也可以看到朱先生隨時都在關心着別人。

在朱先生逝世前半年，一手替我編選詩集，並且說要「用心寫一篇序」，而為了寫這一篇序，他又參看了許多別人的詩集。序寫好了，發表在一九四八年五月十五日在上海出版的「文訊」月刊上，（標題是「今天的詩」）此外，還替我的詩集介紹出版的地方。這一切，我自己都沒有過問，而且我已經離開學校，遠到海外來了。事後追思朱先生對我的種種，豈不正如李廣田先生所說：「他在處處為你打算」？

想起朱先生在逝世前那種衰弱而又忙迫的生活中，還為我花了那麽多的精力與時間，不覺感到十分歉疚。但朱先生不只是對我一個人如此，而是對每個人都如此。正如李廣田先生所說：「凡是和先生相識」的人，沒有不為他的至情所感的。這就是朱佩弦先生的為人。

朱森教授之死

周穎

三十一年（一九四二）夏天住在大後方的人，現在大概都還會記得在重慶所發生的一件事情，那就是朱森教授的死。無論是誰，當聽到了這位有名的地質學家死去的消息，特別是關於他致死的原因時，都不能不感到悲痛，惋惜，和憤怒的。

朱森教授是中央大學地質學系的主任，他是中國目前有數的知名地質學家之一。他在地質學上的造詣和成就，不僅在國內是難得的，論其著作，就是置於國際地質學巨著之林，也毫無愧色。而這位青年科學家，不但沒有能得到社會上的鼓勵和國家的愛護，反而遭遇到這不合理社會的嫉恨和摧殘，而默默的死去了！

朱森教授字子元，湖南郴縣人，一九○三年一月十五日生於該縣的瑤林。他的家並不富有，十一歲時在該縣濂溪小學畢業後，就不能不留在家裏幫助母親料理家務，直到十八歲時方才有可能考入郴縣第七聯立中學，但只有一年，這位勤奮好學的青年，又因為某些原因，被學校開除了學籍。民國九年轉入嶽雲中學，十一年考取北京大學預科，入理學院。在他第一次往北京寄回的家信上說：「我決計學理科立志做大事，不願做大官。」由於他的努力用功，兩年預科成績斐然。十三年夏入本科地質系，隨李四光先生習岩石學，及地質構造學，隨今年三月才死去的美名地質學家葛利普讀古生物學及地史學。民國十七年，北大畢業後，應李四光先生之約入中央研究院地質研究所任助理員。民二十三年秋得中華教育基金會之助赴美留學。先後在哥倫比亞大學從詹森習地文，隨克伊讀地史，暑期赴耶爾大學訪蘇克特教授研究古生物，民國二十五年秋離美赴英，經比至德，在蜂城學習德文，從克婁司先生研究小型構造。翌年春到柏林同斯蒂來先生討論並研究中國造山運動時代問題。二十六年七月出席國際地質學會在莫斯科舉行的第十七次年會，並參加了會前旅行，會後經瑞士到法國學習法語，後赴意大利，遊羅馬登威蘇威火山，考察了偉大的白光現象。七七事變後返國，任重慶大學地質系教授，一年後，兼任系主任職。三十年應顧孟餘校長聘任中央大學地質系主任。

北大三年級暑假，趁返鄉之便，他在故鄉附近作了將近兩個月的野外工作，採集了不少標本帶到學校去研究，結果寫成了「湖南郴縣瑤林之古生代地層及動物羣」一文。在中研究院前後六年中，先後隨李捷考察鄂北豫南秦嶺東段地質，寫成「秦嶺東部地質」一書。隨李四光研究南京附近地質，著有「南京地質指南」，甯鎮山脈地質圖之南京，湯山、茅山，棲霞山及龍潭各幅皆是他親手測製，其精詳可與歐美詳細地質圖比美。「金陵灰岩之珊瑚及碗足類化石」尤為研究中國石炭化之巨著。二十五年在歐時，搜集中國已有的地質材料，以與歐洲比較造山運動時期，寫成「中國造山運動」一文。這就是他在國際地質學會十七次年會上所宣讀的論文。向來自世界各國的地質學專家講解中國各地質時代構造史的嬗變。回國後，在教書期內，除了教書之外，還利用寒暑假期作了不少的野外工作，他主要的工作是在四川盆地的西北邊緣。對於他這期間的工作，李四光曾對桂林某報記者說：「以之與歐美地質學系歷數十年的經驗在阿爾卑士山所得的結果比較，不獨無遜色，且確有勝過他們的地方」。惜這些著作因戰時印刷的困難，多未曾發表。他在課餘之暇所編的地史學，是國內以中國材料為主的第一部地質巨著，遺稿達二十餘萬言惜未能完全完稿。現在由他的友好代為纂輯，將來問世，定為我國之重要著作。

地質學的研究，主要是以野外材料為對象的。所以野外工作在地質學的研究上甚為重要。朱森教授不僅學問根底深厚，而且還是一個能夠吃苦耐勞富有經驗的優良的野外工作者，他野外工作能力之強，在國內還很少有人能比得上他。遠在他作學生的時候，就對野外工作感到極大的興趣。他每遇假期或星期日就自動到西山各地研究地質，有時竟找不到住處，就在野外露宿。從他瘦弱的外貌和宿疾多年的胃病看來，很難想像到他竟然是一位爬山的健將。他一到野外就是翻山越嶺，打石頭，測地圖，只要是地質問題的癥結所在，不論有路無路，或極其危險的地方，就一直的衝了過去，爬過亂石，攀上陡立的崖壁，一頭是汗的朱教授，平常雖然是那樣的嚴肅，這時也會吹起愉快的口哨來。有時天黑了，為了一個地質上的問題沒有解決，他是不肯回到住處的。他不顧及毒蛇猛獸，或者黑暗中隱避的東西的危害，拿着手電筒或拿着火把，就一直向亂石堆完草叢奔了過去。

他的勇敢和冒險精神，常常使和他一道出去工作的同伴咋舌。但事實上，他鼓勵了別人，不少人受了他的影響。

他在教書的時候，也常帶學生出外實習，和學生過着同樣的生活，同桌吃飯，有時住在一個窄狹的住處，無法找到足夠的床舖時，他決不願自己睡在一個安適的地方，就和學生們一塊打地舖睡覺。但是，跑路，他却老是跑在學生的前面，一面工作，一面講解，一面向高處爬。同學們落後了，他會鼓勵着說：「這是爬喜馬拉雅的初步練習」，於是大家就在「來喜馬拉雅一次」的呼聲中跟了上去。不管多麽高的山，他從沒有說過「疲乏了」，休息一下吧」的話。凡是初次和他一塊出外作野外工作的人，大概都會有吃不消的感覺。

他的生活是清苦的，戰時的物價不斷的飛漲，教授們的待遇都低得幾乎無法維持自己的生活。他就拿了這樣微薄的新金，養活着大大小小的七口人。因為他自己有職業，他不願意自己的兩個孩子在學校裏領取戰區學生的貸金，他說：「應該把這空額留給那些毫無辦法的學生去領」。他都不願領用這份兼課的新金，他說：「這是責任，這是應盡的義務。」為了節省費用的開支，他的夫人在住屋的旁邊，開墾了一塊小小的園地，自種菜蔬，以供食用。

中國的疆土遼濶，要把全部的地質都調查清楚，決不是目前的這些地質工作者所能作得到的。還需要八千個八萬個工作者的努力去從事地質調查。但是中國現在眞正在從事地質工作的人，都還不到二百人。這和需要相差得太遠了。為了訓練下一代的地質人才，他暫時的選擇了教書的工作。他計劃着在幾年以後，再回到中央研究院去，帶領着他的學生，走遍中國的每一個角落。

但是在離他的願望還很遠的時候，就默默的被魔鬼們奪去了他的生命。

他死了，他是在為了「多領五斗平價米」的責難下氣憤而死去的。一個守正不阿的人，竟在死的時候，被壞蛋們給他披上了一件永遠脫不下來的汚濁外衣！

事情是這樣發生的。三十八年八月、朱森教授還是重慶大學的系主任，他帶領着中重兩大學地質系的學生赴北部郊外考查地質。既還是重大的教授，自仍在重大領取平價米。重大發米，從無一定期間，有時五斗，有時七斗，憑總務處送來的領米證前往領取。十月間中大易長，朱森教授在十月中旬接受了顧孟餘校長的邀請，擔任中大地質系的主任。而重大九月份的五斗平價米領米證，是十月初送來。朱教授不在家，他的夫人不知究竟，悉數領取。及朱教授由野外歸來，重大又送來九月份的領米證，他始終未去領取。他就中大之職務後，中大發給八九十三個月的米貼，故朱教授因自己領有重大八月份米貼，將中大所發者一律退還，但他夫人所領九月份的五斗米，朱夫人未提及，他也無從得知。也就是在此處發生了問題。

就是這樣，他被人告發了，教育部派人調查了，沒有給他任何申辯的機會，就下了處分的命令。

朱教授這樣的人，是吃不起這樣打擊的，當他聽到了受處分的消息時，悲忿交集，多年宿疾的胃病，又復發了，而竟因此與世長辭！

這大概就是中國法律的「尊嚴」，朱森教授就在這「尊嚴」的法律下被犧牲了！

（選自一九四七年「人物雜誌」）

英使謁見乾隆記實

馬戛爾尼 原著
秦仲龢 譯寫

當天下午，皇帝致英王的復信正式地送至館舍。……中國方面並沒有規定一個日期叫特使歸國。皇帝在圓明園關於使節團的最後一句話是以後不需要再見面了，這就等於命令歸國。在和中堂的那樣態度之下，使節團想再多住下去實有困難。但特使迄今還沒有時間同和中堂談過公事，他耐心地等下去，能多留一天就多留一天，希望局面能改變得好一點。在這個時候，特使的一位私人朋友來訪特使。他對中國朝廷的情況非常熟悉，也了解一些在廣州經商的困難逐漸增加。在和中堂未通知特使去接中國皇帝信件之前，就是這人向特使透露了皇帝信件已經寫好的消息。他說：「中國人對於外國使節僅視為在國家重大節日送禮而來，節日過後即刻歸國。兩個世紀以來許多外國使節到過中國，沒有一個超過這個勾留期限的。葡萄牙是中國最友好的國家，在當今皇帝治下，葡萄牙曾派特使前來，最多只住了三十九天就走了。中國很少有與他國締結條約的觀念。為了同這個國家進行貿易，先派一個使節來致意，奠定有利基礎，以後再陸續發生聯系，應當按部就班，逐節進行，不能操之過急。近來廣州下級官吏壓迫外人的舉動逐漸增加，照這樣發展下去，最後終將被迫或者完全放棄對華貿易，或者再派一個使節前來訴苦。使節團越早來，效果越大。法國的動亂促使中國官方加緊提防。假如特使携帶禮物在法國國內未發生暴亂以前來，遭遇到的困難要比現在少得多。但使節團雖然遭遇了暫時挫折困難，但確已在中國人的心目中留下了不可磨滅的印象，已經對英國人發生了有利影响，英國人現在所受的壓迫，將來總有解除的一天。中國政府對於任何一種新的事物最初總是抱着强烈反對態度，生怕自己上當吃虧。但等它對這個事物的新鮮感覺逐漸冲淡，習以為常之後，它未始不可以重新考慮加以採納。特使既經來華，並謁見了皇帝，這已經爭取到了在中國立足的初步。以後，仍由英王陛下通過商船時時以書信與中國皇帝聯系，可以促成事業早日瓜熟蒂落。」他最後力勸特使即早辭行返國，不要再想留連。

在此期間，特使接到了一封信，促他決定即早離開中國。前章曾經提過，從意大利那布勒斯同來的兩名中國繙譯之一，到了中國以後，辭掉使節團工作，在澳門附近離開了「獅子」號，現在家居北京。（按：這個繙譯姓李，名雅各，英文作Jacobus Li又化名為Jacob Ly和Mr. Plumb。當馬戛爾尼出使中國前，着手籌備一切，最感頭痛的就是繙譯人才。因此，使節團的秘書在一七九二年一月往巴黎物色此項人才，向聖拉薩教會及外國傳道會兩個地方尋找適當人物。前者無人到過中國，後者有一個人二十年前從中國回國，但他的中國話已經記得不多，並且無論如何他也不願再出門了。因此那個秘書又往梵蒂岡想辦法，由安托內紅衣主教寫了幾封有力的推荐信給在中國的意大利傳教士及在那布勒斯中國學院的管理人。這個學院有若干名中國青年學員。其中有幾個人已經住在那裏很久，意大利文及拉丁文已經學得很好，同時還使他們不致由於長久不用而忘掉自己本國的語言。這些人都是準備以神父身份送回中國進行傳教的。當時英國駐那布勒斯公使是威廉·漢彌爾敦爵士，過去曾對那布勒斯中國學院有所資助，通過漢彌爾敦爵士及另一位當地著名人士的協助，最後選定了兩個中國學生，一個姓卓名保羅，英文名作Paolo Cho，一個卽李雅各，他們能講純熟的意大利文和拉丁文，馬戛爾尼也懂得這兩種文字。使節團秘書在一七九二年五月攜帶這兩個中國人回到英國，準備一同起程訪華。一七九三年六月，馬戛爾尼的使節團到了澳門，姓卓的那個繙譯忽然脫離使節團，取道內陸北上，在九月底到了北京。李雅各一直為馬戛爾尼服務。據斯當東說，李雅各有一做官的兄弟，戴的是藍頂子，他在九月三十日到了北京，和李雅各見面。按：上面所說設在那布勒斯的中國學院，本是一七三二年（雍正十年）里巴神父（Father Matteo Ripa）所創設的。他於一七一〇年供奉康熙皇帝內廷。服務十餘年後，於一七二四年回意大利，並蒙皇帝特准，携帶五個改信耶穌教的中國青年同行。到了那布勒斯後，里巴神父幾經艱難才說服了教皇，准他設立一所中國學院，以便訓練教徒，派往中國傳教。——仲龢注。）

特使從他（按：卽卓保羅。——仲龢注）那裏接到廣州東印度公司代理人七月間寫給特使的一封信。信上說，根據國內今年一月份消息，英國同法國和勃拉班特的共和黨人很可能斷交。這樣一來，法國或法蘭德斯的軍艦就要在海上襲擊英國商船，假如護航的英國軍艦不能卽時趕到遠東護送廣州商船返國。在這樣情況下，特使當前最重要的任務就是用「獅子」號護送他們回國。廣州商船返國的一般期間在三月。從現在到明年三月，特使還有充足時間到日本走一趟看看有無可為。現在最主要的一件事是託和中堂設法趕緊通知舟山，叫「獅子」號等候特使不要離開。假如中國政府立刻送信去，時間上還來得及，而特使認為和中堂既然想使節團早日返國，他一定樂於代送這樣一封信的。特使於是馬上通知和中堂，他想搭伊拉斯馬斯・高厄爵士（按：我在本書中譯作高華爵士。——仲龢注）的船回國，請和中堂送一封信前去舟山，一刻也不要耽誤，否則恐怕趕不到了。

特使這個請求正投合和中堂的心意，他立刻答應照辦。按照中國的規矩，外國使節接到中國皇帝的復信和「送行」禮物後，就算使命終止，以後再不能和皇帝見面了。對於英國這樣一個使節團來說，不以被邀請的和被歡迎的使節身份，而以普通客人的身份繼續住下去，是有損國體的。因此從各方面考慮，特使這樣的做法都是適宜的。從這時起，特使同皇帝之間的正式聯系就算斷了。這是特使主要的遺憾，但通過一個更好的途徑間接的聯系仍然還有，並且更親切自如，具體情形下章再介紹。

使節團已經做好在北京過冬的准備了，特使突然准備返國的消息，使幾位隨員感到一些失望的情緒，北京位置在北緯四十度差幾分，但由於地勢在終年積雪的韃靼山脈下面，到了嚴冬季節，日間溫度永遠在零度以下，夜間一般是零下二十幾度。本地居民除了習慣這種氣候而外，他們禦寒的工具是皮衣、羊毛織品和棉被，但是屋裏不升火。除大旅館的廚房外，中國人的房屋都沒有烟筒。英國人需要用火取暖，但中國人房子四面通風無法升火。大公館裏有地爐的設備。地爐大半都放在屋子的地面下，從屋子外面加煤。此地用一種化石性的煤，附近各地生産很多。韃靼人來自比北京更冷的地區，他們在北京並不覺得冷。但外國人初到北京過冬就感覺非常難過。北京的夏季很熱，冬季很冷，但夏季比冬季更容易過一些，冷和熱的適應都是一種習慣。使節團中有幾個人到了北京之後，由於不適應氣候，已經病了。人的體質適應最熱的氣候比最冷的氣候容易一些，在赤道上生存比在北極容易一些。

（卅四）

鞠部叢談校補

羅癭公遺作　李迦翁校補　樊樊山眉識

梅蘭芳說：「我家從庚子年起搬到白順胡同，就跟楊老板同住在一個大門裏面。我那時才七八歲，還在私塾念書。他老是背着我上學，眞可以說是看着我長大的。一幌十幾年後，當年常常跨在這位楊大叔肩上的我，居然跟他一塊兒搭班，同台演出，使我感到無限愉快。」楊長梅十七歲。

楊小樓灌崑曲「林冲夜奔」唱片，欬嗽頻頻，多雜於鑼鼓樂器聲中，唱片公司無如之何也。

蘭芳之姑夫秦稚芬，小名五九，爲張尚書蔭桓所奇賞，尚書以戊戌黨禍遺戍，稚芬送至張家口，揮涕而別，戊戌後杜門匿影，不復與人晉接矣。稚芬能雋談，熟諳宮禁親貴掌故，余喜與之談，光緒間，名流無不識稚芬者，其書學孫過庭書譜，殊逸秀，熟通鑑，常執卷詢魏匏公，匏公笑曰：「吾腹中久無字矣，若詢戲曲，可詳對也。」吾每過談，見其筆硯縱橫，恒作長幅書，惜當時未索取之。育化會成立，稚芬充文牘主任，後得狂易疾，不能見客矣。民國三年，蘭芳爲田際雲所窘，稚芬出而執言，際雲置酒陪禮乃已，其俠氣亦可重也。

樊山識：張尚書並不賞識五九，其遣戍新疆也，由燕而晉而陝而甘，亦未至張家口也，至謂五九揮涕而別，更無其事，五九乃其子仲宅所眷，晨夕不離，日以三金畀九和興飯館，爲秦郎膳費。

迦按：稚芬爲樵野子仲宅所眷，往還最密，樵野既遣戍，仲宅避禍匿稚芬家，稚芬之兄陽許而陰訐之，卒及於難，稚芬因是得狂易疾，育化會成立時，已不能事事矣。

惠註：梅蘭芳「舞台生活四十年」中提及秦稚芬，許姬傳有按，寥寥數十字，可作一篇小傳讀，曰：「秦稚芬小名五九，是演旦角的。精通技擊，擅長書法，摹孫過庭書譜極有功夫。喜歡研究歷史，熟讀通鑑。與順德羅癭公、山陰魏鐵珊爲文字交，爲人仗義，有古俠士風。」魏鐵珊名甗，字匏公，書學六朝碑版，尤精於音韻之學，時慧寶從其學書，余叔岩於音律質疑，必得魏一言始解。育化會爲梨園公會前身。

稚芬之師弟唐采芝，琵琶擅絕一時，蕓蘭娟秀有逸致，同輩不能及也。采芝喜交名士，不樂與富貴人近，有黔人何威鳳，名士也，與最厚，人謂采芝曰：「汝獸交富貴人，他日恐貧困死，」采芝不能改也。威鳳以困頓沒，采芝每與人道及威鳳，輒泫然。采芝爲梁任公所厚，曾剛甫贈一聯云：瑤草吹香遺楚佩，華鐙流灩照秦絲，汪頌年所書，甚工也。采芝新婚時，吾與同時名輩臨存，雙雙禮拜，今其子十餘歲矣，其婦爲名伶陳嘯雲之女，嘯雲今爲教曲師，學最精博，程艷秋之青衫戲，皆嘯雲所授也。采芝果貧不能自贍，在第一舞臺拉帳子，日得錢兩吊，今並此而無之，恃其子拉胡琴，得錢數千奉養而已，其琵琶尚不離手，已無人顧及矣，采芝亦能書小字，作鈔胥也。

迦按：采芝有子曰富堯，蘭芳第五弟子也，唱青衫，貌亦秀倩，今秋執贄綴玉軒，采芝絜與俱來，酒半猶聆采芝琵琶一曲，淒涼掩抑，追想當年，不勝美人遲莫之感。

樊山識：陳嘯雲爲巧玲內姪，初演小生，繼改正旦，陶君子珍極賞之。

惠註：唐采芝爲秦稚芬弟子，民國二年癸丑三月，梁啓超在北京萬生園修禊，到者三十餘人，俱知名之士，秦、唐師弟均與會。梁啓超有詩云：賀老四絃勸解客，自註唐生瑤華，二十年前以琵琶名樂部，今日招與會。又梁致女令嫻家書中亦云：吾昨日在百忙中，忽起逸興，召集一時名士於萬生園修禊賦詩，座有二十年前名伶能彈琵琶者，即指唐釆芝也。釆芝山東濟南人，富連成第三科弟子。

吾壬寅年見諸伶時，姚佩秋十八、王琴儂十六、姜妙香十五、王蕙芳十二、朱幼芬十一、余叔岩十三，其時尚未有蘭芳、玉芙也。有妙雲者，年十八，秀曼殊絕，後隨李季高以去。瑤卿、鳳卿、孟小如並年長矣。楊韻芳猶極豪侈，喜交西人，常醉於其家，故士夫絕迹，後漸困，至於今已充零碎角矣。有陳鴻喜者，亦有盛名，及蘭芳在天樂時，鴻喜已充配角，今不知所往矣。

迦按：癸亥六月，余置酒雙棠館，梨園子弟集者十餘人，醉作詩云：漫憑薄酒將生意，剩遣輕歌滯此身，一鏡華顛明燭底，可憐老盡眼中人，爲諸伶詠也。

楊小朵之父朵仙，以蕩逸著，小朵承其風，有名一時，其姿容豐艷，固極動人也。其子小小朵，唱鬚生，殊高亮，民國三年，在文明園頗爲衆所賞，至欲與鳳卿爭戲碼，津中以重資聘之，不久倒嗓，至今不能唱也。

迦按：小小朵即楊寶忠，近年嗓漸復，亦時時出演矣。

惠註：楊寶忠曾拜余叔岩爲師，富音樂天才，操琴之造詣，更在演戲之上。中年後輟演，拜塲面名宿錫子剛爲師，以梨園行規，雖內行改應文塲，亦須師承，先後佐馬連良及其從弟寶森操琴。寶森亦朵仙之孫，爲小朵弟幼朵之子，從陳秀華、裘桂仙、孫佐臣等問藝，又在斌慶社帶藝坐科，成名後與馬連良、譚富英、奚嘯伯並稱四大鬚生。一九五〇年來香港演出，唱宗譚余，卓然成家，爲人恂恂儒雅，書法楚楚有致，畢生未嘗大紅，一九五八年二月十日卒於北京，得年四十有九。寶森逝世後，其道大行，一鱗半爪，人爭彷効，劇壇中有所謂交死運者，寶森其尤者也。

王蕙芳嗓音極佳，蘭芳自謂不如，以放蕩不用功，初爲張定武所賞，後爲袁大太子所賞，武人爭結納饋餉之，終日坐汽車，請客游頤和園，日費數十金或百金，曾以七百金買一鳥，數日而鳥死，今已不能自振矣，然嗓音尚極高亮，但不入聽耳。當與蘭芳在天樂時，每出演，必偕蘭芳，常語人曰，蘭芳某劇皆學我者也，天樂上座甚盛，蕙芳以爲蘭芳借其庇蔭，常以此誇蘭芳，蘭芳領之而已。一日蘭芳赴津演劇，天樂園主問蕙芳停演否，蕙芳怫然曰：「是何言也？豈少蘭芳一人，天樂遂關門耶？」及演時，上座不及百人，蕙芳忿極，次日星期，蕙芳謂必滿座，乃仍不及二百人，於是蕙芳乃大恨，與蘭芳隙遂深矣。及蘭芳離天樂，而蕙芳不能自存，當時瑤卿鳳卿爲一對，蕙芳蘭芳爲一對，蘭蕙蓋中表也。瑤卿中落，鳳卿以受累於其兄，乃改依蘭芳，而蕙芳與瑤卿合，日必過從，瑤蕙出演必雙，然皆不振。

迦按：蕙芳貧而豪侈，買一鳥嘗八百金，月餘鳥死，亦不甚惜，蘭蕙少時最友善，合演甚久。民國二年，蘭芳初次應聘赴上海，蕙芳以爲必挈以俱往也，而主者不重蕙芳，蘭芳荐之弗獲，蕙芳則大恨，謂不助己，自是二人遂不復合，而踪跡亦漸疏矣。所謂蘭芳赴津，蓋赴滬之誤也。

惠註：王蕙芳之母，爲梅蘭芳之姑母，蕙芳長蘭芳二歲。王瑤卿云：「蕙芳的扮相和技術，都夠漂亮和純熟，不過在揣摩劇中人的性格方面，不如梅的細膩深入。當時蘭蕙齊放，盛極一時，可惜好景不常，蕙芳很早就謝絕了舞台生活。」蕙芳晚年入川，以教戲度餘年。

·惠齋·　（三）

洪憲紀事詩本事簿注

劉成禺遺著

夫災異皆萃於正陽前門，由史册事變數之，歷歷不爽。如乾隆四十五年庚子，火焚正陽門城樓，乃有嘉慶道光朝白蓮教之變，用兵二十年，地亘川鄂陝數省，咸豐朝又有太平天國之事，捻回之變，連兵二十年，蹂躪十餘省。復有火圓明園，幸熱河事件。光緒二十六年火焚正陽門，因義和團之亂，京師蹀血，兩宮西幸，不十年而革命軍興。隆裕退位，舉今上爲大總統，清祚以斬。大亂均起於南方，天象早兆於正陽門，故予仰觀天數，俯察地氣，默驗人事，敢獻改造正陽門之議也。況明年元旦，聖主登極，歲次丙辰，是爲火龍。又與南方丙丁火，實生冲剋，改造正陽門之舉，更不容緩。周建洛邑，曰相其陰陽，觀其流泉。俄人彼得定都聖彼得堡，曰開窗以望歐洲。中外帝王，京邑握勝，予之主張，閉正陽內外兩正門，增大敵樓，雙開龍眼，實爲今上萬年之基，且皆有本原之學。啓鈐入告。項城曰可。刻日興工，首掘城土，獲一巨蠍，首尾八尺，大如五石之栲栳，口射毒燄，小工死者數人。諺云，毒蠍上應天心，蠍死，天下太平，鎮予毒也矣。南方其無事乎？正陽樓成，郭又進曰：民國尚紅屬火，帝國尚黃屬土，正陽門建於黃土之上，適合中央戊己之正，樓眉宜多塗黃色，樓上宜置黃鐘一座，以應黃鐘大呂之音。今上元旦登極禮成，宜幸正陽前門高樓，鳴鐘以示天下，天子大居正，南人不復反矣。滇黔起兵，典禮遂罷。聞正陽門樓上梁文，有軼玄雲於泰半，建黃運於中天之句云。

附錄王青垞虞初支志乙編書正陽門火災事兪蛟春明叢說云：珠市當正陽門之衢，列市開廛，金綺珠玉，食貨山積，酒榭歌樓，酣呼旦暮，京師最繁華處也。乾隆四十五年庚子五月十一日午後，居民不戒於火。黑燄迷霧，烈燄飛飆，不可嚮邇。提督及五門員弁，無法沃救，二鼓忽延及正陽門外郭之敵樓，敵樓高五丈有奇，皆甃以巨石。無一椽之木，爲祝融引緣。周圍砲穴凡七十有二，火自穴中，橫貫而出，光照數里，至次日辰刻始熄。（夢窗雜錄　由乾隆四十五年庚子，越白二十年，爲光緒二十六年庚子，正陽門城樓，又恰以拳匪妖火，由市塲延及焚之，亦以五月二十日毀去。攷袁昶五月二十二日請剿拳匪第一疏云：焚燒前門外千餘家，甚至焚及正陽門城樓，拳匪喝禁水會，不准救火，此兩次火災，相去甲子年月都同，祇日辰相差一旬耳。（滿珠野史）

定策銘盤條補注

葉遐菴先生曰：「有姚玉芙者，現隨梅蘭芳管事。年幼時，美姿儀、善應對，曾侍趙智菴供燒烟之役。智菴一日在烟床，問玉芙曰：「汝視我對待各方面何如？」玉芙曰：「大人與客談話，人人不同，此不可及。」翌日即辭去玉芙，知玉芙識破本領，恐生內憂也。不意生命竟喪於侍僮之手，眞深慮論所謂慮於此而失於彼矣。

卷底投籤罷直廬，侍兒猶送過江書。南朝男子無奇氣，祇歎文姬不負予。

籌安議動，北洋龍虎狗三大將：龍爲王士珍，早不受民國重職；虎爲段祺瑞，表示反對帝制；狗爲馮國璋，坐鎭江南，曾與張勳合電項城，力爲勸阻，反對帝制。各黨派要人，會集江南，說國璋者，絡繹於途，以鄉人孫洪伊爲祭酒，並餌國璋以將來大副總統地位。民五，舉國璋爲副總統，履唐孫與國璋反對帝制之契約也。國璋秘書長開縣胡嗣瑗，爲復辟黨，素嫉項城。其部下齊燮元陳調元等，欲擁立國璋，可繼得江南地位，內外呼吸一氣。國璋對帝制，遂無確定贊成之表示。時國璋喪偶未娶，有宜興周道如女士(祗)者，居新華宮，授項城內眷小兒書，稱項城弟子，有學問才調。項城力作冰人，國璋遂禮娶爲繼室。實則周女士與項城約，陰移國璋趨向也。結婚翌日，國璋語嗣瑗等曰：我輩不料周女士，仍是閨女。某曰：何從得知，以大帥一言爲定。嗣瑗賀聯，爲「交柯日暖將軍樹，並蒂春開君子花。」惲某曰：日暖春開，閨女無疑。以上皆甯署幕客，來孫洪伊處言者。一日温世霖陳調元等來告洪伊曰：近來截獲周夫人報告甚多，凡國璋與各處往來電報，各派人來甯遊說，有不利於項城帝制者，周夫人每日探悉原委，作詳細報告，密遞項城。故南京一舉一動，項城皆瞭如指掌。遞書由北京携來婢女，出署傳遞。甯署中人，以項城洞悉秘密，細察何人洩露。一日截獲婢女遞書，恍然皆周夫人之所爲。周夫人又改易他途，探察者仍追蹤而往。項城帝制取消，周夫人仍有手書，密呈情形，直奏新華宮，項城投籤起曰：予豢養左右數十年，高官厚祿，一手提拔，事至今日，無一人不負予。不意一婦人，對我能始終報恩，北方文武舊人，當愧死矣，云云。常熟孫師鄭雄（原名同康），鄭齋感逝詩，述周夫人事最詳。其詞曰：「婦學研求德象篇，委佗笄服儷坤乾。人間富貴皆塵土，濁世長辭作散仙。」（女士係北洋女子師範學堂第一班畢業生，是堂由項城創辦，奏派傅沅叔太史增湘監督。沅叔延予講授歷史。女士於國學，素有根柢，試驗輒冠其曹。甲寅歲，項城爲女士執柯，適河間馮華甫爲繼室，在蘇督任內，襄贊機宜，世稱賢淑。馮公於丁巳孟秋蒞京，女士相從入公府，每以干戈未平，流亡載道，甇煩不安。未及一月，感疾殂逝，實中西藥雜進之誤。袁抱存公子居南海流水音時，繪有寒廬茗話圖，女士題詩曰：「結得人間翰墨緣，琳瑯一軸集羣賢。招題試詠窗前雪，品水爭嘗巖下泉。放眼湖山供嘯傲，寄情詩酒小留連。茫茫濁世趨榮利，幾輩逍遙似謫仙！」女士歿後，抱存挽之曰：『爲國捐肝膽，爲家嘔心血，生誤於醫，一夜悲風騰四海；論交兼師友，論親逾骨肉，死不能別，九天遺恨付千秋』又宜興公輓云：『閫內輔元良，薄海思攀王母馭；女中有豪傑，故鄉共企孝侯碑。』）「葩經奧義味醰醰，三復關雎與葛覃，德媲后妃年不永，遙知魂夢落江南。」（余主北洋女士師範，爲諸女士講周南召南各詩大義，採毛傳鄭箋及朱子集傳之說，編簡明講義二卷。予爲挽聯云：『興女學爲邦家之光，早有聲名在河北；以婦人憂天下而死，遙知魂夢到江南。』）」觀師鄭、抱存所言，周夫人有所以報項城矣。（錄後孫公園雜錄補）（四十）

·代郵·

崇基學院昭爰先生：

示悉。承指出拙作翁心存日記兩點，不勝欽佩。周祖培早在咸豐九年已聞李慈銘的文名，亦曾晤面，到同治元年二月祖培派其子往聘李爲家庭教師也。因爲你沒有附有眞姓名，無從修函致謝，請恕不恭。

林熙

釧影樓回憶錄

天笑

更有對於我一嘲弄可笑的事，我今亦不諱言。當時金粟齋常來游玩的賓客中，有一對青年夫婦，邱公恪與吳孟班。公恪名宗華，爲吾鄉邱玉符先生之子，夫人吳孟班，亦吳人，他們兩人年齡都比我小，而才氣橫溢，雄辯驚座，不似我之訥訥然的。尤其是孟班，放言高論，眞不像是個吳娃。我們以同鄉的關係，時相過從，孟班常說我太拘謹無丈夫氣。一天，在朋輩宴會中，宣言於衆，說我像一位小姐，於是這個小姐之名，不翼而飛，傳播於朋儕間，如蔣觀雲先生（智由）見我即呼我小姐。三十歲以後，本已無人知我有此雅號，一日，與南社諸子吃花酒，諸眞長（宗元）忽宣洩我這個隱名，於是又飛傳於北里間，花界姊妹，亦以小姐相呼，眞使我啼笑皆非，甚至到老年時，陳陶遺還以此相謔呢。

再說邱公恪與吳孟班這對夫婦吧，我離金粟齋後越一年，聞孟班即以病逝世，或云產難。公恪到日本，習陸軍，入成城學校。但日本的那種軍官學校，課務嚴厲，他雖意氣飛揚，而體魄不能强固如北方健兒。又以他們這對青年伉儷，情好素篤，夫人逝世後，不數月他亦以病退校，友朋們送之回上海，未及一月，亦即長逝。兩人年均未屆三十也。葉浩吾輓以短聯曰：「中國少年死，知己一人亡。」蔣觀雲輓吳孟班詩句云：「一女權撒手心猶熱，一樣銷魂是國殤。」我今白髮盈顛，回憶五十年前，多情儔侶，再無復有呼我老小姐的，思之不禁有餘哀也。

重印仁學

自從我到了上海，担任了金粟齋譯書處的工作，離蘇州故鄉更近了，因此每一個月總要回去一次，留在家裏兩三天，或是三四天。那個時候雖然蘇滬火車未通，小輪船也甚爲利便。其時東來書莊還開在那裏，由馬仰禹在經理，我還在上海盡一些接洽和運輸的義務。還有勵學社的諸位同志，有的還在日本，有的已經回國，也常常訪晤通信，在當時也可以說到「同學少年都不賤」這一句詩了。

在這個時候，最可悲痛的是我的譜弟戴夢鶴逝世了，他年齡還不到二十四歲，是一個絕頂聰明的人，却爲了肺病而夭逝，眞是極可惜而可哀的事。我從上海回蘇州時，常去看他，前兩個月，我去看他，見他面色紅潤，精神甚好，不像是有病的人。私心想念，或者從此會好起來吧。我的母親不是也有肺病的嗎？她現在已經五十多歲了，從前五十歲後便稱中壽了，夢鶴也能活到五十多歲，其所成就當然不小。

最近十日前，得馬仰禹來信，說是夢鶴病重，已臥牀不起了。蘇州人有句俗語，叫做「癆病上牀」，便是說已無生回之望，因爲凡是患肺病的人，平日間往往好似無病的人，起坐隨時，一直到了病勢沉重，不能起身，從此就再不能離牀了。不過上牀以後，也還有能淹遲若干時日的。不意十日後，我自滬回蘇，一到家裏，即見到他們的報表條子，即於是日就是他的大殮日子。急往弔唁，已陳尸在室，道義之交，知己之感，不覺淚涔涔下。他父母在堂，夫人尚比他小一歲，向以美麗稱，伉儷甚篤，並無兒女。開弔發訃文之期，友朋輩欲我爲一文，以志其志行，隨訃分發。在從前是越禮的，我寫了一文，傳記不像傳記，祭文不像祭文，充塞悲哀，無從下筆。

寫至此，我又回憶到以肺病而殺害許多才智青年的，還有我的表叔吳伊耕先生。他的逝世，比戴夢鶴還早一二年吧。他是富家子，然而這個肺病，專門向那班富家子侵襲，鄉下人種田漢，便不會有這個疾病。他聰明好學，爲我吳葉鞠裳先生（昌熾）得意學生。他的病與夢鶴有異，差不多一年中有半年臥病，不是這裏，便是那裏，以西醫言，則同出一源，所謂結核病也。（憶我曾譯過一小說，名「結核菌物語」，結核菌可以走遍全身，肺病即肺結核，此外如瘰癧，肛癰等等，皆屬此）

伊耕表叔之內兄，爲蘇州大名鼎鼎的醫師曹滄洲，曾爲西太后看病，有御醫之稱。但縱使是名醫，也醫不好這個纏綿惡毒的肺病。曹滄洲還歸咎於我的這位舅祖清卿公，過於迷信，專吃乩壇上的仙方。直在那些仙方，吃不好也吃不壞。總之這個肺結核病，在號稱文明的歐美各國，醫學日漸發明者，至今尚束手無策呢。（按：近二十年，已有治肺病的特效藥了。—編者）我在八九歲的時候，隨祖母歸甯，常住吳家，由伊耕叔教我讀書，及逝世後，清卿公涕泣語我道：「他生平沒有一個學生，就只有是你。」我知其意，故輓聯上竟以師禮尊之，自稱受業。伊耕叔有一子，甚慧。三歲而殤。於是乃以硯農叔之次子子深嗣之。

我今再敘一悲哀的事，在此時期中，我的尤巽甫姑丈亦去世了。我得信後，立即從上海回去，在他棺前痛哭了一場。因爲我當初從尤宅辭館出來，到南京去的時候，使姑丈有些不大愉快，他是有點守舊的，不願我走新的一條路。就是我在館的時候，因爲我腳頭太散，不大認眞，也有些不滿意，常寫一個便條，交子青哥勸告我。我寫給了他的回信，充滿了窮人的傲氣，有些話竟有些頂撞了他。事後也非常痛悔，曾寫信去道歉謝罪。及至聽得他故世了（他已久病），想起我的得有今日，也虧了姑丈提携栽培之力，因此在他大殮之日，我不禁在他靈前大哭起來。

我姑丈故世以後，子青哥眞是哀毀骨立，但是他的思想上，可以逐漸解放了。因爲我姑丈還相信科舉不至廢棄，還希望他作科舉中人，所以不大贊成他讀新書。自從戊戌政變，康梁逃亡，科舉復活，他的信心愈堅了。然而時勢所趨，無法阻遏，自從姑丈逝世後，我在上海時時與子青哥通信，凡是蘇州所購不到的書，都是我從上海郵寄給他、也常常把我所交際的，學習的告訴他，與他討論，與他批評。他也有他的新見解，新議論，有時一封長信，千餘字不足爲奇。

有一次，日本的橫濱印出了譚嗣同的「仁學」一書（譚字復生，湖南瀏陽人，爲戊戌六君子死難之一），我的一位留學日本的朋友，寄給了我五本。我寄給了蒯禮卿先生一本，送了汪允中一本，子青哥一本，僅剩了兩本，但有許多朋友，知道我有此書，紛紛向我索取。我只能說：再託日本朋友寄來。但日本朋友的回信說：此書出版後，一搶而光，只好等候再版。此是禁書，不知是否能再版，重行寄來，未可一定。

我當時是每天跑商務印書館的，爲了校對嚴又陵先生的譯稿。那天我忽然靈機一動，這部「仁學」，是譚先生的遺著，而又是滿廷所禁止者，在日本印行，並沒有什麼版權，只要能流通。既是許多人要讀它，我們何妨來重印一下呢。我就帶了這部「仁學」，到商務印書館和夏瑞芳商量。我說：「我要印這部書，你們可以担任嗎」？他說：「你先生要印什麼書，怎麼不可以担任呢」？我說：「這是一部禁書呀！」告訴他譚嗣同是戊戌政變六君子之一，爲滿廷所殺戮的故事。他說：「沒有關係，我們在租界裏，不怕滿廷，只要後面的版權頁，不印出那家印刷所的名號就是了。」

我這時便把那本「仁學」交給了他，請他印刷估價，我說：「只要印一千本，但要用潔白紙張，裏面還有一頁譚復生先生的銅版照相圖。因爲我印這本書，不想賺錢，也不想多印，預備半送半賣，得以畧撈回一些成本就算了。」夏瑞芳所估的成本並不貴，大約連紙張排印，不過一百元左右。他說：「你老兄的事，這是核實估價，不能再便宜了。」

雖然如此說，但是我想印這部「仁學」，而印書之費，還沒有籌到。如果交給東來書莊印，也有問題，因為這是禁書，內地不能出版與發行，而且要取得各股東的公意。我私人獨資印也可，可是我那囊中這時還沒有一百元的餘資。我於是寫信給子青哥了，告訴他：我想印這部「仁學」而獨力不支。他立刻回了我一封信，極力贊成，他說：「由我們兩人私人印行好了，如果印費要一百元的話，我出六十元，弟出四十元如何？」不過他要求出書以後，定價要低廉，我們是為尊重譚先生遺著，並非翻印謀利，望弟速與商務印書館訂定。

我與夏瑞芳又磋商了一次，「仁學」便立即開排了。好在我每天要到商務印書館去校對嚴又陵先生的譯稿，附帶的校對「仁學」的稿樣。我總是每天吃過午飯後便去，總是在那裏工作一個下午。我自覺我的校對很精細，可能不會有錯字，我以為校對的錯誤與不細心，對於作者與讀者，殊為抱歉。直到後來，我自己寫稿子，對於那些出版家，校對疏漏的，深為難過。往往一篇文章中，只要被它差了兩三個字，竟使這篇文章大走其樣，眞使你啼笑皆非，奈何它不得呢。

直到「仁學」印好裝訂的時候，夏瑞芳忽然對我說：「這部『仁學』，我添印了五百部。」這我覺得夏君是違約了，我們訂定了印一千部的，怎麼他忽然添印五百部呢？印刷所受人之託，担任了印書的職務，怎可以添印呢？大概夏君也不知道「仁學」裏面，講的是些什麼話，只知道是一部新出的禁書，而又知道是沒有版權關係的。（實在我曾寫信到橫濱，與原出書人接洽過，還允許送給他們若干書的）或者有人給他說：譚嗣同遺著很吃香，可能多銷幾百部呢。

但是既沒有版權關係，我能印，他亦能印。而且夏君也還算老實坦白，換了別一個書賈，他也不必告訴我，別說多印五百部，多印一千部，我也無從知道。我只能說：我印這書是有後台老板的，我不能允許你。他見我有難色，便道：「這樣吧！我多印了五百部，我在印費上，給你打一個九折吧。而且這書也由你精心校對的，作為小小酬勞。」

這事本想與子青哥商量，但子青哥於印書事，完全外行，並且他一切託了我，即使問他，他也說由我作主。況且我們印這部書，並無權利思想，只有推廣主義，多印五百部，豈不更好？因此我也就默許了夏君，不過向他聲明，「我們是做蝕本生意，半送半賣，定價甚低，你不要和我們來搶生意。」夏君答應道：「我知道！我知道！」出書以後，送給了橫濱數十部，贈給了朋友的也不少，其餘則分散在各寄售所。距今三十年，我在舊書攤上，還看見我們所印的那部「仁學」，而子青哥墓木已拱矣。夏君的五百部，不知銷在何處？我偶然問及他，他笑着說道：「不夠銷！不夠銷！」

夏瑞芳，上海本地人。有人告我：夏在年青時，曾在英租界當一名巡捕（巡捕為租界中的警察），常在華英印書館門前站崗。遇到了華英印書館中的鮑咸昌等兄弟，勸他何必當巡捕（那時租界華巡捕每月薪水不過數元，尚不及印度巡捕），不如從事於印刷事業。夏亦覺當巡捕無甚意思，他們都是基督教徒，於是便組織這家商務印書館。因夏甚能幹，便舉為經理。這是後來商務印書館發達後，有人談起的，語云：「英雄不怕出身低，」做巡捕又何妨。但我知夏瑞芳確是習過排字業的，業務繁忙時，他也能捲起袖子，脫去長衫，向字架上工作的。

雖然那時資本不過三千元的商務印書館，頗思有所發展。夏瑞芳不是中國舊日的那種老書賈，而以少年失學，於文字知識上是有限的。他極思自己出版幾種書，但不知何種書可印，何種書不可印。不過他很虛心，人家委託他們所印的書，他常來問我是何種性質？可銷行於何種人方面？當然他是為他的營業着想，要擴展着他的生意眼，忠實於他的事業。他又常常詢問我：「近來有許多人在辦理編譯所，這個編譯所應如何辦法？」我說：「要擴展業務，預備自己出書，非辦編譯部不可。應當請有學問的名人主持，你自己則專心於營業。夏君搖頭歎息道：「可惜我們的資本太少了，慢慢地來。」（四十一）

張南通（謇）日記

全28冊　分裝4函
南通・張　謇（季直）著

本書合「張謇日記」和「柳西草堂日記」而成，總其名稱，日「張南通（謇）日記」。

張謇（1853—1926）的日記，蘊藏着許多可以提供研究張謇的思想、活動和我國近代、現代史的參考資料。全部共28冊，開始于淸同治12年癸酉(1893)，訖民國15年丙寅(1926)，是張謇21歲至74歲的日記。

1962年，江蘇人民出版社，把得自南通張氏後人的15冊日記（即第10冊，第15冊至第28冊），按照原樣用紅、黑兩色影印成書，分釘15冊，定名曰「張謇日記」。但沒有流通到海外。其餘的13冊(即第1冊至第9冊，第11冊至第14冊)，却由張謇的故舊前新亞書院圖書館館長沈燕謀保存，現在也在台灣影印出來，依照它原來的名稱，定名曰「柳西草堂日記」。

正當「柳西草堂日記」印行之中，香港遠東圖書公司，也據1962年江蘇人民出版社影印的「張謇日記」按照原樣，用紅、黑兩色重印流通。

一部完整的珍貴資料，現在由兩個不同地區影印，版式旣異，名稱不同，爲了讀者檢讀便利和減省圖書館庋藏編目的麻煩起見，我們特將兩書綜合起來，彙爲四函，定名曰「張南通（謇）日記」。

函目的分配和印刷概況如下：

張　南　通（謇）日　記

原書名稱	柳西草堂日記	張　謇　日　記
函次	第　一　函	第二、三、四函
冊次	1至9，11至14	10，15至28
年份	1873—1882（廿一歲至三十歲） 1885—1892（卅三歲至四十歲）	1883—1884（卅一歲至三十二歲） 1892—1926（四十歲至七十四歲）
書式	線裝合訂四冊	線裝分訂十五冊
印刷	黑　色	紅、黑兩色
紙張	薄　草　根　紙	洋　貢　川　紙
定價	US$20.00　外加書函費用 US$2.50	US$97.00　外加書函費用 US$7.50
共價	US$127.00　（包括郵紮費）	

附註：本書亦可分售，「柳西草堂日記」售價US$20.00
「張謇日記」售價US$97.00
書函全套US$10.00　零購每個US$3.00

大華（四）

數位重製・印刷　秀威資訊科技股份有限公司
https://www.showwe.com.tw
114 台北市內湖區瑞光路 76 巷 65 號 1 樓
電話：+886-2-2796-3638
傳真：+886-2-2796-1377
劃　撥　帳　號　19563868　戶名：秀威資訊科技股份有限公司
讀者服務信箱：service@showwe.com.tw
網　路　訂　購　秀威網路書店：http://store.showwe.tw
國家網路書店：http://www.govbooks.com.tw

2020 年 5 月
全套精裝印製工本費：新台幣 20,000 元（全套五冊不分售）

Printed in Taiwan　ISBN:9789863267959 CIP:820.5

本期刊僅收精裝印製工本費，僅供學術研究參考使用

讀者回函卡

感謝您購買本書，為提升服務品質，請填妥以下資料，將讀者回函卡直接寄回或傳真本公司，收到您的寶貴意見後，我們會收藏記錄及檢討，謝謝！如您需要了解本公司最新出版書目、購書優惠或企劃活動，歡迎您上網查詢或下載相關資料：http:// www.showwe.com.tw

您購買的書名：________________________________

出生日期：________年________月________日

學歷：□高中（含）以下　□大專　□研究所（含）以上

職業：□製造業　□金融業　□資訊業　□軍警　□傳播業　□自由業

□服務業　□公務員　□教職　□學生　□家管　□其它_____

購書地點：□網路書店　□實體書店　□書展　□郵購　□贈閱　□其他

您從何得知本書的消息？

□網路書店　□實體書店　□網路搜尋　□電子報　□書訊　□雜誌

□傳播媒體　□親友推薦　□網站推薦　□部落格　□其他__________

您對本書的評價：（請填代號　1.非常滿意　2.滿意　3.尚可　4.再改進）

封面設計____　版面編排____　內容____　文／譯筆____　價格____

讀完書後您覺得：

□很有收穫　□有收穫　□收穫不多　□沒收穫

對我們的建議：________________________________

____

____

____

請貼
郵票

11466
台北市内湖區瑞光路 76 巷 65 號 1 樓

秀威資訊科技股份有限公司 收

BOD 數位出版事業部

....

（請沿線對折寄回，謝謝！）

姓　　名：__________________　年齡：________　性別：□女　□男

郵遞區號：□□□□□

地　　址：____

聯絡電話：(日) ____________________ (夜) ____________________

E-mail：____